EXCALIBUR

Herausgegeben von
Melissa Andersson
und
Gerd Rottenecker

Die Farben des Stahls bei Excalibur:

1. Stadt der Schwerter (70130)
2. Die Bogenmeister (70131)
3. Die Steppenreiter (70132)

K. J. Parker ist das Pseudonym eines bekannten englischen Autors, der mehr als ein Dutzend Romane verfaßt hat und mit der Trilogie »Die Farben des Stahls« erzählerisches Neuland betritt. K. J. Parker lebt in Somerset.

K. J. Parker

DIE FARBEN DES STAHLS

3

Die Steppenreiter

Ins Deutsche übertragen von
Andreas Decker

Knaur

Die englische Originalausgabe erschien 2000 unter dem Titel
»The Fencer Trilogy, Part 3: The Proof House«
bei Little, Brown/Orbit, London

Besuchen Sie uns im Internet:
www.droemer-weltbild.de

Deutsche Erstveröffentlichung 2000

Umschlagkonzept: Melissa Andersson
Umschlaggestaltung: ZERO Werbeagentur, München
Umschlagillustration: Kevin Jenkins, »The Still«
Lektorat: Gerd Rottenecker
Satz: Ventura Publisher im Verlag
Druck und Bindung: Clausen & Bosse, Leck
Printed in Germany
ISBN 3-426-70132-4

2 4 5 3 1

Für GoE
(Der Welt kleinsten Riesen)
Und dem unentbehrlichen Jan Fergus

Anmerkung des Autors

Ich hätte dieses Buch nicht ohne die Hilfe von Roger Lankford schreiben können, der mir beigebracht hat, wie man eine Rüstung schmiedet, und mir daher dieses Buch praktisch auf einer sechzehn Zoll großen Stahlplatte servierte. Überflüssig zu erwähnen, daß die schlampigen und ineffizienten Arbeitsmethoden der imperialen Waffenschmiede in keiner Weise den Techniken entsprechen, die Roger im Lancaster's Armory benutzt, wo er die beste stählerne Freizeitkleidung herstellt, die man für Geld kaufen kann. Ich muß auch Michael Peters vom Black Hydra Armory (nein, diesen Namen habe ich mir nicht ausgedacht) für seine zusätzlichen Ratschläge danken (»deinen Daumen an dieser Stelle zu treffen ist keine gute Idee«) sowie Thomas Jennings, der mir den Zugang zu seiner Fabrik gewährte, als ich einen Ort brauchte, um auf Stahl herumzuhämmern, ohne die Nachbarn verrückt zu machen.

1

Für gewöhnlich muß man vorher sterben, aber in Eurem Fall machen wir eine Ausnahme.

Als der Hauptstollen einstürzte, hielt sich Bardas Loredan in dem neuen Nebenstollen auf. Er hörte das Ächzen nachgebenden Holzes, das salvenartige Krachen zersplitternder Balken und das dumpfe Dröhnen, das ihn in den allgegenwärtigen Lehm warf. Dann herrschte Stille.

Er lag reglos da und lauschte. Wenn der Nebenstollen ebenfalls einstürzen würde, mußte das nicht sofort geschehen. Es hing davon ab, ob der Torbogen am Durchschlag zwischen Haupt- und Nebenstollen intakt geblieben war. Sollte dies nicht der Fall sein, würde nichts die Last der Stollendecke stützen – nichts außer der Gewohnheit und den Holzplanken, die sich an den Wänden entlangzogen. Möglicherweise würde sie sofort herunterkommen; vielleicht dachte sie aber auch darüber nach und berechnete das auf ihr lastende Gewicht und die damit verbundenen Kräfte so langsam und mühselig wie ein zurückgebliebener Schuljunge, um schließlich zu dem Schluß zu kommen, daß sie kein Recht hatte, dort zu sein. Sollte genau das geschehen, würden die ersten Anzeichen das gequälte Ächzen von Holz und ein paar Handvoll Erde sein, die in die Tiefe rieselten, wenn sich die Deckenbohlen unter dem Gewicht durchbogen und die zwischen ihnen befindlichen Spalten öffneten.

Natürlich waren all diese Betrachtungen akademischer Natur; der Zugang zum Hauptstollen hinter ihm war blockiert, vor ihm befand sich eine solide Lehmwand. Er würde nirgendwohin gehen. Wenn sich keiner fand, der sich durch die Hindernisse im Hauptstollen durchgrub, den Schutt wegkarrte und den Eingang zum Nebenstollen entdeckte, war er so gut wie begraben.

Für gewöhnlich muß man vorher sterben, aber in Eurem Fall machen wir eine Ausnahme.

Zum erstenmal seit Monaten war er sich der Dunkelheit bewußt. Nach drei Jahren in dem endlosen Tunnellabyrinth, das die Belagerer genau wie die Belagerten unter den Mauern der Stadt Ap'Escatoy gruben, konnte er wochenlang auf Licht verzichten, ohne daß es ihm auffiel. Nur in Augenblicken kalten Entsetzens wie diesem hier erwachte das instinktive Bedürfnis, etwas sehen zu können, wieder zum Leben.

Du willst Licht? Pech gehabt. Er ertastete losen, krümeligen Lehm, er spürte ihn kalt und tot an seiner Wange, und seine Beschaffenheit ekelte ihn an. Es war schon seltsam – drei Jahre in diesen Stollen, und er konnte noch immer aus diesem oder jenem Grund starke Gefühle entwickeln. Er hätte schwören können, das längst hinter sich gelassen zu haben.

Nun, der Rückweg war versperrt. Grob geschätzt hatte er genug Luft für die Dauer einer Schicht, was unter diesen Umständen eine zwiespältige Sache war. Männer, die längst aufgehört hatten, sich vor etwas fürchten zu können, hatten noch immer panische Angst vor dem Erstickungstod nach einem Stolleneinsturz. Der Rückweg war versperrt, und hier zu bleiben war keine Alternative. Die einzige Möglichkeit, die ihm einfiel, bestand darin, weiter nach vorn zu gehen, und zwar in der illusorischen Hoffnung, daß der feindliche Nebenstollen, zu dem sie hatten durchbrechen wollen, nahe genug war, um ihn (allein) zu ereichen, bevor ihm die Luft ausging.

Oder anders gesagt, er hatte folgende Wahl: graben oder bleiben. Nach kurzem Nachdenken entschied sich Loredan zu graben. Wenn zu nichts anderem, würde das zumindest dazu führen, daß die Luft schneller verbraucht wäre und er alles hinter sich hätte.

Die Sappeure des Großen Königs hatten schnell erkannt, daß der Schicht aus schwerem Lehm unter Ap'Escatoy nicht mit gewöhnlichen Techniken und Werkzeugen beizukommen war.

Sie hatten sich drei Monate lang die Zähne daran ausgebissen und die Spaten verbeult, bis ihnen ein alter Mann vom Nachschubzug gesagt hatte, was zu tun war. Er hatte ihnen erzählt, daß er vor dem Krieg Lehmtreter gewesen war, ein Spezialist, der Tunnel durch Lehmbetten schnitt. Er hatte dreißig Jahre damit verbracht, die Abwasserkanäle von Ap'Mese zu graben (das die Armee des Großen Königs im ersten Kriegsjahr binnen sechs Tagen bis auf die Grundmauern zerstört hatte), und alles, was er nicht darüber wußte, wie man Löcher in den Boden grub, war nicht erwähnenswert.

Um im Lehm zu graben, hatte er gesagt, braucht man einen stabilen, rechteckigen Holzpfosten, so ähnlich wie der Torpfosten eines Bauernhofes, an dem etwa zwanzig Zentimeter von der unteren Basis entfernt eine Leiste angedübelt ist. Man klemmt den Pfosten (den man in diesem Handwerk als Kreuz bezeichnete) diagonal zwischen Tunneldecke und Boden fest, wobei seine Basis etwa dreißig Zentimeter von der Lehmwand entfernt ist; dann zwängt man seinen Hintern auf die Leiste, legt den Rücken flach auf den Pfosten und tritt den Spaten mit der Kraft der Beine in den Lehm. Sobald das Spatenblatt drinnen ist, sollte ein scharfer, aufwärtsgerichteter Ruck mit den Knien einen Spatenstich festen Lehm herauslösen; man zieht ihn heraus und wirft ihn dem Abräumer hinter sich zu, der ihn mit einer langen hakenbewehrten Stange wegräumt und zum Abraumkarren bringt, einem kleinen Karren auf Rädern, an dem vorn und hinten Flaschenzüge befestigt sind. Damit wird der Lehm in den Hauptstollen gezogen, wo er auf die Hundewagen geladen wird, die den ganzen Tag lang den Schachtaufzug rauf- und runterfahren. Nach den Tretern und den Abräumern kommen die Holzwürmer – die Zimmerleute, die die Planken zurechtschneiden und verlegen, die Boden, Wände und Decken des Nebenstollens auskleiden. Abgesehen vom Zurechtschneiden der Planken, muß jeder Abschnitt dieser Arbeit in völliger Finsternis stattfinden, denn selbst eine geschlossene

Laterne würde ausreichen, die Hohlräume voller explosiver Grubendämpfe zu entzünden, die man nur allzu häufig in den Minen findet.

Bardas Loredan war zu groß, um ein guter Treter zu sein. Wenn er die Beine anzog, um gegen die Querstange des Spatens zu treten, hatte er die Knie fast am Kinn. Das war eine Arbeit für kleine, gedrungene Männer, die wie Fässer gebaut waren, nicht für hochgewachsene, schlanke Ex-Fechter. Aber wenn er es nicht tat, würde es niemand tun. Er setzte den Spaten an, drückte die Spitze des breiten Blatts vorsichtig gegen die vor ihm befindliche Wand und trat so hart zu, daß der Ruck seine Knochen von Kopf bis Fuß durchschüttelte.

Natürlich soll der Treter nicht allein arbeiten; die rückenbrechende Schufterei, die Lehmstücke wegzuschaffen, nachdem der Treter sie vom Spaten getreten hat, fällt dem Abräumer mit seinem Haken zu. Aber Loredans Abräumer war ein Stück weiter hinten unter ein paar hundert Tonnen Erde verschüttet, was sogar in der Armee des Großen Königs als Entschuldigungsgrund ausreichte. Das bedeutete, daß Loredan alle drei oder vier Spatenstiche vom Kreuz rutschen und den Lehm wie ein Kaninchen, das in einem Blumenbeet grub, mit den Füßen nach hinten befördern mußte.

Gib auf, Bardas, Schluß damit. Hör auf, wie ein Maulwurf zu graben, und stirb mit etwas Anstand. Es war wirklich zu lächerlich. Er war ein zähes kleines Hühnchen, das sich aus einem Marmor-Ei herauspicken wollte. Er war der Prinz aller Geizkragen (jeder Mann sein eigener Totengräber; warum Geld für die horrenden Gebühren verschwenden, wenn man es selbst machen kann?). Er war ein toter Mann, dessen Beine noch zuckten.

Ein neuer Tritt – und plötzlich veränderte sich das Gefühl. Bisher war es so ähnlich gewesen, als würde ein Metzgerbeil in einen zähen alten Kadaver eindringen – jetzt traf der Spaten auf Widerstand, bei dem es sich möglicherweise um den kompakten Lehm einer Tunnelwand handelte. Der Aufprall ließ Bardas' Knöchel und Schienbeine viel länger vibrieren. Es war anders, und jede Veränderung war gut. Er zog die Knie an, bis er sie an den Mundwinkeln spürte, und trat zu. Etwas war im Begriff nachzugeben; etwas hatte nachgegeben, statt stillzuhalten und sich herausschälen zu lassen. Er machte sich nicht die Mühe, die Erde wegzuräumen, sondern trat weiter zu; das herausgelöste Material behinderte ihn, aber er war zu sehr in seine Bemühungen vertieft, um die Arbeit richtig zu machen *(das sieht dir ähnlich, eines Tages wird dich das noch umbringen)*, bis schließlich ein wilder Tritt den Spaten vorwärts ins Leere trieb, und Bardas sich schmerzhaft das Kreuz stieß.

Ich bin durch, bei den Göttern. Ich habe den Nebenstollen gefunden. Das ist gut. Natürlich gab es kein Licht, aber plötzlich lag ein ungewöhnlicher Geruch in der Luft. Koriander – der Tunnel, in den er durchgebrochen war, stank nach Koriander. Vorsichtig schob er den linken Fuß in die Lücke, die er mit dem Spaten geschaffen hatte, bis er eine Planke unter der Stiefelsohle fühlte. Unwillkürlich mußte er grinsen; was war, wenn er sie wegtrat und sie die Decke über ihm einstürzen ließ? Bei einem solchen Tod würde man sich bepissen vor Lachen.

Koriander deshalb, weil die Bäcker des Feindes ihr Brot mit Koriander würzten, während das Brot des Königs mit Knoblauchsalz und Rosmarin gebacken wurde. In der feuchten Luft der Minen konnte man Koriander oder Knoblauch aus einer Entfernung von fünfzig Metern im Atem eines Mannes riechen; allein auf diese Weise konnte man feststellen, daß er dort war und zu welcher Seite er gehörte. Koriander und Pfefferwurst für die Offiziere, das roch nach Tod und Gefahr. Rosmarin und Knoblauch, die im Stollen auf einen zukamen, bedeuteten Heimat, Rettung oder Schichtwechsel. Loredan stemmte den Stiefel gegen die Planke und drückte langsam und gleichmäßig, bis er spürte, daß Nägel aus ihr herausglitten. Der

Durchbruch, aber nach Koriander. Eine verdammte Sache nach der anderen.

Er rutschte auf seinem Hintern weiter, ertastete sich den Weg mit den Absätzen und schob sich langsam durch die Lücke in der Wand, bis er die Bodenplanken erreichte. Es machte einen Höllenlärm, aber vielleicht würde das keine Rolle spielen. Es war ihm noch gar nicht in den Sinn gekommen, darüber nachzudenken, warum der Hauptstollen eingebrochen war; Stollen brechen eben zusammen, so was passiert. Aber manchmal brechen sie ein, weil der Feind sie unterminiert, direkt unter ihnen einen eigenen Stollen gräbt und einen Raum aushöhlt, was man dann Camouflet nennt; man schichtet mit Fett und ranzigem Talg gefüllte Fässer aufeinander - lauter leicht entzündbares Zeugs. Das Feuer trocknet die Decke des Camouflets aus; der Lehm zieht sich zusammen, und plötzlich hat der Stollenboden ein nicht gestütztes Loch, in das der ganze Stollen hineinzuströmen versucht wie Wasser in einen Ausguß. Der Stollen stürzt ein. Mission erfüllt.

Nun, wenn der Feind - also Koriander - mit einem eigenen Nebenstollen beschäftigt war, war es eher unwahrscheinlich, daß er sich in seinem ursprünglichen Hauptstollen aufhielt. Ein Mann - also Knoblauch - konnte durch ein Loch in der Wand schlüpfen und unbemerkt ein gutes Stück Weg zurücklegen, bevor irgendein Kerl in ihn hineinlief und ihm die Kehle durchschnitt.

»Das wissen allein die Götter.« (Stimmen kommen heran - Koriander; zwei Männer, die es eilig haben, Knie und Hände holpern über die Bodenplanken.) »Vielleicht sind wir ihrem Hauptstollen so nahe gekommen, daß unsere Wände in das Loch rutschen. In diesem Fall werden wir das alles auf den Kopf kriegen, wenn es uns nicht gelingt, es schnell abzustützen.«

Bardas Loredan ertappte sich dabei, daß er zustimmend nickte; das war ein Mann, der sich im Stollenbau auskannte, die Sorte von Mann, die man gern in seiner Schicht gehabt hätte – mal davon abgesehen, daß er zum Feind gehörte. Sie waren zu zweit, und sie kamen näher. Er fragte sich, ob sie keine Nasen hatten, dann fiel ihm wieder ein, daß seine Schicht seit zwei Tagen nichts zu essen bekommen hatte. Kein Brot, kein Knoblauch, kein Geruch, der einen verraten konnte. Hör auf zu essen und lebe ewig.

»Was auch immer da los ist, es ist Mist«, sagte die Stimme, die mit dem anderen Paar Knie unterwegs war. Bardas tastete oben im Stiefelschaft nach dem Messergriff; wenn er tatsächlich nicht zu riechen war, würde er zumindest den ersten erwischen. Der zweite würde ihn dann töten. Opfere deinen Bauern, um seinen Turm zu nehmen; das war überhaupt nicht witzig, wenn man der Bauer war. Aber zum Teufel damit. Es ist die Pflicht eines jeden Soldaten, den Feind zu finden und zu vernichten. Also los.

Er ließ die erste Stimme vorbei, und als die zweite Stimme ihn fast passiert hatte, griff er vorsichtig mit der linken Hand zu und hoffte, ein Kinn zu erwischen. Natürlich handelte es sich hier um das, worin er sehr gut war. Seine Fingerspitzen strichen über einen Männerbart, der lang genug war, um die Finger darin zu versenken und einen guten Griff zu bekommen. Bevor der Mann einen Laut von sich geben konnte, hatte er ihm das Messer in die dreieckige Vertiefung am Übergang zwischen Hals und Schlüsselbein gerammt, wo der Tod schneller und leiser als überall sonst eintritt. In den Minen waren kurze Messer Mode (kurze Messer, kurze Männer, kurze Spaten, kurze Leben; unten in den Minen hatte man nichts für lange Dinge übrig). Alles ging so glatt, daß tatsächlich die Chance bestand, daß der andere Mann nichts davon mitbekommen hatte.

Und trotzdem. Als Bardas das Messer drehte, um die Klinge freizubekommen, murmelte er: »Danke.« In den Minen galt die unumstößliche Regel, daß man sich bei dem Mann bedankte, der für einen starb. Indem er es laut aussprach, verkündete er unzweifelhaft seine Anwesenheit, aber er hatte noch immer einen Vorteil. Der Mann vor ihm – Koriander – hatte nicht die geringste Chance, sich in dem engen Stollen umzudrehen; er konnte bloß stillhalten und wie ein Maultier nach hinten austreten oder in der Hoffnung, auf einen abzweigenden Stollen zu stoßen, bevor der Feind bemerkt hatte, daß er weg war, auf Händen und Knien vorwärts kriechen wie ein Kind unter einen Tisch. Dann wäre die Situation natürlich genau umgekehrt; das war nicht witzig, also durfte man es nicht dazu kommen lassen.

Mit einem leisen Grunzen des Abscheus schob sich Bardas Loredan über den Koriandermann, den er gerade getötet hatte, und fühlte, wie sich seine Handflächen und Knie in das weiche Fleisch am Bauch und an den Wangen des Toten gruben. Er schnupperte wie ein Iltis, um sein Opfer aufzuspüren, und hörte das Schaben eines Holzschuhs auf einem Stein – beinahe nahe genug, aber es reichte nicht, also setzte er sich in Bewegung. Er schob sich mit den Beinen wie ein Hase nach vorn, die Hände ausgestreckt, bis er wußte, daß er nur noch wenige Zentimeter von den Sohlen des anderen entfernt war. Der Sprung, den er schließlich machte, war eher froschähnlich als katzenhaft; er landete schwer und stieß sich den Ellbogen am Schulterblatt des Mannes. Danach bedankte er sich.

Und jetzt? Er hatte nicht die geringste Ahnung, wo er sich befand. In seinen eigenen Tunneln fand er sich mühelos zurecht; dort hatte er die Karte eines von Hauptstollen, Schächten und Nebenstollen durchzogenen Berges im Kopf, die er zwar nie richtig gesehen hatte, aber trotzdem kannte. Er mußte beim Kriechen nicht einmal die Bewegungen seiner Knie zählen, um zu wissen, wo die Stollentore waren oder wo der Nebenstollen endete und der Hauptstollen begann. Er wußte einfach, wo sie waren – wie ein Jongleur, der mit geschlossenen Augen arbeitete. Aber in diesen Korianderminen kannte er sich nicht aus. Hier war die Finsternis tatsächlich finster, und er spürte die

Tiefe der Decke und die Enge des Raumes zwischen den Wänden, als wäre dies sein erster Tag, den er außerhalb des Tageslichts verbrachte.

Jetzt war gesunder Menschenverstand gefragt. *Also denk nach!* Falls dies ein Hauptstollen war (er war zu breit und hoch, um ein Nebenstollen zu sein), bestand die Möglichkeit, daß er vom Aufzugschacht zur Wand verlief, woraus sich zwei weitere Fragen ergaben: wohin ging's in welche Richtung – und wo wollte er überhaupt hin? Dem Feind aus dem Weg zu gehen nahm eine hohe Priorität ein, aber nicht, wenn es bedeutete, tiefer in feindliches Gebiet vorzustoßen. Nach allem, was er wußte, war das Loch, durch das er gekrochen war, die einzige Verbindung zwischen den Knoblauchtunneln und denen des Feindes, also gab es keinen Rückweg. Egal in welche Richtung er sich nun bewegte, würde er früher oder später auf ein Lager oder eine Gruppe Arbeiter stoßen, und nicht einmal er konnte sie alle töten.

Für gewöhnlich muß man vorher sterben ... Könnte er doch bloß einen frischen Luftzug riechen, dann wüßte er, wo sich der Aufzugschacht befand; aber da war nur der schale Duft nach Koriander und der Gestank des Blutes der Toten auf seinen Kleidern und an seinen Händen. Wenn er nicht bald etwas unternahm, würde ihn die Angst eingeholt haben und ihn lähmen ... Er war in der Vergangenheit auf Koriandermänner gestoßen, die in diesen Zustand verfallen waren; sie hatten sich die Ohren zugehalten und zu keiner Bewegung mehr fähig an einer Wand gekauert.

Also nach links; er würde nach links gehen, denn hätte er sich in seinen eigenen Tunneln befunden, wäre er nach rechts gegangen, um den nächsten Aufzugschacht zu erreichen. Eine reichlich mangelhafte Logik, aber er konnte niemanden etwas einwenden hören. Warum genau er zum Aufzug wollte, wußte er nicht. Nur mal angenommen, er schaffte es, sich in einen der Abraumkörbe zu schleichen und unbemerkt aus den Minen zu kommen – an der Oberfläche wäre er in der Stadt des Feindes, ein dreckiger, blutverschmierter Mann, der mit den falschen Gewürzen und Kräutern mariniert war. Aber wenn er die andere Richtung einschlug – wo würde das Stollenende nun sein? Vermutlich am Ende des Nebenstollens, wo sie ihr Camouflet aufgebaut hatten. Im Prinzip wäre er dann im Kreis gegangen, aber es bestand vielleicht die Möglichkeit, dort durchzubrechen, falls der Koriandernebenstollen ein Stück parallel zum Knoblauchhauptstollen verlief. Und selbst wenn das so sein sollte, bestand das interessante Risiko, daß er ein Stück hinter dem Deckeneinsturz in seinen Hauptstollen kam, wo er dann genauso gefangen sein würde wie im Nebenstollen. Es gab nur eine Möglichkeit, das herauszufinden. Er würde nach rechts gehen und sehen, was geschah.

»Das ist einer dieser Augenblicke, nicht wahr?« sagte eine Stimme neben ihm.

Er wußte nur zu gut, daß die Stimme nicht wirklich da war. Das war sie schon seit Jahren nicht mehr gewesen.

»Sagt Ihr es mir«, erwiderte er leise flüsternd. »Ihr seid doch angeblich der Experte.«

»Das behaupten die Leute«, sagte die Stimme bedauernd. »Ich habe immer darauf bestanden, daß ich wie der Mann bin, der gerade eine teure neue Maschine gekauft hat. Ich weiß, wie ich sie bedienen muß, aber ich habe nicht die geringste Ahnung, wie sie funktioniert.«

»Nun«, sagte Loredan abgelenkt, »Ihr wißt trotzdem mehr darüber als ich.«

Die Stimme seufzte. Es war keine echte Stimme; sie war nur eingebildet, wie der unsichtbare Freund eines Kindes. »Ich glaube, das ist einer dieser Augenblicke«, sagte sie noch einmal. »Eine schicksalhafte Entscheidung, ein Scheitelpunkt – ist das das richtige Wort? Ich spreche seit dreißig Jahren über Scheitelpunkte und weiß nicht einmal, was das eigentlich ist – ein Scheitelpunkt im Fluß, eine Kreuzung. Offensichtlich kann das Prinzip einfach nicht ohne solche Scheitelpunkte funktionieren.«

»Also gut«, murmelte Loredan und quetschte sich durch einen Engpaß, der durch eine lockere Seitenplanke entstanden war. »Es ist ein Scheitelpunkt. Tut das, was auch immer Ihr tut. Und wenn es Euch nicht stört, mache ich mit dem weiter, was ich tue.«

»Ihr wart immer ein Skeptiker«, sagte die Stimme. »Das kann ich Euch nicht einmal verübeln. Es gibt eine Menge, an das ich selbst nur mit Mühe glauben kann, und ich habe die Anleitung geschrieben.«

Loredan seufzte. »Ihr wart weniger lästig, als Ihr real wart.«

»Tut mir leid.«

Nach einer gewissen Zeit hörte hier unten jeder Stimmen. Für manche Männer waren es Zwerge oder Gnome, freundliche Geschöpfe, die vor Gashohlräumen oder Einstürzen warnten. Für andere waren es tote Familienmitglieder oder Freunde, während böse Männer die Stimmen derer hörten, die sie ermordet, vergewaltigt oder verstümmelt hatten. Manche stellten Schüsseln mit Milch oder Brot für sie hin, wie Kinder es für Igel tun. Andere sangen, um die Stimmen zu übertönen, oder brüllten sie an, bis sie verschwanden; wieder andere unterhielten sich stundenlang mit ihnen, weil ihnen auffiel, daß so die Zeit schneller verging. Jeder wußte, daß es sie nicht wirklich gab; aber in den Minen, wo ewige Finsternis herrschte und jeder, ob er nun real war oder nicht, eine körperlose Stimme darstellte, lernten die Männer, nicht ganz so dogmatisch mit der Frage umzugehen, was nun tatsächlich da war und was nicht. Für Bardas Loredan war es die Stimme von Alexius, dem ehemaligen Patriarchen von Perimadeia, den er vor Jahren für kurze Zeit gekannt hatte und der vermutlich tot war. Natürlich nur hier nicht, wo die Lebenden begraben waren und die Toten wie Invaliden von Brot und Milch lebten.

»Ich an Eurer Stelle würde nach links gehen«, sagte Alexius.

»Das wollte ich gerade tun«, erwiderte Bardas.

»Oh. Dann ist es ja gut.«

Er ging nach links. Der Stollen war hier schmaler, die Bodenplanken grober, noch nicht von behandschuhten Händen und umwickelten Knien blankgescheuert. Es war heiß, ein Hinweis, daß es hier möglicherweise Gas gab.

»Nicht, daß ich wüßte«, sagte Alexius.

»Gut. Ich habe auch so schon genug am Hals.«

»Aber wenn ich mich nicht sehr täusche«, fuhr der Patriarch fort, »ist da jemand vor Euch, etwa fünfundsiebzig Meter – es tut mir leid, daß ich nicht genauer sein kann, aber natürlich kann ich nicht das geringste sehen. Ich glaube, er ist stehengeblieben und richtet etwas; vermutlich eine Planke, die sich gelöst hat.«

»Gut, danke. In welcher Richtung kniet er?«

»Ich fürchte, damit kann ich nicht dienen.«

»Egal. Ist er auch ein Scheitelpunkt?«

»Das kann ich Euch nicht sagen. Er könnte ein Scheitelpunkt oder aber nur ganz zufällig da sein.«

»Ja.«

Bardas wurde langsamer, verlagerte bei jedem Knieschritt vorsichtig das Gewicht, um kein Geräusch zu machen. Er roch natürlich nach Blut, und vermutlich auch nach Schweiß. Der Mann roch nach Pfeffer und Koriander.

»Ihr habt ihn. Seid jetzt vorsichtig.«

So nah bei seinem Opfer antwortete Bardas nicht. Er konnte den Mann jetzt atmen hören, genau wie das ganz leise Knarren der Lederschoner an seinen Knien, wenn er sich bewegte.

»Er wendet Euch den Rücken zu.«

Ich weiß. Und jetzt geht bitte. Ich habe zu tun. Er ging noch näher heran (es konnte kein Meter mehr sein) und griff nach dem Messer im Stiefelschaft. Manchmal gab es ein leises, zischendes Geräusch, wenn die Klinge an seiner Hose entlangschrammte. Glücklicherweise war das diesmal nicht der Fall.

Danach bedankte er sich bei seinem Opfer.

»Warum tut Ihr das?« fragte Alexius verblüfft. »Ich will ehrlich sein, ich finde das morbide.«

»Tatsächlich?« Loredan zuckte mit den Schultern. (Eine sinnlose Geste in der Finsternis, die noch nicht einmal von Leuten registriert werden konnte, die überhaupt nicht da waren). »Ich persönlich halte das für eine nette Tradition.«

»Eine nette Tradition«, wiederholte Alexius. »So wie die Schwarzbeerenernte oder der Brauch, beim Frühlingsfest einen Strauß Primeln über die Tür zu hängen.«

»Ja«, sagte Loredan fest. »Wie für Euresgleichen eine Schale Milch hinzustellen.«

»Bitte, macht Euch meinetwegen keine Mühe. Wenn es etwas gibt, das ich nicht ausstehen kann, dann durchweichtes Brot in saurer Milch.«

»Ihr könnt doch nicht wollen, daß wir die guten Sachen verschwenden, oder?«

Bardas kroch über den Toten hinweg. Es konnte nicht mehr weit bis zum Stollenende sein.

(»Wie kommt es eigentlich«, hatte er einmal gefragt, »daß Ihr mir Dinge mitteilt, die ich nicht weiß – etwa daß voraus Feinde oder Gashohlräume sind –, wo Ihr doch nur in meiner Einbildung besteht? Und meistens habt Ihr auch noch recht.«

Alexius hatte darüber kurz nachgedacht. »Möglicherweise schnappt Ihr unbewußt Hinweise auf, die so unbedeutend sind, daß Ihr sie auf gewöhnliche Weise nicht wahrnehmen könnt – winzige Geräusche, von denen Ihr nicht wißt, daß Ihr sie wahrgenommen habt, der leiseste Hauch eines Geruchs –, und darum erfindet Ihr mich, um Zugang zu diesen Informationen zu erhalten.«

»Das könnte sein«, hatte er erwidert. »Aber wäre es nicht einfacher zuzugeben, daß es Euch tatsächlich gibt?«

»Vielleicht«, hatte Alexius gesagt. »Aber nur weil eine Sache wahrscheinlicher ist, muß das nicht bedeuten, daß sie auch stimmt.«)

Manchmal versuchte er, sich alles genau vorzustellen: wo er sich im Verhältnis zur Stadt und zum Heerlager des Großen Königs und zum Fluß und zur Bucht eigentlich genau aufhielt. Er glaubte noch immer an ihre Existenz, so gerade eben, aber manchmal wurde dieser Glaube schwer auf die Probe gestellt. Vielleicht hätte es geholfen, wenn er ihnen gelegentlich eine Schale Milch hingestellt hätte.

Er konnte hören, daß gegraben wurde; etwa fünf unterschiedliche Geräusche. Er roch Koriander, Schweiß, Stahl, frisch gestochenen Lehm, einen Hauch Gas, nicht genug, um gefährlich zu sein; Leder, feuchten Stoff, Urin und das Blut an seinen Händen und Knien. Aus unerfindlichen Gründen bereitete es ihm Probleme, die Entfernung zu schätzen – das konnte daran liegen, daß er in der Nähe des Stollenendes war, wo die solide Lehmwand die Geräusche aufsaugte, oder vielleicht war die Decke höher als gewöhnlich und schuf ein leises Echo. Fünf Männer gruben, also würde jedem Mann ein Abräumer zur Seite stehen, und mindestens zwei Holzwürmer – aber von Abräumerhaken oder Zimmermannswerkzeugen war nichts zu hören, was darauf schließen ließ, daß sie gerade erst mit der Arbeit begonnen hatten. Wenn das der Fall war, würde sehr bald ein Mann mit einem Seil für den Abraumkarren den Hauptstollen entlangkommen. Er lauschte, aber Alexius war nicht da (typisch, aber jeder wußte, daß man sich auf die Stimmen nicht verlassen konnte). Er versuchte, sich keine Sorgen zu machen, tastete die Wände vorsichtig nach Nischen ab, nach einer Stelle, wo der Stollen breit genug war, daß er sich an die Wand drücken und den Seilträger passieren lassen oder sich umdrehen und zurückgehen konnte. Schlimmstenfalls würde er rückwärts zurückkriechen müssen, aber das war die letzte Möglichkeit, da stets das Risiko bestand, daß einem ein Koriandermann entgegenkam.

Zum Glück gab es eine breite Stelle, wo sie sich beim Bau des Stollens durch Felsgestein hatten graben müssen. Die Zimmerleute hatten sich nicht die Mühe gemacht, die Reste des Felsens mit Holz zu verkleiden, und die Steinschneider hatten so tief geschnitten, daß es eine Spalte gab, in die er sich hineinquetschen konnte, wenn er auf so unwichtige Dinge wie das Atmen verzichtete.

Er mußte nicht lange warten, bis er ein Seil hinter einem Mann herschleifen hörte, und kurz darauf konnte er den Neuankömmling riechen. Er ließ dem Mann einen kleinen Vorsprung und bedankte sich danach bei ihm; wenn andere den Stollen betraten, würden sie gegen ihn stoßen und genug Lärm machen, damit er Bescheid wußte. Das war nett, und in den Minen mußte man Freundschaften schließen, wo immer es ging.

Fünf Männer gruben, dazu zwei Abräumer; er hörte zwei Haken, jedoch keine Säge. Offensichtlich waren sie unterbesetzt; es gab nicht genug erfahrene Männer. Das Problem hatten sowohl Knoblauch als auch Koriander. Die Abräumer konnten sich nicht umdrehen. Er würde sie ohne große Mühe erwischen. Das Problem würden die Treter sein, die sich auf ihren Kreuzen umdrehen konnten.

Er hatte den Abraumkarren vergessen; er fiel ihm erst wieder ein, als er die Hand darauf legte (er war dem Seil gefolgt, also gab es keine Entschuldigung). Es war harte Arbeit und kostete viel Zeit, darüber hinwegzuklettern, und einen Augenblick lang war er versucht, sich flach auf den Karren zu legen und sich mit dem hinteren Seil zur Wand zu ziehen, aber das Rädergeräusch würde ihr und nicht sein Freund sein. Und außerdem – wenn er ihn an Ort und Stelle ließ, würde er einen weiteren Wächter haben.

Er zog das Messer nur mit Daumen und Zeigefinger. Es war der einzige Gegenstand, den er als sein Eigentum betrachtete, dabei hatte er ihn noch nie gesehen. Er tastete mit den Fingern nach den kleinen Kerben, die er in den Holzgriff geritzt hatte, damit er wußte, daß er es richtig hielt, und schloß die Hand darum. Zwei Männer mußten getötet werden, dann noch einmal fünf, dann würde er den Ort für sich allein haben.

In den Minen schuf jeder Vorteil neue Risiken, alles, was helfen konnte, war gefährlich. Die dicken Knieschützer aus Filz und die Sohlen seiner Stiefel dämpften seine Bewegungen beinahe vollständig, aber sie beraubten ihn seines Tastsinns; er konnte nicht fühlen, wo sich der Boden veränderte, wo die Planken endeten und der lose Lehm begann.

Er fand den ersten Abräumer durch das Ende seines Hakens; der Mann stieß Loredan die Stange gegen die Brust. Er wußte, daß etwas nicht stimmte, weil es sich falsch anfühlte, aber ihm blieb keine Zeit, deswegen etwas zu unternehmen. Es war immer die gleiche Technik: die linke Hand über den Mund des Gegners, damit er kein Geräusch von sich gab, dann den Kopf zurückbiegen und die Kuhle entblößen, wo Hals und Schlüsselbeine aufeinandertreffen; dies war die beste Stelle für einen schnellen Stich. Als Loredan fertig war und seinen Dank gehaucht hatte, legte er die Leiche vorsichtig wie ein gerade frisch gebügeltes Gewand auf dem Boden ab.

Der zweite Abräumer bemerkte, daß irgend etwas anders war. Er erkannte, daß dort, wo das Geräusch eines Lehm beiseite ziehenden Hakens hätte ertönen müssen, Stille herrschte, und das kurz bevor Loredan bei ihm war. Er hatte noch genug Zeit, seinen Haken fallenzulassen und nach dem Messer zu greifen, und zufällig führte er die Klinge über die Seite von Loredans linker Hand und fügte ihm einen langen, tiefen Schnitt zu. Er starb, bevor er Gelegenheit hatte, die Bedeutung des leichten Widerstands zu erkennen, und Loredan fing das Messer auf, bevor es zu Boden fallen und Alarm auslösen konnte.

»Moaz? Moaz, du Bastard, warum hast du aufgehört?« Das war einer der Treter, der nervös nach hinten rief, während er sich um die Seite seines Kreuzes schob. Wirklich ärgerlich, dachte Loredan, er wird schwer zu finden sein. Aber mich wird er auch nicht so leicht finden, und ich bin im Vorteil.

Er wechselte das Messer in die linke Hand, die, die blutete. Ein Tropfen seines Blutes, der auf dem Nacken eines Mannes landete, nach dessen Mund und Kinn er griff, würde ihm kein Freund sein; das konnte ein schnelles, instinktives Umdrehen bedeuten, einen ins Leere gegangenen Griff, einen Fehler, der nicht wiedergutzumachen war. Es war ein Nachteil; seine rechte Hand war nicht so empfindsam. Eine weitere Variable in der Kalkulation, als wäre sie nicht bereits so schon kompliziert genug.

»Hier unten schleicht irgendein Bastard herum«, sagte eine Stimme. »Moaz? Levka? Um der Götter willen, sagt was.«

Loredan runzelte die Stirn. Die Stimme war ein Vorteil, weil sie ihm eine präzise Positionsbestimmung gab, aber wenn er direkt darauf zuhielt, würde er im Nachteil sein, weil der Mann damit rechnen würde, daß er genau von vorn kam. Wenn er versuchte, ihn zu umgehen, konnte es durchaus sein, daß er in eines der anderen Kreuze hineinlief oder über Abraum stolperte, der ihm ein Feind sein würde. Wenn er wollte, daß die Stimme sein Freund war, würde er es auf andere Weise versuchen müssen.

»Hilfe«, sagte er.

Stille. Dann: »Moaz? Bist du das?«

Loredan gab ein Stöhnen von sich; es war ein richtiges Kunstwerk. »Bleib da«, sagte die Stimme, »ich komme. Hast du ihn erwischt?«

Die Stimme kam näher und machte viel Lärm dabei. Er fühlte gespreizte Finger auf dem Gesicht, stellte die notwendigen Berechnungen an und stieß die Klinge nach oben. Es bestand kein Zweifel, er hatte ein Talent für diese Art von Arbeit.

»Danke«, sagte er laut, dann rollte er sich um die eigene Achse, bis er die Wand erreicht hatte.

»Was zum Teufel ist da hinten denn los?« fragte eine andere Stimme. »Moaz? Yan? Verdammt noch mal, dann muß eben jemand Licht machen.«

»Warte«, sagte eine andere Stimme. »Ich hole meine Feuerschachtel.« Loredan vernahm ein leises Schaben, eine Feuerschachtel, deren Deckel man aufschob. Das wäre aber gar nicht gut.

»Wartet«, rief er, dann schätzte er, so gut er konnte, und sprang, stieß sich wie ein Schwimmer mit den Beinen von der Wand ab. Er hatte gut geschätzt; seine ausgestreckte rechte Hand strich an einem Ohr vorbei. Wo ein Ohr ist, ist für gewöhnlich auch ein Hals, und das traf auch in diesem Fall zu.

Gut geschätzt, aber ein schlechter Zug, der ihm jedoch durch die Umstände aufgezwungen worden war. Als er das Messer herauszog, traf ihn ein Schlag quer auf den Rücken, ein Schlag, der immerhin seinen Atem stocken ließ. Und dann war da noch ein kurzer scharfer Schmerz an seinem linken Schlüsselbein, wo ihn die Klinge ritzte. Schnell packte er die Hand mit dem Messer. Wenn er von der Annahme ausging, daß der Mann Rechtshänder war, gab ihm das ein ziemlich genaues Ziel. Er setzte seine Überlegung in die Tat um. Fünf am Boden.

Nummer sechs starb, als er versuchte, sich in dem engen Stollen an ihm vorbeizuzwängen. Nummer sieben starb, während er in die falsche Richtung blickte, da er Bardas' Bewegungen aus den Augen verloren hatte, ohne es zu bemerken.

Auftrag erledigt.

Auftrag erledigt, und es blieb ihm nichts mehr zu tun. Als er probeweise ein paarmal gegen die Wand trat, fühlte sie sich niederschmetternd fest an; selbst wenn der Knoblauchhauptstollen parallel zu diesem Sollen verlief, war die trennende Wand zu dick für ihn, um sie durchbrechen zu können. Er legte sich auf das Kreuz, ließ die Schultern sinken und fragte sich, wie er den Männern, die er gerade getötet hatte, erklären sollte, daß alles Zeitverschwendung gewesen war.

»Das ist schon in Ordnung«, sagten sie. (Als er die Augen schloß, konnte er sie das erste Mal sehen.) »Das konntest du ja nicht wissen.«

»Es ist schön, daß ihr das so seht«, erwiderte er.

»Du hast dein Bestes getan«, sagten sie ihm. »Mehr kann man von einem Mann schließlich nicht verlangen. Das kann man dir nicht zum Vorwurf machen.«

Sie lächelten ihn an. »Ich wollte bloß überleben«, sagte er. »Das ist alles.«

»Das verstehen wir«, sagten sie. »An deiner Stelle hätten wir doch dasselbe getan.«

Loredan verscheuchte sie; er wußte genau, daß sie nicht real waren, sprach es aber nicht laut aus, da er sich fürchtete, ihre Gefühle zu verletzen. Sobald er ihre Gesichter gesehen hatte, hatte er gewußt, daß sie nur eine Einbildung waren, eine Projektion seiner eigenen Gedanken. Von der Definition her existierte das, was man mit eigenen Augen in den Minen sah, nicht.

»Mich eingeschlossen?«

»Euch eingeschlossen, Alexius. Aber Ihr seid alt und häßlich genug, daß man Euch solche Dinge sagen kann.«

»Oh. Nun, dann werde ich Euch nicht länger belästigen. Danke für das Brot und die Milch.«

»Gern geschehen. Und Ihr belästigt mich nicht. Ich freue mich über die Gesellschaft.«

Alexius lächelte. »Wißt Ihr, Ihr erinnert mich an einen meiner Lehrer, den ich als junger Student hatte. Er murmelte den ganzen Tag vor sich hin, und eines Tages forderten mich die anderen zu einer Mutprobe heraus. Ich sollte ihn fragen, was er sagte. Und ich tat es. ›Warum führt Ihr Selbstgespräche?‹ fragte ich ihn. ›Weil das hier die einzige Möglichkeit ist, eine vernünftige Unterhaltung führen zu können‹, erwiderte er. Ich habe das immer für eine gute Antwort gehalten.«

Loredan schüttelte den Kopf. »Welch steife Schlagfertigkeit«, sagte er. »Manchmal frage ich mich, ob das alles ist, was ihr Akademiker den ganzen Tag tut; ihr lungert herum und versucht, euch gegenseitig in sorgfältig geplante verbale Hinterhalte zu locken. Wenn Ihr mich fragt, ist das für erwachsene Männer ein seltsames Verhalten.«

Alexius nickte. »Fast so seltsam wie in schmalen, dunklen Tunneln herumzukriechen«, erwiderte er. »Aber nur fast.«

»Alexius.«

»Hm?«

Loredan öffnete die Augen. »Gibt es irgendeine Möglichkeit, wie ich hier rauskommen könnte? Oder bin ich diesmal erledigt?«

Er konnte Alexius nicht mehr sehen, aber die Stimme war deutlich zu hören. »Nicht Ihr auch noch. Ich habe mein ganzes Leben damit verbracht, es zu erklären. Ich bin Wissenschaftler, kein Wahrsager. Ich habe nicht die geringste Ahnung.«

»Wißt Ihr«, sagte Loredan, »Ihr klingt jünger als der Alexius, den ich gekannt habe.«

»Einer der Vorteile, nur eine imaginäre Person zu sein, besteht darin, daß ich so alt sein kann, wie ich will. Ich habe mich entschieden, siebenundvierzig zu sein. Siebenundvierzig hat mir am besten gefallen.«

Loredan nickte. »Ich hatte immer die Theorie«, sagte er, »daß wir alle schon von Geburt an ein optimales Alter besitzen: das Alter, in dem wir eigentlich sein sollten, und sobald wir es erreichen, bleiben wir dort, wo es darauf ankommt – in unseren Gedanken – immer in diesem Alter. Ich persönlich bin immer fünfundzwanzig gewesen. Ich war gut darin, fünfundzwanzig zu sein.«

Alexius seufzte. »Wie gut, daß Ihr Euer wahres Alter gefunden habt, solange Ihr genug Zeit hattet, es zu genießen. Wäre es siebenundvierzig gewesen, hättet Ihr Pech gehabt, denn ich fürchte, so alt werdet Ihr nicht werden.«

»Ah«, sagte Loredan. »Ich bin vierundvierzig.«

»Nein, das seid Ihr nicht. Sechsundvierzig. Ihr seid mit dem Zählen nicht mehr mitgekommen.«

»Tatsächlich?« Loredan zuckte mit den Schultern. »Schätze, ich bin zu lange hier unten. Und jetzt werde ich wohl auch hier unten bleiben.«

»Es erspart Euren Freunden die Kosten und den Schock, Euch begraben zu müssen.«

»Das ist wahr. Ich hatte gehofft, erst nach meinem Tod begraben zu werden.«

»Zugegeben, für gewöhnlich muß man vorher sterben. Aber in Eurem Fall scheint man eine Ausnahme gemacht zu haben.«

»Ich glaube, ich würde jetzt gern schlafen«, sagte Loredan und gähnte übertrieben. »Ich habe in letzter Zeit nicht gut geschlafen.«

»Wie Ihr wünscht.«

Er schloß wieder die Augen. Wie kann ein Mann besser sterben als in Ruhe und Frieden, dachte er, umringt von all seinen Freunden? Und da waren sie alle, um ihm das letzte Geleit zu geben (oder um ihn willkommen zu heißen, es kam nur auf den Standpunkt an), eine Reihe nach der anderen; sie füllten die Bänke der Zuschauergalerie des Gerichtssaals, während Bardas Loredan einen Degen aus dem Sack wählte, den seine Kanzlistin ihm hinhielt. Er brauchte nicht aufzuschauen, um zu wissen, wer sein Gegner war.

»Gorgas«, sagte er mit einem steifen Nicken.

»Hallo«, erwiderte sein Bruder. »Es ist lange her.«

»Über drei Jahre«, sagte Loredan. »Du hast dich nicht verändert.«

»Das ist nett von dir, aber ich schätze, das habe ich doch. Oben ist noch weniger da, dafür in der Mitte etwas mehr. Das ist das gute Essen in der Mesoge. Ich hatte ganz vergessen, wie sehr ich es mag.«

Gorgas hob den Degen, einen langen, schmalen Habresche, der viel Geld wert war. Bardas entdeckte, daß er den Guelan genommen hatte, seinen bevorzugten Prozeßdegen, den er vor ein paar Jahren in genau diesem Gerichtssaal zerbrochen hatte. Er war ebenfalls alt, selten und ein echtes Sammlerstück, wenn auch nicht so kostbar wie ein Habresche aus der späten Serie.

»Bist du sicher, daß wir das hier tun müssen?« fragte Gorgas wehmütig. »Wenn wir uns nur an einen Tisch setzen und aussprechen würden ...«

Bardas grinste. »Du hast Angst, nicht wahr?«

»Natürlich.« Gorgas nickte ernst. »Ich habe schreckliche Angst, daß ich dich verletzen könnte. Ich würde sofort diesen albernen Degen fallen und mich von dir töten lassen. Aber das würdest du nicht tun, oder?«

»Einen unbewaffneten Mann töten, der vor mir kniet? Normalerweise nicht. Aber in deinem Fall würde ich eine Ausnahme machen.«

Ihre Klingen trafen sich, als Gorgas einen Ausfall machte und Bardas mit der Vorhand parierte. »Ich wußte, daß du das mühelos abwehrst«, sagte Gorgas. »Wäre ich nicht der Überzeugung gewesen, daß du das schaffst, hätte ich den Stoß niemals geführt.«

»Behandle mich nicht so herablassend, Gorgas«, warnte Bardas. »Ich bin hierin sehr viel besser als du.«

»Natürlich bist du das, Bardas. Ich habe völliges Vertrauen in deine Fähigkeiten. Wir würden das hier nicht tun, wenn das anders wäre.«

Bardas schlug eine Riposte, drehte sein Handgelenk, um tief zuzustoßen, aber Gorgas wehrte rechtzeitig ab. Er war nie so schnell gewesen.

»Ich habe geübt«, sagte er.

»Offensichtlich«, erwiderte Bardas. Er beobachtete, wie die Klinge herankam, während Gorgas einen Rückwärtsschritt machte, erkannte die Finte frühzeitig und kompensierte, führte eine weite Parade, um sich sämtliche Möglichkeiten offenzuhalten. Nach der Parade machte er mit dem rechten Fuß einen

Diagonalschritt, um den Winkel zu verändern, und schlug einen kurzen, kräftigen Hieb auf das Gesicht seines Bruders. Gorgas parierte gerade noch rechtzeitig, und die rasiermesserscharfe Spitze des Guelans fügte ihm oberhalb des Ohrs einen kleinen Schnitt zu.

»Sehr stilvoll«, sagte Gorgas. »Du bist gut heute. Übrigens, habe ich dir erzählt, daß Niessa gestorben ist? Meine Tochter Niessa, nicht *unsere* Niessa.«

»Ich habe sie nie kennengelernt«, erwiderte Bardas. »Nur ihren Bruder.«

»Lungenentzündung, ausgerechnet«, sagte Gorgas. »Sie war erst neun, die arme Kleine.«

»Hat dir niemand gesagt, daß es schlechtes Benehmen ist, sich während des Fechtens zu unterhalten?«

Gorgas löste sich von ihm und schlug nach Bardas' Kopf. Bardas sprang rückwärts, um ihm zu entgehen. »Entspann dich«, sagte Gorgas. »Das hier ist nicht real, du bildest dir das Ganze nur ein.«

»Das ist keine Entschuldigung für flegelhaftes Verhalten. Wenn du schon in meiner Vorstellung kämpfst, dann hältst du dich an die Hausregeln.«

»Du warst schon immer dafür berüchtigt, dir Regeln zurechtzubiegen«, sagte Gorgas seufzend. Bardas stand frei für einen Gegenstoß in den Unterleib; hätte Gorgas ihn geführt, hätte er ein echtes Problem gehabt, ihn aufzuhalten. Aber Gorgas hielt sich zurück und gab Bardas die Zeit, die er brauchte, um seine Deckung zu schließen. »Genau wie damals, als wir Kinder waren«, fuhr Gorgas fort. »In dem Augenblick, in dem dir klar wurde, daß du verlierst, gab es ganz plötzlich diese brandneue Regel.«

»Das ist doch nicht wahr«, protestierte Bardas. »Ich mag das eine oder andere professionelle Foul begangen haben, aber ich habe nie betrogen. Einen an dir vorbeizukriegen hätte mehr Mühe gemacht, als es wert war. Du bist doch bei der geringsten

Kleinigkeit heulend zu Vater gerannt. ›Das ist nicht fair, das ist nicht fair!‹ Und er hat sich immer auf deine Seite geschlagen, wenn es gegen mich ging.«

»Glaubst du? Ich schätze, es war wohl immer genau anders herum.«

Gorgas machte einen Ausfall. Es war ein kurzer, schneller Ausfall, direkt aus der letzten Parade heraus. Bardas hätte unter keinen Umständen etwas dagegen unternehmen können. Er spürte ...

... wie eine leichte Vibration durch das Kreuz fuhr und schlug die Augen auf. Jemand kam schnell den Stollen entlang. *Verdammt*, dachte er. *Für wie bereit auch immer du dich hältst, es ist etwas, für das du nie bereit sein wirst.*

Er tastete nach dem Messer im Stiefel, aber es war nicht da. Er lächelte. Drei Jahre in den Minen, und er hatte nie zuvor sein Messer verloren. Ein Zufall?

Er schloß die Augen und konzentrierte sich. Wer auch immer sie waren, sie legten ein schnelles Tempo vor, eilten auf Händen und Knien vorwärts, als trügen sie ein bizarres Rennen aus. Ihm wurde klar, daß sie sich sehr unbeholfen anstellten, wenn sie den Tunnel heraufkamen, um ihn zu töten. In den Minen gab es keine Kavallerieangriffe; wenn man die Arbeit richtig anstellte, war das erste, was der Getötete registrierte, die Dankbarkeit seines Mörders. Nun, wenn sie nicht seinetwegen kamen, warum kamen sie dann überhaupt in diese Richtung? Falls es sich um die nächste Schicht handelte, würden sie den Stollen nicht so schnell durchqueren. Vielleicht kamen sie ja gar nicht auf ihn zu, sondern bewegten sich von etwas weg – etwas wie einem Kommandotrupp oder einem Stolleneinsturz.

Aber was es nun auch war, sie befanden sich auf dem Weg hierher, und wenn sie ihn fanden, würden sie ihn töten. Er tastete nach dem nächstbesten seiner sieben toten Freunde, fand das Messer des Mannes und nahm es. Unter normalen Umständen fiel Leichenfledderei in die Kategorie schlechtes Benehmen, aber in diesem Fall war er überzeugt, daß sie es ausnahmsweise übersehen würden.

»Paßt auf!« brüllte jemand – es war entweder Alexius oder einer der sieben Toten, er konnte es nicht sagen –, dann durchfuhr den ganzen Stollen ein Ruck, als hätte man ihn gerade fallen gelassen. Staub drang in Bardas' Mund und seine Nase, als ihn das zweite Beben auf die Knie beförderte. Das dritte ließ die Decke einstürzen.

Ein Camouflet, sagte jemand. *Ein großes Camouflet. Wir haben ihren Stollen unterminiert. Hurra!*

»Wunderbar«, sagte Bardas laut, und die herabstürzende Erde füllte den Raum wie eine Sanduhr.

2

Knoblauch.

»... verdammter glorreicher echter Kriegsheld. Wir haben den Kerl wie einen Trüffel ausgebuddelt, jawoll, das haben wir. Haben ihn für einen von denen gehalten, bis uns die Stiefel aufgefallen sind.«

Bardas Loredan öffnete die Augen, und Licht traf ihn. Er schloß sie wieder, aber nicht schnell genug. Schmerz und Angst ließen ihn aufschreien.

»Seht nur, er kommt zu sich«, sagte eine Stimme aus dem Licht. Es war unvorstellbar, daß lebende Wesen diese sengende, quälende Helligkeit überstehen konnten; es konnte nicht real sein, es mußte sich um eine Halluzination handeln. »Einfach unglaublich. Das hätte er nicht überleben dürfen, er hätte auf der Stelle tot sein müssen.«

Das zeigt, wie wenig du weißt; man kann keinen Mann töten, der tot und begraben ist. Er versuchte sich zu bewegen, aber sein Körper schien nur aus Schmerz zu bestehen. Das Licht brannte sich durch seine Lider hindurch.

»Sergeant, Sergeant, könnt Ihr mich hören?« Die Stimme kam ihm irgendwie bekannt vor, was seltsam war. Wie hießen noch diese komischen kleinen Echsendinger, die im Feuer lebten? Salamander. Warum in aller Welt sollte er einen Salamander kennen, und warum sollte der ihn Sergeant nennen?

»Das ist normal«, sagte eine andere Stimme. »Ihm ist gerade eine Stadt auf den Kopf gefallen, also ist es wohl kaum überraschend, daß er etwas benommen ist.« Diese Stimme war ebenfalls nicht unbekannt. Zwei Salamander.

Alexius? Alexius, seid Ihr das? Hört mit dem Quatsch auf und macht das Licht aus.

»Sergeant? Seht nur, er kommt wieder zu sich. Wer zum Teufel ist Alexius?«

Wer seid Ihr? Ich kann Euch nicht sehen, also müßt Ihr real sein. Habe ich Euch eben in dem Stollen getötet?

»Bei den Göttern«, sagte ein anderer Salamander, »er ist ganz schön weggetreten.«

»Er hat gerade ganz Ap'Escatoy auf die Nuß gekriegt, was erwartet Ihr da? In ein oder zwei Tagen wird er wiederhergestellt sein.«

Es war unvermeidbar, früher oder später würde er die Augen öffnen müssen. Das Licht schob sich sowieso an seinen Lidern vorbei und drang in sein Hirn. *Bin ich gestorben und habe mich auch in einen Salamander verwandelt, Alexius? Ihr hättet mich warnen sollen.* Er schlug die Augen auf.

»Wer zum Teufel seid Ihr?« fragte er blinzelnd.

Zuerst konnte er nur Umrisse ausmachen, ein großes braunes Oval, das über ihm aufragte. So etwa mußten Menschen für einen Karpfen in einem Fischteich aussehen. Kein Wunder, daß die Mistviecher fortschwammen.

»Sergeant?« sagte das Oval. »Ich bin's, Malicho. Unteroffizier Malicho, erinnert Ihr Euch?«

Loredan schüttelte den Kopf, ein schmerzvolles Unterfangen. »Seid nicht albern«, sagte er. »Ihr seht ihm nicht mal ähnlich.«

»Ich bin es aber wirklich, Sergeant. He, Dollus, sag ihm, daß ich es bin.«

Am Rand des Salamanderteiches tauchte ein weiteres Oval auf. »Denk doch mal darüber nach, Malicho. Er hat dich nie zuvor gesehen. Er hat keinen von uns gesehen. Und wir haben ihn nicht gesehen, wenn man es recht bedenkt.«

»Woher wollen wir dann wissen, ob er es tatsächlich ist?« fragte ein anderer. »Vielleicht ist er ja in Wirklichkeit einer von denen. He, seht mich nicht so an. Ich sage ja bloß, daß es möglich ist.«

»Er ist es«, sagte der Salamander Malicho fest. »Diese Stimme würde ich überall erkennen. Sergeant, wacht auf. Alles in Ordnung, wir sind es wirklich. Die siebte Schicht, was davon noch übrig ist. Ihr werdet Euch erholen. Wir haben Euch ausgegraben, nachdem das Camouflet hochging. Der Krieg ist vorbei. Wir haben gewonnen.«

Die Anstrengung, die Lider aufzuhalten, war unerträglich; er konnte fühlen, daß Muskeln wie nasses Tuch rissen. »Wir haben gewonnen?«

»Genau. Wir haben die Bastion zum Einsturz gebracht, das Tor ist umgestürzt, und wir haben die Stadt gestürmt. Wir haben gesiegt.«

»Oh.« *Was für ein Krieg denn? Ich kann mich an keinen Krieg erinnern.* »Das ist gut«, sagte er. »Gut gemacht.«

»Er hat nicht die geringste Vorstellung, wovon du da sprichst«, sagte ein Salamander. »Komm schon, Malicho, soll sich der arme Kerl erst mal ausruhen.«

Der Gesandte erkannte Zimt und natürlich Nelken; eine Spur Ingwer, einen Hauch von Veilchen, einen winzigen Tupfer Jasmin. Die eine besondere Zutat entzog sich ihm jedoch. Es konnte einen wirklich zur Verzweiflung bringen.

»Die Familie ist anscheinend allgemein bekannt«, sagte der Oberst. »Es gab da eine Schwester, die die Bank von Scona geleitet hat ...«

»Scona?« Der Gesandte stellte die winzige Silbertasse behutsam ab. »Ich glaube, ich habe diesen Namen irgendwo schon einmal gehört. Hat es da nicht einen Krieg gegeben?«

»Nur einen ganz kleinen«, erwiderte der Oberst. »Der jedoch kurzzeitig zu Kursschwankungen an den Wechselbörsen geführt hat. Und es gibt noch einen Bruder, der eine Art lokaler Kriegsherr in einem Gebiet namens Mesoge ist. Und unser Mann war natürlich der Kommandant der letzten Verteidiger von Perimadeia.«

»Tatsächlich?« Heckenkirsche? Nein, es war eine andere Art von Süße, nicht so trocken. »Also eine ziemlich erhabene Familie.«

Der Oberst lächelte. »Nein, das nun wirklich nicht. Ihr Vater war irgendwo Pachtbauer. Aber das ist alles Vergangenheit. Ein bemerkenswerter Mann – für einen Außenseiter. Wir sollten etwas für ihn tun. Es würde der Armee gefallen.«

Der Gesandte neigte leicht den Kopf. »Ich muß darüber nachdenken«, sagte er. »In solchen Fällen ist der Grat zwischen der Anerkennung besonderer Verdienste und der Förderung eines Personenkultes schrecklich schmal. Was die Verfahrensweise betrifft ...« (Honig; es war mit einem anderen Gewürz veredelter Honig. Kein Wunder, daß es so schwer zu bestimmen war). »Was die Verfahrensweise betrifft«, wiederholte er, »ziehen wir es heutzutage vor, die Erfolge der Gruppe hervorzuheben, und soweit ich weiß, wäre das in diesem Fall auch völlig richtig.«

Der Oberst nickte. »Natürlich. Bis zu einem gewissen Punkt sollten wir auch genau das tun. Aber Sergeant Loredan ist in der Armee bereits so etwas wie eine Legende. Es könnte durchaus Schaden anrichten, die ganze Abteilung auszuzeichnen, wenn man ihn dabei übergeht. Die Soldaten sind sehr loyal, was ihresgleichen betrifft; das macht sie letztlich zu dem, was sie sind.«

»Tatsächlich.« Der Gesandte unterließ es, die Stirn zu runzeln, auch wenn das, was er da hörte, ihm überhaupt nicht gefiel. Andererseits war es nur ein geringfügiges Problem. »Nun«, sagte er und hob die Tasse wieder. »Ich schätze, es kann nicht schaden, wenn wir diesem Mann seinen Augenblick des Ruhms geben. Ich schlage einen Lorbeerkranz vor und einen vorderen Platz im Triumphzug, wenn er dazu in der Lage ist. Und dann eine Beförderung.«

Der Oberst fand, daß das ein brauchbarer Vorschlag war. Eine Beförderung bedeutete eine Versetzung, eine Beförderung würde ihn von den Soldaten wegbringen, die ihn als die Person auserkoren hatten, der ihre unmittelbare Loyalität gehörte. »Und die Staatsbürgerschaft?« fragte er. »Oder vielleicht doch nicht. Da gibt es natürlich Präzedenzfälle.«

»Das muß ich mit der Provinzverwaltung klären«, sagte der Gesandte. »Ein Präzedenzfall ist nicht das gleiche wie eine Regel oder gar eine Gewohnheit beim Militär. Nur weil man anerkennt, daß etwas einmal geschehen ist, bedeutet das nicht notwendigerweise, daß es erneut geschehen muß.«

Der Oberst ging darauf nicht ein. Der Gesandte hatte seine politischen Herren, aber er mußte eine Armee motivieren. Außerdem hatte er gerade Ap'Escatoy erobert.

»Verzeiht«, sagte der Gesandte plötzlich, »aber ich muß es wissen. Ist das Honig?«

Der Oberst lächelte. »Wie aufmerksam«, sagte er. »In der Tat, es ist ziemlich selten, eine Spezialität der Gegend. Das heißt, eigentlich kommt sie nicht von hier, sie wird aus dem Norden importiert, aber hier ist die einzig bekannte Verkaufsstelle dafür. Es ist das Heidekraut.«

»Das Heidekraut«, wiederholte der Gesandte, als hätte der Oberst plötzlich angefangen, von Seeschlangen zu sprechen.

»Die Bienen ernähren sich vom Heidekraut«, erklärte der Oberst, »und das gibt dem Honig seinen unvergleichlichen Geschmack. Allein ist er nichts Besonderes, aber auf die richtige Weise veredelt, ist der Effekt sehr nett, findet Ihr nicht?«

Heidehonig, dachte der Gesandte, *was kommt wohl als nächstes?* Es war beinahe ein Zugeständnis bei der Staatsbürgerschaftssache wert, aber die Provinzverwaltung war nicht so dekadent. Noch nicht. »Euer Sergeant«, sagte er, »ich sage Euch, was ich tun werde. Staatsbürgerschaft auf Probe, abhängig von der Dauer des Militärdienstes. Ich würde sagen, das ist die richtige Mischung aus Anerkennung und Ansporn, findet Ihr nicht?«

Der Oberst lächelte. »Ausgezeichnet«, sagte er. »Ich bin sicher, das wirkt Wunder für die Moral.« Er nahm den versilberten Krug und schenkte dem Gesandten nach. »Ich bin schon immer der Überzeugung gewesen, daß es von äußerster Wichtigkeit ist, dafür zu sorgen, daß der Sieg nicht außer Kontrolle gerät.«

Die Kaufleute von der Insel reagierten auf die Nachricht vom Fall Ap'Escatoys nach dreijähriger Belagerung und Zermürbung mit der ihnen eigenen charakteristischen Schnelligkeit und Entschiedenheit. Sie erhöhten sofort die Preise für Rosinen (um ein Viertel den Scheffel), Safran (um sechs Viertel die Unze), Zimt und Bleiweiß. Auf diese Weise beruhigten sich die Märkte, bevor sie in den freien Fall übergehen konnten, und die Zinsrate der Bank von Shastel lag am Ende des Tages sogar um einen halben Prozentpunkt höher. Es machten mehr Leute Gewinne als Verluste, und bei Börsenschluß konnte man mit Fug und Recht sagen, daß kein längerfristiger Schaden entstanden war.

»Und doch will ich gern zugeben, daß ich eine Zeitlang durchaus besorgt war«, sagte Venart Auzeil und goß sich noch einen Becher von dem starken Wein ein. »Wir waren schrecklich exponiert. Ich schätze, wir alle sollten dankbar sein, daß es nicht schlimmer gekommen ist.«

»Das wird es noch«, murmelte Eseutz Mesatges und wischte sich mit dem Handgelenk die Lippen ab. Die neue Mode für Geschäftsfrauen (im Grunde war es die Aufmachung à la Kriegerprinzessin vom Vorjahr, nur mit weniger Gold und mehr Leder) stand ihr gut, aber es gab keinen vernünftigen Platz für ein Taschentuch. »Es gibt nicht den geringsten Grund für die Annahme, daß sie dort aufhören werden. Es sei denn, jemand zwingt sie dazu«, fügte sie entschieden hinzu. »Sie sind ein verdammtes Ärgernis, und es muß etwas geschehen. Ich weiß nicht, was es da zu grinsen gibt, Hido. Wenn die Große Armee sich dazu entscheidet, die Küste herauf zu marschieren statt hinunter, wie jedermann annimmt, werdet Ihr diese Pfefferkonzessionen, von denen wir immer so viel hören, nicht weggeben können.«

Venart runzelte die Stirn. »Aber das ist doch wenig wahrscheinlich, oder? Ich meine, der Sinn der Übung hat doch darin bestanden, ihre westliche Grenze zu sichern. Wenn sie nach Norden statt nach Süden ziehen, dehnen sie diese Grenze weiter aus, statt sie zu festigen.«

»Ihr Götter, Ven, Ihr seid so verdammt naiv«, sagte Eseutz ungeduldig. »Die Grenzen sichern, Scheiße; hier geht es um primitiven altmodischen Expansionismus, wie Euch jeder mit einem Funken Verstand schon vor drei Jahren hätte sagen können. Nein, wir hätten sie vor Ap'Escatoy aufhalten müssen; verdammt, wir hätten sie sogar noch früher aufhalten müssen, bei Ap'Ecy oder schon bevor sie überhaupt die Grenze überschritten hatten. Je weiter sie vordringen, desto schwerer wird es werden, und das ist eine Tatsache.«

Hido Glaia gähnte und nahm sich noch eine Handvoll Oliven. »Wenn Ihr richtig zuhören würdet, wäre Euch klar, daß ich Euch nicht widerspreche. Meiner Meinung nach sind sie schlimmer als jede Plage, sie sind eine echte Gefahr, und den Göttern sei Dank, daß wir auf einer Insel leben. Das Witzige daran ist nur, daß Ihr glaubt, wir könnten etwas dagegen unternehmen.« Er pflückte einen Olivenkern aus dem Mund. »Nun, falls wir *und* Shastel *und* Gorgas Loredans fröhliche Bande aus Halsabschneidern unten in der Mesoge *und* König Temrais Steppenreiter ... Wenn sich jemand Sorgen machen sollte, dann wohl sie; wäre ich die Provinzverwaltung, wüßte ich, was ganz oben auf meinem Einkaufszettel stehen würde. Wenn wir uns also alle verbünden, uns hinter Ap'Seny aufbauen und ihnen sagen, bis hierhin und nicht weiter ...«

Er zuckte mit den breiten Schultern. »Nun, es könnte so oder so ausgehen, es hängt davon ab, was die Provinzverwaltung sonst noch vorhat, was wir übrigens nicht wissen, aber wissen sollten, und es ist ein Skandal, daß wir es nicht tun. Aber sehen wir den Tatsachen ins Auge, das wird nicht passieren. Nein, wir sollten damit anfangen, uns ausgesprochen freundlich mit der Provinzverwaltung über Nichtangriffspakte und Zölle und den Status als bevorzugte Transportunternehmer zu unterhalten, das ist Beste, was wir tun können. Schließlich sind es keine Wilden. Wenn wir lernen könnten, die Nomaden zu lieben, werden wir prima mit diesen Bastarden auskommen.«

Venarts Schwester Vetriz, die auf dem Sofa gelegen und so getan hatte, als würde sie sich langweilen, setzte sich auf. »Das kann nicht Euer Ernst sein, Hido«, sagte sie. »Wir sollen mit den Steppenreitern ins Bett gehen? Nach dem, was sie mit der Stadt gemacht haben?«

Hido grinste. »Wir treiben Handel mit ihnen. Ihr treibt Handel mit ihnen. Sogar die Bank von Shastel macht Geschäfte mit ihnen, und bei den Göttern, wenn es jemand gibt, der das Recht hat, einen Groll gegen sie zu hegen, dann doch wohl sie.« Er beugte sich nach vorn und kratzte sich am Spann. »Wo steckt übrigens Athli? Ich dachte, sie wäre da.«

Eseutz runzelte die Stirn. »Ach, die steckt irgendwo und gibt sich wieder schrecklich mächtig. Ich weiß nicht, sie führt die Niederlassung, als würde ihr die ganze verdammte Bank gehören.«

»Eseutz wollte einen Kredit für diese Gewürzoptionen«, erklärte Hido. »Und Athli, mögen die Götter sie segnen, hat es rundweg abgelehnt. Ich hätte es Euch sagen können, wenn Ihr mich gefragt hättet«, fuhr er fort und schenkte Eseutz ein warmes, gönnerhaftes Lächeln. »Athli mag sich wie eine Insulanerin kleiden und sprechen, und sie hat einen besseren Riecher für Geschäfte als die meisten von uns, die hier geboren und aufgewachsen sind, aber wenn es ums Geldverleihen geht, ist sie eine waschechte Perimadeianerin und wird es immer bleiben.«

Eseutz schnaubte und griff nach dem Weinkrug. »Das ist alles Euer Fehler«, sagte sie zu Vetriz. »Ihr habt sie damals hergebracht. Aber was soll's. Ihr könnt ihr ausrichten, daß ich meinen Kredit bekommen habe, und nur einen Prozent über dem allgemeinen Zinsniveau.«

»Ihr mußtet Euer Schiff als Sicherheit einsetzen«, sagte Hido. »Aber besser Ihr als ich. Ich persönlich bin der Meinung, daß Euch Athli einen Gefallen getan hat. Wer zum Teufel wird schon Eure Preise für Pfeffer und Zimt bezahlen wollen, sobald die Provinzverwaltung das Zeug für die Hälfte Eures Einkaufspreises auf die Märkte wirft?«

Eseutz gab ein Knurren von sich und setzte den Krug klirrend ab. »Wenn das Eure Einstellung ist, solltet Ihr schon mal anfangen, die Namen der verdammten Großen Könige auswendig zu lernen, damit ihr sie vor dem Provinzgouverneur herunterrasseln könnt, wenn er hier mit seinen Truppen anmarschiert kommt.«

Hido senkte den Kopf. »Das könnte eine vernünftige Vorsichtsmaßnahme sein«, sagte er. »Wenn wir uns mit diesen Leuten beschäftigen müssen, was zusehends wahrscheinlicher wird, könnte es von Vorteil sein, zu lernen, wie man vor ihren Beamten kriechen muß.«

Als der Abend vorbei war und ihre Gäste nach Hause gegangen waren, kickte Vetriz ihre Schuhe davon und goß sich den letzten Schluck Wein ein. »Ich werde aus den beiden nicht schlau«, sagte sie. »Sind sie's oder sind sie's nicht?«

Ihr Bruder zuckte mit den Schultern. »Sowohl als auch«, erwiderte er. »Was zugegebenermaßen seltsam ist. Ich meine, es ist offensichtlich, was er in ihr sieht, aber umgekehrt? Nicht in einer Million Jahren.«

Vetriz runzelte die Stirn. »Komisch, ich hätte gesagt, es wäre genau andersrum. Egal, ich schätze, das bedeutet, sie wurden füreinander gemacht. Doch in diesem Fall frage ich mich, warum sie soviel Zeit damit verbringen, sich gegenseitig in geschäftlichen Dingen herunterzumachen.«

Venart gähnte. »Vermutlich drücken sie so ihre Zuneigung

aus«, sagte er. »Aber was sie da über das Imperium gesagt hat ... weißt du, in gewisser Weise macht das Sinn. Aber das gilt auch für das, was Hido gesagt hat. Diese Sache mit Ap'Escatoy hat das wirklich deutlich gemacht.«

»Wenn du meinst«, sagte Vetriz und stand langsam auf. »Ich gehe zu Bett, solange ich mich noch bewegen kann.«

»Gut.« Venart zögerte einen Augenblick, dann sagte er: »Als ich heute nachmittag unten bei den Nagelmachern war, habe ich etwas über Ap'Escatoy aufgeschnappt.«

»Hm? Erzähl's mir morgen früh.«

Venart schüttelte den Kopf. »Wirklich, ich hätte es schon früher erwähnen sollen, obwohl es natürlich nur ein Gerücht ist, und ich habe nicht die geringste Vorstellung, wo es herkommt oder ob was dran ist.«

Vetriz gähnte. »Um Himmels willen, Ven, hör auf zu stottern und sag's mir.«

»Also gut.« Venart mied ihren Blick. »Jemand hat vom Ende der Belagerung gesprochen, was genau passiert ist, und er hat gesagt, der Mann, der die Mauer schließlich zum Einsturz gebracht hat, soll Bardas Loredan heißen.«

Vetriz drehte sich nicht um. »Tatsächlich«, sagte sie. »Das ist ja interessant.«

»Ich hab' gedacht, du solltest es wissen«, sagte Venart. »Aber es ist nur ein Gerücht.«

»Natürlich«, erwiderte Vetriz. »Nun, ich gehe zu Bett. Gute Nacht.«

Nach dieser kleinen Information war es unvermeidlich, daß ihre Träume in die Minen – mittlerweile kannte sie jeden Quadratzentimeter, so daß ihre Knie und Hände schon bei dem Gedanken daran schmerzten – und zu der Dunkelheit und der abgestandenen Luft und dem Geruch nach Lehm und Gewürzen zurückkehrten. Wider einmal kroch sie blind auf die Quelle der Geräusche zu, dem nicht zu unterscheidenden Chaos aus Stahl und Stimmen. Diesmal hoffte sie, eine Stimme herausfiltern zu können, aber das war völlig unrealistisch. Vielleicht erklärte die Neuigkeit, die sie erfahren hatte, warum sie immer wieder an diesen Ort zurückkehren mußte; nichts anderes ergab einen Sinn. Es war bloß ein Traum, in dem sie im Dunkeln durch Tunnel kroch, und manchmal stürzte die Decke über ihr ein und manchmal auch nicht. Vielleicht hatte sie ja das erste Mal recht gehabt und es war wirklich die göttliche Vergeltung für den blauen Käse, den sie kurz vor dem Zubettgehen gegessen hatte.

Aber diesmal rief sie seinen Namen, dabei konnte sie nicht einmal mit Bestimmtheit sagen, ob sie kam, um ihn zu retten, oder selbst gerettet werden wollte. Die ganze Nacht kroch sie durch die Stollen ihres Traums, und manchmal mußte sie über Männer hinwegkriechen, die schon lange tot waren; manchmal waren es Leute, die sie ihr ganzes Leben lang gekannt hatte, manchmal sah sie sie zum ersten Mal. Aber der Lärm kam nie näher, und die Stimmen blieben verworren. Sie wachte schweißgebadet und mit verwühltem Bettzeug auf.

Als Temrai die Augen aufschlug, ekelte ihn das Licht.

Er schüttelte den Kopf wie ein nasser Hund, als wollte er versuchen, den Traum aus seinem Kopf zu verscheuchen. Tilden neben ihm grunzte, drehte sich um und zog ihm die Decke von den Zehen. Sie konnte alles verschlafen, sogar den unterdrückten Aufschrei, mit dem er aufgewacht war. Wenn Tilden seltsame und schreckliche Träume hatte, drehten sie sich um durch zu langes Kochen verdorbene Kasserollen oder lang erwartete Wandteppiche, die, wenn sie endlich eintrafen, nicht zu den Kissen paßten. Der Gedanke ließ ihn unwillkürlich lächeln.

Er seufzte und setzte sich auf, bewegte sich behutsam, um sie nicht zu stören. Das Licht war kaum mehr als ein bißchen verwaschener Mondschein, der durch den Rauchabzug quoll; erstaunlich, daß er ihm gerade eben als unerträglich grell erschienen war.

Wie ein gewissenhafter Zeuge vor dem Magistrat rief er sich

methodisch den Traum in Erinnerung. Er war von Dunkelheit umgeben gewesen, in einer Höhle oder einem Tunnel unter der Erdoberfläche; er war hastig vorwärts gekrochen, um etwas oder jemandem zu entkommen, entweder einem Deckeneinsturz oder einem Mann mit einem Messer, und die meiste Zeit war es beides gewesen. Als der Mann ihn eingeholt und er eine Hand gefühlt hatte, die sich in seinen Haaren vergrub und seinen Kopf nach hinten riß, um seine Kehle für die scharfe Klinge zu entblößen, hatte sich eine Stimme bei ihm bedankt, während eine andere ihm verraten hatte, daß das hier Sergeant Bardas Loredan war, der Zerstörer von Städten, der Bezwinger von Mauern, verantwortlich für den Tod von Tausenden ...

... was natürlich völliger Unsinn war. Er, König Temrai der Große, war der Zerstörer von Städten und der Verantwortliche für den Tod von Tausenden; er war derjenige, der die Mauern von Perimadeia zum Einsturz gebracht hatte, nachdem er zuvor die Hunderttausende von Menschen, die dort bei seinem Eindringen in der Falle gesessen hatten, verbrannt hatte. Der kluge und teure Arzt aus Shastel, nach dem er geschickt hatte, als ihn die Träume, die ihn seit dem Fall der Stadt plagten, auf gefährliche Weise krank gemacht hatten, hatte ihm gesagt, das sei alles völlig natürlich, es sei kaum überraschend, daß er in seinen Träumen den Platz eines der Menschen einnahm, die er verbrannt hatte. Irgendwie hatte der kluge und teure Arzt ihn mit dem Eindruck zurückgelassen, daß das Ganze so normal war, daß es eigentlich gut für ihn sein mußte, so wie der regelmäßige Genuß von Milch und Leibesübungen.

Er fragte sich, was der Arzt wohl von dieser neuen Entwicklung gehalten hätte – die Höhlen, der Mann mit dem Messer, der Bardas Loredan war, der Zerstörer von Städten. Für einige Dinge fand er allein die Lösung; seine Schuldgefühle und sein Selbsthaß hatten ihn sich mit dem furchteinflößendsten und zerstörerischsten Mann identifizieren lassen, dem er jemals begegnet war, so daß er zu Loredan geworden war, die ultimative

Erniedrigung. Man brauchte kein gutes Geld auszugeben, um sich das sagen zu lassen.

Er gähnte. An Schlaf war nicht mehr zu denken; was er wirklich wollte, war Gesellschaft. Er glitt leise vom Bett, tastete mit den Zehen nach seinen weichen Filzschuhen, zog sich den Mantel über und schlich aus dem Zelt.

Wer würde um diese Nachtzeit wach sein? Nun, einmal die Wachposten (oder sie wären alle in großen Schwierigkeiten) und der Wachoffizier und der Freund des Wachoffiziers – für den gab es einen ganz bestimmten militärischen Begriff, aber er hatte nicht die geringste Ahnung, welchen; im Grunde bestand die Aufgabe darin, die ganze Nacht aufzubleiben und mit dem Wachoffizier Dame zu spielen, um zu verhindern, daß er einschlief.

Bald würden die Bäcker auf sein und sich um das Brot kümmern. Die besten Eierkuchen der Welt machte Dondai der Federmacher, ein zahnloser alter Mann, der sein Leben damit verbrachte, zunehmend gereizten Gänsen, die die zusätzliche Pfeilbefiederungsreserve bildeten, sorgfältig ausgesuchte Federn auszurupfen. Das war alles, was er tat. Jemand anders sortierte die Federn in linke und rechte; jemand anders spaltete und kürzte sie und brachte sie den Arbeitern, die sie mit dünnen Fäden aus Tiersehnen an den Pfeilen anbrachten. Aber wenn Dondai keine Federn rupfte, bereitete er großartige Eierkuchen zu, und da er zu alt war, um viel Schlaf zu benötigen, bestand eine gute Chance, daß er wach war.

Dondais Zelt war nicht schwer zu finden, nicht mal mitten in der Nacht; man mußte nur dem Gänsegeruch folgen. Am Eingang zum Gänsegehege flackerte auch wie erwartet ein kleines Feuer, neben dem ein Mann saß, in dessen großen, geschickten Händen sich eine wütende Gans wand. Der Mann kehrte ihm den Rücken zu, und erst als Temrai ihm auf die Schulter getippt und der Mann sich umgedreht hatte, erkannte er, daß das nicht derjenige war, nach dem er suchte.

»Tut mir leid«, sagte er. »Ich suchte Dondai.«

Der Mann sah ihn an und legte die Stirn in Falten.

»Dondai der Federmacher«, wiederholte Temrai. »Schläft er?«

»Das könnte man so sagen«, erwiderte der Mann. »Er ist vor drei Tagen gestorben.«

»Oh.« Aus irgendeinem Grund war Temrai schockiert, und zwar weitaus mehr, als eigentlich angebracht war. Sicher, er hatte Dondais weiße Eierkuchen gegessen, seit er ein kleiner Junge war, aber das war auch alles, was der alte Mann ihm bedeutet hatte, eine sichere Hand mit einer Tonschüssel und einer flachen Eisenpfanne. »Das tut mir leid.«

Der Mann zuckte mit den Schultern. »Er war vierundachtzig«, sagte er. »Wenn Leute so alt werden, sterben sie meistens irgendwann. Es ist ja nicht so, daß das ungerecht wäre oder so. Ich bin übrigens Dassascai, sein Neffe. Du warst sein Freund?«

»Ein Bekannter«, erwiderte Temrai. »Du bist noch nicht lange in der Armee, oder?«

»Ich bin nicht in der Armee«, sagte Dassascai. »Bis vor kurzem hatte ich einen Stand auf dem Markt von Ap'Escatoy, wo ich Fisch verkauft habe. Tatsächlich habe ich dort die meiste Zeit meines Lebens verbracht.«

»Tatsächlich«, sagte Temrai. »Dort muß es in den letzten paar Jahren ja schrecklich gewesen sein.«

Dassascai schüttelte den Kopf. »Eigentlich nicht. Du darfst nicht vergessen, daß es eine Hafenstadt war, und die Provinzverwaltung konnte keine Schiffe erübrigen. Es gab keine Versorgungsengpässe, die Leute hatten Geld zum Ausgeben; alles in allem war es kein übler Krieg.«

Temrai nickte langsam. »Wie ist es dir ergangen?« fragte er. »Ich dachte immer, nur wenige Menschen wären dort lebend rausgekommen.«

»Das stimmt auch«, sagte Dassascai. »Glücklicherweise war ich nicht da, als es passierte; ich war auf dem Weg hierher, um wie ein guter Neffe meinen Onkel zu besuchen und dann auf der Insel gesalzenen Kabeljau zu kaufen. Ich bin zwei Tage bevor es geschehen ist aufgebrochen; wie du siehst, bin ich ein richtiger Glückspilz. Nur daß ich auf Geschäftsreisen weder meine Frau noch die Familie mitzunehmen pflegte«, fügte er mit einem schiefen Grinsen hinzu. »Und dann ist noch die geringfügige Sache mit den Besitztümern, die man ein Leben lang zusammengetragen hat, obwohl man das eigentlich nicht im selben Atemzug mit der Familie zur Sprache bringen sollte. Aber um die Wahrheit zu sagen, weiß ich, was ich mehr vermisse.«

Temrai setzte sich und achtete darauf, daß sich das Feuer zwischen ihnen befand. »Und was wirst du jetzt tun? In die Fußstapfen deines Onkels treten?«

»Und den Rest meines Lebens Federn aus lebenden Gänsen zupfen? Wohl kaum.« Dassascai stand auf, in der einen Hand eine wild zappelnde Gans an den Beinen haltend, in der anderen ein paar Federn. »Zum einen lassen mich Gänsefedern immer niesen. Außerdem stinken sie. Ich tue das jetzt nur, weil ich nichts zu essen habe, wenn ich nicht arbeite. Aber es wird sich schon was ergeben, und dann ziehe ich weiter.«

»Das klingt nicht schlecht«, sagte Temrai. »Irgendeine Vorstellung, was das sein könnte? Bei meiner Arbeit stoße ich gelegentlich auf gute Gelegenheiten, für die man gute Leute braucht. Ich könnte meine Augen für dich offenhalten.«

Dassascai setzte sich wieder und sah ihn durch die Flammen hindurch an. »Und was machst du?«

»Hauptsächlich Verwaltungskram«, erwiderte Temrai. »Und ich hänge bei Stabsbesprechungen herum. So was eben.«

»Ein Mann mit Macht und Einfluß«, erwiderte Dassascai. »Nun, dann sollte ich dir lieber sagen, was ich gut kann. Ich kann einkaufen, und ich kann verkaufen; ich bin es gewohnt zu reisen, ich kann handeln und erreiche meistens einen guten Abschluß. Meine Mutter pflegte zu sagen, ich hätte ein ehrliches Gesicht. Das wär's auch schon.«

Temrai lächelte. »Du hättest vermutlich einen guten Perimadeianer abgegeben. Oder einen Insulaner. Wie bist du überhaupt in Ap'Escatoy gelandet?«

»Das kann ich nicht mal genau sagen. Als junger Bursche habe ich mich mit meinem Vater überworfen. Er wurde wütend, da bin ich weggegangen. Einige Zeit später habe ich mich in Ap'Escatoy wiedergefunden, mit einem Korb gestohlener Panzerfische hinter einer Reihe Fässer versteckt. Ich habe den Panzerfisch verkauft und vom Erlös an der Mole neuen gekauft. Danach war dann alles schön langweilig. Mir gefällt das Leben besser, wenn es langweilig ist.«

Temrai rieb sich die Nasenspitze. »Ehrlich?«

»Du offensichtlich nicht.«

»Mich kann so schnell nichts langweilen«, antwortete Temrai. »Mich interessiert fast alles.« Er stand auf. »Aber vielleicht hast du ja recht. Wenn ich etwas höre, das wirklich langweilig klingt, lasse ich es dich wissen.«

»Danke«, sagte Dassascai. »Das wäre nett.«

Als Temrai wieder zu seinem Zelt kam, warteten bereits Bossocai, der Baumeister, und Albocai, der Hauptmann der Reserve, auf ihn. Sie saßen auf kleinen Faltstühlen vor dem Zelteingang. »Tut mir leid«, sagte er. »Wartet ihr schon lange?«

»Überhaupt nicht«, erwiderte Albocai. Er war ein schlechter Lügner.

»Ich habe mich gerade mit einem wirklich interessanten Spion unterhalten«, fuhr Temrai fort, schob die Plane beiseite und winkte sie ins Zelt. »Übrigens, seid leise, meine Frau schläft noch.«

»Woher weißt du, daß es ein Spion war?« fragte Bossocai.

Temrai grinste. »Es hätte nicht offensichtlicher sein können, hätte er das Wort Spion auf die Stirn tätowiert«, erwiderte er. »Ein netter Mann. Ich habe seinen Onkel gekannt.«

Albocai runzelte die Stirn. »Nun, wir sollten ihn verhaften lassen. Wie heißt er?«

»Das ist nicht nötig«, sagte Temrai. »Es ist ja nicht so, als hätten wir Geheimnisse, die sich zu stehlen lohnen.« Er zeigte ein Lächeln, das die anderen beiden nicht begreifen konnten. »Außerdem ist es bestimmt der langweiligste Auftrag auf der ganzen Welt, Spion in unserem Lager zu sein, also geht das schon in Ordnung. Ich bin mir nicht sicher, für wen er spioniert, aber ich schätze, daß ihn die Provinzverwaltung geschickt hat. Das ist doch interessant, findet ihr nicht?«

»Ich finde, entweder irrst du dich oder du nimmst es zu leicht«, sagte Albocai. »Bist du sicher, daß er ein Spion ist?«

Temrai nickte. »Wenn sich ein Mann als Neffe eines Mannes ausgibt, den ich mein ganz Leben lang gekannt habe und der weder Bruder noch Schwester hatte, ganz zu schweigen von einem Neffen, und wenn dieser angebliche Neffe dann da sitzt und ganz genau weiß, wer ich bin, obwohl er so tut, als wüßte er es nicht, und mich ziemlich offen bittet, ihn als Spion in Diensten zu nehmen, kann ich nur zu einem logischen Schluß kommen. Das erinnert mich an etwas; Albocai, ich möchte, daß du herausfindest, was mit einem Mann namens Dondai geschehen ist ...«

»Der Gänsefederrupfer? Der ist gestorben.«

»Ah ja. Finde mehr darüber heraus, ja? Wenn er ermordet wurde, hast du meinen Segen, dir diesen Spion zu schnappen, und wenn ich ihn dann das nächste Mal sehe, bitte in mehreren Stücken. Und damit ist diese Angelegenheit erledigt. Was kann ich für euch tun?«

»Nun«, sagte der Baumeister und stellte eine detaillierte technische Frage über die Seile von Wurfmaschinen, ein Thema, über das Temrai besser Bescheid wußte als sonst jemand in der Armee; nachdem er seine Antwort erhalten hatte, brachte Albocai die vorgesehene Schlachtorder für die leichte Infanteriereserve zur Sprache. Als sie verschwunden waren, betrachtete Temrai das Bett und gähnte; er fühlte sich schläfrig, und jetzt war es viel zu spät, um wieder zu Bett zu gehen. Er nahm seinen Köcher, setzte sich auf die Kleiderpresse und fing an, die Pfeilspitzen an einem Lederband zu schärfen.

Zur gleichen Zeit rupfte Dassascai, der Spion, neben dem Gänsestall Federn und ging in Gedanken noch einmal die erste Kontaktaufnahme mit dem Mann durch, den zu töten man ihn geschickt hatte.

»Paß auf«, sagte der Junge. »Guck, wo du hintrittst, oder du wirst ...«

Zu spät. Gannadius stolperte über den Ast am Boden und stürzte der Länge nach in den Schlamm; es war ekelhafter, dikker Schlamm unter einer dünnen Schicht verfaulter Blätter. Seine Beine sanken bis zu den Knien ein, und er wußte, daß er sie nicht würde befreien können, aber er versuchte es trotzdem. Es gelang ihm nur, den Fuß aus dem Stiefel zu ziehen. Das Gefühl des Schlamms an seinem nackten Fuß war ekelerregend.

(*Moment mal*, dachte er.)

»Bleib da stehen«, sagte der Junge hinter ihm. »Beweg dich nicht, sonst machst du alles nur noch schlimmer.«

Der Junge packte ihn unter den Armen und zog; er verkeilte den anderen Fuß, um diesen Stiefel nicht auch noch zu verlieren.

(*Verdammt, ich erinnere mich. Und ich glaube nicht, daß es mir gefallen wird ...*)

»So, das hätten wir«, sagte der Junge. Gannadius konnte jetzt den Kopf wenden; er sah einen jungen Mann an, der nicht älter als achtzehn sein konnte, aber enorm breite Schultern hatte; sein breites Gesicht wirkte dümmlich, sein dünnes weißblondes Haar wich an den Ecken bereits zurück, die Nase war klein und flach, die Augen blau. »Du solltest wirklich schauen, wo du hintrittst«, sagte er. »Komm schon, es ist Zeit, daß wir nicht hier waren.«

Gannadius öffnete den Mund, um eine Erklärung zu verlangen, aber seine Stimme versagte. Er bückte sich und zerrte an dem Stiefel, bis er ihn freibekam. Er war voller Schlamm und Wasser. Der Junge schob sich bereits durchs Unterholz *(ein dichter Wald voller Dornengestrüpp und nassem Boden; ja, definitiv derselbe Ort)*, und er mußte sich beeilen, um mit ihm Schritt zu halten. Indem er dem Jungen genau folgte und sich an den Pfad hielt, den dieser getrampelt hatte, gelang es ihm, sich einen Weg durch das Gestrüpp zu bahnen.

»Das gefällt mir nicht, Onkel Theudas«, sagte der Junge, und einen Augenblick später brachen Männer aus den Dornenbüschen hervor, die sich durch den Schlamm kämpften und sich Hosen und Mäntel an den Dornen zerrissen. Der Anblick ihrer Schwierigkeiten wäre zum Brüllen komisch gewesen, hätten sie nicht den Anschein erweckt, daß sie trotz aller Widrigkeiten offenbar darauf versessen waren, ihn und den Jungen zu töten, und im Gegensatz zu ihnen beiden trugen sie Rüstungen und waren bewaffnet.

»Verdammt«, sagte sein Neffe und duckte sich unter einer wild geschwungenen Hellebarde weg. Er richtete sich wieder auf, nahm seinem Gegner die Hellebarde ab und schmetterte ihm das stumpfte Ende des Schafts ins Gesicht. Ein weiterer Angreifer bahnte sich einen Weg zu ihnen; seine Stiefel waren so voller Schlamm, daß er nur watscheln konnte. Er trug eine große Streitaxt, aber als er sie schwang, verfing sich die Klinge in ein paar Dornenranken, und bevor er sie wieder freibekam, stieß ihm Theudas junior die eben eroberte Hellebarde in den Magen. Der Angreifer geriet ins Schwanken, ließ die Streitaxt los und ruderte wild mit den Armen, um das Gleichgewicht zu halten, dann fiel er rückwärts hin; seine Füße steckten jetzt im Schlamm fest, so wie es eben Gannadius ergangen war, und er lag hilflos auf dem Rücken in dem klebrigen Schlamm und starb. »Komm schon«, sagte der Junge und schnappte sich Gannadius' Handgelenk, während er einhändig mit der Hellebarde den Schlag einer Keule abwehrte. »Die Götter seien verdammt, wärst du nicht mein Onkel, würde ich dich zurücklassen.«

(Und das ist alles, woran ich mich erinnern kann. Verdammt.)

»Ich komme schon, ich komme schon«, stieß Gannadius keuchend hervor. »Warte auf mich, um Himmels willen.«

»Oh, um ...« Theudas junior holte über Gannadius' Kopf hinweg aus, um jemandem mit der Hellebarde den Schädel zu zerschmettern. »Langsam wünsche ich mir, ich wäre zu Hause geblieben.«

Es waren nur noch vier Soldaten übrig, aus irgendeinem unerfindlichen Grund hielten sie sich zurück. »Steh nicht einfach da rum«, sagte sein Neffe gereizt, »mach schon. Ich halte sie auf.«

Ja, aber in welche Richtung soll ich gehen? Ich habe die Orientierung verloren. Gannadius zog die schweren Beine aus dem klebrigen Schlamm und stapfte mit gesenktem Kopf vorwärts. Hinter ihm ertönte das Klirren von Stahl, der auf Stahl prallte. *Völlig sinnlos, den Soldaten zu entkommen, wenn ich doch bloß im Sumpf ersaufe.* Er wollte sich umdrehen, entschied sich aber dagegen; vermutlich war es zu deprimierend. Kurz darauf stolperte er über die eigenen Füße und landete mit dem Gesicht im Schlamm. Er blieb, wo er war, zu erschöpft, um zu versuchen aufzustehen.

»Onkel.« Offensichtlich war dieser Tonfall erblich; seine Mutter hatte ihn für ihre mahnenden Ansprachen benutzt. »Onkel, du bist nicht besonders hilfreich. Steh auf, um der Götter willen.«

»Ich kann nicht. Ich stecke fest.«

»Schon gut.« Eine Hand schloß sich um sein Handgelenk, dann versuchte eine gefährlich mächtige Kraft, ihm den Arm aus dem Körper zu reißen, und schien dabei fast schon Erfolg zu haben. Glücklicherweise gab der Schlamm nach, bevor es seine Sehnen taten, und eine zweite Hand riß ihn auf die Beine. »Bist du in Ordnung?«

»Mir geht es gut«, erwiderte Gannadius. »Tut mir leid.«

»Komm schon. Versuch mitzuhalten.«

Soviel zum Blockadebrechen, dachte Gannadius bitter. Soviel dazu, unauffällig bei Nacht und Nebel, wenn sie es am wenigsten erwarten, durch die Linien zu schlüpfen. In der Theorie nicht übel, aber der imperiale Admiral ist kein völliger Trottel. Wenn er in dunklen, nebligen Nächten seine Schiffe nahe beisammen hält, dann hat er dafür seine Gründe; vielleicht hat es ja etwas mit der Tatsache zu tun, daß jeder, der dumm genug wäre, den Versuch zu unternehmen, sich einen Weg vorbei an den unter Wasser liegenden Felsen in der Meerenge zu suchen, förmlich um Schwierigkeiten bettelt.

»Verfolgen sie uns noch immer?«

»Keine Ahnung«, sagte der Junge. »Falls ja, sind es wirklich Idioten. Paß auf, wo du hintrittst, ziemlich klebriger Untergrund.«

Und hier war er nun, ein Mann seines Alters, der auf feindlichem Territorium durch einen Sumpf kroch, während die halbe imperiale Armee Jagd auf ihn machte. Jeder mit nur einem Funken Verstand wäre auf der Insel geblieben, hätte sich nötigenfalls eine Arbeit gesucht und gewartet, bis Shastel und die Provinzverwaltung ihre Differenzen geregelt haben und aufhören würden, in der ganzen östlichen Küstenregion Krieg zu spielen.

»Wir bleiben hier«, sagte Theudas junior, »damit du verschnaufen kannst.«

»Danke«, erwiderte Gannadius von ganzem Herzen. »Bist du sicher, daß es hier sicher ist?«

»Woher zum Teufel soll ich das wissen? Ich bin in meinem ganzen Leben noch nicht hier gewesen.«

Gannadius lehnte sich an einen Baumstamm und ließ sich auf seinen Hosenboden sinken. »Ich weiß«, sagte er. »Aber du scheinst dich in solchen Dingen gut auszukennen.«

Der Junge zuckte mit den Schultern. »Eigentlich nicht. Ich versuche es einfach.«

»Schön. Und ich war der Meinung, das alles hättest du von Bardas Loredan gelernt.«

»Eigentlich nicht.« Der Junge lächelte. »Wir hatten mal Probleme mit ein paar Soldaten, aber wir haben uns versteckt, bis sie weg waren.« Er schaute auf die Hellebarde in seiner Hand und legte sie dann zur Seite. »Ich weiß nicht, vielleicht komme ich ja nach meinem Vater. Du hast mir ja erzählt, daß er Pirat ist.«

»War«, sagte Gannadius. »Heute ist er respektabler Frachterkapitän.«

»Das glaube ich, wenn ich es sehe«, erwiderte der Junge. »Das erinnert mich übrigens an etwas. Ich glaube kaum, daß Direktorin Zeuxis sehr begeistert sein wird, wenn wir ihr sagen, daß wir eines ihrer Schiffe versenkt haben.«

Unwillkürlich mußte Gannadius lächeln, als er sich die Szene vorstellte. »Es war ja kein großes«, erwiderte er. »Außerdem hat Athli mittlerweile so viele von den verdammten Dingern, daß sie es vermutlich nicht mal vermißt. Und nicht wir haben das verfluchte Ding auf die Felsen gesetzt, sondern ihr sogenannter Kapitän. Ich sehe uns in dieser Angelegenheit eigentlich als die Opfer.«

Der Junge nickte; anscheinend hatte ihn das zufriedengestellt. »So, und wie geht es jetzt weiter?«

Gannadius runzelte die Stirn. »Ich dachte, du wärst der geborene Anführer.«

»Ja, aber du bist der Zauberer. Zaubere einen fliegenden Teppich herbei und schaff uns hier raus.«

Gannadius seufzte. »So funktioniert das nun mal nicht.«

»Wenn du mich fragst, funktioniert es gar nicht.«

»Du hast ein Recht auf deine Meinung«, sagte Gannadius müde. »Aber nein, du hast schon recht. Ich kann keine fliegenden Teppiche herbeizaubern oder den Feind mit einem Feuerball zu Boden werfen oder sie alle in Wassermolche verwandeln. Eine Schande, aber so ist es nun einmal.«

Der Junge zuckte mit den Schultern. »Also gut, dann laufen wir eben. Es kann nicht mehr weit nach Ap'Amodi sein.«

»Tatsächlich liegt Ap'Amodi in der anderen Richtung. Ich mag kein Zauberer sein, aber ich kann eine Karte lesen. Wir halten direkt auf Ap'Escatoy zu, und ich schlage respektvoll vor, daß wir dort nicht hinwollen.«

»Ap'Escatoy«, wiederholte der Junge. »Hat dort nicht ...«

»Genau. Wie ich schon sagte, kein Ort, an dem wir uns sehen lassen sollten.«

Der Junge rieb sich mit der schlammigen Hand das Kinn. »Aber was, wenn Bardas wirklich dort ist? Er wird sich um uns kümmern, das weiß ich genau. Uns wird nichts passieren.«

Gannadius seufzte. »Darauf würde ich mich an deiner Stelle nicht verlassen. Selbst wenn wir es schaffen sollten, ohne verhaftet zu werden zu ihm vorzudringen oder ihm zumindest eine Nachricht zukommen zu lassen, gibt es keinen Grund für die Annahme, daß er etwas für uns tun kann. Es gibt nicht mal einen Grund für die Annahme, daß er überhaupt Offizier ist.«

Der Junge warf ihm einen rebellischen Blick zu. »Bardas würde nicht zulassen, daß uns was passiert«, sagte er. »Nicht, wenn er wüßte, daß wir in Schwierigkeiten stecken.«

»Vielleicht nicht. Aber es gibt so viele Möglichkeiten, wie wir sterben könnten, ohne daß er es je erfährt. Ich sage, wir finden einen Rückweg und reisen die Küste rauf, in Richtung Ap'Amodi. Natürlich nicht zu weit, oder wir würden uns in Perimadeia wiederfinden.«

Der Junge nickte. »Und du kennst den Weg, ja?«

Gannadius schüttelte den Kopf. »Ich habe eine vage Erinnerung an die Karte, die ich mir angesehen habe, und das wäre es auch schon. Frag mich nicht nach Entfernungen. Wir könnten einen Tag brauchen oder drei Wochen.«

»Oh.« Plötzlich sah der Junge sehr jung und verängstigt aus; Gannadius fand das außerordentlich beunruhigend. »Und sonst kannst du nichts tun? Ich meine, mit deinen Kräften ...«

Gannadius lächelte. »Gar nichts, tut mir leid.«

»Damit kann man wirklich nichts anfangen, was?«

»Nein, nicht viel.«

Der Junge stand auf. »Nun, wenn sie uns verfolgen würden, hätten sie uns mittlerweile erwischt. In welche Richtung? So ungefähr?«

Gannadius dachte einen Augenblick nach. »So nach Nordosten, würde ich sagen, was ungefähr da sein müßte. Falls kein Berg oder Fluß im Weg ist. Kartographie ist in Shastel nicht unbedingt eine präzise Wissenschaft.«

Der Junge betrachtete das Unterholz, dann hieb er mit der Hellebarde darauf ein. »Nun ja«, sagte er, als er die Klinge, die sich verfangen hatte, wieder losriß. »Dann fange ich mal an.« Er schlug noch einmal zu und gab es dann auf. »Gehen wir den Weg zurück, den wir gekommen sind; vielleicht finden wir den Pfad wieder, den wir benutzt haben.«

»Gut«, sagte Gannadius. »Und was ist, wenn wir noch mal auf Soldaten stoßen?«

»Dann sind wir erledigt«, sagte der Junge. »Aber hier kommen wir niemals durch. Zwanzig Mann würden eine Woche brauchen, um bloß bis zu dem Baum da drüben zu kommen.«

Gannadius seufzte und folgte ihm. *Alexius*, dachte er, *wo zum Teufel steckt Ihr, wenn ich Euch brauche? Könnt Ihr mich nicht aufspüren, mir sagen, was zu tun ist?* Aber natürlich funktionierte das so nicht, wie er genau wußte. Er konnte so lange darüber spekulieren, wie er wollte, warum er vor genau drei Jahren die kurze, eher lächerliche Schlacht im Schlamm in einer zufälligen, vom Prinzip hervorgerufenen Vision gesehen hatte. Es war eine Tatsache, daß das Prinzip kein Werkzeug war, das man benutzen konnte. Es war etwas, das über einen hereinbrach, so wie Pech oder ein Regenguß. Er schleppte sich weiter und trat in die tiefen Fußabdrücke des Jungen. *Ich bin zu alt für so was. Und bei diesem Tempo ist es unwahrscheinlich, daß ich älter werde.*

»Der Pfad müßte hier irgendwo sein.« Die Stimme des Jungen riß ihn aus seinen Gedanken. »Wir müssen ihn verfehlt haben.«

»Vermutlich«, sagte Gannadius niedergeschlagen. »Es wird zu dunkel zum Weitersuchen. Ich sage, wir bleiben hier und warten bis zum Morgen.«

»Also gut.« Der Junge ließ sich an Ort und Stelle zu Boden sinken und warf die Hellebarde in den Schlamm. »Ich habe Hunger.«

»Dein Pech. Du kannst ja versuchen, ob du etwas erlegen kannst. Wenn es in diesem schrecklichen Sumpf außer Soldaten überhaupt noch etwas zu töten gibt, was ich bezweifle.«

Der Junge schüttelte den Kopf. »Mir ist nichts aufgefallen.«

»Dann werden wir wohl ohne auskommen müssen und eben versuchen, nicht daran zu denken.«

»Na gut.«

Ein paar Minuten später schlief der Junge. Gannadius schloß die Augen, aber das nutzte lange Zeit nichts. Als er endlich einschlief, hatte er wieder den Traum, und das war noch schlimmer.

Gannadius?

Er war in dem Traum; Stroh brannte, einstürzende Balken ließen Funken aufsprühen, als sie auf dem Boden landeten, Rauch, verwirrte Schreie. »Alexius?« fragte er. »Was tut Ihr hier?«

Da war er und stand genau vor ihm. *Ich weiß es nicht. Ich bin noch nicht lange hier. Wo seid Ihr?*

»Ich hatte gehofft, das könntet Ihr mir sagen«, erwiderte Gannadius. »Was könnt Ihr erkennen?«

Nun, das hier, sagte Alexius. *Den Fall von Perimadeia. Was wolltet Ihr denn, das ich sehe?*

Gannadius runzelte die Stirn. »Mein Neffe und ich haben uns in einem Sumpf zwischen Ap'Escatoy und Ap'Amodi verirrt. Ich hatte gehofft, Ihr könntet mir sagen, was wir tun sollen.«

Tut mir leid. Alexius zuckte mit den Schultern. *Habt Ihr Ap'Escatoy gesagt? Das ist seltsam. Da verschlägt es mich in letzter Zeit immer hin.*

»Faszinierend. Ich freue mich darauf, Eure Monographie über dieses Thema zu lesen. Könnt Ihr nicht versuchen herauszufinden, wo genau wir sind? Es wäre uns eine gewaltige Hilfe.«

Ich wünschte wirklich, ich könnte Euch helfen, aber Ihr wißt ja, wie es ist. Nur aus Interesse, was habt Ihr überhaupt in einem Sumpf in den umstrittenen Territorien zu suchen? Als letztes habe ich gehört, daß Ihr eine schöne, gemütliche Stellung in Shastel hattet.

Um ihn herum brannte Perimadeia weiter. Gannadius versuchte nicht hinzusehen. »Ich hoffe, die habe ich immer noch«, sagte er, »wenn ich mich jedoch nicht bald einmal wieder dort sehen lasse, werden sie mich womöglich für tot halten und sie jemand anderem geben. Nein, ich bin zur Insel gefahren, um meinen Neffen zu besuchen.«

Euer Neffe – o ja, ich erinnere mich. Der Junge, den Bardas Loredan aus der Stadt gerettet und mit nach Scona genommen hat. Auch wieder so eine seltsame Sache.

»Stimmt«, sagte Gannadius mit einem Hauch von Ungeduld. »Eigentlich war vorgesehen, daß Athli Zeuxis – Ihr erinnert Euch an sie?«

Natürlich. Bardas' Kanzlistin. Sie ist jetzt eine Geschäftsfrau auf der Insel, nicht wahr?

»Das ist richtig. Wie dem auch sei, sie hat den Jungen mit zur Insel genommen, als Bardas vor ein paar Jahren dieses Pech hatte, etwa zur selben Zeit, als sie die Inselkonzession der Bank von Shastel bekommen hat. Nun, sie war seitdem äußerst erfolgreich, und zwar so erfolgreich, daß sie ein Büro in der Hauptstelle in Shastel eröffnen muß, und sie hat es für eine gute Idee gehalten, den jungen Theudas ...«

Euer Neffe.

»Das ist richtig. Er wurde nach mir benannt ...«

Euer ursprünglicher Name war Theudas?

»Ja. Theudas Morosin.«

Bei den Göttern. Da kennen wir uns all diese Jahre, und ich hatte keine Ahnung. Es tut mir leid, fahrt fort.

»Athli hat gedacht, es wäre eine gute Idee«, sagte Gannadius geduldig, »wenn der junge Theudas einige Zeit in Shastel bei ihrem Agenten verbringen und das Handwerk lernen würde, und natürlich bei mir wäre, da ich praktisch sein einziger noch lebender Verwandter bin – mal von seinem Vater abgesehen, aber der ist wieder verschwunden, und er war dem Jungen sowieso nie ein richtiger Vater.«

Hört sich nach einer großartigen Idee an. Was ist schiefgegangen?

Gannadius seufzte. »Ich hatte Pech. Einen Tag, nachdem wir die Insel verlassen hatten, hat Shastel wegen irgendeiner blöden Insel mit der Provinzverwaltung einen Streit begonnen – eigentlich hat das mit dieser Ap'Escatoy-Geschichte zu tun, offenbar ist Shastel darüber zu Tode erschrocken und voller Sorge, was als nächstes passieren wird –, und jetzt hat die imperiale Flotte die Straße von Escati abgeriegelt. Hätten wir nur einen Funken Verstand besessen, hätten wir kehrtgemacht und den langen Weg genommen – soweit ich weiß, haben sie den nicht blockiert – oder zumindest in Ap'Amodi abgewartet, bis das Säbelrasseln aufhört. Aber nein, wir mußten clever sein und die Blockade durchbrechen. Statt dessen sind wir aufgelaufen, und dann sind wir in eine Patrouille hineingelaufen, und hier sind wir nun. In einem Sumpf.«

Ich verstehe. Was für ein Pech. Ich wünschte wirklich, ich könnte Euch helfen.

»Ich auch«, sagte Gannadius. »Aber das könnt Ihr nicht, damit hat sich die Sache erledigt. Übrigens, wie geht es Euch überhaupt? Alles in Ordnung?«

Alexius (natürlich war es nicht er selbst, nicht im herkömmlichen Sinn jedenfalls, obwohl er schon da war) zuckte mit den dünnen Schultern. *Ganz gut.* Ein sterbender Speerkämpfer taumelte auf ihn zu; er trat beiseite, um ihn vorbeizulassen. *Ich schlafe aber schlecht. Böse Träume, Ihr wißt schon.*

»Ihr auch? Ist es wieder der gleiche?«

Nicht in letzter Zeit; tatsächlich habe ich ihn nicht mehr gehabt, seit ich Euch das letzte Mal hier gesehen habe. Nein, ich glaube, ich habe die Belagerung von Ap'Escatoy geträumt. Vermutlich die Loredan-Verbindung, obwohl ich mich nicht erinnern kann, ihn gesehen zu haben. Nur viele sehr unerfreuliche dunkle Stollen, deren Decken einstürzen, und Menschen, die in der Finsternis kämpfen. Jetzt, da die Belagerung zu Ende ist, hören sie ja vielleicht auf.

»Hoffen wir es«, sagte Gannadius, der versuchte, ausreichend mitfühlend zu klingen. »Ich bin froh, sagen zu können, daß ich nicht ...«

»Onkel?«

Gannadius schlug die Augen auf. »Was? Oh, du bist es.«

Der Junge sah ihn an. »Du hast mit jemandem gesprochen.«

»Wirklich?« Gannadius wirkte verblüfft. »Ich muß geträumt haben. Äh, was habe ich denn gesagt?«

Der Junge lächelte. »Keine Ahnung«, sagte er. »Du hast vor dich hin gemurmelt, und ich glaube, es war in einer anderen Sprache. Tust du das oft? Ich meine im Schlaf sprechen?«

Gannadius runzelte die Stirn. »Ich weiß es nicht«, sagte er. »Denn weißt du, selbst wenn ich es tue, schlafe ich und weiß nicht, was ich tue.«

3

Ihr seid das also«, sagte der Schreiber und sah ihn von oben herab an. »Der Held.«

Auf der Fensterbank befand sich ein Skorpion, ein Weibchen, deren gerade zur Welt gekommener Nachwuchs sich auf ihrem Rücken festklammerte. Bardas zählte neun Junge. Das Skorpionweibchen krabbelte ein paar Schritte, verharrte und erstarrte mit erhobenen Scheren. Der Schreiber hatte es entweder nicht gesehen, oder es war ihm egal.

»Das bin ich«, sagte Bardas. »Das heißt, ich bin Bardas Loredan, und man hat mir schon Schlimmeres nachgesagt.«

Der Schreiber runzelte die Stirn. »So, so, auch noch Sinn für Humor. Ihr werdet Euch glänzend mit dem Präfekten verstehen, er hat auch viel Sinn für Humor.« Er verstummte. »Zumindest macht er Witze. Mehr ein Produzent als ein Konsument, wenn Ihr versteht, was ich meine.«

Bardas nickte. »Danke.«

Der Schreiber winkte mit seinen langen, eleganten Fingern ab. »Wir wissen alles über Euch«, sagte er. »Natürlich seid Ihr ein interessanter Mann.« Er schlug nach einer Fliege, ohne hinzusehen – und traf sie auch. »Der Präfekt sammelt interessante Männer. Er studiert die menschliche Natur.«

»Ein interessantes Studiengebiet«, sagte Bardas.

»Das habe ich auch gehört.« Das Skorpionweibchen setzte sich wieder in Bewegung, aber der Schreiber bemerkte es aus den Augenwinkeln, nahm ein halbrundes Elfenbeinlineal vom Schreibtisch, beugte sich vornüber und teilte mit der flachen Seite einen vernichtenden Schlag aus. Er zerschmetterte das Tier und seine neun Jungen zu einer klebrigen Masse. »Schon gut«, sagte er und schnippte die Überreste von der Fensterbank, »sie sind bei weitem nicht so gefährlich, wie die Leute glauben.

Sicher, wenn sie einen stechen, ist es schon möglich, das man einen oder zwei Tage anschwillt, und es sind fürchterliche Schmerzen. Aber es passiert selten, daß einer stirbt.«

»Gut zu wissen«, sagte Bardas.

Der Schreiber wischte das Lineal an einem Wandteppich ab und legte es wieder auf den Tisch. »Ihr wart also Gerichtsfechter«, sagte er. »Ich habe davon gehört. Ihr habt Leute getötet, um Prozesse zu gewinnen.«

»Das ist richtig«, sagte Bardas.

»Erstaunlich. Nun, ich schätze, es spricht etwas dafür, solche Dinge auf diese Weise zu erledigen. Es ist schneller als unsere Methode, vermutlich auch fairer, zweifellos weniger schmerzhaft und strapaziös für die Beteiligten. Nicht, daß ich mir damit meinen Lebensunterhalt verdienen wollte.«

»Es hatte seine Augenblicke«, sagte Bardas.

»Ich schätze, es ist bestimmt besser, als Minen zu graben.«

»Das sind die meisten Dinge.«

»Das glaube ich Euch.« Der Schreiber nahm ein kurzes Messer mit einer schmalen Klinge und fing an, einen Stift anzuspitzen. »Der Präfekt ist ein ziemlich gerechter Mann, wie Ihr noch sehen werdet; für einen Armeeoffizier ist er sogar erstaunlich vorurteilsfrei. Wenn Ihr aufrichtig zu ihm seid, wird er Euch gegenüber ebenfalls aufrichtig sein.«

»Das werde ich mir bestimmt merken«, sagte Bardas.

»Natürlich sind die meisten Stabsoffiziere ...« Der Schreiber kam nicht dazu, den Satz zu beenden, da sich die Tür öffnete und ein Mann in Uniform (dunkelbrauner Gambeson, Halsberge aus Stahl, Schulterstücke der Ausgehuniform, die nur als Verzierung dienten, Armschienen und Kniebuckel) ohne sie eines Blickes zu würdigen vorbeiging. »Er hat jetzt Zeit für Euch«, sagte der Schreiber und wandte seine Aufmerksamkeit wieder den Papieren auf seinem Schreibtisch zu. Bardas stand auf und ging in die Bürostube.

Der Präfekt war ein großer Mann, selbst nach den Maßstäben der Söhne des Himmels; seine Hautfarbe war dunkler als die der meisten, die Bardas in Ap'Escatoy gesehen hatte, ein sicherer Hinweis, daß er aus den Inneren Provinzen kam und ein einflußreicher Mann war. Er war kahl, und sein Bart war kurz geschnitten. Die oberste Glied seines linken kleinen Fingers fehlte.

»Bardas Loredan«, sagte er.

Bardas nickte.

»Bitte setzt Euch.« Der Präfekt musterte ihn einen Augenblick und deutete dann auf einen freien Stuhl. »Euer kommandierender Offizier in Ap'Escatoy hat Euch doch bestimmt eine Personalakte mitgegeben.«

Bardas zog den kleinen Messingzylinder aus dem Ärmel und reichte ihn seinem Gegenüber. Der Präfekt entfernte behutsam die Verschlüsse und stieß das zusammengerollte Papier mit der Spitze seines verstümmelten Fingers heraus. »Habt bitte einen Augenblick Geduld«, sagte er, während er es entrollte, und als er es las, war sein Gesicht eine Studie der Konzentration.

»Eine faszinierende Karriere«, sagte er schließlich. »Ihr habt in Maxens Armee als stellvertretender Befehlshaber gedient.«

Bardas nickte.

»Bemerkenswert«, sagte der Präfekt. »Und dann Eure Jahre als Gerichtsfechter – eine interessante Tätigkeit –, gefolgt von Eurem kurzen Dienst als Oberst von Perimadeia.« Er schaute auf. »Ich habe natürlich davon gelesen«, sagte er. »Unter diesen Umständen war das eine gute Verteidigung. Und der letzte Angriff wurde nur durch Verrat ermöglicht, also war das wohl kaum Euer Fehler.«

»Danke«, sagte Bardas.

»Danach habt Ihr eine ... undurchsichtige Rolle in dem Krieg zwischen dem Orden von Shastel und Scona gespielt«, fuhr der Präfekt fort. »Nun, wir wollen das nicht vertiefen, es war allen Berichten zufolge eine äußerst ungewöhnliche Abfolge von Ereignissen.« Er legte eine Pause ein, aber Bardas sagte nichts, also sprach der Präfekt weiter. »Danach habt Ihr Euch bei der Provinzverwaltung als einfacher Soldat eingeschrieben und – einen Augenblick – ziemlich genau drei Jahre in den Stollen von Ap'Escatoy verbracht, eine auf jeden Fall hervorragende Leistung.« Er sah Bardas wieder völlig ausdruckslos an. »Genau der Stoff, aus dem Legenden sind.«

»Zum damaligen Zeitpunkt sah das nicht so aus«, sagte Bardas.

Der Präfekt dachte einen Augenblick nach, dann lachte er. »Nein, natürlich nicht. Nun, was haben wir hier denn sonst noch? Ah ja, Euer Bruder Gorgas, derselbe Gorgas Loredan, der den Umsturz in der Mesoge angezettelt hat. Offensichtlich liegt das Soldatentum in der Familie. Eine weitere bemerkenswerte Karriere. Und sehr durchtrieben, strategisch gesehen. Meiner Meinung nach wurde die Bedeutung der Mesoge als potentieller Kriegsschauplatz außerordentlich unterschätzt.«

Bardas dachte kurz nach. »Das ist Gorgas, wie er leibt und lebt«, sagte er dann. »Obwohl meine Schwester die Schlaue in der Familie ist.«

Der Präfekt lächelte wieder. »Glaubt Ihr das wirklich?« fragte er. »Ein florierendes Geschäft aufzubauen und es dann so schnell wieder zu verlieren, wegen einiger derart geringfügiger Zwischenfälle? Nun, ich kann natürlich für mich nicht in Anspruch nehmen, alle Fakten zu kennen.« Er legte wieder eine Pause ein. »Alles in allem ein beeindruckender Lebenslauf für einen Sergeanten des Pionierkorps. Ich muß gestehen, ich bin neugierig, was einen Mann mit Euren Talenten und Erfahrungen dazu gebracht hat, sich bei der Provinzverwaltung zu verpflichten. Ich hätte gedacht, Ihr hättet etwas Anspruchsvolleres finden können.«

»Nun, Ihr wißt, wie es ist«, erwiderte Bardas. »Sobald ich mich irgendwo niederlasse, scheint es einen Krieg zu geben. Also dachte ich, ich sollte mir diesmal selbst einen suchen, bevor er mich findet.«

Der Präfekt sah ihn an, als hätte er das nicht so richtig begriffen. »Eine interessante Sichtweise«, sagte er. »Wie dem auch sei, Eure Verdienste bei der Belagerung von Ap'Escatoy verlangen nach einer handfesten Belohnung, und die Provinzverwaltung weiß um die Wichtigkeit, sich um ihre Leute zu kümmern. Es sollte möglich sein, einen Posten zu finden, der Euch zufriedenstellt und auf dem Eure Talente besser zum Tragen kommen als in den Minen.« Er blickte wieder auf das Papier vor sich. »Wie ich sehe, habt Ihr praktische Erfahrungen in industrieller Fabrikation.«

»Ich habe Bogen hergestellt«, erwiderte Bardas.

»Wart Ihr gut darin?«

»Ziemlich gut«, sagte Bardas. »Es hängt viel vom richtigen Material ab.«

Der Präfekt runzelte die Stirn und nickte dann. »Das ist richtig. Unsere Beschaffungsverwaltung legt besonderen Wert darauf, dafür zu sorgen, daß unsere Spezifikationen richtig erfüllt werden. Und natürlich sind wir gleichermaßen gründlich, was die Qualitätskontrolle angeht. Was auch der Grund dafür ist, daß unser Rüstungshaus ein so wichtiger Teil unserer Produktion ist.«

»Euer Rüstungshaus«, wiederholte Bardas. »Es tut mir leid, aber ich weiß nicht, was das ist.«

Aus irgendeinem unerfindlichen Grund schien das den Präfekten zu amüsieren. »Es gibt auch keinen Grund, warum Ihr das solltet«, sagte er. »Es handelt sich um eine ziemlich spezialisierte Abteilung. Im Grunde werden im Rüstungshaus die Rüstungen geprüft, die wir an unsere Soldaten ausgeben. Es ist eine Unterabteilung der Bezirkswaffenmeisterei in Ap'Calick, obwohl wir Stichproben aus allen Provinzen des westlichen Imperiums überprüfen.« Der Präfekt trommelte mit den Fingern auf die Tischplatte. »In Ap'Calick ist eine Stelle als Stellvertretender Kontrollmeister frei. Der Posten entspricht dem Rang des Sergeanten eines Fünfzig-Mann-Zugs, also würde es sich um eine bedeutende Beförderung handeln; offensichtlich ist es kein Fronteinsatz, aber ich gehe davon aus, daß das nach einem so langen Einsatz an vorderster Front keine unwillkommene Veränderung sein dürfte. Es ist hauptsächlich die Kombination aus erwiesenen administrativen Fähigkeiten und der beträchtlichen Kampferfahrung, über die Ihr laut Euren Unterlagen verfügt, die Euch zur logischen Wahl für diesen Posten macht.« Der Präfekt lächelte. »Immer natürlich Eure Zustimmung vorausgesetzt.«

Bardas schaute auf. »Oh, absolut«, sagte er. »Alles, bei dem es nicht darum geht, in finsteren Tunneln Leute umzubringen, findet meine uneingeschränkte Zustimmung. Vielen Dank.«

Der Präfekt sah ihn mit leicht zur Seite geneigtem Kopf an und erweckte dabei den Eindruck eines Mannes, der zögernd von einem unlösbaren Problem abließ. »Nichts zu danken«, sagte er. »Wenn Ihr morgen nach Mittag wieder vorbeischauen würdet, sollte mein Schreiber Eure Personalakte und die Reisedokumente fertig haben. Ihr könnt mit der Postkutsche fahren; nicht, daß es eilig wäre, aber auf konventionelle Weise kann es eine umständliche Reise sein.« Der Präfekt stand auf und deutete damit an, daß die Unterredung zu Ende war. Bardas folgte seinem Beispiel. »Viel Glück, Sergeant Loredan. Ich bin sicher, Ihr werdet in Ap'Calick ausgezeichnete Arbeit leisten.«

»Ich werde mein Bestes geben«, erwiderte Bardas. Er öffnete die Tür und zögerte dann. »Entschuldigung, nur noch eine kurze Frage. Wie unterzieht man Rüstungen einer Materialprüfung?«

Der Präfekt spreizte die Hände. »Das weiß ich wirklich nicht«, sagte er. »Ich würde sagen, indem man die Arten von Belastung simuliert, denen sie aller Voraussicht nach im Kampf unterworfen wird.«

Bardas nickte. »Mit Schwertern darauf einschlagen«, sagte er. »So was in der Art. Das müßte Spaß machen. Danke.« Er schloß hinter sich die Tür, bevor der Präfekt noch etwas sagen konnte.

Lieber Onkel, hatte sie geschrieben. Es hatte sie viel Zeit und Mühe gekostet, die Feder mit den Fingerstummeln festzuhalten, und die Schrift sah aus wie die Schularbeit eines kleinen Kindes.

Lieber Onkel. Der Gedanke ließ sie lächeln. Sie schrieb ihrem Onkel hauptsächlich, um ihre Mutter zu ärgern, die nicht wollte, daß sie irgend etwas mit einem ihrer Onkel zu tun hatte; nicht mit den dreien, die kürzlich an dem Ort, der ihr unbekannt war, aber den ihre Mutter manchmal gedankenverloren als Heimat bezeichnete, an eine flüchtige Machtposition gekommen waren; und vor allem nicht mit ihrem anderen Onkel, den sie noch immer entschlossen war, eines Tages zu töten, wenn sie die Gelegenheit erhielt. Die Tatsache blieb bestehen: Im Haus ihres Onkels Gorgas auf Scona war sie dem Gefühl, ein Zuhause zu haben, immer noch am nächsten gekommen, in der kurzen Zeit, bevor sich alles unweigerlich – mit ein bißchen indirekter Hilfe von ihr – selbst zerstört hatte.

Lieber Onkel. Sie schaute aus dem kleinen, schmalen Fenster aufs Meer hinaus. Die Einstellung ihrer Mutter, diverse Kriege und die allgemeine Stagnation des Handels zwischen dem Imperium und seinen voraussichtlichen Opfern machten es immer schwieriger, Boten für ihre Briefe zu finden. Zu seinen Lebzeiten war der Trüffelmann der verläßlichste ihrer Kuriere gewesen, aber vermutlich gehörte er zu den ungezählten Tausenden, die bei dem Untergang von Ap'Escatoy gestorben waren – als ihr anderer Onkel, der Böse, die Mauern wie ein Maulwurf unterhöhlt und auf sich hatte herabstürzen lassen. Niemand schien den Trüffelhandel zwischen der Mesoge und Ap'Bermidan übernehmen zu wollen; die hohen Herren der Provinzverwaltung bekamen ihre Trüffel jetzt billiger, größer und schneller aus anderer Quelle. Und warum sollte jemand ohne das Trüffelgeschäft zwischen hier und dort hin- und herreisen?

Lieber Onkel, seit meinem letzten Brief hat sich hier nicht viel Neues ergeben. Wollte sie sich wirklich die ganze Mühe machen, um das zu schreiben? Sie dachte darüber nach und kam zu dem Schluß, daß es das wert war, allein schon für den besorgten verstohlenen Blick, den ihre Mutter ihr jedesmal zuzuwerfen pflegte, wenn sie sie im Verdacht hatte, einen Brief abgeschickt zu haben *(Was zum Teufel kann nur in diesen Briefen stehen? Das kleine Miststück muß mich ausspionieren, ihm Geheimnisse mitteilen – nur was für welche? Ich wußte gar nicht, daß ich Geheimnisse habe, die für ihn möglicherweise von Interesse sein könnten, aber offensichtlich habe ich sie, sonst würde sie ihm diese Briefe ja nicht schicken ...).* Davon einmal abgesehen, hatte sie natürlich auch nichts anderes zu tun.

Vor vielen Jahren, als sie ein kleines Mädchen gewesen war, hatte ihr ein alter Mann, ein Freund der Familie (ihrer anderen Familie, nicht der hier – diese Familie hatte keine Freunde), Geschichten von wunderschönen Prinzessinnen erzählt, die von ihren bösen Stiefmüttern in Türme eingesperrt wurden. Und unweigerlich, so wie auf den Tag die Nacht folgte, gab es da immer den attraktiven jungen Helden, der sich durch List oder indem er sich einen Weg freischlug seinen Weg in den Turm bahnte und die Prinzessin rettete; das war die Ordnung der Dinge, und es erklärte, warum die Prinzessinnen friedlich an Ort und Stelle blieben, da sie genau wußten, daß der Prinz früher oder später kommen und alles so werden würde, wie es sein sollte. Als kleines Mädchen hatte sie sich ausgemalt, wie toll es doch sein würde, eine dieser Prinzessinnen zu sein und ihren eigenen Turm zu haben (niemand würde sie ausschimpfen und ihr befehlen können, ihr Zimmer aufzuräumen), in dem beruhigenden Wissen, daß ihr persönlicher designierter Prinz vermutlich schon auf dem Weg zu ihr war.

Alle derartigen Geschichten waren an dem Tag gestorben, an dem ihr böser Onkel ihren anderen Onkel getötet hatte, den Mann, dem sie seit ihren Tagen als kleines Mädchen, das sich Märchen anhörte, versprochen gewesen war. Danach hatte sie keinen Gedanken mehr an sie verschwendet, bis sie sich plötzlich in diesem Turm wiedergefunden hatte, ihrem eigenen Turm, der auf das dunkelblaue Meer vor Ap'Bermidan hinausschaute. Natürlich war sie keine richtige Prinzessin; ihre Mutter war bloß eine weitere Geschäftsfrau, wenn auch eine sehr reiche (zumindest nahm sie an, daß sie reich war; woher sollte sie es genau wissen, wo sie hier doch praktisch lebendig begraben war). Die Situation war jedoch ähnlich genug, um sie an die Geschichten ihrer Kindheit zu erinnern und an ihren Wunsch, der auf schreckliche Weise wahr geworden war. Vielleicht war es deshalb so wichtig, ihrem Onkel zu schreiben; wenn überhaupt, würde vermutlich nur er dafür in Frage kommen, sie zu retten, und da sie Realistin war, würde sie nicht darauf warten. Leidenschaftslos betrachtet, ging es in der Hauptsache darum, ihre Mutter zu ärgern. Alles andere war bloß eine glückliche Beigabe.

Außerdem war es etwas übertrieben, Onkel Gorgas einen Prinzen zu nennen. Sicher, auf mancherlei Weise erfüllte er die Voraussetzungen; er war der Herrscher des Landes, in dem er lebte (auch wenn ihn das technisch gesehen zum König und nicht zum Prinzen machte), aber es gab viel bösartigere Worte, um zu beschreiben, was ihr Onkel Gorgas wirklich war. Oder was er für alle anderen war. Für normale Menschen.

Auf der Treppe erklangen Schritte, und sie fluchte leise. Mit der verstümmelten Hand war es schwierig, das Schreibzeug rechtzeitig verschwinden zu lassen; eine falsche Bewegung, und sie würde das Tintenfäßchen fallen lassen und einen verräterischen Fleck auf dem Boden hinterlassen – es gab viele Möglichkeiten, wie sie sich verraten konnte und ihrer Mutter endlich den Vorwand liefern würde, auf den sie gewartet hatte, um sie an der kurzen Leine zu halten; dann war Schluß mit den Besuchern, Schluß mit den Kaufleuten und Händlern, die zu ihr durften. Außerdem würde es kein Papier, keine Schreibfeder und keine Tinte mehr geben und keine Bücher. Sie hatte gerade geschafft, das Papier unter dem Bett zu verstecken, als jemand an der Tür klopfte.

»Einen Augenblick«, rief sie. Nun, es war auf keinen Fall ihre Mutter. Mutter klopfte niemals, bevor sie hereinplatzte. »Kommt rein.«

Aber es war nur der Hausdiener, der große, leicht zurückgeblieben aussehende Mann, der zwischen ihr und dem Rest der Welt saß, wenn er nicht gerade damit beschäftigt war, ihre Schuhe zu putzen oder die Suppe zu kochen. Er war harmlos, zu blöde, um ein Tintenfäßchen oder ein Taschenmesser zu erkennen, wenn er es sah. »Was ist?« fragte sie.

»Ein Mann will Euch sehen«, erwiderte der Hausdiener, und hinter seiner Schulter entdeckte sie einen von ihnen, eines der Kinder des Himmels. Der Mann trug einen feinen dunkelblauen Reiseumhang mit einer Goldspange, die seinen Rang verriet, wenn man sich mit solchen Dingen auskannte.

»Gut«, sagte sie.

Der Hausdiener trat beiseite, und ihr Besucher trat ein. Er war alt, hochgewachsen und dünn, so wie viele von ihnen; weißes Haar umwehte seinen Kopf wie Spinnweben. Er blickte sich schweigend um und setzte sich dann einfach hin, ohne um Erlaubnis zu fragen.

»Iseutz Loredan?«

Sie nickte. »Und Ihr seid?«

»Oberst Abrain. Ich habe ein Bevollmächtigungsschreiben des Präfekten von Ap'Escatoy.«

Er schien es nicht eilig zu haben, es ihr zu zeigen; ihr war es sowieso egal. »Dann habt Ihr einen weiten Weg zurückgelegt. Was will der Präfekt von mir?«

Ihr Besucher sah sie wieder an, als wäre sie ein mathematisches Problem, ein kompliziertes Algebradiagramm. »Ihr habt einen Onkel«, sagte er. »Bardas Loredan. Ihr habt wiederholt gedroht, ihn zu töten. Der Präfekt wüßte gern mehr über ihn.«

Sie runzelte die Stirn. »Ich vermute, Ihr werdet mir den Grund dafür nicht verraten.«

»Ich sage es Euch, wenn es Euch interessiert«, erwiderte der Mann. »Ich nehme an, Ihr habt vom Fall Ap'Escatoys gehört – und von der Rolle, die Euer Onkel dabei gespielt hat.«

»Natürlich. Das hat doch jeder.« Sie dachte einen Augenblick lang nach. »Mal sehen«, sagte sie dann. »Onkel Bardas ist jetzt ein Kriegsheld, und Ihr wollt nicht, daß ich ihn trotzdem töte. Heiß oder kalt?«

Sie sah zu, wie er die ihm unbekannte Redewendung ergründete. »Der Präfekt sieht Euch nicht als Bedrohung an, wenn es das ist, was Ihr meint«, erwiderte er. »Und auch wenn es der Wahrheit entspricht, daß sich Sergeant Loredan ausgezeichnet hat ...«

»*Sergeant* Loredan?«

Er sah verärgert aus. »Das ist sein derzeitiger Rang in der Provinzverwaltung, ja«, sagte er. »Ich nehme an, Ihr seid daran gewöhnt, ihn als Oberst Loredan zu betrachten. Nun, bei der Provinzverwaltung muß man sich seinen Rang verdienen und übernimmt nicht einfach den der letzten Beschäftigung.«

»Das hört sich vernünftig an«, sagte Iseutz. »Also, was wollt Ihr über *Sergeant* Loredan wissen?«

Er verlagerte seine Position auf dem Stuhl auf eine Weise, die nahelegte, daß er ein schlimmes Bein hatte; es konnte sich genausogut um Arthritis handeln wie um eine ehrenhafte Kriegswunde. »Der Präfekt würde gern so viel wie möglich über die Beziehung zwischen Eurem Onkel Bardas Loredan und Temrai, dem Barbarenkönig von Perimadeia, herausfinden. Soviel er weiß, bestand ihre gegenseitige Feindschaft schon vor der Vernichtung der Stadt. Er interessiert sich auch für Bardas Loredans Dienst bei General Maxen. Es ist möglich, daß seine

Erfahrung im Kampf gegen die Steppennomaden dem Imperium nützlich sein könnte, falls es zwischen ihnen und uns zum Krieg kommen sollte.«

Iseutz zuckte mit den knochigen Schultern. »Warum fragt Ihr da mich? Wenn Ihr glaubt, wir hätten lange, gemütliche Abende mit Nichten-und-Onkel-Gesprächen vor dem Kamin verbracht, dann seid Ihr an die falsche Familie geraten. Ich habe erst herausgefunden, daß er mein Onkel ist, nachdem er das hier getan hatte.« Sie hob ihre verstümmelte Hand; der Sohn des Himmels betrachtete sie und runzelte leicht die Stirn. »Ja, ich weiß, daß er in Maxens Armee gegen die Nomaden gekämpft hat. Maxen hat ihnen viele schreckliche Dinge angetan, was auch der Grund dafür war, daß Temrai uns so gehaßt hat. Und ja, ich glaube schon, daß Onkel Bardas mehr über die Ausrottung der Stämme weiß als sonst jemand auf der ganzen weiten Welt. Aber das habt Ihr schon gewußt, bevor Ihr hergekommen seid.«

Der Sohn des Himmels nickte. »Und Ihr habt nichts weiter beizusteuern? Einsichten, zusätzliche Informationen?«

»Tut mir leid.«

Die kleine, präzise Geste, die er mit den Händen machte, ließ erahnen, daß er ihr verzieh. »Ich weiß, daß Ihr keine gute Beziehung zu Eurem Onkel Bardas habt«, sagte er. »Aber wenn ich recht verstanden habe, ist Euer Verhältnis zu Eurem Onkel Gorgas besser. Ihr schreibt ihm regelmäßig.«

»Ja. Woher wißt Ihr das?«

Er wies mit einem leichten Neigen des Kopfes auf ihre Hand. »Das Schreiben fällt Euch offensichtlich sehr schwer, aber Ihr macht Euch die Mühe. Offensichtlich steht Ihr Eurem Onkel Gorgas sehr nahe.«

Sie lächelte. Die meisten Menschen senkten den Blick, wenn sie sie anlächelte, aber Oberst Abrain war da anders. »In gewisser Weise schon«, erwiderte sie. »Tatsächlich bin ich das einzige Familienmitglied, das noch zu ihm steht, seit meine Mutter ihn verraten und Onkel Bardas seinen Sohn ermordet hat. Oh, da sind natürlich noch seine anderen beiden Brüder in der Mesoge, die habe ich glatt vergessen. Die kann man aber auch leicht vergessen.«

»Erzählt mir von ihm«, sagte Abrain.

Iseutz schüttelte den Kopf. »Ich glaube nicht, daß ich das tun werde«, meinte sie. »Nicht bevor Ihr mir verraten habt, warum Ihr an ihm interessiert seid.«

»Ich finde Eure ganze Familie faszinierend«, erwiderte der Sohn des Himmels ungerührt. »Ich bin Student der menschlichen Natur.«

»Tatsächlich.«

»Bei meinem Volk ist das so etwas wie eine Leidenschaft.« Er legte die Fingerspitzen zu einem Dreieck aneinander. »Außerdem ist er mit dem Vorschlag an uns herangetreten, eine Allianz gegen König Temrai zu bilden. Von daher ist es offensichtlich, daß wir daran interessiert sind, so viele seiner engsten Vertrauten zu befragen wie möglich, bevor wir eine Entscheidung treffen.«

Iseutz dachte einen Augenblick lang nach. »Nun«, sagte sie dann, »ich schätze, daß ihm nichts von dem, was ich über ihn erzählen könnte, schaden kann. Ich mache Euch einen Vorschlag; Ihr verratet mir, was Ihr bereits über ihn wißt, und ich fülle die Lücken aus.«

Der Oberst lächelte schmal. »Wie Ihr wünscht. Wir wissen, daß er als junger Mann seine Schwester prostituiert und dann seinen Vater und Schwager ermordet hat, als sie es herausfanden. Er hat außerdem versucht, seine Schwester zu töten, was ihm aber nicht gelungen ist. Bei besagtem Zwischenfall hat er auch Euren Vater ermordet, nicht wahr?«

Iseutz nickte. »Das ist richtig«, sagte sie. »Was Ihr und Euresgleichen nicht alles wißt.«

»Wir sind sehr stolz auf unsere Liebe zum Detail. Nachdem er diese Morde verübt hatte, floh er aus der Mesoge und war eine

Zeitlang Pirat und Söldner, bis seine Schwester – Eure Mutter – die Bank von Scona gründete; er tat sich mit ihr zusammen und hat die Sicherheitskräfte der Bank befehligt. Soweit wir wissen, hat er in dieser Eigenschaft den Streitkräften König Temrais die Tore von Perimadeia geöffnet und dafür gesorgt, daß die Stadt bis auf die Grundmauern niedergebrannt wurde. Vor drei Jahren haben sich die Konflikte zwischen der Bank und dem Orden von Shastel zugespitzt; zieht man das quantitative und qualitative Ungleichgewicht zwischen der Armee des Ordens und der der Bank in Betracht, hat Gorgas Loredan eine brillante Verteidigung geliefert, aber trotz zweier bemerkenswerter Siege auf dem Schlachtfeld hat sich der Orden schließlich durchgesetzt und Scona erobert. Kurz vor der Kapitulation ist Euer Onkel von der Insel geflohen und hat die Überreste der Armee von Scona mitgenommen; er ist direkt zur Mesoge gesegelt und hat dort die Macht ergriffen. Nach ein paar Zwischenfällen hat sich sein Regime anscheinend stabilisiert, obwohl es sehr schwierig geworden ist, verläßliche Informationen aus der Mesoge zu bekommen.« Der Sohn des Himmels legte die Hände auf die Knie. »Ist diese Zusammenfassung korrekt?«

»Ich bin beeindruckt«, sagte Iseutz. »Euer Volk ist gut darin, das kann ich Euch sagen. Nun, Ihr habt lediglich vergessen, den Grund zu erwähnen, warum er aufgegeben hat, kurz bevor er gegen Shastels drittes Heer antreten sollte und es statt dessen direkt in die Stadt Scona einmarschieren ließ – weil nämlich Onkel Bardas seinen Sohn getötet hatte. Und meine Mutter hat ihn im Stich gelassen. Er konnte daher einfach keinen Sinn mehr darin erkennen, die Qual noch zu verlängern.«

Der Oberst nickte. »Danke«, sagte er. »Nun, was könnt Ihr mir noch über ihn erzählen?«

Iseutz dachte lange nach. »Ich schätze, man könnte sagen, er ist eine beunruhigende Mischung aus Idealismus und Pragmatismus«, sagte sie. »Was den Idealismus angeht, so handelt es sich um seine Vorstellung von Familie, die er irgendwo ganz tief in seinem Inneren hat; er ist davon überzeugt, daß das Wichtigste für ihn der Glaube an die Familie ist. Aber ich glaube nicht, daß das tatsächlich der Fall ist; ich will damit folgendes sagen: ich glaube, er macht sich etwas vor, wenn er das denkt, aber er ist ehrlich davon überzeugt. Das glaube ich zumindest.« Sie legte eine Pause ein, drückte die Lippen auf ihren Handrücken. »Der Pragmatismus ist die Kehrseite der Münze. Seine Philosophie lautet, was geschehen ist, ist geschehen, es ist sinnlos wegen vergossener Milch zu weinen, man muß eben das Beste aus der Situation machen, in der man sich befindet, und darf nicht zulassen, daß die Vergangenheit den Weg in die Zukunft versperrt.« Sie grinste. »Ich schätze, man könnte sagen, daß er diese Philosophie bis ins Extrem auslebt. Aber er ist ein ziemlich extremer Mensch.«

Der Sohn des Himmels rutschte etwas auf seinem Stuhl herum; vielleicht ein Krampf. »Warum, glaubt Ihr, hat er in der Mesoge die Macht ergriffen?«

»Dafür gibt es vermutlich viele Gründe.« Iseutz seufzte und sah aus dem Fenster. »Er hat eine gute Gelegenheit gesehen und zugegriffen. Die Mesoge war seine Heimat; nach dem, was er getan hatte, konnte er unmöglich zurückkehren – es sei denn als Anführer einer Armee, also hat er sich eine Armee besorgt. Und ich nehme an, wenn Ihr ihn danach fragen würdet, würde er sagen, daß er es allein für sein Volk getan hat. Vermutlich glaubt er es sogar, irgendwo tief in seinem Inneren. Das ist ein weiteres seiner Talente – falls nötig, kann er fast alles glauben.«

»Warum könnte er die Nomaden bekämpfen wollen? Er hat ihnen geholfen, Perimadeia zu zerstören.«

»Ah.« Iseutz nickte. »Das ist eine gute Frage, aber wenn Ihr aufmerksam zugehört hättet, wärt Ihr selbst darauf gekommen. Die Stadt zu verraten war eines der Dinge, die dazu geführt haben, daß Bardas ihn haßt. Also glaubt er, wenn er gegen die Nomaden kämpft und Temrai tötet, könnte ihn das wieder mit

Bardas zusammenbringen. Davon abgesehen würde es Euer Volk erfreuen, und wenn es ihm ernst damit ist, König der Mesoge zu sein, braucht er Freunde – wie Euch, zum Beispiel. Aber das ganze politische Zeugs ist nur die Beigabe. Bardas ist der Grund. Wenn er nicht unter dem Befehl meiner Mutter steht, ist das meiste, was Gorgas tut, von Bardas motiviert.«

Oberst Abrain runzelte die Stirn. »Erklärt das.«

»Die beiden Menschen, die er am meisten verletzt hat«, erwiderte Iseutz. »Nun, eigentlich sind es ja drei: meine Mutter, Bardas und ich. In dieser Reihenfolge. Er versucht seitdem, es wieder bei uns gutzumachen. Er hat dafür gesorgt, daß meine Mutter auf Scona die allmächtige Göttin spielen durfte, er wird Temrai für Bardas töten und – nun, zu mir wird er später kommen.« Sie gähnte und streckte sich wie eine Katze. »Also ehrlich, wenn Ihr Student der menschlichen Natur seid, ist er ein echtes Sammlerstück. Er ist entweder ein böser Mensch, der sein Leben damit verbringt, es seiner Familie recht zu machen, oder ein guter Mensch, der eine böse Tat begangen hat. Oder beides. Wie ich schon gesagt habe, die größte Verpflichtung fühlt er gegenüber meiner Mutter, weil er ihr am meisten geschadet hat – natürlich von denen abgesehen, die er getötet hat, aber die sind tot, also kann er nichts mehr für sie tun. Aber Bardas ist derjenige, um den er sich wirklich sorgt.«

»Obwohl Bardas seinen Sohn getötet hat?«

Iseutz zuckte mit den Schultern. »Onkel Gorgas hat die Eigenschaft, alles, aber auch wirklich alles verzeihen zu können. Was ein Argument gegen die Hypothese mit dem bösen Menschen ist, so wie die Sache mit der Vernichtung und dem Verrat von Städten gegen die Theorie von dem im Grunde guten Menschen spricht. Wir Loredans sind ein komplizierter Haufen. Beinahe mehr Ärger, als wir wert sind, aber nur beinahe.«

Der Sohn des Himmels stand auf; er tat es langsam wegen seines schlimmen Beines. »Danke«, sagte er. »Ihr wart sehr hilfreich.«

»Oh, das geht schon in Ordnung.« Iseutz blieb, wo sie war. »Aber tut mir falls möglich doch einen Gefallen. Denkt darüber nach, ob Ihr nicht eine Möglichkeit findet, meiner Mutter das Leben schwerzumachen – Währungsregulierungen, Zölle, Importlizenzen, irgendwas in der Art. Sie haßt solche Dinge.«

»Es tut mir leid«, sagte der Oberst abweisend. »So arbeitet die Provinzverwaltung nicht.«

»Ehrlich? Nun, dann eben nicht. Lebt wohl.«

Als er weg war, setzte sich Iseutz auf den Boden, den Rücken an die Wand gelehnt, die Arme fest um die Knie geschlungen, und dachte über den immer wiederkehrenden Traum nach, in dem ihr Patriarch Alexius mitteilte, daß er, falls sie es wollte, ein scharfes Messer nehmen und die Loredan-Hälfte aus ihr herausschneiden und nur die Hedin-Hälfte übriglassen könnte. Unweigerlich wachte sie stets einen Augenblick bevor er zu schneiden anfing auf. Sie hatte nie herausfinden können, ob das nun ein Alptraum war oder nicht.

»Wer war das?«

Sie schaute auf. »Der Rattenfänger«, sagte sie. »Ich habe nach ihm geschickt. Hier wimmelt es von Ratten.«

Ihre Mutter seufzte ungeduldig. »Er war von der Provinzverwaltung«, sagte sie. »Was wollte er?«

»Wenn du deine eigenen Fragen beantwortest – wozu brauchst du dann mich?«

Niessa Loredan stellte sich vor ihre Tochter hin und versetzte ihr einen Tritt in die Rippen, der hart genug war, um ihr die Luft zu rauben. »Wer war das?« fragte sie erneut, »und was wollte er?«

Iseutz schaute nach oben. »Er wollte wissen, ob dir die Pilze schmecken. Ich habe ja gesagt.«

Niessa trat sie erneut, diesmal härter, und zog den Fuß weg, bevor Iseutz ihn packen konnte. »Ich habe keine Zeit, mich jetzt um dich zu kümmern«, sagte sie. »Ich schicke Morz, um dir deine Bücher und die Lampe wegzunehmen, und glaube ja nicht, daß du was zu essen kriegst.«

»Gut. Ich kann Suppe eh nicht mehr sehen.«

Niessa beugte sich zu ihr hinunter. »Iseutz, sei nicht lästig. Was wollte er?«

Iseutz seufzte. »Er wollte sich über Onkel Bardas und Onkel Gorgas informieren. Ich habe ihm alles gesagt, was ich weiß, aber das hat er eh schon gewußt. Mehr weiß ich nicht.«

»Nun.« Niessa richtete sich auf. »Du hast ihm also alles gesagt, was er wissen wollte? Wir müssen mit diesen Leuten kooperieren, wir sind von ihrem guten Willen abhängig.«

»Ich habe ihm alles gesagt, was ich weiß.«

Niessa nickte. »Und du warst nicht unhöflich oder schwierig? Nun, natürlich warst du das. Aber du hast ihn nicht angegriffen oder dergleichen?«

»Mutter!« sagte Iseutz ärgerlich. »Um Himmels willen. Du hörst dich an, als wäre ich eine Verrückte. Was glaubst du habe ich getan – ihn auf allen vieren durch den Raum gejagt und versucht, ihn in die Knöchel zu beißen?«

Niessa ging zur Tür und öffnete sie. »Wir müssen kooperieren«, sagte sie. »Es ist nicht leicht gewesen, seit wir hergezogen sind. Ich mußte sehr hart arbeiten. Ich werde nicht zulassen, daß du alles verdirbst. Hast du verstanden?«

»Ganz genau.«

Da war wieder dieser Seitenblick – *Angst, sie macht sich Sorgen. Ich liebe es, wenn sie sich Sorgen macht.* »Iseutz«, sagte Niessa, »eines Tages wird alles, wofür ich gearbeitet und was ich aufgebaut habe, dir gehören. Du bist meine Tochter, die einzige Familie, die ich noch habe. Warum mußt du immer versuchen, mir alles zu verderben?«

Iseutz lachte. »Du wirst sterben und mir dein ganzes Geld hinterlassen? Von wegen. Wenn ich dich für sterblich halten würde, hätte ich dir schon längst nachts die Kehle durchgebissen.«

Niessa schloß die Augen, dann öffnete sie sie wieder. »Du gibst solche Dinge von dir, und dann wunderst du dich, warum ich dich hier eingesperrt halte. Ich weiß, daß du es nicht so meinst, daß du bloß versuchst, mich zu schockieren. Eigentlich hättest du schon mit zehn daraus herausgewachsen sein müssen.«

4

Gannadius schlug die Augen auf.

»Alles in Ordnung.« Eine Frau stand über ihm. »Es ist alles in Ordnung.«

Gannadius versuchte den Kopf zu bewegen, um sich umzusehen, aber es ging nicht. Er wußte nicht, ob das gut oder schlecht war.

»Er kommt zu sich«, sagte die Frau zu einer Person, die er nicht sehen konnte. »Was auch immer das für ein Zeug war, es hat das Fieber gebrochen.«

»Das ist gut«, sagte eine Männerstimme hinter der Schulter der Frau. »Normalerweise bringt einen solch eine Dosis um. Ich bin froh, daß es funktioniert hat.«

Die Frau sah unzufrieden aus. »Willst du damit sagen, du hast es noch nie zuvor ausprobiert?«

»Wie gesagt, normalerweise ist das ein tödliches Gift«, sagte der Mann. »Ich wollte das schon seit Jahren ausprobieren, aber der hier war der erste Fall, bei dem es wirklich keine Rolle gespielt hat – ich meine, im Grunde war er doch schon so gut wie tot, also was soll's?«

Gannadius erkannte, was an der Frau so seltsam war. Nun, nicht seltsam; unerwartet. Sie war eine Nomadin – die Augen, die Hautfarbe, die Knochenstruktur. Er verspürte instinktiv eine Welle der Panik – *Hilfe, ich bin in der Hand des Feindes!* Die Frau sah ihn erschauern und lächelte.

»Schon gut«, sagte sie. »Es wird Euch bald besser gehen.«

Sie war eine Frau Ende Vierzig, stämmig gebaut, mit rundem Gesicht, kurzem grauem Haar, funkelnden schwarzen Augen und einem ausgeprägten Doppelkinn. »Ihr seid sehr krank gewesen«, fuhr sie fort, »aber der Heiler hat Euch etwas gegeben, um Euch zu kurieren, Ihr werdet schon sehen.«

Das machte Gannadius wütend; *der verdammte Heiler hat mich benutzt, um seine tödliche neue Medizin auszuprobieren*, wollte er sagen. *Das ist ein gefährlicher Narr, man sollte ihn nicht in die Nähe eines Patienten lassen.* »Danke«, krächzte er. »Wo ...?«

Die Frau lächelte. »Das hier ist Blancharber«, sagte sie. »Habt Ihr davon gehört?«

Gannadius dachte einen Augenblick lang nach. »Nein.«

»Ah. Nun, es ist ein kleines Dorf, etwa einen halben Tagesmarsch landeinwärts von Ap'Almodi.« Sie sprach den Namen als ein Wort aus, nicht als zwei. »Es ist etwa gleich weit von Ap'Amodi und der alten Stadt entfernt.«

»Wo ...?

»Perimadeia. Ihr seid in König Temrais Land«, fügte sie hinzu. »Ihr seid jetzt in Sicherheit.«

»Um zusammenzufassen ...«, sagte er.

Alexius hielt inne und blinzelte, als wäre er nach einer langen Zeit in pechschwarzer Dunkelheit wieder ins Licht getreten. *O nein, nicht schon wieder*, dachte er.

Das hohe Alter, nur das hohe Alter; die Tendenz aufzuwachen und herauszufinden, daß er mitten in einer Handlung oder einem Satz war, ohne sich erinnern zu können, was ihn dazu veranlaßt oder was er zuvor gesagt hatte. Eine schreckliche Beeinträchtigung für einen Lehrer, sich plötzlich vor tausend andächtig lauschenden Gesichtern wiederzufinden, ohne auch nur die geringste Ahnung zu haben, was man gesagt hatte oder sagen wollte.

(Davor hatte er einen Traum gehabt, einen Tagtraum über einen langen dunklen Tunnel voller seltsamer Geräusche und Gerüche, in dem sich Menschen nur mit Hilfe des Tastsinns und anhand von Gerüchen gegenseitig umbrachten. Er wußte nicht, warum es ihn immer wieder dorthin zog.)

»Um zusammenzufassen«, hörte er sich sagen, »wenn wir

die Natur des Prinzips richtig verstehen, ist es unmöglich, nicht an der Existenz des Todes zu zweifeln. Er wird zu einer schattenhaften, beinahe mythischen Sache, etwas, an das wir geglaubt haben, als wir noch jung und leicht zu beeindrucken waren, als wir noch an Drachen und die Erinnerungsfee glaubten. Wenn wir das Prinzip und die Art und Weise, wie es sowohl die Welt um uns herum als auch unsere Wahrnehmung dieser Welt beeinflußt, wahrhaftig begreifen, führt uns das zu der unweigerlichen Schlußfolgerung, daß der Tod – so, wie man uns beigebracht hat, ihn zu verstehen – ganz einfach unmöglich ist. Es kann ihn nicht geben. Er verstößt gegen alle Naturgesetze. Wenn wir uns entscheiden, trotz aller wissenschaftlichen Beweise beharrlich weiterhin an ihn zu glauben – nun, dann muß das eine Sache des Glaubens und Gewissens sein, beides Begriffe, die in einer wissenschaftlichen Debatte keinen Platz haben. Aber wenn wir uns auf die Dinge beschränken, die einer Beweisführung zugänglich sind – und was ist die Wissenschaft, was sind Lernen und Verstehen und Wissen anderes als Dinge, die sich nachweisen lassen –, wenn wir uns nur auf die Dinge beschränken, für die ein stichhaltiger Beweis gefunden wurde, dann müssen wir diese Vorstellung vom Tod verwerfen, und zwar als bestenfalls nicht bewiesen und unmöglich zu beweisen – mit der überwältigenden Wahrscheinlichkeit, daß es so etwas nicht gibt. Die Existenz des Prinzips andererseits ...«

(»Wie geht es ihm? Kann ich mit ihm sprechen?«)

»Die Existenz des Prinzips«, hörte sich Alexius weitersprechen, »ist ohne den Hauch eines Zweifels eine bewiesene Tatsache. Das Prinzip ist der Beweis; es ist der Prozeß, mit dem wir Dinge überprüfen, die wir noch nicht kennen ...«

(»Ihr könnt es versuchen. Aber ich glaube nicht, daß er geistig klar sein wird. Vielleicht später; nachmittags geht es ihm meistens besser.«)

Alexius schlug die Augen auf. »Athli?«

Athli lächelte ihn an. »Hallo, Alexius«, sagte sie. »Wie geht es Euch heute?«

»Gut.« Alexius setzte sich langsam und von Schmerzen gepeinigt auf. »Ich habe geträumt.«

»Ein schöner Traum?«

Er schüttelte den Kopf. »Eigentlich nicht«, sagte er. »Eher ein Alptraum. Der, in dem ich vor einem bis auf den letzten Platz gefüllten Hörsaal stehe und den Vortrag vergessen habe.« Er lächelte. »Der gute Doktor Ereq würde mich gern davon überzeugen, daß das davon kommt, weil ich trotz seiner unheilvollen Warnungen darauf bestehe, Käse zu essen. Ich neige zu einer eher metaphysischen Erklärung«, fuhr er fort. »Aber nur, um weiterhin Käse essen zu können.« Er senkte die Stimme. »Es ist das einzige Essen, das hier nicht zerkocht ist.«

Athli runzelte die Stirn. »Ich glaube nicht, daß man Käse kochen kann«, sagte sie.

Doktor Ereq schenkte seinem Patienten ein medizinisches Stirnrunzeln und ging, aber nicht bevor er Athli noch etwas ins Ohr geflüstert hatte. Als sich die Tür hinter ihm geschlossen hatte, fragte Alexius: »Was sollte das denn?«

»Ich soll ihn rufen, wenn Ihr Euch aufregt und anfangt, Unsinn zu reden. Oh, und ich soll Euch nicht zu sehr ermüden.«

Alexius zuckte mit den Schultern. »Es ist schon ziemlich hart, wenn ich mit Käseessen *und* Unsinnreden aufhören soll. Ich tue beides, seit ich ein kleiner Junge war, und ich bin viel zu alt, um mich jetzt noch zu ändern.«

Athli setzte sich auf den Bettrand. Draußen prasselte Regen gegen die Schlagläden. »Aber Ihr seid nicht zu alt, um Euch Schmeicheleien zu erschleichen? Wir wissen doch beide, daß es nicht Eure Schuld ist, wenn Ihr Unsinn redet. Für gewöhnlich ergibt das, was Ihr sagt, auch Sinn, zumindest wenn ich da bin. Ihr könnt Doktor Ereq nicht leiden, nicht wahr?«

»Nein«, gab Alexius zu. »Was falsch von mir ist, ich weiß; er ist ein prächtiger Bursche, ein absoluter Könner auf seinem Gebiet, und wenn ich daran denke, was Euch das alles kosten muß ...«

»Ach, fangt nicht damit an«, sagte Athli. »Außerdem führe ich das alles unter Ausgaben in den Büchern, also kostet es *mich* gar nichts.«

Alexius blickte sie neugierig an. »Ausgaben?«

»O ja. Die Bank beschäftigt Euch als technischen Berater, habe ich Euch das nicht gesagt? Nun, das seid Ihr jedenfalls. Ein geschätzter Mitarbeiter.«

»Tatsächlich?« Alexius hob eine Braue. »Und bin ich gut in dem, was ich tue?«

Athli machte eine unbestimmte Geste. »Ich habe schon Schlechtere gehabt«, sagte sie. »Aber ernsthaft, Ihr solltet mit den Ärzten nicht Eure Spielchen spielen. Im Gegensatz zu normalen Menschen haben sie keinen Sinn für Humor, und sie werden annehmen, daß Ihr verwirrt seid. Doktor Ereq ist bereits davon überzeugt.«

»Ach, der.« Alexius verzog das Gesicht wie ein kleiner Junge. »Ich habe bloß versucht, ihm das Prinzip zu erklären und daß ich mich mit Menschen unterhalten kann, die nicht anwesend sein müssen. Natürlich hat er nicht zugehört; seit ich das Thema erwähnt habe, ist er zu dem Schluß gekommen, daß ich verrückt bin. Man sollte meinen, ein Absolvent von Shastel würde es besser wissen.«

Athli grinste. »Unter uns gesagt, ich glaube gar nicht, daß er aus Shastel kommt. Oh, er hat behauptet, er hätte dort studiert, aber ich habe mich erkundigt, und niemand kann sich dort an ihn erinnern. Er ist höchstens ein Kolonial-Shasteler; ich glaube, er kommt aus Colleon, und zwar in dritter oder vierter Generation. Was ihn übrigens zu einem besseren Arzt macht, selbst wenn das merkwürdig klingt. Die medizinischen Fakultäten von Colleon haben viel vom Imperium übernommen.«

»Nun gut«, sagte Alexius. Er wollte sich strecken, aber ein

plötzlich auftretender Krampf ließ ihn zusammenzucken. »Genug davon. Wie geht es Euch? Was machen die Geschäfte?«

»Könnte schlimmer sein.«

»Ich verstehe. Heißt das, sie laufen furchtbar, oder meint Ihr damit, sie gehen schleppend?«

»Ein bißchen von beidem«, erwiderte Athli. »Alle halten sich noch immer bedeckt, aber die Unternehmungen, die im Gange sind, bringen einen hübschen Profit.«

»Zum Beispiel?«

Athli dachte kurz nach. »Nun«, sagte sie dann, »die *Eichhörnchen* müßte jeden Tag mit Blaubeeren und Honig aus der Mesoge zurück sein; das trifft sich gut, denn die Leute von Molain haben einen großen Auftrag von den Batharys ...«

»Wer?«

»Die Batharys. Sie stellen Uniformen für die Armee von Shastel her, die, wie Ihr sicher wißt, dunkelblaue Mäntel trägt.«

Alexius nickte. »Die mit Blaubeerensaft gefärbt werden. Ich verstehe. Sehr klug.«

»Ein glücklicher Zufall«, sagte Athli. »Und Honig bringt einen guten Preis, jetzt, wo keiner mehr aus dem Imperium kommt. Wenigstens dieses eine Mal scheint Venart Auzeil über ein solides Angebot gestolpert zu sein.« Sie runzelte die Stirn. »Mit etwas Hilfe von Gorgas Loredan«, fügte sie hinzu. »Noch vor drei Jahren hatte keiner auch nur von der Mesoge gehört, und jetzt gibt es dort gleich zwei nützliche Handelsartikel. Ich wünschte nur, ich könnte daran glauben, daß er ein verläßlicher Geschäftspartner ist.«

Alexius schwieg eine Weile. »Wieder einmal die Loredan-Jungs«, sagte er. »Sie haben die Eigenschaft, überall unvermutet aufzutauchen, nicht wahr?«

Athli sah ihn an. »Ihr wollt wissen, ob es etwas Neues über Bardas gibt, richtig?« fragte sie.

»Ja.«

»Nun ja.« Sie legte die Hände auf die Knie und schaute

zum verschlossenen Fenster hinüber. »Ich bin heute morgen Lien Mogre begegnet, und ihr Bruder ist Mitglied des Stabes der Handelsdelegation aus Shastel, die gerade von der letzten Gesprächsrunde mit der Provinzverwaltung zurückgekehrt ist ...«

»Ihr wollt sagen, er ist ein Spion? Das klingt vielversprechend.«

Athli nickte. »Ja, aber kein besonders guter. Das ist das Problem; die Shasteler sind so schlechte Spione, sie tun es so schrecklich offensichtlich. Aber ich weiß, daß man ihnen viel unbedeutendes Zeug zukommen läßt, um sie glücklich zu machen, also besteht eine gute Chance, daß die Information verläßlich ist. Wie dem auch sei, er hat mir erzählt, daß man Bardas einen netten, ruhigen Verwaltungsposten irgendwo im Inland zugeteilt hat, als so eine Art Produktionsaufseher in einer Fabrik.« Sie lächelte. »Prosaischer kann es nicht werden, findet Ihr nicht?«

»Das kommt darauf an«, sagte Alexius. »Es gibt Fabriken und Fabriken.«

»Ja, aber trotzdem.« Athli stand auf und ging zum Fenster. »Ich weiß, daß Ihr diese Theorie habt über die Loredans und das Prinzip und wie alles miteinander verknotet ist; aber ich kann wirklich nicht erkennen, wie er den Fluß der Geschichte umleiten soll, indem er hinter einem Schreibtisch sitzt und Warenlisten und Kontobücher führt.« Sie seufzte. »Und wenn ihn das aus Schwierigkeiten heraushält, ist das meiner Meinung nach nur gut, und zwar für uns alle.«

Ein schwerer Regenguß prasselte gegen den Schlagladen. »Ihr seid wütend auf ihn, nicht wahr?« fragte Alexius. »Werdet Ihr mir jemals den Grund dafür verraten?«

»Ich bin keineswegs wütend«, antwortete Athli, ohne sich zu ihm umzudrehen. »Im Moment denke ich oft tagelang nicht an ihn. Ich bin froh sagen zu können, daß ich mich seit meinen Tagen als Kanzlistin eines Fechters weiterentwickelt habe; ich habe etwas aus meinem Leben gemacht, jawohl, ich habe es getan, ohne jemandem dabei Schaden zuzufügen oder Ärger zu machen. Ich schätze, das ist etwas, auf das ich stolz sein kann, findet Ihr nicht?«

Alexius legte sich zurück und schloß die Augen. »Natürlich. Wenn ich an all die Menschen denke, denen Ihr seit Eurer Ankunft hier geholfen habt – mir, Gannadius, seinem Neffen, Venart und Vetriz ...«

»Ach, das war doch nichts«, sagte Athli leise.

»Sicher, wenn Ihr so wollt«, fuhr Alexius fort, »aber Ihr hättet es nicht tun müssen, und doch habt Ihr es getan. Es hat fast den Anschein, als hättet Ihr es auf Euch genommen, umherzustreifen und – nun, ich schätze, man könnte sagen, hinter ihm aufzuräumen. Da sind all diese Leute, die in seinem Kielwasser zurückblieben, und da seid Ihr, die versucht, ihnen zumindest den Anschein eines normalen Lebens zurückzugeben. Ich finde das interessant.«

»Wirklich.« Athli starrte weiter die Schlagläden an. »Nun, das ist eine witzige Weise, die Dinge zu betrachten.«

»Das ist meine Aufgabe«, erwiderte Alexius mit einer Spur Belustigung.

Die Schlacht war endgültig vorbei. Sie war kurz, einseitig und ziemlich blutig gewesen, was hauptsächlich an der bedrückenden Weigerung der Rebellen gelegen hatte, endlich aufzugeben, selbst nachdem klar gewesen war, daß sie verloren hatten. Bis zum letzten Blutstropfen zu kämpfen hört sich in der Theorie ja ganz gut an, aber die Mühe lohnt sich wirklich nur, wenn man gewinnt.

Temrai hatte eine Schlacht wie aus dem Lehrbuch geschlagen, von den ersten Plänklerattacken über den Zangenangriff der Kavallerie bis zur perfekt ausgeführten Verfolgung der überlebenden Feinde. Es war eine Schande – wie General Kurrai später bemerkte –, daß man eine solch meisterliche Schlacht an einen Haufen Rebellen und Verlierer verschwendete, die ohnehin nie den Hauch einer Chance gehabt hatten. Ein paar Pfeilsalven und ein simpler Sturmangriff hätten es auch getan. Einfach, effizient – und vor allem hätte es am Ende nicht diese peinliche Geschichte gegeben …

»Gut, daß du dieses Ding getragen hast«, sagte Tilden später. Sie hielt die verbogene Halsberge in der Hand, die den wütenden Hieb aufgefangen und Temrai das Leben gerettet hatte, als ein mehr als aufgebrachter Mann den Kreis der königlichen Leibwächter durchbrochen hatte und wie ein Wahnsinniger auf den König losgegangen war. »Gäbe es diese kleine verdickte Stelle am Rand nicht, wärst du tot. Ich schätze, der dicke Rand ist aus genau diesem Grund da.«

General Kurrai schüttelte den Kopf. »Nein, ist er nicht«, sagte er. »Er soll bloß verhindern, daß der Rand ins Fleisch schneidet.«

»Oh«, erwiderte Tilden. »Nun, in diesem Fall war es wirklich Glück.« Sie legte die Halsberge mit einem leichten Schaudern, als wäre sie blutverschmiert, auf den Boden. »Mußt du das wirklich tun? An all diesen Schlachten teilnehmen, meine ich. Kannst du nicht jemand anderen den Angriff anführen lassen? Schließlich bist du der König. Nicht auszudenken, was passiert, wenn du dich umbringen läßt. Außerdem ist es ja nicht gerade so, als wärst du ein mächtiger Krieger oder dergleichen.«

»Danke«, sagte Temrai feierlich. »Ich werde darüber nachdenken.«

Tilden runzelte die Stirn. »Nein, wirst du nicht. Und sieh mich nicht so an. Du weißt, daß ich recht habe.«

»Sicher hast du das«, erwiderte Temrai mit einem schmalen traurigen Lächeln. »Aber ich kann nichts daran ändern.«

»Nein?« Tilden stand auf; in den Armen hielt sie eine schwere Wolldecke, die sie gestopft hatte. »Es tut mir schrecklich leid. Ich habe dich für den König gehalten. Mein Fehler.«

Temrai seufzte. »Ja, ich bin der König. Darum habe ich auch

keine Wahl. Das Volk muß sehen, daß ich an seiner Seite kämpfe, die Gefahren teile ...«

»Aber das tust du nicht«, wies Tilden ihn zurecht, während sie sich die Decke in der Mitte unters Kinn klemmte und sie an den Enden zusammenführte, um sie zusammenzufalten. »Du bist von Leibwächtern umgeben. Du bist von Kopf bis Fuß in eine teure Rüstung gekleidet. Und davon abgesehen, wäre ich ein Soldat, würde ich nicht wollen, daß mein König und oberster Befehlshaber in der ersten Reihe steht, wo er leicht getötet werden kann und keine Ahnung hat, was um ihn herum vorgeht. Ich würde wollen, daß er oben auf einem Hügel steht, wo er die ganze Schlacht überblicken kann.«

»Schon gut«, sagte Temrai. »Ich habe es kapiert. Es ist nicht sehr vernünftig, es auf diese Art zu tun. Aber so tue ich die Dinge nun mal, und ich kann jetzt nicht damit aufhören, ohne allen die falsche Botschaft zu senden.«

Tilden hob eine Braue. »Wenn du dir solche Sorgen darüber machst, was die Leute von dir denken, warum läßt du dann nicht einen deiner Generäle vor der ganzen Armee, wo es jeder hören kann, einen öffentlichen Appell an dich richten, in dem er dich beschwört, keine unnötigen Risiken einzugehen? Darauf erwiderst du so etwas wie daß es von allen schrecklich nett ist, sich Sorgen zu machen, aber du es für deine Pflicht hältst und den ganzen Quatsch. Dann werden sich alle umdrehen und sagen: nein, der General hat recht, du solltest besser auf dich achten. Und dann wärst du vom Haken und würdest gleichzeitig das tun, was dein Volk von dir erwartet. So einfach ist das.«

So einfach ist das, dachte Temrai, als er in dieser Nacht wach im Bett lag. *So einfach ist das ... Die Wahrheit ist, daß ich heutzutage so viel Angst habe, daß es mich meine ganze Beherrschung kostet, nicht sofort die Flucht zu ergreifen, sobald ich den Feind sehe. Und zwar seit – nun, seit dem Brand von Perimadeia, als ich am falschen Ende von Bardas Loredans Schwert stand.*

Er schloß die Augen, und da war das Bild wieder: Oberst Bardas Loredan starrte ihn über die Klinge an, und seine Augen spiegelten sich in dem schimmernden Stahl. Das war alles vor langer Zeit geschehen, und soweit er wußte, diente Oberst Loredan mittlerweile als Sergeant bei der Provinzverwaltung und war auf dem Weg zu einem Posten in der Verwaltung irgendwo tief im Imperium. *Er ist für alle Zeiten aus meinem Leben verschwunden*, versuchte er sich einzureden, aber er wußte, daß er nur Zeit verschwendete. *Aus Angst vor einem ganz bestimmten Mann habe ich Perimadeia niedergebrannt, und er ist noch immer da draußen, und hier bin ich und warte darauf, daß er kommt, um mich zu holen.*

Der Gedanke ließ Temrai unwillkürlich lächeln; zu Hause drohten Rebellionen, während das Imperium an den Grenzen seines Territoriums aufmarschierte – das waren Bedrohungen, die es wert waren, einem den Schlaf zu rauben, und er war so beschäftigt mit dem Phantom Bardas Loredan, daß er kaum die Zeit oder die Energie hatte, sich vor anderen Dingen zu fürchten. *Das Alberne dabei ist bloß, daß ich gewonnen habe; ich habe die größte Stadt der Welt zerstört, und ich bin derjenige, der zu viel Angst hat, die Augen zu schließen. Ich glaube nicht, daß er wach daliegt und zwanghaft an mich denkt ...*

»Gannadius«, flüsterte der Junge laut genug, daß man ihn noch im nächsten Tal hören konnte. »Bist du wach?«

Gannadius drehte sich um und schlug die Augen auf. »Nein.«

Der Junge starrte ihn an. »Wie fühlst du dich?«

»Schrecklich«, erwiderte Gannadius. »Und du?«

Er sieht verärgert aus, dachte Gannadius. *Ich schätze, ich war in seinem Alter genauso. Als ich noch jung war, hat mich Flapsigkeit immer auf die Palme gebracht.* Das Stirnrunzeln des Jungen vertiefte sich noch.

»Du kapierst es nicht, was?« sagte er. »Diese Menschen sind Nomaden, sie sind der *Feind.* Typisch für unser Glück, ausgerechnet von *ihnen* gerettet zu werden.« Er verzog das Gesicht, als hätte ihn gerade eine Wespe gestochen. »Was sollen wir jetzt tun?«

Gannadius verdrehte die Augen. »Was mich angeht«, erwiderte er, »so werde ich hier liegenbleiben, bis es mir bessergeht. Du kannst tun, was immer du willst.«

»Gannadius!«

»Es tut mir leid, Theudas.« Gannadius kämpfte sich mühsam auf einem Ellbogen hoch. »Aber es ist nun mal eine Tatsache, daß wir nicht viel tun können. Ich bin nicht in der Verfassung, dieses Bett verlassen zu können. Wenn du willst, kannst du versuchen, allein nach Hause zu reisen, aber frag mich nicht, wie du das schaffen sollst, denn ich habe keine Ahnung. Außerdem gefällt es mir hier.« Er schwieg. »Nette Frauen bringen mir Essen und fragen mich, ob es mir bessergeht, und ich muß nicht arbeiten.«

Theudas Morosin wandte sich abrupt ab; er war zu gut erzogen worden, um Älteren und Höhergestellten nicht den gebührenden Respekt entgegenzubringen. Gannadius fragte sich, wo er bloß so gute Manieren gelernt hatte; von Bardas Loredan bestimmt nicht, also konnte es nur Athli Zeuxis auf der Insel gewesen sein.

»Nun gut«, sagte Theudas. »Wenn das deine Einstellung ist. Ich hoffe bloß, du findest alles auch noch so schrecklich amüsant, wenn sie herausfinden, wer wir sind, und unsere Köpfe in der Lagermitte auf Stangen aufspießen.«

Gannadius seufzte. »Schon in Ordnung«, sagte er. »Wer genau sind wir? Wie sehen diese furchtbaren geheimen Identitäten aus, die wir um jeden Preis vor ihnen verbergen müssen?«

Theudas zuckte zusammen. »Wir sind Perimadeianer«, sagte er. »Oder hast du das vergessen?«

Gannadius schüttelte den Kopf. »Du magst ja einer sein, ich nicht. Ich bin Bürger der Vereinigten Maritimen Republik, die im allgemeinen als Insel bezeichnet wird. Genau wie du. Und soviel ich weiß, waren die Beziehungen zwischen der Insel und König Temrai noch nie besser als heutzutage. Das ist das Schöne, wenn man aus einem neutralen Land kommt; die Leute sehen eher davon ab, einen wegen der Staatsbürgerschaft umzubringen.«

Theudas öffnete den Mund und schloß ihn wieder; Gannadius konnte förmlich sehen, wie ihm der Gedanke kam, wie ein Krähenschwarm, der nach Hause zurückkehrte, um dort zu brüten. »Aber das stimmt doch nicht«, sagte er. »In Wirklichkeit bist du ein Bürger von Shastel. Nicht, daß das eine Rolle spielt.«

»Falsch. Ich wurde in dem Augenblick Bürger der Insel, in dem ich Grundbesitzer wurde. Solange ich in Athlis Bank Kredit habe, bin ich ein echter, hundertprozentiger Bürger. Außerdem glaubst du doch wohl nicht ernsthaft, man würde Ausländer zweifelhafter Herkunft – also jemanden wie mich – so ohne weiteres in den Orden aufnehmen, oder?«

Theudas zuckte mit den Schultern. »Darum geht es doch gar nicht. Und ja, ich schätze, du hast recht. Ich war in Panik. Tut mir leid, es ist bloß ...« Er zog eine Grimasse, als hätte er sich gerade verbrannt. »Ich *hasse* diese Leute. Ich glaube nicht, daß sich daran jemals etwas ändern wird, nicht nach dem, was ich als Kind erlebt habe. Du warst nicht dabei, Gannadius, du hast nicht gesehen ...«

»Das ist wahr«, erwiderte Gannadius fest. »Wofür ich auch gehörig dankbar bin. Und ich sage ja auch nicht, daß du sie nicht hassen darfst, aber solange wir ihre Gäste sind, tue es bitte verstohlen, ja? Auf diese Weise haben wir eine gute Chance, auf ein Schiff verfrachtet und nach Hause gebracht zu werden.«

Theudas ließ den Kopf hängen. »Es tut mir leid«, sagte er. »Und ich weiß, daß ich nicht geschickt genug bin, allein klarzukommen.« Er hob den Kopf und lächelte. »Es ist schon ganz gut, daß du dich um mich kümmerst.«

»Das funktioniert in beide Richtungen«, erwiderte Gannadius und legte sich wieder zurück. »Ich weiß nicht, wie weit ich nach dem Schiffbruch ohne dich gekommen wäre, aber vermutlich hätte man die Entfernung mit einem ziemlich kurzen Stück Tau messen können.« Er atmete mit geschlossenen Augen aus und bemühte sich, sich zu entspannen. »Wenn du dich nützlich machen willst, dann sieh doch mal, ob du diese nette Heilerin finden und sie bitten kannst, nachzufragen, ob eines unserer Schiffe erwartet wird, und falls ja, wann. Versuch nett zu sein, ja? Nenn sie nicht Mörderin oder so; du weißt schon, was ich meine.«

»Ja, Onkel.«

Als der Junge gegangen war, schloß Gannadius die Augen und versuchte zu schlafen. Statt dessen fand er sich erneut in dem unbehaglichen Teil des Szenarios wieder, an der Stelle, an der der Nomadenkrieger durch das Fenster in sein Zimmer eindrang und die Fensterbank mit Blut beschmierte.

»Was zum Teufel tust du hier?« fragte der Krieger.

»Das weiß ich nicht«, erwiderte Gannadius. »Ich will nicht hier sein.«

»Dein Pech.« Der Krieger drückte die breite Schulter gegen den Fensterrahmen und versuchte, ihn von der Mauer wegzudrücken, damit er hereinkonnte. Er sah stark genug aus, um es zu schaffen. »Du gehörst hierher«, fügte er mit einem Grinsen hinzu.

»Nein, das tue ich nicht.«

»Da bin ich aber anderer Meinung. Du hättest hier sein sollen. Und jetzt bist du hier. Besser spät als nie.«

Gannadius versuchte, das Bett zu verlassen, aber seine Beine funktionierten nicht. »Ich bin nicht wirklich hier«, protestierte er. »Das ist nur ein Traum.«

»Das werden wir ja gleich sehen«, sagte der Krieger und grunzte vor Anstrengung. Holz splitterte. »So wie ich es sehe, bist du da, und zwar ganz genau da, wo du immer sein wirst.«

Gannadius griff hinter sich, fand das Kopfteil des Bettes und versuchte, sich rückwärts zu ziehen. »Ich lasse dich das doch nur sagen, weil ich mich schuldig fühle. Du existierst nicht.«

»Paß auf, was du sagst«, erwiderte der Soldat. »Und ob ich existiere. Gib mir noch eine Minute, dann beweise ich es dir.«

Mit einer gewaltigen Anstrengung zog sich Gannadius in eine sitzende Position und versuchte, die Beine aus dem Bett zu schwingen, aber sie waren gelähmt.

»Davon abgesehen sage ich die Wahrheit«, fuhr der Soldat fort. »Du bist wieder auf perimadeianischem Boden, wo du hingehörst. In Wahrheit bist du niemals gegangen. Und das weißt du.«

»Verschwinde. Ich glaube nicht an dich.«

Der Soldat lachte. »Das ist dein gutes Recht«, sagte er. »Aber du irrst dich, und du kannst dir nichts vormachen. Dafür weißt du zuviel darüber. Agrianes *Von Schatten und Substanz,* Band drei, Kapitel sechs, Abschnitt vier bis sieben; ich weiß nur davon, weil es für jedermann sichtbar ganz klar in deinen Gedanken zu sehen ist.« Er spannte die Muskeln, und der Fensterrahmen brach aus dem ihn umgebenden Mauerwerk. »Agrianes postuliert dort, daß wann immer es eine ernste Dichotomie zwischen der wahrgenommenen Realität und Geschehnissen gibt, die mit der Funktion des Prinzips am deutlichsten übereinstimmen, man aufgrund des fehlenden Beweises des Gegenteils letztere Interpretation vorziehen soll. Mit anderen Worten: Beweise. Du beweist, daß du nicht hier bist, und ich lasse dich vielleicht laufen. Andererseits ...«

»Also gut«, flüsterte Gannadius. »Welchen Beweis brauchst du?«

»Einen Beweis ...«, wiederholte der Soldat und verwandelte sich in die Heilerin Felden, die nette Dame, die zu holen er Theudas gerade losgeschickt hatte. Sie runzelte besorgt die Stirn.

»Alles in Ordnung?« fragte sie.

Gannadius sah ihr in die Augen. »Wo bin ich?« fragte er.

»Es regnet nie«, sagte der Kurier traurig und hielt sich unbeholfen mit einer Hand einen Sack über den Kopf, während er mit der anderen die Zügel der Postkutsche umklammerte. »Nun gut, ein oder zweimal im Jahr schon, dann *regnet* es aber richtig, wenn Ihr versteht, was ich meine. Nicht so wie jetzt.«

Bardas, der keinen Sack hatte, schlug den Kragen hoch. »Ich würde schon sagen, daß das Regen ist.«

Der Kurier schüttelte den Kopf. »Auf gar keinen Fall«, sagte er. »Ja, sicher, das ist offensichtlich Regen, aber nicht die Art von Regen, die man hier kriegt, wenn es regnet. Das sind dann wahre Sturzbäche; bevor man sich versieht, steht die Kutsche voller Wasser. Man kann keine zehn Meter weit sehen. Das hier ist bloß – gewöhnlicher Regen, so wie in Colleon.«

Bardas fröstelte. Der gewöhnliche Regen lief ihm die Stirn hinunter in die Augen. »So einen Regen hatten wir immer in der Mesoge; etwa ein Drittel des Jahres, den ganzen Frühling lang und dann noch mal im Spätherbst. Verdammt gutes Wetter, um im Haus zu bleiben.«

»Wir sind da«, sagte der Kurier. »Ap'Calick. Wißt Ihr noch, da wolltet Ihr hin.«

»Was? O ja. Entschuldigung.« Bardas blinzelte das Wasser aus den Augen, aber in dem Tal unterhalb des Hügels, den sie gerade umrundet hatten, war nur der vom Regen verzerrte, schemenhafte Umriß eines großen, rechteckigen, grauen Gebäudes auszumachen. »Das ist also Ap'Calick?« sagte er, nur um etwas zu sagen.

»Das?« Der Kurier lachte. »Bei den Göttern, nein. Ap'Calick ist noch gut einen halben Tag weit weg. Das ist das Arsenal von Ap'Calick. Etwas ganz anderes.«

»Ah.« Bardas ließ den Kragen gerade lange genug los, um sich mit einem feuchten Ärmel über die Augen zu wischen. Der Anblick änderte sich durch die Geste nicht wesentlich; er sah immer noch ein blaßgraues, rechteckiges Gebäude. »Also gut«, sagte er.

»Ein trostloser, verfluchter Ort«, fuhr der Kurier fort. »Ein Kumpel von mir war dort mal stationiert; er hat mir erzählt, daß es dort nichts gibt. Nichts zu tun; ein elendes Kasino, in dem sie den Schnaps verwässern. Keine Frauen, abgesehen von den scheußlichen Weibern, die die Ringe für die Kettenhemden herstellen; ihre Hände sind wie die Feilen eines Hufschmieds, und sie sind stark ...« Er schüttelte sich, und Regen aus den Falten des Sacks spritzte auf Bardas' Knie. »Und erst der Staub. Der Staub ist der wahre Mörder. Einen Monat hier, und man spuckt genug Sand aus, um einen Brustpanzer polieren zu können. Kein Wunder, daß alle sterben.«

»Was Ihr nicht sagt«, erwiderte Bardas.

»Aber nur, wenn einen vorher nicht der Lärm in den Wahnsinn treibt«, fuhr der Kurier fort. »Jeden Tag drei Schichten, die ganze Zeit geht es *klack, klack, klack*. Wenn man Glück hat, wird man taub. Und dazu kommt dann noch die mörderische Hitze. Ich meine, das ist doch typisch für die Provinzverwaltung, baut die größte Schmiede im Westen mitten in einer verdammten Wüste. Manche Männer werden verrückt, weil sie die Lauge trinken.«

»Die was?«

»Die Lauge«, wiederholte der Kurier. »Salzwasser, das zum Abschrecken benutzt wird. An einem heißen Tag kriegen die da drinnen einen solchen Durst, daß sie das Salzwasser aus den Abschreckbottichen trinken, verrückt werden und sterben. Drei oder vier Mann, jedes Jahr. Sie wissen, daß es sie umbringen wird, aber nach einer Weile ist es ihnen einfach egal.«

Bardas entschied, daß der Augenblick gekommen war, das Thema zu wechseln. »Das wußte ich nicht. Daß sie mit Salzwasser abschrecken.«

Der Kurier schüttelte den Kopf. »Der Stahl wird mit allem möglichen abgeschreckt«, sagte er. »Kommt darauf an, was sie herstellen. Salzwasser, Öl, Schweinefett, Trinkwasser. Für einige Dinge nimmt man sogar geschmolzenes Blei; oder war das für die Stahlhärtung? Ich weiß es nicht mehr. Mein Kumpel hat nicht viel darüber erzählt. Es hat ihn schon deprimiert, überhaupt an den Ort zu denken.«

»Tatsächlich?« meinte Bardas.

Ein paar hundert Meter weiter konnte Bardas den Lärm hören. Es war genau, wie der Kurier gesagt hatte, zahllose Hämmer klirrten, alle durcheinander; es klang, als prasselten dicke Regentropfen auf ein Schieferdach. »Drinnen ist es viel schlimmer«, informierte ihn der Kurier. »Das sind große Räume, müßt Ihr wissen; Wände und Decke werfen den Lärm zurück. Man kann einen Mann, der dort gearbeitet hat, sofort erkennen; er spricht nicht, er schreit.«

Bardas zuckte mit den Schultern. »Mich stört etwas Lärm nicht«, sagte er. »Wo ich zuletzt war, war es für meinen Geschmack immer etwas zu still.«

Der Kurier schwieg eine Weile. Dann sagte er: »Da ist noch etwas. Es betrifft die linke Hand, sie ist nicht mehr zu gebrauchen – die Hand, mit der man das Werkstück hält, versteht Ihr? Die ständigen Erschütterungen, sie zerstören die Nerven. Irgendwann kann man nichts mehr halten. Sobald das passiert, verfrachtet man sie in eins der Wüstenforts. Wäre humaner, sie gleich zu erschlagen.«

Der Kurier setzte ihn am Tor ab (es gab nur eines, zwei hohe, mit Nägeln beschlagene Torflügel aus Eichenholz, die stark genug für eine Stadt gewesen wären), drehte um und verschwand im Regen. Bardas hämmerte mit der Faust gegen das Tor und wartete, bis ihm Regenwasser ins Stiefelinnere sickerte.

»Name.« Eine Klappe hatte sich in dem Tor geöffnet, während er gerade in die andere Richtung geschaut hatte. »Ja, Ihr da. Name.«

»Bardas Loredan. Ihr solltet ...«

In dem einen Torflügel öffnete sich eine Ausfallpforte. »Der Adjutant erwartet Euch«, sagte eine Stimme aus einer tief ins Gesicht gezogenen, nassen Kapuze heraus. »Über den Hof, dritte Treppe rechts, vierte Etage, an der Treppe links, dann rechts, sechste Abzweigung links, vierte Tür auf der Linken. Fragt, wenn Ihr Euch verlauft.«

Die Kapuze verschwand in einer Nische in der Torhausmauer, und Bardas, der nicht in Stimmung war, hier herumzustehen, lief über den Hof, der normalerweise aus nackter Erde bestand, sich jetzt aber in dicken, grauen Schlamm mit der Konsistenz von Mörtel verwandelt hatte. Im Vorbeigehen registrierte er eine Reihe von massiven hölzernen A-Rahmen, die mit Kreuzbalken verbunden waren; es hätte alles sein können, von Teilen für Belagerungsmaschinen bis hin zu am Fließband gefertigten Galgen. Es war niemand zu sehen, und sämtliche Fenster, die auf den Hof hinausschauten, waren mit Schlagläden verschlossen.

Das Gebäude am anderen Ende des Hofes war so etwas wie der halbherzige Versuch eines Turms; rechteckig und zehn Stockwerke, mit einem Dutzend Treppen, die auf den Hof hinunterführten. An beiden Seiten gab es Galerien mit versperrten Fenstern und fehlenden Türen; sie ähnelten den Galerien auf den anderen drei Seiten des Hofes, die zwei Stockwerke hoch waren. Aber möglicherweise handelte es sich auch um nur ein sehr hohes Stockwerk mit einem Dachboden. Er nahm die dritte Wendeltreppe von rechts und stieg die engen Windungen hinauf. Sie war dunkel und rutschig (er konnte nicht sehen, wo der Regen durchkam), die einzelnen Stufen waren verwirrend steil, und es gab weder Geländer noch Seil, an dem er sich hätte festhalten können; nicht gerade die Art von Treppe, auf der man gern jemandem begegnet wäre, es sei denn, man hätte es genossen, rückwärts wieder hinunterzugehen. Es gab eine gewisse Ähnlichkeit mit den Minen, die ihm keineswegs entging (abgesehen von der Tatsache, daß die einzige Todesart, die es in den Minen nicht gab, darin bestand, rückwärts eine Treppe hinunterzustürzen).

Links, rechts, die sechste Abzweigung links, vierte Tür links;

er ertappte sich dabei, daß er das wie einen Schutzzauber vor sich hin murmelte, so wie ihn der Held eines Märchens benutzt, um am Torhüter des Königreichs der Toten vorbeizukommen. Er schalt sich für seine negativen Gedanken. *Sei nicht albern, vermutlich wird es hier richtig schön sein, sobald du dich eingelebt hast.*

In den Korridoren gab es Licht, kleine Öllampen, die verstohlen in tiefen Wandalkoven vor sich hin flackerten und beinahe genug Helligkeit verbreiteten, um den Weg zu sehen. Es war verläßlicher, auf die Methode der Sappeure zurückzugreifen und die Augen zu schließen und eine Abzweigung zu finden, indem man auf die Zugluft wartete, die einem übers Gesicht strich. *Nur eine der vielen nützlichen Fertigkeiten, die ich seit dem Eintritt in die Armee gelernt habe*, dachte er und duckte sich gerade noch rechtzeitig, um einem Zusammenstoß mit einem praktisch nicht sichtbaren, niedrigen Türrahmen zu entgehen.

Die vierte Tür auf der linken Seite zu finden erwies sich als Problem: Es gab nur drei. Er klopfte an der dritten und wartete. Gerade, als er zu dem Schluß gekommen war, daß er doch den falschen Weg eingeschlagen hatte, öffnete sich die Tür, und er stand einem sehr großen, breitschultrigen, eher rundgesichtigem Mann gegenüber, einem Sohn des Himmels mit spärlichem weißem Haar an beiden Seiten des ansonsten kahlen Kopfes und einem kleinen Bärtchen direkt unter der Unterlippe.

»Sergeant Loredan«, sagte der Mann. »Tretet ein. Ich bin Asman Ila.«

Der Name war Bardas völlig unbekannt, aber das war ihm egal. Er folgte dem Mann in einen kleinen, dunklen Raum, der kaum breiter als der Korridor war, den er gerade verlassen hatte. Das bißchen Licht, das es hier gab, kam von vier winzigen Öllampen auf einem klapprigen Eisengestell, das ihm etwa bis zur Schulter reichte; am anderen Ende des Raumes gab es ein Fenster, aber es war von innen verriegelt. Drei der Wände waren kahl, an der vierten hing über dem einfachen, aus einer Planke bestehenden Schreibtisch etwas, das sich vermutlich als atemberaubend schöner Wandteppich aus Colleon erwiesen hätte – wenn es denn genug Licht gegeben hätte, die Farben sehen zu können.

»Aus der Beute von Chorazen«, sagte der Mann. (Bardas hatte noch nie von Chorazen gehört.) »Mein Großvater befehligte das sechste Bataillon. Das Tageslicht läßt die Farben verblassen, also halte ich die Schlagläden geschlossen.«

»Ah«, sagte Bardas und versuchte zu klingen, als hätte er gerade eine umfassende Erklärung erhalten. »Melde mich zum Dienst«, fügte er hinzu.

Asman Ila wies mit einer grazilen Geste auf einen dreibeinigen Hocker. Als Bardas Platz nahm, kippte er auf alarmierende Weise zur Seite; ein Bein war bedeutend kürzer als die anderen. »Aus Ap'Seudel«, sagte Asman Ila, »vor dem Brand. Mein erster Posten. Örtliches Rosenholz, mit bezaubernden Niello-Intarsien. Willkommen in Ap'Calick.«

»Danke«, sagte Bardas.

Asman Ila setzte sich. Sein Stuhl sah noch viel unbequemer als der Hocker aus, aber falls er ebenfalls besonderen Ursprungs war, erfuhr es Bardas diesmal nicht. »So«, sagte er, »Ihr seid also der Held von Ap'Escatoy. Allen Berichten zufolge eine erstaunliche Leistung.«

»Danke.«

»Eine faszinierende Stadt«, fuhr Asman Ila fort. »Ich habe dort einige Zeit verbracht, vor – nun, vor dreißig Jahren. Ich werde niemals die wundervollen Elfenbeinmöbel in den Staatsgemächern des Vizekönigs vergessen – sehr eigenwillig, auf der ganzen Welt gibt es nichts auch nur annähernd Vergleichbares, obwohl sie sie in Ilvan natürlich zu kopieren versuchen. Natürlich erkennt man das sofort; man muß nur den Raum betreten und kann die Unbeholfenheit der Arbeit förmlich spüren. Ein Cousin von mir in der Provinzverwaltung hat mir versprochen, mir einen der dreiteiligen Audienzschirme aus dem Haupt-Audienzgemach zu schicken; natürlich wäre die Hoffnung, beide zu bekommen, sehr anmaßend.«

Als sich seine Augen an das Zwielicht gewöhnt hatten, konnte Bardas die Umrisse von Stühlen, Truhen, Bücherregalen, Lesepulten, Hockern und unzähligen anderen kleinen, transportierbaren Gegenständen ausmachen; sie waren an den Wänden aufgestapelt und mit grauen Tüchern verhüllt. »Meine Pflichten«, lockte Bardas sein Gegenüber, aber Asman Ila schien vergessen zu haben, warum er hier war.

»Fast alles in diesem Raum stammt aus eroberten Städten, aus Orten, die ich oder meine Vorfahren im Krieg bezwungen haben«, fuhr er schließlich fort. »Einige von ihnen sind meines Wissens einzigartig; zum Beispiel der Lampenständer. Ich glaube, es ist die einzige schmiedeeiserne Arbeit aus Cnerian, die es heute noch gibt. Die Stadt ist untergegangen, aber ein Teil ihres Erbes lebt weiter, hier bei mir. Nun ja, Eure Pflichten. Es ist alles ganz einfach.«

Aus der Ferne konnte Bardas noch immer das Schlagen der Hämmer hören; es war tatsächlich laut genug, um störend zu wirken. »Es ist mir peinlich, es zugeben zu müssen«, sagte Bardas, »aber ich habe nur eine sehr grobe Vorstellung von dem, was hier getan wird. Ich weiß nicht, ob es möglich ist ...«

Asman Ila hörte gar nicht zu; er betrachtete die Tür. »Hauptsächlich sollt Ihr hier als Aufseher arbeiten, wobei Eure großen Erfahrungen im Handwerk überaus nützlich sein werden; ich kann noch nicht mal einen Nagel gerade einschlagen. Überflüssig zu erwähnen, daß sie das ausnutzen. Diebstähle aus den Lagern sind unser schlimmstes Problem, direkt gefolgt von den Fluktuationen in der Nachfrage. Es gibt Zeiten, da frage ich mich, ob die Provinzverwaltung die Bedeutung des Begriffs planmäßige Bedarfsbereitstellung überhaupt kennt.«

Bardas verlagerte seine Position auf dem Hocker, der für einen sehr viel kleineren Mann hergestellt zu sein schien, möglicherweise sogar für ein Kind. Er fragte sich, ob er erwähnen sollte, daß er absolut nichts über Waffenherstellung wußte, kam dann aber zu dem Schluß, daß es sinnlos war.

»Aber wir kommen zurecht«, sagte der Sohn des Himmels. »Glücklicherweise haben wir hier in Ap'Calick so viele hochbegabte Handwerker, daß wir flexibel sein können. Ist Euer Quartier angemessen? Solltet Ihr Probleme oder Fragen haben, scheut Euch nicht, mich oder den Fabrikhauptmann zu fragen. Warum sollte man es unbequem haben, wenn es nicht nötig ist?«

Bardas, der nicht einmal wußte, wo sein Quartier war, nickte anerkennend. »Danke«, sagte er und fragte sich, was er sagen konnte, damit ihn der Adjutant entließ. Das verkrampfte Sitzen wurde allmählich außerordentlich schmerzhaft, und er hatte das Gefühl, daß eine plötzliche Bewegung den Hocker vermutlich zerbrechen lassen würde.

»Was alles Technische betrifft«, fuhr Asman Ila fort und unterdrückte sorgfältig ein Gähnen, »könnt Ihr immer den Werkmeister fragen. Maj. Ich kann nicht behaupten, daß er völlig vertrauenswürdig ist, auch wenn er soweit ich weiß kaum schlimmer als die meisten anderen ist, aber er scheint zu wissen, was er tut. Er hat ein paar Kerzenhalter für mich repariert; sie kamen aus Riciden, es fehlten die verschnörkelten Kreuzblumen und der konkav gewölbte Fuß. Der Unterschied ist kaum zu sehen, außer in hellem Licht. Mein Urgroßvater hat sie aus der Bibliothek von Coil mitgenommen, also ist es eigentlich nicht überraschend, daß sie beschädigt waren.«

In hellem Licht, dachte Bardas. *Da muß man sich hier ja keine Sorgen machen.* »Danke«, sagte er. »Ist das alles?«

Asman Ila saß einen Augenblick lang reglos da und starrte auf einen Punkt, der sich links oberhalb von Bardas' Kopf befand. »Und denkt dran«, sagte er plötzlich, »meine Tür steht immer offen. Es ist viel besser, sich mit einem Problem zu beschäftigen, wenn es entsteht, statt zu versuchen, es zu verbergen, bis dann alles schiefgeht. Schließlich stehen wir doch alle auf derselben Seite.«

»Maj«, brüllte Bardas zum dritten Mal. Der Mann schüttelte den Kopf.

»Nie von ihm gehört«, brüllte er zurück. »Warum fragt Ihr nicht den Werkmeister?«

Bardas zuckte mit den Schultern, lächelte und ging. *Ich werde eine Methode finden müssen, mit diesem Lärm klarzukommen*, dachte er, als er sich einen Weg vorbei an den Werkbänken suchte und dabei sein Bestes tat, sich von den Maschinen und umherschwingenden Hämmern fernzuhalten. *Immerhin ist es was anderes als die Minen.*

Schließlich fand er den Werkmeister (dessen Name Haj und nicht Maj war); er lag zusammengerollt in einer Nische in der Hallenwand und schlief. Haj entpuppte sich als kleiner, stämmiger Mann Anfang Sechzig, der lange, knochige Unterarme und die größten Hände hatte, die Bardas je gesehen hatte. Seine rechte Schulter war höher als die linke, und sein Haar war struppig und weiß.

»Bardas Loredan«, wiederholte Haj. »Der Held. Stimmt. Folgt mir.«

Haj bewegte sich schnell, mit vielen kleinen Schritten; er bahnte sich seinen Weg durch die vollgestopfte Werkhalle, ohne anscheinend einen Blick darauf zu verwenden, wo er hinging, so daß er den viel vorsichtigeren Loredan weit hinter sich ließ und zweimal warten mußte, bis dieser zu ihm aufgeschlossen hatte. Wie jeder in der Werkstatt trug Haj eine lange Lederschürze, die unter dem Kinn begann und knapp über den Knöcheln endete; seine Füße steckten in großen Militärstiefeln mit Stahlkappen an den Zehen, und aus der Tasche auf seiner Schürze ragten unzählige kleine Werkzeuge und Lumpen.

»Kommt Ihr?«

»Tut mir leid«, sagte Bardas.

»Hier entlang«, sagte Haj und war einen Augenblick später verschwunden. Bardas blieb eine oder zwei Sekunden stehen und versuchte herauszufinden, wohin er gegangen war; dann entdeckte er den niedrigen Torbogen in der Hallenwand, der im Dämmerlicht kaum zu sehen war. Er mußte sich beinahe verneigen, um hindurchgehen zu können.

Der Torbogen führte in einen kurzen, sehr schmalen Gang, der an einer weiteren steilen, furchteinflößenden Wendeltreppe endete, die vier Windungen beschrieb und auf einem hölzernen Laufgang hoch über der Werkstatt endete. Es gab kein Geländer. *Wer hätte das gedacht*, schoß es Bardas durch den Kopf, als er nach unten blickte. *Vermutlich habe ich mich mein ganzes Leben vor Höhen gefürchtet, ohne es zu wissen. Bis jetzt.* Er richtete den Blick fest auf die Tür am Ende des Laufgangs, die in die hintere Wand der Werkhalle führte. Falls Haj sich nicht zu Tode gestürzt oder in einen Vogel verwandelt hatte, befand er sich irgendwo hinter dieser Tür. Bardas holte tief Luft und folgte ihm, die Hände hinter dem Rücken verschränkt, und achtete darauf, nicht nach unten zu blicken.

Hinter der Tür befand sich ein weiterer schmaler Korridor, der eine Biegung nach rechts beschrieb und dann in die Dunkelheit hineinführte. In regelmäßigen Abständen gab es Türen; eine davon stand offen, und Bardas trat ein.

»Da seid Ihr ja«, erklang Hajs Stimme in dem Dämmerlicht. »Nun, das wäre es. Ein schönes Zimmer.«

Bardas tastete sich mit den Händen an der Wand entlang, bis etwas seinen Weg blockierte. Er ertastete grob bearbeitetes Holz; flache Planken und einen Riegel. Er schob den Riegel in die Höhe, der ihm aus den Fingern glitt und zu Boden fiel, dann tastete er so lange herum, bis er einen Griff fand und zog. Als der Schlagladen zurückschwang, flutete Licht herein und enthüllte einen Raum, der auf deprimierende Weise einer Gefängniszelle ähnelte. Aus der Wand ragte ein Sims, auf dem eine zusammengefaltete Decke und ein gelbes Kopfkissen lagen; unter dem Fenster gab es einen weiteren Sims, auf dem ein einfacher brauner Tonkrug und eine weiß emaillierte Zinnschüssel standen. Das war alles.

»Danke«, sagte Bardas.

Haj schnaubte. »Es gefällt Euch nicht, das kann ich sehen.«

»Nein, nein«, erwiderte Bardas, »es ist prima. Ich habe schon schlimmer gewohnt.«

»Tatsächlich«, sagte Haj. »Die meisten von uns schlafen auf dem Dach und in der Regenzeit in der Werkstatt unter den Bänken.« Er sah sich um, als wollte er Bardas dazu herausfordern, sich weiter zu beschweren. »Hat Euch jemand gesagt, was Ihr hier tun sollt?«

»Eigentlich nicht«, antwortete Bardas. »Der Adjutant hat etwas von einer Tätigkeit als Aufseher gesagt, aber ...«

Haj lächelte. »Ihr solltet das, was *er* sagt, nicht zu ernst nehmen. Die Werkmeister leiten diese Fabrik, genauso, wie es sein sollte.«

»Ich verstehe. Und was bin ich? Ein Werkmeister?«

Haj schüttelte den Kopf. »Ihr habt hier nichts zu tun, wirklich nicht«, sagte er. »Gelegentlich schicken sie uns eben Leute, für die sie keinen anderen Posten finden können. Für gewöhnlich stört uns das nicht, solange sie die Finger aus allem raushalten. Im Grunde könnt Ihr tun, was immer Ihr wollt, mischt Euch bloß nicht ein, das ist alles. Mal sehen, der letzte Tag des Monats ist der Zahltag; zwei Viertel werden für Uniform und Ausrüstung abgezogen, drei Viertel für Verwundungen und das Begräbniskommando, zwei Viertel für das Übergangsgeld, den Rest könnt Ihr ausgeben, aber wenn Ihr auch nur einen Funken Verstand habt, dann bewahrt Ihr es in dem großen Tresor hinten im Vorratsraum auf wie wir alle. Eine gute Faustregel, laßt nichts herumliegen, es sei denn, Ihr wollt, daß es gestohlen wird. Hier gibt es eine Menge Typen mit flinken Fingern; es gibt sonst nichts zu tun, wißt Ihr? Gut, in der Kantine kriegt man nach jedem Schichtende was zu essen; Ihr seid berechtigt, die Offiziersmesse im Erdgeschoß des Turms zu benutzen, aber die ist teuer, ein Viertel am Tag, Wein und Bier kosten extra. Ihr könnt Euch auch zu dem Rest von uns in die Kantine setzen, fragt einfach, und man wird Euch zeigen, wo sie ist.«

Bardas nickte. »Danke«, sagte er. »Was ist das: Übergangsgeld?«

»Übergangsgeld«, wiederholte Haj. »Zwei Viertel im Monat. Wißt Ihr nicht, was Übergangsgeld ist?«

»Tut mir leid«, sagte Bardas. »In den Minen gab es das nicht, oder wir hatten eine andere Bezeichnung dafür.«

Haj seufzte leise. »Von jedem Sold wird Übergangsgeld für die Demobilisierung zurückgehalten. Ihr wißt schon, wenn Ihr die Armee verlaßt. Es ist für das Alter gedacht; Ihr kriegt das zurück, was Ihr angespart habt, plus Eure Gratifikation, abzüglich Soldabzüge, Steuern und dergleichen mehr. Habt Ihr das in den Minen nicht bekommen?«

»Nein. Ich schätze, die Chance, daß einer von uns ein hohes Alter erreichte, war zu gering, als daß sich die zusätzliche Verwaltungsarbeit gelohnt hätte.«

»Wie dem auch sei«, sagte Haj. »Hier kriegen wir es. Nun, gibt es sonst noch was, das ich Euch sagen muß? Ich glaube nicht. Wenn es was gibt, das Ihr nicht versteht, geht und fragt jemand anderen, ja?«

»Kein Problem«, sagte Bardas. »Vielen Dank.«

Haj nickte. »Gut. Ich muß wieder runter, bevor die ganze Abteilung zum Stillstand kommt.«

Als er gegangen war, setzte sich Bardas eine Weile auf das Bett, starrte die gegenüberliegende Wand an und lauschte den Hammerschlägen. *Genau der richtige Posten*, sagte er sich fröhlich, *nicht das geringste Problem, sich aus jedem Ärger rauszuhalten. Mir wird es hier gefallen.* Es funktionierte nicht. Das Klirren der Hämmer übertönte alles; er hielt sich die Ohren zu, konnte sie aber trotzdem spüren. *Es ist höher als in den Minen*, versuchte er es erneut. *Und es ist keiner da, der mich umbringen will; das muß doch was wert sein.*

Nachdem Bardas eine Stunde allein in seinem Quartier verbracht hatte, ertastete er sich den Weg zurück durch die Korridore, über den Laufgang und die Treppe hinunter in die Halle. Er blieb einen Augenblick lang dort stehen, ließ sich von dem Lärm überwältigen und versuchte ihn zu kosten, statt ihn auszusperren. Dann marschierte er zur nächstbesten Werkbank, an der ein Mann mit einer schweren Stockschere Formen aus Stahlplatten ausschnitt.

»Ich bin Bardas Loredan«, brüllte er. »Ich bin der neue ...« Er suchte verzweifelt nach einem Begriff, der authentisch klingen würde. »Der neue Stellvertretende Kontrollmeister. Sagt mir genau, was Ihr da tut.«

Der Mann sah ihn an, als hätte er den Verstand verloren. »Ausschneiden«, erwiderte er. »Wonach sieht es denn aus?«

Bardas runzelte die Stirn und behielt den Ausdruck krampfhaft bei. »Das ist nicht die Art von Verhalten, die ich hier sehen will«, sagte er. »Beschreibt Eure Tätigkeit.«

Der Mann zuckte mit den Schultern. »Ich bekomme die Platten von der Schablonenmeisterei, mit in Blau vorgezeichneten Mustern. Ich schneide sie aus und lege sie in den Korb da. Ist der Korb voll, kommt jemand vorbei und bringt ihn dort rüber.« Er deutete mit dem Kopf auf die weit entfernt liegende andere Seite der Halle. »Das ist alles«, schloß er.

Bardas schürzte die Lippen. »Also gut, jetzt laßt mich sehen, wie Ihr etwas ausschneidet.«

»Wozu?«

»Ich will sehen, ob Ihr es richtig macht.«

»Wie Ihr wollt.« Der Mann ergriff die nächste Platte, legte sie auf die Werkbank und drehte sie. Er packte sie mit der einen Hand und bediente mit der anderen die Stockschere, schob den dünnen Stahl zwischen die Schneiden und drückte den langen Hebel hinunter. Das Schneiden schien viel weniger Mühe zu erfordern, als Bardas gedacht hätte; es sah aus, als würde man ein Stück Stoff zuschneiden, nur daß die eine Backe der Schere an der Werkbank festgenietet war. Für die runden Teile ging der Mann zu einem anderen Werkzeug, das auf der gegenüberliegenden Seite befestigt war; es hatte den gleichen langen Griff, aber statt der oberen Scherenbacken gab es hier eine runde Schneide mit gezackter Klinge.

»Bis jetzt alles richtig?« fragte der Mann.

»Es geht«, knurrte Bardas. »Macht weiter.«

Der Mann verkniff sich ein hämisches Grinsen, obwohl das eigentlich gar nicht nötig war. »Also wollt Ihr den dritten Schritt nicht sehen?«

»Was? Nun ja, warum eigentlich nicht?«

Der Mann nahm die ausgeschnittenen Stücke und spannte sie in einen gewaltigen Schraubstock; dabei achtete er darauf, daß der vom Zuschneiden leicht ausgefranste Rand über die Klemmbacken hinausragte. Als nächstes nahm er einen großen, breiten Meißel von einem Gestell neben dem Schraubstock, setzte ihn im rechten Winkel zum obersten Stahlstück an, griff nach einem Holzhammer und begann, den unregelmäßigen Rand zu glätten.

»Und?«

»Noch eine.«

Der Mann fertigte noch ein Werkstück an, dann noch eins und schließlich zwei weitere. »So, der Korb ist voll«, sagte er. »Habe ich bestanden?«

Bardas gab das unverbindlichste Geräusch von sich, zu dem er fähig war. »Nun gut«, sagte er. »Was tut Ihr sonst noch?«

»Bitte?«

»Was tut Ihr sonst noch?« wiederholte Bardas. »Andere Teile des Arbeitsprozesses.«

Und wieder sah der Mann ihn an, als würde er Unsinn lallen.

»Das ist alles. Ich schneide Stahlplatten für Rüstungen aus. Soll ich denn noch was anderes tun? Das hat mir keiner gesagt.«

Bardas nahm den Korb. »Weitermachen«, sagte er und ging in die Richtung, in die der Mann gezeigt hatte.

In der Ecke fütterte ein Mann Stahlteile, die genauso wie die Werkstücke in dem Korb aussahen, in einen großen Apparat, der im Grunde aus drei langen, dicken Walzen bestand, die horizontal in einem massiven Rahmen aus Gußeisen steckten. Eine Walze drehte sich, sobald der Mann einen Hebel bediente; sie zog die kleine Stahlplatte unter die anderen beiden Walzen (deren Positionen man mittels der Regelschrauben an beiden Enden verstellen konnte) und transportierte sie zur anderen Seite, wo sie sich aus einem geraden Stahlstück in ein gleichmäßig gebogenes verwandelt hatte, genauer gesagt zu einer kleinen Schulterplatte. Das waren die Stahlplatten, aus denen sich die beweglichen Teile eines Schulterpanzers zusammensetzten. Nach dem Walzen hielt der Mann die Platte an ein gebogenes, auf einem Ständer montiertes Holzstück. Anscheinend ging es darum, sich zu vergewissern, ob sie sich ohne Zwischenraum an das Holz anschmiegte; in diesem Fall legte er sie auf den Stapel mit fertigen Teilen. Paßte sie nicht, kam sie wieder unter die Walze, und der Mann drehte so lange an den Regelschrauben herum, bis sie ausreichend gebogen war, um mit der Wölbung des Holzstücks übereinzustimmen.

Bardas holte tief Luft, ging zu dem Mann hin, stellte den Korb auf der nächsten Werkbank ab und spielte erneut den Kontrollmeister. Dieser Mann schien etwas weniger skeptisch zu sein (oder es interessierte ihn noch weniger); als wäre Bardas nicht da, machte er mit der Arbeit weiter, bis er seinen Korb voll hatte.

»Und wo kommen die jetzt hin?« fragte Bardas.

Der Mann sagte kein Wort, sondern wies mit dem Kopf ans westliche Hallenende. Bardas nahm den Korb und stützte ihn mit der Brust ab (er war nicht leicht; vierzig gebogene Platten, sauber in einem Halbkreis aufgestapelt), dann wankte er durch die Halle – in der Hoffnung, jemanden zu finden, der mit einem ähnlichen Werkstück arbeitete, bevor er sich endgültig und unwiderruflich zum Narren machte. Glücklicherweise war der nächste Fertigungsschritt relativ leicht zu entdecken: ein Mann mit einem Hammer und einem kleinen Lochklotz, der Stahlplatten, die genauso aussahen wie die, die er schleppte, mit Nietenlöchern versah.

»Ganz einfach«, sagte der Locher, der dem Inspektor begeistert jeden Aspekt seiner Arbeit erklärte. »Man sucht die Markierungen der Jungs aus der Schablonenmeisterei, wo die Löcher hinmüssen; dann nimmt man das Werkstück in die linke Hand, und zwar *so*, und drückt es *so* gegen den Klotz, dann nimmt man mit der Linken den Stanzstempel und mit der Rechten den Hammer, und ...« – der Hammer schlug zu – »fertig ist man. Einfach, nicht wahr?«

Bardas nickte. »Ja«, sagte er, denn das war es.

»Und noch was, es ist nicht nur einfach, es ist stinklangweilig.«

»Was?«

Der Mann sah ihn an. »Wißt Ihr, wie lange ich das hier machen sollte? Zwei Wochen, bis der neue Mann kommen und ich rüber zum Glanzhämmern sollte, wofür ich ausgebildet worden war. Und wißt Ihr, wie lange ich das hier jetzt mache? Sechs Jahre. Sechs Jahre, verdammt, in denen ich ununterbrochen diese lächerlich einfache Arbeit mache ...« Der Mann holte tief Luft. »Seht mal, Ihr seid der Kontrollmeister, schaut doch mal, ob Ihr nicht ein gutes Wort für mich einlegen könnt, ja? Ich meine, der Typ, der zuvor Euren Posten hatte, der hatte mir versprochen, für mich ein gutes Wort einzulegen, aber das war vor zwei Jahren, und hat sich was getan? Natürlich nicht, und wenn ich noch viel länger hier stehe und ...«

»Schon gut«, erwiderte Bardas schnell. »Überlaßt das mir, ich werde sehen, was ich tun kann.«

»Wirklich?« Das Gesicht des Mannes hellte sich auf, doch dann wurde es sofort von Mißtrauen überschattet. »Wenn Ihr es nicht vergeßt, wollt Ihr sagen. Ich kann dazu nur eines sagen: das habe ich alles schon mal gehört, und *dazu* kann ich nur sagen, daß ich bestimmt nicht darauf warten werde ...«

»Ich werde sehen, was ich tun kann«, sagte Bardas und trat einen Schritt zurück. »Verlaßt Euch ...«

»Ihr habt ja nicht mal nach meinem Namen gefragt«, rief der Mann wütend hinter ihm her, aber Bardas war mittlerweile weit genug weg, um nicht zurückblicken zu müssen; er konnte so tun, als hätte er ihn nicht gehört. Er schlug ein zügiges Tempo an, als wüßte er, wo er hinwollte, bis er über einen großen Holzblock stolperte und nach einer Werkbank greifen mußte, um nicht hinzufallen.

»Paßt auf«, sagte der Mann hinter der Werkbank. »Ich hätte mir den Daumen zerquetschen können, wenn Ihr so an der Bank rüttelt.«

Bardas schaute auf. Der Mann hielt ein Stück Stahl in der einen und eine Art Hammer in der anderen Hand. Er sah nicht wie ein gewöhnlicher Hammer aus; statt des Stahlkopfes gab es einen Ball aus zusammengedrehtem Leder, das in eine schwere Eisenröhre gestopft war. »Tut mir leid«, sagte Bardas. »Ist mein erster Tag.«

Der Mann zuckte mit den Schultern. »Schon gut«, sagte er. »Aber paßt nächstes Mal besser auf, wo Ihr hintretet.« Vor ihm auf der Werkbank lag ein weiterer Holzblock, der vielleicht etwas größer als derjenige war, an dem sich Bardas gerade das Schienbein gestoßen hatte. In der Mitte des Blocks – es handelte sich um Eichenholz, wie Bardas registrierte – befand sich ein rechteckiges Loch, aus dem ein Eisenpfahl herausragte; darauf saß eine Eisenkugel, die etwas kleiner als ein Kinderkopf war. Das Metallstück, das der Mann über die Kugel hielt, war ungefähr dreieckig und sah aus wie ein flacher Teller; es handelte sich um eine der Platten für einen aus vier Platten zusammengesetzten Helm; die altmodische Sorte, wie sie noch immer an manche der Hilfskavallerieeinheiten ausgeliefert wurde.

Dem Mann fiel Bardas' Blick auf. »Wollt Ihr vielleicht etwas?« fragte er.

»Ich bin der neue Stellvertretende Kontrollmeister«, erwiderte Bardas. »Sagt mir, was Ihr da tut.«

»Glanzhämmern«, sagte der Mann. »Wißt Ihr, was das ist?«

»Erzählt es mir, in Euren eigenen Worten.«

»Also gut.« Der Mann grinste. »Sie schicken Leute wie Euch einfach her, nicht wahr, und Ihr habt nicht den geringsten Schimmer, worum es geht. Aber das geht mich nichts an. Also, beim Glanzhämmern bearbeiten wir die Außenseite des fast fertigen Werkstücks mit dem Hammer, um sämtliche Beulen herauszubekommen, um es für die Polierer zu glätten. Ihr müßt wissen, daß das eigentliche Formen von der Innenseite aus gemacht wird; um das Werkstück also fertigzustellen, gehen wir noch einmal leicht von der Außenseite drüber. Nicht so hart, daß das Metall neu geformt wird, eigentlich nur, damit es gut aussieht. Ich würde Euch das nicht erzählen, wenn Ihr ein *richtiger* Kontrollmeister wärt, denn dann würde ich ja meine Arbeit verlieren. Wollt Ihr mal zusehen?«

Bardas nickte, und der Mann machte sich wieder an die Arbeit. Er schob das Werkteil auf die Eisenkugel und beseitigte die Unregelmäßigkeiten mit einer Reihe kurzer, gleichmäßiger Schläge; dabei ließ er das Gewicht des Hammers die Arbeit tun, der bei jedem Schlag von dem Metall zurückfederte. »Der Trick besteht darin, nicht drauflos zu dreschen«, erklärte der Arbeiter. »Das bringt einen nämlich nirgendwo hin, man läßt den Hammer fallen und das Gewicht macht die ganze Arbeit. Darum halte ich ihn auch so, nur zwischen Mittelfinger und Daumen, seht Ihr?« Er hielt die rechte Hand hoch, um es zu demonstrieren. »Wollt Ihr es mal versuchen?«

Bardas zögerte. »Also gut«, sagte er und streckte die Hand nach dem Hammer aus. »Ist das richtig so?«

Der Mann schüttelte den Kopf. »Ihr sollt ihn nicht packen, ihr sollt das verdammte Ding nicht erwürgen, Ihr sollt ihn bloß fest genug halten, damit Ihr die Kontrolle behaltet – ja so, langsam bekommt Ihr ein Gefühl dafür. Es ist ganz einfach, sobald man den Bogen raus hat, aber keiner kommt von allein drauf.«

»Seltsam«, sagte Bardas. »Ich hätte nie gedacht, daß viele sanfte Schläge mit einem Stück zusammengerolltem Leder tatsächlich ein Stück Stahl formen können.«

Der Arbeiter lachte. »Aber genau darum geht es«, sagte er. »Tausende und Abertausende von kleinen sanften Schlägen mit dem Lederhammer machen das Ding so hart, daß ein wilder, kräftiger Schlag mit einer sechs Pfund schweren Axt einfach abprallt.« Er nahm das Werkstück von der Stahlkugel und strich mit den Fingerspitzen darüber. »Eigentlich ist das wie im wahren Leben«, fuhr er fort. »Je mehr Prügel man bezieht, desto schwerer ist man umzubringen.«

5

N*ein, nein*, hatten sie ihm gesagt – und dabei schockiert geklungen –, *du darfst das nicht Bürgerkrieg nennen, es war eine Rebellion. Es wäre nur dann ein Bürgerkrieg gewesen, wenn sie gewonnen hätten.*

Es war nicht die Art von Sieg, über die Temrai länger als unbedingt nötig nachdenken wollte, aber es war – was die Diplomatie betraf – in Ordnung, daß seine neuen Nachbarn in der Provinzverwaltung jetzt, wo alles vorbei war und der bessere Mann gewonnen hatte, ihm ihre Freude darüber mitteilten. Ein einfacher Brief hätte es auch getan oder ein Bote, dessen Worte mit großen Buchstaben auf ein Stück Pergament geschrieben standen; es bestand wirklich keine Notwendigkeit, eine vollständige Delegation mitsamt einem Prokonsul zu schicken. (Andererseits: Da die Mission in einen anerkannten, bündnisfreien und befreundeten souveränen Staat führte und sie von einem Provinzdirektorat ausging und nicht etwa vom Provinzgouverneur – es handelte sich schließlich um eine direkt verwaltete Provinz, die aus diesem Grund theoretisch unter der direkten Aufsicht des imperialen Kanzlers stand, der durch seine amtlich bestellten Vertreter vertreten wurde –, verlangte das Protokoll die persönliche Anwesenheit des amtierenden dienstältesten Diplomaten. Das erklärte der Stellvertretende Prokonsul Arshad mit aller Sorgfalt. Alles andere wäre eine Beleidigung gewesen oder zumindest ein Zeichen von schlechten Manieren und Ignoranz.)

»Ich verstehe«, log Temrai. »Nun, es ist sehr nett von Euch, diese lange Reise gemacht zu haben, aber wie Ihr seht, bin ich noch in einem Stück, so wie der Rest meiner kommandierenden Offiziere und Minister; tatsächlich haben wir keinen Schaden davongetragen.« Er verstummte, da ihm nichts mehr einfiel, was er noch sagen sollte. Von all den Menschen, die er in seinem außerordentlich erreignisreichen Leben kennengelernt hatte, war der Stellvertretende Prokonsul Arshad der unmenschlichste. Licht schien in seinen Augen zu verschwinden, wie Wasser im Sand versickerte, und wenn er sprach, schienen die Worte wie aus großer Entfernung zu kommen. Temrai fühlte sich genötigt, weiterzusprechen und dadurch zu versuchen, die Lücke zu füllen, die der Mann in der Natur hinterließ.

»Natürlich war es eine schreckliche Angelegenheit, wir mußten gegen Menschen kämpfen, die wir für unsere Freunde gehalten hatten – sogar für mehr als nur Freunde, für Familienangehörige. Um ehrlich zu sein, bin ich mir noch immer nicht sicher, um was es eigentlich genau gegangen ist. Ich schätze, es ist einfach passiert. In der einen Minute waren wir noch alle auf derselben Seite, die dieselben Dinge wollte und nur darüber uneins war, wie sie zu erreichen wären. Und plötzlich hatten wir aufgehört, miteinander zu sprechen, und sie hatten das Lager verlassen und waren mit ihren Pferden und Schafen und Ziegen irgendwo hingezogen. Nun, das war schon in Ordnung; wenn sie nicht bei uns bleiben wollten, war das ihre Sache. Aber dann haben sie angefangen, Ärger zu machen. Nichts Großes, man könnte es wohl als Unhöflichkeit bezeichnen. Sie haben einigen unserer Leute verweigert, ihre Herden an einem Fluß zu tränken, den sie zu ihrem Eigentum erklärt hatten. Ein dummer Streit; wäre unsere Seite ein paar Meilen flußaufwärts gezogen, hätten sie genau das gleiche Wasser getrunken, bloß ein paar Minuten früher, und alle wären glücklich gewesen.

Aber es sollte anders kommen; es gab eine Schlägerei, und ein Mann wurde getötet, also mußte ich mich einmischen. Im nachhinein frage ich mich, ob ich die Sache hätte anders lösen können. Aber ich habe darauf bestanden, daß der Mann, der den tödlichen Schlag ausgeführt hatte, ausgeliefert werden sollte, um für seine Tat geradezustehen; sie haben sich geweigert, also habe ich ein paar Leute geschickt, um ihn zu holen, und es hat den nächsten Kampf gegeben ...« Er schüttelte den Kopf. »Bei den Göttern, es hätte nicht passieren dürfen, aber es ist passiert, und jetzt blicken wir auf unseren ersten Bürgerkrieg zurück. Ich schätze, es ist ein Zeichen dafür, wie weit wir gekommen sind. In gewisser Weise sind es solche Dinge, die eine Nation definieren.«

Temrai biß sich auf die Lippen; er konnte nicht glauben, was er da sagte, zumindest was einige der Dinge anging. Der Stellvertretende Prokonsul Arshad saß bloß da und entlockte ihm die Worte wie ein Kind, das ein Ei aussaugt. Vermutlich war er nur deshalb gekommen. Trotzdem begriff Temrai noch immer nicht, was das alles eigentlich sollte. Es war, als würde man vorsätzlich eine Ader öffnen.

»Eine zutiefst bedauerliche Abfolge von Ereignissen«, sagte Arshad schließlich und schob den Kopf ein kleines Stück vor, obwohl der Rest seines Körpers reglos blieb. Er hatte eine häßliche Narbe, die vom linken Augenwinkel bis zum Ohrläppchen verlief, und Temrai konnte nur mit eiserner Selbstbeherrschung verhindern, sie hilflos anzustarren. »Wollen wir hoffen, daß Ihr, indem Ihr Euch des Problems so schnell und entschieden angenommen habt, jeder weiteren Opposition gegen das zuvorgekommen seid, was wir als ein willkommenes und positives Programm sozialer Reformen erachten. Wie Ihr schon gesagt habt, wenn Eure Handlungen dafür gesorgt haben, daß so etwas vermutlich nicht wieder geschieht, dürftet Ihr wirklich zufrieden sein.«

»Danke«, erwiderte Temrai, obwohl er nicht genau sagen konnte, wofür er diesem seltsamen Mann da eigentlich dankte. Eigentlich hatte er nur den Wunsch, daß der Sohn des Himmels und sein grimmgesichtiges Gefolge gehen und nie wieder zurückkehren sollten. Vielleicht gebrauchten Diplomaten besondere Worte, um so etwas sagen zu können, ohne jemanden zu beleidigen oder einen Krieg auszulösen; aber wenn es solche Worte gab, hatte sie ihm niemand verraten. »Ich persönlich habe genug von Kriegen und Kämpfen, und zwar für den Rest meines Lebens. Ich will damit sagen, nur weil man etwas gut kann, heißt das noch lange nicht, daß man es gern tut. So ist das mit mir und Kriegen – nun, nicht nur mit mir, sondern eigentlich mit uns allen. Ich würde sagen, wir als Nation haben diese ganze Sache mit dem Sich-selbst-beweisen-Müssen abgehakt, und es ist die Zeit gekommen, sich weiterzuentwickeln.«

Der Stellvertretende Prokonsul Arshad musterte ihn einen Augenblick lang schweigend, als müßte er sich entscheiden, ob er ihm einen Schlag auf den Kopf versetzen oder ihn doch lieber zurück ins Wasser werfen und noch etwas wachsen lassen sollte. »Ich hoffe von ganzem Herzen, daß sich diese Bestrebungen als durchführbar erweisen«, sagte er. »Aber was die Gegenwart betrifft, möchte ich Euch, Eure Erlaubnis vorausgesetzt, an etwas erinnern, das in der Abhandlung über die Kunst des Krieges steht, die bei meinem Volk am meisten respektiert wird. Ich kann das natürlich nur frei wiedergeben, doch sie besagt, daß der Versuch, Frieden zu schließen, ohne den vollständigen Sieg davongetragen zu haben, dem Bemühen entspricht, eine Suppe ohne Zwiebel zu kochen; es kann nicht funktionieren.« Er lächelte nicht, aber es folgte ein Augenblick, der, wäre er ein Mensch gewesen, für das Lächeln dagewesen wäre. »Ihr habt zu tun; ich habe Eure Zeit lange genug in Anspruch genommen. Darf ich abschließend sagen, daß das Imperium hoch erfreut ist, Euch nun endlich als Nachbarn zu haben.«

Als Arshad gegangen war – Temrai sah, wie er fortritt, aber er wurde das irrationale Gefühl nicht los, daß er noch immer irgendwo in unmittelbarer Nähe lauerte –, atmete er erleichtert auf und fragte: »Hat jemand Lust, mir zu erklären, was das Ganze sollte?«

Poscai, der neu ernannte Schatzmeister (sein Vorgänger war im Bürgerkrieg auf der anderen Seite gewesen und hatte die Sache nicht überlebt), lächelte traurig. »Willkommen in der Politik«, sagte er. »Man behauptet, es würde mit der Zeit einfacher. Aber ich habe da meine Zweifel. Ich glaube, es wird immer schlimmer, bis schließlich beide Seiten aufgeben und in den Krieg ziehen, so wie es den Menschen vorherbestimmt ist.«

Temrai schüttelte den Kopf. »Warum in aller Welt sollten sie mit uns einen Krieg anfangen? Wir haben ihnen nichts getan. Und ich kann einfach nicht glauben, daß wir etwas haben, das sie möglicherweise wollen. Poscai, glaubst du wirklich, daß sie uns angreifen wollen? Vielleicht habe ich ja nicht richtig zugehört, aber ich glaube nicht, daß da etwas war, das man als Drohung bezeichnen könnte. Jedenfalls nicht direkt«, fügte er hinzu.

General Hebbekai zog das Kissen von dem Stuhl, auf dem Arshad gesessen hatte, legte es neben Temrais Füßen auf den Boden und setzte sich. »Oh, da waren schon Drohungen. Wenn einem die Provinzverwaltung sagt, daß ihr deine Schuhe gefallen, ist das eine Drohung: sie werden dich töten und dir deine Schuhe wegnehmen. Wenn sie sagt, daß es für die Jahreszeit ein schöner Tag ist, ist das eine Drohung. Wenn sie gar nichts sagt und nur dasitzt und dich anlächelt, dann ist das eine wirklich ernstzunehmende Drohung. Du glaubst doch wohl nicht, so ein Mann würde den ganzen Weg hierherkommen, bloß um sich eine Schere auszuleihen.«

Temrai zuckte mit den Schultern. »Ich weiß es nicht. Und du auch nicht, was das angeht. Sieh es ein, Hebbekai, wir wissen *nichts* über diese Leute. Zumindest noch nicht.«

Poscai schüttelte den Kopf. »Das sagst du«, meinte er. »Ich will dich mal auf eine Tatsache aufmerksam machen. Arshad und seine Freunde in der Provinzverwaltung können jederzeit über ein stehendes Heer von mindestens hundertzwanzigtausend Mann verfügen, die alle hervorragend ausgebildet und glänzend ausgerüstet sind und dazu noch fürstlich bezahlt werden – und dabei handelt es sich nur um eine einzige Provinz, und nicht einmal die größte im ganzen Imperium, was wir nicht vergessen dürfen. Eine solche Armee ist kein Schmuckstück; wenn sie eine solche Armee haben, werden sie sie auch benutzen. Etwas anderes ist unmöglich.«

»Ich kann dir nicht folgen«, sagte Temrai.

»Nein?« Poscai runzelte die Stirn. »Also gut, stell dir folgendes vor. Du hast die hundertzwanzigtausend besten Krieger auf der ganzen Welt, und du sagst ihnen, daß du sie nicht länger brauchst. Das war's, sie haben ihre Arbeit getan, sie können gehen. Was also tun sie? Vergiß nicht, das sind professionelle Soldaten. Nach sechs Monaten brauchst du eine Viertelmillion Männer, nur um sie loszuwerden, um sie zu töten oder sie aus deinem Land zu vertreiben. Nein, sobald du eine solche Armee hast, bleibt dir eigentlich gar keine andere Wahl. Du *mußt* weitermachen. Und jetzt«, schloß er traurig, »sind sie bei uns angekommen.«

»Poscai hat recht«, sagte Hebbekai. »Im Grunde bleiben uns jetzt zwei Möglichkeiten: sie zu bekämpfen oder alles einzupacken und ihnen den Weg frei zu machen.« Er schüttelte den Kopf. »Es tut mir leid, ich hatte gedacht, dir wäre das alles klargeworden. Darum ist es doch gerade erst bei unserem Bürgerkrieg gegangen.«

Temrai sah verblüfft auf. »Ist das dein Ernst?«

»Ich hab' gedacht, das wäre offensichtlich. Nach den Ereignissen in Ap'Escatoy wollten sie packen und den alten Bräuchen folgen – mit anderen Worten, sie wollten zurück in die Steppe, das heißt so weit weg von diesen Leuten wie nur möglich. Du hast dich dagegen entschieden. Das war deine Entscheidung. Also ist es zu einem Bürgerkrieg gekommen. War's nicht so? Poscai? Jasacai? Sagt ihr es ihm. Ich sehe doch, daß er mir nicht glaubt.«

Temrai hob die Hand. »Ihr wollt sagen, daß ich gerade einen Bürgerkrieg ausgefochten habe, und keiner hat daran gedacht, mir zu sagen, worum es *eigentlich* geht?«

»Wir haben angenommen, du wüßtest es«, sagte Jasacai, der Kanzler. »Schließlich ist es doch so offensichtlich.«

Temrai lehnte sich in seinen Stuhl zurück und ließ das Kinn auf die Brust sinken. »Für mich nicht«, sagte er. »Also gut, ich möchte, daß ihr mir etwas versprecht. Wenn wir das nächste Mal in den Krieg ziehen, würde mich dann bitte jemand über den Grund dafür aufklären?«

Ein weiterer imperialer Diplomat – zwar nicht ganz so hochrangig, aber immerhin ein kompetenter Mann mit fast zwanzig Jahren Berufserfahrung – ging in Tornoys, dem Freihafen, durch den die meisten Waren und Reisenden auf ihrem Weg zur oder aus der plötzlich so wichtig gewordenen Mesoge kamen, von Bord eines zivilen Handelsschiffes. Sein Name war Poliorcis, und auch wenn er kein Sohn des Himmels war (er stammte ursprünglich aus der Provinz Maraspia auf der anderen Seite des Imperiums), ließ ihn schon sein Erscheinungsbild aus der sonst üblichen Masse hervorstechen, die sich auf dem Pier von Tornoys drängte. Die Menschen aus der Mesoge und die Kaufleute, die mit ihnen Handel trieben, waren zumeist kleingewachsen, stämmig und funktionell, als hätte jemand die bewußte Entscheidung getroffen, so viele wie möglich von ihnen aus einer begrenzten Menge an Material herauszubekommen. Im Gegensatz dazu waren Maraspianer fast schon eine Art Extravaganz, die an bewußte Verschwendung grenzte.

Während die Träger die Fracht entluden – diverse Fässer und Bündel, die seine Rolle als reisender Stoffhändler begründen sollten –, nahm sich Poliorcis die Zeit für einen ausführlichen Blick in die Runde; anschließend ging er in Richtung Holzbörse. Er war aber kaum einen Meter weit gekommen, als ihm jemand auf die Schulter klopfte. Er blieb stehen und drehte sich um.

»Ihr seht aus, als hättet Ihr Euch verirrt«, sagte der Mann, der ihn aufgehalten hatte. Er war groß, sah gewöhnlich aus und hatte keine Haare mehr; seine grauen Augen blickten freundlich. Von der Größe abgesehen, erweckte er den Eindruck eines typischen Mesogers. »Sucht Ihr jemanden?«

Poliorcis dachte einen Augenblick lang nach. »Das tue ich tatsächlich«, sagte er dann.

»Ihr habt ihn gefunden.« Der Mann trug ein hellbraunes, gestepptes Wollhemd, das einst Grau gewesen und an den Schultern verschlissen war; nur jemand, der so weit gereist und ein professioneller Beobachter wie Poliorcis war, hätte es als Uniformhemd aus Scona erkannt, das dazu gedacht war, unter dem schweren Kettenhemd getragen zu werden, mit dem die Armee von Scona ihre Soldaten in den Tagen des Reichtums ausgerüstet hatte. Es war nicht so heiß und beschwerlich wie das lederne Steppwams, das die Provinzverwaltung als Unterkleidung für ihren leichteren, kurzärmeligen Haubert vorschrieb, oder so unpraktisch wie die wattierten leinenen Gambesons der perimadeianischen Staatsfabrik; wer auch immer das Sconahemd eingeführt hatte, hatte vorher nachgedacht und seine Arbeit gut gemacht. »Ich bin Gorgas Loredan«, fuhr der Mann fort. »Wenn Ihr der seid, für den ich Euch halte, habt Ihr einen langen Weg zurückgelegt, um mich zu besuchen.«

Poliorcis neigte zustimmend den Kopf. »Das Reisen ist eine der größten Freuden meines Handwerks«, erwiderte er. »Heutzutage kann ich nicht oft sagen, daß ich an einem Ort war, den ich noch nie zuvor gesehen habe. Man könnte sagen, ich sammle Orte.«

Gorgas Loredan lächelte. »Das ist das Steckenpferd Eures ganzen Volkes«, sagte er. »Gehen wir doch in die Schenke hier und trinken etwas.«

Die Schenke war groß und gut besucht; der eine Raum hatte eine hohe Decke, und in ihm standen kleine Gruppen aus jeweils drei oder vier Männern zusammen und unterhielten sich leutselig – die meisten waren Bauern, die zum Markt gekommen waren, dann gab es noch Kaufleute, Getreidehändler und eine Handvoll Soldaten (denen die anderen Gäste einen gewissen Freiraum zugestanden). An der Rückwand führte eine Wendeltreppe zu der Galerie, die drei Seiten des Gebäudes umschloß; dort oben gab es Tische und Stühle, aber nur zwei von ihnen waren besetzt. Gorgas setzte sich mit dem Rücken zum Geländer und stieß den anderen Stuhl mit dem Fuß nach vorn, damit sich Poliorcis setzen konnte.

»Entschuldigt den melodramatischen Auftritt«, sagte Gorgas. »Ich halte es für völlig ausgeschlossen, daß wir beobachtet werden. Aber man kann ja nie wissen.«

Poliorcis nickte. »Tatsächlich halte ich Euch für ausgesprochen vernünftig. Ich weiß nicht, was für Spione sie haben ...«

Gorgas schürzte die Lippen. »Die sind tatsächlich besser, als man für möglich halten sollte«, sagte er. »Meiner Meinung nach sind sie nicht dafür berühmt, Spione auszuschicken oder dergleichen, aber sie scheinen ein Händchen dafür zu haben, die richtigen Fragen zu stellen, wenn sie sich mit ausländischen Besuchern unterhalten – Händlern, Matrosen, Reisenden.« Er verstummte. »Es tut mir leid, aber ich habe Euren Namen nicht ganz verstanden.«

»Euben Poliorcis.« Er griff in seine Tasche und holte eine kleine, zerdrückte Pergamentrolle hervor, die problemlos ein Kreditbrief oder ein Frachtmanifest hätte sein können. »Ich nehme an, Ihr seid mit den imperialen Siegeln vertraut?«

»Nicht so vertraut, wie ich es gern wäre«, erwiderte Gorgas mit einem Grinsen. Er löste das Siegel mit dem Nagel des linken kleinen Fingers, als würde es sich um Schorf auf einer Wunde handeln, und schnippte es weg. »Mal sehen, was haben wir denn da? Ja, das scheint alles in Ordnung zu sein. Eure Schreiber haben eine so schöne Handschrift. Apropos, wenn Ihr das nächste Mal kommt, bringt mir doch bitte ein Dutzend Bogen von diesem Leinenpapier mit, das sie in Ap'Oezen machen. Das ist hier einfach nicht zu kriegen, weder für Geld noch für gute Worte.«

Poliorcis lächelte ganz leicht. »Natürlich«, sagte er. »Ich mache mir eine Notiz. Nun, wenn ich mich recht erinnere, wart Ihr es, der mit uns sprechen wollte.«

Gorgas zuckte mit den Schultern. »Jemand mußte den ersten Schritt machen«, sagte er. »Das ist ziemlich geradeheraus, nicht wahr? Unsere und Eure Interessen decken sich; machen wir doch ein Geschäft.«

Drei Männer erschienen oben am Treppenrand, entdeckten Gorgas und zogen sich schnell wieder zurück. »Interessant, daß Ihr es auf diese Weise seht«, sagte Poliorcis. »Ich persönlich kann Euer Interesse an dieser Angelegenheit eigentlich nicht verstehen. Versteht das bitte nicht falsch, aber was hat König Temrai Euch denn jemals getan?«

Gorgas zuckte mit den Schultern. »Oh, ich habe nichts gegen den Mann; ich bin ihm mal begegnet, er schien ein angenehmer Zeitgenosse zu sein. Aber das ist nicht das Problem. Mich beschäftigt mehr, was Eure Regierung auf lange Sicht geplant hat. Meines Erachtens besteht da eine Lücke, die gefüllt werden muß. Ich will meinen Anteil. Ihr könntet es mit meiner Hilfe schaffen. Eine einfache, geschäftsmäßige Beziehung. Laßt uns offen zueinander sein, und wir werden uns prächtig miteinander verstehen.«

Poliorcis lehnte sich zurück und ging so zu Gorgas auf Distanz. »Habt Nachsicht mit mir«, sagte er. »Von einem gewissen Standpunkt aus gesehen, versucht Ihr also das Imperium zu einem eigentlich grundlosen, zumindest aber nicht provozierten Angriff auf einen souveränen Staat zu überreden. Ich würde gern den Grund dafür wissen.«

»Muß man euch denn überreden?« Gorgas grinste. »Das glaube ich nicht. Da das Hindernis Ap'Escatoy beseitigt wurde, ist es ziemlich offensichtlich, daß ihr weitermachen werdet, bis ihr das Nordmeer erreicht habt. Und jetzt nehmt Temrai aus der Rechnung, welches Bild ergibt sich dann? Da seid ihr, direkt an der Küste, und pustet Shastel euren Atem in den Nacken; die

Insel ist unwichtig, ihre Bewohner werden euch nicht stören, obwohl ich annehme, ihr könntet ihre Flotte gebrauchen. Danach werdet ihr früher oder später nach Westen marschieren, und kurz darauf sind wir dann Nachbarn. Wenn die Zeit gekommen ist, wäre es mir viel lieber, wir hätten gute Beziehungen.« Er beugte sich vor. »So, hier bin ich also und komme euch entgegen. Das ergibt doch einen Sinn, oder?«

Poliorcis lächelte freundlich. »Ich würde sagen, Ihr habt einen eher persönlichen Eindruck unserer Bestrebungen. Aber nehmen wir mal an, daß Eure Interpretation stimmt. Nehmen wir an, wir hätten territoriale Ambitionen auf der Halbinsel, wozu würden wir dann Euch brauchen? Haben wir selbst nicht genug Ressourcen an Männern und Material, um die Sache zu erledigen, ohne daß wir uns Euch verpflichten müssen?«

Gorgas lachte. »Natürlich«, sagte er. »Keine Frage. Aber so seid ihr nun mal nicht. Ihr macht niemals etwas selbst, wenn ihr jemanden anderen habt, der es für euch tut. Wie gesagt, ein vernünftiges Geschäftsprinzip, dagegen ist nichts zu sagen. Wenn meine Armee eingesetzt wird, bedeutet das für euch, daß ihr weniger Einheiten vom Garnisonsdienst in anderen Teilen des Imperiums abziehen müßt. Sicher, ihr habt gewaltige Mittel, aber trotzdem seid ihr auch sehr weit verstreut. Und wir beiden kennen uns doch in Geschichte aus; schwächt ihr die Garnisonen in den östlichen Provinzen, dann bettelt ihr förmlich um Ärger. Seht doch nur, was kürzlich in Goappa geschehen ist, als ihr die Siebte Legion verlegt habt. Das war ziemlich eng, stimmt's?«

»Das war es.« Poliorcis Lächeln blieb unverändert. »Wie gut Ihr doch informiert seid; ich nehme an, das lernt man, wenn man eine Bank leitet. Aber ich schätze, wir könnten eine genügend große Expeditionsstreitmacht zusammenkratzen, ohne einen solchen Fehler zu wiederholen. Ihr müßt wissen, auch wir lesen die Berichte.«

»Natürlich.« Gorgas machte eine kleine Geste. »Aber warum

sich solche Mühe machen? Die Stärke des Steppenvolkes waren immer seine Bogenschützen. Um gegen sie zu kämpfen, müßt ihr ihren Bogenschützen eure eigenen entgegenstellen. Die meisten eurer Schützen sind im Osten stationiert. Es ist sinnlos, hunderttausend Mann schwere Infanterie gegen Temrai ins Feld zu schicken; ihr würdet euch blutige Nasen holen. Nein, ihr braucht erfahrene, verläßliche Langbogenschützen, und die habe ich anzubieten.«

Poliorcis antwortete nicht sofort; er saß still da, die Hände auf dem Schoß gefaltet. Dann sagte er: »Also gut, nur mal angenommen, Ihr habt recht. Nur mal angenommen, wir wollen Temrai angreifen und würden Euch um Hilfe bitten. Wenn es ein vernünftiges Geschäftsangebot ist, wie Ihr mir versichert habt, was habt Ihr davon? Nur Geld? Oder denkt Ihr an etwas anderes?«

Eine Fliege landete auf dem Tisch und spielte mit den Beinen in einer Bierpfütze. Gorgas schnippte sie mit den Fingern fort, bevor sie wegfliegen konnte, und tötete sie. »Kommt darauf an«, sagte er. »Geld spielt eine Rolle, mit Sicherheit.«

»Das impliziert, daß Ihr noch etwas anderes wollt. Was denn? Wollt Ihr ein Stück von Temrais Land?«

Gorgas schüttelte den Kopf. »Bei den Göttern, nein. Was hätte ich davon? Ich verfüge doch nicht über die nötige Armee, ganz zu schweigen über die Schiffe, die hin- und herflitzen müßten, um meine Interessen zu schützen. Außerdem würde uns das früher zu Nachbarn machen, als mir lieb wäre, falls ich das sagen darf.«

»Also gut.« Poliorcis nickte. »Ihr wollt kein Land, was bleibt da übrig? So wie ich es sehe, gibt es nur drei Dinge, für die es sich zu kämpfen lohnt: Geld, Land und Menschen. Wollt Ihr das? Sklavenarbeiter, die Euch helfen, in der Mesoge die Wirtschaft anzukurbeln?«

Gorgas runzelte die Stirn. »Ganz bestimmt nicht«, sagte er. »Von anderen Gesichtspunkten abgesehen, gäbe das viel mehr

Ärger, als es wert wäre. Nein, ich bin an so etwas nicht interessiert.«

»Dann gebe ich auf«, sagte Poliorcis. »Sagt mir, was Ihr haben wollt.«

»Freundschaft«, erwiderte Gorgas. »Wie ich bereits gesagt habe, sehe ich es als den Beginn einer langen, reibungslosen und für beide Seiten nützlichen Beziehung zwischen der Provinzverwaltung des Westens und der Republik Mesoge. Was ist daran so unbegreiflich?«

»Ich verstehe«, sagte Poliorcis. »Ihr wärt bereit, uns dabei zu helfen, das Steppenvolk zu besiegen, so daß wir Euch dann einen Gefallen schulden? Ist das so richtig?«

»Das drückt es ganz gut aus, ja.«

Poliorcis rieb sich das Kinn. »Ja, ich kann sehen, daß das für Euch ein gewaltiger Vorteil wäre. Ich bin mir nur nicht sicher, ob es auch für uns von Vorteil wäre. Ihr müßt wissen, daß wir die ärgerliche Gewohnheit haben, unsere Verträge einzuhalten. Wenn wir wirklich so versessen auf Eroberungen wären, wie Ihr zu glauben scheint, würden wir da nicht selbst eine Rute für uns anfertigen? Natürlich rein hypothetisch gesehen.«

»Das liegt bei Euch«, sagte Gorgas ruhig. »Wir haben hier ein Sprichwort: versuche niemals, einen Täuscher zu täuschen. Ich mache dieses Angebot in gutem Glauben, und wir beide kennen den Grund dafür. Nun könnt Ihr mir sagen, was ich mit meinem Angebot machen soll, und ich muß damit leben. Aber es muß nicht so kommen. Was immer ich auch sonst noch sein mag, ich bin Realist.« Er lächelte. »Das macht es auch zu einem solchen Vergnügen, mit mir Geschäfte zu machen.«

»Den Eindruck habe ich auch«, sagte Poliorcis. »Nun, ich glaube, weiter können wir in diesem Stadium ohnehin nicht kommen; ich muß mich mit meinen Vorgesetzten in der Provinzverwaltung in Verbindung setzten und ihnen Bericht erstatten, damit sie eine Entscheidung treffen können.« Er stand auf. »Wie Ihr sicher zu schätzen wissen werdet, bin ich im

Grunde nur gekommen, um etwas mehr über Euch und Euer Volk in Erfahrung zu bringen, damit die Entscheidungsträger zu Hause mehr Fakten haben, auf die sie ihre Entscheidungen gründen können. Und ich glaube, es ist alles Wichtige gesagt worden; mit Eurer Erlaubnis möchte ich mich vor meinem Aufbruch hier noch etwas umsehen. Ihr könnt mir gern Hinweise geben, was ich Eurer Meinung nach sehen sollte. Zum Beispiel wäre ich daran interessiert, Eure Bogenschützen zu sehen. Bei uns gibt es auch ein Sprichwort: sieh dir die Ware immer genau an, bevor du kaufst. Bevor ich einen vernünftigen Bericht machen kann, brauche ich etwas Handfesteres als das, was ich von Euch gehört und was ich bis jetzt hier in Tornoys gesehen habe. Ich bin sicher, Ihr könnt meinen Standpunkt verstehen.«

»Oh, aber klar«, erwiderte Gorgas. »Also bitte, nur zu. Wenn Ihr Zeit habt, würde ich gern einen Tag lang Euer Fremdenführer sein; da wäre die Garnison zu besichtigen, solche Dinge eben. Aber wenn Ihr das nicht möchtet, ich meine, wenn Ihr der Meinung seid, Ihr hättet mich die ganze Zeit am Hals, wo Ihr doch lieber allein ...«

Poliorcis lächelte anmutig. »Eine Besichtigung der Republik mit Euch als meinem Führer«, sagte er. »Welch bessere Möglichkeit könnte es wohl geben, sich über alles zu informieren?«

An seinem dritten Tag als Stellvertretender Kontrollmeister in der Fabrik gelang es Bardas Loredan tatsächlich, das eigentliche Rüstungshaus zu finden.

Es befand sich am Ende der längsten Werkhalle; man ging eine jener halsbrecherischen Wendeltreppen hinunter, einen schmalen, dunklen Korridor entlang, eine weitere Treppe nach unten, einen weiteren Korridor entlang, eine weitere Treppe hinunter – hier spürte Bardas, daß er wieder unter der Erde war, wo er hingehörte ...

(*Für gewöhnlich muß man vorher sterben, aber in Eurem Fall machen wir eine Ausnahme.*)

... einen weiteren Korridor entlang, die siebte Abzweigung links, die dritte rechts, die nächste Treppe hinunter, und schon war man da. Gar nicht zu verfehlen. Er stand vor einer massiven Eichentür und kam sich wie ein einfacher Schreiber an seinem ersten Tag im Kontor des großen Kaufmanns vor (was albern war, schließlich war er hier der Befehlshaber. Zumindest hatte man ihm das in den Ruinen von Ap'Escatoy gesagt, über der Erde, wo die Regeln auf subtile Weise anders sind).

Er legte die Hand auf die Tür und drückte, dann drückte er fester, dann stemmte er sich mit der Schulter dagegen; sie gab ein paar Zentimeter nach, was ihn ermunterte, es weiter zu versuchen.

»Sie klemmt«, sagte eine Stimme, als er in einen kalten Raum stolperte, in dem jedes Geräusch widerhallte. »Aber wir halten sie trotzdem geschlossen, wegen dem Lärm. Wer seid Ihr?«

Wenigstens gab es hier ein Mindestmaß an Licht; es kam von ein paar Öllampen, die in einer Reihe auf einem Sims über der Tür standen. Der Luftzug ließ die kleinen Flammen tanzen und das Licht flackern.

»Mein Name ist Loredan«, erwiderte Bardas und versuchte zu erkennen, mit wem er da sprach. »Ich bin auf diesen Posten abkommandiert worden.«

»Der Held«, sagte die Stimme. »Kommt herein. Schließt die Tür.«

Bardas stemmte sich mit dem Rücken gegen die Tür, und es gelang ihm, sie zu schließen, indem er rückwärts ging. Dann sah er sich um. Die Wände bestanden aus großen, unbehauenen Steinblöcken und gingen in eine hohe Kuppeldecke über. In der Mitte lag ein Berg von Rüstungen – Brustpanzer, Helme, Armschienen, Halsbergen, Schulterstücke, Kniebuckel, Diechlinge, Eisenschuhe und Panzerhandschuhe. Alles war kaputt und zerstört, verbogen und zusammengestaucht, durchbohrt und gespalten. Die Stimme schien von hinter dem Berg zu kommen, und als Bardas dort nachsah, fand er einen kleinen alten Mann, einen Sohn des Himmels, und einen hünenhaften Jungen von vielleicht achtzehn Jahren. Beide waren bis zur Taille nackt; der alte Mann bestand nur aus Haut und Knochen, während der Junge muskulös und fett war. Zwischen den beiden stand ein Amboß, auf dem ein Helm lag. Der alte Mann hielt ihn mit einer langen Zange fest. Der Junge umklammerte einen riesigen Hammer.

»Nun«, sagte der Alte, »Ihr habt uns gefunden. Nehmt Euch einen Helm, setzt Euch.«

Es war kalt in dem Raum, aber beide Männer schwitzten. Das lange, sandfarbene Haar des Jungen klebte auf seiner Stirn, als wäre es wie eine Kerze in Wachs getaucht worden. Der Alte hatte kein Haar mehr, und der Schweiß glitzerte auf seinem wie ein Ei geformten Schädel. Bardas blickte sich um, entdeckte einen Stapel Helme, nahm sich einen und setzte sich darauf.

»Ich bin Anax«, sagte der Alte. »Das ist Bollo.« Er lächelte und enthüllte eine erstaunlich breite Reihe von Zähnen. »Willkommen im Rüstungshaus.«

»Danke«, sagte Bardas.

Anax nickte höflich (Bollo schien Bardas noch nicht registriert zu haben). »Ihr habt doch nichts dagegen, wenn wir weitermachen?« sagte er. Seine Stimme war sehr kultiviert, er klang wie ein richtiger Sohn des Himmels. »Wie Ihr seht, haben wir heute noch ein großes Pensum zu erledigen.«

»Bitte, macht weiter«, sagte Bardas, und Bollo hob sofort den Hammer, schwang ihn hoch über den Kopf und ließ ihn hart auf den Scheitel des Helms niedersausen. Das Krachen ließ Bardas zusammenzucken. Der Helm rollte vom Amboß und landete scheppernd auf dem Steinboden.

»Nicht gut«, sagte Anax traurig. »Habt Ihr die Harmonie gehört? Schrott.« Er bückte sich, was ihn sichtlich schmerzte, hob den Helm auf und legte ihn zurück auf den Amboß. Links vom Scheitel war eine deutliche Vertiefung zu sehen. »Der Ton sagt einem alles«, fuhr Anax fort. »Hört zu. So sollte es sich anhören.« Er bückte sich wieder – es schien ihn tatsächlich eine außerordentliche Anstrengung zu kosten – und hob einen anderen Helm auf, der in Bardas' Augen mit dem vorherigen identisch war. Anax hielt ihn mit der Zange fest, und Bollo schlug drauf.

»Hört ihr das?« sagte Anax. »Ganz anders. Ein guter Helm. Nun, ein guter Saum. Die Nieten hingegen sind Schrott.«

Bardas betrachtete den guten Helm; er hatte ebenfalls eine Delle im Scheitel. »Tut mir leid«, sagte er. »Aber ich kann keinen ...«

»Wirklich nicht?« Anax nickte, und Bollo schwang den Hammer. Der Ton schmerzte Bardas in den Ohren. »Ein Fünftel höher; ein reinerer, klarerer Ton. Natürlich etwas flach, wegen der schrottigen Nieten. Hier, bei einem Brustpanzer ist es einfacher zu hören.« Diesmal stöhnte er, als er sich bückte; er kam mit einem grauen Brustharnisch wieder hoch, den er auf den Amboß legte, nachdem er die beiden Helme mit der Hand heruntergefegt hatte. »Lauscht nach dem höheren Ton«, sagte er. »Ihr solltet ihn deutlich hören können.«

Bollo veränderte leicht den Griff um den Hammerstiel, dann versetzte er dem Brustpanzer fünf gewaltige Schläge, zwei auf jeder Seite und einen auf den Kamm, der in der Mitte verlief. Bardas hörte bloß ein scheußliches Scheppern.

»Ich verstehe«, sagte er. »Ja, ganz anders.«

Der Alte lachte. »Reingelegt«, sagte er. »Der ist auch Schrott. Nicht, daß das irgendeine Rolle zu spielen scheint; ich kontrolliere und lehne die ganze Partie ab; sie liefern sie trotzdem aus, nur mit einem kleinen Stempel auf der Innenseite. GD. Geprüft und Durchgefallen. Wunderbar, nicht wahr?«

Bardas hustete. »Ich halte Euch von der Arbeit ab«, sagte er. »Macht weiter, ich sehe bloß einen Augenblick lang zu.«

Anax lachte wieder. »Keine Sorge. Es hat mich fünfzehn Jahre gekostet, dann habe ich endlich angefangen, es zu hören. Bis dahin hatte ich bloß darauf eingedroschen, bis sie auseinanderfielen, und gar nicht gewußt, was ich da tat. Jetzt kann ich es natürlich sofort sagen. Aber wir hämmern weiter darauf ein, denn das ist nun mal unsere Arbeit.«

Als nächstes kam ein Paar Panzerhandschuhe auf den Amboß; sie wiesen eine mattgraue Farbe und Rostflecken auf. Bollo zerstörte sie mit sieben Schlägen, zerschlug die Nieten und plättete die Stahlplatten, während der Lärm von den Wänden zurückhallte. »Gut«, sagte Anax und schnitt mit einem kleinen Messer einen Strich auf einen Zählstock. »Bestanden. Nimm das Schulterstück.«

Das Schulterstück besaß oben eine Ausbuchtung für das Schultergelenk; daran waren fünf sich überlappende Stahlplatten befestigt, die dem Arm Bewegungsfreiheit garantierten. Bollos Hammer schien keinen großen Effekt zu haben, aber Anax war anscheinend nicht beeindruckt. »Durchgefallen«, sagte er. »Ton ist dumpf. Fehler im Material; Koksstaub und Sand und Kupfer, aller möglicher Müll, kommt davon, wenn man das nehmen muß, was man kriegen kann.« Plötzlich trat ein Leuchten in seine Augen. »Ich weiß! Bollo, hol den Eisenmann. Zeigen wir unserem Gast etwas Tolles.«

Bollo ließ den Hammer fallen, der mit einem dumpfen Laut auf dem Boden landete, dann schlurfte er hinter einen weiteren Stapel aus zerstörten Rüstungen. Als er zurückkam, zerrte er einen schweren Eisenwagen hinter sich her, auf dem die aus Eisen gefertigte, lebensgroße Figur eines Menschen stand. Sie war rot vor Rost; Bardas konnte ihn von seinem Platz aus riechen. »Eigentlich sollten wir den Eisenmann immer benutzen«, sagte Anax, »aber nachdem nun hundertzwanzig Jahre auf ihn eingedroschen wurde, ist er etwas brüchig geworden. Nicht wahr, alter Junge?« Er tätschelte den Oberschenkel der Figur. »Seht Ihr? Die linke Hand fehlt. Abgebrochen. Läßt sich nicht anschweißen. Zu viel draufgehauen worden. Wißt Ihr, dadurch wird alles hart – werkgehärtet nennen wir das, ein sehr wichtiges Konzept –, und wenn es hart wird, wird es brüchig, und wenn es brüchig wird – das war's dann. Also gut, Bollo, diesmal nehmen wir die Axt Nummer vier, zeigen wir dem Herrn, wie es richtig gemacht wird.«

Bollo grunzte, wischte sich mit einem Unterarm von der Größe eines Beines über die Stirn – Bardas fiel auf, das nicht ein Haar auf dem Arm wuchs – und bückte sich, um in einer großen Eisenkiste herumzuwühlen. In der Zwischenzeit schnallte Anax Rüstungsteile an dem Eisenmann fest, schloß sorgfältig Schnallen und justierte bei einigen Lederriemen die Spannung. »Das muß alles ganz genau sitzen, bevor wir anfangen«, sagte Anax, »sonst ist es sinnlos.«

Der Eisenmann verschwand unter grauem Stahl, nicht ein Quadratzentimeter Rost war noch zu sehen, und dann stand an seiner Stelle eine Gestalt, von der Bardas geschworen hätte, daß es sich um einen Mann in voller Rüstung handelte. »Gut«, rief Anax und klopfte sich Rost von den Händen. »Tretet zurück«, wandte er sich an Bardas. »Machmal springen Stücke ab und schießen durch den Raum. Kommt natürlich darauf an, wer draufhaut und wer gehauen wird. Langsam, Bollo, das ist kein Wettrennen. Vergiß nicht, das ist Arbeit, kein Vergnügen.«

Bardas fragte sich, wie hart er wohl zuschlagen würde, wenn es Vergnügen wäre, und er konnte sich gerade noch rechtzeitig stählen, bevor Bollo die Axt wie einen Sack über die Schulter schwang und dem Hieb dann Tempo verlieh, indem er die Knie beugte und sein gesamtes Körpergewicht hineinlegte. Bardas hatte ein lautes Scheppern erwartet, aber als sich die Wucht des Hiebes durch die dünne Stahlhaut des Kniebuckels auf das darunterliegende massive Eisen übertrug, ertönte ein anderer Laut, der eher an ein schrilles Klirren erinnerte; es war ein melodischer, pulsierender Ton, kurz und abgehackt, der Laut einer extremen Krafteinwirkung, die abgewehrt und zurückgeschickt wurde. Bardas hörte, wie sie zurückgeschickt wurde, er sah, wie die Axtklinge abprallte, als die gesamte Kraft nichts fand, in das sie einsickern konnte. Die Stelle, an der die Axt getroffen hatte, wies eine tiefe Einkerbung auf, aber die Stahlhaut war unversehrt.

»Das ist schlecht«, sagte Anax. »Prägt Euch diesen Laut ins Gedächtnis ein. Also gut, Bollo.«

Der nächste Schlag landete auf dem linken Ellbogen, und zwar auf der Spitze der Ellbogenkachel, die das Gelenk schützte, und tatsächlich war der Ton diesmal etwas anders, genau wie der Schaden offensichtlich und ausgeprägt war; der Stahl war eingedellt und zermalmt. Aber Anax sah zufrieden aus. »Gut«, sagte er. »Richtig gewölbt, so wie es sein sollte. Nun, denkt mal darüber nach, ja? Ihr werdet hart getroffen; wo soll die Wucht des Schlages hingehen? In den Stahl oder in Euren Körper? Genau das tut eine gute Rüstung, sie fängt den Schlag auf. Eine schlechte Rüstung gibt ihn weiter. So einfach ist das.«

Eine gute Rüstung fängt den Schlag auf, wiederholte Bardas in Gedanken, eine schlechte gibt ihn weiter. »Also das tut Ihr hier?«

Anax grinste von einem Ohr zum anderen. »Ich weiß«, sagte er, »es ist schon eine verrückte Art und Weise, seinen Lebensunterhalt zu verdienen. Ich meine, nehmt Euch zum Beispiel, Ihr seid offensichtlich ein intelligenter Mann, seid herumgekommen, wart vermutlich im Krieg – aber natürlich wart Ihr das, wie konnte ich das vergessen, Ihr seid schließlich ein Held. Ihr seht Euch das an« – er zeigte auf ein verbeultes Rüstungsteil –, »und dann seht Ihr Euch die an.« Er zeigte auf ein anderes Teil, das genauso übel zerbeult war. »Und Ihr sagt Euch, sie sind beide kaputt, ich schätze, beide haben versagt. Falsch. Es steht eine Philosophie dahinter.«

Er wischte sich die Nase mit der Innenseite des Handgelenks ab. »Ihr müßt wissen, sie versagen alle. Es gibt auf der ganzen Welt keine fabrikmäßig hergestellte Rüstung, die es mit Bollo hier und seinem großen Hammer aufnehmen kann. Es kommt darauf an, *wie* sie versagt. Und genau das kann ich ihnen nicht begreiflich machen«, fügte er hinzu, und in seinen Augen flammte eine winzige Spur von Wut auf. »Denn wenn man nicht an meiner Stelle steht – wenn man nicht tagein, tagaus Dinge zerstört, ein ganzes Leben lang, solange man sich erinnern kann –, kann man unmöglich begreifen, daß es eine gute, aber auch eine schlechte Art und Weise gibt, Rüstungen in Schrott zu verwandeln. Eure Generäle und die hohen Tiere in der Provinzverwaltung, die sagen einfach, wir wollen ein Modell, das nicht versagt, und damit Schluß. Und ich sage: Also gut, ich kann ihnen sagen, wie sie es herstellen müssen, kann ihnen die Spezifikationen und die Hammerwinkel und die erforderlichen Hitzegrade und den ganzen Rest verraten, aber sie könnten es nicht bezahlen, und niemand könnte sie je tragen. Wenn ihr eine funktionelle Rüstung haben wollt, müßt ihr euch mit Bollo und der Axt Nummer vier abfinden. Und er wird sie jedesmal in Schrott verwandeln.«

Bardas nickte und versuchte auszusehen, als hätte er alles verstanden. »Und Ihr sagt, es kommt auf den Ton an?« fragte er, aber der Alte sah nur ungeduldig aus.

»Das ist nur ein Test von vielen«, erwiderte er. »Ein Kriterium einer Prüfung. Glaubt mir, wir schlagen nicht nur mit Hämmern und Äxten auf das Zeug ein. O nein. Wir schießen mit Langbögen und Armbrüsten darauf, wir zerquetschen es zwischen Walzen, dann gibt es den Bohrtest, den Schneidentest, den Belastungstest, den Zermalmungstest – Ihr wollt gar nicht wissen, mit wie vielen verschiedenen Möglichkeiten wir ein Rüstungsteil prüfen könnten, falls uns jemals jemand ein Teil gegeben hätte, das so weit kommt. Ich will aber auf folgendes hinaus – sie versagen immer. Und wenn sie nicht versagen würden, wäre es eine ziemlich nutzlose Prüfung. Wir haben es hier mit *Extremen* zu tun, sonst wäre das Ganze sinnlos.«

Plötzlich hielt Anax inne; er starrte etwas an. »Was ist?« fragte Bardas.

»Polierte Kupfernieten«, erwiderte Anax, als würde er Bardas' Aufmerksamkeit auf einen plötzlich aufklaffenden Spalt im Himmel lenken. »Seht Euch das an, ja?« Er deutete mit einem langen, zerbrechlich aussehenden Finger. »Seht doch, die Nieten in diesem Kniebuckel. Abgeschnitten.«

Bardas machte ein richtiges Schauspiel daraus, es sich anzusehen. »Also gut«, sagte er. »Welche Bedeutung hat das?«

Anax seufzte. »Darum geht es doch bei Kupfernieten«, sagte er. »Wenn man eine Kupferniete einer Belastung aussetzt, die sie nicht verarbeiten kann, dann dehnt sie sich – wie die hier.« Er stieß einen Panzerhandschuh mit dem Zeh an. »So soll sie sich verhalten. Und jetzt seht Euch diese da an, auf dem Buckel. Die Köpfe sind abgerissen. Nicht, daß sich jemand dafür interessieren wird. Es bedeutet, daß man die ganze Partie auf den Müll werfen kann, vermutlich hunderttausend Nieten; wenn wir das tun, wird sich ein Beamter im Beschaffungsamt dafür verantworten müssen. Aber daran hat er bestimmt kein Interesse, und mir glaubt sowieso keiner, also werden sie es nicht zur Kenntnis nehmen. Ich sage Euch, wenn mir so etwas nicht mehr auffallen würde, würde ich es nicht mehr machen.«

Bollo, der mit der Axt auf der Schulter dagestanden hatte, schien die Geduld zu verlieren; plötzlich und ohne jede Vorwarnung ließ er die Axt herumwirbeln und auf die Schulter des Eisenmannes krachen.

»Ein scharfes Klirren«, sagte Bardas. »Nicht gut?«

»Furchtbar«, erwiderte Anax traurig. »Aber sie werden folgendes tun, sie werden die Innenseite des Schulterstücks doppelt polstern, und dann wird es nicht mehr so schlimm erscheinen; zumindest wird sich keiner mehr, der das Ding trägt, ein zerschmettertes Schlüsselbein einfangen. Aber es wird nicht richtig sein. Und ich weiß es.«

»Das glaube ich«, sagte Bardas unbewegt.

»Natürlich«, sagte Anax. »Ich weiß es immer.«

6

»Vetriz Auzeil?«

Ein Schatten fiel auf die Seite des Kontobuchs, an der sie auf der Veranda ihres Hauses gerade arbeitete, und sie schaute auf. Und wandte schnell wieder den Blick ab, in dem verzweifelten Versuch, nicht zu starren. Aber es war zu schwer. Schließlich hatte sie noch nie einen Sohn des Himmels gesehen.

»Ich suche Euren Bruder Venart«, sagte der Mann. »Ist er zu Hause?«

Vetriz schüttelte den Kopf. »Es tut mir leid, er ist auf einer Geschäftsreise. Kann ich Euch helfen?«

Der Mann lächelte, als wäre das Angebot von einer Sechsjährigen gekommen. »Danke, aber das wird nicht möglich sein. Es geht um ein Geschäft.«

Es war unter ihren Freunden wohlbekannt, daß man Vetriz Auzeil nur einmal mit Herablassung behandelte. »Dann wollt Ihr zu mir«, erwiderte sie mit einem zuckersüßen Lächeln. »Bitte tretet ein. Ich kann eine Viertelstunde für Euch erübrigen.«

Der Mann sah sie an, folgte ihr aber. Sie führte ihn ins Kontor, von dem sie wußte, daß es zu dieser Tageszeit verlassen sein würde, da die Schreiber entweder im Lagerhaus oder in der Schenke sein würden. »Bitte entschuldigt die Unordnung«, sagte sie und deutete mit einer weit ausholenden Geste auf die tadellos aufgeräumten Schreibtische. »Nun, was kann ich für Euch tun?« Sie setzte sich hinter Venarts Schreibtisch. »Nehmt doch Platz«, fuhr sie in dem Wissen fort, daß der Hocker auf der anderen Seite so niedrig war, daß man auf einem Kissen sitzen mußte, bloß um über den Schreibtischrand sehen zu können. Leider schien der Sohn des Himmels dieses Problem nicht zu haben; sie fragte sich, ob sie wohl alle so verflucht groß waren.

»Danke. Mein Name ist Moisin Shel, und ich repräsentiere die Provinzverwaltung. Wir sind daran interessiert, eine gewisse Zahl von Schiffen zu chartern.«

Vetriz nickte, als wäre das eine alltägliche Sache. »Ich verstehe«, sagte sie. »Welche Art von Schiff, wie viele und wie lange?«

Moisin Shel hob eine Braue. »Ihr besitzt ein Schiff namens *Eichhörnchen*«, sagte er. »Soweit wir wissen, handelt es sich um einen zweimastigen Rahsegler, der bei gutem Wind sechs Knoten macht. Er sollte für unsere Zwecke ausreichen.«

»An was für eine Fracht habt Ihr gedacht?«

Moisin Shel schien sie nicht gehört zu haben. »Ich würde mir das Schiff gern ansehen, wenn es wieder da ist. Könnt Ihr mir sagen, wann das ungefähr sein wird?«

»Schwer zu sagen«, erwiderte Vetriz. Sie kam zu dem Schluß, daß ihr Shel nicht besonders sympathisch war. »Eine Woche, vielleicht zwei. Das kommt darauf an ...«

»Natürlich.« Shel stand auf. »Ich werde noch mindestens drei Wochen hier sein, und wenn die *Eichhörnchen* einläuft, melde ich mich. Vielen herzlichen Dank für Eure Zeit.«

»Äh.« Vetriz sprang ebenfalls auf. »Wenn Ihr mir sagen würdet, wo Ihr wohnt, könnte ich Euch benachrichtigen lassen, wenn das Schiff einläuft ...«

»Das geht schon in Ordnung«, sagte Shel. »Ich werde es wissen. Einen schönen Tag noch.«

Als er weg war, ließ sich Vetriz wieder auf den Stuhl ihres Bruders sinken und fluchte, etwas, das sie nicht oft tat. Als Händlerin und Tochter der Insel hätte sie der Gedanke an ein so gutes Geschäft begeistern müssen (zumindest nahm sie an, daß es ein gutes Geschäft sein würde; bis jetzt war das Thema Geld noch nicht zur Sprache gekommen, wie ihr in diesem Augenblick auffiel); aber Moisin Shel hatte etwas an sich gehabt, das ihr Zahnschmerzen bereitete. Nun, wenn der widerliche Kerl zurückkam, konnte Ven den Abschluß tätigen. Sie schüttelte den Kopf und verließ das Kontor.

Zufällig kehrte Venart bereits am nächsten Tag zurück. »Das ist Geld für altes Tauwerk«, sagte er, nachdem seine Schwester ihn über ihren Besucher in Kenntnis gesetzt hatte. »Sogar gutes Geld für altes Tauwerk, was das angeht; wenn sie einen Viertel pro Tonne pro Woche zahlen, wird das sein, als hätte man eine Silbermine unter dem Küchenfußboden gefunden.«

Vetriz runzelte die Stirn. »Du liebe Güte«, sagte sie. »Das hört sich aber nach einer Menge an, Oder?«

»Die *Eichhörnchen* hat zweihundertfünfzehn Tonnen«, antwortete Venart heiter, »rechne es dir selbst aus. Und vergiß seine Ausflüchte über die Ladung. Sie nehmen alles, was schwimmt, einschließlich umgedrehter Fässer. Warum zum Teufel glaubst du, bin ich so schnell zurückgekommen?«

Die Neuigkeit war in aller Munde (wie er berichtete), von Ap'Imatoy bis nach Colleon; die Provinzverwaltung bereitete sich auf ihren Zug gegen König Temrai vor, und die Hauptinvasionsstreitmacht würde auf dem Seeweg um den Haken herum durch die Straße von Scona nach Perimadeia transportiert werden. Auf diese Weise vermied man den langen und gefährlichen Marsch über Land und nahm Temrai die Chance, den Angriff mit einer Partisanentaktik aufzuhalten. Eine Konsequenz hatte dieser Plan bereits gehabt: sie hatten ihren Streit mit Shastel beendet, da sie durch seine Gewässer mußten.

»Das Imperium wird Perimadeia angreifen? Seit wann denn das?« fragte Vetriz.

Venart grinste und schenkte sich Wein nach. »Du solltest diese Dinge verfolgen, wenn du eine richtige Händlerin werden willst«, sagte er jovial. »Denk doch mal nach. Das hat alles mit Ap'Escatoy zu tun, worauf jeder mit nur einem Funken Verstand schon vor Jahren hätte kommen müssen. Dank unserem Freund Bardas hat das Imperium endlich das geschafft, was es schon seit unserer Jugend versucht – den Durchbruch an die Westküste. Und jetzt sind sie da.« Er trank einen Schluck. »Es ist schon eine Ironie. Selbst wenn es Bardas und die Bürger der

Stadt geschafft hätten, Temrai und seine Nomaden zurückzuschlagen, stünden sie nun einer Invasion des Imperiums gegenüber – und der Ausgang dieses Konflikts steht eindeutig fest.«

Vetriz runzelte die Stirn. »Nur daß Bardas, wenn die Stadt nicht gefallen wäre, nicht dagewesen wäre, um für sie Ap' Escatoy zu erobern.«

Venart zuckte mit den Schultern. »Das spielt doch keine Rolle; wäre er es nicht gewesen, dann eben ein anderer. Es war nur eine Frage der Zeit. Ich meine, niemand besiegt das Imperium, das ist nun mal eine Tatsache.« Er lehnte sich zurück. »Und jetzt kriegt Temrai seine eigene Medizin zu schmecken. Ich kann nicht behaupten, daß es mir das Herz bricht; schließlich ist er ein blutdürstiges kleines Scheusal. Dennoch, irgendwie ist es fast unmöglich, kein Mitleid für jemanden zu verspüren, nach dessen Knöcheln das Imperium schnappt. Ich schätze, das ist so, als wüßte man, daß man eine tödliche Krankheit hat.«

»Hör auf.« Vetriz erschauerte. »Wenn man mal richtig drüber nachdenkt, ist es ziemlich schrecklich. Ich meine, all diese *Menschen*. Und jetzt sagst du, das alles war sinnlos.«

»Gut, man könnte es so sehen«, erwiderte Venart. »Oder man könnte sagen, daß sie alle früher oder später für den Henkersblock bestimmt waren. Spielt es also eine Rolle, ob die Nomaden oder das Imperium die Arbeit erledigen? Man kann nicht mit der Geographie streiten; wenn man so blöd ist, auf einem strategisch bedeutenden Vorgebirge zu leben und sich das Imperium mit allen Kräften bemüht, keine hundert Meilen südlich von dir den Durchbruch zu schaffen, ist es absichtliche Blindheit, wenn man glaubt, man könnte sein Leben in Ruhe und Frieden beschließen. Ich bin bloß dankbar, daß wir auf einem kleinen Felsen mitten im Meer leben.«

Vetriz schaute auf. »Wirklich?«

»Nun, natürlich.« Venart gähnte. »Das Imperium hat keine Flotte; darum mieten sie ja all die Schiffe. Was auch immer geschehen wird, uns werden sie niemals belästigen. Also geht das schon in Ordnung.«

»Oh«, sagte Vetriz und wechselte das Thema.

Alexius? rief Bardas, aber er hatte ihn anscheinend nicht gehört.

Bardas hatte seinen üblichen Traum gehabt, den mit den Minen, aber plötzlich hatte er aus unerfindlichen Gründen im Hintergrund des Unterrichtssaals der Stadtakademie von Perimadeia gestanden (ein Ort, in den er in all den Jahren, die er dort gelebt hatte, niemals einen Fuß hineingesetzt hatte; dennoch wußte er genau, wo er war und daß er tatsächlich dort war). Vorn auf der Rednerbühne stand sein alter Freund Patriarch Alexius in seinem besten akademischen Gewand; er hielt vor einer gewaltigen Studentenmenge einen Vortrag.

»Ein typisches Beispiel ist der Untergang von Ap'Escatoy«, sagte Alexius gerade, »mit dem ihr alle zweifellos vertraut seid. Wie ihr euch erinnern werdet, war das Imperium damals noch nicht bis zum Westmeer vorgedrungen, von den nördlichen Meeresengen ganz zu schweigen. Das ist nur schwer vorstellbar, ich weiß, aber es ist die Mühe wert, denn es ist von entscheidender Bedeutung, in Gedanken festzuhalten, daß die ganze Welt, wie wir sie heute kennen, wohl von den Taten eines Mannes geformt wurde, an einem Wendepunkt der Geschichte.«

Bardas runzelte die Stirn und versuchte zu begreifen, was Alexius da erzählte. Er wußte ohne jeden Zweifel, daß das hier kein Traum war; er stand in der Akademie (die in der Gegenwart eine vom Feuer zerstörte, unkrautüberwucherte Ruine war), aber irgendwann in der Zukunft, und da war Alexius, der seinen gegenteiligen Annahmen zum Trotz irgendwie noch nicht tot war.

»Von den Taten eines Mannes«, fuhr der Patriarch fort. »Eines Mannes, der objektiv betrachtet nicht besonders bedeutend war; zumindest in den Augen seiner Zeitgenossen. Ein Mann, der niemals glücklicher als zu der Zeit war, da er auf dem Bauernhof seines Vaters in der Mesoge gearbeitet oder auf Scona Bogen hergestellt oder zusammen mit anderen Arbeitern im Arsenal von Ap'Calick Brustharnische mit dem Hammer geglättet hat. Kaum ein Mann des Schicksals, sollte man denken. Aber bedenkt eines: Wäre Bardas Loredan nicht zufällig in den Hauptstollen des Feindes unter Ap'Escatoy durchgebrochen und hätte deshalb die Stadtmauern zum Einsturz gebracht, was wäre dann geschehen?

Nehmen wir mal an, die Belagerung hätte sich ein weiteres Jahr hingezogen oder gar zwei; dann eine Revolte in einer weit entfernten Provinz oder ein Wechsel in der Verwaltung des Finanzministeriums oder eine politische Fehde zwischen den Hoffraktionen – irgend etwas, das dazu führt, daß die Belagerung abgebrochen wird. Also, Ap'Escatoy ist nicht gefallen – und die Welt ist völlig anders. Die Taten eines Mannes. Die unterschiedliche Entwicklung eines Augenblicks. Das, meine Herren, ist das Prinzip. In jenem Augenblick in der Finsternis der Minen – und sie waren finster, dafür verbürge ich mich – hat sich alles verändert. Alles wurde zum Einsturz gebracht, klein gemacht und dann wieder vergrößert, dazu gebracht, daß es sich wie Kreise im Wasser ausbreitete. Das ist die Handlungsweise des Prinzips; ein Effekt, der alle Dimensionen beseitigt; ein Ort, an dem alle Orte zusammentreffen, ein winziges Loch am Ende und am Anfang, in das alles hineingeht und aus dem alles herauskommt ...«

Plötzlich konnte Bardas nichts mehr verstehen; es war, als wären seine Ohren mit Wachs verschlossen. Er konnte Alexius noch immer sprechen sehen, aber er konnte die Worte nicht mehr verstehen. Als er aufstand, um *Lauter, wir können hier hinten nichts verstehen* zu rufen, stieß er mit dem Kopf gegen die niedrige Decke des Stollens – genau in dem Augenblick, in dem die Wände einstürzten.

»Sergeant Loredan?«

Er riß den Kopf hoch. »Entschuldigung. Ich war meilenweit fort.«

»Wie ich eben bereits gesagt habe«, fuhr der Adjutant fort und warf ihm einen strengen Blick zu, »verschlechtert sich die Situation in diesem Teil der Welt zusehends. Die imperialen Interessen sind direkt bedroht. Wir können die Sicherheit unserer Bürger nicht länger garantieren. Darum bereitet das Zentralkommando Notfallpläne vor für den Fall, daß militärische Interventionen unvermeidbar werden.«

»Ich verstehe«, sagte Bardas, der aber nicht den geringsten Schimmer hatte, wovon der Adjutant da überhaupt sprach. »Das ist – alarmierend.«

»In der Tat.« Der Adjutant faltete die Hände auf dem Schreibtisch und beugte sich etwas vor. »Wie Ihr sicher zu schätzen wißt, wird Eure direkte Erfahrung mit diesen Leuten bei der Planung unserer Erwiderung von großem Wert sein, sowohl auf lange Sicht als auch was die Taktik betrifft. Da Ihr in mehreren Kriegen gegen sie gekämpft habt ...«

Bei den Göttern. Sie wollen Temrai angreifen. »Ich verstehe«, wiederholte er.

Der Adjutant nickte. »Im Augenblick steht Ihr auf Abruf bereit und wartet auf die gründliche Einsatzbesprechung vor dem Stab; ich habe jedoch nicht den geringsten Zweifel, daß Ihr, sobald sich die Situation weiterentwickelt, zu einer aktiveren Rolle im Krieg abkommandiert werdet. Vielleicht gibt es sogar eine weitere Beförderung«, fuhr er lockend fort, »was natürlich von der Art der Pflichten abhängt, die man von Euch verlangen wird.«

Eine Beförderung. Toll. »Und in der Zwischenzeit?« fragte Bardas.

»Wie ich bereits gesagt habe: Ihr sollt Euch bereithalten. Es wäre jedoch angebracht, all die unerledigten Dinge, an denen Ihr arbeitet, zu einem Ende zu bringen und die nötigen

Vorbereitungen zu treffen, sie an Euren Nachfolger zu übergeben.«

Bardas stand auf. »Selbstverständlich«, sagte er. »Ich werde sofort damit anfangen.«

Ich kapiere einfach nicht, warum sie mich nicht aus dieser Armee werfen, dachte er, als er durch die endlosen Korridore zurückging. *Respektlos, aufsässig, schlampig; ach ja, ich habe Ap'Escatoy für sie eingenommen. Und jetzt werde ich Perimadeia einnehmen.*

Er blieb stehen.

»Ihr werdet also Perimadeia einnehmen, ja?« sagte der Mann. Bardas konnte ihn nicht gut erkennen; er befand sich an einer Stelle im Korridor, die zwischen zwei Lampen gelegen und ziemlich dunkel war, und er konnte die Züge des Mannes nicht sehen; aber er roch Koriander. Er bemerkte, daß er aus irgendeinem Grund aufgehört hatte zu atmen. Instinkt?

»Sie wollen, daß ich das tue«, erwiderte er. »Ich tue, was man mir sagt. Wenn ich gute Arbeit leiste, verleihen sie mir vielleicht die Staatsbürgerschaft.«

»Sie verleihen Euch die Staatsbürgerschaft«, wiederholte der Mann. »Wäre das nicht großartig? Stellt Euch das nur vor, Ihr, ein Bürger. Bardas Loredan, es gibt auf der ganzen Welt keine zivilisierte Gesellschaft, die Euch als Bürger haben wollte.«

Bardas runzelte die Stirn. »Entschuldigung«, sagte er, »kenne ich Euch?«

»Wir sind uns begegnet. Tatsächlich waren wir früher schon mal hier – hier oder zumindest in der Nähe. Aber wechselt jetzt nicht das Thema. Ihr werdet Perimadeia einnehmen. Warum überrascht mich das nicht? Ihr genießt Eure Arbeit, nicht wahr?«

Bardas dachte einen Augenblick lang nach. »Nein«, sagte er dann. »Oder sagen wir mal, es kommt darauf an. Ich habe in meinem Leben viele verschiedene Dinge getan. Einige waren schlimmer als andere.«

»Zum Beispiel?«

»Die Minen«, sagte Bardas. »Dort hat es mir gar nicht gefallen. Und der Dienst bei Maxen, das war die meiste Zeit ziemlich unerfreulich.«

»Nun gut«, sagte der Mann. Er hatte sich nicht bewegt, genausowenig wie Bardas. »Was ist mit dem Oberbefehl bei der Verteidigung von Perimadeia? War das schön oder scheußlich?«

»Ich habe es nicht genossen«, erwiderte Bardas. »Ich habe gewußt, daß ich der falsche Mann für diese Arbeit war. Ich habe mein Bestes getan, aber jemand anderes hätte die Stadt vielleicht retten können. Und die Erfahrung selbst war ziemlich abscheulich.«

»Ich verstehe. Und was ist mit Eurer Karriere als Fechter? War das aufregend, hat das Euer Blut in Wallung gebracht? Habt Ihr die Herausforderung genossen? Habt Ihr Euch bei jedem Sieg gut gefühlt?«

»Erleichtert«, sagte Bardas. »Froh, daß ich noch am Leben war. Aber ich habe es getan, weil es etwas war, worin ich gut genug war, um damit Geld verdienen zu können. Ihr müßt wissen, ich habe das Geld gebraucht, um es nach Hause zu meinen Brüdern zu schicken.«

»Und sie haben natürlich alles verplempert«, sagte der Mann, »also war es Zeitverschwendung. Nun, dann bleiben nur die Landwirtschaft, Fechtlehrer, Bogenbauer und was auch immer Ihr gerade jetzt tut übrig. Wie denkt Ihr darüber? Vermutlich seid Ihr glücklicher.«

»Ja«, sagte Bardas. »Das Leben als Bauer war hart, aber dort wurde ich hineingeboren. Fechten zu lehren war besser als selbst zu fechten, und das Geld war in Ordnung; ich hätte damit in aller Zufriedenheit weitermachen können. Das gleiche gilt für das Bogenbauen – bei einer solchen Lebensweise brauche ich nicht viel Geld, und es macht mir Spaß, mit den Händen zu arbeiten. Das gleiche trifft wohl auch hier zu, wenn ich hier nur etwas Richtiges zu tun finden würde. Aber keiner versucht mich umzubringen, also bin ich dem anderen einen großen Schritt voraus.«

Der Mann lachte. »Was seid Ihr doch tief in Eurem Inneren für ein unkomplizierter Bursche«, sagte er. »Alles, was Ihr vom Leben wollt, ist ein hartes Tagewerk und die dafür angemessene Bezahlung; statt dessen tretet Ihr Nomadenstämme in den Staub, verteidigt und zerstört Städte, tötet Hunderte von Männern. Verratet mir eines: Bei all den Kämpfen auf Leben und Tod, die Ihr absolviert habt, was glaubt Ihr, wie kommt es, daß die anderen alle gestorben sind und Ihr noch am Leben seid? Ist es nur Euer überragendes Können und die Schnelligkeit Eurer Reflexe? Mich würde Eure Meinung dazu interessieren.«

»Ich ziehe es vor, nicht darüber nachzudenken«, antwortete Bardas. »Versteht das bitte nicht falsch, aber was geht Euch das an?«

»Nichts«, sagte der Mann. »Ich bin bloß neugierig, so wie die meisten Leute. Ich wollte nur wissen, wie Ihr wirklich seid. Wenn man über eine große historische Figur liest oder von ihr hört, dann neigt man schnell zu der Annahme, daß sie sich in jeder Hinsicht vom Rest von uns unterschieden hat, daß sie nach völlig anderen Regeln gelebt hat. Jetzt, wo wir beide uns unterhalten, wird mir klar, daß das überhaupt nicht stimmt. Jetzt ist mir alles klar: die meiste Zeit hattet Ihr nicht die geringste Ahnung, was Ihr da überhaupt getan habt, das ist alles. Aber das hätte ich nie erkannt, hätte ich mich mit dem begnügt, was in den Büchern steht oder was Großvater uns erzählt hat, als wir Kinder waren. Nun, ich glaube, das wäre alles. Lebt wohl.«

»Wartet«, sagte Bardas, aber er sprach nur mit einem Schatten.

»Oh, noch eine letzte Sache«, sagte eine Stimme aus der Dunkelheit, wo noch eben der Mann und der Koriandergeruch gewesen waren. »Vielen Dank.«

»Keine Ursache«, erwiderte Bardas, dann gaben seine Knie nach, und er stürzte zu Boden.

Als er wieder die Augen aufschlug, war das Licht schrecklich hell, und ein Kreis aus Köpfen schaute zu ihm herunter.

»Vermutlich die Hitze«, sagte ein Sohn des Himmels. »Sie brauchen ihre Zeit, um sich daran zu gewöhnen. Er kommt aus einem kalten, feuchten Land.«

»Oder die Nachwirkungen, weil er lebendig begraben gewesen ist«, sagte eine andere Person am Rand seines Blickfeldes. »Bei Fällen schwerer Gehirnerschütterung kann es Wochen dauern, bis sich die Symptome manifestieren. Das würde auch die Halluzinationen erklären.«

»Das würde ein Hitzschlag auch«, erwiderte der Sohn des Himmels. »Tatsächlich weisen das Hören imaginärer Stimmen und Gespräche mit nicht vorhandenen Menschen eher auf Hitzschlag als ein Schädeltrauma hin, obwohl ich Euch zugestehen muß, daß es in beiden Fällen vorkommt.«

»Ich glaube, er ist aufgewacht«, sagte eine andere Stimme. »Sergeant Loredan, könnt Ihr uns hören?«

Bardas öffnete den Mund; seine Zunge und der Hals waren steif und trocken, wie Leder, das man hatte naß werden und dann trocknen lassen, ohne es einzuölen. »Ich glaube schon«, sagte er. »Seid ihr real?«

Die Frage schien den Sohn des Himmels zu beleidigen, aber der Mann, der zu ihm gesprochen hatte, lächelte und sagte: »Ja, wir sind real; zumindest real genug für Eure Zwecke. Könnt Ihr Euch daran erinnern, was geschehen ist?«

»Ich bin vornüber gestürzt«, erwiderte Bardas.

»Schädeltrauma«, murmelte der Mann, der die Theorie vertreten hatte, er sei lebendig begraben worden. »Beachtet die leichte Aphasie, den offensichtlichen Erinnerungsverlust ... Typisch.«

»Das wissen wir«, sagte der andere Mann langsam und sanft

zu Bardas wie zu einem Sterbenden oder einem geistig Behinderten. »Ihr seid gestürzt, habt Euch den Kopf angeschlagen. Nichts Ernstes. Aber was war davor.«

Bardas dachte einen Augenblick lang nach. »Ich habe mich mit jemandem unterhalten.«

Das schien den Mann, mit dem er sprach, zu erfreuen, denn er lächelte leicht. »Aha«, sagte er. »Und wißt Ihr auch noch, wer das war?«

»Mein Vorgesetzter«, krächzte Bardas. »Er hat mir gesagt, ich würde vielleicht befördert.«

Das war anscheinend die falsche Antwort. »Ich meine danach. Nach Eurer Besprechung mit dem Adjutanten, aber bevor Ihr gestürzt seid. Habt Ihr Euch da mit jemandem unterhalten?«

Bardas versuchte den Kopf zu schütteln, aber der wollte sich nicht bewegen, also sprach er statt dessen. »Nein.«

»Seid Ihr sicher?«

»Ja. Zumindest soweit ich mich erinnere«, fügte er dann hinzu.

»Er verbirgt etwas«, murmelte der Sohn des Himmels. »Er ist ausweichend, eine leichte Paranoia. Offensichtlich ein Hitzschlag.«

Der Mann, der mit Bardas sprach, versuchte es noch einmal. »Wir sind Ärzte«, sagte er. »Wir sind hier, um Euch zu helfen. Seid Ihr sicher, daß Ihr mit keiner anderen Person gesprochen habt?«

»Hundertprozentig«, sagte Bardas, um dann, als sich das Gesicht des Mannes zu einer enttäuschten Miene verzog, hinzuzufügen: »Allerdings habe ich mir eingebildet, mich mit jemandem zu unterhalten, aber ich habe gewußt, daß er nicht real war. Nur eine Halluzination oder dergleichen.«

Der Mann sah jetzt noch ärgerlicher aus als zuvor. »Wirklich«, sagte er. »Und wie könnt Ihr da so sicher sein?«

»Das ist leicht.« Bardas' Kopf fing an, schlimm zu schmerzen.

»Zuerst wollte er mich glauben machen, er sei jemand, den ich in den Minen getötet hatte; dann wollte er ein Geschichtsstudent sein, der aus Hunderten von Jahren in der Zukunft gekommen ist. Außerdem hat er zuviel über mich gewußt; ich muß es mir eingebildet haben.«

»Ich verstehe«, sagte der Schädeltrauma-Mann. »Und Ihr unterhaltet Euch oft mit eingebildeten Leuten?«

»Ja«, erwiderte Bardas, und die Ärzte verschwanden. Er blinzelte, und als er wieder die Augen aufschlug, befand er sich noch immer am selben Ort, aber er war allein und es war dunkel, und er konnte Zwiebel und Rosmarin und Blut und süßen Majoran und Urin riechen. Eine Zeitlang war es so still wie in einem Grab, dann hörte er ein paar Meter weiter einen Mann stöhnen. Ein Krankenhaus, dachte er.

Sein Schädel drohte noch immer zu zerplatzen, obwohl sich der Schmerz verändert hatte. Er gab sich ihm ein Weile hin und versuchte ihn anhand seiner Art und Intensität einzuordnen (wenn Schädeltrauma der medizinische Begriff für einen Schlag auf den Kopf war, dann war er geneigt, auf das Schädeltrauma zu setzen; er war oft auf den Kopf geschlagen worden, und so ähnlich fühlte sich das hier an).

Bardas?

»Pst«, flüsterte er. »Ihr weckt die Leute auf.«

Tut mir leid.

»Schon gut. Wie geht es Euch übrigens?«

Kann mich nicht beschweren, erwiderte Alexius. Bardas schloß die Augen; er konnte Alexius sehr deutlich in der Dunkelheit hinter seinen Augenlidern sehen. *Was habt Ihr Euch denn angetan?*

»Ich weiß es nicht«, gab Bardas zu. »Vor wenigen Augenblicken bin ich noch einen Korridor des Rüstungshauses entlanggegangen, jetzt bin ich hier. Es könnte ein Hitzschlag sein oder ein Schädeltrauma.«

Ein Schädeltrauma?

»Ein Schlag auf den Kopf. Nicht, daß ich in letzter Zeit einen Schlag auf den Kopf davongetragen hätte, aber anscheinend kann es eine Zeitlang dauern, bis die Wirkung eintritt. Wie dem auch sei, jetzt bin ich hier; mehr weiß ich nicht.«

Welch ein Pech, sagte Alexius voller Mitleid. *Ich hoffe, es geht Euch bald besser.*

»Danke.« Plötzlich wurde der Schmerz schlimmer, dann ließ er wieder nach. »Wolltet Ihr etwas Besonderes, oder seid Ihr bloß auf einen Plausch vorbeigekommen? Ich will ja nicht unhöflich sein, aber ...«

Natürlich. Ich habe mich bloß gefragt, wo Ihr wart, das ist alles. Als ich das von Ap'Escatoy gehört habe, habe ich mir Sorgen gemacht; lebendig begraben zu werden und so weiter, das hört sich alles furchtbar an.

Bardas lächelte. »Ich kann mich nicht mehr an viel erinnern«, sagte er. »Plötzlich war alles schwarz, dann hat man mich ausgegraben, und ich bin in ein Feldlazarett gekommen. Und Ihr? Was macht Ihr heute so?«

Könnt Ihr Euch das vorstellen, ich arbeite wieder als Lehrer. Es ist fast so wie früher. Aber solange ich die Dinge langsam angehen lasse, scheint es mir nicht zu schaden. Und es ist gut, etwas Nützliches zu tun, statt bloß herumzusitzen.

»Ich freue mich für Euch«, erwiderte Bardas. »Und wo lehrt Ihr?«

»Im Delirium«, sagte die Stimme eines unsichtbaren Mannes ziemlich laut. »Ein typisches Symptom bei Fällen von Schädeltrauma. Was schlagt Ihr vor?«

Bardas schlug die Augen auf. Da war Licht, die sanfte Helligkeit direkt nach Sonnenaufgang, wenn der Boden noch kühl ist. Ein hochgewachsener Mann, ein Sohn des Himmels, beugte sich über ihn. Ein Stück weiter entfernt stand eine Gruppe junger Männer, die alle aufmerksam zuhörten. »Ruhe«, sagte einer von ihnen. »Das ist doch alles, was man da tun kann, oder?«

»Eine gute Antwort«, erwiderte der Sohn des Himmels, »aber ich glaube, es gibt noch andere und bessere. Hat jemand eine Idee?«

Einer der jungen Männer räusperte sich. »Ein Sedativ«, sagte er schüchtern. »Mohnsaft, um den Patienten zu beruhigen und ihn schlafen zu lassen, während er gesund wird. Und eine Infusion aus Weidenrinde gegen die Schmerzen.«

»Aber doch nicht beides zusammen«, schalt der Sohn des Himmels. »Sonst könnte er so schnell einschlafen, daß er niemals wieder aufwacht. Davon abgesehen braucht er nichts gegen die Schmerzen, wenn er schläft. Sehr gut. Gehen wir weiter.«

»Doktor.« Einer der Studenten hatte bemerkt, daß Bardas aufgewacht war, und nickte in seine Richtung. Der Arzt sah zurück.

»Er ist wach. Großartig. Aber wir müssen das kurzhalten, wir wollen ihn schließlich auf gar keinen Fall überanstrengen. Nun, wie fühlen wir uns denn heute?«

»Schrecklich«, krächzte Bardas. »Wo bin ich?«

Aber der Arzt beugte sich über ihn und tastete mit den Daumen seinen Schädel ab. »Tut das weh?« fragte er. »Und das hier?«

»Autsch«, sagte Bardas aus ganzem Herzen.

»Wie ich es mir gedacht habe«, sagte der Arzt. »Der Schädel ist zu weich, und es gibt einige Beulen und Erhebungen, die man herausnehmen muß.« Er wandte sich einem der Studenten zu. »Den Glanzhammer Nummer eins und den Amboßaufsatz, bitte.«

Bevor Bardas protestieren konnte, hatte der Arzt ihm den Mund aufgezwungen und etwas hineingeschoben; Bardas sah, daß es sich um einen der Stahlaufsätze handelte, die man oben in das Vierkantloch auf dem Amboß des Rüstungsschmieds steckte. Dann stülpte man das Werkstück darüber, wenn man es von der Außenseite bearbeiten wollte. Der Arzt nahm von dem Studenten den Hammer entgegen – er wies zwei flache Schlagflächen auf, eine quadratische und eine runde – und fing an, Bardas' Kopf mit schnellen, gleichmäßigen Schlägen zu bearbeiten.

»Der Sinn dieser Arbeit«, verkündete er, »die wir Glanzhämmern nennen, besteht darin, das fertige Werkstück zu glätten. Darüber hinaus hat sie zwei weitere wichtige Funktionen: das Metall zu verdichten und die Oberflächenporen zu schließen.« Bardas wollte schreien, aber sein Mund wurde von dem Amboßaufsatz ausgefüllt; sein Kopf vibrierte, die zahllosen schnellen Hammerschläge hallten in ihm wider. Er versuchte die Augen zu schließen, aber die Nieten, um die sich die Plättchen seiner stählernen Lider drehten, hatten sich verzogen, und sie wollten sich nicht richtig schließen ...

Er riß die Augen auf.

Er saß aufrecht in seinem Bett in dem kleinen Raum oben im rückwärtigen Teil der Werkhalle, den Mund zu einem Schrei geöffnet.

»Ganz ruhig«, sagte eine Stimme am Fuß des Bettes. »Hattet Ihr einen bösen Traum?«

Bardas schloß den Mund – er war fest davon überzeugt, daß sein Kiefer an zwei gehärteten Eisenstiften befestigt hätte sein müssen, wie das Visier eines Helmes; aber das war völlig absurd. »Es tut mir leid«, sagte er.

»Schon gut.« Der Mann am Fuß des Bettes entpuppte sich als Anax, der alte Sohn des Himmels, der im Rüstungshaus arbeitete. Direkt hinter ihm ragte wie üblich die gewaltige Gestalt seines Helfers Bollo auf. »Obwohl ich zugeben muß, daß Ihr mich erschreckt habt, als Ihr auf diese Weise geschrien habt. Wie geht es Euch jetzt?«

Bardas erschauerte und ließ sich behutsam auf die Matratze zurücksinken. Sein Kopf schmerzte.

»Entschuldigt, wenn sich das jetzt verrückt anhört«, sagte er, »aber seid Ihr real?«

Anax lächelte. »Ihr habt Mühe, den Unterschied festzustellen, nicht wahr«, sagte er. »Ich kenne das Gefühl. Ja, wir sind real, das heißt, so real, wie es an diesem Ort möglich ist. Das hier ist ein besonderer Ort, nicht wahr?«

Bardas dachte kurz nach. »Was ist mit mir passiert?« fragte er. »Das letzte, woran ich mich erinnern kann, ist, daß ich einen Korridor entlanggegangen bin ...«

»Und anscheinend seid Ihr ohnmächtig geworden«, sagte Anax und grinste. »Als sie Euch gefunden haben, wart Ihr wie tot; Ihr konntet nicht aufwachen. Sie haben Euch Ohrfeigen gegeben, Euch sogar einen Eimer Wasser über den Kopf gekippt. Dann hat man nach uns geschickt. Ich schätze, sie haben entschieden, daß wir für Euch verantwortlich sind. Wie dem auch sei, wir haben Euch hier heraufgebracht – das heißt, Bollo hat das getan.«

»Ihr seid schwer«, sagte Bollo. »Vor allem treppauf.«

»Ich verstehe«, erwiderte Bardas. »Wie lange war ich weggetreten?«

Anax dachte kurz nach. »Mal sehen«, sagte er. »Einen halben Tag, die letzte Nacht und den Morgen; sagen wir ganze vierundzwanzig Stunden. Ich weiß nicht«, fuhr er dann fort, »Ohnmachtsanfälle, in Eurem Alter. Das ist doch was für alte Männer und junge Mädchen, die nicht richtig essen.«

»Vielleicht war es ein Hitzschlag«, meinte Bardas. »Oder ein Schädeltrauma.«

»Ein Schädelwas ...?«

»Trauma. Ein Schlag auf den Kopf.«

»Oh. Ich verstehe. Und wer hat Euch auf den Kopf geschlagen?«

Bardas zuckte mit den Schultern. »Soweit ich weiß, niemand. Aber es könnte eine verspätete Reaktion auf meine Zeit in den Minen sein.«

»Nein.« Anax schüttelte den Kopf. »Das ist doch Wochen her. Außerdem scheint Ihr jetzt wieder in Ordnung zu sein.

Ich sage Euch was; Ihr bleibt einen Tag oder so im Bett liegen, bis Ihr sicher seid, daß es Euch wieder gutgeht. Ich schicke Bollo oder einen der Jungs aus der Gießerei herauf, die dann nach Euch sehen und sich davon überzeugen, daß Ihr nicht gestorben seid oder den Verstand verloren habt. Ich würde ja selbst bleiben, aber wir haben viel Arbeit, und wir haben nicht viel geschafft, da wir Euch beim Schlafen zugesehen haben.«

Als sie gegangen waren, versuchte Bardas unter allen Umständen wach zu bleiben. Er schaffte es eine Stunde lang, dann wachte er voller Panik auf und sah sich Bollo gegenüber, der mit einer Schüssel Haferschleim und einem Holzlöffel vor dem Bett stand.

»Tatsächlich?« Temrai hörte mit seiner Beschäftigung auf und schaute auf. »Perimadeianer? Ich wußte gar nicht, daß welche übriggeblieben sind.«

»Ein paar, hier und da«, antwortete der Bote. Sein Name war Leuscai, und Temrai kannte ihn seit Jahren. Wieso jemand wie er Besorgungen für die Maschinenbauer erledigte, die an der Südgrenze Belagerungsmaschinen bauten, wußte er nicht; möglicherweise hatte er den Auseinandersetzungen aus dem Weg gehen wollen. Das war ein Problem mit vielen seiner Zeitgenossen. Obwohl sie niemals an eine Rebellion gedacht oder sich ihr gar angeschlossen hätten, gefiel ihnen die Richtung nicht, in die Temrai die Clans anscheinend führte. Sie verliehen diesem Unbehagen dadurch Ausdruck, daß sie ihn nur halbherzig unterstützten. Das war ziemlich irritierend, um es vorsichtig auszudrücken. Aber Temrai konnte das Thema bei einem alten Freund wie Leuscai unmöglich zur Sprache bringen; vermutlich hätte es in einem Streit, schwelender Wut und dem Ende einer Freundschaft geendet, und was das anging, hatte er ohnehin nur noch sehr wenig Freunde.

»So, so«, sagte Temrai. »Nun, wie sieht das hier aus?«

»Wie ein Zufallsprodukt«, antwortete Leuscai. »Das heißt, ich würde dich nicht mit der Annahme beleidigen wollen, daß du wolltest, daß es so aussieht.«

»So schlimm?« Temrai seufzte. »Ich werde ungeschickt auf meine alten Tage. Es ist noch gar nicht so lange her, daß ich mir mit Schmiedearbeiten meinen Lebensunterhalt verdienen konnte.«

»In Perimadeia«, betonte Leuscai, »wo angeblich die Ansprüche nicht so hoch waren. Also gut, erlöse mich von meinen Leiden. Was soll das sein?«

Temrai grinste. »Es gibt einen technischen Begriff dafür, der mir im Moment entfallen ist. Aber im Grunde ist es ein Knieschutz. Das heißt, eigentlich ist es keiner.«

»Es sei denn, du hättest ungewöhnliche Knie«, stimmte Leuscai ihm zu. »Aber gut, daß du es mir gesagt hast, denn ich wäre nie darauf gekommen. Für mich sieht das wie ein Stück Lederharnisch aus, das ein Pfannkuchen sein will.«

»Ja, schon gut.« Temrai ließ den Stein des Anstoßes aus der Hand fallen. »Es ist wirklich frustrierend. Damals in der Stadt habe ich gelesen, wie das geht, und es hat sich wirklich einfach angehört. Man nimmt etwas dickeres Leder, taucht es in heißes, geschmolzenes Bienenwachs, formt es und – fertig; eine billige, starke, aber leichte Rüstung, die aus etwas hergestellt ist, was wir reichlich haben. Ich weiß nicht.« Er setzte sich auf den Baumstumpf, den er dazu benutzt hatte, das Ding in die richtige Form zu hämmern. »Es ist mir immer leichtgefallen, etwas herzustellen, aber jetzt scheine ich dieses Talent verloren zu haben. Egal, erzähl mir mehr über deine Versprengten. Hast du irgendeine Vorstellung, wer sie sind?«

Leuscai lächelte. »Du meinst, ob sie Spione sind? Nun, das ist möglich. Soweit wir bis jetzt herausfinden konnten, ist der eine von ihnen ein Zauberer – nun ja, ein Hilfszauberer –, und sie haben beide etwas mit der Insel und dem Orden von Shastel zu tun.«

»Wirklich.« Temrai klang beeindruckt. »Zauberer und Diplomaten. Welche Ehre für uns.«

»Aber das ist noch nicht mal das Beste«, fuhr Leuscai fort, und das Lächeln verschwand aus seinem Gesicht. »Der Junge hat mehrere Jahre auf Scona verbracht. Er war Bardas Loredans Lehrling.«

Einen Augenblick lang saß Temrai völlig reglos da. »Ist das wahr?« fragte er. »Ich glaube, dann bin ich ihm mal begegnet. Eine kurze, aber denkwürdige Begegnung. Woher weißt du das alles?«

Leuscai zog sich einen Baumstumpf heran und setzte sich neben ihn. »Reiner Zufall. Erinnerst du dich an Dondai, diesen alten Kerl, der immer die Eierkuchen gemacht hat?«

Temrai nickte. »Er ist vor kurzem gestorben.«

»Anscheinend. Und sein Neffe, bist du dem mal begegnet? Sein Name ist Dassascai. Weiß nicht viel über Eierkuchen, aber er ist überraschend gut über die wirtschaftlichen Aktivitäten auf der Insel informiert. Behauptet, er hätte noch Kontakte aus der Zeit, als er in Ap'Escatoy ein Geschäft hatte, aber wenn du mich fragst, stimmt da was nicht. Wie dem auch sei, aus irgendeinem Grund hat dieser Dassascai ...«

»Er ist ein Spion.«

»Ach, tatsächlich? Nun, das erklärt, warum er in unserem Hof, wo wir die Tribocke aufbauen, herumgeschnüffelt hat. Dieser Dassascai hat unsere beiden Gäste gesehen, sie erkannt – behauptet er zumindest – und es dem Lagerkommandanten gesagt.«

»Goscai.«

»Stimmt. Netter Kerl, aber ein Nervenbündel. Wie du dir vorstellen kannst, hat ihn die Sache schrecklich aufgeregt. Zuerst wollte er die beiden auf der Stelle aufknüpfen, dann ist er zu dem Schluß gekommen, daß das vielleicht doch keine besonders gute Idee ist, weil er damit einen Krieg auslösen könnte, also wollte er sie in Eisen legen. Dann kam ihm der Gedanke, daß sie womöglich unsere Spione sein könnten – keine Ahnung, wie er darauf gekommen ist –, und am Ende war er so daneben, daß er überhaupt nicht mehr wußte, was er nun tun sollte, also haben wir ihm gesagt, es wäre das beste, dich zu fragen. Daran hatte er noch gar nicht gedacht und hat daher unseren Vorschlag begeistert aufgenommen. Und hier bin ich.«

Temrai rieb sich mit der Handkante die Stirn. »Hast du irgendeine Vorstellung, wie sie hergekommen sind? Oder sind sie einfach aufgetaucht und haben gesagt: *Hallo, wir sind Spione, was dagegen, wenn wir uns mal umsehen?*«

»Das wohl kaum.« Leuscai lachte. »Obwohl ich in diesem Fall vermutlich erwidert hätte: *Bitte, tut euch keinen Zwang an.* So wie ich es sehe, könnte eine solide Spionagearbeit der Provinzverwaltung uns nur zum Vorteil gereichen.«

»Schon möglich«, antwortete Temrai, »aber laß uns jetzt nicht davon sprechen.« Er atmete tief ein und wieder aus. »Wie sind sie hergekommen? Irgendeine Idee?«

»Ein paar unserer Leute waren im Sumpf auf Entenjagd und sind dort über sie gestolpert«, antwortete Leuscai. »Übrigens waren die beiden in einem ziemlich üblen Zustand. Der Zauberer ist kein Küken mehr. Wenn es Spione sind, haben sie sich verdammt viel Mühe gemacht, wie Sterbende auszusehen. Angeblich waren sie von der Insel nach Shastel unterwegs, wurden von der imperialen Küstenwache zum Auflaufen gezwungen und waren auf der Flucht vor Landpatrouillen. Das hört sich durchaus plausibel an, denke ich.«

»Also gut«, sagte Temrai, nahm einen Treibhammer und legte ihn wieder hin. »Du schickst sie her; ich sehe sie mir an, jage ihnen ein paar Tage lang höflich Angst ein und schicke sie dann ihrer Wege. Wenn es wirklich Spione sind, wird sie das so verwirren, daß sie nicht mehr wissen, was sie glauben sollen.« Er sah sich die Katastrophe an, die bei seinem Experiment in Sachen Rüstungsherstellung herausgekommen war. »Du kennst nicht zufällig jemanden, der sich mit so was auskennt?

Ich gebe mich geschlagen, aber das kann eigentlich nicht so schwer sein. Es ärgert mich ganz schön, wenn ich weiß, daß ich auf der richtigen Spur bin, es aber nicht hinbekomme.«

Leuscai zuckte mit den Schultern. »Ich fürchte, da kann ich dir nicht helfen. Natürlich könntest du Bardas Loredan – zur Zeit in einer imperialen Rüstungsschmiede – einen Brief schreiben. Ich bin sicher, er würde begeistert helfen.«

Temrai runzelte die Stirn, dann lachte er. »Weißt du eigentlich, daß er in Perimadeia eines Tages auf der Straße in mich hineingelaufen ist? Er war betrunken, hatte offensichtlich keine Ahnung, wer ich war. Er scheint überall da aufzutauchen, wo ich bin, und ich verstehe das einfach nicht. Ich meine, warum sollte zwischen uns solch eine schreckliche Verbindung bestehen? Er ist ein Bauernsohn aus der Mesoge; eigentlich sollte er im Augenblick Rüben aus dem Dreck hakken und nicht überall dort in den Schatten lauern, wo ich bin, um sich dann auf mich stürzen zu können. Was zum Teufel konnte unsere Leben bloß so unentrinnbar miteinander verstricken?«

»Bei dir hört es sich an, als wärst du verliebt«, sagte Leuscai. »Wie in dieser alten Geschichte – die Liebenden, die unter einem unglücklichen Stern stehen.«

»Findest du? In diesem Fall schätze ich, daß es höchste Zeit wird, die Scheidung einzureichen.«

Als ihn der Bote endlich fand, hielt sich Gorgas Loredan auf dem Bauernhof auf und half seinen Brüdern, den Boden der langen Scheune zu flicken.

»Weil sie eine verfluchte Falle ist«, hatte Zonaras im Vorbeigehen auf die Frage geantwortet, warum er sie nicht mehr benutzte. »Der Boden ist durchgefault. Man könnte sich ein Bein brechen.«

»Ich verstehe«, hatte Gorgas erwidert. »Also benutzt du sie einfach nicht mehr? Läßt sie verfallen?«

»Wir hatten keine Zeit, sie herzurichten«, hatte Clefas eingeworfen. »Das ist viel Arbeit, und wir sind nur zu zweit.«

Diese Worte hatten Gorgas ein Grinsen entlockt. »Nicht mehr«, hatte er geantwortet.

Und da stand er nun, schlammverschmiert und schlecht gelaunt, mit dem Hammer in der Hand rittlings über einem frisch gefällten Kastanienbaum.

»Wer seid Ihr?« fragte er.

»Sergeant Mossay hat mich geschickt«, antwortete der Bote. »Ein Brief für Euch, von der Provinzverwaltung.« Er streckte Gorgan einen Messingzylinder entgegen »Der Kurier ist vergangene Nacht in Tornoys eingetroffen.«

»Wartet er auf eine Antwort?« fragte Gorgas und wischte sich die Hände am Hemd ab.

»Nein«, antwortete der Bote. »Er hat gesagt, eine Antwort sei nicht erforderlich.«

Gorgas runzelte die Stirn und nahm den Zylinder entgegen, schob den sorgfältig angepaßten Verschluß mit den Daumen auf.

Sie hatten angefangen, indem sie den Baum fällten; es war der letzte einer Gruppe von Kastanienbäumen, die ihr Großvater kurz nach der Geburt ihres Vaters gepflanzt hatte. Der Baum war nicht leicht zu fällen gewesen. Der Wind hatte ihn sich verziehen lassen; als sie versuchten, ihn durchzusägen, hatte das Holz dem Sägeblatt Widerstand entgegengesetzt, bis es zerbrach (wie alle Werkzeuge an diesem Ort war die Säge alt und verrostet gewesen). Also hatten sie die Äxte hervorgeholt, und nachdem sie ihre Hände mit Blasen versehen und Clefas nicht aufgepaßt und den Axtkopf von seinem Stiel geschlagen hatte, hatten sie es sich anders überlegt und die andere Säge ausgegraben, die noch älter und verrosteter war. Aber Gorgas hatte seine Brüder dazu gebracht, den Baum mit einem Seil herunterzuziehen (genauer gesagt mit einem Flaschenzug, um die Kraft zu vergrößern), was den Einschnitt weiter geöffnet und der Säge erlaubt hatte, sich ungehindert bewegen zu können. Als sie drei Viertel durch waren, war ihnen klargeworden, daß der Baum auf das Dach des alten Schweinestalls stürzen und ihn in seine Bestandteile zerlegen würde, wenn sie nicht die Richtung änderten. Natürlich war der Schweinestall seit Jahren nicht mehr benutzt worden – außer als Lagerstätte für allen möglichen Müll.

Gorgas hatte sie einen weiteren Pfosten einschlagen und den Baum in eine andere Richtung ziehen lassen, so daß sie einen Keil herausschlagen und die Richtung des Falls ändern konnten. Schließlich hatten sie ihn durchgesägt, und er war gefallen; zwar nicht in die beabsichtigte Richtung, aber zumindest hatte er den Schweinestall so gut wie verfehlt und mit einem weit ausladenden Ast bloß ein paar zersprungene Schindeln vom Dach gefegt. Sie hatten den Rest des ersten Tages dafür gebraucht, den Stamm zu kürzen und das abgehauene Astwerk in den Holzschuppen zu bringen (der mittlerweile zu feucht war, um darin Holz lagern zu können, da der Sturm die eine Hälfte der Tür abgerissen hatte); jetzt endlich spalteten sie den Stamm, um die Bretter herzustellen, die sie für den Scheunenboden brauchten.

»Bastard«, sagte Gorgas, runzelte die Stirn und zerknüllte den Brief in der Faust. »Wißt ihr was? Dieser Bastard Poliorcis hat sie dazu gebracht, den Vorschlag mit der Allianz zu verwerfen.«

Der Bote trat einen Schritt zurück und versuchte auszusehen, als wäre er gar nicht da. Clefas und Zonaras standen still da, sie wirkten völlig gleichgültig.

»Kein relevanter Vorteil für das Imperium«, fuhr Gorgas fort. »Ach, zum Teufel mit ihnen. Kommt, laßt uns das hier fertig machen. Und Ihr da«, fuhr er fort, als wäre ihm erst nachträglich eingefallen, daß der Bote, der unbehaglich herumstand, darauf wartete, entlassen zu werden, »Ihr reist zurück, findet diesen Kurier und bringt ihn her. Und ob ich eine Antwort für ihn habe.«

Der Bote nickte voller Zweifel. »Und wenn er bereits abgereist ist?«

»Hofft lieber, daß er das nicht ist«, sagte Gorgas. »Denn in diesem Fall könnte ich vielleicht auf die Idee kommen, mich zu fragen, warum es einen ganzen Tag gedauert hat, bis mich dieser Brief erreicht hat, wenn der Kurier vergangene Nacht eingetroffen ist, wie Ihr behauptet habt.«

Der Bote eilte davon; seine Füße machten auf dem wassergetränkten Gras des Hofes platschende Geräusche.

»Clefas«, sagte Gorgas, »hol die Keile. Du kannst dir nicht vorstellen, wie dieses Holz verwachsen ist.«

Clefas stand einen Augenblick lang reglos da, dann setzte er sich langsam in Bewegung. Gorgas holte tief Luft und machte sich wieder an die Arbeit. Er hatte ein Spaltbeil in den sich über die ganze Länge des Stamms ziehenden Spalt gerammt, und zwar so tief, daß es sich noch nicht einmal mit der Brechstange lockern ließ; die hatte er eben, als er sich mit seinem ganzen Gewicht dagegengestemmt hatte, doch tatsächlich zerbrochen.

»Das kriegst du niemals raus«, sagte Zonaras.

»Dann paß mal auf«, erwiderte Gorgas. »Gib mir die Seitenaxt. Wenn es sein muß, schneide ich das verdammte Ding raus.«

»Wie du willst«, sagte Zonaras und gab ihm die Axt, deren Griff nach einer Seite gebogen war, um damit nur in einem bestimmten Winkel schlagen zu können. »Paß auf den Kopf auf, der sitzt locker.«

»Tatsächlich«, sagte Gorgas.

Sein Bruder nickte. »Der ist schon seit Jahren locker. Müßte man abnehmen und einen neuen Keil anbringen.«

Gorgas hackte ein paar Minuten lang drauflos und versuchte, ein Stück Holz neben dem eingeklemmten Spaltbeil herauszulösen, um es freizubekommen. Er hatte noch keine nennenswerten Fortschritte gemacht, als Clefas mit den Keilen zurückkam. Sie waren schwer und unbeschreiblich alt, und ihre Köpfe waren von Generationen von Loredans zu rasiermesserscharfen Blättern gehämmert worden. »Schon besser«, sagte Gorgas. »Zonaras, schlag auf jeder Seite einen Keil ein, das wird den Spalt verbreitern.«

Zonaras nahm einen Keil in jede Hand und drückte sie vor und hinter dem Beil in den Spalt hinein, dann klopfte er sie mit der stumpfen Seite der einzig überlebenden Axt fest. Das Spaltbeil ließ sich mühelos herauslösen, aber die Keile blieben stecken.

»Großartig«, sagte Gorgas wütend. »Ein Problem gelöst, dafür haben wir zwei neue.«

Zonaras seufzte. »Die Holzfasern sind zu verdreht, um sie spalten zu können«, meinte er. »Das hätte ich dir vorher sagen können.«

Gorgas drückte den Rücken durch und verzog das Gesicht. »Wir klopfen die Axtköpfe als Keile rein, das wird die anderen beiden rausbringen. Wir schaffen das schon, keine Sorge.«

Mehrere Stunden später, als es dunkel wurde, hörten sie auf. Sie hatten die Keile und das Spaltbeil herausbekommen (das sie zwischenzeitlich wieder verkeilt hatten und nur lösen konnten, indem sie es mit Hammerschlägen hin- und herbewegten), aber die Axtköpfe sahen aus, als würden sie sich niemals auch nur einen Zentimeter bewegen.

In dieser Nacht träumte Gorgas, er würde vor den Toren einer Stadt stehen. Es war dunkel, und er war sich nicht sicher, um welche Stadt es sich handelte – es hätte Perimadeia oder Ap'Escatoy sein können, sogar Scona. Das Tor war versperrt, also versuchte er es aufzubrechen, indem er Keile und eine Axt benutzte. Irgendwie wußte er, daß die Keile seine Brüder waren; er war das Spaltbeil und die Äxte, ob sie nun als Keile in die Spalten geschlagen oder als Hämmer benutzt wurden. Er konnte die Hammerschläge auf den flachen Keilenden so deutlich spüren (der Hammer fällt, der Stahl wird gestaucht, und wo geht die ganze Kraft hin, die zwischen Stahl und Stahl eingeklemmt wird?), wie er spürte, daß die Brechstange, die im Schaft des Spaltbeils steckte, sich verbog.

Er konnte den unmöglich auszuhaltenden Druck auf das Holz fühlen, als die Fasern auseinandergerissen wurden – Holz ist nicht wie Stahl; wenn man es foltert, gibt es schließlich nach. Bei Stahl ist das anders; je länger man darauf einhämmert, je mehr man ihn komprimiert und werkhärtet, desto stärker und härter wird er. Und das ist logischerweise auch der Grund dafür, warum die Loredan-Brüder nicht wie andere Leute sind ...

Nun, es war Traumlogik, die Art, die sich verflüchtigt, sobald man die Augen aufschlägt.

Gorgas erwachte, erkannte, daß nicht die geringste Aussicht bestand, wieder einzuschlafen, und beschloß, statt dessen ein paar Dinge zu erledigen. Er hatte darauf bestanden, die einzige funktionierende Öllampe des Hofes zu bekommen, und nach einigem Herumgefummel mit Feuerstein und ziemlich feuchtem Zunder hatte er Licht. Er hatte auch Papier – ein paar Blätter, die er mitgebracht hatte, und die Rückseite des Briefes, in dem ihm die Ablehnung des Bündnis-Angebotes mitgeteilt worden war und der durchaus noch zu gebrauchen war, nachdem er ihn auf dem Tisch glattgestrichen hatte. Er setzte sich und schrieb drei Briefe: einen an seine Nichte, einen an einen Angestellten, dem er weitere Befehle gab, und einen an Poliorcis, den Sohn des Himmels, der trotz allem höflich und freundlich geriet. Schließlich hatten sie noch immer Zeit, es sich anders zu überlegen, es war sinnlos, sie sich durch Unverschämtheiten abspenstig zu machen, nur weil es ihm guttun würde, seiner Wut Luft zu machen. Schließlich verdankte Gorgas all seine Erfolge der Tatsache, daß er persönliche Gefühle aus geschäftlichen Entscheidungen herauszuhalten verstand. Es war eine Regel, die er nur einmal gebrochen hatte, als es um Bardas gegangen war, und die Götter wußten, daß ihn diese eine Ausnahme viel gekostet hatte. Aber Bardas war etwas anderes;

Bardas war sein Bruder. Bardas war der einzige Fehlschlag in einem Leben voller bemerkenswerter Erfolge. Und nur sehr wenig Fehler sind wirklich endgültig, vorausgesetzt, man ist vernünftig genug, seine Gefühle im Zaum zu halten.

Als er mit den Briefen fertig war, war es noch immer dunkel und zu früh, als daß jemand aufgestanden wäre, also entschied Gorgas, die Zeit für eine weitere kleine Arbeit zu nutzen, eine Aufgabe, die er in den letzten Tagen vernachlässigt hatte. In der Zimmerecke stand ein reichverzierter lederner Bogenkasten. Er öffnete ihn und holte den Bogen heraus, den ganz besonderen Bogen, den sein Bruder vor drei Jahren für ihn angefertigt hatte. Leute, die die Umstände kannten, die zum Bau dieses Bogens geführt hatten, waren erstaunt, wenn nicht entsetzt, wenn sie erfuhren, daß er ihn noch immer besaß. Sie hatten angenommen, er wäre ihn schon vor langer Zeit losgeworden – hätte ihn verbrannt, vergraben, ins Meer geworfen. Sie konnten einfach nicht begreifen, wie er überhaupt ertragen konnte, ihn anzusehen – geschweige denn anzufassen. Aber es war nun einmal ein sehr guter Bogen, und da er ihn so viel gekostet hatte, benutzte und pflegte er ihn. Das war das mindeste, was er tun konnte – sonst wäre alles, was für seine Herstellung nötig gewesen war, sinnlos verschwendet gewesen.

Zuerst ging er mit einer feinen, harten Bürste, die in einer Tasche auf der Innenseite des Kastendeckels steckte, über den Rücken und entfernte sämtlichen Staub und Dreck. Dann tröpfelte er etwas von dem Spezialöl darauf, das er extra für diese Aufgabe angemischt hatte, gerade genug, daß es den Fingernagel seines linken Zeigefingers bedeckte; ein Öl, das das Öl draußen und die darin verarbeiteten Sehnen drinnen hielt. Das Öl mußte eingerieben werden, bis jede Spur davon verschwunden war; eine Arbeit, die Gründlichkeit und Geduld erforderte. Schließlich wachste er die Bogensehne mit einem kleinen Stück reinen Bienenwachs. Mittlerweile war die Morgendämmerung angebrochen; er hatte den Bogen gerade wieder verstaut, als die Sonne aufging. Er wusch sich sorgfältig die Hände (das Öl, das er für den Bogen benutzte, war giftig), zog die Stiefel an und begab sich an die Arbeit.

Eine Stunde, nachdem Gorgas seinen Bogen gereinigt hatte, lief ein Schiff in den Hafen von Tornoys ein.

Ein unerwarteter Sturm von der Art, die zu dieser Jahreszeit die Navigation mit einem unerwünschten Grad an Unsicherheit erschwerten, hatte es in seinen Klauen gehabt. Alles in allem hatte es sich ganz gut behauptet; es hatte mehr Wasser aufgenommen, als gut war, und der Wind hatte die Takelage beschädigt und dem Hauptmast einen Riß beigebracht, der, hätte der Sturm länger gedauert, für richtigen Schaden gesorgt hätte. Aber es schwamm noch, und es hatte keine Toten oder Schwerverletzten gegeben. Es war nicht mehr passiert, als jeder mit Recht zu erwarten hatte, der sich zu dieser Jahreszeit in diesen Gewässern herumtrieb.

Da es noch sehr früh am Tag war, war im Hafen nicht viel los. Die Fischerboote waren natürlich bereits auf See, und die größeren Schiffe, die an diesem Tag auslaufen wollten, würden erst in etwa einer Stunde dazu bereit sein. Ein paar von Gorgas' Männer lungerten auf dem Kai herum, aber sie waren nicht im Dienst.

Pollas Arteval, der Hafenmeister von Tornoys – er kam einem offiziellen Beamten noch am nächsten, und selbst er war in Wirklichkeit kaum mehr als ein Schiffsausstatter, der ein Register führte und Gelder für die Vereinigung der Hafenkaufleute einsammelte –, lehnte sich auf die Verandabrüstung vor seinem Laden und versuchte zu erraten, wo das Schiff herkam, was sich als schwierig erwies. Irgendwie kam es ihm bekannt vor.

Das Schiff trieb langsam an den Kai (hätte es ein Gesicht gehabt, hätte es vor Erleichterung gegrinst; Pollas stellte sich vor, es seufzen zu hören), und jemand sprang mit einem Tau an

Land und machte es fest, während andere einen Landungssteg herunterließen. Die Besatzung sah müde und erschöpft aus – so wie jeder nach einer langen Nacht in den Sturmböen vor Tornoys ausgesehen hätte –, aber die Männer machten keineswegs den Eindruck, als würde sie eine wohlverdiente Ruhepause erwarten. Im Gegenteil, sie trugen den resignierten Ausdruck von Männern zur Schau, die die meiste Arbeit noch vor sich hatten.

Ein Teil von ihnen war jetzt an Land, vielleicht fünfundfünfzig oder sechzig (eine große Besatzung für ein Schiff dieser Größe, aber vielleicht handelte es sich ja um Passagiere). Dann – in dem Moment, in dem Pollas kurz den Blick abwandte, um nach dem Duft des Brotes in seinem Ofen zu schnuppern – hatten sie Schwerter und Äxte und Bogen gezogen, Helme aufgesetzt und Schilde hervorgeholt. Plötzlich wußte Pollas wieder, wo er so ein Schiff schon mal gesehen hatte. Es waren Piraten aus Ap'Olethry, geflohene Sklaven und Deserteure der imperialen Streitkräfte, die sich an der Südküste des Imperiums eingenistet hatten, und man konnte davon ausgehen, daß sie nicht für ein herzhaftes Frühstück gekommen waren. Eine Annahme, die sich spätestens in dem Augenblick bewahrheitete, in dem sie sich zu drei Gruppen formierten und angriffen.

7

Im Hof unterhalb des Büros des Präfekten rezitierte ein Verrückter die Heiligen Schriften. Die Worte stimmten, waren so akkurat, wie sich jeder Gelehrte nur wünschen konnte, aber der Verrückte brüllte sie lauthals heraus, als würde er Flüche ausstoßen. Der Präfekt runzelte die Stirn; ihn störte die Widersprüchlichkeit – hier war alles, das gut und schön war und von keinem Fehler und keiner Auslassung entstellt wurde, aber trotzdem war es schrecklich falsch.

Der Bezirksadministrator hielt mitten in seiner Zusammenfassung inne, sich bewußt, daß sein Vorgesetzter nicht zuhörte. Da er etwas schwerhörig war, hatte er den Lärm aus der Ferne nicht als störend empfunden, aber jetzt konnte auch er es hören. Die beiden Männer blickten sich an.

»Soll ich den Schreiber losschicken, um eine Wache zu holen?« fragte der Administrator.

Der Präfekt schüttelte den Kopf. »Er tut ja nichts Falsches.«

Der Administrator hob eine Braue. »Ruhestörung, Öffentliches Herumlungern, Blasphemie ...«

»Ich habe nicht gesagt, daß er nicht gegen Gesetze verstößt«, erwiderte der Präfekt mit einem Lächeln. »Aber es ist die Pflicht eines jeden Mannes, die Heiligen Schriften zu predigen. Es ist nur schade, daß er es so laut tut, wie er nur kann.«

(Aber natürlich war es das gar nicht; es war der Ton der Stimme, der so störend war, die zügellose Wut, mit der der Bursche diese ruhigen, überlegten, unpersönlichen Standpunkte der Doktrin rezitierte, diese elegant ausbalancierten Maximen, die so perfekt formuliert waren, daß man kein einziges Wort durch ein Synonym ersetzen konnte, ohne den ganzen Sinn radikal zu verändern. Es war, als würde man einem Wolf zuhören, der Gedichte der Substantialisten heulte.)

»Früher oder später wird schon jemand die Wache rufen, diese Kreatur fortschaffen, und wir haben wieder unsere Ruhe«, sagte der Präfekt. »Bis dahin werde ich so tun, als könnte ich es nicht hören. Es tut mir leid, Ihr wart gerade dabei ...«

Der Administrator nickte. »Nun, die vorgeschlagene Allianz kommt natürlich überhaupt nicht in Frage«, fuhr er fort. »Dieser Gorgas Loredan ist nichts als ein Abenteurer, ein kleiner Kriegsherr, der sich irgendwo im Hinterland zum Herrscher aufgeschwungen hat und verzweifelt versucht, mächtige Verbündete für den Tag zu finden, an dem seine Untertanen seiner müde werden und ihn verjagen. Alles, was den Anschein erwecken könnte, wir würden sein Regime anerkennen, würde uns in ein sehr schlechtes Licht setzen. Um es ganz einfach auszudrücken: mit dieser Art von Leuten machen wir keine Geschäfte.«

»Dem stimme ich zu«, sagte der Präfekt und versuchte sich zu konzentrieren. »Aber da steckt doch bestimmt noch mehr dahinter, oder?«

Der Administrator nickte müde. »Leider hat dieser verfluchte Kerl außerordentliches Glück gehabt. Vor zwei Tagen wurde der kleine Hafen an seiner Grenze – er heißt Tornoys – von einem Piratenschiff angegriffen. Ein Schiff, etwa fünfzig Mann. Sie waren hinter dem Depeschenboot aus Ap'Escatoy her, das sie die ganze Küste entlang verfolgt hatten, bis es von einem plötzlich hereinbrechenden Sturm nach Tornoys verschlagen wurde. Sie sind dem Boot gefolgt, wurden selbst böse vom Sturm erwischt und haben die ganze Nacht damit verbracht, ihn abzusegeln, bis sie am Morgen in den Hafen eingelaufen sind. Ich weiß nicht genau, was danach passiert ist, aber Gorgas Loredan und seine Männer sind eingetroffen, bevor sie etwas wegen des Depeschenbootes unternehmen konnten, und haben sie zum Kampf gestellt. Die Hälfte der Piraten wurde getötet, und die Überlebenden hat Gorgas in irgendeiner Scheune eingesperrt. Er hält außerdem das Depeschenboot fest, obwohl er dafür keine Gründe geäußert hat.«

Der Präfekt runzelte die Stirn. »Es ist Hain Partek, nicht wahr?«

Der Administrator nickte. »Und Gorgas weiß ganz genau, wen er da hat«, sagte er. »Nun, er müßte schon sehr schlecht informiert sein, wenn er es nicht wüßte; schließlich bieten wir eine große Summe für ihn und haben seine Beschreibung in den letzten zehn Jahren in der ganzen Provinz verbreitet; und natürlich ist es großartig, daß man ihn erwischt hat. Ich wünschte nur, es wäre jemand anderem gelungen und nicht ausgerechnet diesem Gorgas.«

»Stimmt.« Der Präfekt lehnte sich zurück. »Hatten wir ihm mitgeteilt, daß wir an einer Allianz nicht interessiert waren?«

»Unglücklicherweise ja«, sagte der Administrator, nahm eine kleine Elfenbeinfigur vom Schreibtisch auf, betrachtete sie kurz und stellte sie zurück. »Das Timing hätte nicht schlechter sein können. Sobald er unsere Antwort erhalten hatte, hat er sich hingesetzt und eine schnelle Erwiderung geschrieben; der erstaunlichste Brief, den ich seit langer Zeit gelesen habe, eine durch und durch bizarre Mischung aus Unterwürfigkeit und Drohungen – Ihr solltet ihn selbst lesen, und sei es nur wegen des Unterhaltungswertes. Mein Assistent ist davon überzeugt, daß er nicht ganz richtig im Kopf ist, und nachdem ich diesen Brief gelesen habe, bin ich geneigt, ihm da zuzustimmen. Anscheinend hat ihn der Brief mit unserer Ablehnung auf seinem Bauernhof erreicht, wo er gerade einen Baum gespaltet hat.«

»Er hat einen Baum gespaltet?« wiederholte der Präfekt. »Wozu denn das?«

»Ich habe den Eindruck gewonnen, daß er gern Holz spaltet. Nicht *per se*; er spielt den Leuten gern vor, er sei ein Bauer. Anscheinend kommt er aus einer Bauernfamilie, obwohl er sein Zuhause sozusagen in Eile verlassen mußte. Bis jetzt besteht die einzige vernünftige Erklärung für das, was er in der Mesoge getan hat, darin, daß es die einzige Möglichkeit für ihn war, jemals wieder einen Fuß in sein Heimatland setzen zu können.«

»Ich muß zugeben, er klingt wirklich geistig verwirrt.« Der Präfekt machte eine kleine Handbewegung. »In seinem Handwerk ist Wahnsinn nicht notwendigerweise ein Hindernis«, bemerkte er. »Häufig ist er sogar ein Vorteil, wenn man sich seiner auf die richtige Weise bedient. Hat er schon gesagt, was er von uns will?«

Der Administrator schüttelte den Kopf. »Wir haben nur die kurze Nachricht erhalten, daß er Partek in Gewahrsam hat und uns bittet, jemanden zu schicken, mit dem er die Angelegenheit besprechen kann; was aus seiner Sicht durchaus vernünftig ist. Ich meine, er weiß nur das, was wir öffentlich bekanntgegeben haben; er kann nicht wissen, wie wichtig Partek wirklich für uns ist.« Der Administrator hielt einen kurzen Moment lang inne. »Um ehrlich zu sein, weiß selbst ich das nicht ganz genau. Wie ist heutzutage die offizielle Linie?«

Der Präfekt seufzte. »Er ist wichtig«, sagte er. »Nicht so wichtig wie vor fünf Jahren, aber er ist noch immer ein verdammtes Ärgernis. Nicht wegen der Dinge, die er getan hat oder tun könnte, es ist mehr die Tatsache, daß er noch immer da draußen ist und wir nichts, aber auch gar nichts dagegen tun konnten.« Er runzelte die Stirn und kratzte sich am Ohr. »Es ist wirklich amüsant; je weniger er tatsächlich erreicht hat, desto mehr wächst die Legende. In einigen Teilen des Südostens sind sie fest davon überzeugt, daß er die westliche Halbinsel kontrolliert und eine Armee aufstellt, um gegen das Heimatland zu marschieren. Nein, wir müssen auf seinen Kopf zeigen können, wie er in Ap'Silas an eine Tür genagelt ist; wenn uns das gelingt, wird das ein erfolgreicher Tag sein.«

»Was bedeutet, daß wir Gorgas Loredan das geben müssen, worum er bittet?«

»Nicht unbedingt.« Der Präfekt schwieg einen Augenblick lang. Er konnte den Verrückten nicht länger hören; jemand mußte gekommen sein und sich um ihn gekümmert haben. »Es gibt keinen Grund, warum wir unbedingt ein großes Problem durch ein kleines ersetzen sollten. Wenn ich mich richtig erinnere, ist dieser Gorgas Loredan doch der Bruder unseres Bardas Loredan.«

»Der Held«, erwiderte der Administrator mit einem Grinsen. »Das ist richtig. Eine außergewöhnliche Familie; hätte die Mesoge mehr solche Männer hervorgebracht, könnte es – nun, interessant sein, ein Bündnis mit ihnen zu schließen. Sie sind natürlich beide völlig irrsinnig, aber man kann sich kaum der Neigung entziehen, ihre Vitalität zu bewundern.«

»Ich schon«, sagte der Präfekt, »wenn ich dadurch Schwierigkeiten habe. Also, mal sehen. Wir brauchen Bardas Loredan als Galionsfigur gegen das Nomadenvolk, also können wir aus Furcht, ihn abspenstig zu machen, mit Gorgas Loredan nicht rauh umspringen ...«

»Das weiß ich nicht«, unterbrach ihn der Administrator. »Allen Berichten zufolge haßt Bardas Gorgas wie die Pest – dazu gibt es übrigens eine großartige Hintergrundgeschichte, erinnert mich daran, sie Euch zu erzählen, wenn wir mal fünf Minuten Zeit haben –, also würde ich mir darüber nicht allzuviel Sorgen machen. Aber Gorgas ist anscheinend in Bardas vernarrt ...«

Der Präfekt hob die Hände. »Das ist mir alles etwas zuviel«, sagte er. »Es tut mir leid, fahrt fort. Ich finde das alles nur etwas verwirrend.«

»Ich auch«, erwiderte der Administrator mit einem Lächeln. »Aber Ihr müßt zugeben, es ist schon unterhaltsamer als der vierteljährliche Mannschaftsbestandsbericht.«

Die dichten Wolken, die die Sonne verdeckt hatten, rissen auf, und ein blendender Strahl bernsteinfarbenen Sonnenlichts blendete den Präfekten einen Augenblick lang. Er rückte den Stuhl etwas zur Seite, um ihm zu entgehen.

»In meinem Alter komme ich gut ohne interessante Dinge zurecht, solange ich mich nicht mit unangenehmen kleinen Leuten herumschlagen muß, die an obskuren Orten leben«, sagte er grimmig. Dann hellte sich seine Stimmung wieder etwas auf. »Andererseits muß ich allerdings zugeben, daß Bardas Loredan so etwas wie ein Sammlerstück war. Er hatte offensichtlich nicht die geringste Ahnung, mit wem er da eigentlich gesprochen hat, was nun wirklich erfrischend war. Egal, wo waren wir?« Der Präfekt lehnte sich zurück und drückte die Fingerspitzen an die Lippen. »Wir brauchen Bardas wegen Temrai, und jetzt hat Gorgas Partek; aber wir wollen nicht, daß es so aussieht, als wären wir Gorgas' Freunde, und Bardas wäre es egal, wenn wir nicht Gorgas' Freunde wären ... Was hattet Ihr über das Depeschenboot gesagt?« Er beugte sich vor. »Es wird festgehalten?«

Der Administrator, der die Blumenmuster studiert hatte, die am Rand des Schreibtisches eingraviert waren, nickte. »Und das ist ebenfalls sehr unangenehm«, sagte er. »Ihr müßt nämlich wissen, eine Menge der Depeschen drehen sich um die Temrai-Angelegenheit; der ganze Papierkram für die Schiffe, die wir gechartert haben, Kreditbriefe, unterschriebene Verträge, Truppenpläne - setzt man alles zusammen, hat man ein ziemlich klares Bild von unseren Absichten. Vorausgesetzt, man ist klug genug, es zu verstehen.«

»Was Gorgas zweifellos ist, selbst wenn er nicht richtig im Kopf ist«, sagte der Präfekt. »Das ist unangenehm. Ich hatte daran gedacht, wegen des Bootes ein bißchen mit dem Säbel zu rasseln, ihm vielleicht auf diese Weise so viel Angst einzujagen, daß er uns Partek einfach so überläßt. Aber das würde seine Aufmerksamkeit erst recht auf das lenken, was er da hat.«

Der Administrator schürzte die Lippen. »Ich neige dazu, es von der anderen Seite aus zu betrachten. Wie würde das für Euch aussehen, wenn Ihr illegalerweise das Depeschenboot der Provinzverwaltung festhaltet und sie deswegen *kein* Geschrei machen? Ich vermute sogar, daß er es genau aus diesem Grund tut, um zu sehen, wie wir reagieren. Sonst hat er kein Motiv, uns auf diese Weise zu ärgern.«

»Das ist ein guter Gesichtspunkt«, gestand der Präfekt ein. »Oh, der Mann soll verdammt sein, er bereitet mir Kopfschmerzen. Genau in diesem Augenblick könnte ich sehr gut ohne die Vitalität der Brüder Loredan leben, vielen Dank auch.«

»Ah.« Der Administrator lächelte. »Vielleicht könnte man doch etwas tun. Ich denke da an die Loredan-Schwester.«

Der Präfekt wandte scharf den Kopf. »Wißt Ihr, daß ich die völlig vergessen hatte? Niessa Loredan, die die Bank von Scona geleitet hat, was unseren Freunden im Orden von Shastel so gar nicht gefallen hat.«

»Genau die«, sagte der Administrator. »Die sich natürlich zur Zeit unserer Gastfreundschaft erfreut.«

»Das stimmt. Also, wo stehen die Brüder, soweit es sie betrifft? Ich bin mir sicher, daß sie sie entweder lieben oder hassen, aber was trifft nun zu?«

Der Administrator faltete die Hände im Schoß. »Ich glaube, Gorgas liebt sie«, sagte er, »obwohl sie ihn nach dem Fall von Scona, als sie mit dem ganzen Geld abgehauen ist, ganz schön hat hängen lassen. Aber ich glaube nicht, daß Gorgas ihr das zum Vorwurf macht; was die Familie betrifft, vergibt er sehr schnell.«

Der Präfekt runzelte die Stirn, sprach den Punkt aber nicht an. »Und Bardas? Liebt er sie auch?«

»Das glaube ich weniger«, antwortete der Administrator. »Ich glaube aber auch nicht, daß er sie haßt. Aber ihre Tochter hat öffentlich geschworen, ihn umzubringen, falls das einen Einfluß auf die Angelegenheit hat.«

»Oh, um Himmels willen.« Der Präfekt schüttelte den Kopf. »Egal, ich schätze, das steht alles irgendwo in den Akten. Eigentlich hätte ich das sogar lesen müssen, bevor ich mit dem Mann gesprochen habe. Also, ich schließe daraus, daß Ihr einen Plan habt.«

Das Lächeln der Kinder des Himmels ist gleichermaßen wunderschön wie selten. »Eigentlich nicht«, sagte der Administrator. »Eher das Gefühl, daß sie nützlich sein könnte, wenn es aussieht, als würde uns die Situation entgleiten. Aber es wäre gut, sie in Sicherheit zu bringen – das heißt, eigentlich beide, sowohl die Tochter als auch die Mutter. Wir halten sie als illegale Ausländer fest und belassen es im Moment dabei.«

Der Präfekt stand auf und ging zum Fenster, unter dem ein prächtiger alter Feigenbaum wuchs. Vom Fenster aus konnte er beinahe die oberste Feige erreichen. »Ich fürchte, im Augenblick muß die Ergreifung Parteks Priorität haben«, sagte er. »Wenn ich ihn jetzt verliere, werde ich ein paar schwierige Fragen beantworten müssen. Tut, was Ihr könnt; es ist klar, daß ich jede Art von Allianz mit diesem Mann vermeiden möchte, aber ich bin davon überzeugt, daß Ihr die richtigen Worte findet, die ihn zufriedenstellen und uns zu nichts verpflichten. Die Sache mit Perimadeia hat Vorrang, also seid etwas behutsam, soweit es Bardas Loredan betrifft. Ansonsten verlasse ich mich gern auf Euer Urteilsvermögen.« Er wandte sich vom Fenster ab, so daß sein Gesicht im Schatten lag, und runzelte die Stirn. »Wenn wir anfangen, diese Art von Menschen auf einer individuellen Ebene zu betrachten, besteht stets die Gefahr, daß wir den Blick für die Verhältnismäßigkeit verlieren. Von Partek abgesehen ist auf der politischen Ebene keines dieser Individuen auch nur im geringsten von Bedeutung. Erst wenn wir uns auf die strategische Ebene begeben – nein, noch niedriger, auf die taktische –, fangen sie an, wichtig auszusehen.« Er zuckte mit den Schultern und setzte sich auf die Schreibtischecke. »Was ich damit sagen will: wenn Ihr zu dem Schluß kommen solltet, daß wir Partek am besten bekommen, indem wir zwei Divisionen und ein paar dieser gecharterten Schiffe nehmen und die Mesoge annektieren, dann tut es. Nicht, daß ich Euch das vorschlage«, fügte er hinzu, bevor der Administrator etwas erwidern konnte. »Ich weise nur auf die Notwendigkeit hin, sich auf das Ziel der Reise zu konzentrieren und nicht auf die Sehenswürdigkeiten am Wegesrand. Das gleiche gilt für Shastel oder jedes andere dieser unbedeutenden kleinen Königreiche. Wenn sie wegmüssen, müssen sie eben weg. Wir müssen uns lediglich um die Kosteneffizienz und die Ökonomie der Bemühungen sorgen, das allein zählt.«

Der Administrator erhob sich, um zu gehen. »Ein wichtiger Gesichtspunkt«, sagte er. »Ich werde Partek herschaffen, macht Euch da keine Sorgen. Aber Ihr werdet nichts dagegen haben, wenn ich es auf saubere und elegante Weise versuche, oder?« Er grinste. »Schließlich braucht es keine große Vorstellungskraft, ein Heer loszuschicken. Aber ein Heer loszuschicken und dabei unterhalb des Budgets zu bleiben, *damit* erregt man die Aufmerksamkeit der Provinzverwaltung.«

Gannadius?

Gannadius setzte sich auf. Es war dunkel; undeutlich nahm er Theudas wahr, der sich im Schlaf auf dem anderen Bett bewegte. Jemand hatte seinen Namen gerufen.

Gannadius. Ich bin's.

»Oh«, sagte er laut, dann schloß er wieder die Augen.

Er war wieder in der Stadt (oh, nicht *schon* wieder), diesmal im Seilerviertel; auf beiden Seiten der breiten Straße brannten Wohn- und Lagerhäuser, es war hell genug, daß er wie am Tage sehen konnte. Er stand in der Mitte der Straße, was ein Vorteil war; das ganze Kämpfen und Töten fand an den Rändern statt, unter den überhängenden Dächern der brennenden Gebäude.

»Es tut mir leid«, sagte Alexius. »Mir gefällt es hier auch nicht besonders; ich war zufällig hier.«

Gannadius erschauerte; er konnte die Hitze der um ihn herum tosenden Brände nicht spüren, obwohl er der Ansicht war, daß er sie eigentlich hätte spüren müssen. »Ein wirklich hübscher Ort«, sagte er. »Ich bin hier noch nie zuvor gewesen. Und ich bin zu diesem oder jenem Zeitpunkt an den meisten Schauplätzen des Untergangs gewesen.«

Alexius streckte den Arm aus und deutete auf etwas, doch

Gannadius konnte nicht genau erkennen, was er sich da ansehen sollte. »Dort drüben«, sagte Alexius. »Seht Ihr den Mann da, den Nomaden mit den langen Haaren? Jeden Augenblick wird das Dach des Lagerhauses einstürzen und ihn unter sich begraben, und er wird sterben. Allein darum geht es hier, darum ist es wichtig. Es geht los, seht Ihr?« fügte er hinzu, als ein kleines Gebäude funkensprühend zusammenbrach und jemand, den Gannadius nicht sehen konnte, aufschrie. »Ich habe ewig lange gebraucht, um herauszufinden, was daran wichtig ist, aber schließlich habe ich es geschafft. Hätte er überlebt, hätte er bei einem Wettbewerb im Bogenschießen mitgemacht; er hätte einen Pfeil abgeschossen, der vom Rand des Ziels abgeprallt wäre – eines dieser Dinge, wo die Chancen eins zu einer Million stehen – und Temrais Frau ins Auge getroffen hätte. Nun, zu dieser Zeit war sie noch nicht seine Frau, sie wäre es aber nie geworden, und er hätte eine andere geheiratet und die Dinge hätten einen anderen Verlauf genommen.«

»Ich verstehe«, sagte Gannadius nicht ganz wahrheitsgemäß. »Und das wolltet Ihr mir zeigen?«

Alexius schüttelte den Kopf. »Ihr Götter, nein. Wie ich schon gesagt habe, hier habe ich mich in letzter Zeit oft aufgehalten. Nein, es geht um viel Wichtigeres – das heißt, für Euch. Ich muß Euch warnen ...«

»Entschuldigung«, sagte Gannadius. Ihm war gerade bewußt geworden, daß er auf einen Sterbenden getreten war. Er wußte natürlich, daß er nicht helfen konnte, da dies alles bereits geschehen war, davon abgesehen hielt er sich nicht wirklich hier auf. Aber es ging ihm gegen den Strich, einfach weiterzugehen.

»Es tut mir leid«, sagte er und kniete nieder, aber dem Mann war nicht anzusehen, ob er ihn gehört hatte. Seine Verletzungen waren spektakulär – ein tiefer Schnitt verlief diagonal von der Halsbeuge entlang des Schlüsselbeins; eine tiefe Stichwunde, so breit wie Gannadius' Hand, befand sich direkt unterhalb des Rippenbogens.

»Hellebardenwunden«, bemerkte Alexius über ihm.

»Hellebarden? Ich wußte gar nicht, daß die Nomaden Hellebarden benutzt haben.«

»Haben sie auch nicht«, erwiderte Alexius, und als Gannadius aufschaute, erkannte er, daß er sich nicht mehr in Perimadeia befand. »Scona?« fragte er.

»Richtig«, bestätigte Alexius. »Ihr seht die Plünderung Sconas durch den Orden von Shastel.«

Gannadius runzelte die Stirn. Zwar konnte er sie nicht sehen, aber irgendwo hinter ihm brannten die Lagerhäuser, die den Kai säumten, und Leute kämpften miteinander, um zum Anfang der Schlange und an Bord von Schiffen zu kommen, die längst abgelegt hatten und im Hafen von den an Deck der Barken aus Shastel montierten Katapulten versenkt werden würden. »Aber das ist doch niemals passiert«, sagte er.

»Genaugenommen habt Ihr recht«, sagte Alexius. »Bardas Loredan hat es verhindert; er hat Gorgas matt gesetzt und ihn dazu gebracht, den Krieg zu beenden; also gab es weder eine Belagerung noch eine Plünderung. Trotzdem sind wir dabei. Fragt Euren Freund dort hinten, wenn Ihr mir nicht glaubt.«

»Ihr sagt also, so hätte es geschehen sollen?«

»Bei allen Göttern, nein. Ihr habt zu viel Tryphaenus gelesen. Ich konnte noch nie irgendeinen Sinn darin erkennen, Werturteile in das Studium des Prinzips zu zerren. Das ist so, als würde man sagen, die Sonne geht im Osten auf, weil es eine bessere Gegend ist. Ich sage nur, dies hier ist ebenfalls geschehen. In gewisser Weise.«

Gannadius erhob sich. »Ich kann Euch nicht folgen«, sagte er. »Und bitte, versucht nicht, es mir zu erklären. Ich fürchte, mein Wissensdurst ist nicht mehr, was er einmal war. Was wolltet Ihr sagen? Über die Warnung?«

»Ach ja.« Alexius zeigte auf etwas. »Dort, seht hin.«

Irgendwie war Scona verschwunden, während Gannadius nicht hingesehen hatte. Statt dessen stand er in der Mitte von etwas, das er für ein Nomadenlager hielt, und zwar ein großes; in allen Richtungen erstreckten sich Zelte und provisorische Palisaden. Das Lager wurde angegriffen; viele Zelte standen in Flammen, zwischen den Zeltreihen galoppierten Reiter auf und ab, steckten den gewachsten Filz in Brand und schlugen wahllos auf Menschen ein, die an ihnen vorbeizukommen versuchten. Direkt voraus stand ein Wagen. Die Filzplane war fast vollständig verbrannt, was die Reifen wie Rippen hervorstechen ließ, und darunter konnte Gannadius das Gesicht eines Jungen sehen, der zwischen den Speichen eines Vorderrades hindurch auf einen Reiter starrte, der den Blick erwiderte. Wegen seines Blickwinkels und weil der Reiter das Visier unten hatte, konnte Gannadius sein Gesicht nicht erkennen ...

»Wer ist das?« fragte er zögernd.

»Ratet.«

»Ich verstehe«, sagte Gannadius. Ein Mann versuchte sich an dem Reiter vorbeizuschleichen und drückte sich an einer Reihe von Fässern entlang. Der Reiter entdeckte ihn und beugte sich im Sattel nach vorn. Sein Schlag landete genau auf dem Kopf des Mannes. »Ich vermute, so hat also alles angefangen.«

Alexius lächelte. »Ich fürchte, es steckt noch mehr dahinter. Ihr geht von der Annahme aus, daß das eine von Maxens vorbeugenden Strafaktionen gegen die Stämme ist, und zwar die, in deren Verlauf der junge Temrai mit ansehen mußte, wie seine Familie getötet wurde. Richtig?«

Gannadius nickte. »Das ist er doch, unter dem Wagen?«

»Natürlich«, sagte Alexius. »Aber das hier ist auch etwas, das noch passieren wird. Achtet auf die Rüstung und die Ausrüstung der Reiter.«

Gannadius sah verärgert aus. »Es tut mir leid, aber ich bin nicht gerade das, was man als Militärexperten bezeichnen könnte. Was ist mit den Rüstungen?«

»Es handelt sich hier um die schwere imperiale Kavallerie«, sagte Alexius. »Was Ihr da seht, ist die Annexion dessen, was einst Perimadeia war. Und zwar durch die Provinzverwaltung. Und ja, der Mann auf dem Pferd dort drüben ist Bardas Loredan, und ja, der Junge unter dem Wagen ist König Temrai. Natürlich ist die Bezeichnung Junge etwas übertrieben; er muß mittlerweile vier- oder fünfundzwanzig sein, aber er sieht jung für sein Alter aus, vor allem wenn er sich fürchtet. Und der Wagen tut sein übriges, er hüllt ihn in Schatten.«

Gannadius blickte sich erneut um. »Also gut«, sagte er, »wenn das die Wahrheit ist, warum kann ich dann die Stadt nicht sehen? Oder zumindest die Ruinen?«

Alexius lächelte. »König Temrai hat beschlossen, daß es Selbstmord wäre, an Ort und Stelle zu bleiben und gegen das Imperium zu kämpfen«, sagte er, »vor allem, als er gehört hat, wer der nominelle Kommandant des Heeres ist. Wenn sie Perimadeia haben wollen, hat er gesagt, können sie es haben; er hat seinen Untertanen befohlen, ihre Sachen zu packen, und sie zurück in die Steppe geführt, wo sie einst hergekommen sind. Aber die Provinzverwaltung war nicht beeindruckt. Wenn sie abziehen können, meinte man, können sie auch wieder zurückkommen. Am besten sich jetzt um sie kümmern. Also hat man Bardas und das Heer in die Steppe geschickt und sich auf seine geographischen Kenntnisse und die lange Erfahrung verlassen. Und er hat sie auch dorthin geführt, wo die Stämme seiner Meinung nach ihre Zelte aufschlagen würden, sobald sie sich außer Gefahr glauben. Es hat ein blutiges Massaker gegeben – siehe Schaubild eins – und Tausende von Nomaden wurden getötet.

Tausende kamen jedoch davon. Also hat Bardas den Rest seines Lebens damit verbracht, sie zu jagen, bis er an Lungenentzündung gestorben ist und sein Stellvertreter – ein Mann namens Theudas Morosin, falls Euch der Name etwas sagt – das Heer nach Hause geführt hat. Mittlerweile hatte das Imperium Perimadeia wieder aufgebaut, und Morosin ließ sich dort nieder, obwohl er ihm kein besonders glückliches Leben beschieden war. Dann, eines Tages, erschienen die Nomaden plötzlich an der Grenze, geführt von einem starken jungen König, der an dem Tag, an dem Bardas das Lager niedergebrannt und seine Familie getötet hatte, noch ein Junge gewesen war. Er wußte, daß es keinen Frieden geben konnte, solange die Stadt stand. Glücklicherweise war er eine Art militärisches Genie. Theudas Morosin wurde schnell wieder in den aktiven Dienst versetzt und mit der Verteidigung beauftragt; angesichts der Unfähigkeit und Apathie, die selbst nach imperialen Maßstäben ungewöhnlich groß waren, leistete er großartige Arbeit, aber die Stadt fiel, und Theudas gehörte zu einer Handvoll Überlebender ...«

Gannadius klatschte langsam Beifall. »Sehr gut«, sagte er. »Sehr gut. Eine ausgezeichnete und wohlkonstruierte Geschichte. Ich glaube nicht ein Wort davon.«

»Nein?« Alexius runzelte die Stirn. »Ach, kommt schon, Gannadius, seid wann seid Ihr so kritisch? Seht doch.« Er streckte den Arm aus und zeigte, und Gannadius sah, daß er wieder da war, wo alles angefangen hatte, im brennenden Seilerviertel Perimadeias; nur diesmal konnte er sich selbst sehen – ein sehr alter Mann mit verwirrtem Gesichtsausdruck, der die Straße entlanggezogen wurde, und zwar von ...

»Theudas Morosin«, sagte er im Tonfall des vorher im Publikum plazierten Helfers eines Zauberkünstlers, dem gerade ein Strauß Rosen aus dem Ohr gezogen worden war. »Und ja, ich gestehe Euch zu, daß er in dieser Rüstung genau wie Bardas aussieht.«

»Es ist sogar dasselbe Schwert«, sagte Alexius. »Das Guelan-Breitschwert, das Gorgas Bardas am Tag vor dem Untergang geschenkt hatte. Bardas hatte es Athli Zeuxis zur Aufbewahrung gegeben. Als er dann starb, hat Athli es Theudas geschenkt. Hier ist es wieder – sie haben damals wirklich für die Ewigkeit geschmiedet. Es ist diese Art Aufmerksamkeit für Details, die Menschen wirklich beeindruckt.«

Gannadius schloß die Augen, was ein Fehler war, denn jetzt war er in den Minen unter Ap'Escatoy, zweifellos die von ihm am wenigsten geschätzte Halluzination ...

»*Keine* Halluzination«, korrigierte Alexius ihn. »Keine optische Illusion, kein Trick mit Spiegeln, nichts dergleichen – wie Ihr ganz genau wißt. Was Ihr seht, ist real; das einzige, was hier nicht real ist, seid Ihr.«

Gannadius wollte widersprechen, dann zögerte er. »Diese Plünderung Sconas, die wir gesehen haben«, sagte er. »Das findet in der Zukunft statt, nicht wahr?«

»Ah!« Alexius strahlte. »Nach all der Zeit habt Ihr es schließlich begriffen. Ich wußte es. Ganz genau; noch ist es nicht passiert. Nur weil man die letzte Seite eines Buches noch nicht gelesen hat, bedeutet das doch nicht, daß die Geschichte noch nicht fertig geschrieben wurde.«

»Ehrlich gesagt habe ich das Ende immer zuerst gelesen«, gestand Gannadius. »Ich finde, es hilft mir, die Nuancen zu genießen. Ihr behauptet also, daß nur weil nichts von all dem hier bei uns geschehen ist, es bereits ...« Er hielt inne und runzelte die Stirn. »... an einem anderen Ort geschehen ist?«

Alexius lehnte sich mit dem Rücken gegen die Planken der Stollenwand. Er roch nach Koriander. »Jetzt kommen wir weiter«, sagte er. »Jetzt endlich fangt Ihr an zu begreifen, wie einfach das Prinzip im Grunde ist. Ich schätze, ich kann Euch wirklich nicht zum Vorwurf machen, daß Ihr es bis jetzt nicht begriffen habt. Ich habe selbst so lange dafür gebraucht, und Ihr würdet nicht glauben, welche Mühen ich auf mich nehmen mußte ... Erinnert Ihr Euch noch, wie wir darüber spekuliert haben, ob es wohl möglich wäre, mit Hilfe des Prinzips in die Zukunft zu sehen? Wir hätten es verstehen müssen, aber wir waren auf geradezu kriminelle Weise zu dumm, das Offensichtliche zu erkennen – wir können die Zukunft sehen, weil bereits alles schon einmal geschehen ist.«

»Ich kann Euch schon wieder nicht folgen«, sagte Gannadius traurig.

»Oh, um Himmels willen.« Gannadius fühlte, wie der ganze Stollen erzitterte; Staub lag in der Luft. »Wir können Theudas bei der Vernichtung der Nomaden zusehen, weil wir Bardas bei genau der gleichen Tätigkeit sehen können. Wir können den Untergang des imperialen Perimadeia sehen, weil wir Perimadeia bereits untergehen gesehen haben. Wir können alles auf diese Weise sehen, weil es sich bei allem um den gleichen Vorgang handelt. Wir könnten sogar unseren Tod sehen, wären wir denn so morbide. Für gewöhnlich muß man vorher sterben ...«

Die Decke stürzte ein, füllte den Stollen mit Erde. Es war, als befände man sich in einer Sanduhr, die umgedreht wird. Gannadius rang nach Luft, fühlte einen Balken gegen seinen Kopf knallen und schlug die Augen auf.

»Onkel?«

»Theudas«, sagte er. »Was ist los? Wo sind wir?«

»Du hattest einen Alptraum«, sagte Theudas und brachte die Lampe näher heran. »Es ist alles in Ordnung. Wir sind bei den Nomaden, erinnerst du dich? Temrai hat uns zu sich befohlen, und er wird uns nach Hause schicken.«

Gannadius setzte sich auf und schüttelte den Kopf. »Er hat sich geirrt«, sagte er. »Man kann es ändern, wenn man den richtigen Augenblick findet und auf gewisse Art und Weise *zudrückt*. Wir haben es doch selbst getan, bei Bardas und diesem Mädchen.« Er schaute in Theudas' Gesicht, als wollte er seine Echtheit prüfen. »Koriander«, sagte er. »Bedeutet das nicht, daß es sich um den Feind handelt?«

Theudas stellte die Lampe ab. »Bleib ganz ruhig«, sagte er. »Ich schaue, ob ich diese Heilerin finde. Du kommst wieder in Ordnung, du wirst schon sehen.«

Gannadius seufzte. Er war mit mörderischen Kopfschmerzen aufgewacht. »Schon gut, das waren nur ein paar Nachwirkungen des Traums, den ich hatte. Ich bin nicht verrückt geworden. Es tut mir leid. Habe ich dir angst gemacht?«

Theudas kam zurück, aber vorsichtig, als rechnete er mit einem Hinterhalt. »Es war wieder einer von *diesen* Träumen, nicht wahr? Ich hab' gedacht, der Silberkrauttee hätte sie vertrieben.«

»Eigentlich nicht«, sagte Gannadius. »Aber er hat so scheußlich geschmeckt, daß ich dir nicht mehr von ihnen erzählt habe, damit du mich nicht dazu zwingen konntest, noch mehr davon zu trinken.« Er atmete tief ein und aus und legte sich wieder hin. »Jetzt, da ich darüber nachdenke, meine ich mich zu erinnern, irgendwo gelesen zu haben, daß Silberkraut ein schleichendes Gift ist. Auf jeden Fall ist es schlecht für einen. Geht auf die Nieren.«

Theudas runzelte die Stirn. »Schlaf weiter«, sagte er. »Wir haben morgen einen langen Tag vor uns, und du brauchst deine Ruhe. Ich werde mit dem Fahrer sprechen; man kann von dir in deinem Alter nicht erwarten, den ganzen Tag in einem solchen Wagen durchgeschüttelt zu werden.«

»Ach, darüber würde ich mir keine Sorgen machen.« Gannadius lächelte freudlos. »Ich weiß, daß ich überlebt und ein schönes Alter erreicht habe; meine Haare sind ausgefallen und die Hälfte meiner Zähne auch. Das gleiche gilt für dich; also, du hast auch überlebt. Möglicherweise bist du an einer Lungenentzündung gestorben, aber nagle mich darauf nicht fest; ich extrapoliere aus mutmaßlichen Daten.«

»Onkel ...«

»Ich weiß, ich rede wieder wie ein Verrückter. Ich höre damit auf.« Gannadius gähnte übertrieben und drehte sich auf die Seite; er hatte die Augen noch immer geöffnet. »Mach die Lampe aus«, sagte er. »Ich verspreche, daß ich versuche, etwas Schlaf zu finden.«

Theudas seufzte. »Ich mache mir Sorgen um dich, das tue ich wirklich.«

»Ich mir auch«, antwortete Gannadius und versuchte schläfrig zu klingen. »Ich mir auch.«

»Also seid Ihr geheilt?«

Bardas lächelte. »Anscheinend«, erwiderte er. »Zumindest bin ich nicht verrückter als zuvor. Außerdem habe ich das Krankenrevier unordentlich aussehen lassen, da haben sie mich rausgeworfen.«

Anax, der uralte Sohn des Himmels, der das Rüstungshaus leitete, nickte weise. »Das ist nicht die Art von Ort, an dem man sein möchte«, sagte er. »Am besten sind sie darin, Gliedmaßen abzuschneiden – sie machen das ganz großartig, vermutlich weil der Chirurg früher der Werkmeister der Tischlerwerkstatt war, bis er zu alt dafür wurde und befördert werden mußte. Ihr solltet mal ein paar der Holzbeine sehen, die er angefertigt hat; sie machen sie aus Walknochen. Einige davon sind richtige Kunstwerke.«

»Das würde mich nicht wundern.«

Während Bardas seine wenigen Besitztümer in die Tasche packte, saß Anax am Fußende des Bettes; er erinnerte ihn an den Kobold aus einer Geschichte, die er als kleiner Junge gehört hatte. Soweit er sich erinnern konnte, baute der Kobold wunderbar detaillierte und komplizierte, lebensähnliche mechanische Puppen, die kaum von echten Jungen und Mädchen zu unterscheiden waren, und tauschte sie gegen die Kinder aus, die er in der Nacht armen Familien stahl. Die Geschichte hatte ihn so erschreckt, daß er danach wochenlang nicht schlafen konnte und (eher unlogischerweise) die Angewohnheit entwickelt hatte, sich auf Arme und Beine zu klopfen, um sich zu vergewissern, daß sie nicht aus Metall bestanden.

»Also reist Ihr ab«, sagte Anax, nachdem er eine Zeitlang geschwiegen hatte.

»Offensichtlich«, erwiderte Bardas. »Eigentlich ist es schade. Ich fing gerade an, mich an diesen Ort hier zu gewöhnen.«

Anax lächelte. »Anfangen, sich zu gewöhnen«, sagte er. »Das ist ungefähr das weiteste, wohin sie jemals kommen, es sei denn, es gefällt ihnen, Eisenplatten mit Hämmern zurechtzuschlagen. Lacht nicht, es gibt solche Menschen. Zum Beispiel Bollo hier; nicht wahr, Bollo?«

Anax' riesenhafter junger Assistent verzog das Gesicht. Bardas lachte.

»Laßt Euch von ihm nicht täuschen«, fuhr Anax fort. »Insgeheim liebt er seine Arbeit. Als Kind hat man ihn immer angebrüllt, wenn er etwas zerbrochen hat – und etwas von dieser Größe wird in einer kleinen Bauernkate gelegentlich was zerbrechen, das ist unausweichlich. Hier kann er den ganzen Tag lang Dinge zerstören und wird dafür noch bezahlt.« Anax schaute auf seine Finger hinunter, dann hob er den Blick wieder. »Wenn Ihr in den Krieg zieht, welche Ausrüstung werdet Ihr dann haben? Ihr scheint nichts Eigenes zu besitzen.«

Bardas zuckte mit den Schultern. »Ich schätze, man wird mir was zuteilen«, sagte er. »Zumindest ...«

»Scheint umständlich zu sein«, unterbrach Anax ihn. »Schließlich stellen wir das Zeug her. Warum bei irgendeinem Quartiermeister auf Euer Glück vertrauen, wenn Ihr Euch hier die besten Sachen aus der Produktion herauspicken könnt? Oder noch besser, Ihr könntet auch eine nach Maß gefertigte Rüstung nehmen.« Er sprang vom Bett. »Da wüßtet Ihr zumindest, daß sie die Materialkontrolle durchlaufen hat.«

»Ich habe mir darüber wirklich keine großen Gedanken gemacht«, erwiderte Bardas und hielt sich ein Hemd vor die Brust, um es zu falten. »Soweit ich weiß, besteht meine Hauptfunktion darin, auf einem Hügel zu stehen, so daß Temrai mich sehen kann, und furchteinflößend auszusehen. Was mir durchaus zusagt. Die Götter wissen, ich habe es nicht eilig, in irgendwelche Kämpfe verwickelt zu werden.«

Anax seufzte. »Er hat sich keine großen Gedanken darüber gemacht«, wiederholte er. »Der Stellvertretende Kontrollmeister des Rüstungshauses – oder wie auch immer er sich nennt – ist bereit, sich mit irgendwelchem Schrott aus den Regalen der Quartiermeisterei zufriedenzugeben. Das können wir nicht zulassen, Bollo, oder? Stell dir vor, wie uns das aussehen lassen würde, wenn er sich umbringen läßt oder einen Arm verliert. Manche Leute denken einfach nicht nach, das ist ihr Problem.«

»Also gut«, erwiderte Bardas lächelnd. »Sucht Ihr was für mich aus, dann weiß ich, wen ich dafür verantwortlich machen kann.«

»Wir tun noch etwas viel Besseres«, sagte Anax. »Wir fertigen sie selbst an.«

Bardas runzelte die Stirn. »Ich dachte, Ihr schlagt sie nur zu Klump. Ich wußte gar nicht, daß Ihr auch Rüstungen schmieden könnt.«

Anax gab sich viel Mühe, beleidigt auszusehen. »Entschuldigung, ich war zwanzig Jahre lang Eisenklopfer.«

»Bis Ihr zu alt wurdet und man Euch befördern mußte?«

Anax hieb ihn auf den Rücken. »Es ist wirklich eine Schande«, sagte er. »Da fängt der Mann gerade an zu kapieren, wie dieser Ort hier funktioniert, und dann wird er versetzt. Wenn Ihr mich fragt, ist das eine echte Verschwendung.«

Bevor Bardas etwas erwidern konnte, hatte Anax den Raum verlassen. Er ging so schnell, daß Bardas Mühe hatte, mit ihm Schritt zu halten, vor allem in dem Labyrinth der Korridore und Werkstätten unter der Haupthalle, das ihr Ziel war. Bollo kam ein Stück hinter ihnen her; er war nicht für Schnelligkeit oder Beweglichkeit gebaut, und außerdem kannte er den Weg.

»Gut«, sagte Anax und schaute in eine Türöffnung, »noch hat ihn keiner entdeckt. Eines Tages werde ich hier runterkommen und der Raum wird mit Werkzeugen und Arbeitern vollgestopft sein, und dann ist meine private Werkstatt weg. Wo ist Bollo mit der Lampe? Wir brauchen ein Feuer, damit wir sehen können, was wir tun.«

Als das Licht eingetroffen war, konnte Bardas einen Blick in die Runde werfen. In der Mitte stand ein Amboß, einer von der großen Sorte, mindestens drei Zentner schwer. Er war auf einem gewaltigen Eichenbalken festgenietet, der dazu diente, die Kraft der Schläge aufzunehmen und zu dämpfen. Direkt daneben befand sich eine Loch- und Gesenkplatte, ein großes Rechteck aus schwerem Eisen, in das viele verschieden geformte kreisförmige und quadratische Löcher eingelassen waren; in diese Aussparungen konnte man Stahlplatten hineinhämmern und eine Vielzahl von Formen wie Rillen und erhöhte Kanten gestalten. Am Ende des Balkens hatte man eine schalenförmige Vertiefung herausgemeißelt, deren tiefste Stelle etwa einen halben Daumen tief war (sie erinnerte in ihrer Form eigentlich an eine Kammuschel und senkte sich an der einen Seite sanft und an der anderen steil ab). Bardas fiel auf, daß die Holzfasern zu einer glatten, harten und glänzenden Masse geschlagen waren.

»Der Schüsselstumpf«, erklärte Anax. »Zum Aushöhlen und Wölben. Und das da ist die Falzmaschine.« Er zeigte auf ein Gerät, das am anderen Ende des Raumes auf eine stabile Werkbank montiert war. »Und daneben sind die Walze und die Stockschere. Alles, was man so braucht. Nun, mal sehen, was wir noch haben.« Er ließ sich auf die Knie nieder und griff hinter die Werkbank. »Wenn es keiner gefunden hat, dann müßte es – ja, da ist es.« Er zog eine Stahlplatte hervor, die unter einer gleichmäßigen Rostschicht mattbraun schimmerte. »Ich habe das hier beiseite gelegt – das muß fünfzehn Jahre her sein, nur für den Fall, daß ich jemals was Vernünftiges herstellen wollte. Ich habe dabei zugesehen, wie man sie aus einem einzigen Block guten colleonischen Eisens gewalzt hat – wunderbar reines Material; da ist kein Kies und anderer Mist drin wie bei dem Müll, den wir für die Massenfertigung benutzen. Es ist ein halber Zentner da, das reicht dicke, wenn wir sauber schneiden.« Er biß sich auf die Lippe, dann fuhr er fort. »Wißt Ihr, das mag sich für Euch vielleicht verrückt anhören, aber als ich es gesehen habe, wußte ich sofort, daß ich eines Tages einen Nutzen dafür finden würde.«

Als Bardas das hörte, verspürte er ein vages Unbehagen. »Seid Ihr sicher, daß Ihr es entbehren könnt?« fragte er. »Ich meine, wenn es ein so gutes Material ist ...«

»Das geht schon in Ordnung«, erwiderte Anax mit einem leicht schiefen Grinsen. »Solange es jemand bekommt, der es auf die richtige Weise benutzen wird.«

»Ich bin mir nicht sicher, ob mir gefällt, was ich da höre«, sagte Bardas.

Anax holte eine Reihe aus dünnem Holz ausgeschnittener Schablonen aus einem schmalen Kasten in der Ecke. »Brustharnisch«, sagte er und hielt die größte hoch. »Rückenpanzer, Halsberge, Armschienen für die Unterarme, Helmplatten, Wangenschutz, Nackenschutz – verflucht noch mal, wo ist der Nackenschutz? Ach, da ist er ja. Scheint alles da zu sein; Diechlinge für die Oberschenkel, Beinschienen für die Unterschenkel, Kniebuckel, Oberarmröhren – wollen wir uns mit den Eisenschuhen abmühen? Nein, ich glaube nicht, Ihr werdet auch so schon Schwierigkeiten haben, Euch zu bewegen. Beintaschen?«

»Was sind Beintaschen?« fragte Bardas.

»Also gut, keine Beintaschen. Das reicht. Bollo, schaff die Platte auf die Werkbank, damit ich mit dem Anzeichnen beginnen kann.«

Sorgfältig hielt Bollo die Platte ruhig, während Anax mit Kreide die Umrisse nachzeichnete. »Es ist gut, daß Ihr eine vernünftige Größe habt«, sagte er. »Ich habe diese Muster für uns ausgeschnitten – ich meine, für die Söhne des Himmels. Die meisten von euch Ausländern sind seltsame kleine Leute.«

»So wie Ihr«, stellte Bardas fest.

»Ganz genau«, stimmte Anax ihm zu. »Aber ich bin anders. Und da habt Ihr Glück. Vom Rest von uns würdet Ihr bloß Eure

Drei-Tages-Ration umsonst kriegen und sonst nichts. Bollo, halt die verdammte Platte ruhig, du wackelst.«

Es nahm viel Zeit in Anspruch, bis die Muster angezeichnet waren, und es dauerte noch länger, die Teile mit der Schere auszuschneiden. Bollo schnitt die geraden Linien; er bediente den langen Hebel mühelos, mit den Gedanken offensichtlich meilenweit weg. Anax schnitt die Kurven, etwas, von dem Bardas geschworen hätte, daß es unmöglich sei, da die Stockschere lediglich die riesige Version einer normalen Schere war, deren eine Hälfte mit der Werkbank vernietet und deren andere mit einem meterlangen Hebel versehen war. »Ihr macht Euch Sorgen«, sagte Anax zwischen zwei angestrengten Grunzern, »weil ich dieses Zeug wie Papier schneiden kann. Nun, dazu kann ich nur sagen, habt etwas Vertrauen.«

»Eigentlich war ich nicht besorgt«, sagte Bardas, aber Anax schien ihn nicht gehört zu haben, denn der Sohn des Himmels sprach weiter: »Stahl ist ein wunderbares Material. Ich kann ihn schneiden und biegen und formen, als wäre er Pergament oder Ton, und wenn ich damit fertig bin, werden Bollo und sein größter Hammer nicht mal eine Delle reinmachen können. Und wißt Ihr, was das Geheimnis ist? Druck. Etwas Druck, etwas Belastung, vielleicht sogar ein bißchen Folter, und plötzlich hat man eine gute Rüstung – die einzig wahre Materialprüfung. Au!« Er hatte sich an einer scharfen Kante geschnitten. »Geschieht mir recht, ich habe mich nicht konzentriert.« Ein einzelner Blutstropfen landete einem verirrten Regentropfen gleich auf dem Werkstück, das er ausschnitt, und ragte dort stolz wie ein Nietenkopf in die Höhe.

»Druck«, wiederholte Anax und schob eine Stahlplatte in die Falzmaschine. Es war ein seltsam aussehendes Gerät – zwei rechteckige Rahmen, die an Fensterrahmen erinnerten; der eine war unbeweglich, der andere drehte sich im rechten Winkel. Anax klemmte die Platte zwischen den Rahmen fest und drückte den beweglichen Rahmen nach unten, der die Platte sauber wie eine Spielkarte in der Mitte knickte. Dann brachte er sie zu der Walze, die Bardas an die große Wäschemangel erinnerte, die es in Perimadeia in der Waschstube direkt an der Ecke seiner Wohninsel gegeben hatte. Anax justierte die Stellschrauben, um den Walzen etwas Spiel zu lassen, dann drehte er mit einer scharfen, ruckartigen Bewegung den Hebel, und die Platte verschwand in der Maschine und kam mit einer deutlich erkennbaren Wölbung am anderen Ende wieder heraus. Aus dem rechteckigen Knick, für den die Falzmaschine gesorgt hatte, war eine gewölbte Rippe geworden, die genau in der Plattenmitte verlief.

»Druck«, sagte Anax noch einmal. »Die Stelle hier«, fuhr er fort und strich mit dem Finger die Rippe entlang, »ist nach außen gewölbt, wie ein Torbogen; schlägt man von außen auf den Kamm ein, muß man sich ganz schön anstrengen, um ihm etwas anzuhaben. Also wird er die erste Verteidigungslinie, seht Ihr, er folgt dem Verlauf Eures Beinknochens, und egal, wie hart der Schlag auch ist, den Ihr davontragt, die Kraft wird nicht durchschlagen und Euer Bein zerschmettern. Ihr werdet mir dafür danken, wenn jemand hoch fintiert und dann einen seitlichen Hieb nach unten – quer über Eure Schienbeine – führt.«

Bardas lächelte höflich. »Danke«, sagte er. »Das ist ein Beinschutz, nicht wahr?«

»Eine Beinschiene«, korrigierte Anax ihn. »Stellt Eure Unwissenheit nicht zur Schau. Sie bedeckt Euch vom Knie bis runter zum Knöchel.« Er hielt das Werkstück zwischen den Händen, drückte die Kanten sanft zusammen, hob es hoch, um an ihm entlangzusehen, zog es etwas auseinander, wiederholte die ganze Prozedur. »Ich passe es nur an, damit es auch richtig sitzt«, fuhr er fort, »nicht zu eng und nicht zu locker. Es sieht nicht danach aus, aber hier seht Ihr wahres Können.«

»Davon bin ich überzeugt«, sagte Bardas.

Als er endlich zufrieden war (Bardas konnte keinen Unterschied zum Anfang seiner Bemühungen feststellen), begab sich Anax zum Amboß und nahm einen Holzhammer, dessen Kopf mit Rohhaut überzogen war. Er legte das Werkstück in einem bestimmten Winkel an das Rundhorn an und hämmerte und klopfte an seiner Kante herum, bewegte es hin und her, um einen Wulst zu formen. Die Hand, die den Hammer hielt, hob und senkte sich in einem schnellen, unpersönlichen Rhythmus; mit der anderen Hand bewegte er das Werkstück und achtete darauf, daß die Schläge in einem gleichmäßigen Abstand landeten. »Noch mehr Druck«, erklärte er etwas atemlos. »Sobald der Rand wulstförmig ist, kann man ihn nicht mehr so ohne weiteres mit den Händen biegen, so wie ich es eben getan habe; er ist dann steif und unflexibel, wie die Vorschriften der Provinzverwaltung. So«, fügte er dann hinzu, als er am Ende des Randes angekommen war, »das Stück erklären wir für fertig und machen gleich das nächste, solange wir noch wissen, wie es geht. Das Glanzhämmern kann bis zum Schluß warten. Jetzt kommt das Aushöhlen.«

Anax stellte die Armkacheln und Kniebuckel her, wie Becher geformte Teile, die Ellbogen und Knie verhüllten. »Beim Aushöhlen arbeitet man nun wirklich mit Druck.« Er stand vor dem Schüsselstumpf, hielt das abgeschnittene, wie ein Diamant geformte Werkstück so über das ausgehöhlte Loch, daß sich die Plattenmitte genau über der tiefsten Stelle befand. »Aber man muß sich mit dem Druck richtig gut auskennen, um das hier zu tun«, sagte er, »oder man wird alles ruinieren.« Mit der Kante des Hammerkopfes bearbeitete er die Platte mit kurzen, pickenden Schlägen und preßte sie zwischen Hammer und Holz. »Schlägt man in der Mitte zu fest darauf ein, macht man sie dünn, man wird das Metall aus ihr herausquetschen, so als würde man ein nasses Stück Stoff auswringen. Das ist schlechter Druck; zu viel, zu früh. Statt dessen fängt man sanft an, beginnt am Rand der Stelle, wo man die Aushöhlung haben will, und arbeitet sich allmählich zum Zentrum vor – auf diese Weise drückt man die Dicke aus den Seiten in die Spitze der Ausbuchtung, dort, wo man sie am dringendsten braucht.«

Er hielt inne, wischte sich mit der Rückseite des Handgelenks die Stirn ab und grinste. »Ich nenne das heimtückisch«, sagte er. »Aber keiner hat je behauptet, daß es in diesem Geschäft fair zugeht.« Seine rechte Hand hob und senkte sich schnell und präzise, so daß der Hammer durch sein eigenes Gewicht fiel und von dem Stahl wieder in die Höhe federte – eine minimale Anstrengung; der Effekt kam durch Genauigkeit und Ausdauer zustande, die schiere Zahl präzise gezielter Schläge. »Neben dem Druck gibt es die Kompression, man preßt das Innere dichter zusammen als das Äußere, erhöht den Druck, und der Druck ist Stärke, und das in jeder Hinsicht. Allein darum geht es bei der Werkhärtung, und das ist eine wunderbare Sache, es sei denn, man übertreibt es. Das solltet Ihr Euch merken, mein Freund; Druck im Innern bedeutet Stärke auf der Außenseite, und Härte entsteht dadurch, daß man lange bearbeitet wird. Wenn Ihr das begreift, habt Ihr so gut wie alles verstanden.«

Das orangerote Licht des Feuers schwappte über die stählerne Helle der Stahlplatte wie der letzte Rest Wein in einem Silberbecher. »Ich verstehe, worauf Ihr hinauswollt«, erwiderte Bardas. »Aber wird es durch die Schläge manchmal nicht auch schwach?«

»Ah.« Anax nickte. »Das ist etwas anderes. Das ist die Ermüdung. Das geschieht, wenn man das Material so oft Druck ausgesetzt hat, daß es nicht mehr davon ertragen kann. Schlechter Druck. Dann gibt es noch die Brüchigkeit; brüchig wird etwas, wenn man es so hart gemacht hat, daß es nicht mehr nachgeben kann. Man macht etwas zu hart, und wenn man es fallen läßt, zersplittert das verdammte Ding wie Glas. Sehr schlechter Druck. Aber darüber braucht Ihr Euch keine Sorgen zu machen; solche Sachen sortieren wir bei der Materialkontrolle aus. Dafür ist sie ja da.«

Als er fertig war, war aus der flachen Platte eine perfekte Kuppel geworden, ohne jede Falte. »Sie muß glatt sein«, sagte er. »Wenn man es nicht glatt hinbekommt, wird man schwache Stellen haben. Darum muß man jeden Millimeter gleich bearbeiten.« Er hielt den Kniebuckel hoch, um zu sehen, ob das Licht irgendwelche Fehler zum Vorschein brachte. »Schläge verleihen Form«, sagte er. »Form ist ebenfalls Stärke. Seht, das ist die Form, die es haben möchte. Der Gott unserer Vorväter könnte den ganzen Tag lang mit schweren Stiefeln darauf herumspringen, und er würde nicht mal eine Delle hinterlassen.«

Bollo schickte das größte Metallstück durch die Walze und setzte so viel Kraft ein, daß sich der Hebel durchbog. »Erinnerungsvermögen«, fuhr Anax fort, »so schafft man Druck. Man muß den Stahl mit einer Erinnerung ausstatten, einer Form, zu der er zurückkehren wird, wenn etwas versucht, ihn zu verbiegen; wenn er sich dann biegt, wird er versuchen, zu der vorherigen Form zurückzukehren, das verleiht ihm die Kraft zum Widerstand. Erinnerung ist Druck, Druck ist Kraft. Tatsächlich ist das erstaunlich unkompliziert, sobald man die Grundregeln verstanden hat.«

»Die Söhne des Himmels«, sagte Bardas, während Anax den Brustpanzer mit einer Wölbung versah, indem er ihn an den Rändern hielt und die Mitte über das Rundhorn des Ambosses führte. Bollo hatte das Werkstück bereits mit einem Wulst versehen, der die Mittellinie entlanglief, und es in seine grundsätzliche Form gewalzt; Anax machte die Feinarbeit mit einer Reihe sorgfältiger, kontrollierter Verformungen. »Ich will ehrlich zu Euch sein, es ist mir eigentlich nie gelungen, sie richtig zu verstehen. Es stört Euch doch nicht, wenn ich Euch das frage, oder?«

Anax schaute zu ihm hoch und schenkte ihm ein ziemlich furchteinflößendes Grinsen, ein kontrolliertes Zähnefletschen. »Ihr fragt mich«, sagte er. »Ich schätze, nach Euren Maßstäben ist das ein Kompliment. Ihr sagt Euch, die Söhne des Himmels sind Bastarde, aber er, er ist nicht wie sie, er ist fast normal.« Anax übte Druck aus, und der Stahl gehorchte ihm. »Was nur beweist, daß Ihr nicht das geringste über die Söhne des Himmels wißt. Niemand weiß etwas über uns«, sagte er und drückte stärker, »ausgenommen wir selbst, und wir verraten nichts.«

»Ich verstehe«, sagte Bardas. »Es tut mir leid, ich wollte niemanden beleidigen.«

»Unwissenheit ist doch nicht beleidigend«, erwiderte Anax freundlich. »Zumindest nicht für einen erleuchteten Verstand, und Ihr müßt wissen, daß wir erleuchtet sind, das ist das, was uns unseren Vorteil verschafft. Aber ich sage Euch, was ich tun werde: Ich werde Euch ein paar Hinweise geben. Informationen aus erster Hand, das ist wie eine Rüstung für die Seele.«

»Danke«, sagte Bardas ernst.

»Die Söhne des Himmels ...« – Anax hämmerte die Kanten des Brustpanzers zu einem Randwulst zusammen; er hob etwas die Stimme, und Bardas konnte ihn trotz des schrillen hellen Lärms der Hammerschläge verstehen – »... nun, die Söhne des Himmels sind das hier.« Er hielt den Hammer mitten in seiner Abwärtsbewegung an und verharrte einen Augenblick lang so. »Und ihr seid das da«, fügte er hinzu und wies mit dem Kinn auf die Stahlplatte. »Oder ihr seid dieser Brustpanzer, den die Söhne des Himmels tragen. Ist Euch je in den Sinn gekommen, das alles auf der Welt möglicherweise eine Bedeutung hat? Nun, ich will nicht behaupten, daß es tatsächlich so ist, das wäre eine wirklich dumme Verallgemeinerung. Aber wenn es stimmt, im ganzen oder auch nur in Teilen, dann verkörpern die Söhne des Himmels diese Bedeutung, oder zumindest sind sie das, worum sich alles dreht. Wir sind die Achse, und alles andere ist das Rad.« Er drehte den Harnisch ein Stück. »Im Grunde genommen ist die ganze Welt zu unserem Nutzen da, um uns unsere Arbeit zu erleichtern.«

»Ich verstehe«, sagte Bardas. »Und die besteht worin?«

Anax lächelte. »Perfektion«, sagte er. »Wir sind perfekt. Allem, was wir berühren, verleihen wir Perfektion.« Er veränderte seinen Griff um den Hammerstiel ganz leicht. »Nun, das ist die Theorie«, gab er dann zu. »In der Praxis zerstören wir viele Dinge und richten eine Menge Schaden an. Versteht Ihr, worauf ich hinauswill, oder soll ich es Euch noch näher erläutern?«

»Ich glaube, ich habe verstanden, worum es im wesentlichen geht«, sagte Bardas. »Ihr seid die Materialprüfung.«

Anax hielt inne und grinste breit. »Der Mann sei gesegnet, er *hat* die ganze Zeit zugehört. Das ist richtig, wir sind die Materialprüfung. Wir perfektionieren, indem wir bis zum Punkt der Zerstörung prüfen. Was die Prüfung besteht, fügen wir unserer Sammlung hinzu, was versagt, werfen wir auf den Müll. Wie alles andere auch ist es völlig einfach, sobald man auf die richtige Weise darüber nachdenkt.«

Nachdem die Rüstung geformt und glanzgehämmert war, schlug Anax Löcher für die Nieten hinein, schnitt die Lederbänder zurecht und paßte die Kniebuckel und Armkachel an, dann legte er die Einzelteile zusammen. »Fertig«, sagte er schließlich. »Wenn Ihr wollt, könnt Ihr sie jetzt anprobieren.«

Natürlich paßte sie wie angegossen. Sie bedeckte Bardas wie eine zweite Haut; die Stärke auf der Außenseite, der Druck im Inneren. »Was ist mit der Materialprüfung?« fragte Bardas mit einem Lächeln.

»Materialprüfung?« Anax verzog das Gesicht. »Hah. Was glaubt Ihr, wozu *Ihr* da seid?«

8

Der Krieg zwischen den Nomaden und dem Imperium begann an einem späten Nachmittag am Ufer eines Sees in der sumpfigen Gegend zwischen Ap'Escatoy und dem Mündungsgebiet des Grünen Flusses.

Die Gruppe der Tribockbauer, zu der Temrais alter Freund Leuscai abkommandiert worden war, hatte kein Holz mehr, also gab man ihm das Kommando über eine kleine Spähergruppe und schickte sie los, um hohe Bäume zu finden, aus denen man Wurfarme für Tribocke machen konnte.

Die Gruppe begab sich an das Südufer des Flusses, das das Imperium für sich beanspruchte. Zwar hatte Leuscai vermeiden wollen, sich auf dieses Gebiet zu wagen, aber er brauchte das Holz, und er schätzte die Chancen einer Entdeckung oder gar eines Zusammenstoßes mit imperialen Truppen als zu gering ein, um sich deswegen Sorgen zu machen, vor allem verglichen mit dem Empfang, wenn er mit leeren Händen nach Hause kam.

Dann ging alles schief. Bei der Flußüberquerung verloren sie die Maultiere mit dem Proviant und mußten auf die Jagd gehen. Der Wald am See war unübersichtlich, und sie verirrten sich. Als Leuscai die imperiale Patrouille bemerkte, die ebenfalls verbotenerweise auf der Jagd war, war es bereits zu spät. Der Kampf war schnell und heftig, und die Soldaten gewannen.

Aber das bekam Leuscai schon nicht mehr mit. Er verblutete auf dem Waldboden, und es stellte sich als wesentlich weniger traumatisch heraus, als er es sich vorgestellt hatte.

»Wunderbar«, sagte Eseutz Mesatges. »Jetzt können wir den Krieg hinter uns bringen, unser Geld einstreichen und unsere Schiffe zurückbekommen.«

Sie hatte Athli Zeuxis auf der Straße vor dem Laden eines Schneiders getroffen, einem der besten und teuersten auf der Insel – zu den wenigen Dingen, für die man noch Geld ausgeben konnte, gehörten Kleider, und aus unerfindlichen Gründen hatte es gerade in der Frauenmode eine regelrechte Welle seismischer Aktivitäten gegeben; der Kriegerprinzessinnen-Stil war tot und so abgeschmackt wie die gestrigen Essensreste. Seinen Platz hatte triumphierend der Nomaden-Karawanen-Stil eingenommen, moirierte Seide und textilfreie Bäuche. Das kam Eseutz nur gelegen – der Kriegerprinzessinen-Stil hatte ihrer Meinung nach das Dekolleté auf ungesunde Weise in den Mittelpunkt der Aufmerksamkeit gerückt, und das Leder hatte sie schwitzen lassen.

»Die Einzelheiten werden wir erst morgen oder übermorgen erfahren«, sagte Athli. »Sie werden warten müssen, bis ich vom Hauptbüro in Shastel die offiziellen Depeschen erhalte. Aber ihre Berichte sind immer ziemlich zuverlässig. Fragt mich dann noch einmal.« Sie verabschiedete sich schnell und ging.

Auf dem Nachhauseweg mußte sie ständig an den Krieg denken und an die winzige Rolle, die sie darin spielte. Hatte es jemals eine Zeit gegeben, in der sie nicht aus dem Tod anderer Menschen geschäftsmäßigen Gewinn gezogen hatte? Sie hatte es als Bardas' Kanzlistin getan, sie würde es jetzt wieder tun. Und dennoch hatte sie sich selbst nie so betrachtet, als eine Art von Aasfresser, der hoch oben über Schlachtfeldern und Leichengruben seine Kreise zog. Sie hatte immer nur eines erreichen wollen: aus eigener Kraft genug Geld zu verdienen, um ein unabhängiges Leben führen zu können. Und sie war erfolgreich gewesen, nur daß so viele Menschen hatten sterben müssen, damit sie den gewohnten Lebensstandard halten konnte. Es war der Loredan-Faktor – trotz all ihrer Bemühungen hatte sie alles, was sie je erreicht hatte, durch ihn erreicht; zuerst als seine Kanzlistin in Perimadeia, jetzt dieser Krieg – und sie hatte es allein der Bekanntschaft mit Venart und Vetriz Auzeil zu verdanken gehabt, daß sie auf der Insel hatte Fuß fassen können. Und die beiden hatte sie durch Bardas kennengelernt. Sie fragte sich, was an diesen verdammten Loredans wohl dran war, das dazu führte, daß sie alles anfingen und beendeten, daß sie überall waren wie ein Blutflecken, der ein Stück Stoff tränkte. Sie dachte an Alexius und das Prinzip; sie vermißte Alexius.

Wie um ihre Gedanken zu bestätigen, wartete Vetriz Auzeil vor ihrem Haus auf sie. Die Händlerin wollte wissen, ob sie Neuigkeiten über den Krieg hatte.

»Du meinst Neuigkeiten über Bardas«, erwiderte Athli, weil sie müde war und die Nase voll hatte. »Nein, tut mir leid. Wenn in den Depeschen aus Shastel was steht, erzähle ich es dir.«

»Oh.« Vetriz lächelte. »Ist es so offensichtlich?«

»Eigentlich schon«, sagte Athli. »Wenn es dich so interessiert, warum schreibst du ihm dann nicht einfach einen Brief? Ich bin ziemlich sicher, daß ihn der Kurier von Shastel weiterbefördern würde; es gibt jetzt zwischen Shastel und der Provinzverwaltung einen regulären Diplomatenkanal, und sobald er dort eingetroffen ist – die imperiale Post ist ausgezeichnet.«

»Danke, aber ich habe eigentlich nichts zu sagen«, meinte Vetriz. »Ich war bloß neugierig, du weißt schon, wie das ist; wenn ein Bekannter an einer wirklich wichtigen Sache beteiligt ist. Man interessiert sich eben dafür.«

Nur für den Fall, daß jemand mit Neuigkeiten nach Hause kam, auf der Veranda der betreffenden Person herumzuhängen und auf sie zu warten, überstieg Athlis Meinung nach beiläufiges Interesse bei weitem, aber es würde nicht hilfreich sein, das auszusprechen. »Willst du reinkommen?« fragte sie.

»Warum nicht?«

Athli öffnete die Tür. »Tatsächlich habe ich etwas gehört, das dich interessieren könnte, da du doch die ganze Zeit als Gast der anderen Loredans verbracht hast. Gorgas macht wieder Ärger.«

Vetriz stockte der Atem. »Tatsächlich? Warum überrascht mich das nicht?«

»Ich trinke ein Glas, willst du auch was? Anscheinend hat er dem Präfekten geschrieben und ihm eine Allianz gegen Temrai angeboten. Der Präfekt hat das geradeheraus abgelehnt.«

»Natürlich, was denn sonst«, sagte Vetriz. »Wer möchte schon etwas mit jemandem wie Gorgas Loredan zu tun haben?«

Athli lächelte. »Ah, aber es wird noch besser. Einen Tag, nachdem Gorgas die Ablehnung aus Ap'Escatoy bekommen hatte, ist es ihm gelungen, einen Mann namens Partek gefangenzunehmen ...«

»Der Name kommt mir bekannt vor.«

»Das sollte er auch«, sagte Athli. »Er steht schon seit Jahren auf der Fahndungsliste des Imperiums. Er ist wohl eine Art Rebellenführer.«

Sie gab Vetriz einen Becher süßen Zider, der auf perimadeianische Weise mit Honig und Gewürznelken gewürzt war. Vetriz schaffte es, nicht das Gesicht zu verziehen, als sie einen Schluck trank. »Tatsächlich? Ich wußte gar nicht, daß es im Imperium Rebellen gibt.«

»O doch«, sagte Athli; sie ließ sich auf ein Sofa fallen und trat die Halbschuhe von den Füßen. »Auch wenn sie es nur äußerst ungern zugeben; auf den Steckbriefen steht immer Pirat oder Straßenräuber. Aber es ist allgemein bekannt, daß sie tun werden, was auch immer nötig ist, um Partek in ihre Gewalt zu bekommen.« Sie schloß die Augen. »Ich muß zugeben, es ärgert mich, wenn Menschen wie Gorgas so ein Glück haben. Ich meine, es ist ja nicht so, als würde er jemandem damit etwas Gutes tun; vermutlich nicht mal sich selbst, wenn man nach seiner Erfolgsbilanz gehen will.«

Vetriz war still geworden, ein Verhalten, das für sie vollkommen untypisch war; sie starrte einen halben Meter über Athlis Kopf auf die Wand, als stünde dort etwas geschrieben. Athli beschloß, das Thema zu wechseln ...

Aber Vetriz hörte nicht zu. *O verdammt*, dachte sie, *ich dachte, ich wäre diese Sache ein für allemal los.* Anscheinend nicht; sie stand in einer Art Werkstatt oder Fabrik, und als erstes fiel ihr der Lärm auf. (Es war unmöglich, ihn nicht zu bemerken.) Männer schlugen mit Hämmern auf Stahlteile ein. Aus hohen, großen Fenstern fiel schräg Licht herein, markierte silberne Rechtecke auf dem Boden und ließ den Rest des Gebäudes vergleichsweise dunkel und düster erscheinen. Genau in der Mitte konnte Vetriz einen gewaltigen Berg ausmachen, der scheinbar aus Körperteilen bestand, aus Armen, Beinen, Köpfen und Torsos, die alle durcheinander aufgeschichtet waren – er befand sich im dunklen Teil, und sie konnte ihn nicht genau erkennen, sah nur Metall aufblitzen und die unverkennbaren Umrisse von Gliedmaßen und Gelenken. Die Männer an den Bänken schlugen auf weitere von ihnen ein, hämmerten auf ein Bein oder einen Torso oder eine Hand ein und warfen sie dann auf den Berg. Sie fragte sich, aus welchem Grund sie das taten. Es schien sinnlos zu sein, auf ein Glied einzuschlagen, das bereits abgetrennt worden war; vielleicht handelte es sich ja um eine Fabrik, wo man mechanische Männer herstellte, wie die aus dem Märchen aus ihrer Kindheit, das ihr jetzt wieder einfiel. Dann veränderte sich der Winkel des Lichts, und sie sah, daß sie Rüstungen herstellten ...

(Eigentlich ist es das gleiche, perfekte Stahlmänner, die von außen nicht vernichtet oder beschädigt werden können. Wenn diese Leute bloß etwas schlauer wären, vielleicht würden sie eine Methode finden, auf das weiche, fehlbare Zeug im Inneren verzichten zu können.)

... und da war jemand, den sie kannte; sie bauten ihn zusammen, Stück für Stück, von den Füßen an aufwärts, und als sie den Kopf aufsetzten, hatte er sein Gesicht *(aber es ist nichts in ihm drin. Einst war etwas drin; für gewöhnlich ist etwas drin. Vielleicht haben sie in seinem Fall eine Ausnahme gemacht)* ...

»Triz?«

»Tut mir leid«, sagte Vetriz. »Ich war meilenweit weg. Was hast du gesagt?«

Die Schlacht lief nicht gut.

Temrai beugte sich nach hinten, verlagerte das Gewicht auf die Ferse des hinteren Fußes; er hielt die Deckung hoch, die Handgelenke tief und betrachtete seinen Feind entlang der Breitseite der ausgestreckten Klinge. Er war hier natürlich alles andere als in seinem Element und versuchte krampfhaft, sich an die Ausgangsposition zu erinnern, die man ihm vor fünfzehn Jahren beim Fechtunterricht beigebracht hatte. Er hatte damals die Position gerade halbwegs begriffen gehabt, als das Lager gestürmt worden und keine Zeit mehr für weiteren Unterricht geblieben war; soweit es den wissenschaftlichen Schwertkampf anging, war es das gewesen.

Sieh nicht dein Schwert an, sieh mich an, hatte man ihm befohlen - aufmunternd, geduldig, wütend, laut, bis er sich dazu durchgerungen hatte, das zu tun, was man ihm befahl, nur damit man ihm erlaubte, seine Deckung zu senken (was zur Folge haben würde, daß der Schmerz in den Handgelenken nachließ). Jetzt wurde ihm klar, was sie eigentlich von ihm gewollt hatten, aber nun war es zu spät, um zu fragen, was er als nächstes tun sollte.

In den Augen des anderen Mannes erblickte er nur intensive, zielgerichtete Konzentration, etwas, das er weitaus beunruhigender fand als bloßen Haß. Es war, als könnte er die Geraden, Winkel und geometrischen Figuren sehen, die der Angreifer hinter seinem ausdruckslosen Stahlgesicht berechnete; es war, als versuchte man, die reine Mathematik niederzustarren. Gerade, als er ernsthaft in Betracht zog, sein Schwert wegzuwerfen und die Flucht zu ergreifen, machte der andere Mann seinen Zug, ein wunderbar koordiniertes Manöver. Ein langer Vorwärtsschritt mit dem vorderen Fuß, ein kräftiger Hüftschwung, ein seitlicher Hieb, der einer minimalen Rückhandbewegung entsprang und dem eine Drehung der Handgelenke, während die Klinge ihren Bogen beschrieb, Schnelligkeit verlieh. Zur Abwehr sprang Temrai mit beiden Füßen zurück und stieß sein Schwert dem Mann im rechten Winkel entgegen, genau auf sein Gesicht zu, als würde er ihn drängen, es ihm abzunehmen. Die Klingen trafen aufeinander, und der Aufprallschock raste durch seine Handgelenke bis in seine Ellbogen hinauf; es war ein dumpfer, knochenerschütternder Schmerz, als würde man sich mit einem Hammer auf den Daumen schlagen.

Alles war so schnell so schiefgegangen. Als erstes war eine Pfeilsalve aus heiterem Himmel auf sie herabgeregnet. Die Marschreihe schüttelte sich und bäumte sich auf und war noch immer dabei, wieder auf Füße zu kommen, als schwere Infanterie aus dem kleinen Gehölz brach, das die Späher noch Minuten zuvor als feindfrei bezeichnet hatten; sie waren heran, noch während die letzten Pfeile fielen. Sie zogen die Männer am Rand von ihren Pferden und trampelten auf ihnen herum, während sie sich ihren Weg ins Innere der Kolonne bahnten, Männer und Pferde mit ihren Schilden aus dem Weg stießen und auf entblößte Arme, Beine und Knie einschlugen, als würden sie eine Hecke schneiden.

Temrai war sich gerade darüber klargeworden, wer sie waren und wo sie herkamen, als die Pikenträger die Kolonne von hinten angriffen; dann hatte der Mann an seiner Seite ihn vom Pferd gestoßen, und er war wie ein schlecht festgezurrter Sack Mehl aus dem Sattel gerutscht, und eine Zeitlang hatte er außer dem Hufgetrappel aufgeschreckter Pferde, die den Boden um seinen Kopf herum zertrampelten, nichts mehr von der Schlacht mitbekommen.

Offensichtlich hatte er den ersten Schlag pariert, aber selbst ihm war klar, daß er es auf die falsche Weise getan und sich nur noch tiefer in Schwierigkeiten gebracht hatte. Mit einer kleinen, präzisen Bewegung löste der Mann sein Schwert aus der

Parade, veränderte leicht den Winkel und machte einen Ausfall, und das viel zu schnell, als daß Temrai etwas dagegen hätte unternehmen können. Die Schwertspitze traf ihn oben am Rippenbogen, aber erstaunlicherweise gab der abgeschrägte Brustpanzer ihr eine andere Richtung, ließ sie seine Brust entlanggleiten und unter seiner Achsel ins Leere stoßen. Ohne eigentlich zu wissen, was er da tat, schlug Temrai dem Gegner das Schwert über die Stirn, was einen schrecklichen, dröhnenden Laut hervorrief. Der Mann machte einen Schritt zurück, trat mit der Ferse auf den Kopf des Toten hinter ihm, stolperte und fiel auf den Rücken, und seine Beine schossen so schnell in die Höhe, daß Temrai beinahe alle Zähne eingeschlagen worden wären, hätte er den Eisenschuhen nicht gerade noch ausweichen können.

Unglücklicherweise hatte er in der ganzen Aufregung sein Schwert fallen lassen. Als er sich unbeholfen bückte und es aus dem Schlamm klaubte, saß sein Gegner wieder aufrecht, schob sich hektisch auf allen vieren zurück und suchte nach seiner Waffe. Temrai schlug nach ihm und traf ihn tatsächlich seitlich am Helm; der Schlag glitt von dem Rüstungsstahl ab, und Temrais Griff war durch den Schlamm so unsicher, daß er sein Schwert nicht halten konnte. Es schlüpfte ihm durch die Finger wie die erste Forelle, die er aus dem Fluß gelockt und die festzuhalten er sich dann nicht getraut hatte. Sein Gegner erhob sich auf die Knie und schlug mit dem Schwert nach ihm – ein Hieb, dem man mühelos mit einem rückwärtigen Schritt hätte entgehen können, aber das wäre ein Fehler gewesen, da sein Schwert nun fünf Meter hinter dem Feind lag.

Zum Teufel damit, sagte sich Temrai und sprang über die Klinge; er flog dem Gegner entgegen, der Hals des Knieenden geriet zwischen seine Beine. Noch im Fallen griff er nach dem Kopf des Mannes. Er landete mit der Schulter zuerst, dann raste ein wilder Schmerz durch sein Knie, als er es kräftig verdrehte. Ohne weiter darüber nachzudenken, was er da eigentlich erreichen wollte, gelang es ihm, die Finger unter den Helmrand des Gegners zu bekommen und so kräftig zu ziehen, wie er nur konnte. Er spürte, wie der Mann sich zwischen seinen Beinen hin und her wand, wie er ihn zu packen versuchte, also zog er noch stärker, und der Schmerz aus seinem Knie schoß durch seinen ganzen Körper und ließ ihn aufschreien. Es tat so weh, daß es einige Sekunden dauerte, bevor ihm bewußt wurde, daß sein Gegner sich nicht länger bewegte, daß er von seinem eigenen Kinnriemen erwürgt worden war.

Temrai wurde bewußt, daß er nicht loslassen konnte; wenn er das tat, würde sein ganzes Gewicht auf seinem ausgerenkten Knie lasten, und den Gedanken konnte er nicht ertragen. »Hilfe!« rief er, aber natürlich hörte ihn keiner – die Hälfte der Männer im Umkreis von fünf Metern gehörten zum Feind, davon abgesehen waren alle tot. Sie waren einem Mann in einer häßlichen Lage wirklich von Nutzen, das konnte man nicht anders sagen.

Eine wunderbare Erfindung, so eine Rüstung, dachte Temrai in dem kleinen Teil seines Verstandes, der nicht vom Schmerz überflutet war. *Mich hat meine gerettet, ihn hat seine getötet. Schade, daß wir ihnen nicht beibringen können, ohne uns zu kämpfen, dann könnten wir alle zu Hause bleiben.* Dann schlich sich der Schmerz auch in diesen Teil. Er schloß die Augen und versuchte, die Schmerzen in seinen Fingern, die langsam abrutschten, auszublenden. Er fühlte, wie die scharfe Helmkante methodisch in seine Fingerkuppen einschnitt. Wenn er lange genug festhielt – so etwa eine Woche lang –, würde sie dann wohl schließlich auch die Knochen durchtrennen?

»Temrai? Bist du das?«

Er schlug die Augen auf. Er konnte nicht sehen, wer da zu ihm sprach, und er konnte die Stimme nicht genau einordnen. »Ja, natürlich bin ich das. Hilf mir hoch, ich sitze fest.«

»Wieso denn – oh, klar, ich verstehe. Halt still. Das wird vermutlich weh tun.«

»Paß auf, was du ...«, sagte Temrai, und dann schrie er auf und ließ los. Das nächste, dessen er sich bewußt wurde, war der flache Boden, der sich unter seinem Kopf und Rücken befand, und daß sich der Schmerz in seinem Knie etwas anders anfühlte. »Danke«, sagte er und schlug die Augen auf.

»Schon gut.« Es war Dassascai, der Spion. »Und jetzt, wie zum Teufel soll ich dich da rausschaffen?«

Temrai atmete so tief ein, wie er konnte. »Was ist passiert?«

»Wir haben einen Gegenangriff gestartet«, antwortete Dassascai. »Es war nicht die klügste Aktion auf der Welt, aber wir haben sie durch die schiere Übermacht besiegt. Mehr willst du im Moment nicht wissen, glaube es mir.«

»Nein? Oh, na gut. Kannst du mich hier irgendwie aus dem Weg schaffen und dann Kurrai oder jemand anderen suchen ...«

»Kurrai nicht«, sagte Dassascai. »Er würde dir nichts nutzen.«

»Oh«, wiederholte Temrai. »Verdammt, ich kann mich nicht erinnern, wer sein Stellvertreter ist. Egal, bringe irgend jemanden bei. Ich muß wissen, was los ist.«

»Eines nach dem anderen«, sagte der Spion. »Ich werde versuchen, dich zu dem Baum da zu ziehen – oh, du kannst ihn von dort unten natürlich nicht sehen. Das wird vermutlich ziemlich weh tun.«

»Schon gut«, sagte Temrai. Das tat es tatsächlich.

Etwas später kniete Dassascai neben ihm und fragte: »Soll ich wirklich losgehen und jemanden holen, oder möchtest du lieber, daß ich hierbleibe? Als ich zuletzt hingesehen habe, haben wir sie zurückgedrängt, aber ich habe keine Ahnung, ob es dabei geblieben ist; sie könnten jede Minute hier sein. Ich möchte wirklich nicht, daß du so hier liegst, wenn sie zurückkommen.«

Temrai schüttelte den Kopf. »Du gehst besser«, sagte er. »Wenn sich dir die Gelegenheit bietet, schick jemanden, der mich holen soll. Und danke.«

Dassascai schüttelte den Kopf. »Keine Ursache.«

»Entschuldige die Frage, aber bist du wirklich ein Spion?«

Dassascai sah zu ihm herunter, lächelte und schüttelte den Kopf. »Nein«, sagte er. »Also gut, bleib hier. Ich mache so schnell ich kann.«

Temrai schloß die Augen; ihm wurde bewußt, daß er vor allem völlig erschöpft war. Es wäre sehr leicht gewesen, jetzt einfach einzuschlafen. Aber das ging nicht, nicht mitten in einer Schlacht. Er dachte darüber nach, was Dassascai ihm gerade gesagt hatte – nicht das klügste Manöver auf der Welt, sie durch die schiere Überzahl zu besiegen. *Ich wette, du bist doch ein Spion*, dachte er und verlor das Bewußtsein.

Als er wieder zu sich kam, erklangen irgendwo über ihm Stimmen.

»... das sollte keine Entscheidungsschlacht sein, nur ein Vorstoß, das ist alles, um herauszufinden, wie wir so sind, und uns langsamer zu machen. Wenn sie sich richtig auf uns stürzen, können uns nur noch die Götter helfen.«

»Sei still. Er ist wach.«

Er schlug die Augen auf, und zuerst war es so dunkel, als würde er sich im Erdinneren befinden. Dann blitzte eine Lampe auf, als sie jemand hochhob und in der Nähe abstellte.

»Temrai?« Er erkannte die Stimme und das Gesicht, aber der Name entglitt ihm, was seltsam war, da er den Mann gut kannte. »Temrai. Alles in Ordnung. Du bist wieder im Lager.«

Temrai versuchte die Lippen zu bewegen, aber sein Gaumen war trocken und taub. »Haben wir gewonnen?«

»In gewisser Weise«, erwiderte der Mann. »Auf jeden Fall haben wir sie dazu gebracht abzuziehen. Wir ziehen uns jetzt nach Perimadeia zurück.«

»Im Grunde genommen«, sagte die andere Stimme, die genauso vertraut war, »im Grunde genommen haben sie uns von der Steppe abgeschnitten. Es ist, als würden sie versuchen, uns mit dem Rücken zum Meer im perimadeianischen Delta einzukesseln. Den letzten Berichten zufolge haben sie jetzt drei voneinander unabhängige Heere im Feld. Wenn wir einen Durchbruchsversuch unternehmen, werden sie sich von beiden Seiten auf uns stürzen.«

»Ich verstehe.« Er dachte an Tilden, seine Frau, die sich im Hauptlager befand. »Ist Kurrai tot?«

Der zweite Mann runzelte die Stirn. »Du bist in einer schlechten Verfassung, nicht wahr?« sagte er. »Sehe ich tot aus?«

»Oh.« Temrai schloß die Augen und öffnete sie wieder. »Tut mir leid, ja, ich bin etwas verwirrt. Jemand hat mir gesagt, du wärst tot.«

»Das scheinen viele Leute geglaubt zu haben«, erwiderte Kurrai. »Ich hoffe nur, sie sind nicht zu enttäuscht.«

»Wie sind unsere Verluste?« fragte Temrai und erinnerte sich an eine Zeit, in der er dieses Wort nicht benutzt hätte; er hätte gefragt: *Wie viele von meinem Volk sind getötet worden? Wie viele von meinem Volk sind schwer verletzt worden?*

»Nicht gut«, sagte der andere Mann, bei dem es sich nicht um Kurrai handelte.

Es kostete ihn einige Mühe, aber er schaffte es, die Stirn zu runzeln. »Definiere gute Verluste«, sagte er. »Wieviel Mann haben wir verloren?«

Die beiden Männer sahen sich an. »Über zweihundert«, sagte Kurrai. »Ich glaube, es waren zweihundertdreißig, irgendwas in der Größenordnung. Dazu kommen etwa siebzig Verwundete. Wir haben etwa dreißig Gefangene gemacht.«

Temrai nickte. »Ich verstehe. Eine Kolonne von fünfhundert Männern, und zweihundertdreißig wurden getötet. Was sollen wir tun?«

Der Mann, den er noch nicht identifiziert hatte, runzelte die Stirn. »Ich weiß nicht, was der Rest von uns macht«, sagte er, »aber du wirst erst mal schlafen. Anordnung des Heilers.«

»Oh. Du bist also ein Heiler?«

»Was meist du damit, ob ich ein Heiler bin? Verdammt, Temrai, ich war schon dein Heiler, bevor du auf die Welt gekommen bist.«

Temrai lächelte schwach. »Ich habe nur einen Witz gemacht«, sagte er.

»Von wegen«, sagte der Heiler. »Hast du im Kampf einen Schlag auf den Kopf gekriegt?«

»Daran kann ich mich nicht erinnern.«

»Nun ja, vermutlich nicht. Es ist mein Fehler, ich hätte dich gründlicher untersuchen müssen. Ist dir übel? Kopfschmerzen, Lichtblitze vor den Augen?«

»Ich glaube, ich habe mein Gedächtnis verloren«, sagte Temrai.

»Höchstens Teile davon«, erwiderte der Heiler. »Das passiert manchmal.«

Temrai lächelte, und das Lächeln wurde zu einem breiten Grinsen. »Wenn es doch nur so wäre«, sagte er fröhlich. »Wenn es doch nur so wäre.«

Poliorcis der Diplomat zitterte und wischte sich mit dem Handrücken Regenwasser aus den Augen.

»Sind wir immer noch nicht da?« fragte er. Der Fuhrmann grunzte, ohne sich umzusehen. Der Regen tropfte in dicken, fetten Tropfen von der breiten Krempe seines Lederhuts. Er schien es nicht zu bemerken. Vermutlich war das nach seinen Maßstäben ein sonniger Tag.

Für gewöhnlich vertraute Poliorcis seinem Orientierungssinn, eine nützliche Fähigkeit für einen Mann, der so viel Zeit damit zubrachte, fremde Orte zu bereisen. Bei dieser Gelegenheit war er jedoch hilflos. Der Weg, den der Fuhrmann genommen hatte, war ein völlig anderer als damals, als Gorgas Loredan ihm bei seiner Inspektionsreise durch die Mesoge auch seinen Bauernhof hatte zeigen müssen; die Erinnerung an das heruntergekommene Haus und die zwei Brüder ließ ihn noch heute erschauern. Vielleicht hatte Gorgas damals ja die malerische Route genommen, oder er kannte einfach die Abkürzung nicht.

Poliorcis hatte auch jedes Zeitgefühl verloren, was ihm gar nicht ähnlich sah. Er schrieb das der Wirkung zu, die dieses Land auf ihn hatte. Es erinnerte ihn daran, wie es gewesen war, in der Lagune von Ap'Sendaves zu schwimmen; er war auf dem Rücken durch das ruhige Wasser getrieben und hatte langsam aufgehört, sich seines Körpers bewußt zu sein, bis er nur noch reines, losgelöstes Bewußtsein gewesen war, eine Empfindung, für die es nichts zu empfinden gegeben hatte. Es war ein bizarres, aber angenehmes Gefühl gewesen. Die Mesoge war seiner Meinung nach bestimmt nicht angenehm, und er fand sie auch nicht interessant genug, als daß sie sich als bizarr qualifiziert hätte, aber sie vermittelte ihm auf fast die gleiche Weise ein Gefühl der Desorientierung.

Er fühlte sich sogar zu benebelt, um seine Worte zu üben oder in Gedanken die Argumente durchzugehen, die er vortragen wollte. Das war nicht gut – dieses Treffen flößte ihm weitaus mehr Unbehagen ein als all die viel wichtigeren Verhandlungen, mit denen er zu tun gehabt hatte –, aber je angestrengter er sich bemühte, sich zusammenzureißen, desto mehr wollten seine Gedanken umherwandern. Wäre der Regen nicht gewesen, hätte er die Augen schließen und schlafen können, aber nichts hält einen besser wach als das Gefühl von Regenwasser, das einem in den Kragen läuft und den Rücken hinunterrieselt.

Für einen Mann meines Alters muß es leichtere Methoden geben, sich seinen Lebensunterhalt zu verdienen, murmelte er leise vor sich hin. Für einen ranghohen Unterhändler der Provinzverwaltung war es schlichtweg lächerlich, sich auf dem Wagen eines Fuhrmannes im Regen durchschütteln zu lassen und mindestens eine Lungenentzündung zu riskieren, und das nur, weil er unterwegs zu einem Verrückten ohne jeden offiziellen Rang war, dessen Autorität nicht mal vom Imperium anerkannt wurde. Um mit ihm zu verhandeln und die Übergabe eines unbedeutenden Aufrührers zu erreichen, den ein Haufen Unzufriedener zum Helden gemacht hatte, die ihn vermutlich nicht mal erkennen würden, wenn er an ihrem Küchentisch Platz nehmen würde.

Der Wagen hatte angehalten. Er hob den Kopf und schaute auf, aber es gab nur Regen zu sehen.

Der Fuhrmann rührte sich nicht. »Bleibt hier«, sagte Poliorcis. »Ihr müßt mich zurück nach Tornoys bringen.«

Er machte sich daran, vom Wagen zu klettern, aber der Fuhrmann griff mit einer Bewegung, die schneller war, als er ihm je zugetraut hätte, nach seinem Ellbogen.

»Zwei Viertel«, sagte er.

Poliorcis nickte und kramte in seinem durchnäßten Ärmel nach Geld. »Wartet hier«, wiederholte er und versuchte den Boden mit seinen Füßen zu erreichen. Er war zu weit oben, und der Saum seines Gewandes blieb irgendwo hängen, und er landete mit beiden Knien im Schlamm. »Wartet hier«, wiederholte er noch einmal; dann stand er auf, wobei er seine Hände auch noch mit Schlamm beschmierte, und eilte auf das Tor zu, das er durch den Regen gerade noch erkennen konnte. Während er mit dem Riegel kämpfte (der verrostet war – vermutlich kletterten Gorgas und seine Brüder darüber hinweg und machten sich nie die Mühe, das Ding zu öffnen; das würde auch erklären, warum es so schief auf der einen guten Angel hing und die andere aus einem Stück Schnur bestand), hörte er hinter sich das Klatschen von Zügeln und das Geräusch langsam durch eine Pfütze fahrender Räder.

Die Tür des Bauernhauses stand offen, aber es schien niemand zu Hause zu sein. »Hallo?« Keine Antwort. Er stand einen Augenblick lang da, sah zu, wie der Regen von ihm herab auf die Steinplatten tropfte, und entschied, daß es so einfach nicht weiterging. Er war zwar kein Sohn des Himmels, aber er repräsentierte das Imperium; das Imperium stand nicht tropfend in Türen, es marschierte hinein und legte die Füße hoch.

Wenigstens war es trocken im Haus, und was vom Feuer noch übrig war, gab etwas Wärme ab. Er setzte sich in die Ecke auf die Kaminbank, noch immer in seinen Reiseumhang gehüllt, der im Augenblick aus drei Teilen Wasser und einem Teil Stoff bestand. Der Platz war bequemer, als er aussah. Er lehnte den Kopf an und schloß die Augen.

Er wachte auf und fand Gorgas Loredan mit einem leicht spöttischen Gesichtsausdruck über sich gebeugt stehen. »Ihr hättet uns wissen lassen sollen, daß Ihr kommt«, sagte er. »Ich hätte Euch eine Kutsche geschickt.«

»Das macht doch nichts«, sagte Poliorcis, dem gerade bewußt wurde, daß er mit bohrenden Kopfschmerzen aufgewacht war. »Ich bin hier.«

»Gut.« Gorgas Loredan setzte sich neben ihn auf die Bank, so nahe, daß er ein Stück rücken mußte, um keinen Körperkontakt mit ihm zu bekommen. »In diesem Fall können wir auf die Plauderei verzichten und zum Geschäftlichen übergehen. Ich nehme an, Ihr seid gekommen, um mir ein Angebot zu machen.«

»Nun, ja«, murmelte Poliorcis. »Nein.« Er war benommen, sein Verstand war wie in Watte gepackt, und er konnte sich an keine der grundsätzlichen Verhandlungspositionen mehr erinnern, an denen er die letzten Tage gearbeitet hatte. »Es geht eher darum, Euch die Frage zu stellen, was Ihr von uns wollt. Ich schätze, Ihr werdet merken, daß wir bereit sind, alle vernünftigen Vorschläge in Betracht zu ziehen.«

Gorgas seufzte und schüttelte den Kopf. »Es tut mir leid«, sagte er, »ich muß da etwas falsch verstanden haben. Wißt Ihr, ich hatte angenommen, daß wir diese Angelegenheit zusammen auf eine konstruktive und vernünftige Weise klären würden, statt Spiele zu spielen. Lebt wohl.«

»Ich verstehe.« Poliorcis blieb genau dort, wo er war. »Nachdem ich diesen weiten Weg zurückgelegt habe, werft Ihr mich hinaus.«

»Mir würde nicht im Traum einfallen, so unhöflich zu sein«, erwiderte Gorgas. »Aber da Ihr mir anscheinend nichts zu sagen habt, muß ich gestehen, daß ich keinen Sinn in Eurer Anwesenheit hier sehe; und da Ihr bereits alle Sehenswürdigkeiten gesehen habt und Euch unser Klima nicht zuzusagen scheint ...«

»Also gut.« Poliorcis hatte das unerfreuliche Gefühl, die Initiative aus der Hand gegeben zu haben, noch bevor die Verhandlungen überhaupt begonnen hatten – und daß er keine erfolgversprechende Chance erhalten würde, sie zurückzugewinnen. »Hier ist ein verbindliches Angebot, ohne jede Zweideutigkeit. Geld. Wieviel wollt Ihr für den Gefangenen haben?«

Gorgas lachte. »Bitte«, sagte er, »wir wollen doch wenigstens so tun, als würden wir einander respektieren. Ihr habt die Mesoge kennengelernt; was könnte ich an einem solchen Ort schon mit Geld anfangen?«

Vor der Hintertür fing ein Hund wie wild an zu bellen. Der Lärm ließ den Schmerz in Poliorcis' Kopf vibrieren wie Harfensaiten, an denen Finger zupften. »Also gut«, sagte er. »Kein Geld. Was sonst? Vermutlich etwas, das wir haben und Ihr braucht. Werkzeug? Waffen? Rohmaterial?«

Gorgas schüttelte den Kopf. »Ihr nehmt mich auf den Arm«, sagte er. »Ich persönlich halte das nicht für besonders diplomatisch. Sagt mir, verabscheut ihr uns wirklich so sehr? Haltet ihr uns wirklich nur für Banditen und Strauchdiebe? Ich war der festen Meinung, Ihr hättet verstanden, als ich mir die Mühe machte, Euch bei Eurem ersten Besuch dieses Land zu zeigen. Wir sind Bauern, friedliebende Leute, die mit unseren Nachbarn Freundschaft schließen wollen. Zeigt uns nur etwas Respekt, und ich gebe euch euren verdammten Rebellen umsonst.«

»Ihr sprecht von einer Allianz«, sagte Poliorcis. »Ich kann nur sagen, daß es mir schrecklich leid tut, aber die Provinzverwaltung ist der Ansicht, daß eine offizielle Allianz zu diesem Zeitpunkt unangebracht ist.«

»Sie ist unangebracht.«

Poliorcis hatte das Gefühl, langsam bis zu den Knien im Schlamm zu versinken. »Ich möchte nur darauf hinweisen, daß Eure Bitte völlig ohne Beispiel ist. Wir sind mit niemandem eine offizielle Allianz eingegangen; nicht mit Shastel oder der Insel oder Colleon. Bitte versucht, unseren Standpunkt zu verstehen; würden wir mit Euch eine Allianz schließen, was würde ihnen das für eine Botschaft senden, nachdem wir jeden ihrer Annäherungsversuche zurückgewiesen haben? Ganz einfach gesagt, so gehen wir nun einmal nicht vor.«

»Also gut.« Gorgas gähnte. »Wenn es etwas gibt, dessen ich mich rühme, dann ist es Flexibilität. Flexibilität, Realismus, immer auf der Suche nach dem Handel, der für beide Seiten gut ist. Nun, Ihr sagt mir, daß das Imperium keine Verbündeten hat, und ich bin davon überzeugt, daß Ihr in diesem Punkt niemals lügen würdet. Gut, vergessen wir das mit der Allianz, und ich sage Euch geradeheraus und ohne Umschweife, was ich mir vorstelle.

Ganz egal, ob wir nun offizielle Verbündete sind oder nicht, ich will in Wahrheit lediglich eines: Ihr, also die Provinzverwaltung, sollt mir die Chance geben, etwas zu tun, was ich tun muß; Ihr denkt darüber nach und sagt mir, ob Ihr eine Möglichkeit seht, wie es zu bewerkstelligen ist. Schließlich seid Ihr Diplomat, ich bin bloß Soldat und Bauer, und ich bin hier wirklich überfordert. Ich muß eine alte Schuld begleichen – nein, das ist es nicht. Ich muß eine wirklich schlimme Sache wiedergutmachen, die ich einst getan habe. Ihr müßt wissen, ich habe es Temrai ermöglicht, Perimadeia zu erobern. Findet Ihr das schockierend?«

Poliorcis schaute ihn an. »Ich weiß«, sagte er.

»Oh.« Gorgas saß ganz still da, sein Gesicht war völlig ausdruckslos. »Wie denkt Ihr darüber?«

»Gar nicht«, erwiderte Poliorcis. »Das heißt, ich weiß, warum Ihr es getan habt, aus welchen Gründen; Eure Schwester hat einigen vermögenden Leuten in Perimadeia viel Geld geschuldet, und sie hat auch gewußt, daß sie es niemals würde zurückzahlen können. Es war eine geschäftliche Entscheidung. Nun kann ich Euch meine Meinung dazu sagen, ob es von einem kommerziellen Standpunkt aus gesehen klug war oder nicht, aber wenn Ihr von mir erwartet, daß ich Euch meine Meinung sage, ob Eure Tat nun richtig oder falsch war, fürchte ich, daß ich das nicht kann. Ich denke nicht in solchen Begriffen, es ist, als wäre ich farbenblind, und Ihr möchtet meine Meinung über einen bestimmten Grünton wissen.« Er hielt inne. »Also, was hat das mit uns zu tun?«

Gorgas atmete tief aus und rieb sich das Kinn. »Ich schätze, ich bin hier derjenige, der schockiert ist«, sagte er. »Ich bin nicht farbenblind, wie Ihr es genannt habt. Mir ist klar, daß das, was ich getan habe, schrecklich falsch war. Ich wußte, daß mein Bruder für die Stadt kämpfte; ich habe sein Leben ruiniert und beinahe für seinen Tod gesorgt. Das muß ich wieder in Ordnung bringen. Ich muß Temrai töten und die Nomadenstämme vernichten, an seiner Seite kämpfen, meine Schuld bezahlen. Könnt Ihr das nicht verstehen? Selbst Ihr müßt das doch verstehen können. Nun, meine offizielle Stellung ist mir egal; ich muß einfach nur dabeisein und meinen Teil erledigen, sonst kann ich nicht mehr mit mir weiterleben. Wegen meiner Taten bin ich bereits für den Tod meines eigenen Sohnes verantwortlich; ihm schulde ich das ebenfalls. Seht Ihr nicht, wie einfach und unkompliziert das ist?«

Poliorcis dachte eine Zeitlang nach. »Über eine Sache bin ich mir sicher«, sagte er, »Ihr seid ein interessanter Mann. Und wenn es etwas gibt, das die Söhne des Himmels interessiert, dann sind das interessante Leute. Aber laßt uns das bis zum Ende durchdenken, ja? Bei allem nötigen Respekt, wir haben bereits sämtliche militärischen Mittel, die wir brauchen. Bei unserer ersten Begegnung habt Ihr von Bogenschützen gesprochen, daß wir zu wenige haben. Tatsache ist aber, *daß* wir sie haben. Zum Imperium gehören ganze Völker von Bogenschützen – mit Langbögen, kurzen Kompositbögen, langen Kompositbögen; es gibt berittene Bogenschützen, Armbrustschützen, was Ihr wollt. Unsere Fabriken können die Woche zwanzigtausend Bögen und zweihunderttausend Pfeile herstellen, nach Maß, alle völlig identisch, auch wenn die Fabriken zweitausend Meilen voneinander entfernt sind. Also wir brauchen wirklich keine Bogenschützen mehr.

Nun habt Ihr mir erzählt, warum Ihr das Bedürfnis verspürt, diesen Krieg zu führen. Laßt mich Euch sagen, warum wir ihn führen. Wir haben mehr reguläre Soldaten, als es in Shastel und auf der Insel und in Colleon und Perimadeia und an allen anderen Orten, von denen Ihr jemals gehört habt, zusammen Männer, Frauen und Kinder gibt. Wir haben diese Armee aufgebaut, damit niemand – *niemand* – je wieder eine Bedrohung für uns sein kann. Zwischen den Söhnen des Himmels und der abwegigsten Möglichkeit einer Gefahr befindet sich ein Wall aus Stahl und Muskeln, der so dick ist, daß ihn nichts auf der ganzen Welt jemals durchbrechen könnte. Wenn sich plötzlich die Erde auftun und unser Heimatland verschlucken würde, könnten wir das Loch mit Menschen füllen und auf ihnen unsere Häuser wieder aufbauen. Nein, wir führen Krieg, weil wir eine Beschäftigung für unsere Armee finden müssen, damit sich die Soldaten nicht langweilen, unruhig werden und außer Form geraten. Ihr seht also, wir wollen wirklich nicht, daß jemand anders unsere Schlachten für uns schlägt, es würde den ganzen Sinn der Übung zunichte machen. Es tut mir leid, aber so ist es nun einmal. Ich kann Euch nicht helfen.«

Gorgas nickte langsam, als hätte man ihm gerade eine komplizierte Rechenaufgabe erklärt. »Ich verstehe«, sagte er. »Und früher oder später werdet ihr herkommen, sozusagen den Hund ausführen; und es wäre euch peinlich, dabei erwischt zu werden, wie ihr einen Kampf mit Leuten vom Zaun brecht, die ihr einst als Freunde und Nachbarn behandelt habt. Das ist eine vernünftige Argumentation, die kann ich akzeptieren. Aber es löst mein Problem nicht. Poliorcis, ich frage Euch, weil Ihr der Experte seid: Was können wir tun, daß ihr bekommt, was ihr wollt, nämlich euren Piraten, und ich bekomme, was ich brauche? Es muß eine Möglichkeit geben. Wir müssen nur herausfinden, welche.«

Poliorcis runzelte die Stirn. »Ich muß sagen, Ihr nehmt die Nachricht eurer bevorstehenden Eroberung und Unterwerfung sehr gut auf. Die meisten Menschen hätten vermutlich wütend oder ängstlich reagiert.«

»Sinnlos«, sagte Gorgas. »Ihr habt mir nichts verraten, was ich nicht bereits wußte. Es ist offensichtlich; Ihr habt es selbst gesagt, es ist einer der Gründe, warum ich die Allianz eingehen wollte. Aber Ihr seid zu klug für mich, und das akzeptiere ich, trotzdem spricht nichts dagegen, warum wir nicht unsere Köpfe zusammenstecken und einen Weg finden sollten, das Unausweichliche etwas weniger schmerzhaft zu machen, als es sonst wird. Flexibilität. Realismus. Allein darum geht es.« Er biß sich auf die Unterlippe, dann klatschte er so laut in die Hände, daß Poliorcis zusammenzuckte.

»Ich weiß es«, sagte Gorgas. »Ich weiß genau, was wir tun können. Hiermit ergibt sich die Mesoge dem Imperium, ich unterwerfe mich und meine Leute eurer Gnade.« Er lächelte strahlend. »Und als Geste des guten Willens würden wir es wirklich zu schätzen wissen, wenn wir bei eurem Expeditionsheer gegen Temrai unseren Platz als Hilfstruppe einnehmen könnten. So, ist damit nicht alles auf wunderbare Weise geklärt?«

Es war lange her, daß Poliorcis von etwas schockiert gewesen war, und er war sich nicht sicher, ob er noch wußte, wie man damit umzugehen hatte. »Ihr scherzt«, sagte er.

Gorgas schüttelte den Kopf. »Nein, das tue ich nicht«, sagte er. »Ich praktiziere, was ich predige. Ich erspare meinem Volk die Schrecken eines Krieges, den wir nie zu gewinnen hoffen könnten, und gleichzeitig kann ich meine Schuld begleichen. Wenn Ihr wollt, daß ich abdanke, dann tue ich das – seht mal, Ihr habt doch selbst bemerkt, daß ich mich als Militärdiktator nicht gerade wohl fühle. Nachdem ich diese alte Rechnung beglichen habe, will ich bloß eines: hier leben und auf meinem Hof arbeiten; ich bin sicher, daß die Provinzverwaltung nichts dagegen haben wird. Denkt doch einmal über die Vorteile nach; stellt Euch vor, daß Tornoys und die Mesoge als Basis für eure Eroberungen in dieser Gegend dienen, das würde es doch viel einfacher machen, die Nachbarstaaten einen nach dem anderen zu erobern. Bedenkt, was es für Euch persönlich bedeuten würde – Ihr seid gekommen, um einen Rebellen zu holen, Ihr hattet Erfolg und könnt zusätzlich eine neue Provinz für das Imperium mit nach Hause bringen. Könnt Ihr Euch ein besseres Ergebnis vorstellen? Nun?«

Es war vor allem dieser Enthusiasmus, das Ungestüm des Mannes, das an einen freudig mit dem Schwanz wedelnden Hund erinnerte. Es war fast mehr, als Poliorcis ertragen konnte. Aber ... »Nein«, sagte er, »ich kann nicht behaupten, daß ich das könnte. Nun, Ihr habt mir mit Sicherheit viel Stoff zum Nachdenken gegeben. Wäre es in Ordnung, wenn ich heute hier übernachte und morgen früh aufbreche?«

Gorgas schenkte ihm ein Lächeln, das so groß und hell wie der Sonnenaufgang war. »Was immer Ihr sagt«, erwiderte er. »Schließlich seid Ihr der Herrscher.«

9

Sie weckten Temrai mitten in der Nacht, um ihm die Neuigkeit mitzuteilen. Der Bote war den ganzen Weg vom Schlachtfeld bis zum Lager vor Perimadeia geritten, und seine Stiefel waren von dem Hellebardenschnitt im Bauch voller Blut. Vermutlich würde er bei Tagesanbruch tot sein.

Temrai wachte voller Panik auf, griff wild nach der Decke und verdrehte sein verletztes Knie. Man beruhigte ihn, es gäbe keinen Grund zur Sorge; dann brachten sie den blutverschmierten Boten rein, der von zwei Männern gehalten wurde. Temrai war noch immer schlaftrunken und benommen von dem Schmerz in seinem Bein, und er bekam nicht alles mit, was der Sterbende da sagte; er hörte Worte wie *Hinterhalt* und *siebzig Prozent Verluste* und *zurückgeschlagen* und *in Auflösung* und *erneut zugeschlagen, bevor sie sich sammeln konnten.* Erst als Kurrai aufgeregt anfing, davon zu plappern, das meiste aus der Gelegenheit herauszuholen und einen wuchtigen Gegenangriff zu starten, begriff Temrai, daß die Rede von einem entscheidenden Sieg und nicht etwa von einer katastrophalen Niederlage gewesen war.

»Wir haben gewonnen«, murmelte er. »Ich will verdammt sein. Wie ist das denn passiert?«

Zu diesem Zeitpunkt hatte der Bote das Bewußtsein verloren; sie brachten ihn raus und hüllten ihn in Decken ein, und er starb kurz nach Einbruch der Morgendämmerung. Statt dessen hörte Temrai die Geschichte von Kurrai, zusammen mit den Kommentaren, die den strategischen und taktischen Einsichten des Generals entstammten.

Alles hatte damit angefangen, daß die imperiale Armee, die nach ihrem Sieg in der Schlacht, in der Temrai verwundet worden war, gewissenhaft das Schlachtfeld vom Feind gesäubert hatte, auf eine kleine Gruppe Nomadenrebellen gestoßen war, die seit ihrer Niederlage im Bürgerkrieg vor Temrais Männern auf der Flucht waren. Für die Provinzverwaltung waren Nomaden jedoch Nomaden. Ihre Kavallerie jagte die Rebellen, nagelte sie in einem Canyon mit hohen Wänden fest und schickte nach Verstärkung durch zahlenmäßig große Infanterieverbände.

Es war heiß und staubig; am Grund des Canyons, wo die Rebellen waren, gab es Wasser, weiter oben, wo sich die Imperialen versammelten, gab es keins. Der Bote, den man zum imperialen Feldhauptquartier geschickt hatte, unterstrich die Dringlichkeit, und noch am gleichen Tag brach eine Marschkolonne von fast zweitausend Soldaten unter dem Kommando eines Sohns des Himmels auf.

Und dann machte ihnen ihre erstaunliche Kraft und Kondition einen Strich durch die Rechnung. Wären sie langsamer gewesen oder hätten sie nicht den optimalen Weg eingeschlagen, wären sie kaum auf die Reserve von Temrais berittener Infanterie gestoßen, die in der ersten Schlacht besiegt, demoralisiert und vom Rest des Heeres abgeschnitten worden war und gerade erst einen Weg aus dem imperialen Territorium gefunden hatte. Die beiden Heere trafen in einem Tal zwischen einem Wald und einem Fluß aufeinander, und die Steppenreiter fanden sich durch puren Zufall in einer Position wieder, die ihnen einen überwältigenden taktischen Vorteil verschaffte. Die imperiale Infanterie wurde von dem Hochwasser führenden, unpassierbaren Fluß in ihrer Bewegungsfreiheit behindert; eine Biegung des Flußlaufs schloß die eine Flanke der Nomaden, der Wald verhüllte die andere. Der imperiale Befehlshaber hatte die Wahl, an Ort und Stelle zu bleiben und durch die Nadelstich-Taktik der feindlichen Bogenschützen Mann um Mann zu verlieren oder einen Frontalangriff gegen einen Hagel aus Pfeilsalven zu führen. Er stützte seine Entscheidung auf die überlegene Qualität der Rüstung seiner Männer und entschied sich zum Angriff.

Zu seiner Verteidigung muß man sagen, daß die andere Möglichkeit ein vermutlich gleichermaßen katastrophales Ergebnis gebracht hätte. Allerdings ist es zweifelhaft, daß ihm das ein großer Trost war, während er zusah, wie seine vorstoßenden Reihen wie minderwertiger Stahl unter dem Hammer zerknüllt wurden. Nachdem vier Abteilungen nicht mal auf siebzig Meter an den Feind herangekommen waren, bevor ihre Angriffe in einem Berg aus Eisen und Leichen zusammenbrachen, zog er sich in der verzweifelten Hoffnung, die Nomaden zum Sturmangriff und damit zur Aufgabe ihrer vorteilhaften Position verleiten zu können, zum Fluß zurück. Es klappte nicht. Die Steppenreiter hielten ihre Position und sandten kleine Gruppen aus, um den Männer an den Flanken das Leben schwerzumachen. Schließlich fingen die imperialen Soldaten trotz ihrer Ausbildung und Disziplin an, vor den Angriffen zur vermeintlichen Sicherheit des Zentrums zurückzuweichen, und schufen dabei Lücken zwischen sich und dem Fluß, die groß genug für ein plötzliches Einkreisungsmanöver waren.

Jetzt, wo die Infanteristen auf allen vier Seiten von frei beweglichen Bogenschützen umgeben waren, konnten sie sich nur noch hinter ihre Schilde kauern und zusehen, wie die Pfeile schräg auf sie herabregneten. Sie unternahmen ein paar halbherzige Versuche, mit Stoßtrupps die feindlichen Linien zu durchbrechen, aber es war sinnlos; die Bogenschützen in der ersten Reihe zogen sich bei ihren Vorstößen zurück, während die anderen sich in ihre Rücken setzten, und die Stoßtrupps wurden niedergeschossen, bevor sie auch nur ein paar Meter weit kamen.

Die Schlacht dauerte sechs Stunden, davon fünf in der Einkreisung. Hätte der imperiale Kommandant noch eine weitere halbe Stunde durchgehalten, wären den Nomaden die Pfeile ausgegangen und sie hätten sich zurückgezogen, aber das konnte er natürlich nicht wissen. Er ergab sich, und seine Männer wurden abgeführt; sie ließen eintausendzweihundert ihrer Kameraden zurück.

(Einen oder zwei Tage später stieß eine Gruppe umherziehender Hausierer auf das Schlachtfeld. Sie starrten ihren Fund ungläubig an und verbrachten die nächsten zwei Tage damit, die Toten von ihren Rüstungen zu befreien, die Beulen und Löcher zu flicken und alles auf ihre Wagen zu stopfen. Am Ende verkauften sie die ganze Ladung an einen Schrotthändler in Ap'Idras für mehr Geld, als sie sich jemals überhaupt hätten vorstellen können; der Schrotthändler verkaufte alles an die imperiale Waffenmeisterei von Ap'Oule weiter, und zwar mit hundertfünfzig Prozent Aufschlag, was beweist, daß selbst die schrecklichste Tragödie für jemand anderen die Gelegenheit seines Lebens sein kann.)

»Wir haben gewonnen«, wiederholte Temrai, als Kurrai geendet hatte. »Das ist erstaunlich.«

»Sei doch nicht so überrascht«, sagte Kurrai. »Und was auch immer du jetzt tust, denk bloß nicht, unsere Probleme wären vorbei, denn das sind sie nicht. Ich will dich ja nicht übermäßig beunruhigen, aber ist dir bewußt, daß jede Nation, die in den letzten hundertfünfzig Jahren dem Imperium eine bedeutende Niederlage zugefügt hat, heute nicht mehr existiert? Sie werden schrecklich wütend, wenn sie verlieren. Die Ipacrianer hatten ein Sprichwort: Es gibt nur eine Sache, die noch schlimmer ist als vom Imperium besiegt zu werden, und das ist, es zu besiegen.«

Temrai nickte langsam. »Vielen Dank«, sagte er. »Noch ein Sieg, und wir sind erledigt, ist es das?«

Kurrai schaute unbehaglich drein und zuckte mit den Schultern. »Ich halte es nur für wichtig, daß wir uns einen Sieg nicht zu Kopf steigen lassen, das ist alles. Und wir dürfen nicht vergessen, daß der Kampf gegen das Imperium nicht mit anderen Kämpfen vergleichbar ist.«

»Ich glaube, ich habe es kapiert«, sagte Temrai.

Mittlerweile war er natürlich viel zu wach, um weiterschlafen zu können. Unter normalen Umständen hätte er den Anfall von Niedergeschlagenheit dadurch abgeschüttelt, daß er aufgestanden wäre und irgend etwas getan hätte, aber das ging ja nicht. Tilden war nicht da, sie kampierte mit dem Rest der Zivilisten auf der anderen Seite der Meerenge in den Ruinen von Perimadeia. Je unruhiger er wurde, desto stärker schmerzte sein Knie. Schließlich gab er es auf, so zu tun, als würde er ruhen, und brüllte nach dem Wachposten.

»Geh und weck jemanden«, sagte er. »Ich langweile mich.«

Der Wächter grinste und kam kurze Zeit später mit zwei äußerst verschlafen aussehenden Ratsmitgliedern zurück, die er anscheinend nach dem Zufallsprinzip ausgesucht hatte – es handelte sich um Joducai, dem das Transportwesen unterstand, und Terscai, den Ersten Baumeister. Der Wächter salutierte und kehrte auf seinen Posten zurück.

»Temrai, es ist mitten in der Nacht«, sagte Joducai.

Temrai sah ihn finster an. »Daran kann ich nichts ändern«, sagte er. »Also, diese beiden Leute von der Insel, der alte Zauberer und der Junge ...«

»Leute von der Insel?« Joducai sah verständlicherweise verwirrt aus. »Tut mir leid, aber ich weiß nicht, wovon du sprichst.«

»Wir haben ein paar Insulaner aufgegriffen, die im Süden rumgewandert sind«, erklärte Temrai. »Angeblich haben sie Schiffbruch erlitten und wollten bloß nach Hause, aber es könnten Spione sein, also habe ich sie herbringen lassen.«

Terscai grinste. »Seid wann sorgst du dich um Spione?«

»Ich schätze, seit mir ein Spion das Leben gerettet hat«, entgegnete Temrai. »Ich denke darüber nach, meine Leibwache ausschließlich aus Spionen zu rekrutieren. Tut mir einen Gefallen, geht und bringt sie her.«

»Warum wir?« fragte Joducai.

»Ihr seid wach«, sagte Temrai. »Alle anderen schlafen.«

Joducai seufzte. »Wie ich sehe, fühlst du dich wieder besser«, sagte er. »Als du im Sterben gelegen hast, war es einfach wunderbar hier, da hatte ein Mann noch seine Nachtruhe.«

Kurze Zeit später kamen sie mit Gannadius und Theudas Morosin zurück.

»Morosin«, wiederholte Temrai. »Das ist ein perimadeianischer Name, nicht wahr?«

Der Junge schwieg. »Das ist richtig«, erwiderte der alte Mann. »Von Geburt her sind wir beide Perimadeianer. Ich bin sein Onkel.«

Temrai dachte einen Augenblick lang nach. »Gannadius ist kein Name aus der Stadt, oder?«

»Diesen Namen habe ich angenommen, als ich dem Orden von Perimadeia beigetreten bin«, antwortete er. »Es ist Tradition, einen anderen Namen anzunehmen, für gewöhnlich den eines der großen Philosophen der Vergangenheit. Mein Geburtsname war Theudas Morosin.«

Temrai runzelte die Stirn. »Derselbe wie seiner?«

»Das ist richtig. Morosin ist der Familienname, und Theudas ist ein Vorname, der in der Familie sehr häufig verwendet wird, wenn Ihr versteht, was ich meine.«

»Eigentlich nicht«, gab Temrai zu und stützte das Kinn in die Hand. »Mir kommt das wie ein Mangel an Phantasie vor.«

»So wie wenn jeder Name mit *ai* endet«, erwiderte Gannadius. »So wird das eben bei uns gehandhabt, das ist alles.«

Temrai nickte langsam. »Und ihr wart Perimadeianer, und jetzt seid ihr Insulaner. Ich verstehe. Ich nehme an, ihr fühlt euch hier ziemlich unbehaglich.«

Gannadius lächelte. »Er schon«, sagte er. »Ich bin Philosoph, also mache ich mir deswegen keine Sorgen.«

Temrai dämpfte ein Gähnen – ein echtes, obwohl es zum genau passenden Zeitpunkt kam. »Wirklich«, sagte er. »Und warum wandert ein Philosoph auf unserem Territorium herum?«

»Wir haben Schiffbruch erlitten«, sagte Gannadius.

»Ich verstehe. Und wohin habt ihr gewollt?«

»Nach Shastel.« Gannadius stellte plötzlich fest, daß er nicht mehr wußte, wie die Beziehungen zwischen dem Orden und den Nomaden waren. Ihm fiel auf Anhieb kein Grund ein, warum sich die Beziehungen verschlechtert haben sollten, aber etwas zu rationalisieren ist nicht dasselbe, wie es zu wissen. Temrai jedoch schien nicht besorgt zu sein.

»Und darf ich Euch fragen, warum ihr nach Shastel gewollt habt?«

»Ich lebe dort«, antwortete Gannadius.

»Oh. Ich habe gedacht, Ihr wärt ein Insulaner..«

»Das bin ich auch. Ich bin ein Bürger der Insel.«

»Ihr seid ein Bürger der Insel, wurdet in Perimadeia geboren, lebt in Shastel und habt zwei Namen. Ihr müßt das Leben manchmal verwirrend finden.«

»Oh, das tue ich auch«, sagte Gannadius. »Wie ich glaube bereits erwähnt zu haben, bin ich Philosoph.«

Temrai lächelte, als würde er in diesem Punkt ein Zugeständnis machen. »Was ist mit ihm?« fragte er. »Ich frage Euch, da er nicht besonders darauf erpicht zu sein scheint, mit mir zu sprechen.«

»Er ist schüchtern.«

»Ich verstehe. Lebt er auch in Shastel?«

Gannadius schüttelte den Kopf. »Er lebt auf der Insel. Er arbeitet für eine Bank.«

»Wirklich. Wie interessant. Und davor, ist er nach dem Untergang von Perimadeia direkt zur Insel gegangen?«

Gannadius' Gesichtsausdruck veränderte sich nicht. »Nicht direkt«, sagte er. »Davor hat er ein paar Jahre woanders verbracht. Ihr wißt über alles Bescheid, nicht wahr?«

Temrai nickte. »Er war Bardas Loredans Lehrling. Oberst Loredan hat ihn vor der Vernichtung Perimadeias gerettet; das heißt, er hat ihn vor mir persönlich gerettet.« Er wandte den

Kopf und schenkte Theudas einen langen, harten Blick. »Du bist groß geworden.«

Zum erstenmal geriet Gannadius' leutselige Schroffheit ins Wanken, aber nur ein bißchen. »Also, was habt Ihr mit uns vor?«

»Euch nach Hause zu schicken, natürlich«, antwortete Temrai mit einem strahlenden Lächeln. »Obwohl ich Euch in Eurem Fall bitten muß, das etwas genauer auszuführen, Philosoph. Ihr scheint so viele Zuhause zu haben.«

»Die Insel wäre prima«, erwiderte Gannadius schnell. »Oder Shastel. Was am wenigsten Mühe macht.«

»Überall, nur nicht hier, richtig?«

»Ja«, gab Gannadius zu.

»Das kann ich gut verstehen.« Temrai zuckte zusammen, als sich sein Knie verkrampfte. »Bitte entschuldigt«, sagte er. »Ich habe mir vor kurzem das Knie verletzt.«

Gannadius nickte. »Wie ich gehört habe, habt Ihr dabei einen imperialen Soldaten mit bloßen Händen erwürgt«, sagte er. »Das war bestimmt keine geringe Tat.«

»Eigentlich war es ja mit seinem Helmriemen«, erwiderte Temrai. »Nun, ich glaube, das war alles. Soviel ich weiß, segelt in ein paar Tagen ein Schiff zur Insel; ich fürchte, der Name ist mir im Moment entfallen. Ich schlage Euch eindringlich vor, mit ihm zu reisen; seit das Imperium sämtliche Schiffe der Insel gemietet hat, ist der Schiffsverkehr so gut wie zum Erliegen gekommen.«

Das war Gannadius neu. »Tatsächlich? Darf ich fragen, ob Ihr den Grund dafür kennt?«

»Sie werden uns übers Meer angreifen«, antwortete Temrai, »und die Insulaner leihen ihnen die dafür nötigen Schiffe, da das Imperium keine eigenen hat. Entschuldigung, sie vermieten sie, sie verleihen sie nicht. Ich würde nur ungern die Gefühle eines Insulaners verletzen, indem ich behaupte, ihr würdet jemals etwas gratis tun.«

»Das geht schon in Ordnung«, sagte Gannadius. »Wie Ihr

wißt, bin ich eigentlich Perimadeianer, also kümmert mich das nicht.«

Temrai schaute den jungen Theudas an. (Es war schon ein seltsames Gefühl, nach all den Jahren der Alpträume dem Gesicht einen Namen zuordnen zu können.) Er war so weiß wie eine Wand, hatte die Hände zu Fäusten geballt. »Solltet Ihr zufällig Oberst Loredan vor mir begegnen, richtet ihm doch bitte meine Grüße aus und sagt ihm, er soll so weit weg von mir bleiben, wie es nur geht.«

Theudas wollte darauf etwas erwidern, aber Gannadius war schneller. »Wir werden Eure Botschaft selbstverständlich ausrichten, falls wir ihn sehen sollten«, sagte er. »Obwohl ich das für eher unwahrscheinlich halte. Schließlich ist der einzige Grund für unseren Aufenthalt hier – ich möchte Euch oder Eure bewundernswerte Gastfreundschaft keineswegs schmälern, Eure Untertanen hätten nicht zuvorkommender sein können –, daß uns die Imperialen töten wollten.«

Temrai lächelte. »Weil sie euch für Leute aus Shastel gehalten haben.«

»Oh, aber das sind wir. Ich zumindest«, sagte Gannadius und fügte dann ernst hinzu: »Jedenfalls manchmal.«

»Es muß schön sein, so viele verschiedene Personen sein zu können«, sagte Temrai. »Ich bin immer nur ich gewesen. Ich beneide Euch.«

»Tatsächlich?«

»Auf jeden Fall. Hätte ich mir eine Identität aussuchen können, hätte ich nicht die Dinge tun müssen, die ich getan habe, und ich stünde nicht den Problemen gegenüber, die auf mich zukommen. Alles, was ich jemals war oder getan habe oder erleiden mußte, ist nur geschehen, weil ich derjenige bin, der ich bin – nun, Ihr habt Glück gehabt.« Er gab dem Wächter ein Zeichen, der die Zeltplane beiseite schlug. »Danke, daß Ihr vorbeigekommen seid«, sagte er. »Es war interessant, mit Euch zu plaudern.«

»Gleichfalls«, erwiderte Gannadius. »Es war ein Vergnügen, Euch nach all dieser Zeit kennenzulernen.«

»Ap'Calick?« sagte der Sohn des Himmels. »Dann habt Ihr vermutlich meinen Cousin kennengelernt.«

Die Marschkolonne hatte ihr Nachtlager aufgeschlagen, und die Köche bereiteten das Abendessen zu. Sie hatten gerade ein Schaf geschlachtet, das die Fourageure gebracht hatten, und bauten ein Gestell auf, an dem sie es aufhängen konnten. Da Oberst Estar ein Sohn des Himmels war, zeigte er persönliches Interesse.

»Euren Cousin?« wiederholte Bardas.

»Sein Name ist Anax«, sagte Estar. »Er leitet das Rüstungshaus. Kleiner, kahler Bursche, so Ende Siebzig. Ihr werdet Euch an ihn erinnern, wenn Ihr ihn gesehen habt.«

Auch wenn Bardas noch nicht lange in der imperialen Armee war (zumindest nicht nach imperialem Standard), war ihm schon klar, daß es für den Kommandanten eines Heeres zumindest ungewöhnlich war, unter einem Baum neben einem Kochfeuer zu sitzen und freundlich mit einem Ausländer zu plaudern, selbst wenn dieser Ausländer nominell gesehen sein Stellvertreter war. Entweder war er gelangweilt oder er hielt Bardas für einen ungewöhnlich faszinierenden Gefährten. Oder er nutzte die Gelegenheit, die Geheimwaffe der Armee rechtzeitig zu studieren, bevor er sie gegen den Feind einsetzte. Dem wenigen nach zu schließen, was Bardas bis jetzt über die Söhne des Himmels in Erfahrung gebracht hatte, handelte es sich vermutlich um eine Kombination aller drei Dinge.

»O ja«, erwiderte er, »und ob ich Anax kennengelernt habe. Er hat die Rüstung geschmiedet, die ich heute trage.«

»Tatsächlich.« Die Köche hatten es geschafft, das Gerüst aufzustellen, und fädelten jetzt ein Stück oberhalb der Knöchel einen Strick zwischen den Knochen und Sehnen der Schafshinterbeine ein. »Ich habe ihn seit Jahren nicht mehr gesehen. Ich sollte mir die Mühe machen und ihn das nächste Mal besuchen, wenn ich in der Gegend bin. Wie hält er sich denn so?«

»Ganz gut«, sagte Bardas. »Sogar erstaunlich gut für einen Mann seines Alters.«

»Gut«, sagte Estar und richtete den Blick auf das Geschehen vor ihm. »Er ist ... laßt mich nachdenken, er ist der Sohn der ältesten Schwester meiner Großmutter väterlicherseits. Ich schätze, Ihr wart überrascht, einen von uns zu finden, der – nun, der sich den Lebensunterhalt mit den Händen verdient.«

Bardas nickte. Die Köche hatten das tote Schaf hochgezogen und fingen an, ihm die Haut abzuziehen; einer von ihnen kniete nieder und zog an den Vorderbeinen, während der andere genau unterhalb der Stelle, wo sie das Seil durchgefädelt hatten, einen sauberen Schnitt um das Bein herum machte, wobei er darauf achtete, die Sehne nicht zu verletzen. »Ich nahm an, daß er es gern tut«, sagte Bardas. »Ich kann mir keinen anderen Grund vorstellen.«

Estar lächelte. »Eigentlich nicht«, sagte er. »Die Wahrheit ist, Anax hat auf gewisse Weise ein, sagen wir, interessantes Leben geführt. Einst war er Stellvertretender Präfekt im Ministerium des Kommissars, direkt im Herzen des Imperiums. Dort hat er dann einen Fehler begangen.«

Jetzt schnitten die Köche die Haut entlang der Beine auf, sie folgten dem Knochen mit den speziell geformten Spitzen ihrer Messer, bis sie die klaffende Öffnung im Bauch erreichten, durch die sie die Eingeweide entfernt hatten. »Einen Fehler«, wiederholte Bardas. »Ich sollte besser nicht nach Einzelheiten fragen.«

»Oh, warum denn nicht?« Estar grinste. »Ich bin nicht so gemein, eine verlockende Andeutung zu machen und Euch dann sozusagen hängenzulassen. Er hat einem Bezirk vorgestanden, und eine Rebellion ist ausgebrochen. Nun, eigentlich war es gar keine richtige Rebellion; da hat es einen Steuereintreiber gegeben, dessen Methoden etwas unbeholfen waren, und er hat ein schlimmes Ende genommen. Es hätte kein Problem sein dürfen, die Angelegenheit zu regeln. Aber aus irgendeinem Grund hat Anax es falsch angestellt; zuerst hat er sie viel zu lange damit durchkommen lassen, und dann hat er einen Zug Soldaten losgeschickt, um das Dorf zu verwüsten. Danach war es dann wirklich eine Rebellion.«

Jetzt schnitten die Köche um die Öffnung im Leib herum; einer von ihnen ergriff den Schwanz und drehte ihn ruckartig um, bis die Knochen krachten. »Ich verstehe«, sagte Bardas. »Wie ist es weitergegangen?«

»Es hat sich endlos hingezogen«, fuhr Estar fort. »Anax hat noch mehr Truppen geschickt, die Rebellen haben ihr Dorf niedergebrannt und sich in die Wälder zurückgezogen. Die Soldaten haben versucht, sie herauszulocken, indem sie die anderen Dörfer im Distrikt angegriffen haben, aber das hat die Sache nur noch verschlimmert, weil all die Leute, die daraufhin obdachlos wurden, sich den Rebellen angeschlossen haben. Es hat nicht lange gedauert, und es waren mehrere tausend Mann im Wald; genug, um uns eine ernsthafte Niederlage zu bereiten, falls wir versucht hätten, ihnen dorthin zu folgen, und es vermasselt hätten. Andererseits konnte Anax so etwas nicht ignorieren, und am Ende ist ihm keine andere Wahl geblieben. Die ganze Sache war vom Anfang bis zum Ende eine richtige Katastrophe.«

Sie zogen die Haut vom Schafsrücken ab und drückten mit ihren Fäusten in die Öffnung, um zu verhindern, daß das Fleisch abgerissen wurde. So einen Laut gab es kein zweites Mal auf der Welt. »Ich nehme an, er hat dennoch gewonnen«, sagte Bardas und schaute den Köchen zu. »Am Ende, meine ich.«

»Nun, natürlich. Das Imperium gewinnt *immer*, es kommt nur darauf an, *wie* es gewinnt. Und in diesem Fall haben wir nicht gut gewonnen. Ich habe vergessen, wie viele Männer er beim Herumstolpern im Wald verloren hat, bevor es ihm endlich gelungen ist, sie festzunageln, aber es waren ein paar hundert; das ist in jeglicher Hinsicht ziemlich katastrophal, aber für eine Polizeiaktion in einer angeblich ruhigen und friedlichen inneren Provinz ...« Estar schüttelte den Kopf. »Am Ende hat er sie herausbrennen müssen; er hat Feuerschneisen um den Teil des Waldes schlagen lassen, in dem sie eingeschlossen waren, hat Wachen aufgestellt und in der Mitte alles anzünden lassen. Keiner von ihnen hat überhaupt den Versuch gemacht, herauszukommen. Angeblich soll der Gestank ziemlich widerwärtig gewesen sein.«

Um die Haut von den Rippen zu schälen, ohne sie zu zerreißen, schabten die Köche das Häutchen zwischen Fell und Knochen ab und bemühten sich, die Haut dabei nicht zu verletzen. »Das kann ich mir vorstellen«, sagte Bardas und verzog das Gesicht. »Was ist danach mit Anax geschehen?«

Estar goß sich aus der kleinen Kirschholzflasche ein, die Bardas in seiner Schärpe gesehen hatte. »Sie wollten ihm den Prozeß machen«, sagte er, »aber die Familie hat an ein paar Fäden gezogen; daher hat er einen offiziellen Verweis erhalten und wurde an die Westgrenze abkommandiert – was vor vierzig Jahren die Westgrenze war, natürlich ist sie seitdem weiter vorgerückt, aber Anax ist geblieben, wo er war. Offiziell war er der Stellvertreter des Kommandanten des Rüstungshauses; in Wirklichkeit hat man ihn dorthin abgeschoben und ihm gesagt, er würde niemals wieder dort herauskommen. Und seitdem ist er da und amüsiert sich, so gut er kann. Ich schätze, er hat sich das Ganze selbst zuzuschreiben, aber ich kann mir nicht helfen; ich halte es für eine ziemlich brutale Art und Weise, einen Mann für etwas zu bestrafen, das letztlich nur eine falsche Einschätzung war.«

Die Köche folgten dem Knochenverlauf dem Gefühl nach und schnitten mit den Messerspitzen die Vorderbeine auf. »Es steht mir nicht zu, das zu kommentieren«, sagte Bardas. »Ich schätze, sobald man die Verantwortung für das Leben anderer

Menschen übernimmt, muß man wohl mit dem Risiko leben, daß so etwas passieren kann.«

»Oh, das ist wohl jedermanns Alptraum, nicht wahr?« sagte Estar und zog eine traurige Miene. »Man ist der Mann, der die Befehle gibt, wenn alles anfängt schiefzulaufen; oder man ist der Mann, der die Schlacht schlagen muß, die nicht gewonnen werden kann, der die uneinnehmbare Stadt angreift, der die unaufhaltsamen Horden aufhalten soll. Man könnte sagen, er hatte einfach Pech. Ich meine, wer kann schon sagen, ob Ihr oder ich es an seiner Stelle besser gemacht hätten?«

Und schließlich zogen sie die Haut mit viel Mühe und Anstrengung über die Schultern und den abgeschnittenen Hals, alles in einem Stück; die Innenseite war sauber, weder das Fell noch der Kadaver waren beschädigt. Das Fleisch glitzerte leicht im Feuerschein, wie ein Neugeborenes oder ein schweißüberströmter Mann, der an einem heißen Tag die Rüstung auszieht. Dann fingen sie an, das Tier zu zerlegen, während der Küchenjunge mit einer großen Schere den Schädel aufbrach. »Ich werde auf meinen Rang pochen und das Hirn beanspruchen«, sagte Estar mit einem Lächeln. »Direkt aus dem Knochen nehmen, eine halbe Stunde in Salzwasser kochen, ein paar Eier und Limonensaft hinzufügen – das ist unschlagbar. Manche Leute sind der Ansicht, man sollte es sautieren, aber meiner Meinung nach ist das ein Sakrileg.«

Bardas zuckte mit den Schultern. »Als wir noch Kinder waren, hat meine Mutter es immer gekocht«, sagte er, »aber ich kann mich nicht mehr erinnern, wie es geschmeckt hat. Aber egal, was sie gekocht hat, es hat sowieso immer alles gleich geschmeckt. Seitdem habe ich mich nie mehr besonders fürs Essen interessiert.«

Estar lachte. »Ihr tut mir leid«, sagte er. »Da habt Ihr eine der großen Freuden des Lebens versäumt, und ich schätze, jetzt ist es zu spät, daß Ihr es noch lernt. Das ist eine Schande.« Er sah dem Küchenjungen aufmerksam zu. »Und ich dachte immer,

Perimadeia sei für die Vielseitigkeit und Qualität seiner Küche bekannt.«

»Das war es auch«, sagte Bardas. »Zumindest hat man mir das erzählt. Ich habe es ihnen immer gern geglaubt.«

»Und was war mit dem Wein?« fragte Estar. »Oder trinkt Ihr auch nicht?«

»Wir haben hauptsächlich Zider getrunken«, antwortete Bardas. »Der war billig und hat seinen Zweck erfüllt. Und hinterher ging's einem besser als nach Wein; zumindest nach der Sorte, die sie dort verkauft haben, wo ich eingekehrt bin. Ich glaube nicht, daß er Euch zugesagt hätte.«

Sie schnitten das Brustbein mit einer Säge durch. »Oh, ich habe als mittelloser Student meinen Teil an Fusel getrunken«, sagte Estar. »Es ist schon erstaunlich, wie schnell man sich daran gewöhnt, wenn es nichts anderes gibt.« Bardas fiel auf, wie aufmerksam er die Köche beobachtete. Dahinter steckte mehr als die besessene Aufmerksamkeit eines wahren Gourmets fürs Detail. Vielleicht war sich Estar seiner Blicke bewußt, denn er lächelte und sagte: »Zu Hause gehört das zur Erziehung eines Jungen dazu. Während wir Buchstabieren und die Grundzüge der Algebra und der Geometrie lernen, bringt man uns gleichzeitig bei, wie man Fleisch zerlegt und würzt. Dahinter steckt der Gedanke, daß man einem Zehnjährigen ein totes Schaf und ein scharfes Messer anvertrauen können muß, ein paar Stunden weggehen und dann zu einem perfekten Hammelbraten zurückkehren kann, der auf die richtige Weise serviert wird. Wäre ich im Moment zu Hause, würde ich das alles tun – es ist das Privileg des Gastgebers, das Essen für seine Gäste zuzubereiten; wir nehmen diese Dinge sehr ernst. Gutes Essen, guter Wein, gute Musik und gute Konversation. Alles andere ist bloß ein unumgängliches Übel.«

»Das ist ein interessanter Standpunkt«, sagte Bardas diplomatisch. »Natürlich hängt das erst einmal davon ab, daß überhaupt was zu essen da ist.«

Estar runzelte einen Augenblick lang die Stirn, dann lachte er. »Ihr versteht nicht, worum es geht. Die Essenz des Luxus ist die Schlichtheit. Es geht bei Luxus eigentlich nicht darum, reich und mächtig zu sein; man findet beides nur oft zusammen, so wie Pferdebremsen und Dung. Einmal angenommen, Ihr besitzt nur eine Schleuder und eine Handvoll Kiesel; ihr könnt den Berg genausogut hinaufsteigen und ein Sandmohrhuhn töten, wie ihr hinuntersteigen und ein Kaninchen erlegen könnt. Unterwegs sammelt Ihr ein paar unverzichtbare Kräuter, und wenn Ihr zurückkommt, gebt Ihr Euch bei der Zubereitung der Mahlzeit etwas mehr Mühe, als unbedingt nötig ist. Guter Wein besteht aus denselben Zutaten wie schlechter Wein; was gute Musik und Unterhaltung angeht, die kosten nichts.« Er seufzte und verschränkte die Hände im Nacken. »Ihr solltet ein paar unserer großen Dichter lesen, Bardas. Dalshin und Silat und *Der nach Rosen duftende Pfeil.* Bei ihnen allen geht es um das einfache Leben, das Ideal einer Existenz, aus der alles Anstößige und Aufdringliche entfernt wurde – die veredelt wurde, und das im wahrsten Sinne des Wortes. Das ist die Wurzel und Quelle unserer Kultur, das ist, was wir sind. ›Kein Mann kann ein Stück Seide so perfekt wie eine Rose falten ...‹«

»Ich verstehe«, unterbrach Bardas ihn, bevor Estar weitermachen konnte. »Was also tut ihr dann hier?«

Estar schloß die Augen. »Ein notwendiges Übel«, sagte er. »Um das perfekte Leben führen zu können, muß man zuerst Stabilität und Sicherheit haben. Wie soll man sich auf das Essentielle der Existenz konzentrieren können, wenn die Möglichkeit einer von außen kommenden Gefahr besteht? Die Armee, die Provinzen – sie sind ein Wall, den wir um uns herum gebaut haben, sie sind die Rüstung, die wir brauchen, um uns zu schützen; außen die Stärke, innen die süße Schlichtheit. Leider bedeutet das, daß einige von uns den wichtigen Dingen eine Zeitlang den Rücken kehren müssen; aber das ist es wert, denn wir wissen, daß die einfache Perfektion immer da sein wird. Sie wird auf uns warten, wenn wir nach Hause zurückkehren.« Er öffnete die Augen und setzte sich auf. »Ihr lächelt«, sagte er. »Offensichtlich stimmt Ihr mir nicht zu.«

Bardas schüttelte den Kopf. »Eigentlich habe ich an mein Zuhause gedacht – nun, mein ursprüngliches Zuhause; ich habe schon überall gelebt. Aber ich habe an die Mesoge gedacht, wo ich aufgewachsen bin. Dort ist es so schlicht, wie es nur möglich ist.«

»Ach ja?«

»Auf jeden Fall.«

Estar hob die Brauen. »Seid Ihr in letzter Zeit mal dort gewesen?«

»Vor vier Jahren ungefähr«, antwortete Bardas. »Ich habe die Erfahrung nicht besonders genossen.«

»Die Mesoge«, wiederholte Estar. »Ist dort nicht Euer Bruder ...«

Bardas nickte. »Gorgas würde Euch vermutlich zustimmen«, sagte er. »Über die Heimat und daß die einfachsten Dinge die wichtigsten sind. Ich glaube, für ihn ist es immer um das Zuhause und die Familie gegangen, oder zumindest wollte er das glauben. Ich habe das auch viele Jahre lang getan, bis ich dann nach Hause gereist bin und meine Familie wiedergesehen habe.« Er lächelte. »Darum bin ich in die imperiale Armee eingetreten.«

»Es tut mir leid, aber das verstehe ich nicht.«

»Das Imperium ist groß«, sagte Bardas. »Und ich wollte so weit von meiner Heimat und der Familie weg sein, wie es nur ging.«

»Oh.« Estars Gesichtsausdruck ließ vermuten, daß das ein Konzept war, das er nur mühsam verstehen konnte. »Nun, ich schätze, Euer Unglück ist unser Glück. Seid Ihr glücklich dabei?«

Bardas runzelte die Stirn. »Ich weiß es nicht«, sagte er. »Ich meine, ich bin mir nicht sicher. Es ist – nun, soweit es mich betrifft, ist die Frage, ob es einen glücklich macht oder nicht, ein ungewöhnliches Kriterium, um etwas zu beurteilen. Es ist, als würde man einen Mann, der sich mitten auf dem Meer an ein Stück Treibholz klammert, fragen, ob ihm die Farbe gefällt.«

Estar runzelte mit vorgetäuschtem Spott die Stirn. »Jetzt hört aber auf«, sagte er, »das ist doch wohl ein bißchen melodramatisch. Da seid Ihr, ein starker, gesunder Mann in den besten Jahren. Sicher, Ihr müßt arbeiten, um Euch Euren Lebensunterhalt zu verdienen, aber wäre es denn nicht viel einfacher, dies mit einer Arbeit zu tun, die Euch gefällt, oder zumindest etwas zu tun, das Euch nicht anekelt? Das ist wie der imaginäre Jäger mit der Schleuder, von dem ich eben gesprochen habe; er hat zwar nur eine Schleuder und einen Stein, aber ihm bleibt die Entscheidung überlassen, den Berg hinaufzugehen. Wenn Euch das Soldatentum nicht gefällt, geht und macht etwas anderes; flechtet Körbe oder stellt Töpfe her. Oder baut Euch eine Schleuder und sammelt eine Handvoll Steine.«

Bardas lächelte. Der Junge hatte es endlich geschafft, den Schafsschädel aufzubrechen, und jetzt schöpfte er das weiße, matschige Hirn mit einem kleinen Löffel in eine Schüssel. »Ach«, sagte er, »aber bevor ich das tun könnte, würde ich eine Rüstung brauchen, genau wie Ihr gesagt habt. Ich muß vor allen meinen Feinden sicher sein.«

Estar zuckte mit den Schultern. »Kommt und lebt im Imperium. Sobald Ihr die äußeren Provinzen hinter Euch gelassen habt, leben alle in Sicherheit. Ihr könntet von all Euren Feinden wegkommen, und selbst wenn sie Euch aufspüren würden, würden sie doch niemals wagen, im Imperium Ärger zu machen.«

»Das ist ein verführerisches Angebot«, erwiderte Bardas und dachte an die Geschichten über Straßenräuber und Rebellen, die er gehört hatte. »Aber an Eurer Stelle würde ich zweimal darüber nachdenken, bevor ich es mache. Ihr müßt wissen, wo immer ich auch hingehe, verfolgt mich dieser gefährliche, blutdürstige Unruhestifter, und ich glaube nicht, daß Ihr erpicht darauf wäret, ihn in der Nähe zu haben.«

Estar runzelte die Stirn. »Meint Ihr Euren Bruder?«

Bardas sah zu, wie der Küchenjunge den letzten Rest weißes Hirn aus dem Schädel kratzte. »Mein eigenes Fleisch und Blut«, antwortete er.

»Wie findest du es?« fragte Iseutz.

»Du siehst lächerlich aus«, antwortete ihre Mutter, ohne von dem Damespiel aufzusehen. »Glücklicherweise wird dich niemand darin sehen, also spielt es keine Rolle.«

Iseutz runzelte die Stirn. »Ich finde, es steht mir.«

In der Zimmerecke fraß die Katze ihrer Mutter ziemlich lautstark einen Vogel; es schien sie nicht besonders zu stören, daß er noch am Leben war. Iseutz bemerkte, daß es der Mynahvogel – das Haustier von nebenan – war. »Hier könnte es noch was kürzer sein, findest du nicht?« fragte sie und zog mit der Linken den Rocksaum etwas höher. »Ich bin mir nicht sicher. Sollte er auf dem Knie liegen oder einen Zentimeter höher?«

Niessa Loredan betrachtete stirnrunzelnd die vor ihr verteilten Spielsteine. »Wen interessiert das?«

»Mich.«

»Seit wann?« Niessa lachte bitter. »Außerdem, wenn du auch nur das geringste über Mode wüßtest, wäre dir klar, daß dieser Stil nicht mehr gefragt ist. Du tust das nur, um mich zu ärgern, so wie du alles aus diesem Grund tust.«

Iseutz ignorierte sie; sie setzte sich auf den Fenstersitz, wandte dem blauen Meer den Rücken zu und musterte ihre Fingerstummel. »Wenn mich niemand jemals sehen wird«, sagte sie honigsüß, »was spielt es dann für eine Rolle, daß es außer Mode ist?«

»Ich muß dich ansehen«, sagte Niessa mürrisch. »Und ich muß hier genug ertragen, ohne daß du so gekleidet vor mir herumstolzierst.« Sie schaute auf. »Das tust du doch nur, weil ich dem Kontakt zu deinem Onkel Gorgas ein Ende gesetzt habe, nicht wahr?«

Das glaubst du. »Das hat nichts damit zu tun«, sagte Iseutz. »Du glaubst, alles, was ich tue, hat irgendwie etwas mit *dir* zu tun.«

Niessa verschränkte die Arme. »Wenn es dich wirklich interessieren würde, wie du aussiehst«, sagte sie, »wenn du dich wirklich für etwas Normales interessieren würdest, wäre das anders. Aber das tust du ja nicht. Sieh dich an. Du bist eine Mißgeburt.«

»Danke«, sagte Iseutz ernst.

»Und jetzt willst du auch noch wie eine Mißgeburt rumlaufen«, fuhr ihre Mutter fort. »Das ist zuviel. Ich werde das in diesem Haus nicht dulden, und das ist mein letztes Wort.«

Iseutz blickte über die Schulter auf das Meer. »Ich bin keine Mißgeburt«, sagte sie. »Ich bin eine Loredan. Der Unterschied ist klein, aber bedeutsam.«

Niessa schüttelte den Kopf. »Zum einen, ist das nicht schrecklich unbequem? Es sieht zumindest so aus.«

Das war es natürlich auch; das war einer der Gründe, warum der Kriegerprinzessinnen-Stil an anderen, rationaleren Orten einen so schnellen Tod gestorben war. Hier in Ap'Bermidan stellte er fast schon eine Folter dar; das Leder war steif und feucht vom Schweiß, und das schiere Gewicht des Ketten-BHs, das auf ihren Schultern und dem Nacken lastete, ließ ihre Rükkenmuskeln sich verkrampfen. »Es ist prima«, sagte Iseutz. »Viel bequemer als diese schrecklichen langen Röcke.«

»Und warum massierst du dann deinen Nacken, wenn du glaubst, daß ich nicht hinsehe?« wollte Niessa wissen. »Ich kann es von hier aus sehen; da ist schon ein großer, rotgescheuerter Fleck. Geschieht dir recht.«

Iseutz trommelte mit den Fersen gegen die Wand. »Mir gefällt es«, sagte sie. »Ich glaube, das bin *ich*.«

Niessa grinste. »Da will ich nicht mit dir streiten. Aber man zieht ja Kleider schließlich nur an, um zu verbergen, wer man ist.« Sie schnalzte mit der Zunge, eine Angewohnheit, die ihre Tochter unerträglich fand. »Und du behauptest immer, du würdest nicht verstehen, warum ich dich nicht in die Öffentlichkeit lasse.«

Verstecken, was ich bin, so wie man verdorbenes Fleisch mit Kräutern veredelt. »Du hast nicht gesagt, was ich deiner Meinung nach mit dem Rock machen soll«, sagte Iseutz. »Ich glaube, ich lasse ihn so, wie er ist; schließlich kann ich ohnehin nicht viel mit einer Nadel anfangen.«

»Oder ohne.« Niessa seufzte. »Und jetzt halte den Mund oder geh auf dein Zimmer. Ich habe zu tun.«

Iseutz lächelte und verlagerte ihre Position, um aus dem Fenster sehen zu können, ohne den Nacken verdrehen zu müssen. Blauer Himmel und blaues Meer, mit einem Streifen weißen Sandes, der sie voneinander trennte. Es war ein sehr langweiliger Anblick, aber es gab nichts anderes.

»Was war das?« fragte Niessa und hob ruckartig den Kopf. Jemand hämmerte unten gegen die Tür.

Iseutz tat so, als hätte sie nichts gehört. Sie hoffte, es war der Kurier aus Ap'Muren; ein Knoblauchhändler aus Ap'Muren kaufte manchmal von einem Insulaner, der gelegentlich getrocknete Wildpilze und Fischleim aus der Mesoge holte. Aber ihre Mutter hatte schon lange nichts mehr mit Ap'Muren zu tun gehabt, also war das ziemlich unwahrscheinlich.

Die Tür öffnete sich, aber der Mann, der eintrat, war nicht der Pförtner; der schaute hinter der Schulter des Neuankömmlings hervor und sah aufgeregt aus. Der Besucher war ein Soldat.

»Niessa Loredan«, sagte er. Es war eine Feststellung, keine Frage.

»Was wollt Ihr?«

»Ihr kommt mit uns«, sagte der Soldat, während zwei weitere Männer, die scheinbar völlig mit ihm identisch waren, an dem

Pförtner vorbei in den Raum stürmten. Ihre Rüstungen ließen sie groß und wuchtig wirken.

»Von wegen«, sagte Niessa, aber der Soldat packte sie am Nacken, so wie ein Mann einen kleinen Hund packte, und stieß sie der Tür entgegen. »Was soll das«, quiekte Niessa. »Wohin bringt Ihr mich?« Der Soldat schien sie nicht gehört zu haben. Iseutz rutschte vom Fenstersitz herunter.

»Darf ich mitkommen?« fragte sie.

Der Soldat blickte sie an. »Iseutz Loredan«, sagte er. »Ihr auch.«

»Aber gern«, erwiderte Iseutz. »Haben wir Zeit, ein paar Dinge zu packen, oder ...?«

Anscheinend nicht; der Soldat packte sie beim Arm und drängte sie aus dem Raum die Wendeltreppe hinunter, er stieß sie so hart, daß sie beinahe gestürzt wäre. Am Fuß der Treppe blieb er stehen, riß das kleine Spielzeugschwert aus der Scheide an ihrer Taille und warf es zu Boden. »Hier lang«, sagte er.

»Was, den Weg entlang? Ich bin so froh, daß Ihr mir das gesagt habt, darauf wäre ich sonst nie gekommen.«

Sie hatten keinen Sinn für Humor, diese Soldaten; dafür bekam sie einen Stoß gegen die Schulter, der sie beinahe zu Boden geworfen hätte. Aber es gelang ihr, das Gleichgewicht lange genug zu behalten, um das Handgelenk des Mannes mit ihrer linken Hand zu packen und ihn über Rücken und Schulter zu schleudern. Dem Lärm nach zu urteilen, den er machte, landete er nicht gerade sanft.

»Iseutz!« schrie ihre Mutter wütend und ängstlich und peinlich berührt. Einer der anderen Soldaten zog das Schwert – vermutlich Instinkt oder eine antrainierte Reaktion, aber Iseutz war auch nicht gerade in ihrem rationalsten Zustand. Sie sprang einen Schritt vor und trat dem gestürzten Soldaten ins Gesicht, bevor er wieder auf die Beine kam (sie hörte seinen Nasenknochen brechen), ging in die Hocke, zog mit der linken Hand sein Schwert aus der Scheide und ging zum Angriff über.

Die beiden anderen Soldaten hatten ebenfalls die Schwerter gezogen, aber sie wußten nicht, was sie tun sollten – gegen ein einhändiges Mädchen zu kämpfen, das die Präfektur lebend haben wollte und das dazu fähig war, einen Hauptmann der Wache wie Rosenblüten umherzuschleudern, war definitiv nichts, was sie angehen wollten, ohne vorher von einem vorgesetzten Offizier genaue Verhaltensregeln zu erhalten.

»Iseutz«, jammerte Niessa außer sich vor Wut, »was zum Teufel tust du da? Leg das sofort weg, bevor du uns beide in ...«

Hätte ihre Mutter sich nicht eingemischt, hätte Iseutz vermutlich das Schwert fallen gelassen; schließlich befand sie sich in einer völlig unhaltbaren Position. Aber nun packte sie den Griff nur noch fester und betete lautlos um das Glück der Narren, daß die Soldaten nicht auf die Idee kamen, daß sie mit der Linken nicht kämpfen konnte. Als sie vorrückte, wichen die Soldaten zurück; sie kreiste und trieb sie langsam vor sich her, bis sie mit dem Rücken zur Straße stand. Dann drehte sie sich um und rannte los, so schnell sie nur konnte. Sie folgten ihr und holten schnell auf; der Hauptmann stolperte hinter ihnen her. Es war nicht gut; sie war zu lange im Haus ihrer Mutter eingesperrt gewesen, hatte nicht trainiert. Also wartete sie, bis sie sie fast erreicht hatten, dann wirbelte sie herum und ließ das Schwert auf Schulterhöhe in einem flachen Kreis durch die Luft sausen.

Die Soldaten stoppten abrupt. Einer stolperte und fiel auf Gesicht und Hände; der andere nahm Verteidigungsstellung ein und starrte sie mit einem entsetzten Warum-ich-Ausdruck in den Augen an. Iseutz grinste ihn an und machte einen Ausfall. Es war kein guter Ausfall – Onkel Bardas wäre nicht zufrieden gewesen –, aber der Soldat war kein besonders guter Fechter; statt zu parieren, machte er einen Satz zurück, um aus dem Weg zu kommen, und wäre beinahe auf der ausgestreckten Hand seines Kameraden gelandet.

Gib auf, dachte sie. *Sie werden dir nichts tun.* Statt dessen machte sie einen erneuten Ausfall; diesmal war es ein wirklich schlampiger Ausfall; ihr Kopf wackelte, von Gleichgewicht keine Spur. Die Parade des Soldaten war noch schlimmer, das typische Gefummel eines Rechtshänders gegen einen Linkshänder. Sie nahm wieder die Ausgangsstellung ein, fintierte tief und führte anschließend einen kurzen Rückhandschlag aus, der einen Fingerbreit vor der Parierstange des Soldaten landete und ihm das Schwert aus der Hand schlug. Er blieb stocksteif stehen und starrte sie an; sein Kamerad kämpfte sich auf die Beine. Iseutz drehte sich um und lief los.

Jetzt war es etwas besser. Der Soldat war stehengeblieben, um sein Schwert aufzuheben; sein Kamerad, der gestürzt war, hatte sich den Knöchel verrenkt und humpelte, und der Hauptmann war immer noch weit hinter ihnen. Trotzdem war es bloß eine Sache der Zeit und der Distanz, und das wußte sie. Zum Teufel damit; es würde amüsant sein zu sehen, wie weit sie kommen würde. *»Iseutz!«* kreischte ihre Mutter in der Ferne. Vermutlich hätte kein anderer Ansporn ihre müden Knie dazu bewegen können, sie die steile Anhöhe hinauf- und auf der anderen Seite wieder hinunterzutragen ...

... wo sie in einen außerordentlich überraschten Mann hineinlief (*es gibt keinen Gott außer dem Glück des Narren, und ich bin seine Auserwählte*), der neben einem ausgezeichneten Pferd stand und den Sattel fester schnallte. Iseutz schrie vor Entsetzen auf, verwandelte den Schrei in ein Grollen und fuchtelte mit dem Schwert in der Luft herum; der Mann wich zurück, stolperte und taumelte davon. *Aber ich hasse Pferde*, dachte Iseutz, als sie den Fuß in den Steigbügel rammte und sich auf den Rücken des Tieres zog, versuchte, mit den Fingerstummeln ihrer rechten Hand die Zügel zu ergreifen, und dabei versagte. Sie schob das Schwert zwischen Sattel und Oberschenkel, drückte den Schenkel fest gegen den Pferdekörper, damit es auch dort blieb, schnappte sich die Zügel und trat mit den Fersen zu.

Natürlich hatte sie nicht die geringste Ahnung, wo sie hinritt; seit ihrer Ankunft an diesem von den Göttern verlassenen Ort war sie nur selten vor der Tür gewesen. Aber das spielte keine Rolle. Man würde sie früher oder später erwischen, also machte es nicht viel Sinn, einen bestimmten Weg einzuschlagen. Das Pferd andererseits schien eigene Pläne zu haben: egal wie hart sie versuchte, seinen Kopf herumzuziehen, schlug es früher oder später wieder die alte Richtung ein – in der Not hätte Iseutz die Vermutung geäußert, daß sie nach Westen ritten, aber ihr Orientierungssinn war nie ihre Stärke gewesen. Das Schwert und ein Saum ihres idiotischen Lederkleides drückten sich unerträglich in ihre Haut. Alles in allem war ihr klar, daß es ihr nicht besonders leid tun würde, wenn alles vorbei war.

Und plötzlich ging es nicht mehr weiter. Hinter einer Bodenwelle gischtete plötzlich das Meer auf. Sie war am Ende des Landes angekommen.

Das Pferd wollte nach links, der Küstenlinie nach Ap'Bermidan folgen. Iseutz war das egal, und nach kurzer Zeit hatten sie die Außenbezirke der Stadt erreicht und passierten die Holzgestelle, an denen die Fischer ihren Fang aufhängten, um ihn im Wind und in der Sonne zu trocknen.

Als sie den Hafen erreichte, sah Iseutz, das nur zwei Schiffe am Kai festgemacht waren. Das eine war eine kurze, gedrungene Galeere – eine erbärmliche Entschuldigung für ein Schiff; mehr hatte das Imperium niemals zustande gebracht. Das zweite Schiff war da ganz anders; eine Symphonie aus geschwungenen Linien und mit kleinen Kastellen an Bug und Heck versehen, erhob es sich hoch über das Wasser. Iseutz war nicht lange die Tochter einer Händlerin gewesen, aber sogar sie erkannte einen colleonischen Langstreckenfrachter. Sie zügelte das Pferd, runzelte die Stirn und grinste. Es war natürlich völlig sinnlos; sie würden sich niemals darauf einlassen, vermutlich waren sie gerade erst angekommen und würden es mit der

Abreise nicht besonders eilig haben. Trotzdem konnte sie keinen Grund sehen, warum sie es nicht versuchen sollte. Mehr als ablehnen konnten sie nicht.

Eine kleine Gruppe Männer belud das Schiff mit Fässern. »Hallo«, sagte Iseutz und sprang vom Pferd. »Wohin geht die Reise?«

Es trat eine lange Pause ein, dann sagte einer der Männer: »Zur Insel.«

»Da habe ich ja richtig Glück«, sagte Iseutz fröhlich, »denn da will ich hin.«

Der Mann, der gesprochen hatte, musterte sie von Kopf bis Fuß. »Eine Händlerin«, sagte er.

Iseutz erkannte, daß ihre lächerliche Aufmachung genau die Art von Kleidung war, die eine Geschäftsfrau von der Insel tragen würde. »Kurierin«, sagte sie. »Für die Bank von Shastel. Nur Briefe«, fügte sie mit einem Lächeln hinzu, »kein Bargeld, also ist es sinnlos, mich über Bord zu werfen, sobald wir außer Sichtweite des Landes sind. Ich habe mein Schiff verpaßt und bin sehr spät dran, wenn Ihr mir also helfen könntet, wäre ich sehr dankbar. Genau wie die Bank.«

»Das habe ich nicht zu bestimmen«, sagte der Mann.

Iseutz nickte. »Falls Ihr mir sagen könnt, wo ich denjenigen finde, der ...«

Der Mann wies mit dem Kopf auf das Schiff. »Kapitän Yelet«, sagte er. »Habt Ihr viel Gepäck? Wir legen nämlich ab, sobald das hier verladen ist, da wir sonst die Flut verpassen.«

Sie lächelte, schüttelte den Kopf, schnallte die Satteltasche los und warf sie sich über die Schulter. Sie war überraschend schwer, und als sie sie gegen die Wange hielt, glaubte sie Geld klimpern zu hören.

»Kapitän Yelet«, wiederholte sie. »Vielen herzlichen Dank. Bis später.«

Der Kapitän war nicht schwer zu finden, aber bis sie ihn aufgespürt hatte, hatte sie Gelegenheit gehabt, einen kurzen Blick in die Satteltasche zu werfen. Das Glück des Narren; sie enthielt ein kleines Vermögen.

»Ihr solltet vorsichtig sein«, warnte der Kapitän sie ernst, als sie zwei Goldviertel in seine ausgestreckte Hand abzählte. »Ganz allein zu reisen mit soviel Geld.«

Iseutz zuckte mit den Schultern. »Das schaffe ich schon«, sagte sie.

10

Dassascai der Spion (der so genannt wurde, damit man ihn von einem anderen Mann gleichen Namens - einem Zeltflicker - unterscheiden konnte) saß an seinem Feuer neben dem Entenstall und schärfte ein Messer.

Vermutlich war er der einzige Mann im ganzen Lager, der ruhig dasaß; Temrai hatte entschieden, die Clans nach Südosten zu führen, der imperialen Armee entgegen, die aus der Richtung von Ap'Escatoy anrückte. Nach fast sieben Jahren an einem Ort bewegten sich die Nomaden steif und unbeholfen, wie jemand, der morgens nach zu wenig Schlaf aufsteht.

Die Hälfte der Männer war beim ersten Tageslicht aufgebrochen, um mit der unangenehmen Arbeit des Herdenzusammentriebs anzufangen. Nach sieben Jahren ununterbrochenen Weidens war in der unmittelbaren Nähe des Lagers kaum noch ein Grashalm zu finden. Statt also wie in den alten Tagen der Wanderschaft in unmittelbarer Nähe zu sein, waren die Herden aufgeteilt und über Tausende Morgen Steppenland verteilt. Viele der jungen Männer, die mitritten, hatten noch nie den großen Zusammentrieb erlebt und wußten nicht genau, was sie tun sollten; größtenteils betrachteten sie das Ganze vernünftigerweise als Abenteuer, und ihr Enthusiasmus reichte aus, um die Männer davon abzulenken, zu intensiv über die Auswirkungen von Temrais Entscheidung nachzudenken.

Die andere Hälfte des Clans war damit beschäftigt, das Lager abzubrechen; sie zogen Zeltpfähle aus dem Boden, falteten Teppiche und Planen zusammen und versuchten, die in sieben Jahren seßhaften Lebens angesammelten Dinge in Körben und auf Schlepptragen zu verstauen, die eigentlich nur für die Grundbedürfnisse des Lebens gedacht waren. Viele Leute warfen die wunderbaren, aber nutzlosen Schätze weg, die sie beim

Untergang der Stadt geplündert hatten – entlang der sich schnell auflösenden Straßen des Lagers fanden sich Bronzeständer und Elfenbeintische, gewaltige Bronzekessel und alle möglichen Marmorstatuen. Wo immer möglich, zerlegten sie die Maschinen und Werkzeuge, die sie im Laufe der Jahre gebaut hatten; Sägebänke und mit Wasserkraft betriebene Mühlen, Tribocke und Speerschleudern und Winden und Tretmühlen; man nahm sie auseinander wie Kadaver in einem Metzgerladen und lud sie auf Pritschenwagen, aber viel zuviel würde man zurücklassen müssen, entweder aus Mangel an Transportgerät oder weil die betreffenden Maschinen zu groß und zu schwer waren. Und schon sah das Lager wie vom Feind überrannt aus; überall lag Müll herum, weggeworfener Reichtum und zerbrochene Werkzeuge, während die Feuer, in denen man das überzählige Heu und Trockenfutter verbrannte, einen Erinnerungen heraufbeschwörenden Rauchgestank verbreiteten.

»Du gehst also nicht«, sagte jemand, während Dassascai sein Messer schärfte.

»Natürlich gehe ich«, erwiderte Dassascai. »Aber mein Zeug ist schnell gepackt. Ist doch sinnlos, alles schnell zu packen und dann ein paar Tage herumzusitzen und auf den Rest von euch zu warten.«

»Das dauert keine paar Tage, wenn es nach Temrai geht«, sagte der Nomade. »Morgen bei Sonnenaufgang sind wir hier weg; wer dann nicht fertig ist, bleibt eben hier.«

Dassascai lächelte. »Das werden wir sehen. Ich glaube, er hat vergessen, was es bedeutet, ein Lager abzubrechen. Schließlich sind wir länger als eine Woche hier; man kann nicht einfach sieben Jahre in einen Sack packen und ihn sich über die Schulter werfen.«

Der Mann grinste. »Wie du meinst. Aber sag mal, ist es wahr, was man sich erzählt? Bist du ein Spion?«

Dassascai nickte. »Natürlich«, sagte er. »Enten rupfen ist nur ein Steckenpferd.«

Der Mann runzelte die Stirn, dann zuckte er mit den Schultern. »Na ja«, sagte er, »wenn du wirklich ein Spion bist, ist doch klar, daß du es nicht zugeben würdest.«

»Aha. Und für wen soll ich spionieren? Die Provinzverwaltung? Bardas Loredan? Die Zahnfee?«

»Woher soll ich das wissen?« fragte der Mann ärgerlich. »Das ist auch egal, wer immer es auch ist, es wird ihnen nichts nützen. Temrai wird ihnen einen Schritt voraus sein, du wirst schon sehen.«

»Das hoffe ich doch, wenn er den Weg anführt.«

Als der Mann gegangen war, wickelte Dassascai das Messer sorgfältig in ein Öltuch und verstaute es in seiner Umhängetasche. Dann holte er einen kleinen Messingzylinder hervor, entnahm ihm ein zusammengerolltes Blatt Papier und breitete es auf seinem Knie aus. Es war leer. Er schaute sich um, um sich zu vergewissern, daß ihn niemand beobachtete, dann bückte er sich und fischte ein Stück Holzkohle aus dem bereits erloschenen Rand des Feuers. Er testete es an einer Ecke des Blattes. Es schrieb gut.

Er fing nicht mit dem Namen der Person an, an die er schrieb; die Nachricht würde nur eine Person zu Gesicht bekommen, und dieser Person brauchte man ihren Namen nicht zu sagen. Statt dessen schrieb er: *Um der Götter willen, sagt mir endlich, was ich tun soll!*, rollte das Papier zusammen und stopfte es in die Röhre. Dann griff er in den Entenstall, zog einen großen, fetten Enterich heraus und brach ihm den Hals, indem er ihn unterhalb des Kopfes packte und den Körper schnell herumwirbeln ließ wie eine Schleuder. Als das Tier tot war, zog er ein kleines Taschenmesser aus der Schärpe, klappte es auf und schlitzte die Ente vom unteren Rippenende bis zur Kloakenöffnung auf. Mit einem schnellen, durch lange Übung beinahe anmutigen Ruck des Handgelenks schnippte er den Magen und die Eingeweide durch die Öffnung heraus, schob den Messingzylinder an seine Stelle und schloß den Schlitz mit

Pferdehaar und einer Stahlnadel, die sonst unter seinem Mantelkragen steckte. Als er damit fertig war, verließ er das Lager und ging in Richtung Flußmündung, wo ein einzelnes Schiff an den Überresten des alten perimadeianischen Kais lag. Er kam gerade noch rechtzeitig, um die beiden Männer abzufangen, zu denen er wollte.

»Entschuldigt«, sagte er.

Gannadius schaute auf. »Ja?«

»Entschuldigt die Belästigung«, sagte Dassascai, »aber ich muß jemandem eine Ente schicken. Wärt Ihr wohl so freundlich, sie für mich zur Insel zu bringen?«

Gannadius sah ihn an. »Ihr schickt jemandem eine Ente?«

»Das ist richtig.«

»Lebend oder tot?«

»Oh, tot.«

Gannadius runzelte die Stirn. »Aber das ist doch albern. Man kann überall Enten kaufen.«

»Aber nicht so eine Ente. Sie ist ein Muster. Eine Sonderbestellung.« Er lächelte. »Ich habe heute den Lieferauftrag bekommen. Wenn ihm die Probe zusagt, will er tausend Stück abnehmen. Ihr würdet mir einen großen Gefallen tun.« Dassascai lächelte freundlich und zog die Ente unter dem Hemd hervor. »Seht Ihr? Ihr müßt doch zugeben, das ist eine tolle Ente.«

»Ich schätze schon«, sagte Gannadius zweifelnd. »Aber wird sie nicht – nun, Ihr wißt schon, verdorben sein?«

Dassascai schüttelte den Kopf. »Es ist kaum zu glauben, aber vier Tage sind genau richtig, um den Geschmack hervorzubringen. Mein Freund wird Euch für Eure Mühen entschädigen, wenn Ihr Euch darüber Sorgen machen solltet.«

»Oh, o nein, das geht schon in Ordnung«, erwiderte Gannadius schnell. Es war für Insulaner eine Ehrensache, nach Möglichkeit Briefe mitzunehmen und auszuliefern; ein essentielles Berufsethos für eine Nation von Kaufleuten. Für so etwas eine

Belohnung anzunehmen galt als außerordentlich schlechtes Benehmen; so als würde man einen Ertrinkenden um Geld bitten, bevor man ihn rettete. »Es ist nur – also gut.«

»Danke«, sagte Dassascai strahlend. »Damit nehmt Ihr eine große Last von mir. Ich versuche dieses Geschäft schon seit einer Ewigkeit abzuschließen, aber es fahren so wenige Schiffe in Eure Richtung, daß ich krank vor Sorge war, mein Kunde könnte das Interesse verlieren.«

Er gab Gannadius die Ente. Gannadius betrachtete sie mit leichtem Ekel. »Ich will Euch ja nicht beleidigen«, sagte er, »aber für mich sieht sie wie eine ganz normale Ente aus.«

Dassascai nickte. »Genau. Aber sie ist eine *billige* Ente. Und das ist die seltenste und meistgesuchte Sorte, die es gibt.«

»Das ist wahr«, sagte Gannadius zweifelnd. »Aber wäre es nicht besser, sie ihm lebend zu schicken? Dann könnte er sie selbst töten, und es bestünde kein Risiko, daß sie verdirbt.«

»Ah.« Dassascai runzelte die Stirn und grinste. »Und angenommen, sie fällt jemand anderem in die Hände, und dieser Jemand fängt an, sie zu züchten? Das wäre das Ende für mein Geschäft. Wenn Ihr Euch mit Enten auskennen würdet, wüßtet Ihr, was Ihr da in Händen haltet.«

»Wenn Ihr es sagt«, erwiderte Gannadius und wünschte, er hätte sich nicht auf die Sache eingelassen. »Also gut, wo soll ich sie abgeben?«

»Ich habe es aufgeschrieben«, sagte Dassascai. »Seht nicht so überrascht aus«, fügte er mit einem schmalen Lächeln hinzu. »Manche von uns können lesen und schreiben, wißt Ihr?«

»Natürlich. Ich wollte nicht andeuten, daß ...«

»Schon gut.« Dassascai schob ihm einen kleinen Pergamentfetzen in die Hand und drückte seine Finger so hart darüber zusammen, daß er zusammenzuckte. »Ich weiß das wirklich zu schätzen«, sagte er. »Das könnte für unsere beiden Länder eine gute Nachricht sein.«

Und die Nationen sollen einander Enten schicken, dachte

Gannadius. »Großartig«, sagte er. »Nun, ich sollte besser an Bord gehen; ich will das Schiff nicht verpassen.«

»Was sollte das denn?« fragte Theudas seinen Onkel, als dieser an Deck zu ihm stieß. Theudas hatte für ihn am Bug einen Platz zwischen den aufgeschossenen Ankertauen reserviert.

»Frag nicht«, antwortete Gannadius. »Ich liefere sie nur ab. Anscheinend markiert sie den Beginn einer neuen Ära.«

»Tatsächlich? Bis wir da sind, wird sie scheußlich stinken«, sagte Theudas und sah dann mürrisch aufs Meer hinaus.

Bardas Loredan war fest davon überzeugt, daß er den Flug des Pfeils die ganze Zeit verfolgt hatte, von dem Augenblick, als er als winziger Punkt am Himmel aufgetaucht war, bis zu dem Augenblick, an dem er von ihm getroffen wurde; es war eine unerträglich lange Zeit, aber nicht lange genug, um einen Schritt nach rechts zu gehen und ihm auszuweichen, obwohl er sein Bestes tat. Seltsam, dachte er im Augenblick des Aufpralls, daß die Zeit so funktionieren kann. Das könnte einen Mann an das Prinzip glauben lassen.

Als der Aufprall des Pfeils auf dem Wangenschutz seines Helmes seinen Kopf zur Seite stieß – es war wie ein harter Schlag ins Gesicht –, war er fest überzeugt, gestorben zu sein. *(Für gewöhnlich muß man vorher sterben.)* Doch anscheinend war diese Annahme ein Fehler gewesen *(aber in Eurem Fall machen wir eine Ausnahme)*. Denn er verspürte einen scharfen Schmerz in der Schläfe, und wenn er die Regeln richtig verstanden hatte, blieb es den Toten erspart, Schmerz zu empfinden, so als eine Art Trostpreis. Als er den Kopf wieder drehte, war er sich der scharfen Kanten des kleinen Loches bewußt, das der Pfeil in den Stahl geschlagen hatte. Sie schlitzten schmerzlos seine Gesichtshaut auf, und zwar vom Wangenknochen bis zum Lippenansatz. Blut sickerte heiß die Innenseite des ausgepolsterten Helmes hinab, erstaunlicherweise ähnelte das Gefühl dem warmen, feuchten Gefühl von Pisse, die ihm als kleiner Junge das Bein hinuntergelaufen war. Der Schock trat verzögert ein; er taumelte kurz, fand das Gleichgewicht wieder und stellte sich wieder gerade hin.

Sie hatten ohne Vorwarnung angegriffen; ein Zischen in der Ferne, wie Öl in einer heißen Pfanne, und das durchaus hübsch anzusehende Muster von Pfeilen, die gegen die Mittagssonne in den Himmel stiegen wie eine große Taubenschar aus einem Feld. Er hatte ein paar Augenblicke gebraucht, um herauszufinden, wo die Pfeile herkamen – eine karge Bodenspalte zwischen der Marschkolonne und dem gegenüberliegenden Talrand. Es war fortgeschrittene Bogenschützenkunst, Salven aus äußerster Entfernung auf ein unsichtbares Ziel abzuschießen, etwas, zu dem dem Hilfskorps der Bogenschützen der Provinzverwaltung entweder die Fähigkeit oder das nötige Selbstvertrauen fehlte. Für den Rest der Kolonne war es eine furchteinflößende Erfahrung, von einem Feind getötet zu werden, den man noch nicht einmal gesehen hatte. In Bardas' Fall rief das nur leicht nostalgische Gefühle für die Minen hervor.

Er blickte sich nach Estar um, konnte ihn aber nicht entdekken. Niemand schien hier Befehle zu geben, und die geduldigen, disziplinierten Reihen der imperialen Infanterie standen so reglos da wie Zugpferde in strömendem Regen. *Verdammt*, dachte Bardas. Er trat aus der Reihe vor und fing an, militärische Dinge wie *Links um* und *Zur Front hin ausrichten* zu rufen, Dinge, die er in Maxens Heer gelernt und von denen er geglaubt hatte, sie längst vergessen zu haben. Die Imperialen waren allerdings nicht wie Maxens Männer; sie waren eine Freude zum Drillen, flink und präzise, Männer, die nicht nur den Befehlen gehorchten, sondern tatsächlich an sie glaubten, als handele es sich um die heiligen Worte einer Religion. Dieser absolute und gedankenlose Gehorsam mit seinen Implikationen von Verantwortung und Vertrauen war entnervend.

Sagt bloß nicht, daß ich mich wieder in etwas reinziehen lasse, dachte Bardas ärgerlich; aber wenn keiner diese Männer aus der Schußlinie brachte, würde es vermeidbare Todesfälle und Verletzungen geben. Estar war nirgendwo zu sehen, die anderen Offiziere standen so treu und fest wie der Rest der Soldaten. Das Blut hatte sein Schlüsselbein erreicht; das wattierte Revers seines kurzen Kettenhemdes saugte es auf wie ein Schwamm, und die scharfen Kanten schnitten noch mehr tiefe, schmale Schnitte, so präzise wie die blattdünnen Messer der Köche, als sie das Schaf auseinandergenommen hatten. *Beinahe sicher, aber nicht ganz; ein kleines Loch auf der Außenseite, eine Reihe blutiger Schnitte innen.*

Er gruppierte die Heeres-Kolonne zu einer Schlachtreihe um und gab den Befehl zum Vorrücken. Für diese Situation empfahlen die imperialen Autoren, die über Kunst des Krieges schrieben, ein Manöver, das sie »Hammer und Amboß« nannten: verlocke den Feind dazu, sein Feuer auf einen scheinbar selbstmörderischen Infanterievorstoß zu lenken, der Hauptteil des Heeres marschiert scheinbar direkt in den Pfeilhagel hinein (dafür sind ja die Rüstungen da), während die aus Kavallerie und leichter Infanterie bestehenden Flügel den Feind umgehen und ihn den Piken der Soldaten entgegentreiben. Es war eine vernünftige Taktik – vorausgesetzt, man konnte sich darauf verlassen, daß die Kavallerieoffiziere ihre Arbeit erledigten. Bardas hatte sie aufbrechen sehen, sobald er angefangen hatte, das Heer neu zu formieren; sie ritten vom Feind fort, bevor sie einen großen Bogen schlagen würden, um unerwartet in seinem Rücken aufzutauchen. In diesem Terrain würden sie bis zum Ende des gegenüberliegenden Hügels reiten müssen, wenn sie außer Sicht bleiben wollten. Es würde lange dauern, bevor sie in Position waren, was bedeutete, daß die gepanzerte Infanterie im Regen stehen und naß werden würde. Es war ein Spiel, die Leben von Tausenden von Männern hingen von einer Wette ab, ihre Bogenschützen gegen unsere gepanzerte Soldaten. *Willkommen zurück im Rüstungshaus, Bardas Loredan, wir wußten, daß Ihr nicht wegbleiben konntet.*

Was zum Teufel war nur mit Oberst Estar passiert? Der gesunde Menschenverstand sagte einem, daß er in der ersten Salve gefallen war, obwohl Bardas das nicht gesehen hatte. Es war unvorstellbar, daß er die Flucht ergriffen hatte. Schließlich war er ein Sohn des Himmels, und selbst Bardas Loredan mußte an etwas glauben. Wenn Estar tot war – aber so etwas gab es nicht; die Befehlshaber mächtiger Heere starben nicht in der ersten Salve der ersten Schlacht, in der sie kämpften. Aber wenn er tot war (auch Maxen war gestorben, das durfte er nicht vergessen), würde der Oberbefehl über das Heer an Sergeant Loredan fallen, bis ein anderer Sohn der Himmels aus Ap' Escatoy eintraf. Der Gedanke ließ Bardas erschauern.

Hier stellte sich ein interessantes Problem, eine Prüfungsfrage in der Kunst des Kommandierens. Um den Feind zu erreichen, mußten sie einen steilen Hang hinuntermarschieren. Es war lebenswichtig, die Reihen geschlossen zu halten; aber das schiere Gewicht der Rüstungen, von denen alles abhing, verführte die Männer zur Eile, fast bis zu dem Punkt, an dem sie losrannten. Bardas mußte seine Fersen in den trockenen, weichen Boden graben, nur um nicht das Gleichgewicht zu verlieren. Vor seinem geistigen Auge stand klar das lächerliche Bild eines Heeres in voller Rüstung, das auf dem Hintern den Abhang runterrutschte und Hals über Kopf in einen ineinander verkeilten Haufen aus Stahl und Fleisch krachte – das war genau die Art von Sache, die in einem Krieg passieren konnte; so kam es zu Katastrophen und wurden Kriege verloren.

Er brüllte seinen Offizieren – die für ihn unsichtbar hinter ihm marschierten – zu, die Reihen geschlossen zu halten und den Vorstoß zu verlangsamen. Nun, jeder konnte die nötigen Worte rufen, aber es war eine Aufgabe für einen wahren Kommandanten, sie in eine Handlung zu verwandeln, sie zu realisieren; er konnte nur hoffen, daß sich ein paar von ihnen in den Reihen hinter ihm befanden. Die Pfeile waren auch nicht gerade hilfreich; sie prallten von den kunstvoll abgeschrägten

Oberflächen der Rüstungen ab, schossen in alle Richtungen davon und rasten seitlich in die Gesichter und Körper der vierten und fünften Reihe. Man konnte nichts dagegen tun, man mußte sie ignorieren wie Pferdebremsen an einem heißen Tag. Eines konnte die Schlachtreihe nun nicht mehr tun: stehenbleiben und zurückgehen; hätten die Männer das versucht, wären sie im Handumdrehen den Abhang hinuntergestürzt.

Es blieb ihnen nichts anders übrig, als die letzten paar Meter im Laufschritt zurückzulegen. Ein paar Mann stürzten, und jeder von ihnen riß zwei oder drei weitere mit. Keine Zeit, um nach den Gestürzten zu sehen; sie würden sich selbst um sich kümmern müssen, wenn sie dazu noch in der Lage waren. Bardas wußte genau, daß unter den Toten auch noch Lebende sein würden, wie Minenarbeiter bei einem Einsturz, und sie würden warten und darauf vertrauen müssen, daß der Sergeant die Schlacht gewann und überlebte, sonst würden sie dort liegenbleiben, bis sie starben oder die Altmetallsammler mit ihren scharfen Messern kamen, um die Kadaver zu häuten und auszurauben. Man hätte niemals zulassen dürfen, daß das Kommando in die Hände eines Ausländers fiel. Todsicheres Rezept für eine Katastrophe. Er konnte es schon hören.

Sie schafften es, den Abhang hinunterzukommen; jetzt kam der schwierige Teil. Sie mußten nicht weit hinauf, aber der Hang war steil, und oben stand der Feind. *Das ist nicht witzig; hätte ich so hart arbeiten wollen, wäre ich auf dem verdammten Hof geblieben.* Es war schlimmer, als Kornsäcke die Leiter hoch auf den Scheunenboden zu schleppen. Bei jedem Schritt war er davon überzeugt, daß seine Knie brechen oder die Muskeln aus seinen Waden herausspringen würden; er konnte fühlen, wie seine Muskeln Schaden davontrugen *(das ist nicht besonders klug, Bardas, du wirst dich noch ernsthaft verletzen)*, und der Gedanke, gegen jemanden kämpfen zu müssen, wenn er es bis nach oben schaffte, reichte, um ihn laut auflachen zu lassen. Wenn sie gegen ihn kämpfen wollten, sollten sie ihm besser die letzten paar Meter nach oben helfen wie einem alten Mann.

Das Geräusch, das die von der Rüstung abprallenden Pfeile machten, war außergewöhnlich, ein schriller Schrei der Frustration. Nicht, daß alle abgewehrt wurden; da man von oben auf sie schoß, waren die Winkel nicht richtig, es gab flache Stellen, an denen ein Pfeil mühelos einschlagen konnte. Jeder Mann, der getroffen wurde, riß andere mit, wenn er nach hinten taumelte und den Hügel hinunterrollte (hätte der Feind Verstand gehabt, hätte er Felsen und Baumstämme nach unten geschickt), und das war auch nicht unbedingt hilfreich. Das Tempo war langsamer geworden, es war, als wäre die Zeit selbst stehengeblieben (der Pfeil, der auf ihn zugeschossen war), und er konnte nichts tun, außer sich zu zwingen, noch einen Schritt in die Höhe zu steigen und dann noch einen. Atmen war nun fast unmöglich geworden. So werden Schlachten verloren, so geschehen Katastrophen; der Müllhaufen, der Stapel aus Teilen, die die Materialkontrolle nicht bestanden hatten.

Er starrte direkt auf ein Stiefelpaar. Es waren alte Stiefel, abgestoßen, der eine Zeh war geflickt. *Ich hatte mal so ein Stiefelpaar*, dachte Bardas, und gerade, als er sich an den Toten erinnerte, dem er sie nach der Schlacht in der Steppe abgenommen hatte, trat ihn der Besitzer der Stiefel gegen die Stirn. Auch das war ein Fehler; Stiefel sind nicht hart genug, um damit gegen Stahl zu treten. Trotz allem kam Bardas nicht umhin zu grinsen – *nicht genug Luft zum Lachen, kann nur grinsen* –, als er das Schmerzgeheul hörte. Dann stieß er seine Pike nach oben (er konnte noch immer nicht weiter als bis zu den Knien des Mannes sehen), die verdammt schwere Waffe, die er den ganzen Weg geschleppt hatte und genausogut benutzen konnte, und ließ das Geheule verstummen.

Kämpfen. Nun, wenigstens ist das etwas, von dem ich etwas verstehe. Er nutzte die Bewegung des Pikenstoßes, zog sich den letzten Schritt auf den Hügelkamm hinauf und schaffte es, über den Toten hinwegzusteigen, der ihm die Pike mit seinem Leib aus den Händen gerissen hatte. Während er noch vorwärts stolperte, versetzte ihm jemand einen Schlag auf die Schultern (der Nomade verschwendete seine Kraft, indem er auf die Verbindung zwischen Rückenpanzer, Halsberge und Schulterstück einschlug), aber Bardas hatte weder die Zeit noch die Energie, sich um ihn zu kümmern; er ging an ihm vorbei wie an einem Betrunkenen auf der Straße, und sein ganzer Körper zuckte, als er Luft holte – sie blieb ihm im Hals stecken, es war, als versuchte er, einen Apfel ganz hinunterzuschlucken. Irgendein Narr hieb ihm eine Axt auf den Helm; er überlebte nicht lange, Bardas mußte lediglich den Arm heben und ihn wieder mit seinem ganzen Gewicht fallen lassen, der kombinierten Masse aus Armschienen, Ellbogenkachel, Oberarmröhre, Schulterstück und Panzerhandschuh zu erlauben, die Schwertklinge durch Knochen und Fleisch zu treiben; die Rüstung tat die ganze Arbeit, der Mann, der in ihr steckte, hatte nur wenig damit zu tun. *Es ist passiert,* dachte Bardas, als er das Schwert mit einem kräftigen Ruck aus dem durchtrennten Schlüsselbein zog, *die Rüstung ist um mich herumgewachsen und hat mich eingeschlossen, es ist wie bei den Ringen eines Baumes; allein die Außenseite, der stählerne Teil von mir, ist lebendig.*

Sie versuchten es mit den verschiedensten Prüfungen – Schwerter, Speere, Äxte, sogar schwere Steine und Keulen, aber sie konnten die Rüstung nicht dazu bringen, bei der Materialkontrolle zu versagen. Wenn es darum ging, Stahlplatten zu zerschmettern, waren sie nicht in derselben Liga wie Bollo und sein großer Hammer. Andererseits taugten ihr Fleisch und ihre Knochen nicht das geringste; bis auf ein paar Stücke, die im letzten Augenblick aus der Prüfung genommen wurden, fiel die ganze Partie durch. Als alles vorbei war, lag dort die große Ausschußhalde, die er schon die ganze Zeit gesehen hatte, der Berg aus Armen und Beinen und Köpfen und Oberkörpern und

Füßen und Händen, die es nicht geschafft hatten, die Materialprüfung zu bestehen. Und das war kein Wunder, dachte er jetzt, als er sie aus der Nähe sah; sie waren aus einem anderen Material als Stahl gemacht, was einfach verrückt war.

Als sich die Kavallerie endlich dazu herabließ, am Ort des Geschehens aufzutauchen, gab es nichts mehr für sie zu tun. Es war klar, daß sie darüber nicht erfreut waren, genausowenig wie über die Tatsache, daß sie jetzt unter dem Befehl eines ausländischen Infanteriesergeanten standen. Wie sich herausstellte, war ihr Hauptmann ein Perimadeianer namens Olethrias Saravin. Bardas versuchte ihm das Kommando zu übergeben, aber es klappte nicht. »Nicht in diesem Leben«, sagte Saravin. »Als Ihr das letzte Mal gegen diese Leute gekämpft habt, habt Ihr es verpfuscht, jetzt habt Ihr die Chance, es wiedergutzumachen.« Es schien sinnlos, sich mit ihm herumzustreiten, also ließ Bardas das Thema fallen und befahl ihm, drei Kompanien zu nehmen und den Weg zu erkunden, und diesmal (falls es möglich war) nach feindlichen Bogenschützen Ausschau zu halten, die möglicherweise durch die Gegend streiften. Saravin galoppierte ausgesprochen widerwillig davon, und Bardas gab den Befehl, für die Nacht das Lager aufzuschlagen.

Man fand Estars Leiche und brachte sie ihm. Abgesehen von ein paar Fußabdrücken wies sie keine Verletzung auf. Allem Anschein nach war er vom Pferd gestürzt und hatte bei dem Versuch, in voller Rüstung ohne fremde Hilfe wieder aufzusitzen, einen Herzanfall erlitten.

Vetriz schob die mehr als mäßige Fischsuppe von sich. Sie hatte leichte Kopfschmerzen und war eigentlich wirklich nicht in der Stimmung, Eseutz Mesatges zu ertragen, die auf der anderen Seite des Tisches in dem Gasthaus mit dem schönen Namen *Ehre und Stolz* saß. Gerade hatte jemand, den sie zu kennen glaubte, den Gastraum betreten: Sie erhaschte einen Blick auf die Rückseite eines kahlen Kopfes und ein Paar breiter Schultern. »Wißt Ihr«, sagte sie, »ich bin wirklich nicht hungrig. Ich glaube, ich gehe nach Hause.«

»Seid nicht albern«, erwiderte Eseutz. »Wenn Ihr die Suppe nicht möchtet, können wir auch was anderes bestellen.«

»Ich habe keinen Hunger«, sagte Vetriz lauter, als sie beabsichtigt hatte.

Mehrere Leute drehten sich um, einschließlich des Mannes mit dem Kahlkopf und den breiten Schultern. Er blickte sie einen Augenblick lang an, grinste und ging dann auf den Tisch am Fenster zu. Vetriz lehnte sich zurück in ihren Stuhl; sie verspürte Übelkeit.

»Es ist doch nicht die Fischsuppe, oder?« fragte Eseutz.

»Nein«, antwortete Vetriz. »Es ist nicht die Fischsuppe.«

Eseutz musterte den sich von ihnen entfernenden Rücken. »Es geht mich nichts an, richtig?«

»Richtig«, sagte Vetriz. »Es geht Euch nichts an.«

»Dagegen ist nichts zu sagen. Wenn Ihr tatsächlich keinen Hunger habt – was dagegen, wenn ich Euer Brot nehme?«

Gorgas Loredan blieb stehen und blickte sich um, bis er gefunden hatte, was er suchte. Diese schmalen, gebeugten Schultern waren unverwechselbar. Er trat nahe an sie heran und legte die Arme um sie.

Iseutz Loredan wand sich wie ein Fisch, dann sah sie, wer es war, und entspannte sich etwas, wenn auch nicht völlig. »Onkel Gorgas.«

»Ich habe deinen Brief erhalten«, sagte er und setzte sich neben sie auf die Bank. Er sah zu groß für einen so normalen Ort aus. »Tatsächlich hat er mich in genau dem Augenblick erreicht, in dem ich zu einer hier stattfindenden Besprechung aufgebrochen bin. Also hab' ich mir gedacht, ich biete dir eine Mitfahrgelegenheit an.«

Iseutz lächelte ihn an. »Das ist großartig. Vielen Dank.«

»Nichts zu danken. Ich hätte dich schon längst einladen sollen, aber ich war mir nicht sicher, wie die Dinge zwischen deiner Mutter und mir stehen. Diese Suppe sieht gut aus.«

»Dann nimm sie«, sagte Iseutz. »Sie schmeckt ekelhaft.«

Gorgas zuckte mit den Schultern. »Stimmt es übrigens, daß du diesen Soldaten fast getötet hättest? Und dann auch noch mit der linken Hand. Du hast wirklich ein Talent für diese Fechterei, was?«

»Muß in der Familie liegen«, sagte sie ausdruckslos. »Also weißt du über alles Bescheid?«

»Hm.« Gorgas hatte den Mund voller Suppe. »Ein schmutziger Trick, wenn du mich fragst. Du mußt wissen, ich habe etwas, das sie haben wollen, aber sie wollen mir meinen Preis nicht bezahlen – was dumm ist, wenn du mich fragst, weil sie das, was ich habe, dringend brauchen, und was ich haben will, kostet sie rein gar nichts, aber so ist das nun mal. Ich denke, ihr beide – du und deine Mutter – solltet ihr Gegenangebot sein. Es ist schon traurig, wenn man kein Geschäft mit der Provinzverwaltung machen kann, ohne daß sie einem die Familie entführen. Wäre da nicht die Tatsache, daß sie noch immer deine Mutter haben, würde ich den ganzen Handel seinlassen, und sie könnten zur Hölle fahren.«

»Ich weiß über den Handel Bescheid«, sagte Iseutz. »Ich war mir nicht sicher, ob wir dir soviel wert sind.«

Gorgas runzelte die Stirn. Er kaute einen Augenblick lang und schluckte. »Sei nicht albern«, sagte er. »Du gehörst zur Familie. Nichts ist wichtiger als die Familie. Aber ich habe am Ende den besseren Handel herausgeschlagen – zumindest habe ich das gedacht. Ich habe ihnen die Mesoge gegeben.«

Iseutz riß die Augen auf. »Du hast was?«

»Ich habe sie ihnen übergeben, kostenlos, gratis und für nichts.« Er grinste. »Der Ausdruck auf dem Gesicht des Gesandten, dieses schmierigen Bastards – nun, er hat genauso ausgesehen wie du jetzt; als hätte er einen Keks hinuntergeschluckt und dann erst entdeckt, daß es ein Igel war.« Er verstummte.

»Bei näherem Nachdenken könnte es durchaus sein, daß sie versuchten, euch als Sicherheit gefangenzunehmen, nur für den Fall, daß ich es mir anders überlege. Aber egal. Wenn sie ihren verdammten Piraten haben wollen, dann werden sie mir dafür Niessa *und* das geben müsssen, was ich ursprünglich verlangt habe.« Er runzelte die Stirn. »Tatsächlich hast du mich gerade auf eine Idee gebracht. Diese Reise könnt sich als viel nützlicher erweisen, als ich gedacht hatte.«

Iseutz lächelte. »Schön, daß ich dich inspirieren konnte. Sieh mal, ich will dich ja nicht drängen, aber werden deine Geschäfte schrecklich viel Zeit in Anspruch nehmen? Ich möchte nämlich so schnell wie möglich aufbrechen. Ich bin zwar sicher, daß all diese Soldaten viel Wichtigeres im Kopf haben, als nach entflohenen Gefangenen zu suchen. Aber sie machen mich nervös.«

Gorgas nickte. »Du würdest dich wundern. Wenn es etwas gibt, das die Provinzverwaltung wirklich verabscheut, dann einen Gefangenen zu verlieren. Nein, du hast recht, dir Sorgen zu machen. Das beste wäre, dich an Bord meines Schiffes in Sicherheit zu bringen und diese Insel zu verlassen. Ich werde ihnen befehlen, mich später zu holen.«

»Bist du sicher? Ich will dir nicht zur Last fallen.«

Gorgas blickte sie an. »Du mußt es nicht übertreiben«, sagte er. »Komm schon, mir gegenüber kannst du ehrlich sein, ich bin dein Onkel. Ich bin derjenige, den du in dieser Gefängniszelle in Scona angespuckt hast. Darum verstehen wir uns auch so gut, wir machen uns keine Illusionen über den anderen. Und so sollte das zwischen Familienmitgliedern auch sein.«

Iseutz schaute ihn finster an, dann schüttelte sie den Kopf. »Es tut mir leid. Ich wollte dich nicht beleidigen.«

»Ach, mich kann man nicht beleidigen«, erwiderte Gorgas mit einem Lächeln. »Hör zu, ich will ehrlich zu dir sein, so wie du es zu mir sein sollst. Ich will dich in Sicherheit wissen, an einem Ort, wo die Handlanger des Präfekten nicht an dich herankommen, denn ich will ihm keine weitere Geisel überlassen. Wenn das bedeutet, daß ich hier fünf statt zwei Tage verbringen muß, dann ist das keine große Sache; dann habe ich bloß mehr Zeit für diese andere kleine Aufgabe, die ich mir gerade ausgedacht habe. Du tust mir einen Gefallen – eigentlich sind es zwei, weil du mich auf diese Idee gebracht hast –, und ich tue dafür dir einen. Und wir sind beide glücklich, und das ist gut. Du hast gegessen, also laß uns runter zum Dock gehen. Willst du irgend etwas mitnehmen, oder bist du so reisefertig?«

»Ich bin so bereit, wie ich nur sein kann«, erwiderte Iseutz. »Du wirst mir bestimmt nicht verraten, was es mit deiner tollen Idee auf sich hat, oder?«

»Nein, das werde ich nicht. Wir gehen hinten raus.«

Als sie den Tisch passierten, an dem Vetriz saß, blieb Gorgas stehen, nickte höflich und ging weiter.

»Wer war das?« fragte Iseutz.

»Eine Freundin deines Onkels Bardas.«

»Oh.«

In der Zwischenzeit beugte sich Eseutz Mesatges vor und fragte: »Kommt schon, wer ist das?«

»Wie ich bereits gesagt habe, geht Euch das nichts an«, antwortete Vetriz ärgerlich.

»Ihr seid wütend, weil er ein Mädchen dabei hatte«, sagte Eseutz. »Noch dazu jung genug, um seine Tochter zu sein. Wenn Ihr mich fragt, könnt Ihr froh sein, daß Ihr ihn los seid.«

»Das bin ich nicht«, sagte Vetriz, »also haltet den Mund.«

»Kein Wort mehr. Aber ich dachte, Ihr würdet noch immer für diesen Bardas Loredan schwärmen; Ihr wißt schon, der, der vor Ap'Escatoy zum Helden wurde ...«

»Eseutz.«

»Tut mir leid.« Eseutz grinste und hob entschuldigend die Hände. »Themenwechsel. Ich wollte nicht neugierig sein. Aber Ihr seid so langweilig, was dieses Thema angeht, nie interessiert Ihr Euch für jemanden, also könnt Ihr es mir wohl kaum verübeln, wenn ich – schon gut«, fügte sie hinzu, als Vetriz sie finster anschaute. »Ein ganz anderes Thema. Habt Ihr die Schuhe gekauft, von denen Ihr mir erzählt habt ...?«

Nachdem sie Eseutz endlich losgeworden war, ging Vetriz auf direktem Weg nach Hause und schob den Riegel vor. Es war eine sinnlose Geste, und Venart würde wütend sein, wenn er nach Hause kam und sich ausgesperrt fand, aber so fühlte sie sich wenigstens eine Spur besser. Sie begab sich an das Fenster im ersten Stock, setzte sich hinter den Vorhang und schaute auf die Straße hinaus, bis es zu dunkel war, um etwas sehen zu können.

Eseutz stattete der Wollbörse einen Besuch ab, wo sich nichts tat, ging bei Cens Lauzeta vorbei, dem Fischölbaron, der nicht da war, kaufte ein und ging dann nach Hause.

Als sie dort ankam, saßen zwei Männer auf der Veranda. Bei dem einen handelte es sich zu ihrem Ärger um Cens Lauzeta. Den anderen erkannte sie wieder, allerdings war sein Name ihr unbekannt.

Das wurde schnell behoben, denn nachdem Cens sie dafür gescholten hatte, daß sie so spät nach Hause kam, stellte er ihr seinen Begleiter vor. Sein Name war anscheinend Gorgas Loredan, und er hatte ein Geschäft anzubieten.

11

Ich fände das wirklich witzig, wäre ich nicht halb verrückt vor Angst«, sagte Temrai. Er ließ den Griff der Säge los und setzte sich auf den Baumstamm. »Hier bin ich und baue an einem befestigten Lager, das Bardas Loredan dann belagern wird.« Er wischte sich Sägemehl aus den Augen. »Das ist fast so wie früher, als wir noch Kinder waren und uns damit abgewechselt haben, die Guten und die Bösen zu spielen. Dummerweise scheine ich mich verzählt zu haben, also bin ich mir nicht sicher, wer ich im Augenblick nun eigentlich bin.«

Als die Nachricht sie erreicht hatte, waren sie fast schon am Grauschiefer-Fluß angekommen: Cidrocais Heer war vernichtet, Bardas Loredan nach dem Tod des imperialen Oberst der Kommandant der Verfolger. (»Typisch«, hatte Temrai gesagt, »wir töten einen Oberst, und seht, was passiert.«) Temrai hatte sofort anhalten lassen *(In den Rachen des Todes, ja, mit Sicherheit. In Bardas Loredans Arme; nein, auf gar keinen Fall!)* und Spähtrupps ausgeschickt, um einen Ort zu finden, den er zu einer Festung ausbauen konnte, um für die unausweichliche Konfrontation gewappnet zu sein.

Wie sich herausstellte, hätte er es auch nicht besser treffen können, hätte er die ganze Zeit geplant, sich einzugraben. Eine Marschstunde entfernt hatten die Späher ein Plateau gefunden, dessen Seiten steil aus der flachen, trockenen Steppe emporstiegen; unten an der einen Seite gab es einen Wald, auf der anderen Seite schlängelte sich ein schnell fließender Fluß vorbei. Als Temrai es das erste Mal sah, mußte er unwillkürlich grinsen; mit etwas Zeit und Arbeit konnte man es in eine ganz passable Nachbildung der Dreifachen Stadt verwandeln.

»Wenigstens haben wir dann eine Vorlage«, hatte er seinen Baumeistern gesagt. »Wir kopieren einfach das, was sie getan haben, und zwar so gut, wie wir es in der verbleibenden Zeit schaffen. Und wenn wir uns richtig in die Arbeit stürzen, müßten wir auch noch einiges hinkriegen.«

Keine Frage; wenn es etwas gab, mit dem sich das Steppenvolk auskannte, dann war das Arbeit. Es hatte keine Beschwerden oder Gegenvorschläge gegeben, als er dem Kriegsrat die erste Phase erläutert hatte – einen Kanal graben, der den Fluß so umleitete, daß er das Plateau auf allen Seiten umgab; alles brauchbare Holz des Waldes fällen; aus den Seiten des Plateaus Bastionen gestalten, um Plattformen für die Artillerie zu erhalten. Im Grunde befahl er ihnen, Perimadeia binnen eines Monats wieder aufzubauen; bis jetzt hatte sich noch niemand dahingehend geäußert, daß das schwer, wenn nicht unmöglich sein würde.

Der Mann am anderen Ende der Säge (ein entfernter Verwandter namens Morosai; ein älterer Mann mit einer Glatze, der etwa fünfmal soviel Ausdauer wie er hatte) gähnte und reichte ihm die Wasserflasche. »Es geht gut voran«, sagte er.

»Nicht wahr?« meinte Temrai. »Um ehrlich zu sein, besser als ich erwartet habe.«

»Sie sind froh, etwas zu tun zu haben«, sagte Morosai. »Wenn die Leute etwas tun, dann fühlen sie sich nicht ganz so hilflos. Je schwerer die Arbeit ist, desto besser fühlen sie sich dabei.«

Temrai zuckte mit den Schultern. »Ich wünschte, das würde bei mir auch so funktionieren.«

»Ah.« Morosai nickte und verfiel in seine Imitation eines weisen alten Mannes. »Bei dir funktioniert es nicht, weil du die Wahrheit kennst.«

»Tatsächlich?« Temrai hielt darin inne, sich Sägemehl aus dem Auge zu reiben. »Das höre ich zum ersten Mal.«

»Du weißt, daß wir keine Chance haben, wenn wir gegen das Imperium in den Krieg ziehen. Selbst wenn man sie schlägt, bringt das mehr Schaden als Nutzen. Das ist ihre Politik, töte einen von ihnen und sie garantieren, daß sie an seiner Stelle fünf andere schicken. Darum hattest du dich zur Flucht entschieden, bis *er* dich aufgehalten hat.«

»Wirklich«, sagte Temrai gereizt. »Und das ist mir alles bekannt, ja? Na toll.«

»Natürlich«, sagte Morosai, der anscheinend nicht bemerkte, wie er einen in Wut bringen konnte. »Ich würde dich nicht damit beleidigen, indem ich etwas anderes behaupten würde.«

»Schön. Und weiß ich auch, wie ich uns aus diesem Schlamassel rausbringe? Und zwar so, daß wir am Ende nicht alle tot sind?«

Morosai nickte. »Aber natürlich. Du müßtest dumm sein, wenn du das nicht wüßtest.«

Temrai stand auf und ergriff die Säge. »Arbeiten wir«, sagte er, »statt hier rumzusitzen und den ganzen Tag zu plaudern. Wir sollten schließlich ein Vorbild sein.«

»Du sollst ein Vorbild sein«, meinte Morosai. »Ich bin alt genug, um von der Arbeitspflicht entbunden zu werden, aber mir war klar, daß du es nicht allein schaffst.«

Temrai fiel wieder ein, daß er Cousin Morosai als Junge stets verabscheut hatte. »Wie wahr«, sagte er. »Also gut, bist du soweit? Dann los.«

Sie arbeiteten eine Weile, bis sich die Säge im Holz verkeilte. »Warte«, sagte Morosai mit einem Stirnrunzeln. »Wenn du dich mit Gewalt dagegenstemmst, wirst du die Säge zerbrechen.«

Temrai ließ los und lehnte sich gegen den Stamm. »Also gut«, sage er. »Und was tun wir jetzt?«

»Wir tun gar nichts. Du wartest, bis ich das Sägeblatt mit der Schweifsäge frei gemacht habe.«

Morosai fing an, neben dem Einschnitt einen Keil herauszusägen. Ihm schien die Sägearbeit nichts auszumachen, während Temrais Handgelenke und Hände schmerzten. »Also gut«, sagte Temrai. »Worin besteht dieser so offensichtliche Ausweg, den wir beide kennen?«

»Kapitulation«, erwiderte Morosai. Er war bereits drei Finger tief im Holz und atmete noch nicht einmal schwer. »Sie wollen bloß das Land; gib es ihnen. Dann kehren wir in die Steppe zurück, wo wir hingehören. Das ist das gleiche, was du ohnehin vorhattest.«

Temrai nickte langsam. »Also reisen wir weiter. Und Oberst Loredan steht einfach daneben und läßt uns vorbei, ohne auch nur einen Finger zu krümmen. Tut mir leid, aber das sehe ich nicht.«

Der Zweck der Übung bestand darin, den Stamm einer ausgewachsenen Rotbuche in einen Stapel sauber gesägter Bretter zu verwandeln, die Teil einer Zugbrücke über den Fluß werden würden. Temrais Bauplan der Brücke erforderte etwa einhundert drei Meter lange Bretter. Bis jetzt hatten er und Morosai drei Stunden an der großen Säge geschwitzt und nicht mal ein Brett fertig.

»Soll ich nach oben?« fragte Morosai. Er stand unten in der Sägegrube, während Temrai oben stand. (Für gewöhnlich ging der junge, kräftige Lehrbursche nach unten in die Grube, während der hinfällige alte Mann oben blieb; die Bedeutung des veränderten Arrangements blieb Temrai nicht verborgen). »Oder noch besser, warum holst du keinen anderen? Ich weiß, daß du dein Bestes tust, aber du bist wirklich nicht besonders gut darin.«

Temrai seufzte. »Also gut, ich hab's kapiert. Aber beantworte meine Frage, ja? Wie kommst du darauf, daß Bardas Loredan uns friedlich ziehen lassen würde?«

»Weil seine Vorgesetzten es ihm befehlen werden«, erwiderte Morosai. »Der Präfekt wird nicht kämpfen wollen, wenn er nicht unbedingt muß; unsere Toten nutzen ihm nichts, es sei denn, er hat eine Methode gefunden, Menschenhaut zu vernünftigem Leder zu gerben. Er will das Land haben. Und wenn er es menschenleer bekommen kann – um so besser. Und selbst wenn Oberst Loredan uns alle umbringen will – was ich übrigens bezweifle –, wird er uns gehen lassen, wenn es ihm der

Präfekt befiehlt. So einfach ist das. Du warst auf dem richtigen Weg, junger Temrai, und dann mußtest du anhalten und Soldat spielen. Trotzdem weißt du genau, daß ich recht habe.«

»Im Prinzip stimme ich dir zu«, sagte Temrai. Er stand auf und klopfte sich den Staub ab. »Aber ich kann dieses Risiko nicht eingehen.«

»Ich weiß«, sagte Morosai. »Bedauerlich, nicht wahr?«

Nachdem er Morosai einen kompetenten Ersatz geschickt hatte, stieg Temrai zum höchsten Punkt des Plateaus empor, sah nach unten und versuchte sich vorzustellen, wie alles aussehen würde, falls und wenn es fertig war. Wo er jetzt stand, würde sich die Zitadelle erheben, die durch einen Graben und einen mit einer Palisade versehenen Erdwall vom Rest des Plateaus getrennt sein würde. Eine zweite Palisade würde das ganze Plateau umgeben, in regelmäßigen Abständen würde es Türme für Bogenschützen und Katapulte geben. Auf halber Höhe der fast senkrecht abfallenden Abhänge würden sich die Bastionen für die großen Tribocke erheben. Es gab nur einen einzigen schmalen, gewundenen Pfad, der vom Plateau hinunterführte, und an der Stelle, wo er die Steppe erreichte, würden sich die Zugbrükke und die Pumpenstation erheben – ein großartiger Name für die Konstruktion aus Eimern an Seilen, die Wasser nach oben beförderten. Die Pumpenstation würde von schwer befestigten Holzwänden umgeben und an jeder Seite von Türmen beschützt sein; sie war naturgemäß ein verwundbarer Punkt, also machte es Sinn, sie neben dem anderen Schwachpunkt zu errichten, der Brücke. Hätte er genug Zeit gehabt, hätte er es wirklich vorgezogen, Pumpenstation und Brückenhaus mit einem Steinturm zu umgeben und so die schwächste Stelle in die stärkste zu verwandeln (so wie der Kopf, die verwundbarste Stelle des Körpers, vom Helm geschützt wird, dem am stärksten geschmiedeten Teil der Rüstung.)

Nun, theoretisch war das alles prima. Wie gut es sich im Ernstfall erweisen würde, würde sich zeigen. Morosai hatte natürlich recht; alle ihre Hoffnungen auf eine Festung, auf eine Rüstung zu setzen, war falsch. Das war die Art des Feindes, nicht die ihre, und egal wie stark die Rüstung auch sein mochte, würde sie doch versagen, wenn man nur mit einem Hammer von der richtigen Größe auf sie einschlug. Aber es war Temrai schlichtweg unmöglich, auf den Feind, auf Bardas Loredan, zuzugehen und zu hoffen, daß sich der gesunde Menschenverstand und Zweckdienlichkeit durchsetzten – und das war, wie Morosai gesagt hatte, bedauerlich, weil die Armee und der Mann, der die Mauern von Ap'Escatoy zum Einsturz gebracht hatte, bestimmt keine größeren Probleme damit haben würden, ein paar aus grünem Holz gefertigte Palisaden zu zerschlagen. *Hier stehe ich, warte auf Bardas Loredan, den Zerstörer von Städten, dabei kommt es mir so vor, als wäre es erst gestern gewesen, daß ich, Temrai, der Zerstörer von Städten war und in meinem Herzen wußte, daß selbst die Mauern von Perimadeia nicht stark genug für mich und meinen großen Hammer waren.*

Aber wie dem auch sein mochte; es war schön und gut, etwas zu wissen, aber das zählte nichts, bis es bewiesen war, und der Beweis – nun, soweit waren sie noch nicht. In der Zwischenzeit hatten sie eine Menge, mit dem sie sich amüsieren konnten.

»Entschuldigt die Störung«, sagte Gannadius, »aber erwartet Ihr zufällig eine Ente?«

Der Mann drehte sich um.

»Ihr habt sie mitgebracht? Großartig?« Er trug einen Hut; das war der Grund, warum Gannadius ihn von hinten nicht erkannt hatte. »Ihr seid Doktor Gannadius, nicht wahr? Natürlich könnt Ihr Euch nicht mehr an mich erinnern.«

»Gorgas Loredan«, erwiderte Gannadius.

»Ihr erinnert Euch.« Gorgas lächelte. »Ich fühle mich geschmeichelt. Nun, das ist eine erfreuliche Überraschung. Bitte, setzt Euch, laßt mich Euch etwas zu trinken bestellen.«

Gannadius lächelte nervös. »Eigentlich ...«, sagte er, aber es war schon zu spät. Gorgas hatte bereits den großen Krug mit Zider genommen und schob ihm einen Hornbecher quer über den Tisch zu.

»Nicht ganz die Qualität, die man von der Stadt gewöhnt war«, sagte er, »aber er ist trinkbar. Ihr solltet aber mal den probieren, den wir heutzutage in der Mesoge machen; der dürfte angenehme Erinnerungen zurückbringen, davon bin ich überzeugt.«

»Ich habe immer gedacht, eure Spezialität wäre Bier«, sagte Gannadius, der weder wußte, was man in der Mesoge trank, noch sich dafür interessierte. »Ist das mit dem Zider auf Euer Betreiben hin geschehen?«

Gorgas schüttelte den Kopf. »Wir haben schon immer Zider hergestellt«, sagte er. »Aber ich habe es unterstützt; so etwas kann man ins Ausland verkaufen. Auf Eure Gesundheit.«

»Und die Eure«, erwiderte Gannadius pflichtschuldig. Der Zider war scharf und schmeckte wie Essig.

»Danke, daß Ihr mir meine Ente gebracht habt«, sagte Gorgas ernst. »Das ist ein anderes Gebiet, an dem wir im Augenblick sehr interessiert sind. Diese neue Züchtung, die sie kürzlich drüben geschaffen haben – kennt Ihr Euch mit Enten aus, Doktor?«

Gannadius schüttelte den Kopf. »Ich weiß nur, wie man sie essen muß«, sagte er. Aus irgendeinem Grund schien Gorgas das zum Ausschütten komisch zu finden.

»Ach ja«, sagte er, als er sich wieder von seinem Heiterkeitsausbruch erholt hatte, »Ihr helft mir, meinen Standpunkt zu beweisen. Ich gehe jede Wette ein, daß es einen beinahe unbegrenzten Bedarf für Qualitätsenten gibt.« Er hielt die Ente an den Füßen hoch, so daß ihr Kopf hin und her baumelte. »Ja, ich glaube, mit der hier sind wir auf Erfolgskurs. Also, wie ist es Euch ergangen? Und Ihr müßt meine Neugier entschuldigen, aber was hattet Ihr mit dem Nomadenvolk zu tun? Das ist kaum der Ort, an dem ich erwarten würde, einen weltberühmten Philosophen vorzufinden.«

Gannadius klärte ihn auf – nicht sehr gut, aber er gewann den Eindruck, daß Gorgas die ganze Geschichte bereits kannte. Als er zu Ende gekommen war, nickte Gorgas und füllte seinen Becher nach. »Es ist eine unerfreuliche Situation dort drüben, da besteht kein Zweifel«, sagte er. »Ich habe das Gefühl, daß es Temrai und sein Volk nicht mehr lange geben wird – in gewisser Weise ist das traurig, man muß sie wegen ihres Mutes und ihrer Initiative bewundern, wie sie sich im Verlauf der letzten sieben Jahre weiterentwickelt haben. Oh, es tut mir leid, ich hoffe, Ihr habt nicht den Eindruck gewonnen, daß ich Euch beleidigen wollte. Ich habe mich während unseres kleinen Krieges auf Scona so daran gewöhnt, Euch als Akademiker aus Shastel zu betrachten, daß ich völlig vergessen habe, daß Ihr Perimadeianer seid.«

»Das geht schon in Ordnung«, sagte Gannadius, den der Gedanke, daß er in Gorgas Loredans Überlegungen überhaupt eine Rolle spielte, bis ins Mark erschreckte. »Und ja, bis zu einem gewissen Punkt stimme ich Euch zu. Während meines Aufenthalts bei ihnen ist es mir schwergefallen, sie nicht zu mögen.«

Gorgas lächelte. »Trotzdem ist es für manche ein Glücksfall. Soweit es mich betrifft, ist das Gute daran, daß es meinem Bruder Bardas die Gelegenheit bietet, seine Karriere im Imperium voranzutreiben. Ich weiß, daß sich das albern anhören muß, aber ich mache mir Sorgen um ihn; nun, er ist mein Bruder, also steht mir das auch zu. Wißt Ihr, seit seinem Ausscheiden aus der Armee – ich spreche von der perimadeianischen Armee, nach Maxens Tod – hat er nur noch die Zeit totgeschlagen, hat sich ziellos dahintreiben lassen, ohne ein richtiges Ziel im Leben, und das war eine solche Verschwendung. Ich habe wirklich geglaubt, ich könnte ihn in das, was wir auf Scona getan haben, mit einbeziehen – ihm also im Grunde genommen eine Aufgabe geben; schließlich hätte er es so viel besser gemacht, als es mir jemals möglich gewesen wäre. Und ich wollte immer schon nur eines: zurück in die Heimat, die Mesoge, und Bauer spielen.«

Er seufzte. »Und jetzt habe ich, was ich wollte, und wo ist Bardas? Bei den Göttern, er leistet seinen Dienst als Sergeant ab, wenn er nicht gerade in einem Loch im Boden seinen Hals riskiert oder sich in einer elenden Fabrik zu Tode schuftet, wo er doch etwas aus seinem Leben machen sollte, etwas erreichen sollte, auf das er stolz sein kann. Nein, wenn Bardas nach seinem Erfolg vor Ap'Escatoy die Nomaden besiegt und Temrai tötet, wird man ihn irgendwo auf einen vernünftigen Posten berufen müssen, möglicherweise klettert er dann sogar irgendwo die Karriereleiter zur Präfektur hinauf, selbst wenn er ein Außenseiter ist.« Er lächelte wieder und lehnte sich zurück. »Und ich weiß, daß das herzlos klingen muß, und Temrai und seine Leute tun mir leid, aber um Bardas' willen *sehne* ich mir diesen Krieg herbei. Es könnte für ihn die Antwort auf viele Dinge sein.«

Gannadius trank einen Schluck Zider. Er schmeckte immer noch ekelhaft, aber sein Mund war schmerzhaft trocken. »Wie Ihr schon gesagt habt, das Unglück des einen ist des anderen Glück«, murmelte er. »Nun, ich hoffe, Ihr habt mit Eurem Entenprojekt Glück.« Ihm kam der Gedanke, daß es auch kein Entenprojekt geben würde, wenn die Nomaden massakriert wurden; in diesem Fall stellte sich die Frage, warum sich Gorgas überhaupt dafür interessierte. Aber er entschied sich, diese Frage nicht zu stellen. Statt dessen stand er auf, lächelte und ging, und zwar wesentlich schneller, als höflich war.

Und das müßte das Ende meines großen Abenteuers sein, dachte er, als er den Marktplatz überquerte. Ich bin wieder zu Hause (nun gut, praktisch gesehen zählt es als ein Zuhause) und dabei gesund und unversehrt. Aber es fühlte sich nicht wie der Abschluß einer Angelegenheit an; statt dessen war es, als würde er auf etwas warten, wie ein Sportler auf dem Jahrmarkt, der aus einem Wettbewerb ausgeschieden ist und vor dem nächsten Einsatz nun mehrere Stunden totschlagen muß.

Statt also zu Athlis Haus zu gehen, wo Theudas warten und Athli unerklärlicherweise erfreut sein würde, ihn gesund wiederzusehen, begab er sich zur Südseite des Platzes und ging landeinwärts in Richtung Ziegelei und Drahtmühle, ohne den Grund dafür zu kennen.

Warum eine Nation, die sich so vehement weigerte, Dinge herzustellen, die sie in Übersee kaufen oder verkaufen konnte, sich entschieden hatte, im Falle von Ziegelsteinen und Draht eine Ausnahme zu machen, wußte keiner. Es gab nicht mal Theorien darüber (und Insulaner hatten für *alles* Theorien).

Ungewöhnlicherweise standen die beiden großen Torflügel der Drahtmühle offen, und Gannadius blieb einen Moment lang stehen, um einen Blick hineinzuwerfen.

Zuerst konnte er nicht erkennen, was sie da taten. Man hatte eine Reihe von Pfosten aufgestellt, immer paarweise, jeder etwa ein Meter zwanzig hoch, im Abstand von sechzig Zentimetern. Jedes Pfostenpaar wurde von einer Stahlstange durchbohrt, die etwa halb so dick wie die Spitze seines kleinen Fingers war. Die Stangen waren so lang, wie er groß war, und wiesen an einem Ende einen L-förmigen Griff und am anderen einen Schlitz auf. Die Fabrikarbeiter hatten einen Stahldraht durch die Schlitze gezogen, drehten die Griffe und wickelten ihn fest auf den Stangen auf. Wenn auf der Stange kein Platz mehr für weiteren Draht war, hoben die Arbeiter sie aus den Pfosten, die man zu diesem Zweck eingekerbt hatte, und trugen sie zu einem Amboß, wo zwei Männer sie der Länge nach mit Meißeln bearbeiteten und den aufgewickelten Draht aufschnitten. Die so entstandenen offenen Stahlringe wurden von ein paar Jungs in Körben gesammelt und in die Werkstatt gebracht.

Das erinnerte Gannadius an etwas. Er dachte eine Weile nach, und dann fielen ihm die Drahtfabriken Perimadeias ein, wo sie etwas Ähnliches benutzt hatten, um Ketten herzustellen. Sobald er sich das Bild vor sein geistiges Auge gerufen hatte, wußte er, was sie da machten: sie fabrizierten Stahlringe für Kettenhemden. Aus irgendeinem Grund fand Gannadius diese Vorstellung beunruhigend. Es bestand kein Zweifel, daß sie für den Export bestimmt waren; er kannte keinen Insulaner, der ein Kettenhemd oder ein Schwert besessen hätte (er kannte nur welche, die *Tausende* von Kettenhemden besaßen, die sorgfältig in ölgetränktes Stroh verpackt zum Versand bereitstanden; aber dieser Besitz war nur so kurzfristig wie möglich gedacht), die nicht als modisches Accessoire bestimmt gewesen wären. Als Nation ließen die Insulaner die Existenz des Krieges nur als etwas gelten, das sich weit entfernt zwischen zwei rivalisierenden Gruppen potentieller Kunden abspielte. Eine einzigartige Einstellung, reizvoll und abstoßend zugleich, wie so viele der Menschen hier ... Gannadius schüttelte den Kopf, als wollte er aufwachen. Es war wirklich unwahrscheinlich, daß die Insulaner zu den Waffen griffen und in den Krieg zogen, selbst wenn der Rest der Welt anscheinend dazu entschlossen war. Die Insel wurde von weit mehr als nur Wasser von allem anderen getrennt, und dafür war Gannadius ausgesprochen dankbar. Trotzdem war ihm die Lust aufs Spazierengehen vergangen. Es war höchste Zeit, daß er nach Hause ging, selbst wenn es das Haus einer anderen war – so wie jeder andere Ort, den er als Zuhause betrachtet hatte, und das, so lange er sich erinnern konnte.

Die Heere der Söhne des Himmels sangen und musizierten beim Marschieren, und im allgemeinen taten sie das sehr gut, so daß das Heranrücken der Soldaten aus der Ferne eher wie eine Hochzeitsgesellschaft als wie der Ansturm des Imperiums klang.

Bardas Loredan, der nichts von Musik verstand, war von dieser scheinbar so uncharakteristischen Frivolität recht eingenommen, und ihm gefielen sogar die Melodien, die entweder schnell und lebendig oder schnell und traurig waren. Er ertappte sich sogar dabei, daß er sie mitsummte, obwohl er die Sprache nicht verstand.

Und genauso mühelos, wie er diese Angewohnheit angenommen hatte, hatte er auch den Befehl über das Heer übernommen. Wie alles andere auch war es eine Sache der Gewohnheit und Bequemlichkeit. Er hatte vor langer Zeit gelernt, daß die einfachste Weise, etwas zu tun, darin besteht, es richtig zu tun; es kostete weniger Mühe, den Offizieren und Sergeanten etwas vernünftig zu befehlen, als hinterher den Schlamassel wieder in Ordnung zu bringen, den sie anrichteten, wenn sie versuchten, die Sache ohne fremde Hilfe allein auszuknobeln.

Jeden Morgen kurz vor Tagesanbruch und dem Signal zum Wecken hielt er eine Stabsversammlung ab, erklärte den einzelnen Divisionsführern, was er von ihnen erwartete, und befragte sie nach den Dingen, die sie am Vortag falsch oder gar nicht gemacht hatten. Er befragte den Quartiermeister und den Oberst der Fourageure über Proviant und Material, den Oberst der Späher über das Terrain, das sie auf diesem Tagesmarsch durchqueren würden, und die Hauptleute jeder Division nach dem Zustand ihres Kommandos; wenn sie die falschen Antworten gaben, teilte er ihnen die richtigen mit, und das erste Mal immer geduldig. Es kostete so viel weniger Mühe als jede Diskussion, und da er diesen Teil des Landes von früher kannte und damals im Prinzip das gleiche getan hatte, war es wirklich sinnlos, so zu tun, als würde er sich die Meinungen von Männern anhören, die weniger über die Angelegenheit wußten als er. Alles andere wäre so gewesen, als würde man die Buchstaben des Alphabetes mit einer Gruppe von Kindern diskutieren, die noch nicht lesen konnten, statt sie einfach auf eine Tafel zu malen und zu sagen: *Lernt das.*

Und er war schon zuvor hier gewesen; es war schon merkwürdig, wie schnell ihm nach zwanzig Jahren bewußten Vergessens alles wieder einfiel. Sie kamen an dem Ort vorbei, an dem Maxen einen unglaublichen Sieg errungen hatte, fünfhundert Kavalleristen gegen viertausend Nomaden; er hatte beinahe erwartet, die Leichen noch immer dort liegen zu sehen, wo sie sie zurückgelassen hatten, aber die Stelle wurde nur von dem Steinhügel markiert, dessen Bau er befohlen hatte, um ihre unbedeutenden Verluste zu begraben. Sie überquerten den Fluß Blauer Himmel an der Furt, wo Maxen schließlich Prinz Yeoscai, König Temrais Onkel, eingeholt hatte. Eines Nachts kampierten sie in dem kleinen Tal, in dem Maxen gestorben war; sein Grab war noch immer da, aber es reichte Bardas, es aus der Ferne zu betrachten. Und von dort an war es schlichtweg eine Sache der Erinnerung, die kein weiteres Nachdenken mehr erforderte.

Zwei Tage nach Maxens Steingrab *(ich an Temrais Stelle hätte es schon vor Jahren geöffnet und seine Gebeine den wilden Hunden zum Fraß vorgeworfen)* wurden sie von einem weiteren Fluß aufgehalten, dem Freundlichen Wasser. Die einfachste Lösung bestand darin, eine Brücke zu bauen, aber der nächste Holzvorrat befand sich eine Tagesreise hinter ihnen. Er ließ die Versorgungswagen abladen und schickte sie mit den Pionieren und Fourageuren zusammen mit genauen Befehlen zurück, dann richtete er sich auf die Wartezeit ein. Bei einem Heer gab es immer etwas zu tun – Inspizieren und Überholen der Ausrüstung, Waffen- und Mannschaftsdrill, taktische Seminare für die Offiziere –, so daß er am zweiten Abend ihres Aufenthalts müder war als nach einem Tagesmarsch. Er legte die Rüstung ab, die mittlerweile für ihn wie eine zweite Haut geworden war, trat die Stiefel von den Füßen und ließ sich auf das zusammenklappbare Bett des verstorbenen Oberst Estar sinken.

Sobald er die Augen geschlossen hatte, fand er sich an einem Ort wieder, den er gut kannte, fast so gut wie die Steppe. Hier war es dunkel, er konnte weder die Wände noch die Decke erkennen; es war ein Tunnel unter der Stadt, Knoblauch und Koriander zusammen, ein Keller unter einer Fabrik, das Rüstungshaus. Er drehte sich um – dazu mußte er sich auf die Knie niederlassen und nach den Bretterwänden des Stollens tasten – und entdeckte Alexius, der ein Feuer entzündet hatte; der schwarze Rauch stieg direkt in das Abzugsloch im Dach.

»Ihr seid früh dran«, sagte Alexius.

»Wir kommen gut voran«, erwiderte er. »Ist es viel?«

Alexius schüttelte den Kopf. Seltsamerweise trug er diesmal nicht seinen Körper, vielmehr hatte er das Gesicht eines anderen Mannes über sein Gesicht geschoben (wie ein Visier), so daß er zu Anax geworden war, dem Sohn des Himmels, der versagt hatte. »Es sollte nicht lange dauern«, sagte er. »Nehmt den Hammer und wir fangen an.«

Er erinnerte sich an das Gefühl von Bollos Hammer in seinen Händen – groß, schwer, endgültig, das Maß aller Dinge –, aber zum erstenmal (und wie oft war er schon hier gewesen? Er wußte es nicht mehr) bemerkte er, daß der Hammer in Wirklichkeit das Imperium war, denn natürlich konnte nichts Bollos Hammer widerstehen ...

Das erste Werkstück, das geprüft werden mußte, war ein Arm; ein serienmäßiger Arm, aus ganz normalem Fleisch und Blut, von dem nicht erwartet wurde, daß er die Materialprüfung ersten Grades überstand. Anax legte ihn auf den Amboß, und Bardas verwandelte ihn mit ein paar wohlplazierten Schlägen in Brei.

»Durchgefallen«, sagte Alexius. »Also gut, der nächste.«

Er legte einen Torso hin; er war ziemlich gut gemacht, mit geschickt geformten Brustmuskeln und deutlich erkennbaren Rippen, und er war mit dem Stempel der Nomaden versehen, für gewöhnlich eine Qualitätsgarantie. Bardas begann mit ein paar harten Schlägen auf das Brustbein – »Das habe ich mir gedacht«, kommentierte Anax, »hübsche Verzierungen auf minderwertigem Material« –, dann zerschmetterte er methodisch die Rippen. »Durchgefallen«, sagte Anax, und Bardas wischte den Torso vom Amboß direkt auf den Schrotthaufen.

»Das nächste«, sagte Alexius, und Bardas stellte einen Kopf auf. »Ein Sammlerstück«, sagte er, denn es war der Kopf eines Sohns des Himmels, und zwar der des verstorbenen Oberstes Estar. »Ich wollte schon immer wissen, wie gut die sich halten«, sagte er und schwang den Hammer und legte viel Kraft in den Schlag. Der Schädel wurde zusammengedrückt, blieb aber in einem Stück – »Das ist wahre Qualität«, sagte Anax –, und er brauchte sieben Schläge, um ihn völlig zu zertrümmern. »Es ist die Knochenstruktur«, stellte Anax klar. »Er hat den zweiten Grad bestanden, so werde ich ihn klassifizieren; ist nur noch nicht gut genug für den Zweck, für den er gemacht wurde.«

Ein weiterer Torso; diesmal ein weiblicher, mit kleinen runden Brüsten und herabhängenden, runden Schultern. Er war im perimadeianischen Stil gemacht, aber die Patina auf der Oberfläche war ein Hinweis auf das Sonnenlicht der Insel. Die Rippen und die Schlüsselbeine zu zertrümmern war nicht schwer, aber das Fleisch war weich und nachgiebig, leicht zu verletzen, aber fast unmöglich zu zerstören, die Kraft der Hammerschläge schien darin zu versickern wie Wasser im Sand. Am Ende gelang es Bardas, es zu zerschlagen, indem er es zwischen Hammerkopf und Amboßrand klemmte. »Hat den dritten Grad bestanden«, sagte Anax. »Beeindruckend.«

»Wenn Ihr mich fragt, ist das Betrug«, sagte Bardas.

Als nächstes kam eine Hand; eine Mädchenhand mit langen, schmalen Fingern. Statt des Hammers nahm Bardas die acht Pfund schwere Axt, und die Finger wurden ziemlich sauber abgetrennt. »Jetzt der Hammer«, sagte Alexius, und Bardas donnerte ihn auf den Handrücken, in der Erwartung, ihn zu Brei zu zermalmen. Aber es klappte nicht. »Ah«, sagte Alexius mit einem Lächeln, »Seht Ihr, daß ist eine echte Loredan. So zäh wie ein alter Stiefel.« Als Bardas sie zu seiner Zufriedenheit zermatscht hatte, war er schweißgebadet.

»Nehmen wir jetzt diesen Kopf hier«, sagte Alexius. »Das ist eine echte Herausforderung für Euch«, fuhr er fort und drehte ihn. »Wollen wir doch mal sehen, wie stark Ihr seid.«

Bardas grinste; der Kopf war kahl, hatte einen kräftigen Kiefer und einen großen, weichen Mund. »Überlaßt das nur mir«, sagte er, aber die ersten drei Hiebe glitten schadlos von der runden Oberfläche des Schädels ab, und der Kopf schlug die Augen auf, blinzelte ihm zu und vergab ihm.

»Wenn Ihr wollt, stufe ich ihn als bestanden ein«, sagte Alexius sardonisch. Bardas gab keine Antwort; er legte den Kopf auf die Seite und hämmerte so lange auf den Unterkiefer ein, bis das Gelenk zerbrach, dann nahm er sich die Schläfen vor. Er machte Fortschritte, mußte aber aufgeben, als er danebenschlug, mit dem Stiel des Hammers den Amboß traf und das Werkzeug zerbrach.

»Verdammt«, sagte er. »Ich werde die Axt nehmen.«

»Nun gut«, meinte Alexius, »aber das ist nicht das richtige Werkzeug, damit wird es keine faire Materialprüfung sein.«

»Na und?« fragte Bardas. Die Axt funktionierte viel besser, aber als er endlich zufrieden war, war die Schneide so gut wie stumpf und wies an der Stelle, mit der er genau ein offenes, blinzelndes Auge getroffen hatte, eine Kerbe auf. Der Kopf verzieh ihm erneut, als er ihn vom Amboß stieß. »Hat den dritten Grad bestanden«, sagte Alexius. »So etwas wird heute gar nicht mehr hergestellt.«

Bardas war müde. Er wischte sich mit dem Handgelenk den Schweiß von der Stirn und fragte: »War es das?«

»Fast. Nur noch ein Kopf, dann sind wir durch.« Und er griff unter die Werkbank und holte den Kopf von Oberst Bardas Loredan hervor. »Also gut, Ihr Schlauberger«, sagte er. »Knackt ihn, wenn Ihr könnt, und ich spendiere Euch einen Krug kalter Milch.«

Bardas runzelte die Stirn. »Womit denn?« fragte er. »Ich habe den Hammer kaputtgemacht, und die Axt ist nutzlos.«

Alexius sah ihn finster an. »Seid nicht so pathetisch«, sagte er. »Als ich in Eurem Alter war, haben wir *alles* mit den bloßen Händen geprüft, wir haben nicht mit Hämmern rumgemacht. Hört auf, Euch zu beklagen, und seht zu, daß Ihr fertig werdet.«

Also schlug Bardas mit geballten Fäusten auf das Stück ein, die natürlich härter als jede Axt und schwerer als jeder Hammer waren, aber so sehr er sich auch bemühte, so sehr er auf die Haut und das Fleisch eindrosch, er konnte dem Schädel nicht mal die kleinste Beule beibringen. »Qualität«, murmelte Anax. »Ich glaube nicht, daß Ihr dem auch nur eine Schramme beibringen könnt, nicht mal mit einem Treibhammer.«

»Unsinn«, sagte Bardas gereizt. »Ich kann alles zerstören. Ich wäre ja ein schöner Stellvertretender Vizematerialprüfungsmeister, wenn ich das nicht könnte. Gebt mir das.« Er zeigte auf einen Arm, den Anax aus dem Müllhaufen herausgefischt hatte; es war Oberst Bardas Loredans Schwertarm, sauber am Ellbogen abgetrennt. Er schnitt die Hand mit dem Küchenmesser mit der dünnen Klinge ab, das er für die Häutung von Kadavern benutzte, und wirbelte den massiven Knochen mit all seiner Kraft um den Kopf. Es klang wie Stahl auf Stahl, weil Oberst Loredans Kopf ein Helm und sein Schwertarm Armschiene, Ellbogenkachel und Stahlplatten waren. »Man kann die Qualität immer an dem Laut erkennen, den sie machen«, erinnerte Anax ihn. »Hört genau zu, bester Mesogestahl. Wenn Ihr mit dem Schädel fertig seid, werde ich den Rest weiterverarbeiten lassen.«

»Da wird nichts mehr übrigbleiben«, grunzte Bardas, und er hieb auf das Stück ein, als wäre es ein Feind und sein Leben würde von dem Ausgang abhängen. Am Ende ließ sich die Ehre im Grunde zwischen Arm und Schädel aufteilen, beide waren verbogen und verbeult, aber es war nichts, was ein guter Rüstungsschmied an einem Amboß nicht wieder hingekriegt hätte. Eine solche Qualität kann man immer mit geschickten

Schlägen zwischen Hammer und Amboß flicken; es gibt keinen Grund, warum es nicht für alle Zeiten halten sollte.

»Gebt Ihr auf?« fragte Alexius, und die Augen in dem Kopf öffneten sich ...

... »Was?« stammelte Bardas. Über ihn stand ein Mann gebeugt. »Ihr Götter, ist es schon Morgen?«

»Die Stabsversammlung«, erwiderte der Soldat. »Dann sind Waffenübungen angesagt. Eurem Terminkalender zufolge trainiert Ihr die Züge neun, zehn und zwölf in tödlichen Verwundungen.«

Bardas gähnte. »Das habe ich ja total vergessen. Also gut, sagt ihnen, daß ich gleich komme.«

»Meiner Meinung nach bringt uns das nur Ärger ein«, protestierte Venart erneut. Er hatte das so oft gesagt, daß es schnell zu einem Scherz wurde.

»Das werden wir ja sehen«, erwiderte jemand. »Wir haben sie in die Ecke gedrängt. Sie brauchen uns; es ist ein Geschäft, so einfach ist das.«

»Sie sind spät dran«, meinte ein anderer. »Sie haben sich noch nie zuvor verspätet.«

Im Langen Saal der Handelskammer der Insel warteten etwa fünfzig Vertreter des Schiffseignerverbandes (den man ungefähr eine Woche zuvor gegründet hatte) auf die Delegation der Provinzverwaltung; es ging (wie es in der Einladung sorgfältig formuliert gestanden hatte) um eine heikle Angelegenheit von äußerster Dringlichkeit.

»Das ist Nötigung und nichts anderes«, beharrte Venart, »und das wißt ihr genausogut wie ich. Ihr könnt es nennen, wie ihr wollt, aber das ist es.«

Runo Lavador, Eigner von sieben Schiffen, saß auf der Kante des Präsidententisches und ließ wie ein kleiner Junge die Beine baumeln. »Na gut«, sagte er, »dann ist es eben Nötigung. Eine völlig legitime Geschäftspraxis. Wir haben, was sie brauchen –

Schiffe. Sie haben, was wir wollen – Geld. Es ist Sache beider Parteien, den Vertrag auszuhandeln.«

»Aber wir haben einen Vertrag abgeschlossen«, sagte einer der wenigen Männer, die Venart zugestimmt hatten. »Den plötzlich für nichtig zu erklären nun, mir kommt das nicht besonders klug vor. Wenn ihr mich fragt, haben wir ein ziemlich gutes Geschäft gemacht.«

Runo Lavador zuckte mit den Schultern. »Wenn Ihr nicht mitmachen wollt, dann verschwindet. Keiner zwingt Euch zu irgend etwas. Davon abgesehen versteht Ihr einfach die Natur des Chartergeschäfts nicht. Die ganze Zeit hat es ihnen freigestanden, die Sache zu beenden und zu gehen, falls sie anderswo ein besseres Angebot gefunden hätten. Sie haben sich nicht dazu entschlossen. Nun stellen wir sie vor die Wahl: wir wollen mehr Geld. Sie können es immer noch lassen, jederzeit. Wenn man Euch zuhört, könnte man annehmen, wir würden ihnen ein Messer an die Kehle halten.«

Die großen, schweren Türflügel am anderen Ende des Saals schwangen auf, und die Söhne des Himmels hatten ihren Auftritt. Es fiel schwer, nicht an Pomp und Theater zu denken, wenn eine Gruppe von ihnen einen Raum betrat: zuerst die Ehrenwache aus Hellebardieren in Halbrüstung; dann zwei Sekretäre und ein paar untergeordente Schreiber, die Tische und Stühle und Tintenfäßchen trugen, dann die Gesandten, die beide einen Kopf größer als alle anderen Mitglieder ihrer Gruppe waren; hinter ihnen huschten mehrere Diener herein, die alles mögliche hätten sein können. *Aufgepaßt*, dachte Venart, *hier kommen die Erwachsenen*. Er hoffte, daß es sie nicht zu sehr aufbringen würde. Bestimmt nicht, oder doch? Schließlich ging es bloß um Geld, und bis jetzt hatten die Söhne des Himmels den Eindruck vermittelt, daß sie Geld in etwa soviel Wert beimaßen wie Seeleute dem Meerwasser.

Cens Lauzeta, der Fischölbaron, saß auf dem Stuhl des Präsidenten. Keiner konnte sich daran erinnern, ihn zum Präsidenten gewählt zu haben, aber wenn er das unbedingt sein wollte, hatte auch keiner etwas dagegen. Er erhob sich und nickte höflich, während die Gesandten den Gang entlangkamen (es sah wie eine Prozession aus) und am anderen Ende des langen Tisches Platz nahmen.

»Schön, daß Ihr die Zeit für uns erübrigen konntet«, sagte Cens Lauzeta, und seine Stimme klang noch hochnäsiger als sonst. »Wir repräsentieren den Schiffseignerverband der Insel.«

»Entschuldigt«, unterbrach ihn einer der beiden Gesandten. »Ich glaube mich nicht erinnern zu können, je zuvor von Eurer Organisation gehört zu haben.«

»Das nehme ich auch nicht an«, erwiderte Lauzeta fröhlich. »Und es gibt sie auch noch nicht so schrecklich lange. Bis jetzt gab es dafür keinen Bedarf. Aber jetzt sind wir hier, und wenn es Euch recht ist, möchten wir mit den Verhandlungen fortfahren.«

»Aber selbstverständlich«, sagte der Sohn des Himmels. »Vielleicht wärt Ihr so freundlich und würdet mir verraten, worüber wir hier verhandeln sollen.«

Lauzeta lächelte nachsichtig. »Geld«, sagte er. »Bis jetzt habt Ihr Schiffe gechartert, die unseren Mitgliedern gehören – darüber gibt es übrigens keinerlei Beschwerden, Ihr wart völlig ehrlich zu uns und wir waren ehrlich zu Euch.« Er setzte sich auf die Lehne des Präsidentenstuhls. »Aber jetzt werden sich die Dinge ändern. Eure Leute werden mit unseren Schiffen in einen Krieg ziehen; wir wissen nicht, wie lange dieser Krieg dauern wird – nun, wer kann das schon wissen? –, wir wissen nicht, wann wir unsere Schiffe zurückbekommen werden oder ob wir sie überhaupt zurückbekommen. Nehmt uns das nicht übel, meine Freunde, aber wir sind Geschäftsleute, und wir haben Berichte über den Verlauf dieses Krieges erhalten, die unserer Vereinbarung völlig neue Perspektiven verleihen.«

»Tatsächlich?« erwiderte der Gesandte kühl. »Bitte klärt mich auf.«

»Wenn Ihr wünscht«, sagte Lauzeta. »Eines Eurer Heere bis auf den letzten Mann ausgelöscht; der befehlshabende Oberst eines anderen Heeres im Kampf getötet; der Feind ist auf dem Vormarsch – so hatten wir uns das nicht gedacht, als wir den Vertrag abgeschlossen haben. Diese unbesiegbaren Heere scheinen plötzlich nicht mehr so unbesiegbar zu sein, und wir sind der Meinung, daß das die Sachlage ziemlich verändert.«

»Ich verstehe«, sagte der Sohn des Himmels. »Aber Ihr bestreitet nicht die Tatsache, daß wir mit den Mitgliedern Eures Verbandes verbindliche Vereinbarungen haben?«

Lauzeta schüttelte den Kopf. »Das sehen wir anders. Wir sagen, daß sich eine der Voraussetzungen, auf denen die Verträge basieren, verändert hat. Ich habe mit einigen unserer führenden Handelsanwälte gesprochen, und sie sagen alle das gleiche. Ein Vertrag ist wie ein Haus; wenn die Fundamente zusammenbrechen, stürzt das ganze Haus ein. Soweit es uns betrifft, sind die Verträge null und nichtig.«

Der Gesandte hob eine Braue. »Wirklich?« sagte er. »Soweit ich mich als Laie im imperialen Recht auskenne ...«

»Vielleicht im imperialen Recht«, unterbrach ihn Lauzeta. »Aber die Charterverträge sind alle auf der Insel unterzeichnet worden, also fallen sie unter das Inselrecht und die Inselgerichte, und ich sage Euch, ab sofort sind die Verträge tot und begraben. Das ist eine Tatsache.«

»Eine interessante Argumentation«, sagte der Gesandte. »In diesem Fall, vorausgesetzt, Eure Interpretation ist zutreffend, gehe ich davon aus, daß Ihr wollt, daß wir unsere Männer abziehen und die Schiffe zurückgeben.«

Lauzeta schüttelte den Kopf. »Aber nicht doch«, sagte er. »Das würde Eure Pläne in ernsthafte Bedrängnis bringen, und das will keiner von uns. Nein, wir machen gern mit der Vereinbarung weiter, unter der Voraussetzung, daß der vereinbarte Preis dahingehend überprüft wird, daß die zusätzlichen Risiken und der Mehraufwand an Zeit abgedeckt werden. Schließlich wollen wir ja auf keinen Fall, daß wir uns deswegen zerstreiten«, fuhr er in versöhnlicherem Tonfall fort. »Die Insel und das Imperium haben sich stets so nahegestanden ...«

(»Nein, das haben sie nicht«, flüsterte Eseutz Mesatges Venart ins Ohr. »Selbst bei gutem Wind ist es eine Reise von zwei Tagen.«

»Pst«, machte Venart.)

Der Gesandte lächelte und runzelte gleichzeitig die Stirn. »Ihr wollt die bestehende Vereinbarung beibehalten, aber Ihr wollt mehr Geld. Ist es das, was Ihr sagt?«

Lauzeta nickte. »Ehrlich gesagt, ja. Ich halte es für völlig angebracht, eine Entschädigung für den guten Willen und die entgangenen Geschäftsmöglichkeiten hinzuzurechnen. Denn was glaubt Ihr, was mit unseren regulären Geschäften geschieht, während unsere Schiffe nutzlos vor Anker liegen? Wir haben Konkurrenten, wie Ihr sicher wißt.«

Der Gesandte beriet sich kurz mit seinem Kollegen. »Wieviel mehr wollt Ihr?« fragte er.

Anscheinend traf diese spezielle Frage Cens Lauzeta völlig unvorbereitet; er machte den Mund auf, schloß ihn wieder und schwieg. Der Gesandte hob eine Braue.

»Wir müssen folgendes tun«, sagte Lauzeta schließlich, »wir müssen uns auf eine Art Formel einigen, die uns erlaubt, diese Sache auf wissenschaftliche Weise zu klären. Ich möchte schließlich nicht, daß Ihr auf die Idee kommt, wir würden einfach eine Summe aus der Luft greifen.«

»Ihr meint, Ihr wollt mehr Geld, aber Ihr wißt nicht, wieviel«, sagte der Gesandte. Er stand auf, und der Rest seines Gefolges folgte seinem Beispiel. »Vielleicht seid Ihr ja so nett und informiert uns, wenn Ihr Euch auf eine Summe geeinigt habt. In der Zwischenzeit wäre ich Euch dankbar, wenn Ihr mir sagen könntet, ob wir unsere Schiffe weiter beladen können oder ob wir sie wieder entladen sollen.«

»Ich ...« Lauzeta schien nicht zu wissen, was er auf diese

Worte erwidern sollte. Ein Augenblick peinlichen Schweigens trat ein; dann sprang Runo Lavador auf, der den größten Teil der Besprechung stumm dagesessen und still gelitten hatte. »Vielleicht wäre es das beste, wenn Ihr wieder ausladet«, sagte er. »Ich meine, bis wir diese Sache mit der Bezahlung geregelt haben ...«

»Entschuldigt.« Der Gesandte hatte sehr leise gesprochen, aber jeder Anwesende sah ihn an. Bei einem solchen Tonfall brauchte wirklich niemand zu schreien. »Darf ich fragen, wer Ihr seid und welche Position Ihr im Verband bekleidet?«

Ein leichter Anflug von Panik huschte über Lavadors Gesicht; er unterdrückte ihn mit sichtlicher Anstrengung. »Ich bin Runo Lavador«, sagte er. »Und ich bin bloß ein ganz normaler Schiffseigner. Aber ich bin mir ziemlich sicher, daß ich für uns alle spreche. Ist das nicht richtig?« Er blickte sich im Kreis seiner Kollegen um, von denen keiner sich auch nur einen Millimeter bewegte. »Ich bin sicher, Ihr versteht das.«

Der Gesandte sah ihn einen Augenblick lang an. »Also gut«, sagte er und verließ mit behenden Schritten den Raum, gefolgt vom Rest seines Gefolges. Lauzeta wartete, bis sich die Tür hinter ihnen geschlossen hatte.

»Was denn, woher sollte ich das denn wissen?« sagte er, bevor einer der anderen etwas sagen konnte. »Und Ihr wart nicht gerade hilfreich«, fügte er hinzu und starrte Lavador wütend an. »Ihr habt uns aussehen lassen wie eine Horde Idioten.«

»Ich?«

Während das gegenseitige Anbrüllen langsam in Schwung kam, verdrückte sich Venart so unauffällig wie möglich. Er war schwer versucht, hinter dem Gesandten herzulaufen und sich zu entschuldigen, aber auch das würde nicht helfen. Ihm fiel nichts Vernünftigeres ein, als nach Hause zu gehen, also tat er es.

12

Ich persönlich finde die Verzögerung der Invasion und die sich daraus möglicherweise ergebende Gefährdung unserer Streitkräfte im Landesinneren in keiner Weise erfreulich«, sagte der Administrator und nahm gegenüber dem Präfekten von Ap'Escatoy Platz. »Wir sollten mittlerweile siebzigtausend Mann in Perimadeia haben, statt dessen lungern sie hier im Lager herum, vergessen, warum sie hier sind und was sie eigentlich tun sollen. Und um ehrlich zu sein, es wirkt sich verheerend auf mein Budget aus und läßt das Imperium lächerlich aussehen.«

Der Präfekt seufzte. »Das ist unerträglich, da stimme ich Euch zu.«

»Und das ist noch nicht mal das Schlimmste«, fuhr der Administrator fort und spielte mit einer Bronzeschale, die er vom Tisch genommen hatte. »Temrai marschiert in diese Richtung; was ist, wenn es ihm irgendwie gelingt, unser Heer zu besiegen? Wie sollen wir das dann erklären?«

»Ah.« Der Präfekt lächelte. »So schlimm ist es nun auch wieder nicht. Anscheinend hat er angehalten und baut eine Festung. Kommt erstaunlich beeindruckend damit voran, wie ich zugestehen muß. Es ist wirklich ein so tatkräftiges Volk; so ganz anders als die meisten Nomadenstämme, die ich kennengelernt habe. Ich glaube, wenn das hier vorbei ist, würde ich sie gern etwas näher studieren. Ein Imperium gründet man doch nicht zuletzt deshalb, damit man sich an den seltsamen Völkern erfreuen kann, auf die man trifft.«

»Mit allem nötigen Respekt«, sagte der Administrator ernst, »ich finde, die Weinprobe kann bis nach der Ernte warten. Ich stimme Euch zu, daß es bis zu einem gewissen Grade den Druck von uns nimmt, sollte Temrai seinen Vorstoß gestoppt haben.

Trotzdem, hätten wir nach dem ursprünglichen Zeitplan vorgehen können, wären sie nicht so weit gekommen, und wir stünden nicht vor dem Problem, sie aus diesem neuen Ameisenhügel ausgraben zu müssen, den sie da bauen. Tatsache ist, diese Insulaner kosten uns Leben, Geld und Zeit. Und das können wir uns nicht leisten.«

Der Präfekt seufzte. »Wahrscheinlich nicht«, sagte er. »Ich stimme Euch zu, daß etwas getan werden muß.« Er schloß die Augen, um sich besser konzentrieren zu können. »Es ist ärgerlich, daß wir die Schiffe nicht selbst bemannen können. Auf ihre Besatzungen angewiesen zu sein verlangsamt die Dinge noch mehr. Können wir nicht anderswo Seeleute rekrutieren?«

»Daran habe ich auch schon gedacht«, sagte der Administrator. »Leider ist das nicht so einfach. Wir könnten genug Männer finden, um auf die nötige Zahl zu kommen, aber ich könnte nicht für ihre Qualität garantieren. Und wie könnte es auch anders sein, diese Inselschiffe sind natürlich kompliziert zu steuern, wenn man nicht weiß, was man tut. Ich möchte nur ungern das Risiko eingehen, unerfahrene Mannschaften zu benutzen.«

»Wirklich?« Der Präfekt öffnete die Augen. »Aber es ist doch keine lange Fahrt, oder?«

»Ich will nicht so tun, als verstünde ich irgendwas von Schiffen und Seefahrt«, sagte der Administrator. »Ich kann nur von dem ausgehen, was mir meine Experten sagen, und natürlich sind sie eigentlich keine Experten auf diesem Gebiet, weil die einzigen Leute, die sich wirklich mit Inselschiffen auskennen, Insulaner sind. Aber ...«

»Ich verstehe.« Der Präfekt stand auf und schaute aus dem Fenster. Unten im Säulengang beschnitt man gerade die Orangenbäume, und die Symmetrie in den Bewegungen der Arbeiter faszinierte ihn. »Ich glaube, wir müssen uns mit einer gewissen Verzögerung abfinden«, sagte er. »Vielleicht sogar mit einer Überarbeitung unserer Strategie. Glücklicherweise scheint Temrai darauf versessen zu sein, uns genau das zu ermöglichen.« Er legte die Fingerspitzen zusammen, wie ein Schachspieler, der den übernächsten Zug überlegte. »Jetzt kommandiere ich erst einmal das sechste und neunte Bataillon zu Hauptmann Loredans Heer ab; da hat er eine Verstärkung von dreißigtausend Mann. Was glaubt Ihr, wieviel Ihr braucht?«

Der Administrator dachte einen Augenblick lang nach. »Ein Bataillon dürfte mehr als ausreichen. Eigentlich müßten fünftausend Soldaten schon mehr als genug sein. Es wird nicht schwierig sein, vorausgesetzt, Ihr gebt mir einen halbwegs kompetenten Kommandanten.«

Sie formten den Baum so, daß die Zweige eine perfekte Kugel bildeten. Keine einfache Aufgabe. »Ich habe an Oberst Ispel gedacht«, sagte der Präfekt.

»Er wäre ideal. Eigentlich ist es sogar Verschwendung, ihn für eine solche Aufgabe einzusetzen.« Der Administrator runzelte die Stirn. »Ich habe eine Idee«, sagte er. »Wenn Ispel verfügbar ist, warum übergebt Ihr ihm dann nicht die Heeresgruppe, die gegen Temrai zieht, und teilt diesen Loredan mir zu? Es scheint leicht übertrieben zu sein, einen unserer besten Offiziere eine routinemäßige Polizeiaktion durchführen zu lassen, während ein ganzes Invasionsheer unter dem Kommando eines Ausländers steht.«

Der Präfekt schüttelte den Kopf. »Normalerweise würde ich Euch da zustimmen«, sagte er. »Aber es ist nun mal eine Tatsache, daß Temrai nicht so zuvorkommend wäre, gäbe es Hauptmann Loredan nicht. Estars Tod – oder besser, daß Loredan Estars Posten übernommen hat – hat ihn so verängstigt, daß er seine eigentlich recht vernünftige Strategie, den Krieg zu uns zu tragen, aufgegeben und angefangen hat, sich wie ein Maulwurf einzugraben. Genau darum brauche ich Loredan an dem Ort, an dem er jetzt ist, und das bedeutet, Ihr könnt Ispel haben. Wenn Ihr lieber jemand anderen hättet, sagt es bitte.«

»Im Gegenteil.« Der Administrator schien leicht verärgert zu sein; vermutlich liegt es daran, dachte der Präfekt mit einer gewissen Schadenfreude, daß Ispel einen höheren gesellschaftlichen Rang als er einnimmt und er ihn in der Öffentlichkeit sowohl als Höherstehenden wie auch als Gleichrangigen behandeln müssen wird. Allein das dürfte ein interessantes Spektakel abgeben.

»Dann ist es abgemacht.« Der Präfekt drehte den Kopf und konsultierte die große Wasseruhr in der Ecke des Raumes. »Sollen wir einen Spaziergang in den Arkaden machen?« fragte er. »Wir können dabei weiterreden. Ich bemühe mich, dieser Tage regelmäßig einen Spaziergang zu machen; es geht doch nichts über eine kontrollierte Ablenkung, um dabei zu helfen, die Konzentration aufrechtzuerhalten.«

Der Administrator lächelte – es war aufrichtige Freude, wie der Präfekt sah, und er war froh darüber. »Ich hatte gehofft, die Zeit für einen Besuch zu finden, wenn die frischen Sachen eintreffen«, sagte der Administrator. »Aber ich war in letzter Zeit so beschäftigt ...«

»Also wirklich«, schalt ihn der Präfekt, »niemand ist zu beschäftigt, um richtig frisches Brot zu besorgen. Ich habe es mir zur Regel gemacht, niemals einem Mann zu vertrauen, der sich nicht die Zeit nimmt, seine Einkäufe selbst zu erledigen.«

Die Postkutsche war spät dran; ein außergewöhnliches Vorkommen, das nur zum Teil dem wegen des Krieges erhöhten Verkehrsaufkommen auf der Straße zugeschrieben werden konnte. Hinten beim Gepäck schlug sich Niessa Loredan mit üblen Kopfschmerzen herum.

Sie wußte nicht, wo sie war, und es interessierte sie auch nicht. Es war viel zu heiß, die Kutsche fand jedes Schlagloch, das es gab, und ihre Blase bereitete ihr starkes Unbehagen. Und als wäre das nicht schon schlimm genug gewesen, war sie mit einer Reisegefährtin gestraft, die einfach nicht zu reden beziehungsweise zu schreien aufhörte. Es reichte aus, in ihr den

Wunsch wach werden zu lassen, auf Scona geblieben zu sein und ihr Glück mit den Hellebardieren von Shastel versucht zu haben.

»Ihr werdet das bestimmt verwirrend finden, wo Ihr doch eine Ausländerin seid«, sagte die Frau, »aber mal sehen. Wäre ich ein Mann, würde ich Iasbar Hulyan Ap'Daic heißen – Iasbar stünde für mich, Hulyan für meinen Vater und Ap'Daic für den Geburtsort meiner Mutter. Da ich aber eine Frau bin ...«

Die Frau versuchte sie seit Beginn der Fahrt auszuhorchen, und Niessa schloß die Augen und versuchte den Lärm auszublenden. Natürlich waren diese Bemühungen bei ihr völlig sinnlos; sie war lange genug im Bankengeschäft, um Spione zu erkennen, wenn sie einen – oder eine – sah, und diese elende Person hätte nicht offensichtlicher das sein können, was sie war, hätte man ihr mit scharlachroter Tinte das Wort SPIONIN auf die Stirn tätowiert. Vermutlich handelte es sich um die diensthabende Spionin; dazu verdammt, sich Tag für Tag und Jahr für Jahr auf dieser verfluchten Straße durchschütteln zu lassen, weil es die Standardvorschriften so besagten. Sie war wirklich nicht sehr gut darin; vermutlich war sie irgend jemandes Tante, für die man einen Posten hatte finden müssen. Da Niessa nichts Besseres zu tun hatte, dachte sie ein paar Minuten über die Durchführbarkeit des Planes nach, sie unter die Kutschenräder zu stoßen – eigentlich hätte sie dafür stark genug sein müssen, aber es wie einen Unfall aussehen zu lassen wäre doch ziemlich problematisch gewesen, um es höflich auszudrücken. Ihr zu befehlen, den Mund zu halten, wäre der direktere Weg gewesen, aber sie hatte in jüngster Vergangenheit genug über die Söhne des Himmels erfahren, um zu wissen, daß es keine gute Idee war, sie zu beleidigen. *Als ich Angst hatte, sie würden mich foltern, hatte ich keine Ahnung, daß sie so verschlagen sein könnten. Oder so verdammt gründlich.*

»Ich muß pissen«, knurrte sie. »Wißt Ihr, wie man die Kutsche zum Stoppen bringt? Sonst muß ich auf den Boden pinkeln.«

Das ließ das nervtötende Miststück verstummen. Niessa fühlte sich sofort besser. Die Kutsche rumpelte durch ein besonders großes Schlagloch und hielt plötzlich an. Ein Fäßchen mit Keksen löste sich von seinem Stapel und fiel herunter, wobei es beinahe Niessas Kopf getroffen hätte.

Sie wollte der Spionin laut und deutlich sagen, was man ihrer Meinung nach mit dem Kutscher machen sollte, als sie bemerkte, daß die Frau tot war.

Ein Pfeil hatte ihren Hals genau in der Mitte durchbohrt und nagelte sie an dem Faß fest, an das sie sich gelehnt hatte. Noch während Niessa zusah, kippte ihr Kopf nach rechts auf die Schulter.

Und was kommt jetzt? dachte Niessa wütend, und sie sah sich um, um herauszufinden, wo der Pfeil hergekommen war. *Und warum soll man ein Imperium gründen, wenn man nicht mal die Sicherheit der Straßen garantieren kann?* Es schien sich nichts zu tun, aber wo auch immer sie waren, es handelte sich um ein geradezu deprimierend offenes Gelände. Ein Fluchtversuch zu Fuß würde Selbstmord bedeuten, wenn die Banditen darauf aus waren, alle Zeugen zu töten, aber dazubleiben war auch nicht besser. Es war sinnlos, sich zu verstekken, wenn sie die Fracht stehlen wollten; früher oder später würden sie sie ja doch beim Entladen finden. *Das war's also*, dachte sie. *Und alles war umsonst. Was für eine Zeit- und Energieverschwendung.*

Ein Helm erschien oberhalb des Kutschenrandes. Hier war etwas, an dem sie ihre Wut auslassen konnte; sie nahm das Keks-Fäßchen und ließ es auf den Helm herabsausen. Das Resultat war zufriedenstellend, wenn nicht sogar komisch; ein Aufstöhnen ertönte, und der Helm verschwand in einer Flut zerbrochener Holzsplitter und Kekse. *Das hast du dafür, daß du dich mit einer Loredan anlegst*, dachte Niessa und grinste. *Nur weil ich ein Mädchen bin, heißt das noch lange nicht, daß ich nicht auch zuschlagen kann.*

»Niessa Loredan?« Die Stimme erklang hinter ihr, und als sie herumfuhr, blieb ihr Fuß in dem Spalt zwischen zwei Kisten stecken. Es tat weh.

»Au«, sagte sie. »Ja. Wer will das wissen?«

»Wir sind gekommen, Euch zu retten.« Noch ein verdammter Helm, mit einer Art von Visier, das das Gesicht des Mannes vollständig verdeckte. War es zuviel verlangt, mit einem Menschen statt mit einem Eisengesicht zu sprechen? »Wovon redet Ihr?« fragte Niessa.

»Ein Befehl Eures Bruders«, sagte der Helm. »Wir sind gekommen, um Euch zu retten und nach Hause zu bringen.«

Niessa runzelte die Stirn. »Welcher Bruder?«

Der Helm machte einen verwirrten Eindruck; keine leichte Übung für ein Stück Eisen. »Gorgas Loredan«, erwiderte er.

»Oh.« Niessa seufzte. »Nun, dann könnt Ihr wieder zurückgehen und Gorgas ausrichten, daß ich nicht gerettet werden muß und nicht gerettet werden will; wenn das dann doch der Fall wäre, wäre er die letzte Person, von der ich mich retten lassen würde. Habt Ihr das kapiert, oder soll ich es Euch aufschreiben?«

Jetzt sah der Helm richtiggehend verzweifelt aus. »Ihr versteht nicht. Wir bringen Euch zurück in die Mesoge. Ein Schiff wartet auf uns. Aber wir sollten uns beeilen, weil in einer Stunde eine Kavallerieabteilung hier vorbeikommt, und ...«

»Das geht schon in Ordnung«, sagte Niessa. »Ich verrate ihnen nicht, welche Richtung Ihr eingeschlagen habt, vorausgesetzt, Ihr geht jetzt. Tut mir bloß den Gefallen und stehlt etwas von dem Kram hier, laßt es wie einen gewöhnlichen Überfall aussehen.«

Armer Helm, dachte sie, als sie das sagte. Sie konnte die Stimmen anderer Helme hören – sie klangen alle dröhnend und widerhallend. Sie schienen aufgeregt zu sein, was ja auch verständlich war. »Es tut mir leid«, sagte der Helm. »Aber ich habe meine Befehle. Ihr kommt mit mir. Was zwischen Euch und Eurem Bruder ist, geht mich nichts an ...«

»Moment mal«, sagte Niessa. »Ihr kommt von Scona, nicht wahr? Aber natürlich tut Ihr das. Wollt Ihr mich wirklich mit Gewalt entführen? Ihr wißt doch, wer ich bin, oder? Ich meine, abgesehen davon, daß ich Gorgas' Schwester bin.«

»Ja«, sagte der Helm ziemlich verzweifelt. »Aber ich kann das nicht entscheiden, ich muß tun, was man mir sagt. Jetzt steht auf, und ich helfe Euch vom Wagen.«

»Fahrt zur Hölle«, erwiderte Niessa. »Nein, Ihr geht zurück zu Gorgas und richtet ihm aus, ich hätte gesagt, er soll aufhören, sich wie ein verdammter Idiot zu benehmen, weil ich genug von ihm und seinen albernen Heldentaten habe. Geht schon, er wird Euch wohl nicht beißen. Nicht, wenn Ihr ihm sagt, daß ich ...«

In diesem Augenblick stülpte ihr der Mann, der geräuschlos hinter ihr in die Kutsche geklettert war, einen Sack über den Kopf, holte sie vorsichtig von den Füßen und verschnürte das Ganze dann ordentlich.

»Wurde aber auch Zeit«, sagte der Helm. »Holt den ganzen Schrott aus dem Wagen, wir legen eine falsche Spur.« In dem Sack machte Niessa außergewöhnliche Geräusche. Man trug sie zu zweit nach unten, ohne sie zu oft anstoßen zu lassen, während ein anderer Mann nach dem Soldaten sah, den Niessa mit dem Keks-Fäßchen niedergeschlagen hatte, und ein weiterer dem Kutscher den Rest gab, der trotz zweier Pfeile in der Brust versucht hatte davonzukriechen. Sie zerschnitten die Halteseile und ließen die Fässer und Kisten herunterrollen und zerbrechen; Gewürze und Parfüm und Kräuter und kostbarer Wein und Salatöl – alles vermischte sich, und es entstand ein außergewöhnlicher Geruch, der abstrus und exotisch genug war, daß selbst ein Sohn des Himmels Mühe gehabt hätte, die einzelnen Ingredienzien zu identifizieren.

»Das reicht«, sagte der Helm und klappte das Visier hoch, um sich die Stirn abzuwischen. Unter dem Stahl war er ein rundgesichtiger Mann mit einer kleinen Knubbelnase.

»Ihr beiden nehmt die Kutsche, wir sehen uns am Schiff wieder.«

Etwa eine Stunde, nachdem sie weg waren, kam die Kavallerie vorbei, genau wie der Helm vorausgesagt hatte. Sie fanden zwei Leichen, eine männlich und eine weiblich, die man ausgezogen hatte, und einen großen Haufen zerbrochener Kekse. Keine Fässer und keine Kisten – eine Horde Opportunisten war aus den Sanddünen gekommen und hatte alles in wenigen Minuten auseinandergebaut; sie zogen die Nägel heraus, um sie später wieder geradezubiegen, zogen vorsichtig die Stahlbändern von den Fässern und sammelten die Faßdauben ein –, die ganze Ladung war geplündert worden, übriggeblieben waren nur der Zimt und die Kekse mit dem wilden Rosenhonig, die der Präfekt von Ap'Escatoy so schätzte. Anscheinend hatten die Plünderer ein paar von ihnen probiert, sie wieder ausgespuckt und waren ein paarmal auf ihnen auf und ab gesprungen, nur für den Fall, daß ein paar tollkühne Seelen in Versuchung kamen, sie zu essen.

Das erste Mal fiel es ihnen nach dem Frühstück auf, als sie zur Arbeit gingen; und selbst da dauerte es einige Zeit, bis sie es begriffen.

Soldaten des Imperiums waren in den Straßen; halbe Züge standen an den Ecken und sahen mehr als alles andere verlegen aus, wie junge Männer, die von ihren Mädchen versetzt worden waren. Venart war sich bewußt, daß etwas anders war, aber es war zu früh am Morgen, als daß er darüber hätte nachdenken können. Davon abgesehen waren Gruppen von Leuten, die ziellos an den Ecken herumstanden, auf der Insel ein durchaus alltäglicher Anblick. Es würde eine einfache, rationale Erklärung dafür geben; zumindest war Venart bereit, darauf zu vertrauen, daß es eine gab.

Als sie den Marktplatz erreichten, setzte bei ihnen dann das Unbehagen ein, denn dort stand eine volle Kompanie Soldaten, zur Parade aufgestellt, aber mit blankgezogenen Waffen.

»Sagt nicht, daß jemand versucht hat, in ihre Schatzkammer einzubrechen«, sagte Eseutz. »Das wäre nicht nett.«

»Da schlägt ein Mann eine Verlautbarung an das Tor der Markthalle«, sagte Athli. »Ist das einer von ihnen?«

»Keine Ahnung. Na gut, gehen wir hin und sehen, was da steht.«

Der Hausstil der Provinzverwaltung war kurz, klar und geschäftsmäßig; von der Morgendämmerung des siebzehnten Tages des Butrepidon (»Wann ist das?« wollte Eseutz wissen. »Heute«, antwortete Venart. »Seid still.«) hatte der Präfekt von Ap'Escatoy dank der ihm verliehenen Macht et cetera et cetera die Insel als äußerste westliche Provinz des Imperiums annektiert. Sämtliche Besitztümer der Bürger der Insel würden darum laut der im Imperium gültigen Gesetze beschlagnahmt und auf besagten Präfekten übertragen. Es folgte eine Liste der Verordnungen für die Übergangsperiode, die zur völligen Eingemeindung führen würde: niemand durfte das Territorium ohne Erlaubnis betreten oder verlassen; kein potentieller Bürger durfte einen gültigen Vertrag mit einem Ausländer abschließen; ohne vorherige Erlaubnis durfte es keine öffentliche Versammlung geben, die zehn Teilnehmer überschritt; alle Waffen und Munition waren sofort abzugeben; sämtliche Nicht-Bürger hatten sich sofort beim Ausländerkommissar zu melden; sämtliche Gebäude hatten unverschlossen zu bleiben, um Zugang zu gewähren und eine Inventur zu gestatten; es würden eine Volkszählung und Interimsbesteuerung stattfinden ...

»Aber das können sie doch nicht tun«, sagte Eseutz. Sonst sprach keiner. Der Mann, der die Verlautbarung angeschlagen hatte, schob den Hammer zurück in seine Schürze, ging weg und wechselte ein paar Worte mit dem Hauptmann der Wache.

»Keine Sorge, alles in Ordnung«, sagte Venart, nachdem er schnell durchgezählt hatte. »Wir sind bloß zu viert.«

»Ven, halt den Mund.« Vetriz las die Verlautbarung ein drittes Mal. »Das war's also. Du und dein verdammter Schiffseignerverband.«

»Was?«

»Der ist daran schuld«, sagte sie leise und wütend. »Ihr habt geglaubt, ihr könntet sie am Schwanz ziehen und ihnen mehr Geld aus dem Kreuz leiern, und jetzt sieh.«

Eseutz zog an ihrem Ärmel. »Kommt schon, laßt uns gehen«, sagte sie. »Wenn ihr mich fragt, sehen diese Soldaten ziemlich nervös aus.«

»Was? Oh.« Vetriz und die anderen folgten ihr zu einer der kleinen Kolonnaden hinter der Markthalle, wo sich bereits einige höchstens aus neun Mitgliedern bestehende Gruppen aufgeregt aussehender Bürger versammelt hatten.

»Wir werden folgendes tun«, flüsterte Eseutz laut. »Wir gehen nach Hause, packen so viel Geld und Wertsachen zusammen, wie wir bequem tragen können, und versuchen zu den Schiffen zu kommen. Wir müssen es bloß von der Insel runter schaffen, sie können uns nicht verfolgen, sie haben keine eigenen Schiffe. Darum können sie das hier auch niemals durchsetzen.«

Venart starrte sie böse an. »Und wie sollen wir Eurer Meinung nach mit den ganzen Soldaten verfahren, die bereits auf den verdammten Schiffen sind? Oder habt Ihr sie vergessen? Sie werden damit Perimadeia stürmen. Athli, was ist mit dir? Ich weiß es gar nicht mehr, bist du Bürgerin oder Ausländerin?«

Athli dachte kurz nach. »Das ist eine gute Frage«, sagte sie dann. »Ja, ich bin eine Bürgerin, weil ich hier Besitz habe, aber ich könnte ihnen vielleicht weismachen, daß ich Shastelerin bin. Aber wie soll das euch helfen?«

»Nun, jemand muß Hilfe holen«, sagte Venart. »Ein Heer aufstellen, diese Bastarde ins Meer jagen. Darum mußt du gehen und Alarm schlagen ...«

Athli sah ihn an. »Sei nicht albern. Wer in aller Welt wird kommen und uns retten?«

Offensichtlich hatte Venart daran noch gar nicht gedacht. »Söldner«, sagte Eseutz. »Wir könnten Söldner anheuern – egal, wieviel es kostet, wir müssen sie von der Insel treiben. Sobald wir das geschafft haben, sind wir sicher.«

Athli schüttelte den Kopf. »Ihr träumt. Das Expeditionsheer muß – wieviel, fünfzigtausend Mann umfassen? Für eine Landung braucht man mindestens dreimal soviel. Wo finden wir ...«

»Nein, Ihr irrt Euch«, unterbrach Eseutz sie. »Im Augenblick sind es fünfzigtausend, aber wenn sie weg sind, um Temrai anzugreifen, wird nur noch eine kleine Garnison dasein. Dann erwischen wir sie.«

Athli schloß die Augen und öffnete sie wieder. »Während sie unsere Schiffe haben«, sagte sie. »Kein sehr vernünftiger Vorschlag, oder? Sobald sie hören, was wir getan haben, kommen sie angestürmt, und wir werden nicht die geringste Chance haben. Habt Ihr auch nur eine Vorstellung, was sie mit Rebellen machen?«

»Es muß etwas geben ...« Eseutz brach mitten im Satz ab; fünf Soldaten und ein Offizier eilten auf sie zu. Venart schien weglaufen zu wollen, aber seine Schwester ergriff seinen Arm. »Wenn du wegläufst, töten sie dich«, flüsterte sie.

Die Soldaten kamen heran, blieben stehen. »Venart Auzeil«, sagte der Offizier. »Eseutz Mesatges.«

Venart holte tief Luft. »Ich bin Venart Auzeil«, sagte er. »Was ...«

»Eseutz Mesatges.«

Athli, Vetriz und Eseutz standen reglos da. Der Offizier wartete ein paar Sekunden lang, dann nickte er. »Gut«, sagte er, »wir nehmen sie alle und sortieren sie später. Ihr seid verhaftet«, fügte er hinzu, als wäre ihm das erst nachträglich eingefallen. »Hier entlang.«

13

Ich hasse es, verhaftet zu werden«, sagte Eseutz. »Es ist so langweilig. Man sitzt stundenlang in Zellen und Verhörräumen und Wartezimmern und Vorräumen herum, hat nichts zu tun und nichts zu lesen, und es ist immer entweder zu heiß oder zu kalt, und das Essen …«

Am Morgen war es noch die Bürostube des Gildensekretärs gewesen, die sich diskret am Ende eines Korridors befand, der von der Galerie abzweigte, die das Gildenhaus der Handelsfahrer auf drei Seiten umgab. Am Morgen war es noch ein Ort gewesen, von dem man träumte, dorthin eingeladen zu werden; eine große, üppige Bürostube, verborgen in einem kleinen, unscheinbaren Korridor, ein Denkmal für die Verschmelzung von Diskretion und auffälliger Protzerei. Sekretärin Aloet Cor war als fanatische Möbelsammlerin bekannt, vor allem was die zerbrechlichen, teuren und völlig unpraktischen Knochen- und Elfenbeinstühle und -tische anging, die die Familie Arrazin in Perimadeia sechs Generationen lang hergestellt hatte. Es hieß, daß sie sie nicht mal besonders mochte, aber sie sammelte sie, weil sie selten und schrecklich überteuert waren und ihr Wert jetzt, da nach dem Tod der Arrazins beim Fall der Stadt ihre Zahl begrenzt war, vermutlich noch steigen würde. Man sagte, es sei es wert, eine Stunde oder länger draußen auf der harten Marmorbank zu sitzen, nur um einen Blick auf den bizarren und ziemlich grotesken Lampenständer zu werfen, den Leucas Arrazin vor hundertfünfzig Jahren aus einem einzigen Stück Walfischknochen geschnitzt hatte.

»Ihr werdet wohl oft verhaftet, was?« fragte Venart. »Es tut mir leid, ich bin bloß neugierig.«

Eseutz zuckte mit den Schultern. »Kommt drauf an, wo man hinreist«, sagte sie. »An einigen Orten hat man es akzeptiert, so wie ihre Art, einen zu begrüßen, willkommen in unserer schönen Stadt. Es gab mal eine Zeit, da war ich oft in Burzouth, und ich kannte sämtliche Wärter in ihrem Gefängnis beim Vornamen. Wir haben Schach gespielt, oder ich habe ihnen Knöpfe angenäht ...«

»Ihr?« unterbrach Vetriz sie. »Seit wann könnt Ihr Knöpfe annähen?«

Am Abend war es die Bürostube von Major Javec geworden, des neuernannten Unterpräfekten der Insel, und irgendwie war der Korridor dunkler und kälter, die Marmorbank härter, und die Aussicht, die berühmten Arrazins zu sehen, besaß nicht ganz die Priorität, die sie noch ein paar Stunden zuvor gehabt hätte. Tatsächlich wurde Vetriz das schreckliche Gefühl nicht los, daß sie gerade Teil einer Sammlung geworden und in einem Lager abgestellt worden war, um irgendwann katalogisiert, gestempelt und in eine Vitrine gestellt zu werden.

»Worauf ich hinauswollte«, sagte Eseutz, »ist, daß es für verschiedene Leute unterschiedliche Bedeutung hat, einen zu verhaften. Möglicherweise könnte es einfach nur darum gehen, uns kennenzulernen, und nichts weiter.«

Venart seufzte. »Und wie interpretiert Ihr die Tatsache, daß wir hier die einzigen sind?« fragte er. »Glaubt Ihr, daß sie nur uns kennenlernen wollen?«

Eseutz winkte mit ihrer langen, dünnen Hand gereizt ab. »Von mir aus, dann fühlt Euch eben elend, ist mir doch egal. Ich persönlich weiß nicht, wofür das gut sein soll. Schließlich wird es die Situation um keinen Deut besser machen, wenn Ihr dahockt und Euch zu Tode sorgt. Aber wenn Ihr das für eine gute Einstellung haltet, dann macht nur so weiter ...«

»Eseutz.« Athli hob den Kopf und blickte ihr in die Augen. »Haltet die Klappe. Und du auch, Ven. Ich weiß, das liegt nur daran, daß ihr Angst habt, und sich zu streiten macht es einfacher, aber ihr fangt an, mir auf die Nerven zu gehen. In Ordnung?«

»Sprecht für Euch selbst«, fauchte Eseutz. »Ich habe überhaupt keine Angst ...«

Die Tür öffnete sich, und die beiden Wachen, die wie zwei Statuen hinter ihnen gestanden und den Weg den Korridor entlang versperrt hatten, bedeuteten ihnen aufzustehen und einzutreten. »Es wird alles in Ordnung gehen, ihr werdet schon sehen«, flüsterte Eseutz. Die anderen ignorierten sie.

Unterpräfekt Javec war ein rundlicher Mann, der für einen Sohn des Himmels klein und oben auf dem Kopf völlig kahl war, dafür aber ein paar fransige Haare an seinem Doppelkinn aufwies. Er sah weder bedrohlich noch freundlich aus; in erster Linie machte er einen äußerst müden Eindruck, was natürlich völlig verständlich war. Ein ganzes Land zu annektieren war harte Arbeit.

»Namen«, sagte er; nicht zu den vier Insulanern, sondern zu seinem Schreiber, einem jungen Ausländer mit lockigem braunem Haar. Der Schreiber las die Namen von einer Liste ab. Seine Aussprache war schrecklich, nur das perimadeianische Zeuxis bekam er ganz gut hin.

»Danke«, sagte der Unterpräfekt, und der Schreiber setzte sich und fing an, einen Korb voller Wachstafeln zu sortieren. »Und ich möchte euch auch danken«, fuhr der Unterpräfekt fort, der die Insulaner anscheinend das erste Mal zur Kenntnis nahm. »Ich hoffe, es kommt euch nicht zu ungelegen, aber diese Dinge müssen erledigt werden. Ihr alle seid Freunde von Hauptmann Bardas Loredan ...«

»Entschuldigung«, unterbrach ihn Eseutz. »Ich nicht.«

Javec drehte den Kopf ein Stück, so daß er sie sehen konnte, ohne einen Krampf im Nacken zu bekommen.

»Oh. Ist das wahr?« fuhr er fort und wandte sich Athli zu, die nickte. »Ihr beiden da, ist das richtig?«

Venart holte tief Luft. »Ja, Herr«, sagte er. »Ich glaube nicht, daß sie ihn kennengelernt hat.«

»Ich verstehe«, sagte Javec. »Nun, daran läßt sich nichts ändern; Ihr werdet bei den dreien bleiben müssen, bis der Krieg vorbei ist.« Er verstummte. »Ihr seid Vetriz Auzeil«, fuhr er dann fort.

»Das stimmt.« Sie war beeindruckt; Javecs Aussprache war makellos.

»Und vor etwa sieben Jahren hattet Ihr eine Affäre mit Gorgas Loredan.«

Vetriz seufzte. »Das ist richtig«, sagte sie, bevor Venart die Behauptung an ihrer Stelle verneinen konnte. Eigentlich bedauerlich; sie hatte es ihm so lange Zeit verschweigen können. »Obwohl *Affäre* sicherlich übertrieben ist. Ich glaube, man nennt es die Leidenschaft einer Nacht.«

Javec nickte. »Dann muß ich mich wohl korrigieren«, sagte er. »Aber so steht es zumindest in der Akte. Nun, es tut mir leid, aber ich muß euch für den Augenblick unter Hausarrest stellen – ich bin sicher, daß ihr harmlos seid, aber solange Hauptmann Loredan der Befehlshaber eines großen Heeres ist, muß jeder, den man als Geisel gegen ihn benützen könnte ... Nun, wir würden uns glücklicher fühlen, wenn wir wissen, daß ihr in Sicherheit und aus dem Weg seid. Ich bin davon überzeugt, daß ihr die Logik dahinter versteht, wenn ihr einen Augenblick darüber nachdenkt.«

Keiner sagte ein Wort.

»Wir werden versuchen, das so wenig unangenehm wie möglich zu machen. Ihr werdet im Haus der Auzeils wohnen – das ist Nummer sechzehn in der vierten Quergasse, nicht wahr? Ich werde natürlich Wachen aufstellen; sie werden ihre eigene Unterkunft und ein Waschhaus und Kochgelegenheiten haben, also werdet ihr nicht für sie kochen oder waschen oder sie bedienen müssen. Ihr könnt jeden Tag eine Stunde lang Besucher empfangen, aber natürlich müssen dabei Soldaten anwesend sein. Irgendwelche Fragen?«

Aus dem Augenwinkel entdeckte Vetriz den Gegenstand, bei dem es sich um den berüchtigten Lampenständer handeln mußte. Sie drehte den Kopf ein kleines Stück, um ihn besser sehen zu können; er war genauso furchtbar, wie sie sich vorgestellt hatte.

»Überschätzt, wenn Ihr mich fragt«, sagte der Unterpräfekt. »Natürlich bin ich kein Experte, aber ich halte die Stücke aus der späteren Periode der Arrazins fast schon für Parodien der Produkte ihrer klassischen Periode. Es gibt da diese unerfreuliche Neigung, Dinge, die man besser in klein machen würde, in groß herzustellen. Nehmt nur zum Beispiel diese große Tasse da mit den zwei Henkeln, dort hinten.«

Sie alle drehten sich in die Richtung um, in die er zeigte, und entdeckten etwas, das auf unerfreuliche Weise an einen menschlichen Schädel erinnerte, den man auf einen kleinen Elfenbeinfuß montiert hatte. Er war aufgesägt worden, was den Schädel in eine Tasse verwandelt hatte, und die beiden Henkel, die aus kunstfertig zurechtgeschnittenen Fingerknochen bestanden, waren in den Ohrmuscheln befestigt worden. »Ein interessantes Stück, nicht wahr?« fuhr Javec fort. »Ich glaube, das war der Kopf eines Rebellenprinzen der Nomadenstämme; er verlor vor etwa einem Jahrhundert einen Bürgerkrieg, und sein siegreicher Rivale sandte ihn in die Stadt, um ihn umzugestalten. Er war Teil der Beute, die Hauptmann Loredan als junger Mann mit zurückbrachte. Vermutlich ein einzigartiges Stück, obwohl ich in meiner eigenen Sammlung zu Hause einen Hirschkopf habe, der sehr ähnlich ist; ein ziemlich früher Suidas Arrazin.«

Javec wandte den Kopf einen Fingerbreit und richtete den Blick auf Athli. »Nun, ich denke, daß Ihr mich darauf hinweisen wolltet, daß Ihr nicht unter meine Zuständigkeit fallt, da Ihr eine Bürgerin von Shastel seid und ich dadurch, daß ich Euch hier festhalte, einen diplomatischen Zwischenfall riskiere. Nun, erstens glaube ich, daß Ihr bestenfalls eine doppelte Staatsbürgerschaft habt und aller Wahrscheinlichkeit nach eine genauso echte Insulanerin wie die drei hier seid; aber darauf will ich gar nicht hinaus, da ich dazu weder die Zeit noch die Energie habe. Laßt es mich so ausdrücken: ich bin der Meinung, daß es in Eurem Interesse sein sollte, hierzubleiben, wo wir ein Auge auf Euch haben und beschützen können, genau wie es im besten Interesse Eures Schützlings Theudas Morosin ist. Ihr beiden steht Hauptmann Loredan vermutlich näher als sonst jemand außerhalb seiner Familie, und das bringt Euch in Gefahr. Wenn Ihr meine Worte akzeptiert – und ich bin überzeugt davon, daß Ihr eine vernünftige junge Frau seid –, stehen diese ermüdenden Themen der Staatsbürgerschaft und Gerichtsbarkeit gar nicht erst zur Debatte. Stimmt Ihr mir zu?«

Athli sah ihn an; sie hätte genausogut ihr Spiegelbild im polierten Visier eines Helmes betrachten können, das hätte ihr genausoviel gebracht. »Ich schätze schon«, sagte sie ruhig. »Schließlich dürfte ich wohl kaum arbeiten können, auch wenn Ihr mich freilaßt.«

Javec lächelte. »Danke, daß Ihr mich daran erinnert habt. Die Provinzverwaltung hat die hiesige Filiale der Bank von Shastel übernommen – wir haben dem Orden geschrieben, um unsere Position gesetzlich zu regeln, und ich bin fest davon überzeugt, daß es da keine Schwierigkeiten geben wird. Ich sollte Euch übrigens zur Gründlichkeit und Sorgfältigkeit Eurer Buchführung gratulieren. Wenn sich die Dinge wieder etwas beruhigt haben, bin ich sicher, daß sie Euch gern wieder als Erste Schreiberin einstellen.«

Athli schaute ihn einen langen Augenblick an, dann nickte sie. »Das ist sehr nett.«

»Es sei denn«, fuhr Javec fort und ließ sie nicht aus den Augen, »Ihr wärt daran interessiert, Euch Hauptmann Loredans Stab anzuschließen, wie auch immer seine nächste Position aussieht. Das wäre doch wie in alten Zeiten, findet Ihr nicht?«

»Ich glaube nicht«, sagte Athli. »Ich fürchte, ich kenne mich in militärischen Verwaltungsdingen nicht aus.«

»Nun, Ihr müßt Euch nicht jetzt entscheiden«, sagte Javec.

»Wir werden sehen, wie sich die Dinge entwickeln, einverstanden? Und wenn ihr mich jetzt entschuldigen würdet – vielen Dank für eure Zeit.«

Die beiden Wächter traten einen Schritt vor, und die Insulaner standen schnell auf. »Nur noch eines«, sagte Athli.

»Ja?«

»Ihr habt Theudas erwähnt – Theudas Morosin. Was wird mit ihm geschehen?«

Javec lächelte. »Ich muß Euch noch einmal danken, daß Ihr mich an ihn erinnert. Ich habe bereits mit ihm gesprochen; er wird sich Hauptmann Loredan anschließen. Interessanterweise hat es den Anschein, als hätte er ein ziemlich nützliches Wissen über die Örtlichkeiten, was seiner kürzlichen Gefangennahme durch die Nomaden zu verdanken ist. Ich bin sicher, er übersendet Euch seine besten Wünsche.«

Athli runzelte die Stirn. »Er ist schon aufgebrochen?«

»Vermutlich.«

»Ich verstehe. Es ist nur ... ich habe da etwas, das Bardas gehört – Hauptmann Loredan. Ein Schwert, zufällig ein sehr gutes, und ich habe mich gefragt, ob Theudas es mitnehmen könnte.«

Javec nickte. »Das Guelan«, sagte er. »Großartiges Stück, nicht wahr? Und dann noch der sentimentale Wert, da es ein Geschenk seines Bruders ist. Nun, darum haben wir uns schon gekümmert. Aber danke, daß Ihr es zur Sprache gebracht habt.«

Er nickte den Wächtern zu, und einen Augenblick später fanden sich die Insulaner im Korridor wieder und mußten schneller als ihnen lieb war ausschreiten, nur um mithalten zu können. Im Handumdrehen trafen sie schwitzend und außer Atem im Haus der Auzeils ein. Die Eingangstür stand offen, und zu beiden Seiten war ein Soldat postiert.

»Entschuldigt«, begann Eseutz, aber der Stoß einer Hand ins Kreuz beförderte sie ins Haus, und die Tür schloß sich hinter ihr. Im Korridor standen noch zwei Soldaten, im Hof drei weitere. Einer von ihnen, ein hochgewachsener, dürrer Mann Anfang Fünfzig, verkündete, er sei Sergeant Kol, und gab ihnen dann zu verstehen, daß sie, vorausgesetzt keiner machte ihm Schwierigkeiten, großartig miteinander zurechtkommen würden.

»Ich glaube nicht, daß ich ihn besonders mag«, flüsterte Eseutz, als sie Vetriz in das nach Süden gelegene Schlafzimmer begleitete. »Tatsächlich mag ich keinen von ihnen.«

Vetriz antwortete nicht; sie war schon seit einiger Zeit sehr still gewesen.

»Ich weiß nicht«, fuhr Eseutz fort. »Ich frage mich, wie das funktionieren soll. Was zum Beispiel ist mit unseren Schiffen? Oder dem Rest unseres Besitzes? Sie können sie uns doch nicht einfach *wegnehmen*; bei den Göttern, wovon sollen wir denn leben? Und was sollen wir tun? Also wirklich, mir wäre es lieber gewesen, sie hatten alles geplündert, solange sie danach wieder abgezogen und uns in Frieden gelassen hätten. Beraubt zu werden ist eine Sache, aber ...«

»Eseutz«, unterbrach Vetriz sie und ließ sich schwer aufs Bett fallen. »Bitte. Ich habe schreckliche Kopfschmerzen und muß mich einen Moment lang hinlegen.«

»Was? Oh, schon gut. Ich werde mal sehen, ob ich nicht wenigstens einen von ihnen dazu bringen kann, mir wenigstens was zum Anziehen zu bringen, immer unter der Voraussetzung natürlich, daß sie nicht alle Kleider konfisziert haben.«

Ist sie weg?

Vetriz schloß die Augen und nickte. »Ja, den Göttern sei Dank. Sie ist wirklich nett, ich mag sie auch, aber der Gedanke, auf unbestimmte Zeit mit ihr zusammenleben zu müssen, ist schlichtweg furchteinflößend.«

Das kann ich mir vorstellen.

Vetriz lächelte. »Ich schätze, es ist unangenehm, mit irgend jemanden zusammenleben zu müssen. Aber das dürfte das geringste unserer Probleme sein. Wie wird es weitergehen, was glaubt Ihr? Mal ehrlich?«

Ich wünschte, ich wüßte es.

»Oh.« Sie seufzte. »Als dieser schreckliche Mann Gorgas Loredan erwähnte, habe ich gedacht, ich müßte sterben. Ich glaube, ich muß mit Ven darüber sprechen, und er wird sich fürchterlich aufblasen. Wenn ich an ein paar von den Schlampen denke, mit denen er was angefangen hat ...«

Vielleicht hättet Ihr es ihm sagen sollen. Aber ich kann verstehen, warum Ihr es nicht getan habt.

»Oh, mit Ven komme ich schon klar. Alexius, was glaubt Ihr, was geschehen wird? Mir kommt das wie ein schrecklicher Schlamassel vor, und es ist alles unsere eigene Schuld. Wir hätten sie nicht auf diese Weise provozieren dürfen.«

Nun, jetzt ist es geschehen. Sobald sie mit diesem Krieg fertig sind, werden sie vermutlich wieder abziehen. Dann wird es Eure Sache sein, das Beste daraus zu machen. Natürlich werden sie die Schiffe behalten, und auch die Mannschaften, bis sie ihre eigenen ausgebildet haben. Ich an Eurer Stelle würde mir überlegen, wo ich hingehen könnte.

»Oh«, wiederholte Vetriz. »Die Insel für immer verlassen, meint Ihr? Ich habe niemals ... Oh, das ist entsetzlich. Das können sie uns doch nicht antun.«

Verlaßt Euch nicht darauf. Sie brauchen euch nicht. Vermutlich werden sie die Insel als Marinestützpunkt benutzen wollen, also wird wohl ein Bedarf für Schenken und Geschäfte und dergleichen da sein. Aber sie neigen dazu, ihre eigenen Leute vorzuziehen, und in diesem Fall könnte es gut möglich sein, daß sie euch alle evakuieren und in irgendeinen Teil des Imperiums schicken. Das ist eines der Dinge, die sie tun; eine gute Methode, um alles unter Kontrolle zu halten.

Vetriz lag eine Weile lang still da. »Wo sollten wir Eurer Ansicht nach hingehen? Vielleicht Colleon – aber da ist es so heiß, ich glaube nicht, daß ich das ertragen könnte. Und womit sollen wir unseren Lebensunterhalt verdienen? Ich schätze, es würde davon abhängen, ob wir irgend etwas mitnehmen dürfen. Wir würden es vermutlich schaffen, wenn wir ein Geschäft eröffnen, vor allem, wenn Athli mit uns kommt – sie ist nun wirklich eine geborene Überlebenskünstlerin. Ich glaube, Ven hat Freunde in Colleon, die uns helfen würden.«

Möglich. Natürlich wird es nicht lange dauern, bis das Imperium Colleon annektiert. Ich an Eurer Stelle würde mir einen wirklich weit entfernten Ort aussuchen.

Sie schüttelte den Kopf. »Jetzt fangt Ihr an, mich wirklich zu deprimieren«, sagte sie. »Nicht daß ich finde, daß Ihr unrecht habt. Ich wünschte nur, ich wüßte, wie das alles so schnell geschehen konnte.«

Das ist ganz einfach. Bardas Loredan hat es ihnen ermöglicht, Ap'Escatoy zu erobern. Sie saßen dort zehn Jahre lang fest, und es gibt keinen Grund für die Annahme, daß sie es jemals geschafft hätten. Ohne Bardas wäre es ihnen bestimmt nicht gelungen. Ap'Escatoy war uneinnehmbar, es führte kein Weg darum herum, und das Imperium hat keine Flotte. Jetzt ist Ap'Escatoy gefallen, und sie haben eine Flotte. Als Studie, wie ein Mann die Richtung und den Fluß des Prinzips beeinflussen kann, ist es absolut faszinierend. Wäre ich noch am Leben, könnte ich ein Buch darüber schreiben.

Lange Zeit sagte niemand ein Wort.

»Was zum Teufel ...«, brach Iseutz schließlich das Schweigen. »Was zum Teufel hat *die* denn hier zu suchen?«

Gorgas runzelte die Stirn. »So spricht man nicht über die eigene Mutter«, sagte er. »Komm schon, das ist ein historischer Augenblick, unser erstes richtiges Familientreffen seit – wie lange ist das jetzt her, Niessa? Es müssen mehr als zwanzig Jahre sein.« Er dachte kurz nach, dann schnalzte er mit der Zunge. »Aber natürlich, wir wissen doch ganz genau, wie lange das her ist. Iseutz, wie alt bist du jetzt? Dreiundzwanzig?«

Genau in der Mitte des Tisches stand ein Becher, den Clefas dort hingestellt hatte, um das von der Decke tropfende Wasser aufzufangen. Ihr Vater hatte ihn aus einem Stück Eisen gemacht, das aus einem Helm herausgeschnitten worden war, den sein Vater vom Feld der letzten, vor über hundert Jahren in der Mesoge geschlagenen Schlacht mitgebracht hatte. Die Regentropfen verursachten ein helles, klirrendes Geräusch, wie ein leichter Hammer auf einem Amboß.

»Dreiundzwanzig«, wiederholte Gorgas, als offensichtlich wurde, daß sonst niemand etwas zu der Unterhaltung beisteuern würde. »Dann ist es also fast vierundzwanzig Jahre her, seit wir das letzte Mal alle um diesen Tisch herum versammelt waren. Nun, ich freue mich sagen zu können, daß sich hier anscheinend nicht viel verändert hat.«

Clefas und Zonaras saßen völlig reglos da, wie mechanische Eisenfiguren in einem Uhrturm, die man nicht aufgezogen hatte. Niessa schmollte; sie hatte die Arme verschränkt und reckte das Kinn in die Höhe, während sie aus dem Fenster in den strömenden Regen blickte. Iseutz riß ein Stück Stoff in Streifen, dessen eines Ende sie zwischen den Zähnen hielt. Niemand hatte sich die Mühe gemacht, die Tassen und Teller der letzten drei Mahlzeiten vom Tisch abzuräumen, obwohl sich Clefas die Zeit genommen hatte, ein paar Küchenschaben zu zerquetschen. Gorgas saß am Kopfende der Tafel. Er hatte speziell für diese Gelegenheit ein neues Hemd und neue Hosen angezogen – colleonische Seide mit Brokat –, und er trug den Ring seines Vaters, der sich seit Generationen im Besitz der Familie befand.

»Wie du sehen wirst, hat sich in deinem Zimmer nicht viel verändert«, wandte er sich an seine Schwester. »Dieselbe Wäschetruhe, dasselbe alte Bett. Natürlich wirst du es dir mit Iseutz teilen müssen, aber das sollte kein Problem sein. Vielleicht sollten wir darüber nachdenken, aus der alten Apfelkammer ein Schlafzimmer zu machen; sonst wird es etwas eng.«

»Wo schläfst du?« fragte Niessa, ohne den Kopf zu bewegen.

»Natürlich in Vaters Zimmer«, antwortete Gorgas.

»Das habe ich mir gedacht.«

Iseutz war damit fertig, das Stück Stoff in Streifen zu reißen; jetzt begann sie damit, die Streifen in Vierecke zu reißen. »Mach schon, sag es, damit wir es hinter uns haben.«

»Was sagen?«

Sie legte die Hände auf den Tisch. »Gleich wirst du etwas sagen wie ›Schade, daß Bardas nicht hier ist, dann wären wir alle zusammen‹. Komm schon, das willst du doch, oder?«

Gorgas runzelte die Stirn. »Ja, sicher, es wäre schön, wenn Bardas hier wäre, aber das ist er nun mal nicht. Er hat jetzt sein eigenes Leben, er macht etwas aus sich. Er weiß, daß dieses Haus immer auf ihn warten wird, falls und wenn er es braucht.«

»Oh, um der Götter Liebe willen!« Iseutz schlug mit ihrer verstümmelten Hand auf den Tisch. »Onkel Gorgas, *warum* hast du sie herbringen müssen? Jedenfalls teile ich auf gar keinen Fall ein Zimmer mit ihr, damit das klar ist. Eher schlafe ich im Pferdestall.«

»Prima«, murmelte Niessa. »Tu das.«

»Niessa!«

Bei den Göttern, dachte Niessa, *er hört sich tatsächlich wie Vater an. Das ist ... beunruhigend.* Gorgas warf finstere Blicke in die Runde, die Arme unheilverkündend verschränkt. *Jeden Augenblick wird er mir befehlen, meinen Haferbrei aufzuessen.*

»Und der Rest von euch, du liebe Güte. Wir hatten unsere Differenzen – und ja, bevor es jemand anderes sagt, ja, verdammt viel davon war meine Schuld, ich will gar nicht erst so tun, als wäre es nicht so. Aber das war damals, und jetzt ist jetzt; und wollen wir doch mal ehrlich zueinander sein: niemand von uns ist perfekt.« Er verstummte, warf erneut finstere Blicke in die Runde und fuhr dann fort. »Ich wollte es nicht auf diese Weise tun, aber ich glaube, es ist nötig. Niessa, fangen wir mit dir an. Du bist egozentrisch und völlig amoralisch, du hast dich im Grunde noch nie für jemanden anderen als für dich selbst interessiert; als dir der Boden auf Scona zu heiß wurde, bist du einfach gegangen und hast all die Menschen, die von dir abhängig waren, zum Sterben zurückgelassen – ich war der einzige, der überhaupt den Versuch unternommen hat, etwas zu tun. Es ist mir gelungen, ein paar von ihnen dort rauszuschaffen, und ich habe sie hierhergebracht, aber dir war das völlig egal. Du hast eine Stadt verraten – eine ganze Stadt, Hunderttausende von Menschen, die du praktisch zum Tode verurteilt hast, nur damit du deine Schulden nicht bezahlen mußtest.

Und wie du deine eigene Tochter behandelt hast, ist fast schon abscheulich. Was hast du getan, als ich sie nach Hause, nach Scona gebracht habe? Bei den Göttern, du hast sie ins Gefängnis geworfen. Und du, Iseutz, du kannst dir deinen selbstgerechten Ausdruck sparen, du bist die letzte, die ... Du hast versucht, deinen eigenen Onkel zu ermorden ... Nein, du hältst den Mund und läßt mich ausreden. Du wolltest Bardas wegen etwas töten, das nicht seine Schuld war. Er hat bloß seine Arbeit getan, er konnte nicht wissen, daß der Mann dein Onkel war, er wußte nicht mal, daß es dich gibt. Es tut mir leid, was du durchgemacht hast, aber du mußt es wirklich langsam verarbeiten und anfangen, dich wie ein geistig gesundes, menschliches Wesen zu benehmen, solange du noch weißt, wie das geht.«

Er fuhr herum und sah Clefas und Zonaras böse an. »Und was euch beide angeht, ihr seid genauso schlimm, wenn nicht noch schlimmer. Ihr hattet alles; ihr hattet den Hof; verdammt, Bardas hat euch das ganze Geld geschickt, jedes Viertel, das er zusammenkratzen konnte, indem er sein Leben riskiert hat, und was habt ihr gemacht? Ihr habt es verschleudert, habt alles weggeworfen. Bei allen Göttern, wenn ich daran denke, was ich dafür gegeben hätte, das zu haben, was ihr hattet; hier zu leben, zu Hause, und das tun zu können, was unsere Bestimmung war, anstatt in der Welt herumzuziehen und kämpfen und andere Leute betrügen zu müssen, nur um überleben zu können ... Wißt ihr, ich werde nicht schnell wütend, aber das macht mich wirklich zornig.«

Stille war eingekehrt; selbst der Regen schien aufgehört zu haben, in den Stahlbecher zu tropfen. »Der einzige von uns, der mit Fug und Recht von sich behaupten kann, immer versucht zu haben, das Richtige zu tun, ist Bardas – und er ist derjenige, der nicht nach Hause zurückkehren kann, und zwar wegen dem, was *wir* ihm angetan haben. Ist das nicht so, Clefas? Zonaras? Er ist hierhergekommen, als er einen sicheren und sauberen Zufluchtsort gebraucht hat, und sobald er gesehen hat, was ihr beiden getan hattet, war er so angewidert, daß er es nicht ertragen konnte, hierzubleiben. Also ist er wieder aufgebrochen – und jetzt seht, wo er ist, er ist praktisch ein Exilant, und das ist eure Schuld, und es fällt mir wirklich schwer, euch das zu verzeihen –, aber ich verzeihe euch, denn wir sind eine Familie; wir müssen zusammenhalten, ganz egal, was wir auch getan haben. Aber um Himmels willen, warum könnt ihr euch nicht wenigstens einen Funken Mühe geben und aufhören, euch wie ein Haufen verwöhnter Kinder zu zanken? Das ist doch wirklich nicht zuviel verlangt, oder?«

Lange Zeit sagte niemand ein Wort. Dann kicherte Iseutz.

»Es tut mir leid, aber es ist so komisch, wirklich. All diese schrecklichen Dinge, die wir getan haben, und sie sollen uns zu einer glücklichen Familie machen. Onkel Gorgas, du bist wirklich einzigartig, das muß man dir lassen.«

Gorgas wandte sich um und sah sie an, und sie konnte ein Schaudern nicht unterdrücken. »Und was willst du damit sagen?«

»Ach, komm schon. Hör dir doch mal selbst zu. Und rein interessehalber – hast du vergessen, daß Onkel Bardas deinen Sohn ermordet und aus seiner Leiche einen Bogen gebaut hat ...«

»Sei still.« Gorgas holte tief Luft und beherrschte sich. »Wenn wir uns weiter selbst geißeln und wegen der Dinge, die wir alle getan haben, aufeinander einprügeln, dann können wir jetzt genausogut aufgeben. Es kommt nicht darauf an, was wir getan haben, es geht um das, was wir tun werden – solange wir es wenigstens *versuchen.* Zumindest haben wir alles, was wir brauchen – wir haben den Hof, wir haben einander, uns sitzen keine Gutsbesitzer oder sonst irgendwer im Nakken ...«

»Was ist mit der Provinzverwaltung?« unterbrach ihn Niessa, die noch immer aus dem Fenster starrte. »Ich schätze, die hat sich einfach in Luft aufgelöst, was?«

»Mit denen komme ich schon klar«, erwiderte Gorgas. »Ihretwegen brauchen wir uns keine Sorgen zu machen. Wirklich, es gibt nichts, um das wir uns Sorgen machen müssen, solange wir wie eine Familie zusammenhalten. Wir haben den schweren Teil hinter uns, die schlimmen Zeiten sind vorbei; es war eine große Anstrengung, wir alle mußten meilenweite Umwege machen, um zurückkehren zu können, aber jetzt ist alles wieder gut, wir sind zu Hause. Und wenn ihr alle nur begreifen würdet ...«

Clefas stand auf und ging in Richtung Tür.

»Wo willst du hin?« wollte Gorgas wissen.

»Nach den Schweinen sehen.«

»Oh.« Er atmete wieder aus, als wäre er erleichtert. »Ich sage euch was, warum sehen wir nicht alle nach den Schweinen? Tun mal zur Abwechslung eine nützliche und konstruktive Arbeit, statt hier herumzusitzen und wie eine Horde Eulen zu schmollen?«

Sein Tonfall sagte ihnen, daß die Teilnahme nicht freiwillig war.

Draußen wurde es langsam dunkel. Der Regen hatte das tiefer gelegene Ende des Hofes in einen Sumpf verwandelt; der Abwassergraben war wieder von Kerbel verstopft, und niemand war dazu gekommen, ihn frei zu machen. Niessa, die nur die Sandalen trug, die sie in der Wüste gehabt hatte, konnte den Schlamm zwischen ihren Zehen spüren.

»Was glaubst du, wie lange wir das noch ertragen müssen?« Das war Iseutz, die ihr ins Ohr flüsterte. »Glaubt er wirklich, wir würden hierbleiben und den Rest unseres Lebens so tun, als wäre nie etwas geschehen?«

Niessa wandte den Kopf ab. »Mir ist egal, was er denkt«, sagte sie laut, »oder was du denkst, was das angeht. Das ist offensichtlich völlig lächerlich. Und jetzt geh weg und laß mich zufrieden.«

Iseutz grinste. »Du glaubst, du könntest ihm das austreiben. Ihm als Ranghöhere etwas befehlen, als wärt ihr beide noch auf Scona. Nun, ich glaube nicht, daß das funktionieren wird; dafür ist er schon viel zu verrückt. Aber sieh doch mal das Positive daran; so wie ich es verstanden habe, hat er dem Imperium dieses schreckliche Land praktisch auf dem Silbertablett übergeben. Früher oder später werden sie ihn sich schnappen und ihn von seinem Elend erlösen, und dann können wir mit dem weitermachen, was wir eigentlich tun sollten.«

Der Schweinestall stank. Seit einer Woche hatte ihn keiner ausgemistet, und der Regen strömte durch ein Loch im Dach hinein und spülte einen Schlammstrom unter der Tür hindurch auf den Hof. Gorgas schien der Regen nichts auszumachen; sein neues Seidenhemd war vermutlich bereits ruiniert, aber es war ihm entweder nicht aufgefallen oder egal. *Er ist wie ein kleiner Junge, der aufgeregt ist, daß er mithelfen darf*, dachte Iseutz. *Zu schade. Eigentlich wäre es lustig, Onkel Bardas auch hierzuhaben. Er und Onkel Gorgas könnten einander zu Tode prügeln, knietief in Schweinescheiße versunken.*

»Komm schon, Clefas, gib mir den Rechen«, sagte Gorgas. »Niessa, du holst die Schaufel.« (Niessa blieb genau da stehen, wo sie war.) »Clefas, wo ist die Schubkarre? Oh, jetzt sag bloß nicht, du hast sie noch immer nicht repariert. Das habe ich dir doch schon vorige Woche gesagt, oder nicht? Bin ich eigentlich hier der einzige, der arbeitet?«

»Ein Familientreffen«, sagte Bardas Loredan und blieb, wo er war. »Ich schätze, ich sollte wohl so etwas sagen wie *Du bist aber groß geworden.*«

Theudas Morosin blieb wie angewurzelt im Zelteingang stehen. »Ich dachte, du würdest dich freuen, mich zu sehen.«

Bardas schloß die Augen und legte den Kopf in den Nacken. »Es tut mir leid«, sagte er. »Ich habe es nicht so gemeint, wie es sich angehört hat. Ich wünschte nur, du wärst nicht hergekommen.«

Theudas erstarrte. »So?«

»Würde ich sagen, ich hätte gehofft, dich für alle Zeiten losgeworden zu sein, würdest du mich für einen schrecklichen Menschen halten. Du würdest vermutlich einfach nicht verstehen, daß ich es um deinetwillen gehofft hatte.« Er öffnete die Augen und stand auf, ging aber nicht auf den Jungen zu. »Ich freue mich wirklich, daß es dir gutgeht«, fuhr er fort, »das mußt du mir glauben; aber du solltest nicht hier sein, nicht in diesen Krieg verwickelt werden. Du hättest auf der Insel bleiben sollen, dort hast du eine Zukunft.«

Theudas wollte etwas erwidern, überlegte es sich dann aber anders. *Er sieht verändert aus,* dachte er. *Das habe ich erwartet, daß er dünner oder vielleicht älter aussieht, aber das tut er nicht. Wenn überhaupt, sieht er höchstens jünger aus.* »Ich will hier sein«, sagte er statt dessen. »Ich will erleben, wie du Temrai besiegst, ihm seine Taten heimzahlst. Ich weiß, daß du das kannst, und ich will dabeisein, wenn du es tust. Ist das so furchtbar?«

Bardas lächelte. »Ja«, sagte er, »aber mach dir deswegen keine Gedanken. Du bist hier, wir sind wieder zusammen; ich schätze, dann kannst du dich genausogut nützlich machen.«

Theudas grinste erleichtert; es war der Ton seiner Stimme, als er *nützlich machen* sagte, genau wie früher. Er hätte wissen müssen, daß es keine Gefühlsregung geben würde, keine Umarmung oder Tränen; er hätte das sowieso nicht gewollt. Ihm kam es nur darauf an, da weiterzumachen, wo sie aufgehört hatten, als die Soldaten aus Shastel in ihr Haus eingebrochen waren und sich alles verändert hatte. »Also gut«, sagte er. »Was soll ich tun?«

Bardas gähnte; jetzt sah er müde aus. »Wollen wir doch mal sehen, was dir Athli in Buchführung beigebracht hat«, sagte er. »Wenn du aufgepaßt hast, könntest du ganz nützlich sein. Und keiner hat sich je so gut in dem Papierkram ausgekannt wie Athli. Wie geht es ihr übrigens?«

Da war etwas in der Art, wie er es sagte – *er hat es noch nicht gehört. Warum? Warum haben sie es ihm nicht gesagt?* »Als ich sie das letzte Mal gesehen habe, ging es ihr gut«, sagte Theudas vorsichtig.

»Das ist gut. Und was ist mit Alexius? Wie geht es ihm? Hast du ihn in letzter Zeit mal gesehen?«

Diesmal wußte Theudas nicht, was er sagen sollte. Er wollte wirklich nicht derjenige sein, der es ihm beibrachte – nicht wenn er gleichzeitig auch der Überbringer der Neuigkeiten sein mußte, was auf der Insel geschehen war. Aber er würde es früher oder später tun müssen, und er wollte nicht lügen. »Alexius«, wiederholte er. »Du hast es also noch nicht gehört.«

Bardas sah ihn scharf an. »Was gehört? Er ist doch nicht krank oder so was?«

»Er ist tot«, sagte Theudas.

Bardas saß ganz still da. »Also alle beide.«

»Was?«

Bardas schüttelte den Kopf. »Nichts«, sagte er. »Tut mir leid. Ich habe es gestern gehört, ein anderer Freund ist gestorben, ein Mann, mit dem ich im Rüstungshaus gearbeitet habe. Wann ist er gestorben?«

Theudas' Mund war trocken. »Es ist schon eine Weile her«, sagte er. »Es tut mir wirklich leid, ich dachte, du wüßtest es.«

»Ist schon gut«, sagte Bardas *(schließlich muß man für gewöhnlich vorher sterben, selbst wenn es Ausnahmen gibt).* »Er war ein alter Mann, so ist das eben. Es ist nur – nun, seltsam. Ich hätte gedacht, ich würde es wissen, wenn du verstehst, was ich meine.«

»Ihr habt euch mal sehr nahegestanden, nicht wahr?« sagte Theudas und wußte, noch bevor er geendet hatte, daß er es nicht schlimmer hätte ausdrücken können, selbst wenn er es versucht hätte.

»Ja«, erwiderte Bardas. »Aber ich habe ihn seit Jahren nicht mehr gesehen. Mich hätte nur interessiert, ob du den genauen Zeitpunkt seines Todes kennst. Also, dann wollen wir für dich mal was zu tun finden, oder willst du dich ausruhen? Du bist doch bestimmt den ganzen Tag gereist.«

»Das stimmt«, sagte Theudas. »Hast du nicht gesagt, ich soll mich um die Buchführung kümmern? Ich schätze, das Kommando über ein Heer bringt viel Papierkram mit sich.«

Bardas lächelte. »Du würdest es nicht glauben«, sagte er. »Oder zumindest bei diesem Heer; damals bei Maxen haben wir uns um so etwas nicht gekümmert. Diese Leute hier brauchen Lieferscheine und Berichte und was weiß ich noch alles, sonst wird nichts erledigt.«

Theudas setzte sich an den kleinen, wackeligen Klapptisch, dessen Oberfläche mit Papieren und Wachstafeln übersät war. Er hatte auf der Insel zwar keine formale Ausbildung gemacht, aber er wußte genug über Schreibarbeiten, um eine unerfreuliche Arbeit zu erkennen, wenn er eine sah. »Ich kann damit anfangen, dein Sonne-und-Mond-Hauptbuch abzustimmen«, sagte er. »Hast du Zählperlen?«

»In dem Holzkästchen«, antwortete Bardas. »Was ist ein Sonne-und-Mond-Hauptbuch?«

Theudas lächelte.

»Schon gut«, sagte Bardas. »Ich muß ein paar Dinge erledigen. Kommst du allein zurecht?«

»Klar«, sagte Theudas und beugte sich über die Bücher. Es war eine langwierige Arbeit. Als er endlich eine Pause machte, fiel sein Blick auf sein Gepäck – eine kleine Tasche und ein langes, in Öltuch eingepacktes Bündel. Er hatte etwas vergessen. Glücklicherweise kam in diesem Augenblick Bardas wieder zurück.

»Mir ist gerade etwas eingefallen«, sagte Theudas. »Es tut mir leid, ich hatte es ganz vergessen. Ich habe dir etwas mitgebracht.«

Bardas runzelte die Stirn. »Wirklich? Das ist nett. Was ist es denn?«

Theudas kniete nieder, nahm das Bündel und gab es ihm. Vielleicht regte sich etwas in Bardas' Gesicht, während er die Knoten öffnete; als er das Guelan-Breitschwert herauszog, war es völlig ausdruckslos.

»Ich verstehe«, war alles, was er sagte, dann legte er es wieder zurück. »Was ist mit den Büchern? Ergeben sie irgendeinen Sinn?«

»Es steht Euch natürlich völlig frei, jederzeit abzureisen«, hatte ihm der Mann in der Ausländerbehörde gesagt. »Als Bürger von Shastel betrifft Euch das nicht, was hier passiert ist.« Dann hatte er darauf hingewiesen, daß keine Schiffe nach Shastel ablegen würden, weder heute noch in absehbarer Zukunft – mit anderen Worten, wenn er sein unbestrittenes Recht, die Insel zu verlassen, ausüben wollte, mußte er zu Fuß übers Meer nach Shastel gehen.

Also ging er zurück zu Athlis Haus, das leerstand. Sie waren gekommen und hatten alle Papiere beschlagnahmt, ganz zu schweigen von den zehn stabilen Eisenkisten, in denen sie die Geldeinlagen der Bank aufbewahrt hatte. Sonst hatten sie nichts angerührt; das hier war eine Annexion, keine Eroberung oder Plünderung. Viel höflicher als eines der beiden anderen, und aus offensichtlichen Gründen; warum sollte man sich auch selbst bestehlen?

Sie hatten die Lebensmittel dagelassen; also schnitt er sich eine dicke Scheibe von dem frischen Laib Brot ab und ein dikkes Stück Käse und nahm beides zu dem Fenster mit, wo es so angenehm kühl war, man aber trotzdem das Sonnenlicht sehen konnte. Von seinem Standort aus konnte er gerade noch die Masten der Schiffe sehen, die im Hafen vor Anker lagen. Jeden Tag würden sie nun dorthin aufbrechen, wo er gerade herkam, um den Krieg zu Temrai zu tragen und Perimadeia zu rächen. Oder etwas in der Art.

Er schloß die Augen; und dann befand er sich irgendwie unter der Stadt, direkt unter Athlis Haus, in dem Tunnel, dem üblichen Tunnel, der nach Koriander und nassem Lehm stank. »Hört mal, ist das wirklich ...«, protestierte er, aber der Tunnelboden unter seinen Füßen gab nach, und er stürzte ...

... in einen anderen Tunnel (den üblichen Tunnel), wo sie die Erde auf die Karren luden, und in dem freigelegten Erdreich konnte er alle möglichen jahrhundertealten Artefakte sehen. Einige der Stücke kannte er, andere wiederum nicht, und einige der unbekannten hatten wirklich sehr seltsame Formen – Rüstungsteile für Kreaturen, die alles andere als menschlich oder zum Teil Mensch und zum Teil was anderes waren.

Ihr schon wieder.

Gannadius blickte sich um. Es war keiner zu sehen, nur Helme und Rüstungsteile ...

Hier drüben. Genau, Ihr seht mich direkt an.

Es handelte sich um einen eleganten, wenn auch etwas verbeulten Barbuta, die Art von Helm, der bis auf einen schmalen T-förmigen Seh- und Mundschlitz das ganze Gesicht verdeckte. »Seid Ihr das?« fragte Gannadius. »Ihr erinnert mich an einen Kollegen von mir, aber ich kann nicht genau ...«

Nun, natürlich bin ich es. Hier in diesem verdammten Zinnhelm.

Kein großes Geheimnis; sie trieben den Stollen durch einen Friedhof, ein Massengrab für die Verlierer einer vor langer Zeit geschlagenen Schlacht. »Moment mal«, sagte Gannadius. »Ihr seid nicht Alexius, Ihr klingt nicht mal so ähnlich wie er. Wer seid Ihr?«

Ist das wichtig?

»Mir ist das wichtig«, erwiderte Gannadius und drehte den Helm um. Er war leer.

Alexius konnte nicht kommen, also hat er mich geschickt. Ich bin ein Freund von Bardas Loredan, falls das wichtig sein sollte. Und Ihr seid Gannadius, nicht wahr? Der Zauberer?

»Nein, ich ... Ja, der Zauberer.« Gannadius konnte sich nicht setzen, dafür gab es nicht genug Platz, also lehnte er sich mit dem Rücken gegen die gebogene, feuchte Stollenwand. »Hat das hier irgendeinen Sinn, oder ist das bloß das große Stück Käse, das ich gegessen habe?«

Ihr tut mir unrecht.

»Es tut mir leid«, sagte Gannadius und kam sich ziemlich lächerlich vor, sich bei einer Halluzination zu entschuldigen. »Also gibt es einen Grund hierfür?«

Natürlich. Willkommen im Rüstungshaus.

Gannadius runzelte die Stirn. »Dem was?«

Dort kommt man hin, um glanzgehämmert und begraben zu werden, obwohl man es für gute Manieren hält, vorher zu sterben. Aber das konntet Ihr nicht wissen, also können wir eine Ausnahme machen. Nun, mal sehen. Wenn Ihr das Prinzip mit Hilfe eines der folgenden Dinge erklären solltet, einem Fluß oder einem Rad, was würdet Ihr wählen?

»Ich weiß nicht«, sagte Gannadius. »Um ehrlich zu sein, ich halte beide Vergleiche für nicht hundertprozentig zutreffend. Davon abgesehen, warum fragt Ihr mich das?«

Beantwortet die Frage. Fluß oder Rad?

»Oh ...« Gannadius schüttelte den Kopf. »Also gut, wenn ich alles in Betracht ziehe, würde ich sagen, das Prinzip ähnelt eher einem Fluß als einem Rad. Zufrieden?«

Erklärt Eure Schlußfolgerung.

Gannadius runzelte die Stirn. »Würde ich meine Studenten so behandeln, hätte ich bald keine Stellung mehr.«

Erklärt Eure Schlußfolgerung.

»Darf ich danach aufwachen?«

Erklärt Eure Schlußfolgerung.

Gannadius seufzte. »Also gut. Ich behaupte, daß das Prinzip wie ein Fluß in einem Bett aus Ereignissen und Kontext fließt; es führt dorthin, wo es hinführt, weil die Umgebung es dorthin bringt. Ich behaupte, daß es von einem Anfang zu einem Ende fließt, und wenn es dieses Ende erreicht hat, bleibt es stehen. Ich behaupte, daß man den Kurs des Prinzips in eine andere Richtung lenken kann, aber nur, indem man es aus der einen Reihe von Ereignissen und Kontext in eine andere lenkt; außerdem kann man nur den zukünftigen Verlauf ändern – es ist unmöglich, die Vergangenheit zu verändern. Wie mache ich mich bis jetzt?«

Jetzt erklärt, warum das Prinzip einem Rad ähnelt. Mit Euren eigenen Worten.

»Wenn Ihr darauf besteht. Ich behaupte, daß sich das Prinzip wie ein Rad dreht, und zwar um ein Ereignis; es bewegt sich wie ein Rad vorwärts, wenn es sich auf festem Untergrund dreht; aus diesem Grund transportiert es seine eigene Achse mit sich – was die Erklärung dafür ist, warum wir denselben Tag nicht immer wieder neu erleben. Die Analogie scheitert daran, daß die Geschehnisse, die die Achse bilden, einer ständigen Veränderung unterworfen sind, sich das Rad aber ohne jeden Kontinuitätsverlust weiterdreht – warum man sich meiner Meinung nach die Geschehnisse besser als Flußufer und -bett vorstellen sollte.

Ich muß aber zugestehen, daß die Rad-Analogie den Vorteil

hat, daß sie die sich wiederholenden Aspekte des Prinzips verdeutlicht, was in der Fluß-Analogie nicht ganz klar wird; natürlich gibt es sie auch da, da sich ein Wasserlauf erst nach Hunderten von Jahren bildet, wenn zahllose Jahreszeiten mit Regen und Flut ein Bett für ihn gegraben haben. Eigentlich sind beide Vergleiche mißverständlich; das Prinzip wiederholt sich nicht, es neigt lediglich dazu, die gleiche Sache immer wieder erneut geschehen zu lassen. Aber um auf das Rad zurückzukommen, man kann es nicht in eine andere Richtung lenken – es kann sich nur drehen –, aber wenn man die Achse verändert, kann man die Umdrehungen auf eine andere Straße führen. Das heißt, zumindest in der Theorie. In der Praxis wird jeder, der dumm genug ist, den Versuch zu unternehmen, an dieser Stelle einzugreifen, vermutlich überfahren werden – oder er ertrinkt, wenn Euch das lieber ist. So, reicht das?«

Es ist adäquat.

»Adäquat«, wiederholte Gannadius. »Vielen Dank auch.«

Adäquat reicht nicht; Ihr seid unser Mann, der an einem entscheidenden Wendepunkt der Geschichte vor Ort ist. Adäquat wird nicht dabei helfen ...

... und die Decke brach ein, und die Stadt stürzte durch das Loch in die Tiefe, gefolgt von der ganzen Welt; aber es reichte nicht aus, um den Tunnel zu füllen. Einen Augenblick lang konnte Gannadius alles sehen – Städte und Straßen und Festungen, Dörfer und Felder und Wälder, die wie Milch durch einen schmalen Trichter in das Loch strömten und in dem schwarzen Lehm versickerten. Es stank durchdringend nach Knoblauch, und überall um ihn herum konnte Gannadius die Söhne des Himmels sehen, die in schweigsamer, entrückter Anerkennung zusahen, als wäre dies ein Ballett oder ein Vortrag. Er konnte Schiffe sehen, riesige Flotten, die eine unendliche Zahl von Stahlmännern auf alle Strände und Landspitzen entließen, bis die Stahlmänner das Antlitz der Erde bedeckten ...

»Als würde die Welt eine Rüstung tragen«, sagte er laut. »Nettes Detail.«

... und unter jeder Stadt und jedem Dorf konnte er Tunnel und Stollen sehen, in denen Stahlmänner gruben und hämmerten und stählerne Gliedmaßen und Köpfe auf Ambosse hieben, bis alle Städte und Dörfer unterminiert waren und in die Camouflets fielen und sich die Stahlhaut über sie senkte. In den Minen zogen die Stahlmänner die Stahlhaut von den Toten, durchtrennten mit schmalen Messern die Riemen und zogen die Harnische beiseite, um an das darunterliegende Fleisch zu kommen; der Stahl kam zu dem Haufen mit dem Altmetall, das sich schließlich zu Pyramiden aufschichtete, die die Decke berührten, während die Hämmer auf das Fleisch niederfuhren und die Muskelfasern zerschlugen, damit es leichter fiel, es zu kochen. Und das ganze Fleisch verschwand in den Mündern der Kinder des Himmels, und der ganze Stahl kam zurück in die Schmelzöfen, um als glühende Schmelze wieder herauszukommen und erneut zu Stahlplatten und Gliedmaßen gehämmert zu werden, die zu Schwertern und Äxten und Keulen und Morgensternen und Hellebarden geschmiedet wurden, die in jedem Produktionsstadium einer Materialprüfung unterzogen *(einer Materialprüfung, als ob das erforderlich gewesen wäre)* und bis zum Zerbrechen mit dem Hammer bearbeitet wurden – wobei dieses Zerbrechen gleichzeitig der Augenblick ist, an dem die Puppe an den Säumen aufbricht und den Schmetterling entläßt.

»Das ist eine interessante Hypothese«, murmelte Gannadius.

Dann verschmolzen die Bilder, als alle Städte zu einer Stadt wurden und alle Länder zu einem Land und aller Stahl zu einer geprüften Rüstung und alle Menschen zu einem Mann; und er stand über seinen Amboß gebeugt und schwang den Hammer, ließ ihn durch sein eigenes Gewicht fallen, bearbeitete das Metall zwischen Hammer und Amboß so, daß es wie ein träger Fluß oder vulkanische Lava dahinströmte.

»Alexius?« fragte Gannadius.

Aber der Mann schüttelte den Kopf. »Nahe dran«, erwiderte er, »und doch verkehrt. Ich fürchte, Alexius ist tot – wir konnten nicht länger eine Ausnahme für ihn machen –, genau wie Anax, Bardas Loredans Freund, und viele andere auch. Sie landeten auf dem Schrotthaufen, und der Schrott kam in den Schmelzofen, und aus dem geschmolzenen Stahl wurde ich erschaffen. Ihr seht mich nur deshalb als Alexius, weil Ihr das grundsätzliche menschliche Bedürfnis habt, ein tröstliches, freundliches Gesicht zu sehen.«

»Ah«, sagte Gannadius.

»Was natürlich irreführend ist«, fuhr der Mann fort, »weil ich nicht tröstlich und mit absoluter Sicherheit erst recht nicht freundlich bin. Ihr müßt nämlich wissen, daß das Prinzip das Imperium ist; es ist der frisch geschmolzene Stahl und der Amboß; es ist ein Fluß, in dem man ertrinkt; es ist das Rad, das einen überfährt. Der Lavastrom ist ebenfalls ein schön anschaulicher Vergleich, soweit das möglich ist. Aber mir persönlich gefällt die Vorstellung, daß das Prinzip das Rüstungshaus ist, denn für jeden Zentimeter des Fortkommens benötigt man einen ganzen Innenhof voller zerstörter und zu Klump geschlagener Werkstücke; wie sollte man sonst das nächste Stadium erreichen?«

»Ich bin mir nicht sicher, ob ich Euch folgen kann«, sagte Gannadius.

»Das macht nichts«, erwiderte der Mann, während sein Hammer das Metall verbeulte. »Das liegt daran, daß Ihr den Anfang nicht sehen könnt, den Punkt, an dem alles begonnen hat. Ihr müßt wissen: Jeder Akt der Zerstörung beginnt mit dem ersten, winzigen Augenblick, in dem eine Störung auftritt – der erste Moment, an dem das Metall sich dehnt und reißt, der erste Spalt, die erste Stelle, an der das Material durch die Hammerschläge ausgedünnt wurde. Sobald das geschieht, versagt alles, was sich in seiner Nähe befindet, stürzt alles ein. Es ist wie der eine Balken, den man wegzieht, um einen Camouflet auszulösen, und die Stadt stürzt durch das Loch. Gorgas Loredan war ein solcher Störfall, die Stelle, an der die Belastung zu groß wurde; es hat andere gegeben – einige davon vor Jahrhunderten, wie der Augenblick, in dem die Söhne des Himmels zum allerersten Mal durchgebrochen sind; andere erst kürzlich, als dem Imperium eine Flotte von Schiffen in die Hände gefallen ist – das ist der Störfall, der den Städten am Meer den Untergang bringen wird. Als sich Alexius dummerweise dazu bereit erklärt hat, Bardas mit dem Fluch zu belegen, das war ebenfalls eine derartige Störung, und sie riß einen ganzen Saum auf. Man könnte sagen, es war wie das Spalten eines Baumstammes – ein Keil öffnet eine Spalte, in die man den nächsten Keil setzt. Das ist das progressive Element des Prinzips.« Er lachte. »Definitiv nicht tröstlich«, sagte er mit einem Lächeln. »Und definitiv nicht freundlich. Ein weiterer wirklich weitreichender Störfall war der Augenblick, als Ihr Euch bereit erklärt habt, die Ente von Perimadeia zur Insel zu bringen; das war eine Katastrophe, von der sich die Welt möglicherweise nie wieder erholen wird. Aber Ihr braucht Euch deswegen nicht schuldig zu fühlen; Ihr konntet es nicht wissen. Vermutlich wolltet Ihr bloß hilfsbereit sein.«

»Das ist richtig«, sagte Gannadius. »Das wollte ich.«

Der Mann nickte. »Auf eine groteske Weise ist das witzig; Zerstörung und Untergang überrollen den Westen, eingenäht in die Kloake einer Ente. Nun, das dürfte Euch ausreichend Stoff zum Nachdenken gegeben haben. Danke fürs Zusehen.«

... und seine Augen öffneten sich wieder, als der Teller von seinen Knien fiel und die Brotkruste unter den Stuhl rollte. *Verdammt,* dachte er. *Aber ich weiß nicht, ob ich wirklich überzeugt bin. Es ist eine bestechende Theorie, aber ich würde gern harte Fakten sehen.*

Jemand polterte an die Tür; er stand auf, wischte die Krümel weg und machte auf. Zwei Soldaten und ein Schreiber standen auf der Schwelle.

»Doktor Gannadius?«

»Das bin ich.«

»Mit den Empfehlungen des Unterpräfekten«, sagte der Schreiber, »er dachte, es würde Euch vielleicht interessieren, daß unerwarteterweise ein Schiff aus Shastel in den Hafen eingelaufen ist. Es ist vom Kurs abgekommen und hier gelandet. Der Unterpräfekt hat den Kapitän gebeten, bis morgen früh zu bleiben, damit das Schiff für ihn ein paar Briefe transportieren kann, und er hat gedacht, daß Ihr möglicherweise mitfahren möchtet.«

»Das war sehr aufmerksam von ihm«, sagte Gannadius. »Das würde ich sehr gern. Wie heißt das Schiff?«

»Es ist die *Armut und Nachsicht*, der Kapitän heißt Hido Elan. Sie haben sich bereit erklärt, Euch als Geste des guten Willens umsonst mitzunehmen.«

»Des guten Willens«, wiederholte Gannadius. »Na, wenn heute nicht einfach jeder nett zu mir ist.«

14

Oberst Ispel, Befehlshaber des Expeditionsheeres, das die Provinzverwaltung gegen Perimadeia ausgeschickt hatte, ging ungehindert an Land und ließ seine Späher ausschwärmen. Als sie zurückkehrten, berichteten sie, daß vom Feind nirgendwo etwas zu sehen war. Ispel schlug das Lager an der Stelle auf, an der sich Temrais erst kürzlich aufgegebene Siedlung befunden hatte, breitete seine Karten auf dem Boden seines Zeltes aus und machte seine Hausaufgaben.

Da der Feind seine Position aufgegeben hatte und ins Landesinnere abgezogen war, hatte sich der Grund, die Offensive auf diese Weise zu beginnen, schon von selbst erledigt. Trotzdem befand er sich in einer starken Position; er hatte fünfzigtausend Mann unter Waffen, die sich aus zwanzigtausend Mann schwerer Infanterie, viertausend Kavalleristen, sechzehntausend Mann leichter Infanterie und etwa zehntausend Bogenschützen, Artilleristen, Pionieren und irregulären Plänklern zusammensetzten. Er ließ zweitausend der am wenigsten nützlichen Irregulären zurück, um zu verhindern, daß die Besatzungen seiner Schiffe sich davonmachten – schließlich handelte es sich um Insulaner, die zwar keine Bedrohung, aber auch in keiner Weise vertrauenswürdig waren –, und brach mit dem Hauptheer auf, um Temrais Spuren zu folgen. Zusätzlich zu den Soldaten hatte er einen großen Versorgungstroß dabei, mit genug Ausrüstung, um das Heer quer durch die Steppe zurück auf imperiales Territorium zu führen – wenn er etwas über dieses Land wußte, dann die Tatsache, daß es völlig unmöglich war, sich von dem zu ernähren, was es hervorbrachte. Eine so große Last mußte das Vorankommen des Hauptheeres unweigerlich verlangsamen, aber er widerstand der Versuchung, seine Kavallerie zu weit vorauszuschicken. Die Clansmänner waren außerordentlich kompetente leichte Kavalleristen und berittene Bogenschützen, und dem, was er über sie gelesen hatte, hatte er entnehmen können, daß ihnen nichts mehr gefallen würde, als gegen einen langsamen Heereszug ohne Kavallerieschutz Störmanöver zu reiten, und zwar so lange, bis er schließlich zum Stehen kam. Außerdem hatte er es nicht besonders eilig; den Aufklärungsberichten von Hauptmann Loredans Heer zufolge hatte sich Temrai auf irgendeinem Hügel eingegraben und wartete auf das Ende. Wenn das stimmte, konnte dieser Krieg nur durch einen dummen Fehler verloren werden, und es war viel wahrscheinlicher, daß er ihn beging, wenn er blindlings in ein ödes und weitgehend unbekanntes Territorium vorstürmte.

Obwohl es vom Feind keine Spur gab, hielt Ispel trotzdem für alle Fälle die Standardvorschriften ein. Jeden Morgen sandte er die Späher in alle Richtungen außer einer aus, und jeden Abend kamen sie mit leeren Händen zurück. Jeden Abend stationierte er Außenposten in der Nähe des Lagers, und zwar im offenen Gelände, so daß er eine ausreichend lange Vorwarnzeit hatte, falls der Feind doch irgendwie aus dem Nichts auftauchen und einen Nachtangriff versuchen sollte.

Die einzige Richtung, in die er keine Spähtrupps aussandte, war natürlich die, aus der er gekommen war, und so bemerkte er den Angriffstrupp – der ihm den ganzen Weg von der Küste gefolgt und dabei nachts geritten war und während des Tages Rüstungen und Waffen mit Säcken, die ein Aufblitzen in der Sonne verhinderten, verhüllt hatte – erst in genau dem Augenblick, zu dem ein imperiales Heer auf dem Marsch wirklich verwundbar war: zur Abendessenszeit.

Das war natürlich die perfekte Zeit für einen Angriff. Es war dunkel; die Männer hatten die Rüstung abgelegt und standen in Reihen vor den Kochstellen an; die Außenposten waren noch nicht in Stellung gegangen, und als der Feind die anderen Wachposten niederritt, war es zu spät, um Alarm auszulösen.

Plötzlich waren bewaffnete Reiter inmitten der Lichtkreise der Lagerfeuer, die die Essensreihen entlanggaloppierten und mit ihren Säbeln auf Hände und Gesichter einschlugen und jeden, der aus der Reihe zu flüchten versuchte, mit den Speeren durchbohrten. Die Soldaten, die bereits ihr Essen erhalten hatten, ließen Teller und Tassen fallen und versuchten zu den Waffenpyramiden zu kommen, aber ununterbrochen strömten Reiter heran, eine Abteilung riß die Zelte um, eine andere jagte die Kavalleriepferde weg, eine weitere trieb die Männer in den Schlangen wie wilde Ponys im Herbst zusammen und einer anderen Einheit entgegen, die schon auf sie zustürmte.

Ispel selbst rannte aus dem Zelt, die Serviette noch in den Kragen gesteckt; sein Schwertgriff war noch an der Scheide festgebunden (um zu verhindern, daß das Schwert herausfiel). Als er endlich die Knoten gelöst hatte, befanden sich Reiter in seiner Zeltstraße, die die Seile kappten und mit langen Lanzen mit schmalen Klingen in das zusammengefallene Segeltuch hineinstießen. Er blickte sich um und entdeckte eine Öffnung in der Zeltreihe, die ihm Zugang zum Lager der leichten Infanterie gewähren würde, wo die Bogenschützen untergebracht waren; Bogenschützen und Plänkler; Männer, die nicht in Rüstung kämpften und die eher dazu fähig sein würden, mit einer so plötzlichen Katastrophe fertig zu werden. Er kam auf der Hauptdurchgangsstraße der leichten Infanterie heraus, nur um die Quartiere bis auf Reiter leer vorzufinden; die Plänkler und die Bogenschützen und die mobilen Hilfstruppen hatten ihre Mobilität und schnelle Reaktionszeit dazu genutzt, sich aus der Gefahrenzone zu entfernen und von dem Lager und den scharfen Säbelklingen wegzukommen; und man konnte mit Sicherheit davon ausgehen, daß sie nicht zurückkommen würden, bevor es sicher war.

Drei Reiter entdeckten ihn gleichzeitig; offensichtlich erkannten sie ihn, was für die Arbeit ihrer Aufklärung sprach. Zwei von ihnen zerrten die Pferde herum, ließen sie fast auf der

Stelle drehen, aber es war der dritte Mann, der seelenruhig einen Pfeil auf die Bogensehne legte, zielte und schoß, der die begehrteste Trophäe des Abends gewann. Die dreigeteilte Spitze drang zwischen Ispels Rippen ein, durchbohrte die Lunge und wäre auf dem Rücken wieder ausgetreten, hätte die Wirbelsäule sie nicht aufgehalten. Als die anderen Reiter sahen, daß er getroffen war, ließen sie ihn liegen.

Ispel starb in einer Art von Traum gefangen, und zwar ganz langsam, während sich seine Lungen mit Blut füllten. Es war zum Verrücktwerden, hier liegen und sterben zu müssen – er konnte sich nicht bewegen, konnte nicht mal den Kopf drehen –, ohne zu wissen, was geschah, welchen Schaden der Stoßtrupp seinem Heer zufügte. Gerade, als er fest davon überzeugt war, zumindest eine Stimme zu hören, die klare Befehle erteilte, sprang ein Nomade aus dem Sattel und schlug ihm den Kopf ab; er benötigte fünf Schläge, bevor er den Knochen durchtrennt hatte, und Ispel spürte sie alle.

Tatsächlich war er einem Irrtum unterlegen; die Stimme, die er gehört hatte, gehörte dem Anführer des Stoßtrupps, einem entfernten Cousin Temrais mit Namen Sildocai, der versuchte, den Angriff abzubrechen, bevor sie den Bogen überspannten. Jedoch schien keiner von ihm Notiz zu nehmen, und es spielte auch keine Rolle; sobald der Feind den Versuch unternahm, sich irgendwie zu sammeln, war schon eine Gruppe Reiter über ihm und schlug dort, wo die Männer am dichtesten beieinanderstanden, so lange auf sie ein, bis das Hindernis im Strom beseitigt war. Später sollten die Reiter sagen, es sei wie damals in Perimadeia gewesen; die wenigen, die zu kämpfen versuchten, wurden ziemlich früh getötet, und danach war es, als würde man sich einen Weg durch ein Dornengestrüpp bahnen, eine harte Arbeit, die Schultern, Armen und Rücken einiges abverlangte. Aber sie konzentrierten sich auf ihre Arbeit und säuberten eine Menge Boden, und je länger es dauerte, desto besser wurden sie darin, erarbeiteten sich die effizientesten Schläge und Winkel – reine Kraftverschwendung, wild auf Arme und Beine einzuschlagen, ein sorgfältig gezielter Schlag auf den Nacken oder den Kopf reicht aus, und schlag nicht härter zu, als du mußt, wozu sich verausgaben, versuch einen Rhythmus zu finden, so ist es leichter.

Am Ende wurde der Angriff nur wegen eines dummen Mißverständnisses abgebrochen. Die zu Beginn des Kampfes weggetriebenen Kavalleriepferde hatten sich, da sie es so gewohnt waren, zu einer Herde zusammengefunden und kamen zurückgaloppiert. Ein paar Nomaden am Rand des Lagers hörten den Hufschlag und nahmen an, daß er feindliche Kavallerie ankündigte; sie schlugen Alarm und machten, daß sie aus dem Weg kamen, und der Angriff war innerhalb weniger Minuten vorbei, obwohl die imperiale Armee erst nach einer Weile begriff, daß sie alle wieder weg waren.

Es war eine der schlimmsten Niederlagen, die ein imperiales Heer je erlitten hatte; zwar hatte der Angriff nur etwa viertausend Tote gefordert (zweitausend davon Offiziere und Sergeanten), aber es gab über zwanzigtausend größtenteils schwer Verwundete. Es dauerte lange, bis die einfachen Soldaten einen Offizier finden konnten, der soweit unverletzt war, daß er den Befehl übernehmen konnte, da die Offiziere in separaten Messen in größeren Zelten aßen und die Angreifer sie ohne größere Mühen gefunden hatten. Die Nomaden hatten außerdem die meisten der Zugpferde für den Troß weggetrieben oder getötet, und das sollte die Zahl der Gefallenen am stärksten in die Höhe treiben.

Vor die Wahl gestellt, Vorräte mitzuführen oder ihre Freunde zu transportieren, die zu schlimm verletzt waren, um laufen zu können, entschieden sich die Soldaten, die meisten Vorräte abzuladen, da sie ja nicht so weit von den Schiffen entfernt waren und es bis dorthin eben so schaffen mußten. Da so viele der Offiziere tot waren, gab es niemanden, der ihnen das verbieten konnte, und als die Nomaden am nächsten Tag zurückkamen und die Kolonne, die den Weg zurückkroch, den sie gekommen war, angriffen, trafen sie auf kaum mehr Widerstand als am Vorabend. Aber er reichte immerhin aus, um sie davon abzuhalten, aus nächster Nähe mit Schwert und Speer zu kämpfen. Statt dessen schossen sie aus mittlerer Distanz aus dem Sattel mit ihren Bögen, auf kurze Sicht gesehen nicht die effizienteste Methode, aber hinsichtlich des Verlustquotienten außerordentlich kosteneffektiv. Die Reste der imperialen Kavallerie versuchten sie zu vertreiben, aber sie hielten nicht lange durch; die viertausend Mann verfügten nur noch über ein paar hundert Pferde, und ein Pferd bietet ein großes Ziel.

Von den fünfzigtausend, die von Bord der Schiffe gegangen waren, schafften es fünfzehntausend zurück, und Sildocais Männer begleiteten sie bis zur Küste; von den restlichen fünfunddreißigtausend blieb zumindest die Hälfte in der weiten Steppe zurück, und wie Ispel so scharfsinnig bemerkt hatte, bot die Steppe nur sehr wenig Nahrung, falls man das Pech hatte, keine Ziege zu sein. Sildocai kehrte heim, die Flotte segelte zur Insel zurück.

Sildocai schrieb seinen Sieg einem Souvenir zu, das er beim Fall von Perimadeia eingesteckt hatte; es war ein kleines Buch mit dem Titel *Der Einsatz von Kavallerie bei längeren Feldzügen in offenem Gelände;* der Verfasser war ein Mann namens Suidas Bessemin, einer der wenigen Militärhistoriker der Stadt, die die Feldzüge des glorreichen perimadeianischen Kavalleriekommandanten Bardas Maxen je genau studiert hatten.

Dem Präfekt von Ap'Escatoy wurde die Neuigkeit durch den schnellsten und erfahrensten Kurier des imperialen Kurierkorps überbracht, der die Insel zwanzig Minuten nach Eintreffen des ersten Schiffes verlassen hatte. Der Präfekt nahm die Nachricht ruhig auf; nachdem er persönlich dafür gesorgt hatte, daß man dem Kurier für seine Reise zur Provinzverwaltung in Rhozen das schnellste Pferd des Kavalleriestalls gab, bestellte er Jasmintee und Honigkuchen, ließ seine Berater rufen und machte sich für einen langen Tag und eine lange Nacht vernünftiger, energischer Planung bereit.

Bardas Loredan wurde die Neuigkeit von dem Armeekurier überbracht, den der Unterpräfekt der Insel drei Stunden nach Bekanntwerden der Nachricht losgeschickt hatte. Man mußte ihm die Geschichte dreimal erzählen, dann schickte er alle weg und saß die ganze Nacht lang im Dunklen. Als er schließlich das Zelt verließ, erschien er nicht übermäßig besorgt oder aufgebracht; er gab Befehle, das Marschtempo zu erhöhen, und ließ zusätzliche Späher und Wachabteilungen ausschwärmen.

Gorgas Loredan hörte die Neuigkeit von seinem Mann im Proktorenbüro von Shastel, der dafür sorgte, daß der offizielle Kurier mit der Handelspost auf seinem Weg nach Süden einen Umweg machte. Nachdem Gorgas mit dem Kurier gesprochen hatte, nahm er die große Axt, die er selbst mit einem neuen Stiel versehen hatte, und verbrachte den Morgen mit Holzhakken. Dann schickte er drei Kuriere los; der erste Kurier reiste mit einem mitfühlenden Kondolenzbrief und einem Hilfsangebot zur Insel; der zweite reiste ebenfalls zur Insel, begleitet von einer Gruppe von fünfzig gefährlich aussehenden Männern, deren Transitpapiere sie als Handelsdelegation auswiesen; und der dritte – sein bester Mann – reiste zu Temrais Lager am anderen Ende der Steppe.

Temrai selbst erfuhr die Neuigkeit von Sildocai persönlich, der den Stoßtrupp mit Rekordgeschwindigkeit nach Hause zurückbrachte. Er sagte: »Wie viele?« und schüttelte den Kopf, als die Zahlen wiederholt wurden. Dann wandte er sich wieder der Verstärkung des inneren Tores zu und war den Rest des Tages übler Laune.

Der Provinzgouverneur hörte die Neuigkeit am Morgen des vierzehnten Geburtstags seiner Tochter. Er sagte sofort sämtliche geplanten Feierlichkeiten ab, was unter diesen Umständen nur angebracht war, und schrieb dem Präfekten von

Ap'Escatoy einen langen Brief, in dem er sein Mitgefühl, seine Unterstützung, sein unverbrüchliches Vertrauen und seinen von Herzen kommenden Abscheu zum Ausdruck brachte und versprach, innerhalb von zwei Monaten ein neues Heer aus hundertfünfzigtausend Infanteristen, sechzigtausend Kavalleristen und vernünftiger Artillerie zu schicken; außerdem erkundigte er sich höflich nach einer Seidenmalerei von Marjent, die der Präfekt ihm vor einem Monat zu schicken versprochen hatte, die aber anscheinend noch nicht eingetroffen war. Dann schrieb er noch einen Brief an das Büro der Zentralverwaltung, das sich einen Acht-Wochen-Ritt entfernt in der Provinz Kozin befand, in dem er anfragte, ob man dem Präfekten den Prozeß machen, ihn lediglich ersetzen oder dort belassen sollte, wo er war. Und schließlich, da er ein gutherziger Mann war, ließ er den Geburtstag seiner Tochter auf einen anderen Tag legen, indem er durch den Ersten Astronomen der Provinz einen speziellen, nicht wiederkehrenden Monat in den Kalender aufnehmen ließ, der den Namen Verlust und Beteuerung erhielt und um Mitternacht des Tages begann, an dem er die Nachricht erhalten hatte. Man war allerorten der Meinung, daß das eine besonders elegante und aufmerksame Geste war, und es war im Gespräch, den Monat zu einer permanenten Einrichtung zu machen.

Gannadius hörte die Neuigkeit einen Tag bevor die Schiffe die Insel erreichten; ein Überlebender der leichten imperialen Infanterie hatte sich auf dem Weg zur Küste verirrt und war nach Norden geraten, wo er auf eine Gruppe von Handelskurieren aus Shastel stieß, die mit wichtigen Informationen über die mutmaßliche Entwicklung des Marktpreises von bustrofidonischem Kupfer nach Hause zurückkehrten. Weil diese Informationen wichtig waren, waren sie das Risiko eingegangen, auf dem Landweg durch das Kriegsgebiet zu reisen. Als sie den imperialen Soldaten auf der Straße auf sich zurennen sahen, dachten sie im ersten Augenblick instinktiv darüber nach, ihn entweder zu erschießen oder zu flüchten. Als sie begriffen, auf was sie da gestoßen waren, beeilten sie sich noch mehr (den Soldaten mußten sie zurücklassen, da sie kein Pferd übrig hatten) und schafften es darum, der Zitadelle die Neuigkeit noch vor dem Börsenschluß dieses Tages zu bringen; die heroische Tat brachte der Handelsabteilung des Ordens reichlich Dividende ein. Gannadius schien von der Neuigkeit nicht übermäßig überrascht zu sein; nachdem er zu Bett gegangen war, flüsterten seine Kollegen, daß es fast den Anschein hatte, als hätte er es bereits aus einer anderen Quelle gehört. Das erhöhte ihren Respekt und den Neid auf den perimadeianischen Gelehrten und mutmaßlichen Zauberer beträchtlich, der mit seinen täglichen Geschäften fortfuhr, als sei nichts geschehen.

Als die Neuigkeit die Provinz Voesin erreichte, löste sie in dieser unruhigen und unzuverlässigen Ecke des Imperiums eine kleine Revolte aus. Am Markttag erschien auf dem Marktplatz von Rezlain ein Mann aus dem Nichts, der verkündete, er sei der von den Göttern auserwählte Bote, ausgesandt, die Menschen aus der Sklaverei zu führen. Er zerrte einen verblüfften und anscheinend geistig zurückgebliebenen jungen Mann mit sich, der sich als der letzte Nachkomme des letzten Königshauses von Voesin herausstellte. Bevor die Kavallerie eintraf, hatten sich in dem Rebellenlager etwa sechstausend Leute versammelt; obwohl ein Drittel davon Frauen, alte Männer und Jungen waren, gelang es ihnen, sechs Tage lang auszuharren, bis eine Artilleriekompanie aus Ap'Betnagur angefordert und das Lager schließlich unter einem Berg von siebzigpfündigen Tribockgeschossen begraben wurde.

Die im Haus der Auzeils Eingesperrten gehörten vermutlich zu den letzten Menschen auf der Insel, die die Neuigkeit erfuhren; sie traf in den frühen Morgenstunden in Form einer Sitzbank ein, die aus dem vier Türen entfernten *Glaube und Integrität* ausgeliehen worden war und ein Brett von Venarts Haustür einschlug. Die diensthabenden Soldaten stürzten aus ihrem Biwak im Hof, um nachzusehen, was los war, aber da war die Tür schon offen und ein Dutzend bewaffneter Männer im Korridor. Was folgte, konnte man nicht wirklich als Kampf bezeichnen; ein Soldat schaffte es die Haupttreppe bis zur Hälfte hinauf, bevor ihn ein Pfeil in den Rücken wieder nach unten brachte und ihn mit dem Gesicht auf jede Stufe aufschlagen ließ, aber davon abgesehen ging alles sehr kontrolliert und effizient vor sich.

Sie fanden Venart in seinem Versteck unter dem Bett (»Ich habe dir doch gesagt, daß sie da als erstes nachsehen«, bemerkte Vetriz, als sie ihn dort hervorzogen; sie hatte sich nicht geschickter angestellt, indem sie sich hinter die Gardinen stellte) und teilten ihm mit, er sei jetzt der neue Anführer der Widerstandsarmee der Insel, die bereitstünde, die Stadt zurückzuerobern und den Feind ins Meer zu werfen.

»Wer zum Teufel seid ihr?« verlangte Venart zu wissen und versuchte vergeblich, sich aus dem Griff des Mannes zu befreien, der ihn auf diese Weise ansprach. »Und was zum Teufel glaubt ihr eigentlich, was ihr da tut?«

Der Mann grinste. »Wir sind eure Verbündeten«, erwiderte er. »Gorgas Loredan hat uns geschickt, um euch zu retten. Etwas mehr Zuversicht, die glorreiche Revolution kann nicht darauf warten, daß Ihr Eure Socken anzieht.«

»Gorgas Loredan?« schaffte es Venart auszustoßen, bevor sie ihn aus dem Haus schleppten. In der Zwischenzeit hatte ein anderer der Befreier Eseutz Mesatges gefangengenommen, die versucht hatte, an einer Regenrinne nach unten zu klettern, und sie ebenfalls nach vorn gebracht. »Fragt sie«, sagte der Truppführer, »sie gehörte zu den Leuten, mit denen er bei dem Treffen gesprochen hat.«

»Eseutz?« Venart sah verwundert aus. »Was für ein Treffen?«

Eseutz war damit beschäftigt, sich in ihre Kleidung hineinzukämpfen (als sie gehört hatte, daß die Tür aufgebrochen wurde, hatte sie sich das erstbeste Kleid geschnappt; unglücklicherweise war es eines im Kriegerprinzessin-Stil gewesen, für das man im Grunde die Hilfe einer starken Zofe brauchte, um es anzuziehen). »Ich weiß nicht, wovon er spricht«, sagte sie.

»Ihr lügt«, erwiderte Venart. »Bei allen Göttern, hört mit diesem Unsinn auf und sagt mir, was hier vorgeht.«

»Also gut«, fauchte Eseutz wütend und verrenkte sich, um an einen Schulterriemen heranzukommen, der außerhalb ihrer Reichweite auf dem Rücken baumelte. »Ja, ich habe diesen verdammten Gorgas Loredan kennengelernt; er hat hier seine Runde gemacht und gesagt, wir sollten von der Provinzverwaltung mehr Geld für unsere Schiffe fordern.«

»Das war seine Idee?«

»Ich schätze schon«, sagte Eseutz. »Auf jeden Fall hat er es jedem Mitglied des Schiffseignerverbandes vorgeschlagen, der zuhören wollte. Die Götter allein wissen, warum.«

Venart schüttelte den Kopf. Nein, er konnte in all dem keinen Sinn erkennen, aber er hatte das unbehagliche Gefühl, daß irgendwo ein Sinn steckte, er nur nicht verschlagen genug war, ihn zu erkennen. »Also ist das seine Schuld«, sagte er, »das alles hier – die Besetzung und alles. Weil er die Leute aufgewiegelt hat.«

»Nun macht mal halblang«, unterbrach ihn der Truppführer. »Hauptsächlich war es eure Schuld, weil ihr gierig und sehr, sehr dumm seid. Aber ja, Gorgas hat die Idee in eure erbärmlichen kleinen Köpfe gepflanzt; und jetzt, wo das Heer ausgelöscht wurde, wird er euch helfen, da wieder rauszukommen.«

Eseutz ergriff seinen Arm. »Was meint Ihr damit, das Heer wurde ausgelöscht?«

»Habt ihr es noch nicht gehört?« Der Truppführer lachte. »Ihr müßt euch bei König Temrai für eure Freiheit bedanken«, sagte er. »Ich wundere mich, daß ihr es nicht wißt. Die letzten beiden Tage hat es hier fast ununterbrochen Straßenkrawalle gegeben, und der Unterpräfekt kann nichts dagegen tun, nicht, wenn die eine Hälfte seiner Garnison in der Schlacht zusammengehauen wurde und die andere Hälfte zur ständigen Bewachung der Schiffe abkommandiert ist, um sie am Auslaufen zu hindern.« Er stieß Venart so hart in die Rippen, daß es weh tat, und grinste. »Ihr solltet Euch lieber beeilen, glorreicher Führer, oder Ihr kommt noch zu spät zu Eurer eigenen Revolution.«

»Was meint Ihr damit, ausgelöscht?« wiederholte Eseutz. »Das ist unmöglich.«

»Ausgelöscht. Vierzigtausend Gefallene. Sie haben sie in der Steppe erwischt und in Scheiben geschnitten. Ich muß schon sagen, das hätte ich ihnen nie zugetraut. Gut, sie haben Perimadeia gestürmt, ja, aber das hätten auch meine Oma und ihre Katze geschafft. Aber ein imperiales Heer fertigzumachen – das ist schon eine Leistung.« Er drehte den Kopf; seine Männer hatten Athli gefunden und ebenfalls herausgebracht. »Das sind dann vier, gut, das wird reichen. Wir gehen zu Faussas Lagerhaus; dort sind Hellebarden und Partisanen im Wert von zehntausend Vierteln, die der alte Faussa irgendwie vergessen haben muß, dem Unterpräfekten bei den Konfiszierungen zu melden. Sobald wir die auf den Straßen verteilt haben, werden die Dinge hier richtig in Schwung kommen.«

Venart Auzeil kam das alles auf beunruhigende Weise vertraut vor; er war in der Nacht des Untergangs in Perimadeia gewesen, und der Anblick bewaffneter Männer, die durch die Straßen liefen, war etwas, das nun wirklich Erinnerungen heraufbeschwor. Aber er sagte sich, daß es *ihre eigenen* bewaffneten Männer waren, was auch stimmte; man mußte genau hinsehen, um zu erkennen, daß sie nie zuvor in ihrem Leben eine Waffe benutzt hatten. Aber ein Enterbeil oder eine Hellebarde waren nicht mit einer Harfe oder der Drehbank eines Juweliers zu vergleichen; man mußte nicht schrecklich gut damit umgehen können, damit sie ihren Zweck erfüllten, und wenn der Feind einem keinen direkten Widerstand entgegenbrachte, reichte reine Zweckerfüllung aus.

Abgesehen von ein paar planlosen Patrouillen zu Fuß und den vor einigen Gebäuden aufgestellten Wachposten waren keine Soldaten zu sehen. Dem Truppführer zufolge hatten sie sich entweder alle im Langen Saal der Handelskammer verschanzt oder an Bord der im Hafen liegenden Schiffe gezwängt. Venart gefiel das nicht.

»Wir können sie nicht einfach dortlassen«, sagte er. »Wie sollen wir sie da rauskriegen?«

Der Truppführer lächelte und nahm eine Laterne von der Wand der Taverne, vor der sie standen. »Das ist nicht schwer«, sagte er. »Paßt auf und lernt.«

Die Menge, die sich um die Handelskammer versammelt hatte, war groß und lärmend, hatte sich aber auf eine respektvolle Distanz zurückgezogen, nachdem ihnen die imperialen Bogenschützen eine Demonstration der effektiven Reichweite ihrer standardmäßigen Armbrüste gegeben hatten ...

(»Da haben wir Glück«, meinte der Truppführer. »Sie haben alle ihre Langbogenschützen zum Heer abkommandiert, und die sind nicht zurückgekommen; hier verfügen sie bloß über Armbrüste, und bei denen dauert es drei Minuten, sie zu laden.«)

... aber es war die Größe der Menge, die Venart am meisten beeindruckte. Er hatte sich nicht vorstellen können, daß seine Landsleute es so eilig hatten, ihr Leben für ihre Freiheit zu riskieren. Andererseits war es ja nicht so, als hätten sie etwas zu verlieren.

»Sie sind alle da drin«, erstattete jemand dem Truppführer Bericht; vermutlich ein weiterer von Gorgas' Männern, da Venart ihn noch nie zuvor gesehen hatte und er zu wild aussah, um ein Insulaner sein zu können. »Hast du Öl gefunden?«

Der Truppführer schüttelte den Kopf. »Brauchen wir nicht«, erwiderte er. »Also los, baut einen Kordon; in den beiden Frontreihen will ich Hellebarden und Enterbeile haben, dahinter Äxte und Hämmer. Haltet sie zurück; das hier wird brennen wie die Hölle.«

Er hatte recht; Öl oder Schwefel wären nicht nötig gewesen. Kaum waren die ersten Fackeln auf dem Strohdach gelandet, brannte die Handelskammer wie ein Leuchtfeuer und beleuchtete einen Kreis, der bis zu den Gebäuden auf der anderen Seite des Platzes reichte und in dem es so hell wie zur Mittagszeit war. Die Insulaner waren entsetzt, sie brennen zu sehen; über hundert Jahre lang hatte die Bürgerschaft dafür gesorgt, daß das Stroh kein Feuer fing, und es wäre ihnen niemals in den Sinn gekommen, es absichtlich in Brand zu setzen.

Eine scheinbar unmöglich lange Zeit tat sich nichts, und Venart fragte sich schon, ob sich die Soldaten des Imperiums überhaupt im Gebäude befanden und in Habachtstellung auf ihren Posten zu Tode verbrannten – nach dem zu urteilen, was er von ihnen gesehen hatte, war das durchaus nicht unmöglich. Dann schienen der Haupteingang und die Seitentüren förmlich zu explodieren, und die Soldaten kamen ins Licht herausgeströmt. Ihre Helme und Rüstungen blendeten; es war, als würde man glühendweißem geschmolzenem Metall zusehen, das vom Schmelztiegel in die Gußform floß, und Venart sah nicht die geringste Möglichkeit, wie man sie aufhalten sollte, nicht mit ein paar Bürgern und ein paar Hellebarden. Er wollte sich das nicht ansehen, sein Körper kribbelte bei dem Gedanken an blanke Klingen auf nackter Haut, aber alles geschah zu schnell, als daß er hätte wegsehen können.

Der grelle Rammbock krachte in die lanzenbewehrten Reihen und stieß sie zu Boden, aber die dahinter stehende Masse aus Körpern nahm die Bewegung auf, wie die Polsterung im Innern einer Rüstung den Schlag absorbiert. Der Sturmangriff wurde langsamer und kam dann ganz zum Stehen, er kühlte aus und verfestigte sich zu einzelnen Männern. Und an diesem Punkt erkannte Venart, daß das Ende unausweichlich war. Zusammengedrängt und ohne den nötigen Platz, ihre Waffen schwingen zu können, wurden die Soldaten zerquetscht wie ein Ei in der Hand eines Mannes – die brüchige Rüstung konnte dem sanften Druck, der sie umgab, nicht widerstehen, nicht bei dieser Art von Materialprüfung. Sie wurden zu Boden gedrückt, und ihre Helme wurden ihnen vom Kopf gerissen; sie wurden mit Hämmern und Äxten und Spaten niedergeprügelt, bis sämtliche funkelnden Stahlgestalten zu einem am Boden liegenden Haufen Schrott zerknüllt waren. Als es vorbei war, trat eine lange Stille ein.

Das war's also, dachte Venart, und als die Menge aus dem Lichtkreis und den Hügel hinunter in Richtung Hafen strömte, um die Schiffe zu befreien, fragte er sich, wie es möglich gewesen war, daß dieses seltsame Geschöpf, dieser weiche und nachgiebige Amboß, überhaupt so mühelos hatte überwältigt werden können, als die Soldaten in den Straßen aufmarschiert waren und man das Annexionsdekret an das Tor angeschlagen hatte. Es hing immer noch da, oder zumindest ein paar Fetzen, da es schnell verbrannte und sich in weiche Asche verwandelte, aber alles andere schien sich verändert zu haben, und er konnte einfach nicht genau ergründen, was den Unterschied ausgemacht hatte. Aber dann warf er einen Blick auf den Truppführer, Gorgas' mit Sorgfalt ausgesuchten Emissär, der seinen Männern am Rand der Menge signalisierte und den Mob mühelos lenkte. *Der Loredan-Einfluß*, sagte er sich dann; *natürlich, das macht den ganzen Unterschied.*

»Eine Tragödie«, seufzte der Präfekt von Ap'Escatoy. »Eine tragische, verfluchte Verschwendung. Und auch noch so sinnlos.«

Der Erste Administrator nickte traurig. »Es ist wirklich herzzerreißend«, sagte er und wischte sich mit einem feuchten Tuch Honig von den Fingerspitzen. »Und wie Ihr schon gesagt habt, haben sie dadurch nichts erreicht. Wenn überhaupt, haben sie die Dinge schlimmer für sich gemacht.«

»Zweifellos«, sagte der Präfekt. »Ich fürchte, nach dem, was sie getan haben, haben sie sich meine Sympathie verscherzt. Ich weiß, Rachsucht ist eine häßliche Emotion, aber bei dieser Gelegenheit gestatte ich mir diesen Luxus. Sie werden für das bezahlen, was sie getan haben.«

»Im übertragenen Sinn gesprochen, natürlich.«

Der Präfekt lächelte grimmig. »Leider«, sagte er dann. »Ich wünschte, es wäre anders, aber das ist es nun mal nicht.« Er schüttelte den Kopf. »Nein, man muß sich den Tatsachen stellen, und wir müssen uns mit ihnen beschäftigen; diese verfluchte Schlacht hat mich meinen Aufbaukredit gekostet, und damit ist meine Gelegenheit, Perimadeia wieder aufzubauen, wie ich es ursprünglich vorhatte, wohl dahin. Alles ist weg, und keiner hat einen Nutzen davon. Und bei näherem Nachdenken ist es nicht mal tragisch; Tragik hat eine gewisse Würde, die diesem Schlamassel völlig fehlt. Es ist bloß Verschwendung.« Er nahm eine Ecke des Tischtuchs und rieb sich damit die Hände ab, als wollte er die Unbilden des Lebens fortwischen. »Aber es ist nun mal geschehen, und jetzt liegt es an uns, unter den gegebenen Umständen das Beste daraus zu machen. Praktisch, pragmatisch und positiv.«

Das letzte sagte er mit einem kleinen Lächeln – es handelte sich offensichtlich um ein Zitat oder eine Anspielung (der Präfekt war ein passionierter Benutzer zutreffender, aber abstruser Zitate; es ging sogar so weit, daß man nicht davon ausgehen konnte, daß auch nur eines seiner Worte notwendigerweise von ihm selbst stammte). Der Administrator konnte sie nicht unterbringen, also nickte und lächelte er in genau bemessener Belustigung.

»Und wir sollten mit dem Krieg anfangen«, fuhr der Präfekt fort. »Vor allem muß sichergestellt werden, daß es keine weiteren Niederlagen gibt. Schickt Hauptmann Loredan einen Brief mit dem Befehl, an Ort und Stelle zu verharren und nichts zu unternehmen, einfach nur zu gewährleisten, daß sich Temrai nicht an ihm vorbeischleicht und flieht. Ich will, daß der eigentliche *Coup de grâce* von dem neuen Heer ausgeführt wird, dem Heer, das die Provinzverwaltung schickt. Sie einfach zu besiegen reicht nicht mehr aus; sie müssen von der Übermacht vernichtet werden, wenn wir nach dieser Katastrophe die Dinge wieder zurechtrücken wollen.«

»Da stimme ich Euch zu«, sagte der Administrator. »Nun, und was ist mit der Insel? Das wird wohl ziemlich schwierig werden, oder nicht? Wir müssen uns irgendwoher ein paar Schiffe besorgen.«

Der Präfekt zuckte mit den Schultern. »Für den Krieg brauchen wir sowieso Schiffe. Natürlich hat diese Sache mit der Insel das Potential, viel schlimmer für uns zu werden als Temrai und der Verlust eines ganzen Heeres.« Er wandte den Kopf, saß einen Augenblick lang still da und betrachtete einen Turmfalken, der unten auf dem Hof auf einem Zitronenbaum saß; in der einen Klaue hielt er einen kleinen Vogel, der noch lebendig war, und versuchte ihn mühsam zu töten, ohne den Ast loszulassen, an dem er sich mit der anderen Klaue festhielt.

»Eigentlich muß ein größerer Rückschlag, wie der, für den Temrai verantwortlich ist, keine völlig negative Sache sein. Gelegentlich kann er sogar – nun, beinahe etwas Wünschenswertes sein. Worauf ich hinauswill: einen schwachen, unbedeutenden Feind zu überrennen bringt kein Prestige ein. Eine ernsthafte Niederlage kann dem Feind einen gewissen Status verleihen, vorausgesetzt, ihr folgt kurz darauf ein überragender Sieg. Und natürlich hilft es, das Niveau der Armee aufrechtzuerhalten; es gibt nichts Besseres als eine gelegentliche Ohrfeige, um einen daran zu hindern, zu selbstgefällig zu werden. Was allerdings diese Inselgeschichte betrifft ... Wie bereits gesagt, können wir daraus keinen Gewinn ziehen.

Was die Sache so schlimm macht, ist die Tatsache, daß jeder weiß, daß die Insulaner keine würdigen Gegner oder hervorragenden Krieger sind, ganz zu schweigen edle Wilde, deren primitive Tugenden wir bewundern können, et cetera, et cetera; es sind fette, selbstzufriedene, irgendwie unangenehme kleine Männer, die ihren Lebensunterhalt damit verdienen, daß sie billig kaufen und teuer verkaufen.« Der Präfekt wurde wieder ärgerlich; es war weder seiner Stimme anzumerken noch seinem Antlitz anzusehen, aber er zog an dem Ring an seinem kleinen Finger und drehte ihn, als würde er eine Schraube anziehen. Wenn er das tat, fanden kluge Männer, die Bescheid wußten, eine Entschuldigung, um sich eine Zeitlang an einen anderen Ort zu begeben. »Aber sich aufzuregen wird nicht helfen; es könnte uns ganz im Gegenteil dazu verleiten, noch mehr Fehler zu machen. Aus diesem Grund glaube ich, wir sollten sie eine Zeitlang in Ruhe lassen; zumindest bis der Krieg vorüber ist.«

Der Administrator nickte. »Ich stimme Euch zu«, sagte er. »Tatsächlich habe ich mir über die Angelegenheit bereits ein paar Gedanken gemacht; ich würde vorschlagen, daß wir ihnen Zeit lassen, darüber nachzudenken, was sie getan haben, und ihnen dann einen Brief schicken, in dem wir ihnen die Chance geben, Ihre Leben zurückzukaufen. Natürlich«, fuhr er fort, als der Präfekt die Brauen hob, »müssen sie uns vorher als Zeichen ihres guten Willens die Köpfe der Rädelsführer schikken – ich bin schon immer der Auffassung gewesen, daß es viel besser ist, Rebellen dazu zu bringen, ihre Anführer zu exekutieren, als es selbst zu tun; aus einem Mann, dessen Kopf man selbst abgeschlagen hat, kann man nun mal keinen Märtyrer machen.«

»Ein interessanter Punkt«, gestand ihm der Präfekt zu.

»Dann stellen wir die Bedingungen«, fuhr der Administrator fort. »Wir akzeptieren ihre bedingungslose Kapitulation unter der Voraussetzung, daß sie uns ihre Flotte voll bemannt zur Verfügung stellen – schließlich ist das der Grund der Übung, und daran werden die über uns Stehenden in der Provinzverwaltung uns am Ende des Tages messen. Wir benötigen Insulaner, um die Schiffe zu bemannen; wenn wir sie alle niedermetzeln, haben wir Schiffe ohne Mannschaften. Wenn wir es auf meine Weise machen, bekommen wir Besatzungen, die ganz genau wissen, daß das Überleben ihrer Familien und Landsleute von ihrem guten Benehmen und zufriedenstellender Arbeit abhängt ...«

»Und so wenden wir diese furchtbare Angelegenheit zu unseren Gunsten und ziehen doch noch etwas Gutes daraus«, unterbrach ihn der Präfekt und rieb sich das Kinn. »Ich danke Euch; ich glaube, Ihr habt mir meinen Glauben an den Wert einer klaren Vision zurückgegeben.«

»Das freut mich«, sagte der Administrator. »Soweit es mich betrifft, besteht eine der Freuden des Lebens darin, eine Katastrophe zu nehmen und sie in eine Gelegenheit zu verwandeln.« Er lächelte. »Glücklicherweise ist es ein Vergnügen, das ich nur selten Gelegenheit habe zu genießen.«

Der Präfekt legte den Kopf in den Nacken und betrachtete die Decke. »›Gott, verfluche meine Feinde, und wenn du meine Freunde verfluchen mußt, gebe, daß ich ihre Rettung sein kann.‹ Wißt Ihr, je älter ich werde, desto mehr lerne ich Deltin zu schätzen; die Jugend kann nichts mit ihm, und man muß etwas haben, auf das man sich freuen kann.«

Der Administrator nickte. »Also ist das geklärt. Das entwickelt sich zu einem produktiven Vormittag. Wenn wir jetzt noch eine Möglichkeit finden, Perimadeia trotz alledem wieder aufbauen zu können, haben wir uns unser Mittagessen verdient.«

Der Präfekt öffnete die Augen und sah ihn an. »Sagt nichts. Ihr habt eine Idee.«

»Nur eine vage Eingebung«, erwiderte der Administrator, »die langsam vor meinem geistigen Auge Gestalt annimmt. Und nein, ich beabsichtige nicht, sie bereits mit Euch zu teilen. Es wäre sinnlos, sie zu enthüllen, bevor ich sicher bin, daß sie etwas taugt, sonst setze ich meinen Ruf als phantasiebegabter und erfinderischer Denker aufs Spiel.«

»Das ist fair«, sagte der Präfekt mit einem schmalen Lächeln. »Aber Ihr habt eine Idee. Oder die Idee zu einer Idee.«

Der Administrator machte eine unbestimmte Geste. »Immer«, sagte er. »Aber es ist wie bei einem sorgfältigen Arzt; ich gehe sicher, daß meine Fehler begraben werden, bevor sie jemand zu Gesicht bekommen kann.«

Der Kurier brach an diesem Nachmittag mit dem Befehl auf, sich so schnell wie möglich zu Hauptmann Loredan zu begeben. Es war von entscheidender Bedeutung, sagte man ihm, den Hauptmann zu erreichen, bevor er Gelegenheit hatte, auf die Nachricht von der Katastrophe zu reagieren. Es handelte sich um eine Sache von äußerster Wichtigkeit, die den Bestand des ganzen Imperiums betraf.

Trotz seiner Bemühungen hatte der Kurier kein Glück; der Spähtrupp der Nomaden holte ihn nach einer langen und aufregenden Jagd ein, die länger als eine Stunde dauerte, und brachte seinen Kopf zurück, der am Flußufer vor der im Bau befindlichen Festung auf eine Lanze aufspießt wurde. Unter seinen Sachen fand man den Brief mit dem imperialen Siegel und übergab ihn Temrai. Als Temrai ihn gelesen hatte, wurde er zuerst sehr wütend und dann sehr still.

»Es ist einfach großartig«, sagte er, als man ihn fragte, was denn los sei. »Sie geben Loredan den Befehl, uns in Ruhe zu lassen, und wir müssen den Brief abfangen. Noch ein paar derartige Leistungen der Späherbrigade, und wir sind erledigt.«

Er erklärte, was passiert war, und las den relevanten Teil des Briefes vor. Lange Zeit sagte niemand ein Wort.

»Und wenn wir ihn an ihn weiterreichen?« schlug jemand vor. »Das Siegel mit einem heiß gemachten Messer wieder verschließen; vielleicht bemerkt ja niemand, daß es bereits geöffnet wurde.«

Temrai lachte. »Gesteht der Provinzverwaltung doch wenigstens etwas Verstand zu«, sagte er. »Imperiale Kuriere müssen fünf verschiedene Stufen von Sicherheitscodes kennen; einen für jede mögliche Klasse der Botschaften. Wenn sie bei der Übergabe der Nachricht nicht den richtigen Code angeben, werden sie auf der Stelle erdrosselt, und die Nachricht wird als Fälschung betrachtet. Nein, wir haben für einen Tag genug Schaden angerichtet, machen wir es nicht noch schlimmer, indem wir ihm einen Grund zur Annahme geben, daß wir etwas vorhaben.« Er rollte den Brief zusammen, schob ihn zurück in seine Messingröhre und ließ alles zu Boden fallen. »Wäre ich abergläubisch, würde ich vermutlich jetzt aufgeben. Hat jemand eine Idee?«

»Wir können vergessen, hier Widerstand zu leisten«, sagte Sildocai, der Held des kürzlichen Sieges. »Wenn der Bau dieser Festung sie glauben läßt, daß wir uns hier eingraben, dann hat sie ihren Zweck erfüllt. Wir packen zusammen und machen uns in der Nacht davon, nach Norden, versuchen über die Berge zu kommen, bevor sie uns einholen können. Sie müßten verrückt sein, uns zu folgen. Lehne es nicht gleich ab, Temrai. Ich weiß, auf der anderen Seite der Berge ist ein schreckliches Land, kalt und feucht – darum lebt dort auch niemand, es ist nicht wert, erobert zu werden. Aber wenn wir dort hinziehen, haben wir wenigstens eine Art von Leben. Bleiben wir hier, werden wir vermutlich sterben. Eine leichte Entscheidung, würde ich sagen.«

»Das wollten wir doch, als wir das Lager vor der Stadt verlassen haben«, sagte jemand. »Wir waren alle damit einverstanden. Seitdem hat sich eigentlich nichts geändert.«

Temrai schüttelte den Kopf. »Ich stimme euch nicht zu. Der Unterschied liegt darin, daß Loredan und sein Heer genau am anderen Ufer des Schwanenflusses sind; wenn wir versuchen wegzulaufen, wird er uns erwischen. Wir müßten es auf offenem Gelände ausfechten; wir könnten die Tribocke nicht einsetzen.«

»Aber wir sind ihnen zahlenmäßig überlegen«, sagte Sildocai. »Und seien wir ehrlich, wir haben gerade bewiesen, daß unsere Reiter ihre schwere Infanterie zum Affen machen können. Immer vorausgesetzt, daß sie uns erwischen, was keineswegs sicher ist.«

»Sie werden uns einholen«, sagte Temrai. »Verlaßt euch drauf.«

»Was du sagst, ergibt keinen Sinn«, warf ein anderer Mann ein. »Wir haben doch gerade einen großen Sieg errungen, richtig? Und ohne Sildocai hier zu nahe treten zu wollen, sind wir doch alle der Meinung, daß dieser Sieg unsere Position wesentlich verschlimmert hat. Angenommen, wir halten hier still und schaffen es irgendwie, Loredans Angriff abzuwehren; na großartig, dann schicken sie ein anderes Heer – wie ebendieses verflucht große Heer, auf das Loredan eigentlich warten soll. Es ist sinnlos, für jeden von ihnen, den wir töten, treten drei andere an seine Stelle. Willst du, daß wir jeden Erwachsenen des Imperiums töten? Und selbst wenn wir das könnten, es gibt so viele von ihnen, daß unsere Kinder alte Männer wären, bevor sie damit fertig sind. Wir können nicht gewinnen; entweder du gibst auf oder versuchst zu fliehen. Versuchen wir es doch wenigstens mit der Flucht, Temrai, solange wir es noch können. Wir haben nichts zu verlieren.«

Temrai schüttelte den Kopf, dachte dabei aber weiter nach. »Nein«, sagte er. »Wir bleiben hier. Wenn wir über die Berge flüchten, wird er uns folgen. Er wird immer dasein. Wir kämpfen hier gegen ihn, und wir werden gewinnen; dann entscheiden wir, was als nächstes zu tun ist.« Er runzelte die Stirn, als würde er versuchen, etwas zu hören. »Die Provinzverwaltung weiß, daß er verlieren könnte, wenn er hier gegen uns antritt – darum wollten sie ihn aufhalten. Also werden wir genau das tun, was sie nicht wollten; das ist die erste Regel des Krieges.«

Sildocai sah überrascht auf. »Da hast du aber deine Meinung geändert, was? Eben noch war es eine Katastrophe, daß der Brief nicht durchkam.«

Temrai lächelte. »Ich hatte ein paar Minuten Zeit, darüber nachzudenken«, sagte er. »Eigentlich ist es sogar eine Gelegenheit; es hat nur wie eine Katastrophe ausgesehen, bis ich es durchdenken konnte. Nein, sie haben in dem Brief ausdrücklich geschrieben, greif den Feind nicht an, wir können keine weiteren Niederlagen riskieren. Du hast es eben selbst gesagt, wir sind in der Überzahl. Loredan wird eine Verteidigungsposition mit einem zahlenmäßig unterlegenen Heer angreifen. Wir können gewinnen.«

»Wissen wir denn genau, daß er angreifen wird?« fragte jemand. »Ich würde es nicht, genau aus den Gründen, die du gerade dargelegt hast.«

»Natürlich wird er angreifen«, erwiderte Temrai. »Sonst hätten sie nicht geschrieben und es ihm untersagt. Nein, er kommt, und das ist gut. Wir schlagen ihn, und dann ziehen wir ab.«

»Du irrst ...«, setzte Sildocai an, aber Temrai hob die Hand. »Vertraut mir«, sagte er. »Mehr müßt ihr nicht tun. Ich weiß, daß ich ihn schlagen kann; ich habe es schon einmal getan, als die Chancen gegen mich standen. Ich kann es wieder tun. Fragt mich nicht, woher ich das weiß – ich weiß es einfach.«

Nach diesen Worten schien es nicht mehr viel Sinn zu haben, diese Diskussion noch weiter fortzuführen.

15

Das wird schwierig, da gibt's keinen Zweifel«, sagte der Maschinenbauer vom Pionierkorps und kratzte sich am Kopf. »Man sieht deutlich, wo sie den Kanal gegraben haben, um den Fluß zur anderen Seite umzulenken; sie haben eine Insel daraus gemacht. Angenommen, wir überbrücken den Fluß; direkt am Wasser steht eine Palisade – nun, die könnten wir mit unserer Artillerie zerstören, immer unter der Voraussetzung, daß sie uns lassen; sie haben mehr Wurfmaschinen als wir und auch bessere. Also, dann müssen wir den Steilhang rauf, da gibt es nur einen einzigen Pfad, und mit all diesen Toren und Fallen wird das kein Spaß. Aber sagen wir, wir schaffen es den Pfad hinauf bis oben auf das Plateau, da gibt es noch zwei Palisaden, und die liegen außerhalb der Reichweite unserer Artillerie, also können wir sie vorher nicht beschießen, und dann – immer unter der Voraussetzung, daß wir so weit kommen – gibt es oben eine offene Schlacht, bei der sie uns mindestens drei zu zwei überlegen sind; was übrigens davon abhängt, welche Verluste wir bis dahin erlitten haben. Wenn Ihr meine fachliche Meinung hören wollt: vergeßt es.«

Der Wind oben auf dem Hügel, auf dem sie standen, war schneidend. Aus dieser Entfernung sah die Festung wunderschön aus; das Sonnenlicht glitzerte auf dem Wasser.

»Man kann es schaffen«, sagte Bardas. »Ich weiß, daß man es schaffen kann, weil er es geschafft hat.«

Der Maschinenbauer runzelte die Stirn. »Es tut mir leid«, sagte er. »Ich kann Euch nicht folgen.«

Bardas streckte den Arm aus. »Seht Ihr das? Das ist eine Kopie der Stadt, so naturgetreu, wie es ihm möglich war; im Prinzip hat er Perimadeia hier in der Steppe nachgebaut. Und was das auch immer sonst sein mag, ein klareres Eingeständnis einer Niederlage wird man niemals bekommen.«

»Davon weiß ich nichts«, sagte der Maschinenbauer zweifelnd. »Ich habe Perimadeia niemals gesehen. Ich kann Euch nur eines sagen: es ist die fast perfekte Nutzung von Lage und Ressourcen. Davon abgesehen, ist die Stadt nicht nur deshalb untergegangen, weil irgendein Bastard die Tore geöffnet hat?«

Bardas schüttelte den Kopf. »Sie hätte schon vorher fallen müssen, aber ich habe geschummelt.« Er setzte sich auf einen Stein, pflückte einen Grashalm und kaute darauf herum. »Wir fangen mit Artilleriebeschuß an, dorthin, wo sie die Zugbrücke haben; wir fahren mit den Belagerungstürmen und diesen – wie heißen sie noch, diese überdachten Dinger auf Rädern? – heran.«

»Ich weiß, was Ihr meint«, sagte der Maschinenbauer.

»Wie dem auch sei«, fuhr Bardas fort, »da, da ist der wunde Punkt, seht Ihr? Wenn wir unsere Artillerie konzentrieren und die Tribocke zerstören, die diese Stelle decken, und sie dann weiter nach vorn bringen, um die Verteidigungsstellungen auf dem Pfad auszuschalten ...«

»Aber er wird bloß noch mehr Wurfmaschinen heranbringen«, warf der Maschinenbauer ein. »Wird sie zerlegen, herüberschleppen und wieder zusammensetzen; daraus haben sie mittlerweile eine echte Kunst gemacht, wo sie doch eigentlich Nomaden sind.«

»Man muß nur dafür sorgen, daß sie diese Chance nicht kriegen«, erwiderte Bardas. »Und das sollte kein Problem sein. Sie haben einfach nicht genug Platz, um die Wurfmaschinen dort aufzustellen, wo sie sie brauchen. Er hat den Fehler begangen und einen runden Grundriß genommen. Auf den anderen zweihundertvierzig Grad des Kreises kann er so viele Wurfmaschinen aufstellen, wie er will, aber sie werden für uns keine Gefahr darstellen, da die Schußwinkel nicht stimmen.«

Der Maschinenbauer dachte ungefähr eine Minute nach. »Ihr

könntet recht haben«, sagte er dann. »Wenn wir uns am Fluß massieren können, können uns die Wurfmaschinen auf dem Plateau nichts mehr anhaben, da sie auf so kurze Distanz nichts treffen können. Ja, jetzt sehe ich es.« Er grinste. »Ich bin überrascht, daß er nicht daran gedacht hat.«

»Ich nicht.« Bardas stand auf. »Er hat Perimadeia nachgebaut, aber er hat es zu klein, zu eng gemacht; außerdem stimmen die Winkel nicht. Er hat die Bastionen vergessen, die ich an die alte Stadtmauer gebaut habe, und zwar speziell aus dem Grund, damit wir eine Gelegenheit bekommen konnten, sie von den Flanken aus zu beschießen; sie sollten an genau dem gehindert werden, was wir jetzt tun werden. Wißt Ihr, das kommt davon, wenn man zu sehr in der Vergangenheit lebt«, fuhr er fort und stieg in den Sattel. »Man schafft sich nur unnötige Schwierigkeiten.«

Der Maschinenbauer stieg unbeholfen auf sein Pferd und schöpfte erst mal Luft. »Ich hoffe, Ihr habt recht. Und was geschieht, wenn Ihr es bis nach oben schafft? Sie sind immer noch mehr als wir.«

»Und?« Bardas stemmte sich in seinen Steigbügeln hoch, um einen letzten Blick auf die Festung zu werfen. »Ich habe schon Schlachten gegen zahlenmäßig überlegene Verbände des Steppenvolkes gewonnen, als Ihr noch mit Euren Lehmsoldaten gespielt habt. Ihr sorgt Euch zuviel, das ist Euer Problem. Wie schnell könnt Ihr meine Belagerungstürme und ...«

»Die Mantlets?«

»Das war das Wort. Mantlets. Wie lange?«

Der Maschinenbauer strich sich den Bart. »Drei Tage«, sagte er. »Und ich meine auch drei Tage, also kommt nicht an und sagt mir, daß sie in zwei Tagen fertig sein müssen.«

»Drei Tage sind in Ordnung«, erwiderte Bardas. »Seht nur zu, daß Ihr gute Arbeit leistet.« Er ließ sich auf den Sattel sinken und wandte den Kopf ab, aber vor seinem geistigen Auge konnte er noch immer den Umriß sehen, den Wassergraben, die drei Ebenen – aber er wußte, daß es eine Illusion war. Trotzdem hatte er das Gefühl, nach einem langen, erschöpfenden Feldzug nach Hause zurückgekehrt zu sein und diesen ersten, erregenden Blick auf die Stadt zu werfen. Was merkwürdig war, weil er sie in der ganzen Zeit, die er dort verbracht hatte, nie als Zuhause betrachtet hatte, sondern bloß als Ort, an dem er zufällig wohnte.

»Ich hatte einen Freund«, sagte er; er wußte genau, daß das den Maschinenbauer nicht interessierte, doch das störte ihn nicht weiter. »Er war Philosoph – oder Wissenschaftler oder Zauberer; ich bin mir nicht sicher, ob er selbst genau wußte, was er war. Er war der Ansicht, daß es im Verlauf der Geschichte diese entscheidenden Augenblicke gibt, in denen sich die Dinge in die eine oder andere Richtung entwickeln können und zu völlig verschiedenen Resultaten führen; er hat geglaubt, daß man einen solchen Augenblick kontrollieren kann, wenn es einem gelingt, ihn zu bestimmen.« Er nahm die Füße aus den Steigbügeln und ließ sie baumeln. »Ich will ehrlich sein, ich war immer der Meinung, daß diese ganze Geschichte eine Mischung aus einem ziemlich albernen Mystizismus und dem völlig Offensichtlichen ist. Ehrlich gesagt glaube ich das heute noch. Aber nur mal angenommen, es ist was dran; was soll man davon halten, wenn man immer wieder zu dem gleichen entscheidenden Augenblick kommt? Wäre er noch am Leben, würde ich gern hören, wie er das zu erklären versucht.«

Der Maschinenbauer zuckte mit den Schultern. »Würdet Ihr mich nach meiner Meinung zu einem Problem der Bewegungslehre fragen, hätte ich gesagt, daß Ihr von einer Welle sprecht.«

Bardas öffnete die Augen etwas weiter. »Das müßt Ihr mir erklären.«

»Das ist ganz einfach.« Der Maschinenbauer verknotete die Zügel und steckte sie unter den Sattelknauf, damit er beide Hände zum Gestikulieren und Erklären frei hatte. »Die Welle ist eine fundamentale Erfindung; sie verwandelt eine rotierende

Bewegung« – er malte einen Kreis in die Luft – »in eine geradlinige Bewegung« – er zeichnete eine gerade Linie –, »was offensichtlich sehr wichtig ist, nicht wahr? Weil alle Energiequellen – zum Beispiel Wasserräder oder Tretkurbeln – sich wiederholende Bewegungen ausführen, sie drehen sich im Kreis. Nun verwandelt eine Welle – die eigentlich nichts weiter als eine Verbindung mit einer Stelle des Kreises ist – diese kreisende Bewegung in einen geradlinigen Schub. Fügt eine einfache Sperrklinke hinzu, und man muß kein Genie sein, um zu begreifen, daß Euer Rad, das sich endlos um dieselbe Achse dreht, sich schindet, um eine progressive lineare Bewegung auszuführen, die etwas antreibt. Daraus folgt, daß das Teil, das die ganze Arbeit erledigt, die Verbindung zwischen dem Rad und der Maschine ist. Ich anstelle Eures Freundes, des Philosophen, würde nach einer Welle Ausschau halten.«

Bardas runzelte die Stirn. »Die Welle des Glücks«, sagte er. »Nun, das ist ein Gedanke. Natürlich, um die Analogie zu vollenden, müßte man eine Möglichkeit haben, daß das Rad die Richtung wechselt, während es sich dreht. Ist das möglich? Mechanisch gesprochen.«

Der Maschinenbauer grinste. »Natürlich«, sagte er. »Man muß nur mit dem großen Hammer richtig dagegenhauen.«

»Schrott? Was soll das heißen?« wollte Temrai wissen und zuckte zusammen, als Tilden einen Riemen enger zog. »Experten haben mir versichert, daß das die womöglich beste Rüstung ist, die man für Geld kaufen kann.«

»Experten.« Tilden seufzte. »Du meinst diesen verlogenen Dieb, der sie dir verkauft hat. Halt still, ja? Entweder ist dieser Riemen geschrumpft oder du hast Gewicht zugelegt.«

Temrai runzelte die Stirn. »Es geht schon wieder los«, sagte er. »Was ich auch sage oder tue, du mußt es herabsetzen. Wenn dieses Zeug nichts taugt, warum hätte er mir dann auf Lebenszeit Garantie einräumen sollen?«

»Ach, nun hör aber auf«, erwiderte Tilden mit einem Lächeln. »Eine Garantie, die so lange gültig ist, wie du lebst. Wenn sie sich also fünf Minuten nach Beginn der ersten Schlacht in ihre Einzelteile auflöst und du ...«

»Aua.«

»Entschuldige. Du bist selbst schuld. Ich habe dir gesagt, du sollst stillhalten.«

Zuerst die Beinschienen, die das Schienenbein vom Knöchel bis zum Knie bedeckten. Sie erinnerten Temrai an zwei Rinnsteine, die mit einem Scharnier miteinander verbunden waren. »Es muß eine Möglichkeit geben, zu verhindern, daß diese Dinger herunterrutschen und den Fuß behindern. Siehst du diesen Bluterguß da? Nach einer Stunde ist das so schlimm, daß ich kaum noch laufen kann.«

»Aber du läufst doch gar nicht, wenn du kämpfst, du sitzt auf deinem Pferd. Also spielt es keine Rolle.«

»Ja, aber ich muß vom Zelt zum Pferd laufen, dann vom Pferd zurück zum Zelt ...«

Nach den Beinschienen kamen die Diechlinge und die Kniebuckel, um seine Beine vom Knie bis zum Unterleib zu bedecken; sie waren mit Riemen an seinem Gürtel befestigt, weitere Riemen an Knien und Oberschenkeln hielten sie an Ort und Stelle. Dann kam das Kettenhemd ...

»Ich kann das nicht heben«, sagte Tilden.

»Klar kannst du das. Stell dich nicht so an.«

Tilden grunzte und versuchte das Hemd über seinen Kopf zu heben, damit er die Hände durch die Armlöcher schlängeln konnte. Er fand sie gerade noch rechtzeitig, bevor seine Frau losließ. Als er den Kopf durch die Halsöffnung schob, verklemmten sich ein paar Haare in den Stahlringen, und er fluchte. »Sag nicht, ich stelle mich an, sonst kannst du dir deine dämliche Rüstung allein anziehen.«

»Es tut mir leid«, sagte Temrai wenig überzeugend. »Gut, was kommt jetzt? Ich glaube, der Brustharnisch.«

Brustharnisch und Rückenpanzer waren oben mit zwei Riemen miteinander verbunden, die sich zu beiden Seiten des Halses befanden, sowie mit zwei weiteren auf Höhe der Taille. »Heb den Arm noch ein Stück«, murmelte Tilden und kämpfte mit der linken Riemenschnalle. »Du läßt mir nicht genug Platz – so, fertig. Ist das fest genug?«

»Das ist zu fest. Mach es ein Loch weiter, bevor ich ersticke.«

»Das hättest du mir auch vorher sagen können, bevor ich mir das Handgelenk dabei verrenkt habe, dieses schreckliche Ding festzuzurren.«

Als nächstes kam das Armzeugs; Unterarmschienen vom Handgelenk bis zum Ellbogen, Ellbogenkacheln für den Ellbogen selbst, Oberarmröhren vom Ellbogen bis hinauf zum Schulteransatz – noch mehr Riemen, noch mehr Schnallen. »Was passiert, wenn du pinkeln mußt?« fragte Tilden honigsüß. »Läßt du die Marschkolonne haltmachen und befiehlst ein paar Rüstungsschmiede herbei?«

Temrai sah sie stirnrunzelnd an. »Nein.«

»Oh. Aber wird sie dann auf der Innenseite deines Beins nicht rostig? Die Kniegelenke könnten sich verklemmen, und was würdest du dann machen?«

»Vielen Dank«, sagte Temrai.

»Und es muß wirklich eklig sein, wenn du ...«

»Schon gut«, sagte Temrai. »Und ja, das ist es. Und jetzt mach die Schulterriemen wieder auf ...«

»Aber die habe ich doch gerade festgemacht.«

»Nun, dann machst du sie eben wieder auf; und siehst du diese Schlaufen oben auf den Schulterstücken? Du fädelst sie so da durch, daß sie über die Oberarmröhren hängen ...«

»Was?«

»Das hier ...« Temrai versuchte den Arm zu bewegen, um es ihr zu zeigen, aber ihm fehlte die nötige Bewegungsfreiheit. Tilden kicherte. »Damit sie über meinem Oberarm hängen«, sagte er ernst. »Ja, so ist es richtig.«

»Ist es in Ordnung, wenn ich diese Schnallen jetzt schließe?«

»Ja.«

»Bist du sicher? Ich will sie nicht noch mal auf- und zumachen müssen.«

»Ich bin mir sicher. Und jetzt nimmst du die Halsberge – da an der Seite ist ein kleiner Riegel, sieh her ...«

»Du meinst dieses Kragendings?«

»Stimmt«, sagte Temrai geduldig. »Die Halsberge.«

Tilden runzelte die Stirn. »Ich verstehe nicht, warum du es nicht einfach einen Kragen nennen kannst.«

»Weil es eben Halsberge heißt«, sagte Temrai. »Hast du den Riegel gefunden? So ist es richtig. Gut, jetzt brauche ich nur noch die Panzerhandschuhe und den Helm, und dann sind wir fertig.« Er hielt ihr die Hand hin. »Du mußt an der Manschette ziehen – nein, nicht am Eisen, an dem Leder, siehst du?«

»Unter all dem Zeugs muß es doch schrecklich heiß sein.«

»Ja, das ist es. Jetzt halte ihn still, während ich meine Finger da reinzwänge – ich habe gesagt, du sollst ihn stillhalten.«

»Ich tue mein Bestes«, sagte Tilden. »Versuch es noch einmal.«

»So ist es besser – nein, ist es nicht, das verdammte Scheißding sitzt nicht richtig, es rutscht um meine Hand. Zieh an der *Manschette* ...«

»Ich ziehe ja. Er klemmt.«

»Was? Ach so, ja. Ich krümme meinen Daumen ein bißchen, sieh mal, ob es einen Unterschied macht. Versuch es jetzt noch einmal.«

Schließlich saß der Panzerhandschuh nach viel Überredungskunst richtig ... »Er drückt am Handgelenk, da, zwischen Manschette und Armschiene«, klagte Temrai. »Da muß ich sehen, daß ich nur gegen Linkshänder kämpfe ...« Tilden nahm den Helm; er bestand aus einem Stück und wurde wie ein stählerner Puddingtopf über Temrais Gesicht gestülpt; zum Sehen gab es nur einen schmalen Schlitz.

»Temrai?«

»Was?« Seine Stimme klang wie aus weiter Ferne und irgendwie komisch, aber es blieb die Tatsache bestehen, daß Temrai nicht mehr da war. Der Stahl hatte ihn vollständig eingehüllt, wie Treibsand.

»Nichts«, sagte Tilden. »Schaffst du es, damit aufzustehen?«

»Ich denke schon.« Temrais Stimme dröhnte durch den Stahl. »Wenn ich es langsam mache.«

Und er stand auf. Tilden sah zu, wie die Gelenkteile und die Lagen aus Metallplatten sich wie die Hautschuppen eines Drachens bewegten. Abgesehen von einer vage vertrauten Gestalt war hier nichts Menschliches mehr da. »Du hast die Schuhe vergessen«, sagte sie.

»Egal«, sagte das Echo seiner Stimme. »Aber mein Schwert brauche ich. Dort drüben, neben der Waschschüssel.«

Tilden brachte es ihm. »Soll ich es auch festschnallen?«

Der Helm nickte; er bewegte sich nach oben und streckte die Stahlschuppen der Halsberge und kam dann gewichtig wieder nach unten. »Über meine Schulter und dann rum«, sagte der Stahlmann, und der gesamte linke Armpanzer hob sich. »Komm schon«, sagte er, »ich kann nicht für ewige Zeiten so hier stehen.«

»Kannst du es überhaupt aus der Scheide bekommen?« fragte Tilden zweifelnd, als sie die letzte Schnalle zuzog.

»Vermutlich nicht, aber was soll's? Es ist sowieso nur ein modisches Accessoire. Mit diesen verdammten Panzerhandschuhen bräuchte ich jemanden, der meine Finger um seinen Griff biegt, damit ich es halten könnte.«

»Du siehst wirklich witzig aus«, sagte Tilden. Sie fand überhaupt nicht, daß er witzig aussah, ganz im Gegenteil. Aber sie ahnte, daß er keineswegs wissen wollte, was sie tatsächlich dachte. »Was auch immer du anstellst, kipp bloß nicht um.«

»Ich versuche es.«

Als er vom Zelt zum Torhaus gegangen war, fühlte er sich schon bedeutend wohler. Es war, als würde die Rüstung mit ihm verwachsen. Sie war eher unhandlich als schwer, bis er eine unbesonnene Bewegung machte und das Gleichgewicht durcheinanderbrachte; nun mußte er sich bemühen, sein Gewicht wieder zurück auf die Fußsohlen zu bringen. Er fragte sich, ob er sich wohl als Kind beim Laufenlernen auch so gefühlt hatte.

Sie warteten auf ihn: Sildocai, Azocai, sein zweiter Befehlshaber, und die meisten Angehörigen des Generalstabs. »Sehr klug«, sagte jemand. »Kannst du darin überhaupt atmen?«

»Ja«, erwiderte Temrai, »aber ich kann dich nur schlecht hören. Nimm mir doch mal jemand den Helm ab.« Als er darunter zum Vorschein kam, schnappte er nach Luft, als wäre er unter Wasser oder im üblen Gestank der Minen gewesen. »So ist es besser. Also, wie stehen die Dinge?«

Sildocai, der ihn angestarrt hatte, als hätte er noch nie etwas Derartiges gesehen, zeigte auf die winzigen Gestalten, die sich tief unter ihnen bewegten. »Das da ist sein Belagerungszug«, sagte er. »Noch außer Reichweite; wir werden es sie wissen lassen, wenn sie zu nahe herangekommen sind. Er hat seine Kavallerie nach vorn geschickt, für den Fall, daß wir einen Sturmangriff machen, also würde ich das nicht empfehlen. Sie werden vermutlich den Rest des Tages damit verbringen, ihr Lager aufzuschlagen und es sich gemütlich zu machen.«

Temrai versuchte zu erkennen, worauf er da zeigte, aber er konnte nur dunkle Punkte und Schatten erkennen. »Kann er gern tun«, sagte er. »Was ist mit einem Nachtangriff, so wie wir es geübt haben?«

»Könnten wir machen«, sagte Sildocai wenig begeistert. »Ich würde aber lieber einen oder zwei Tage warten, bis sie ihre Artillerie in Stellung gebracht haben. Ich hätte gern Gelegenheit, ein paar Seile zu kappen und ein paar Dinge kaputtzumachen, bevor sie mit dem Beschuß anfangen.«

Temrai nickte, die Halsberge quietschte. »Das klingt vernünftig. Benutzen sie den Fluß?«

»Davon war bis jetzt noch nichts zu sehen«, sagte ein Mann, an dessen Name sich Temrai nicht erinnern konnte. »Vermutlich will er nicht riskieren, auf Feuerschiffe zu stoßen.«

Sildocai grinste. »Sehr vernünftig von ihm. Nun, sie sind es wert, in Reserve gehalten zu werden, nur für den Fall, daß er versucht, einen Dammweg über den Fluß zu bauen. Ein paar Überraschungen sollten wir uns aufsparen.«

»Er wird keinen Dammweg bauen«, sagte Temrai. »Er wird Boote benutzen, und zwar, nachdem er unsere Wurfmaschinen zusammengeschossen hat. Dann setzen wir unsere Feuerschiffe ein. Natürlich wird er auch die erwarten; aber er wird nicht viel tun können, um das zu verhindern.«

Sildocai sah ihn an. »Du scheinst dir ja ziemlich sicher zu sein.«

»Ich bin mir auch sicher«, erwiderte Temrai. »Wie du vielleicht noch weißt, haben wir das alles schon einmal durchgemacht.«

»Tatsächlich?«

Temrai nickte. »O ja. Anderer Krieg, gleiche Situation. Wenn er nicht besser darin ist, ich zu sein, als ich es war, weiß ich ganz genau, was er tun wird. Und er weiß natürlich, was ich tun werde.«

»Ah, ja. Und hast du Lust, uns einzuweihen, oder ist es ein Geheimnis, das nur ihr beide teilt?«

»Zum letzten Mal«, protestierte Venart müde. »Ich bin nicht die Regierung. Wir haben keine Regierung. Wir haben noch nie eine Regierung gehabt. Wir brauchen auch keine Regierung. Habt Ihr das begriffen?«

Der Mann musterte ihn kurz. »Nun gut«, sagte er dann. »Also seid Ihr nicht offiziell die Regierung. Aber Ihr habt die Revolution angeführt und die Bösewichte ins Meer geworfen, also seid

Ihr derjenige, der das Sagen hat, ob es Euch nun gefällt oder nicht. Und ich will nur eines wissen: wann bekomme ich meine Entschädigung?«

Venart stand kurz davor, in Tränen auszubrechen. »Woher zum Teufel soll ich das wissen? Und wer hat überhaupt dieses Gerücht mit der Entschädigung in die Welt gesetzt? Ich jedenfalls nicht.«

»Ihr sagt also, daß es keine Entschädigung geben wird?« fragte eines der anderen Gesichter in der Menge. »Stimmt das?«

»Ja.«

»Nun, Ihr mögt das ja vielleicht in Ordnung finden, Euer Lagerhaus ist ja auch nicht abgebrannt. Begleitet Ihr mich jetzt und erklärt meinen Gläubigern, das alles so in Ordnung ist?«

»Nein, ich habe das nicht so gemeint, wie Ihr es jetzt darstellt ...«

»Vielleicht solltet Ihr dann sagen, was Ihr meint«, sagte das Gesicht in der Menge und starrte ihn böse an. »Ihr könntet damit anfangen, daß Ihr uns erklärt, warum Ihr plötzlich entschieden habt, daß es keine Entschädigung geben wird.«

»Ich habe gar nichts entschieden.« Venart stöhnte. »Ich kann nicht ...«

»Also habt Ihr Euch noch nicht entschieden. Irgendeine Vorstellung, wann Ihr Euch entscheiden werdet?«

Venart holte tief Luft. »Nein. Und jetzt laßt mich durch.«

Das traf auf wenig Begeisterung. »Ihr wollt einfach gehen und uns hier stehenlassen, damit wir weiterraten können, ja?« rief jemand.

»Ich werde jetzt ins Haus gehen und pinkeln«, sagte Venart, »was ich schon die ganze letzte halbe Stunde tun wollte, nur daß ihr mich ja nicht laßt. Jetzt geht mir aus dem Weg oder werdet naß, das ist eure Wahl.«

Als er es endlich geschafft hatte, die Tür hinter sich zuzumachen, raste er den Innenhof entlang zum Abtritt, als würde er von Wölfen verfolgt. Als er wieder herauskam, fühlte er sich schon besser. *Erstaunlich*, dachte er, *wie eine so einfache Sache einem ein solches Gefühl des Wohlbefindens verschaffen kann.*

Aber das hielt nicht lange an. »Ven, wo zum Teufel hast du gesteckt?« Vetriz stürzte sich auf ihn, als er den Hof überquerte. »Ranvaud Doce ist hier, er wartet jetzt schon fast eine Stunde.«

Venart blieb stehen und sah sie an. »Wer?«

»Ranvaud Doce. Der neue Vorsitzende der Schiffseigner, du Idiot.«

»Oh. Und was will er von mir?«

Vetriz machte sich noch nicht einmal die Mühe, ihm auf diese Frage zu antworten. »Und du solltest ihn schnell loswerden, weil Ehan Stampiz am Mittag kommt, und ich will nicht in der Nähe sein, wenn sich die beiden begegnen. Und wann schreiben wir deine Rede?«

Venart starrte sie finster an. »Ich halte keine Rede.«

»Ich habe jetzt keine Zeit, mich mit dir zu streiten«, sagte Vetriz. »Doce ist im Kontor. Oh, steh nicht einfach da rum und sieh erbärmlich aus.«

Wie sich herausstellte, war Ranvaud Doce gar nicht Ranvaud Doce; es handelte sich um Ranvaut Votz (Vetriz hatte den Namen falsch verstanden; sie war nicht gut mit Namen), und natürlich kannte Venart ihn seit Jahren. »Bei den Göttern, Ihr seht erschöpft aus«, sagte Votz. »Setzt Euch, bevor Ihr zusammenbrecht, und trinkt einen Schluck.«

»Branntwein«, sagte Venart. »Der weiße Krug, da vorn.«

»Sagt, wenn es reicht.«

»Gießt ein.«

Der Branntwein half bis zu einem gewissen Grad, aber es war die Art von Hilfe, die vor dem Mittag eines arbeitsreichen Tages vermutlich eher unproduktiv war. »Ich sollte nicht mehr davon trinken«, sagte Venart reuevoll, nachdem er sich von dem Brennen erholt hatte, »oder ich schlafe auf der Stelle ein. Also, was kann ich für Euch tun?«

Votz runzelte die Stirn. »Überzeugend, Ven«, sagte er. »Ihr sagt das, als wüßtet Ihr es wirklich nicht.«

»Bitte?«

»Macht es nicht noch schlimmer. Spielchen zu spielen ist bei geschäftlichen Verhandlungen ja ganz nett, aber für ein Staatsoberhaupt ist es wirklich nicht angebracht.«

»Ach, verdammt noch mal.« Venart knallte den Becher etwas zu hart auf den Tisch, und das dünn geschliffene Horn zersprang unter dem Druck. »Nicht auch noch Ihr. Kommt schon, Ran, Ihr wißt doch ganz genau, daß ich nicht das Oberhaupt unserer Insel bin. Bei allen Göttern, ich bin noch nicht mal das Oberhaupt dieses Haushalts; Ihr wißt doch, wie Triz mich herumschubst ...«

»Das beweist gar nichts.« Votz schaltete sein Lächeln aus. »Ich weiß, daß Ihr in Wahrheit so gut wie nichts mit den Geschehnissen zu tun hattet. Ihr seid erst in der Mitte aufgetaucht – nicht, daß ich Euch das übelnehme, so war es eben. Aber aus irgendeinem Grund glauben die Leute, daß Ihr der Anführer der Rebellion wart, und jetzt glauben sie, Ihr steht einer Art Notfall-Regierung vor. Und warum auch nicht, sage ich. Ich meine, Ihr seid ein ziemlich harmloser Mann, Ihr werdet nichts Dummes versuchen oder Eure Macht ausnutzen – genau die Art von Führer, die dieses Land braucht.«

»Danke, vielen herzlichen Dank.«

»Nichts zu danken. Aber wir brauchen eine gewisse Regierung, Ven; nur die Ohren und die Schwanzspitze. Wie sollen die Schiffseigner die Dinge sonst erledigt bekommen?«

Venart runzelte die Stirn. »Ich verstehe«, sagte er. »Ihr und Euer Haufen Idioten aus dem Hinterzimmer des *Glück und Gunst* werdet die wahre Regierung sein, und ich soll alles auf meine Kappe nehmen. Nein, danke. Haben uns die verdammten Schiffseigner das nicht alles erst eingebrockt, indem sie die Provinzverwaltung bei den Verhandlungen um die Chartergebühren der Schiffe über den Tisch ziehen wollten?«

Votz hob die Hand. »Das war damals«, sagte er. »Und vergeßt nicht, Ihr wart einer von uns und tragt genausoviel Schuld wie alle anderen auch.« Venart wollte widersprechen, aber Votz ließ ihn nicht zu Wort kommen. »Aber sich deswegen zu quälen wird keine Schiffe in See stechen lassen oder Essen in die Lagerhäuser bringen. Euch ist klar, daß es auf dieser verdammten Insel so gut wie nichts mehr zu essen gibt? Nicht, nachdem diese Bastarde alles mitgenommen haben.«

Venart schwieg. Daran hatte er gar nicht gedacht.

»Also müssen wir schnell etwas tun«, fuhr Votz fort, »bevor die Situation ernst wird. Die Frage ist nur, wer ist in diesem Zusammenhang ›wir‹? Eines ist sicher, wir können nicht allein fröhlich auf das weite blaue Meer hinaussegeln, nicht wenn wir auch nur den Hauch einer Chance haben wollen, zurückzukehren. Legt dort an, wo die Provinzverwaltung auch nur so etwas wie einen Handelsattaché hat, und das nächste, was Ihr sehen werdet, ist das Innere einer Zelle. Also, wenn wir irgendwo hinwollen, dann geht das nur mit vielen Schiffen, in einem Konvoi; aber wir können nicht alle segeln, denn wer soll hierbleiben und dafür sorgen, daß es noch etwas gibt, zu dem wir zurückkehren können? Wir müssen uns organisieren, und das ist genau die Art von Aufgabe, für die die Schiffseigner prädestiniert sind.«

Venart nickte. »Also gut, ich stimme Euch zu«, sagte er. »Geht und bildet eine Regierung. Wer sollte Euch aufhalten, wo es doch im Interesse aller ist? Ich bestimmt nicht.«

»Ihr wißt es wirklich nicht, was? Die Gilde, wer sonst? Wenn Ihr nach einer echten Bedrohung für unsere Art zu leben sucht, geht runter zum Hafen und seht Euch genau um.«

Venart sah verwirrt aus. »Was ist die Gilde?« fragte er.

»Oh, Junge.« Votz schüttelte den Kopf. »Als Staatsoberhaupt seid Ihr überqualifiziert, das zumindest steht fest. Die Gilde der Handelsmatrosen, mein Freund; bösartiger Abschaum aus undankbaren Tauaffen und Kabinenratten, die bereits ihre Absicht kundgetan haben, unsere Schiffe zu stehlen – sie nennen es Requirierung für das Allgemeinwohl, was Schweineperimadeianisch für ›Stehlen‹ ist – und uns dazu zu bringen, ihnen Steuern für dieses Privileg zu zahlen. Darum brauchen wir ein Staatsoberhaupt, mein Freund; jemand anderen als die Schiffseigner, der ihnen sagt, nicht so verdammt dumm zu sein. Und wer wäre da besser geeignet als der mitreißende Führer, Kriegsheld und Architekt des Sieges ...«

»Ah, haltet die Klappe, Ran.«

»Ja, aber das wissen sie nicht.« Votz zuckte mit den Schultern. »Die Leute draußen auf der Straße glauben, daß das alles wahr ist, und allein darauf kommt es an. Wollt Ihr, daß sie Euer Schiff stehlen und Euch mit gezücktem Speer Euer Geld abnehmen? Da könntet Ihr genausogut das Imperium bitten, wieder zurückzukommen und die Sache zu Ende zu bringen.«

Venart seufzte. »Also gut, Ihr habt Euren Standpunkt deutlich gemacht.« Er ließ sich in seinen Stuhl zurücksinken und sah elend aus. »Nur interessehalber«, fuhr er fort, »habt Ihr und Eure Kumpel bei den Schiffseignern irgendwelche konstruktiven, praktikablen Ideen, wie wir Lebensmittel heranschaffen sollen? Oder seid Ihr noch nicht zu den Einzelheiten gekommen?«

Votz schnalzte mit der Zunge. »Kein Grund, sarkastisch zu werden«, sagte er. »Tatsächlich haben wir das.«

»Also gut. Wenn ich schon Euer neuer Kronprinz bin, dann könntet Ihr mich doch wenigstens in das Geheimnis einweihen.«

»Es ist ganz einfach«, sagte Votz. »Wenn sich Gorgas Loredan solche Mühe gegeben hat, uns dabei zu helfen, das Imperium loszuwerden, kann man wohl davon ausgehen, daß ...«

»Könnt Ihr Euch eigentlich den Grund dafür vorstellen?«

»... daß er nichts dagegen haben wird, uns ein paar Schiffsladungen Getreide und Pökelfleisch zu verkaufen, vor allem, wenn der Preis stimmt. Und Tornoys liegt in der richtigen Richtung, weit, weit weg vom Imperium; wir müßten natürlich ziemlich nahe an Shastel vorbeisegeln, aber in einem Konvoi dürfte das kein Problem sein.«

»Ich schätze nicht«, gestand Venart ihm zu. »Aber dieser Mann macht mir eine Gänsehaut. Ich weiß nicht, warum, aber es ist so.«

»Nun, das ist Euer Problem. Wenn wir dort sind, will ich auf jeden Fall mit ihm darüber sprechen, ein paar seiner tollen Bogenschützen zu mieten; wir brauchen auf jeden Fall noch etwas anderes, und zwar eine Art Miliz, und da keiner von uns etwas über dieses Handwerk weiß, wäre es eine gute Idee, jemanden anzuheuern, der uns darüber etwas beibringen kann.«

Venart schloß die Augen. »Moment«, sagte er. »An wen genau habt Ihr denn bei Eurer Armee gedacht?«

»Nun, an uns natürlich«, erwiderte Votz geduldig. »Und es ist keine Armee, sondern eine Miliz. Das ist ein ziemlicher Unterschied.«

»Schon gut, es ist etwas anderes. Aber wen meint Ihr mit ›uns‹ – uns Insulaner oder uns Schiffseigner oder wen?«

»Nun, ich werde jedenfalls der Gilde keine Waffen in die Hände geben, wenn Ihr das meint«, erwiderte Votz, als würde er einem kleinen Kind erklären, daß Feuer heiß ist. »Ich meine ›uns‹, die verantwortliche, männliche Bevölkerung der Insel. Wir brauchen diese Kerle von der Gilde nicht; ich meine, wo waren sie denn, als die Kämpfe stattgefunden haben? Eingesperrt. Sie waren uns wirklich von Nutzen, bis wir hingegangen sind und sie befreit haben.«

»Wunderbar«, murmelte Venart. »Zuerst wollt Ihr eine Regierung, dann eine Armee, jetzt plant Ihr einen Bürgerkrieg. Euer Staat sprießt schneller als Wasserkresse. Schon gut«, fügte er rasch hinzu, »erspart mir Eure Erklärungen. Ich stimme Euch ja zu, daß es durchaus vernünftig scheint, sich zu verteidigen, wenn wir aller Voraussicht nach bald die Provinzverwaltung auf dem Hals haben werden. Obwohl, wenn ich ehrlich bin, kann ich mir nicht vorstellen, daß wir eine Chance haben, wenn sie sich wirklich dazu entschließen sollten zurückzukehren. Wir haben Glück gehabt, und sie waren schändlich hilfreich. Ich glaube, gegen sie zu kämpfen, wenn sie richtig antreten, dürfte einem Selbstmord gleichkommen.«

»Wirklich? Was würdet Ihr denn vorschlagen?«

Venart stand auf und wandte sich dem Fenster zu. Er schaute hinaus. »Zu gehen«, sagte er. »Alles einzupacken, was wir mitnehmen können, die Segel zu setzen und soviel Wasser wie nur möglich zwischen sie und uns zu bringen.«

Votz starrte ihn an. »Ihr scherzt.«

Venart schüttelte den Kopf. »Eigentlich halte ich es für eine Inspiration. Wir sind weder Bauern noch Handwerker, wir sind Kaufleute; die meisten von uns verbringen genausoviel Zeit auf unseren Schiffen oder im Ausland wie zu Hause. Wenn es je eine – eine Nation gegeben hat, die es sich leisten konnte, die Zelte abzubrechen und wegzusegeln, dann wir. Wenn es zum schlimmsten kommt, könnten wir einfach auf den Schiffen leben, umherreisen wie Nomaden.«

Votz grinste böse. »Ihr meint, wie König Temrais Volk. O ja, garantierte Sicherheit, da braucht man sich nie wieder Sorgen zu machen.«

»Das ist an Land. Die Schiffe machen den Unterschied.«

»Bis sie anfangen, eigene Schiffe zu bauen.« Votz stand auch auf. »Wegzulaufen wird nichts bringen; wir müssen Stellung beziehen und kämpfen. Und wenn wir schon kämpfen müssen, welchen besseren Ort könnte es dafür geben als diesen hier? Wir haben eine großartige natürliche Festung, die sogar besser als Perimadeia ist. Wir haben eine Flotte, die sie nicht haben.« Er packte Venart an den Schultern und drehte ihn um. »Wir können gewinnen.«

»Das glaube ich nicht«, sagte Venart. »Und da Ihr mich zum Staatsoberhaupt machen wollt ...«

»Das ist das Problem mit Staatsoberhäuptern, sie werden so schnell hingerichtet.«

Zuerst sah Venart verblüfft aus, dann kicherte er. »Ach, kommt schon, Ran«, sagte er. »Seid nicht so verdammt melodramatisch. Regierung, Armee, Bürgerkrieg und Staatsstreich, und wir haben es noch nicht einmal jemandem erzählt.« Er machte sich von ihm los und grinste. »Stellt Euch doch bloß vor, was für einen Spaß wir haben könnten, wenn wir zu *dritt* spielen.«

Ein schneidender, kalter Wind war aufgekommen, der eine wahre Wohltat darstellte; Bardas konnte sich nur zu gut daran erinnern, wie schnell die Mittagshitze einen Mann auslaugen konnte, bevor es ihm überhaupt bewußt wurde. Glücklicherweise war die Armee der Söhne des Himmels an vielen Orten rekrutiert worden, von denen die meisten weit entfernt waren und an denen es größtenteils viel heißer als hier war.

Die Sonne hatte bereits einen feinen Hitzeschleier aus dem Fluß aufsteigen lassen, der die scharfen Kanten der Festung verschwimmen ließ, bis sie irgendwie undeutlich aussah, wie der Hintergrund eines Gemäldes. Das Sonnenlicht brannte auf dem Wasser wie eine Art Brennstoff; wenn er die Augen schloß, konnte er noch immer den grellen roten Schein sehen.

»Alles bereit?« fragte er. Der Maschinenbauer nickte. »Gut.« Er stellte sich hinter dem gespannten Wurfarm des Tribocks in Position und sah zur fernen Festung hinüber. Es war alles sehr still und ruhig, als würde die Welt darauf warten, daß er eine Ansprache hielt. »Hiermit erkläre ich diesen Krieg für eröffnet«, sagte er. »Wenn Ihr soweit seid.«

Der Maschinenbauer nickte ihm zu, dann nickte er dem Artilleristen zu, der die Hand am Auslöser hatte. Der Artillerist zog hart an dem Seil, und der Wurfarm bäumte sich auf wie ein Mann, der plötzlich mitten in der Nacht aus einem Traum erwachte; der lange, rechteckige Balken beugte sich unter der Massenträgheit durch, richtete sich auf und blieb mit einem harten Ruck stehen, als er den Gleichgewichtspunkt erreichte; das Gegengewicht schaukelte wild in seiner Wiege hin und her. Mit einem Knall wie bei einem Katapult gab das Seilnetz dem runden Felsen einen letzten, entscheidenden Stoß und fiel dann zur Seite ...

(»Nichts geht mehr«, murmelte der Maschinenbauer.)

... während das Projektil mit absurder Geschwindigkeit in den Himmel raste, zu einem kleinen schwarzen Punkt schrumpfte, zum Halten kam, einen Augenblick lang in der Luft hing und dann anfing, in die Tiefe zu stürzen ...

(»Mal sehen, was sie davon halten«, sagte der Erste Bombardier mit einem Grinsen. »Wenn sie einen Funken Verstand haben, werden sie nachfragen, ob es möglich ist, ihre Festung hundert Meter weiter nach hinten zu verlegen.«)

... und in den Fluß platschte. Das blendend weiße Feuer wurde wie eine von einem Pfeil durchbohrte Stahlplatte durchbrochen.

»Hab' Euch doch gesagt, daß der zu kurz kommt«, seufzte der Erste Belagerungsschütze. »Also gut, fünf höher und noch einmal.«

Die Gegengewichte zu erhöhen war Bardas' Idee gewesen; schließlich hatte Temrai das gleiche getan und Tribocke gebaut, deren Reichweite die ihrer Gegenstücke auf den Stadtmauern deutlich übertroffen hatte. Jetzt hatte er gegenüber seinem Feind (seinem Gegenstück, er selbst in einer früheren Drehung des Rades) einen Vorteil von mindestens fünfzig Meter; er konnte sie treffen, sie ihn aber nicht.

»Wurfmaschine Nummer zwei, fünf Grad höher«, rief der Maschinenbauer. »Bereitmachen.«

Ein Artillerist drehte ein Handrad, ein Sperrhaken streckte sich und rastete ein. »Bereit.«

»Und los«, sagte der Maschinenbauer, und der Wurfarm verbog sich, wurde wieder gerade und warf. »Verdammt«, fügte der Maschinenbauer hinzu, als der Schuß auf dem Hang eine Staubwolke in die Höhe schießen ließ, »jetzt ist die Abweichung zu groß. Nummer drei, vier höher, bringt sie zwei nach links. Bereitmachen.«

Auf diese Entfernung war es natürlich eine Frage des Könnens, der wissenschaftliche Einsatz von Kraft bis zu einem genauen Punkt auf einem unberührten kleinen Stück Land. Ein Hammerschlag am Anfang, um mit der Schale zu beginnen; fang am Rand an, arbeite dich den Rand der Außenseite entlang, bewege dich langsam nach innen zu der Stelle, wo die Wölbung am tiefsten sein muß; das ist der richtige Weg, um das Werkstück zu bearbeiten.

Als alle Tribocke drei Schüsse abgegeben und die Belagerungsschützen die nötigen Korrekturen vorgenommen hatten, entwickelte sich in dem Beschuß ein Muster. Bardas erkannte diese Phase; es war das Stadium, an dem der Hammer von seinem eignen Gewicht geführt von dem Werkstück abprallte und wieder nach unten raste (Gewicht und Gegengewicht, wie bei einem Tribock), während die linke Hand des Handwerkers das Werkstück unter dem Hammer in die richtige Position führte. Ein Schlag allein ergab nicht den gewünschten Druck, es bedurfte kontrollierter, regelmäßiger Schläge, um das Material dem nötigen Druck auszusetzen, damit es an Stärke gewann.

»Schade, daß da dieser Staub ist«, beklagte sich der Erste Belagerungsschütze. »Ich kann verdammt noch mal nichts sehen. Es ist durchaus möglich, daß wir sie alle in dasselbe Loch setzen.«

»Guter Einwand«, sagte Bardas. »Aber machen wir noch eine Weile weiter. Ich will, daß sie den Druck spüren.«

So war das also, dachte Temrai und wartete, daß das nächste Geschoß einschlug. *Nun, jetzt weiß ich es.*

Einen Herzschlag später landete der Felsbrocken und ließ den Boden erbeben. Wegen der Staubwolke konnte er nicht sehen, wo er eingeschlagen war oder ob er Schaden angerichtet hatte; es war so genauso schlimm, als würde man im Dunkeln stehen. Aber er konnte Schreie hören, was auf einen Notfall hinwies – jemand erteilte Befehle, ein anderer widersprach ihm, in ihren Stimmen lag eine Dringlichkeit, die kein Vertrauen einflößte. *Das hätte ich voraussehen müssen*, dachte er. *Habe ich aber nicht. Mein Fehler.*

Er zählte von zwölf an rückwärts, und der nächste Schuß kam heran. Er konnte fühlen, wo er einschlug (wenn man im Dunkeln ist, passen sich alle anderen Sinne sehr schnell an) – vermutlich war er zu weit geflogen, aber es fühlte sich so an, als wäre er auf einem der Lagerhäuser gelandet. *Besser die Zwiebäcke als die Pfeile, Zwiebäcke kann man notfalls auch zerbrochen essen.* Er fing wieder an zu zählen.

»Temrai?«

Verdammt, jetzt hatte er sich verzählt. »Hier drüben«, rief er. »Wer ist da?«

»Ich. Sildocai. Wo bist du? Ich sehe die Hand vor Augen nicht.«

»Folge meiner Stimme und halte den Kopf unten; jede Sekunde muß der nächste Treffer kommen.«

Wieder ein Geschoß, das zu weit flog; aber man mußte nicht raten, wo es gelandet war, da es scharfe Steinsplitter auf den Laufgang herabregnen ließ. »Ihre Sockel müssen sich lösen«, bemerkte er. »Sie können die Einschläge nicht sehen, Darum wissen sie auch nicht, daß sie zu hoch schießen.«

»Mir wäre es lieber, sie würden im gewünschten Ziel einschlagen.«

»Mir auch.«

Sildocai nahm vor ihm Gestalt an, als wäre er aus Staub geformt. »Ich war dort unten«, sagte er. »Als sie angefangen haben, zu hoch zu schießen, habe ich es für den sichersten Ort gehalten. Sie haben vier Tribocke und ein halbes Dutzend Skorpione zerstört; von beidem sind im Moment noch zwei weitere außer Gefecht, können aber wieder repariert werden. Das Schlimmste ist das tiefe Loch auf dem Pfad, das wir irgendwie auffüllen müssen. Sonst sind wir nämlich völlig von den unteren Verteidigungsanlagen abgeschnitten.«

Temrai schloß die Augen. »Nun, es müßte genug lose Steine und Erde geben«, sagte er. »Du mußt Bretter legen, um das lockere Zeug drinnen zu halten, und sie dann mit Pflöcken verankern, als würdest du eine Terrasse bauen.«

»Gut.« Sildocai hustete. »Wenn wir damit fertig sind, wie wäre es damit, ein paar Wurfmaschinen aus dem Weg zu ziehen und nach oben zu bringen? Da unten nutzen sie uns nichts und warten bloß darauf, zerstört zu werden.«

Temrai schüttelte den Kopf. »Nein, das tun wir nicht. Sie würden ihre nur noch näher heranbringen. Wir müssen diese Tribocke für eine Zeitlang außer Gefecht setzen, und wenn wir nicht mit der Artillerie an sie herankommen, dann müssen wir rübergehen und es persönlich machen.«

Sildocai runzelte die Stirn. »Das würde ich aber lieber nicht tun, nicht mal mit der leichten Kavallerie. Das Gelände ist etwas zu flach, um auf den Feind zuzustürmen.«

»Uns bleibt keine andere Wahl«, erwiderte Temrai, als das nächste Geschoß einschlug und Erde auf ihre Köpfe niederprasseln ließ wie der Erste Trauernde bei einem Begräbnis *(obwohl man für gewöhnlich vorher sterben mußte)*. »Wir haben eine zu geringe Reichweite. Wenn wir hier sitzen bleiben und nichts tun, werden sie alles plattmachen.«

»Nun gut«, sagte Sildocai zweifelnd. »Aber laß uns wenigstens warten, bis es dunkel ist und sie mit dem Beschuß aufgehört haben.«

»Wie kommst du darauf, daß sie bei Einbruch der Dunkelheit

aufhören werden? Ich würde das nicht. Wenn sie ihre Sockel reparieren, brauchen sie uns nicht zu sehen, um uns zu zerschlagen. Sie leisten ganze Arbeit, und dieser Staub ist so gut wie die finsterste Nacht.«

»Ja, aber es ist nur hier staubig. Ich möchte nicht unbedingt in hellem Tageslicht auf ihre Bogenschützen zureiten, wirklich nicht. Du hast es vielleicht vergessen, aber außerhalb dieser Staubwolke ist heller Tag.«

Temrai dachte kurz nach. »Stimmt«, sagte er. »Der Gedanke, das noch weitere drei Stunden mitzumachen, ist zwar wirklich nicht erfreulich, aber du hast recht, wir wollen ihnen nicht ihre Arbeit abnehmen, indem wir dumme Fehler machen. Organisiere einen Stoßtrupp, und dann setz jemanden daran, den Pfad zu flicken. Niemand geht irgendwo hin, bevor das repariert ist.«

Sildocai ging und versuchte, den Kopf unterhalb des Erdwalles zu halten, in den man die Stämme der Palisade eingepflanzt hatte. Er mußte dafür wie eine Krabbe dahertrippeln oder wie ein Mann in einem niedrigen Stollen. Ein weiteres Geschoß schlug ein, aber es war zu weit weg, um für ihn eine Gefahr zu sein. *Jetzt sind sie sehr unregelmäßig, aber vermutlich ist ihnen das egal,* dachte Temrai. *Sie wollen bloß erreichen, daß wir uns elend fühlen. Der Schaden ist vermutlich gering, aber dieser Staub fängt an, mir auf die Nerven zu gehen ...*

16

Wir könnten das für den Rest unseres Lebens tun«, sagte der Maschinenbauer, »und würden nicht weiterkommen. Ich sage, wir hören auf damit und gehen zur nächsten Phase über; sonst verschwenden wir bloß unsere Zeit.«

Es war der dritte Tag, seit der Beschuß begonnen hatte. Der Vortag war wie der Tag davor gewesen; während die Sonne schien, hatten die Tribocke die untere Palisade, die Stellungen der Wurfmaschinen und den Pfad mit ihren Geschossen eingedeckt. Bei Einbruch der Nacht hatten Temrais Männer die Palisade geflickt, die zerstörten und zersplitterten Teile der Wurfmaschinen ersetzt und die auf dem Pfad aufklaffenden Löcher ausgefüllt, und in den frühen Morgenstunden hatte seine leichte Kavallerie einen Ausfall gemacht und die Seile der Tribocke durchtrennt, um sie funktionsunfähig zu machen. In der zweiten Nacht waren sie auf stärkeren Widerstand gestoßen, aber sie hatten auch ein paar Dinge gelernt, und das Endresultat war so ziemlich das gleiche gewesen. Bardas hatte für die dritte Nacht zwei Kompanien Hellebardiere zur Bewachung der Tribocke abkommandiert und den Befehl gegeben, eine eigene Palisade zu errichten, nur um dann gemeldet zu bekommen, daß sämtliches Holz in der näheren Umgebung für die Festung gefällt worden war; also mußte er sich mit Erdhügeln und Graben behelfen, was natürlich Zeit kosten würde ...

»Nein«, sagte er. »Wir machen weiter. Früher oder später wird der Schaden so groß sein, daß sie ihn nicht mehr reparieren können – man kann nicht unbegrenzt Flicken mit Flicken flicken, glaubt mir, ich habe es versucht. Wir können diesen Krieg sehr leicht durch eine einzige falsche Beurteilung verlieren. Ich möchte lieber Zeit als Leben verschwenden, wenn Ihr nichts dagegen habt.«

Der Maschinenbauer zuckte mit den Schultern. »Ihr seid der Kommandant«, sagte er. »Und ich sage Euch, ich möchte um nichts in der Welt Eure Arbeit machen.«

In dieser Nacht gab es keinen Kavallerieangriff, und die Hellebardiere, die neun Stunden Wache gehalten hatten, übergaben den Dienst an die frisch angetretenen Hellebardiere mit dem Gefühl, einen moralischen Sieg davongetragen zu haben. Temrai schickte während dieses Wachwechsels eine halbe Stunde nach Sonnenaufgang seine berittenen Bogenschützen, zweifellos der effektivste Teil seiner Armee. Bevor Bardas' Posten Gelegenheit hatten, sie zu identifizieren und Alarm zu schlagen, waren sie bereits niedergeschossen; dann bildeten die drei Abteilungen der Angreifer eine lange Reihe und begannen aus einer Entfernung von zweihundert Metern mit ihrem Beschuß. Bardas' Bogenschützen hatten keine derartige Reichweite; zwar konnten die Armbrustschützen so weit feuern, aber eben nur alle drei Minuten, und die zweite Abteilung der Angreifer konzentrierte ihre Salven auf sie.

Bardas befahl die Pavesen herbei, mannsgroße Schilde aus Ochsenhaut, die bei Belagerungen Armbrustschützen Deckung geben sollten, aber es gab ein Problem. Der Wagenmeister hatte sie mit Proviantwagen eingekreist (schließlich hatte ihm niemand gesagt, daß sie vermutlich gebraucht werden würden, und irgendwo mußte er die verdammten Wagen parken). Um an sie heranzukommen, mußte er die Wagen umstellen, was wiederum bedeutete, daß er ein Drittel von ihnen durchs Lager fahren mußte ... Binnen einer Viertelstunde waren die Straßen des Lagers mit Wagen verstopft, was die Munitionswagen behinderte, die Tribockgeschosse aus dem Steinbruch herbeischaffen sollten. Nicht, daß das eine Rolle gespielt hätte; die erste und dritte Abteilung der berittenen Bogenschützen beschossen die Artilleristen, und die, die es geschafft hatten, in Deckung zu gehen, würden sowieso keinen Schuß auslösen, bevor sich der Feind zurückgezogen hatte.

»Nein«, sagte Bardas auch weiterhin, als man ihn drängte, etwas zu unternehmen. »Eine Grundregel: kein Angriff mit schwerer Kavallerie auf berittene Bogenschützen. Das habe ich auf die harte Weise gelernt. Und wenn Ihr glaubt, ich würde Infanterie da hinausschicken« – (keiner mußte fragen, was mit *da hinaus* gemeint war; die Pfeilsalven stiegen in die Höhe, flogen und kamen herabgeschossen wie kochende Wasserfontänen aus einem Geysir; der Gedanke, sich unter einer solchen Wolke zu befinden, reichte aus, um einem einen trockenen Mund zu bescheren). »Also, wir rühren uns nicht von der Stelle. Wißt ihr, wie viele Pfeile ein Nomade mit sich führt? Fünfzig. Fünfundzwanzig auf dem Rücken, fünfundzwanzig am Sattel. Sie werden verschwinden, wenn sie ihre Pfeile verbraucht haben, und wir können mit der Arbeit weitermachen.«

Er hatte natürlich recht. Kurz darauf zogen die Bogenschützen ab und ließen den größten Teil der hunderttausend Pfeile zurück, die König Temrai nicht so ohne weiteres ersetzen konnte. Sie waren überall, sie steckten im Boden, im Holz der Tribocke und der Wagen, sie hingen an ihren Spitzen von Zelten und Wagenplanen herab, lagen zerbrochen unter Toten und ragten aus der Brust und den Armen Toter und Lebender; sie bedeckten den Boden wie ein Teppich plötzlich erblühter Blumen, bedeckten die Wagen und Kriegsmaschinen wie Moos, und als die Artilleristen aus ihren Deckungen gekrochen kamen, zerbrachen die Schäfte unter ihren Füßen wie ein Scheiterhaufen aus Zweigen und trockenem Gras. Wie Ameisen und Moskitos waren sie überall, sie lagen da wie Bienen, die der Rauch der Imker betäubt hatte und die nun weder fliegen noch stechen konnten.

»Räumt diesen Scheiß weg«, rief ein Offizier. »Und macht die Wurfmaschinen klar, wir haben nicht den ganzen Tag Zeit. Wo ist der Erste Maschinenbauer? Wir brauchen zwölf neue Mannschaften für Batterie Nummer sechs. Verlustlisten – wer hat die verdammten Verlustlisten? Muß ich denn verdammt noch mal hier alles selbst machen?«

Die Hälfte der Artilleristen war außer Gefecht gesetzt; es gab mehr Verwundete als Tote, aber der Unterschied war minimal. Die Verletzten lagen oder saßen um die Munitionswagen herum, und die Pfeile steckten noch immer in ihnen. Eilends wurden die Chirurgen geholt; sie sägten Schäfte durch und zogen die Spitzen auf die harte Weise heraus, warfen sie auf die wachsenden Haufen unter den Tischen und hatten keine Zeit, sich die Arbeit näher anzusehen, die sie noch zu erledigen hatten. Gelegentlich starb ein Mann – leise oder mit großem Getue –, und in bestimmten Abständen fuhren sie mit Handkarren herum und sammelten die Leichen ein.

Man fragte Bardas, wie man jetzt verfahren sollte. »Einfach weitermachen«, sagte er. »Schießt auf den Pfad und die Palisaden. Ihr könnt die Wurfmaschinen mit Hellebardieren bemannen, solange bei jeder Mannschaft ein Artillerist ist, der ihnen sagt, was zu tun ist.«

Männer gingen mit großen Weidenkörben umher und sammelten die Pfeile ein – sie waren von brauchbarer Qualität und würden irgendwann nützlich sein, wenn nicht in diesem, dann in einem anderen Krieg, in dem das Imperium den Einsatz von Bogenschützen in großem Stil für angebracht hielt –, und wenn die Körbe voll waren, kippten sie sie in leere Fässer, die man dann auf Materialwagen verlud. Die zerbrochenen Pfeile wurden in zwei Haufen sortiert; Spitzen fürs Schrottmetall, Schäfte fürs Feuer oder die Tischler (ein Pfeilschaft war ein guter Holzdübel für kleine Geräte wie Pavisen und die Böden von Belagerungstürmen und die Sprossen von Sturmleitern). Pikeniere, die nichts anderes zu tun hatten, saßen mit überkreuzten Beinen im Kreis, schnitten die Befiederung ab und warfen sie in große, für die Steppe bestimmte Tonkrüge, die damit Gambesons füllen würden.

»Es war eine Geste«, erklärte Bardas, »weiter nichts. Und am besten reagiert man auf eine Geste, indem man sie ignoriert, so wie es eure Mütter getan haben, wenn ihr als Kind euren Haferbrei nicht aufessen wolltet.« Aber die ganze Zeit dachte er über den zweiten Grad der Materialprüfung nach, die Haltbarkeit bei Pfeilbeschuß; um die Vorgabe zu erfullen, hatte eine Rüstung einen mit einer Eisenspitze versehenen Pfeil abzuwehren, der von einem Bogen mit neunzig Pfund Zugkraft aus einer Entfernung von fünfundsiebzig oder einem Siebzigpfünder aus dreißig Metern abgeschossen wurde. Die meisten Rüstungen versagten bei dieser Prüfung und landeten zusammen mit dem Pfeil auf dem Schrott.

Sie machten die Tribocke wieder einsatzbereit und die Wurfarme schossen in die Höhe wie Hämmer auf den Amboß und klopften den Staub aus dem Hügelhang.

»Hauptsächlich benutzen wir ihre Geschosse, um die Straße zu reparieren; diese Felsblöcke haben eine schöne Größe. Wir könnten aber noch ein paar Kräne gebrauchen; die meisten, die ich von den oberen Batterien organisiert habe, sind zerstört worden.«

Temrai versuchte sich zu konzentrieren, aber es war nicht einfach. Es kam ihm vor, als würde er schon seit Jahren mit der Erschütterung einschlagender Geschosse leben und den Punkt überschritten haben, an dem er sie ignorieren konnte. Früher an diesem Tag war jemand gekommen und hatte ihn darüber unterrichtet, daß Tilden tot war; einer der über das beabsichtigte Ziel hinausschießenden Granitbrocken war an einem aus dem Boden herausragenden Felsen zerplatzt, und die Splitter waren auf die im hinteren Teil der Festung errichteten Zelte niedergegangen. Er hatte die Nachricht gehört, aber sie war noch nicht richtig in seinem Innern angekommen; bei diesen ständigen Hammerschlägen, die in den Ohren dröhnten und sich über die Fußsohlen vom Boden nach oben fortpflanzten, war es unmöglich, sich auf etwas Wichtiges zu konzentrieren.

Er wußte, daß das alles eine Kriegslist war, der Versuch, ihn aus seiner Festung zu einer offenen Feldschlacht auf die Ebene zu locken, und er würde nicht darauf hereinfallen. Das hatte er bereits mitgemacht.

»Was ist mit der Palisade?« fragte er. »Wie steht es mit den Holzvorräten?«

»Nicht gut«, sagten sie ihm. »Wie du gesagt hast, haben wir der Reparatur des Weges Priorität eingeräumt, und das frißt viel von den Vorräten auf. Wir haben angefangen, Pfähle aus der oberen Palisade zu nehmen, von der Rückseite; dort nutzen sie uns sowieso nicht viel, und bis jetzt konnten wir die Lücken mit Trümmerholz auffüllen. Aber das halten wir nicht für ewig durch; wenn wir noch viel mehr herausnehmen, schaffen wir Schwachstellen, und das wird uns Ärger einbringen.«

Temrai runzelte finster die Stirn; der Versuch, sich auf das Thema zu konzentrieren, war wie das Bemühen, sich bei einem Sturz nach unten an einem Seil festzuhalten; je fester man zugriff, desto schlimmer brannte es auf der Haut. »Ein paar offensichtliche Schwachstellen stören mich nicht«, sagte er. »Eine Schwachstelle in der Mauer ist für den Feind eine Versuchung, und manchmal ist es von Vorteil, ihm eine Gelegenheit zu verschaffen – solange man bereit ist und ihn erwartet, wenn er sie ergreift. Manchmal bietet sich die beste Chance, eine Schlacht zu gewinnen, in dem Augenblick, in dem man sie fast verloren hat.«

Mit dieser Bemerkung machte er sich keine Freunde. *Aber es stimmt*, wollte er ihnen sagen, *studiert die Kriege der Vergangenheit, dann werdet ihr sehen, was ich meine.* Aber keiner schien in Stimmung für ein historisches Seminar zu sein, also ignorierte er die finsteren Blicke und das Stirnrunzeln. »Wie dem auch sei«, fuhr er fort, »haltet euch erst mal weiter an die hintere Mauer. Der Beschuß wird nicht mehr lange dauern. Vertraut mir.«

(Und warum auch nicht? Sie hatten ihm einst vertraut, was sie bis auf die Mauern von Perimadeia gebracht hatte, und damals war er nur ein Junge gewesen, und außer einem gewissen Talent, andere mit seiner Begeisterung anzustecken, hatte nichts an ihm den Eindruck erweckt, daß er wußte, was er da tat. Jetzt war er König Temrai, der Bezwinger von Städten, also mußten sie ihm doch sicherlich noch mehr vertrauen.

Aber so funktionierte das nicht.

Trotzdem; es war sein Volk, sie würden tun, was man ihnen befahl. Diejenigen von ihnen, die sich geweigert hätten, waren alle tot, gestorben im Bürgerkrieg.)

Sie besprachen noch ein paar unwichtige Dinge über Versorgung und Verwaltung, dann beendete er die Besprechung und ging aus dem Zelt hinaus in den Staub. Der Tod seiner Frau trieb irgendwo dicht unter der Oberfläche seines Verstandes, wie ein gefräßiger Fisch, aber er war sich keiner bedeutsamen Trauer oder Schuld bewußt. Sie war die Art von Frau gewesen, die er zu einer anderen Zeit oder an einem anderen Ort bis zur Raserei hätte lieben können. Aber jetzt, wo er die Welt durch die Augenschlitze des Visiers von König Temrai betrachten mußte, fand er es beinahe unmöglich, die scharfe Klinge durchzulassen; es gab keine Lücke, keinen Schwachpunkt, wo er eine Möglichkeit dafür hätte schaffen können.

Als er über das Plateau auf den Pfad zuging, rollte der Totenkarren an ihm vorbei. Er blickte ihm nach und wurde sich bewußt, daß er ein Gesicht erkannte, das zwischen den zerschmetterten Beinen eines anderen Mannes hervorblickte. Im Augenblick legten sie die Toten in eine nur zur Hälfte ausgehobene Getreidegrube. Er hatte sie sich angesehen, hatte einen Augenblick dagestanden und den unordentlichen Haufen betrachtet – Arme und Beine und Köpfe und Füße und Körper und Hände, die alle durcheinanderlagen wie in einem schlampig geführten Lager –, aber er hatte ihm nicht mehr bedeutet als die Summe seiner Teile.

Ein Mann rannte an ihm vorbei, den Hügel hinunter, gefolgt von zwei weiteren; Gestalten, die aus dem Staub auftauchten und wieder im Staub verschwanden. Weitere Männer folgten, und er schnappte einen von ihnen am Arm und fragte, was los sei.

»Ein Angriff«, keuchte der Mann. »Die Götter allein wissen, wo sie hergekommen sind. Sie haben eine Art transportabler Brücke, um den Fluß zu überqueren.«

Temrai ließ ihn los. »Ich verstehe«, sagte er. »Wer hat dort unten den Befehl?«

Der Mann zuckte mit den Schultern. »Soweit ich weiß, keiner. Vermutlich ist dort nur der Anführer des Palisadentrupps.«

»Finde ihn«, sagte Temrai. »Sag ihm, daß ich komme, so schnell ich kann.«

Der Mann nickte und verschwand im Staub, so wie jemand in Treibsand verschwand. Temrai dachte vielleicht eine Minute lang nach, dann wandte er sich wieder dem Hügel zu und ging zu seinem Zelt. Es war keiner da, der ihm mit der Rüstung helfen konnte, aber mittlerweile wußte er, was er zu tun hatte, und es wurde jedesmal leichter, als würde sich der Stahl der Form seiner Muskeln und Knochen anpassen. Er fühlte sich viel besser, sobald er sie angelegt hatte – ehrlich gesagt verbrachte er im Moment so viel Zeit darin, daß sich seine Arme und Beine auf seltsame Weise leicht und hinfällig anfühlten, wenn er sie ablegte.

Er richtete gerade die Polsterung im Innern seines Helmes, als sie kamen, um ihm zu melden, daß feindliche Hellebardiere die Palisade durchbrochen hatten. Er nahm die Nachricht mit einem leichten Nicken zur Kenntnis. »Wen haben wir da unten?« fragte er.

»Hauptsächlich die Arbeitstrupps«, antwortete jemand. »Sie kämpfen mit Hämmern und Hacken. Ein paar Plänkler sind auch da, und Heuscai ist mit der fliegenden Einsatztruppe auf dem Weg nach unten.«

»Holt ihn ein und sagt ihm, er soll auf mich warten«, sagte Temrai.

Heuscai sah ungeduldig und verwirrt, beinahe wütend aus, als er bei ihm ankam. »Wir müssen uns beeilen«, sagte er. »Die Arbeiter können sie nicht mehr lange aufhalten.«

»Schon gut«, sagte Temrai. »Ich weiß, was ich tue.«

Er führte den Zug den Pfad hinunter. Sie kamen nur langsam voran; die Artilleristen hatten die Richthöhe um ein paar Grad erhöht, um die Palisade am Fluß wegzuräumen, was zur Folge hatte, daß nun der obere Bereich des Pfades mit Schüssen eingedeckt wurde, während sich der untere Bereich in einem katastrophalen Zustand befand. »Laßt euch Zeit«, rief er den Männern hinter sich zu, während er sich seinen Weg suchte – es war Pech und schlechtes Timing, daß genau in dem Augenblick, indem er das sagte, ein Felsen mitten in dem Zug landete; die Männer standen zu dicht beieinander, um die Chance zu haben, sich in Sicherheit bringen zu können, und als der Stein landete, zerquetschte er mit einem dumpfen Dröhnen drei Männer. Es war das gleiche Geräusch, wie wenn man eine große Spinne zertrat. Der Staub war schlimmer als je zuvor, aber wenigstens gaben die unter ihnen ertönenden Kampfgeräusche ihnen eine Richtung vor. Temrai empfand es als äußerst unbehaglich, in seiner Rüstung den steilen Abhang hinunterzugehen; die hinteren Kanten seiner Beinschienen gruben sich in seine Fersen, und er klemmte sich die Haut zwischen den Rändern der Beinpanzerung und den Eisenschuhen ein.

Sobald er weit genug unten war, um sehen zu können, was da vor sich ging, erteilte er dem Arbeitstrupp den Befehl zum Rückzug. Seinen ersten Ruf hörten sie nicht oder sie erkannten seine Stimme nicht; sie standen auf ihrer Seite der Palisade auf der erhöhten Uferbank und versuchten den Feind daran zu hindern, durch eine zwei Meter breite Lücke vorzustoßen, die ein Geschoß gerissen hatte, das genau auf dem Zaun gelandet war. Der Felsbrocken lag natürlich immer noch da; er war das größte Hindernis für die Hellebardiere. Sie versuchten, auf ihn hinaufzuklettern, und die Arbeiter hieben mit ihren großen Hämmern und Hacken auf sie ein und landeten Treffer auf Helme und Schulterpanzer. Die Schläge klangen nicht hell wie bei einem Hammer, der auf einen Amboß trifft, sondern dumpf und matt.

Er gab den Befehl ein zweites Mal, und die Männer gehorchten und zogen sich von der Lücke zurück.

Die Hellebardiere auf der Flußseite drängten einander zur Seite und wetteiferten miteinander darum, auf die andere Seite zu kommen, als der Weg unerklärlicherweise freigegeben wurde. Während sie durch die Lücke strömten, begab sich Temrai zurück in die Reihe und gab den Befehl, die Bögen zu ziehen. Beim *Spannt die Bögen* waren dreißig oder mehr Gegner eingedrungen; ihre Zahl hatte sich weiter erhöht, als Temrai *Tiefhalten* und *Schießt* rief. Die erste Reihe schoß bei einer Entfernung von weniger als fünfzehn Meter.

Es war gut, daß er sie daran erinnert hatte, tief zu zielen; auf so kurze Distanz steigt der Pfeil trotzdem, und trotz seiner Ermahnung flog ein Viertel der Pfeile zu hoch. Aber drei Viertel einer Salve reichte für die Hellebardiere in der Lücke; sie fielen in sich zusammen wie ein ins Feuer geworfenes Stück Papier und bildeten für die ihnen folgenden Männer ein Hindernis. Die nächste Salve verstopfte die Lücke noch mehr; der Berg aus toten, zuckenden und sich windenden Körpern war nun mehr als kniehoch, zu sehr ineinander verflochten, um hindurchzusteigen, nicht stabil genug, um darüber hinwegzukriechen. Doch sie kamen weiterhin durch die Lücke, jeder Schub wurde der Materialprüfung unterzogen und für mangelhaft befunden. Die Handvoll, die es schaffte, wurde der nächsten Teststufe unterzogen, als sie sich den Hügel hinauf der Reihe der Bogenschützen entgegenwarfen, und wer an den Pfeilen vorbeigekommen war, wurde von den Schlägen der großen Hämmer gefällt wie von einem durch die Luft heranwirbelnden Felsblock.

Temrai hatte bei alldem nichts weiter zu tun, als still dazustehen und zuzusehen, und während er zusah, dachte er an den Untergang von Perimadeia, an das Tor (das nicht viel breiter als diese Lücke hier gewesen war), das sich geöffnet und seine Männer hineingelassen hatte. Damals hatte auf ihn keine Abteilung Bogenschützen gewartet, nur die Dunkelheit und leere Straßen, nichts, um seinen Mut einer Prüfung zu unterziehen. Jetzt, gefangen zwischen Hammer und Amboß (die Felsbrokken zischten und pfiffen noch immer über ihre Köpfe hinweg und krachten in den Hügel und wirbelten Staub in die Luft), fühlte er sich schon etwas erleichtert.

Als der feindliche Hauptmann den Befehl gab, den Angriff abzubrechen, war die Lücke in der Palisade gefüllt; nicht mit Baumstämmen, die man von der anderen Seite des Hügels geplündert hatte, sondern mit geprüftem Stahl in einem dicht zusammengepreßten Haufen. *Das spart uns Arbeit,* dachte Temrai, *sie haben es besser gemacht, als wir es hätten tun können* – und dann hielt er inne, um sich zu fragen, ob sich seine Männer auf dieselbe Weise wie die Imperialen in die Todeszone gestürzt hätten. *Aber wir hatten nie die Gelegenheit dazu, es ist keine faire Prüfung.* Er schüttelte den Kopf, dann signalisierte er dem Arbeitstrupp weiterzumachen.

»Siehst du«, sagte er zu Heurrai (einem von denjenigen, die beim Kriegsrat ein mürrisches Gesicht gemacht hatten), »gib ihnen eine Gelegenheit, und vielleicht sind sie dumm genug, sie zu ergreifen.«

Heurrai gab keine Antwort; was er gesehen hatte, machte ihm zu schaffen. Temrai konnte es ihm nachfühlen. Zu einer anderen Zeit, an einem anderen Ort hätte es ihm auch zu schaffen gemacht. Aber seit damals hatte er an sich gearbeitet, war besser geworden, hatte die Lücken in seinem Panzer geschlossen, und jetzt fragte er sich, ob sich Bardas Loredan wohl so gefühlt hatte, als er den Angriff auf Perimadeia mit Brandsätzen abgewehrt hatte, so daß das Feuer auf dem unbrennbaren Wasser getanzt hatte. Es war die Gelegenheit für eine unschätzbare Erkenntnis, das Teilen einer Erfahrung, das zu einer Verbindung zweier Geister führte – er fühlte sich wie ein Lehrling, der an der Seite seines Meisters stand.

»Sie werden wiederkommen«, sagte jemand, und ein paar Meter weiter krachte ein Tribockgeschoß zu Boden, zerquetschte einen Mann und riß einem anderen ein Bein ab. Der nächste Einschlag ließ nur noch mehr Staub aufwallen, während Temrai seine Männer wieder den Pfad hinaufführte, wo ein weiterer Arbeitstrupp bereits Fortschritte machte.

»Sicher«, sagte er, als er wieder zu Atem gekommen war. »Und wenn sie es erneut versuchen, werden wir eine weitere Gelegenheit teilen. Keine Sorge, ich weiß, was geschehen wird.«

Bardas hatte nicht damit gerechnet, daß der erste Angriff Erfolg haben würde. Es war eher ein Experiment gewesen, ein Versuch, eine Materialprüfung. Sie hatten den zweiten Grad bestanden. Er hatte nichts anderes erwartet. In der Zwischenzeit hatte er die transportable Brücke getestet und war zufrieden, daß sie es geschafft hatten. Das freute ihn.

Er ließ die zweite und dritte Batterie auf eine andere Stelle der Palisade richten, während sich der Rest der Artillerie auf die bereits existierende Lücke konzentrierte. Dann befahl er den Hellebardieren und Pikenieren, eine Marschkolonne zu bilden; die Kavallerie befand sich an den Flanken und konnte nicht stören. Die Armbrustschützen hatten zu schwere Verluste erlitten, um als Feldeinheit noch von großem Nutzen zu sein, also verbannte er sie zur Nachhut und ersetzte sie durch die Bogenschützen. Seiner Meinung nach taugten imperiale Bogenschützen nicht viel; zumindest diese hier nicht. Sie verfügten über Flachbögen mit siebzig Pfund Zugkraft, die den schweren Kompositbögen der Nomaden in jeder Hinsicht unterlegen waren, und in seiner Armee war ihr Platz am Tellerrand, als Salat. Das ärgerte ihn. Wenn die Provinzverwaltung gewollt hätte, hätte sie ihm die besten Bogenschützen auf der ganzen Welt geben können, die mit Langbögen und Kompositbögen ausgerüstet waren. Statt dessen hatte er Armbrustschützen und Kaninchenjäger, von denen ihm vermutlich keiner von großem Nutzen sein würde. Aber das spielte keine Rolle. Er würde auch mit dem zurechtkommen, was er hatte.

Er billigte den Batterien eine Stunde zu, um die Breschen zu schlagen, aber sie schafften es in zwanzig Minuten, also kommandierte er sie dazu ab, die feindliche Artillerie mit Störfeuer zu belegen. Der Staub war ein unerwarteter Bonus; er hätte zwar gut darauf verzichten können, aber er machte das, was er vorhatte, etwas leichter. Während die Tribocke den Schußwinkel veränderten und ihre neuen Ziele ins Visier nahmen, gab er den Befehl zum Vorrücken. Als sich die Hellebardiere in Bewegung setzten, fingen sie an zu singen, und es störte ihn nicht länger, daß er die Worte nicht verstand.

Diesmal versuchte er eine neue Taktik. Statt die Lücken mit schwerer Infanterie zu überfluten, schickte er ein paar Kompanien Plänkler los, um Pavisen aufzustellen. Wie erwartet waren Temrais Bogenschützen da, um den Angriff abzuwehren, aber statt Männer, auf die man schießen konnte, gab er ihnen nur Ochsenhäute, und seine Bogenschützen erwiderten das Feuer durch Schießscharten und an den Rändern der Schilde vorbei. Sie erreichten nicht viel, aber das wollte er auch gar nicht; der Zweck der Übung bestand darin, König Temrai die Gelegenheit zu geben, so viele Pfeile wie möglich harmlos in die Pavisen zu schießen. Er wußte, daß jeder Nomade fünfundzwanzig Pfeile auf dem Rücken trug, was für drei Minuten ununterbrochenen Schießens ausreichte – danach würden sie auf Nachschub angewiesen sein, den man auf dem mit Kratern versehenen Pfad den Hügel hinunterschaffen mußte, durch den Staub. Nach den drei Minuten würden die feindlichen Schützen keine Gefahr mehr darstellen; immer natürlich unter der Voraussetzung, daß

Temrai kurzsichtig genug war, um seine Absicht nicht zu erkennen.

Aber Temrai spielte seine Rolle, als hätten sie wochenlang zusammen geübt; die Pavisen hielten den Salven stand (es handelte sich um ein von ihm selbst verbessertes Modell; die aufgespannten Häute waren mit dicken Knäueln des Strohgeflechts verstärkt, das das Imperium für die Herstellung von Bogenscheiben ausgab und das von Experten dazu entwickelt worden war, eine unbegrenzte Zahl von Pfeilen aufzuhalten), und als der Pfeilregen ins Stocken geriet und schließlich fast versiegte, öffnete er die Schirme und schickte die Pikeniere durch.

Es war die reinste Hecke aus Speeren, so dicht wie das Unterholz im Wald. Die Bogenschützen hielten weiter drauf, aber ihre Pfeile kamen nicht sehr weit, es war schlimmer als der Versuch, durch ein Dornengebüsch hindurchzuschießen. Die zurückzulegende Distanz betrug nur etwa zwanzig Meter, und dann waren die Piken nahe genug heran, um berührt zu werden, und die Nomaden versuchten zu flüchten, aber sie wurden von den hinter ihnen stehenden Reihen blockiert, die wiederum von den Munitionswagen mit dem Pfeilnachschub blokkiert wurden, die wiederum von der Verstärkung eingezwängt wurden, die den Pfad herunterkam. Das ließ sich alles noch im begrenzten Rahmen zusammenschieben, als die ersten Reihen vor der Speerklingenhecke zurückwichen wie Kinder am Strand vor den heranströmenden Wellen. Aber als sie sich gegen die Männer hinter ihnen stemmten, zusammengequetscht wie Pfeile in einem Faß, gab es keinen Ausweg mehr für sie; sie konnten nur noch zusehen, wie die Pikenspitzen auf sie zukamen und sich in sie hineinbohrten.

Einige Männer der Frontlinie wurden auf der Stelle getötet. Andere hingen noch lebend auf den Piken wie die Fleischstükke auf den Spießen, die die Söhne des Himmels mit Reis und Pfeffer aßen. Die Wucht des Vorstoßes reichte aus, um sie von den Füßen zu heben, und sie zappelten wie aufgespießte Fische (da die Hellebardiere ebenfalls eingeklemmt waren, drängten die hinteren Reihen noch immer nach vorn und zwängten die vorderen Reihen so ein, daß sie die Piken nicht mal dann hätten senken können, wenn sie es gewollt hätten, und so bogen sich die langen Eschenholz-Schäfte unter dem Gewicht des aufgespießten Fleisches durch wie ein Bogen, aber da sie nach den höchsten Anforderungen des Imperiums geprüft und für wert befunden worden waren, brachen sie genausowenig wie die Männer um sie herum). Die zweite Reihe des Feindes gesellte sich zur ersten auf die Spieße wie eine zweite Lage Stoff, die sich auf der Nähnadel zur ersten Lage gesellte; ein paar Pikenschäfte zerbrachen, aber nicht genug, als daß es etwas ausgemacht hätte.

Nachdem die ersten beiden Reihen auf den Piken steckten, hörte die Vorwärtsbewegung auf. Tot oder aufgespießt dienten die Männer der dritten Reihe als ein Gambeson oder eine andere Art von gepolsteter Rüstung; sie widerstanden dem Stoß mit Nachgiebigkeit statt mit Stärke oder Abwehr (die Polsterung des Gambesons erstickt und löst die Gewalt des Stoßes auf, sie hemmt die Vorwärtsbewegung der Klinge). Die Vorwärtsbewegung der Pikeniere geriet genauso ins Stocken wie zuvor die Pfeilsalven; das Manöver hatte seinen Verlauf genommen, und es war Zeit für den nächsten Akt.

In der Zwischenzeit hatte Temrai eine andere Gelegenheit erkannt. Er stand auf dem Pfad und schaute auf die dicht zusammengedrängte Masse des Gemetzels, als der Angriff ins Stokken geriet und beide Seiten dastanden und einander durch den Staub und über das Eschenholz-Dickicht hinweg anstarrten wie zwei Nachbarn zu beiden Seiten des Zauns. Er wandte sich dem Mann neben ihm zu, einem Abteilungsanführer namens Lennecai, und zog ihn am Ärmel.

»Sie stecken fest«, sagte er.

»Was?«

»Sie stecken fest«, wiederholte Temrai. »Sie können sich nicht bewegen, und wir auch nicht. Sorg dafür, daß der Pfad frei gemacht wird, und führe sechs Kompanien Bogenschützen nach unten.«

Sie räumten den Pfad, indem sie die Karren einfach seitlich hinunterstießen. Die meisten stürzten harmlos in die Tiefe und zersplitterten in Trümmer, als sie auf die felsige Oberfläche des Abhanges prallten; ein paar landeten wie ein Tribockgeschoß in der zusammengedrängten Masse aus Kämpfern, und es erwischte auf beiden Seiten der Hecke einige Männer. Lennecai ließ seine Bogenschützen in einer Zweierreihe Aufstellung nehmen; es hatten genug von ihnen freies Schußfeld auf die Pikeniere, damit sich das Manöver lohnte. Bardas' Männer schauten instinktiv in die Höhe, als die Pfeile durch die Luft zischten, und sie konnten zusehen, wie sie emporstiegen und dann wie Regen an einem windigen Tag schräg auf sie zurasten. Natürlich bestand nicht die geringste Hoffnung, ihnen ausweichen zu können; sie hatten keine andere Wahl, als dort zu stehen – so dicht nebeneinander wie Weizen auf einem Feld – und den Pfeilen entgegenzusehen. Es betraf nicht nur die erste Reihe oder die ersten drei Reihen. Die Bogenschützen bestrichen die ganze Formation von vorn bis hinten.

Als die Männer starben oder getroffen wurden, hörten sie auf, nach vorn zu drängen; aus dem Druck der Piken verschwand die Wucht wie die Spannung aus einer Hängebrücke, deren Haupttrasse gekappt wurde. Die Masse fing an zu bröckeln wie eine zerschlagene Eisenplatte unter dem Hammer, bis der Gegendruck von den Männern am anderen Ende der Lanzen sie zum Nachgeben zwang.

Als sie zurückwichen, stützte die Formation nicht länger das Gewicht der Piken, an deren spitzen Enden dieses gewaltige Gewicht hing. Die Piken krachten nach unten wie Bäume, die man in einem überwucherten Wald fällte und die dann im Unterholz verfaulten. Jetzt wäre ein guter Zeitpunkt für einen Gegenangriff, dachte Temrai, und ein paar Augenblicke später sah er ihn auch, als die Überlebenden der dritten und vierten Reihe seiner Männer sich einen Weg an den Leichen ihrer Kameraden vorbei bahnten und einen Angriff mit ihren Säbeln versuchten. Die Sache war nur teilweise ein Erfolg; es gab noch immer nicht genug Platz, um ein Schwert schwingen zu können, und die Helme und Schulterstücke der Pikeniere hielten den leichten Hieben, die nur mit der Kraft von Arm und Handgelenk ausgeführt werden konnten, mühelos stand. Die Nomaden konnten allenfalls ein paar Finger, Ohren und Nasen abtrennen (wie Waldarbeiter einen frisch gefällten Baum trimmten).

»Er ist dabei, einen Fehler zu machen«, sagte Bardas laut.

Die Pikeniere wichen zurück, und Temrais Männer drängten nach vorn, machten sich eine Gelegenheit zunutze, mit der sie niemals gerechnet hatten. Bardas schickte ein paar Boten zu den Sergeanten der Hellebardiere und weitere zu den Artilleriemannschaften.

Temrai sah es auch, aber nicht rechtzeitig; in diesem Stadium befand sich der Gegenangriff außerhalb seiner Kontrolle. Seine Männer strömten bei der Verfolgung der Pikeniere durch die Lücken in der Palisade und wurden sofort von Bardas' Bogenschützen eingeschlossen, die zu beiden Seiten Position bezogen hatten. Der Schock der auf so kurze Distanz erfolgenden Salven bremste sie schlagartig, als Männer wie geerntetes Getreide fielen; bevor sie umkehren konnten, rückten die Hellebardiere vor, um sie abzufangen. Temrais Boten trafen rechtzeitig ein, um andere daran zu hindern, sich vor die Palisaden zu begeben, aber für diejenigen, die sich bereits draußen befanden, konnte man nichts mehr tun. Die Arbeitstrupps hatten bereits angefangen, die Lücken zu flicken, bevor die letzten der Verfolger überhaupt tot waren. Bardas' zweite Gelegenheit brachte keinen allzu großen Erfolg; die Tribocke schafften jeweils nur zwei saubere Schüsse auf die auf dem Pfad aufgereihten Bogenschützen, bevor Temrai sie abzog.

Sie packten die transportablen Brücken zusammen und zogen in Reih und Glied ab, ohne von Temrais übel zugerichteter und teilweise nicht funktionsfähiger Artillerie behelligt zu werden. Sobald der Stoßtrupp sicher zu Hause war, setzten die Artilleristen die Tribocke auf ihre vorherigen Einstellungen zurück, arretierten die Handräder und fuhren mit dem Beschuß des Pfades und der Wurfmaschinenstellungen fort.

»Alles in allem liegen wir vorn«, erklärte Bardas. »Wir haben mehr von ihnen getötet, haben sie dazu gebracht, eine Menge Pfeile zu verschwenden, und schließlich darf man die Verbesserung der Moral nicht vergessen, da wir am Ende den Vorteil hatten. Aber was noch wichtiger ist: wir haben eine weitere Lektion über den Kampf auf engem Raum in der Festung gelernt, und das bei einem Übungsangriff statt beim Hauptangriff. Sie können bloß für sich in Anspruch nehmen, daß sie noch da sind, und das zählt ja wohl kaum als Fortschritt.« Er seufzte, und falls er die Verwundeten sah, die auf den Wagen außerhalb der Chirurgenzelte lagen, erwähnte er sie mit keinem Wort. »Wir haben noch einen langen Weg vor uns«, sagte er, »aber wir machen Fortschritte. Schließlich wurde Perimadeia auch nicht an einem Tag erbaut.«

»Was, ich?« Gorgas sah schockiert aus. »Mit Sicherheit nicht. Warum sollte ich so etwas Dummes tun?«

Der Gesichtsausdruck des Gesandten veränderte sich nicht – Gorgas fragte sich unwillkürlich, ob sie sie wohl so züchteten, oder durchtrennte man ihnen als Kinder die Sehnen in Wangen und Kiefer, als Teil der lebenslangen Ausbildung in der Kunst der Diplomatie? »Ich wiederhole nur, was man uns berichtet hat«, sagte der Sohn des Himmels. »Unsere Quellen sagen, daß die Rebellion von Euren Männern angezettelt wurde, die Eure

Befehle ausführten. Die Tatsache, daß Ihr die Angelegenheit mit mir statt mit zwanzigtausend Hellebardieren diskutiert, sollte Euch einen Hinweis geben, wieviel Glauben wir Berichten aus dieser besonderen Quelle schenken.«

Gorgas lachte, als hätte ihm der Gesandte gerade eine witzige Geschichte erzählt. »Nun, wenn Ihr mir nicht verraten wollt, wo der Bericht herkommt, kann ich dazu wirklich nichts sagen. Ich schätze, es ist durchaus möglich, daß diese Unruhestifter meine Männer waren, in dem Sinne, daß sie irgendwann bei mir gedient haben. Aber was sie auch immer getan haben, es geschah bestimmt nicht auf meinen Befehl hin. Das könnt Ihr vergessen. Ich mag kein Genie sein, aber ich bin auch nicht so dumm, für einen Haufen Kaufleute, die mir nie einen Gefallen getan haben, einen Streit mit dem Imperium vom Zaun zu brechen. Das wäre Selbstmord. Kann ich Euch etwas zu essen bringen?«

Der Gesandte sah ihn überrascht an, dann schüttelte er den Kopf. »Nein, danke«, sagte er. »Es tut mir leid, Euch belästigt zu haben. Solltet Ihr aber etwas über die dafür Verantwortlichen erfahren ...«

»Natürlich. Ich wäre froh, die Gelegenheit zu haben, irgend etwas zu tun, um zu zeigen, wie ernst meine Botschaft ist, ein loyales und nützliches Mitglied des Imperiums zu werden. Ich gehe doch recht in der Annahme, daß wir die erste Nation sind, die sich freiwillig dem Imperium angeschlossen hat, oder?«

»Ich fürchte, das entzieht sich meiner Kenntnis«, sagte der Gesandte, stand auf und klopfte sich ziemlich energisch Moos und verfaulte Blätter vom Umhang. »Eins noch, bevor ich gehe: habt Ihr zufällig etwas von Eurer Schwester oder ihrer Tochter gehört? Wir haben ziemlich beunruhigende Berichte erhalten, daß sie möglicherweise entführt worden sind.«

»Was Ihr nicht sagt«, erwiderte Gorgas. »Es stimmt, ich habe in letzter Zeit nichts mehr von ihnen gehört. Ich wollte Niessa sowieso bald schreiben; ich werde sehen, was ich herausfinden kann.«

»Danke«, sagte der Gesandte ernst und starrte auf die Axt, die über Gorgas' Knie lag. »Ihr könnt mit dem weitermachen, womit Ihr beschäftigt wart.«

»Torpfosten«, sagte Gorgas. »Es war eine Schande, diese alte Eiche zu fällen – ich kann mich noch daran erinnern, wie ich als Kind hinaufgeklettert bin –, aber sie ist tot; es ist besser, sie jetzt zu fällen, sonst kracht sie in einer stürmischen Nacht womöglich noch auf das Dach herunter. Und es geht nichts über Eiche für Torpfosten.«

»Davon bin ich überzeugt«, sagte der Gesandte. Einer seiner Begleiter hielt ihm den Steigbügel, und er stieg ziemlich steif in den Sattel. »Danke für Eure Zeit.«

»Es ist mir immer ein Vergnügen«, sagte Gorgas.

Als der Gesandte und seine Männer außer Sicht waren, war Gorgas fast fertig, also entschied er sich, die Arbeit zu beenden, bevor er zurück ins Haus ging. Er hatte Einkerbungen an drei Seiten gemacht, um so bestimmen zu können, in welche Richtung der Baum fallen würde; jetzt mußte er nur noch den verbleibenden Quadranten herausschneiden, bis er den Punkt erreichte, an dem der schmale Kern in der Mitte nicht länger das Gewicht des Baumes tragen konnte. Dann dürfte er ihn umstürzen können, indem er einfach mit der Hand dagegendrückte.

Er fiel gut, mehr oder weniger dorthin, wo Gorgas es wollte, und er gestattete sich einen Augenblick der Ruhe und Zufriedenheit, stützte sich auf seine Axt und lauschte dem sanften Geplätscher der Regentropfen, die von den Blättern der hohen Ulme hinter ihm fielen. Es hatte die ganze Nacht über geregnet, aber der Morgen war schön und frisch gewesen – wenn es einen Geruch gab, der Heimat verkörperte, dann die Süße nach dem Regen. Es war eine Schande, daß er nicht noch etwas länger bleiben konnte, aber im Haus war noch Arbeit zu erledigen, bevor er hiermit weitermachen konnte. Er lehnte die Axt gegen die Ulme und ging langsam zum Haus.

Sie benahmen sich wie immer; wie zwei Hunde starrten sie sich quer durch den dunklen Raum an. Er konnte nicht begreifen, warum seine Schwester und seine Nichte darauf beharrten, auf diese Weise zu schmollen, hatte aber das Gefühl, daß der Versuch, zur Versöhnung zu drängen, vermutlich mehr schaden als nutzen würde.

»Heute hat jemand nach euch gefragt«, sagte er. Keine von ihnen sagte ein Wort. »Er kam von der Provinzverwaltung und ließ mich wissen, daß man euch möglicherweise ... entführt hat, das war das Wort. Also bleibt ihr besser noch eine Weile im Haus, nur für den Fall, daß sie Beobachter abgestellt haben. Es tut mir leid«, fuhr er fort, als beide Frauen wütend protestierten, »aber ich kann auf den Ärger verzichten, mit euch beiden erwischt zu werden, nicht, bis ich Gelegenheit hatte, ein paar Sachen zu klären.« Er setzte sich an den Tisch und nahm den Krug mit dem Zider; nichts machte so durstig wie das Fällen eines Baumes. »Ich glaube, wir bleiben bei dieser Entführungsgeschichte«, sagte er. »Folgendes ist passiert: Ihr seid beide von Piraten entführt worden; sie haben Lösegeld von mir verlangt, ich habe so getan, als würde ich mitspielen, und das Lösegeld bezahlt, habe euch zurückbekommen und dann die Piraten erledigt. Wenn einem jemand eine gute und funktionierende Lüge anbietet, ist es nur höflich, sie auch zu benutzen.«

Keine der beiden sagte ein Wort. Er trank einen Schluck und lächelte; es hatte einige Zeit gedauert, sich wieder an den Geschmack des herben, selbst hergestellten Ziders zu gewöhnen, aber es war eine jener Geschmacksrichtungen, die einem lieb wurden, eine Art tröstlich-vertraute Widerwärtigkeit. »Vor allem will ich keinen Staub aufwirbeln, bis Bardas Temrai geschlagen hat; es kann nicht mehr lange dauern, also müssen wir die Sache bloß aussitzen. Dieser verdammte imperiale Gesandte hat auch deswegen rumgeschnüffelt, aber natürlich können sie nichts beweisen.«

Niessa drehte sich um und sah ihn an. »Worum ist es da eigentlich gegangen?« fragte sie. »Jemand hat mir erzählt, du hättest Soldaten zur Insel geschickt ...«

»Wer hat dir das gesagt?«

Niessa runzelte die Stirn. »Einer der Sergeanten, die letztens vorbeigekommen sind, der Große mit den rotbraunen Haaren ...«

Gorgas nickte. »Ich weiß, wen du meinst.«

»Er hat angenommen, ich wüßte über alles Bescheid«, fuhr Niessa fort. »Ich hoffe, ich habe ihn nicht in Schwierigkeiten gebracht.«

»Das ist verständlich«, sagte Gorgas. »Schließlich ist es noch nicht lange her, da haben sie ihre Befehle von dir erhalten und nicht von mir. Schon gut, ich kümmere mich darum.«

Das klang nicht gerade sehr rosig für den Sergeanten, der sie nur sehr zögerlich informiert hatte, aber Niessa hatte nicht vor, sich ablenken zu lassen. »Also, was hast du getan?« fragte sie. »Weißt du, du solltest wirklich nicht in der Machtpolitik mitspielen. Du bist nicht besonders diplomatisch, und du bist mit Sicherheit nicht besonders mächtig.«

Gorgas grinste. »Es ist wie das Bäumefällen«, sagte er. »Man muß nur dafür sorgen, daß die Dinge in die richtige Richtung fallen. Eines war mir klar: die Provinzverwaltung wollte, daß ihr General und die Truppen von der Insel Temrai zur Strecke bringen würden, und Bardas wäre bloß dafür gut gewesen, die Versprengten zusammenzutreiben. Was keinem von uns genutzt hätte. Also habe ich dafür gesorgt, daß die Flotte nicht zum geplanten Zeitpunkt in See stechen konnte.«

»Das hast du getan?« fragte Iseutz und lächelte. »Aber natürlich. Und wie hast du das geschafft?«

»Das war leicht«, sagte Gorgas. »Ich habe auf der Insel bei ein paar Kaufleuten, die ich kenne, die Runde gemacht und sie auf die Idee gebracht, den Versuch zu unternehmen, die Provinzverwaltung zu zwingen, ihnen mehr zu bezahlen. Ich hatte eigentlich mit größeren Schwierigkeiten gerechnet, als es dann tatsächlich gegeben hat; für eine angebliche Nation von Geschäftsleuten sind sie unglaublich naiv. Natürlich war mir klar, daß das Risiko bestand, daß das Imperium das tun würde, was es letztlich auch getan hat – die Insel zu annektieren, um auf diese Weise an die Schiffe zu kommen; aber das war mir egal, weil ich davon ausgegangen bin, daß Bardas Temrai in der offenen Steppe stellt, statt ihn ausgraben zu müssen. Als die Provinzverwaltung also zur Tat schritt, habe ich ein paar meiner Leute hingeschickt, um auf der Insel für Ärger zu sorgen; und genau das haben sie auch getan, die Götter mögen sie segnen, und Bardas hat das Feld so ziemlich für sich allein. Tatsächlich hat sich alles viel besser ergeben, als ich gedacht hätte.«

Ein Augenblick der Stille trat ein. Dann schüttelte Niessa voller Verachtung den Kopf. »Mir ist da ein Gedanke gekommen«, sagte Iseutz. »Hast du eigentlich irgendeinen Beweis, daß Bardas auch derjenige sein *will*, der dem Präfekten Temrais Kopf bringt, daß ihm das tatsächlich etwas bedeutet? Soweit du weißt, könnte er doch ganz zufrieden und glücklich gewesen sein, an der Grenze herumzulungern, fernab von den Kämpfen.«

»Sei nicht albern, Iseutz«, sagte Gorgas. »Ich kenne Bardas, du nicht. Wenn er eine Gelegenheit sieht, dann macht er das meiste daraus – in dieser Hinsicht ist er wie ich oder deine Mutter, ich schätze, das liegt in der Familie. Sieh doch nur, wie weit er seit seinem Eintritt in die Armee bereits gekommen ist; er hat für sie Ap'Escatoy erobert, und jetzt ist er der Kommandant eines ganzen Heeres und hat die Chance, eine schreckliche Niederlage zu rächen und das Prestige des Imperiums wiederherzustellen. Danach müssen sie ihm eine Präfektur geben, er wird ein gemachter Mann sein. Und die Aussicht, mit Temrai eine alte Rechnung zu begleichen, wird ihm bestimmt auch nicht das Herz brechen, selbst wenn er nicht das ist, was ich als rachsüchtig bezeichnen würde. Ganz im Gegensatz zu anderen Leuten«, fügte er bedeutsam hinzu und sah Iseutz an. »Nein, im Gegensatz zum Rest von uns verfügt Bardas über einen starken Sinn für Moral; er wird Temrai bestraft sehen wollen, nicht aus Vergeltungswut oder weil es ihm Vergnügen bereitet, sondern weil er weiß, daß es etwas ist, das getan werden muß, und er wird sich nicht wohl fühlen, bis das erledigt ist und er es getan hat.«

»Und du hast die nötigen Schritte unternommen, um sicherzustellen, daß er die Gelegenheit dazu erhält.«

»Es war das mindeste, was ich tun konnte«, erwiderte Gorgas. »Ich hätte mich nicht wohl gefühlt, hätte ich es nicht getan. Und es war am Ende so einfach. Aber genug davon, ich habe noch ein paar Briefe zu schreiben. Hat einer von euch Zonaras gesehen? Er soll für mich nach Tornoys gehen.«

Iseutz zuckte mit den Schultern. »Welcher von beiden ist Zonaras?« fragte sie. »Ich kann sie noch immer nicht auseinanderhalten.«

Gorgas blickte sie mit einem Stirnrunzeln an. »Sehr amüsant«, sagte er, »ich nehme an, das heißt, du hast ihn nicht gesehen. Nun, wenn er dir begegnet, ich bin in der Bürostube.«

Was Gorgas als Bürostube bezeichnete, war ein kleines Zimmer im hinteren Teil des Hauses; ursprünglich war es ein Räucherhaus gewesen, wo die Schinken über einem glimmenden Steinhaufen voller Eichenspäne gehangen hatten. Er setzte sich an den kleinen Schreibtisch. Am Vortag hatte er sich aus einer grauen Gänsefeder eine frische Schreibfeder gemacht; sie mußte nicht angespitzt werden, aber er tat es trotzdem. Dazu benutzte er das kleine Messer mit der Klinge, die von Jahrzehnten des Schärfens so dünn wie ein Blatt Papier geworden war und die sich so lange im Haushalt befand, wie er zurückdenken konnte. Dann klappte er den Deckel des Tintenhorns auf (es war eines von denen, die er selbst gemacht hatte; aber Bardas hatte den Deckel und das kleine Messingscharnier hergestellt) und fing an zu schreiben. Es wurde ein sehr kurzer Brief auf einem winzigen Fetzen Pergament, und nachdem er ihn mit Sand getrocknet hatte, rollte er ihn fest zusammen und schob ihn in eine Röhre aus Messingfolie, die dünner als ein Pfeilschaft war. Dann griff er unter den Tisch und holte einen Pfeil hervor.

Es handelte sich um einen imperialen Standardpfeil mit einer Stahlspitze und einem langen Nocken. Er zog den Nocken mühelos ab und schob die Messingröhre so weit in den Schaft hinein, wie es ging. Dann nahm er einen kleinen Lederbeutel, der oben auf der Tischplatte lag, öffnete ihn und schüttelte sich ein paar braune Kristalle auf die Handfläche. Er ließ die Kristalle in eine kleine Messingschale fallen, die von einer Waage stammte, nahm das Taschenmesser und machte einen kleinen Einschnitt in den Unterarm, hielt ihn schräg und ließ ein paar Blutstropfen auf die Kristalle herabregnen. Als sie ordentlich bedeckt waren, wickelte er ein Stück Stoff um den Schnitt und spuckte in die Schale, bis sich dort ungefähr die gleiche Menge Blut und Spucke befanden. Schließlich fügte er noch aus einem zusammengefalteten Stück Pergament, das er sich unter die Manschette gesteckt hatte, eine ordentliche Prise Sägemehl hinzu.

Er zog die Lampe heran, hielt die Schale über die Flamme, rührte die Mischung mit dem Taschenmesser um und löste die Kristalle auf (bei denen es sich um aus Rohhaut gewonnenen Leim handelte). Als er mit der Konsistenz zufrieden war, nahm er einen Tropfen Leim auf die Spitze des kleinen Fingers und bestrich damit das Ende des Pfeilschaftes, wo der Nocken hinkommen sollte. Nachdem er den Nocken sorgfältig angebracht und sich vergewissert hatte, daß er gerade saß, umwickelte er die Verbindungsnaht mit Bindfaden und benutzte den Rest des Leims, die Enden zu verkleben.

Der letzte Schritt bestand darin, den Pfeil zu markieren; er tauchte die Schreibfeder in die Tinte und schrieb mit winzigen, regelmäßigen Schreiberbuchstaben gewissenhaft die Worte *der hier* auf die Fläche zwischen dem Nocken und dem Rand der Befiederung. Dann legte er ihn auf die Fensterbank zum Trocknen.

Er hatte noch mehr Briefe zu schreiben, und er war fleißig damit beschäftigt, als Zonaras hereinkam (wie gewöhnlich ohne anzuklopfen).

»Und?« fragte er.

Gorgas schaute auf. »Da bist du ja«, sagte er. »Tu mir einen Gefallen und reite rüber nach Tornoys ...«

»Was, heute?«

»Ja, heute. Geh ins *Nächstenliebe und Keuschheit* – ich brauche dir ja wohl nicht zu sagen, wo das ist –, und frage nach Kapitän Mallo, der nach Ap'Escatoy reisen wird. Gib ihm diese Briefe und den Pfeil ...«

»Was soll er mit einem Pfeil anfangen?«

»Sorge einfach nur dafür, daß er ihn bekommt«, sagte Gorgas in einem Tonfall, der Zonaras die Augen weit aufreißen ließ. »Er weiß, was zu tun ist.« Er griff in die Tasche. »Sobald du das erledigt hast – und auf gar keinen Fall vorher –, kannst du einen auf mein Wohl trinken.« Er gab ihm ein paar Silberviertel, die Zonaras schnell kommentarlos einsteckte. »In Ordnung?«

Zonaras nickte. »Die Schindmähre hat einen Huf verloren«, sagte er.

»Was? Wann denn das?«

Zonaras zuckte mit den Schultern. »Vorgestern.«

Gorgas seufzte. »Also gut«, sagte er. »Nimm mein Pferd, versuch bloß, es nicht in irgendwelche Kaninchenlöcher zu reiten. Wir beschlagen die Schindmähre, wenn du wieder da bist.«

Zonaras zuckte mit den Schultern. »Ich habe aber im Moment viel zu tun.«

»Also gut, dann beschlage ich die Schindmähre. Und jetzt

geh; vergiß nicht, Kapitän Mallo, der nach Ap'Escatoy reist, im *Nächstenliebe und Keuschheit.* Glaubst du, du kannst dir das merken?«

»Klar.«

Nachdem er weg war, lehnte sich Gorgas gegen den Schreibtisch und machte ein finsteres Gesicht. Wenn jemand eine simple Aufgabe versauen konnte, dann Zonaras. Andererseits war es die natürlichste Sache der Welt, daß Zonaras nach Tornoys ins *Nächstenliebe und Keuschheit* ritt und sich betrank, bis er umkippte. In den vergangenen zwanzig Jahren war das ein regelmäßiges Ereignis gewesen, ein Anblick, der so vertraut war, daß ihn praktisch keiner bewußt wahrnahm.

Bevor Gorgas die Schreibstube verließ, blieb er in der Tür stehen und schaute wie immer zu dem mächtigen und wunderschönen Bogen hoch, der an zwei Pflöcken über dem Rahmen hing. Es war der Bogen, den Bardas für ihn gemacht hatte, so wie er den Deckel des Tintenhorns und den kleinen Sandstreuer aus Kupfer und das zusammenklappbare dreiteilige Lineal gemacht, das Gorgas überallhin begleitet hatte (es war bei einem Besuch in Perimadeia zerbrochen, aber er hatte die Teile aufbewahrt und Jahre später den besten Instrumentenbauer der Stadt damit beauftragt, sie wieder zusammensetzen; gleichzeitig hatte er einen Kasten aus Gold und Silber dafür anfertigen lassen, um sicherzugehen, daß es nie wieder zerbrach).

17

In der Hoffnung, Temrai dazu zu zwingen, ihm eine Gelegenheit zu verschaffen, hielt Bardas den Beschuß drei Tage lang aufrecht, ohne die Zieleinstellungen zu verändern; seinen Stabsoffizieren erklärte er das mit den Worten, »den Feind glattzuhämmern«. Sie begriffen zwar nicht, was er eigentlich damit meinte, aber sie konnten die seinen Worten innewohnende Logik erkennen. Das größte Hindernis war noch immer das zahlenmäßige Ungleichgewicht; wenn sie Temrai zu einem schlecht beratenen Ausfall verleiten konnten, bot sich ihnen die Chance, genug Männer zu töten, um diesen Nachteil auf eine akzeptable Weise zu verringern. Das war solides, imperiales Denken, das ihre Zustimmung fand.

Dennoch begann das Heer die Belastung zu spüren. Ein Drittel der Hellebardiere und Pikeniere mußte ständig in Bereitschaft sein – für den Fall, daß Temrai womöglich einen Nachtangriff startete; ein weiteres Drittel war völlig damit ausgelastet, aus den in der Nähe gelegenen Steinbrüchen Munition heranzuschaffen (und der Vorrat an brauchbaren Felsen schwand schneller, als Bardas vorhergesehen hatte); er hatte zwei Züge Kavalleristen dazu abkommandieren müssen, den Artilleristen zu helfen. Die Soldaten waren über diese Herabsetzung in ihrem Status verärgert, während sich die Artilleristen bitter darüber beschwerten, daß die Pferdesoldaten nur Scheiße in den Fingern hatten und mehr schadeten als nutzten; die Tribocke fingen angesichts der ständigen Belastung an, sich in ihre Einzelteile aufzulösen, und Bardas mußte feststellen, daß seine Vorräte an Holz und Tauwerk auf alarmierende Weise geschrumpft waren, und beides gab es vor Ort nicht. Er hatte bereits den Befehl gegeben, die gerade erst gebauten Belagerungstürme in ihre Einzelteile zu zerlegen (es hatte nicht den Anschein, daß sie gebraucht werden würden).

Es war gut, daß er Theudas hatte; zwar verfügte er über ausreichend Soldaten, hatte aber nur wenige kompetente Schreiber, und der größte Teil seiner Arbeit schien im Erstellen von Dienstplänen und dem Führen von Versorgungslisten zu bestehen, eine Aufgabe, zu der er durchaus die erforderlichen Fertigkeiten hatte, die Theudas aber tatsächlich gern zu tun schien.

»Keine Sorge«, sagte der Junge zu ihm. »Wenn ich mit einem Notizblock und einem Zählbrett dabei helfen kann, Temrai zu töten, ist er schon so gut wie erledigt.« Dann ratterte er einen Bericht über den letzten mit gezückten Dolchen ausgetragenen Disput zwischen den Ersten Zimmermännern der Batterien sechs und acht herunter, bei dem es darum gegangen war, wem das letzte Faß mit Breitkopfnägeln zustand ...

»Kümmere du dich darum«, unterbrach Bardas ihn schaudernd.

»Kein Problem«, erwiderte Theudas fröhlich.

Bardas lächelte. »Schön zu sehen, daß du etwas gefunden hast, das du kannst«, sagte er. »Du warst ein lausiger Bogenbauerlehrling.«

»Das war ich tatsächlich, nicht wahr?« Theudas zuckte mit den Schultern. »Jeder ist in irgend etwas gut.«

Zwei Männer trafen sich in einem Schuppen, der sich im Außenbezirk des weitläufigen imperialen Nachschubdepots von Ap'Escatoy befand. Es war dunkel. Sie kannten einander nicht.

Nach einem kurzen Augenblick, in dem sie sich gegenseitig wie zwei Kater gemustert hatten, griff der eine unter seinen Mantel und holte ein in Stoff eingeschlagenes Bündel hervor. »Speziallieferung?« fragte er.

»Ja, das bin ich.« Der zweite Mann griff nach dem Bündel. »Ich hoffe, Ihr wißt, wo es hingehen soll, denn ich tue es nicht.«

»Es steht auf dem Zettel.« Der erste Mann zeigte auf ein Stück Papier, das an dem dünnen, groben Bindfaden befestigt war, der das Bündel zusammenhielt.

»Also gut«, erwiderte der zweite Mann stirnrunzelnd. »Was steht drauf?«

»Weiß ich nicht. Ich kann nicht lesen.«

Der zweite Mann seufzte. »Gebt es her.« Er tastete das Bündel ab. »Fühlt sich wie ein Stock an. Habt Ihr irgendeine Idee, was da drin ist?«

»Nein.«

»Eure Arbeit fasziniert Euch, nicht wahr?«

»Was?«

»Nichts.«

Am nächsten Morgen stahl jemand mit gefälschten Requirierungspapieren ein Pferd aus dem Kurierstall. Man nahm an, daß er in Richtung des Krieges aufgebrochen war. Man konnte keinen Mann entbehren, um ihn zu verfolgen, aber man trug ein Memorandum ins Logbuch ein, damit man sich später um die Angelegenheit kümmern konnte.

Temrai hatte die Gewohnheit abgelegt, die Augen offenzuhalten. Es war in den letzten paar Tagen (wie viele Tage? Keine Ahnung!) sowieso nutzlos geworden. Es gab nichts zu sehen außer Staub, der einem die Augen verklebte und einen sowieso blind machte, bis es leichter war, sie geschlossen zu halten und auf seine anderen Sinne zurückzugreifen, um seinen Weg zu finden. Sein Hörvermögen war zu einem Instrument höchster Präzision geworden, bis zu dem Punkt, an dem er anhand des Geräuschs der niedergehenden Geschosse fast genau bestimmen konnte, wo sie einschlagen würden. Diese Methode erwies sich als zu neunundneunzig Prozent verläßlich; die einzige ernstzunehmende Ausnahme war das Geschoß, das ein paar Meter über ihm auf dem Pfad landete und eine große Masse Fels und Geröll freisprengte, die ihn unter sich begrub.

Das ist merkwürdig; ich dachte, man müßte vorher sterben. Er öffnete die Augen, aber da gab es nichts zu sehen. Hände, Beine, Kopf; er konnte nichts davon bewegen. Das Atmen war gerade eben möglich, aber dabei so schwierig und zeitraubend, daß es zu einer Anstrengung wurde. Aber das war schon in Ordnung; in einer Minute würden sie kommen und ihn ausgraben.

Immer natürlich unter der Voraussetzung, daß sie wußten, wo er war, oder daß er überhaupt verschüttet worden war. Jetzt, wo er so darüber nachdachte, gab es eigentlich keinen Grund für die Annahme, daß jemand gesehen hatte, wie der Berg auf ihn drauf fiel. Wie lange würden sie wohl brauchen, um zu bemerken, daß er nicht mehr da war? Und selbst wenn sie ihn sofort vermißten, es war nicht gerade naheliegend zu sagen: *He, wir können Temrai nicht finden, er muß irgendwo lebendig begraben sein.*

»Das geht schon in Ordnung«, sagte eine Stimme neben ihm. »Sie werden uns finden. Wir müssen nur geduldig sein und versuchen ruhig zu bleiben.«

Temrai war überrascht, aber erfreut. Er konnte sich nicht daran erinnern, jemanden in seiner Nähe gesehen zu haben, als der Berg heruntergekommen war (aber dank des Staubes besagte das gar nichts). »Alles in Ordnung?« fragte er.

Die Stimme lachte. »Mir ist es noch nie bessergegangen. Ich genieße nichts mehr als in einem Loch im Boden unter ein paar Tonnen Erde zu liegen. Ich finde, es hilft mir, mich zu entspannen.«

Die Stimme kam ihm vertraut vor, aber er konnte sie nicht richtig einordnen. Sie war sogar so vertraut, daß es peinlich gewesen wäre, den anderen nach dem Namen zu fragen. »Kannst du dich bewegen?«

»Nein. Und du?«

»Nicht, daß du es bemerken würdest.« Es war seltsam, dachte Temrai, daß er den anderen Mann so deutlich verstehen konnte, als säßen sie sich in einem Zelt gegenüber. »Vielleicht sollten wir rufen, sie wissen lassen, daß wir hier sind.«

»Spar deinen Atem«, sagte der andere Mann. »Du verbrauchst nur die Luft. Ich sage dir, mach dir keine Sorgen. Sie werden uns schon ausgraben. Das tun sie immer.«

Die letzte Bemerkung war seltsam, aber Temrai war zu sehr mit seinen Gedanken beschäftigt, um darüber nachzudenken. »Was glaubst du, wo die Luft herkommt?«

»Keine Ahnung. Sei dankbar, daß sie irgendwoher kommt. Und daß du keine dieser irrationalen Ängste vor engen Räumen hast – obwohl ich wirklich nicht weiß, was irrational daran sein soll, vor engen Räumen Angst zu haben. Ich weiß noch, wie ich einmal mit einem Mann, der so war, in einem Tunnel festgesessen habe; die Götter wissen, wie er es angestellt hat, aber er hat es jahrelang unter Kontrolle gehalten, und als dann die Decke über uns eingestürzt ist, schien es aus ihm herauszubrechen. Er ist übrigens gestorben; er hat solche Angst bekommen, daß sein Herz aufgehört hat zu schlagen. Entschuldige, das ist keine besonders fröhliche Anekdote, aber sie illustriert, worauf ich hinauswollte – das Wichtigste ist, die Ruhe zu bewahren. Riechst du was?«

»Was denn? Nein. Ich meine, nichts Ungewöhnliches. Wonach soll es denn riechen?«

»Knoblauch«, erwiderte die Stimme. »Vermutlich nur meine Einbildung. Oh, verdammt, meine Beine schlafen ein. Es geht doch nichts über ein paar Tonnen Erde, um den Blutfluß abzuschnüren.«

Temrai spürte, wie seine Brustmuskeln durch die Anstrengung ermüdeten, bei jedem Einatmen das Gewicht der Erde hochzustemmen. »Hör mal, sollen wir nicht doch besser rufen? Ich würde es lieber riskieren, keine Luft mehr zu haben, als hier einfach nur still liegenzubleiben.«

»Aber sicher«, erwiderte die Stimme nachsichtig. »Schließlich könnte es ja funktionieren. Aber verzeih mir, wenn ich nicht mitmache. Ich konzentriere mich auf meine Atmung und will den Rhythmus nicht verlieren.«

Temrai versuchte zu rufen, aber der Ton, den er zustande brachte, war kläglich, und Erde drang in seinen Mund. Er schaffte es, das meiste davon auszuspucken, den Rest schluckte er runter. Die dafür nötige Anstrengung raubte ihm sämtliche Kräfte.

»Ich an deiner Stelle würde es lassen«, sagte die Stimme. »Entweder sie finden uns oder eben nicht; akzeptiere nur einmal die Tatsache, daß du nichts tun kannst. Entspann dich. Du könntest es mit Meditation versuchen.«

»Meditation?«

»Ernsthaft. Ein Philosoph, den ich mal gekannt habe, hat es mir beigebracht. Im Grunde geht es nur darum, den Körper zu ignorieren, zu vergessen, daß er da ist.«

»Also gut«, sagte Temrai nach kurzem Nachdenken. »Wie geht das?«

Die Stimme lachte. »Das ist schwer zu erklären«, sagte sie. »Es geht recht einfach, wenn man weiß, wie es geht, aber es ist nur schwer in Worte zu fassen. Du mußt dich selbst davon überzeugen, daß dein Körper eigentlich nicht existiert; es ist am einfachsten, wenn man es Stück für Stück macht. Ich fange für gewöhnlich mit den Füßen an und arbeite mich allmählich nach oben.«

Temrai konnte sich daran erinnern, daß er noch dachte *Nein, ich glaube nicht, daß ich mich darauf einlassen kann*, und als nächstes spürte er einen Anflug von Panik, der aufblühte und schnell wieder versiegte, als er erkannte, daß er scheinbar keinen Körper mehr zu haben schien. Aber das Gefühl war angenehm, sogar belebend; er atmete, aber er konnte das zermalmende Gewicht der Erde oder die Schmerzen in der Brust nicht länger fühlen. Auch das bedrückende Gefühl, an einem bestimmten Ort zu sein, war verschwunden ...

»Fühlst du dich besser?«

»Ja, viel besser. Danke.«

»Keine Ursache. Das ist eines der nützlicheren Dinge, die ich im Verlauf meines recht abenteuerlichen Lebens aufgeschnappt habe.«

Temrai hatte das unangenehme Gefühl, den Besitzer der Stimme zu kennen, aber das war nicht möglich. Das heißt, es war zwar möglich, aber sehr unwahrscheinlich. »Entschuldige die Frage«, sagte er, »aber wer …?«

Und in diesem Moment konnte er jemanden über sich hören; er hatte das Gefühl, zurück in seinen Körper (seinen schmerzerfüllten, unbeholfenen Körper) zu stürzen wie ein Junge, der von einem Baum fiel. Da waren Stimmen, die wie aus weiter Ferne klangen, und ein klirrendes Geräusch wie von einem Spaten, der auf einen Stein stieß. Er wollte rufen und mußte feststellen, daß sein Mund voller Erde war und er keinen Laut von sich geben konnte.

»Temrai?« sagte jemand. »Ja, er ist es. Ich glaube, er ist tot.«

»Das wird sich zeigen. Bei den Göttern, ich könnte auf diesen verfluchten Staub verzichten.«

Sie mußten es langsam angehen lassen, aus Furcht, ihn mit ihren Hacken und Schaufeln aufzuschlitzen oder die Knochen zu brechen. Eine Zeitlang konnte er gar nichts sehen, obwohl er sicher war, daß seine Augen offen waren. Er hatte die schlimmsten Kopfschmerzen seines Lebens.

»Es ist gut, er lebt«, rief jemand, und in der Nähe landete ein Tribockgeschoß und ließ den Untergrund erbeben. »Vorsichtig jetzt, er könnte Knochenbrüche haben. Temrai, kannst du mich hören?«

»Ja«, sagte Temrai und spuckte die Worte zusammen mit einer Menge Erde aus. »Und bitte hört auf zu brüllen; mir platzt gleich der Schädel.«

Sie zogen ihn heraus und legten ihn auf eine Planke; er hatte keine Kontrolle über Arme und Beine, und sie rutschten herab und baumelten an den Seiten nach unten. »War jemand bei dir?« wollte jemand wissen.

Temrai versuchte zu lächeln. »Das glaube ich nicht«, antwortete er.

Aber er irrte sich; bevor sie ihn wegtrugen, hörte er die Rufe: *Hier drüben, schnell, ja, er lebt noch.* »Wer ist es?« fragte er.

»Es ist der Spion«, antwortete einer der Männer, die die Planke trugen. »Wie heißt er noch mal? Dassascai. Du weißt schon, der Neffe des Kochs.«

Temrai runzelte die Stirn. »Was hat er gesagt?« fragte er.

»Dassascai«, wiederholte der Träger. »Du weißt schon ...«

»Der Spion, ja.« Temrai klang verwirrt. »Nun, wenn er nicht dagewesen wäre ... Das ist seltsam, ich hätte schwören können, es war jemand anders.«

»Hast du nicht gesagt, du wärst allein da unten gewesen?«

»Ich habe mich geirrt«, sagte Temrai. »Sorgt dafür, daß man sich anständig um ihn kümmert, ja?«

Man kümmerte sich anständig um ihn, wie es sich für jemanden gehörte, der anscheinend dem König das Leben gerettet hatte (obwohl nicht so recht klar wurde, wie er es getan hatte). Sie gruben ihn aus und trugen ihn in sein Zelt; er hatte keine Knochenbrüche und würde im Handumdrehen wieder auf den Beinen sein.

Aber es gab da eine Merkwürdigkeit, die allerdings niemand zur Sprache brachte: als man ihn herauszog, hielt er einen Pfeil in der Faust (einen ganz gewöhnlichen imperialen Standardpfeil mit einer Stahlspitze), und als man versuchte, ihm diesen Pfeil wegzunehmen, klammerte er sich so fest daran, als würde sein Leben davon abhängen.

Es war nur ein einziges Schiff, keine Armada oder Flottille, kein Horizont, an dem sich Segel an Segel reihte; es war nur eine kleine Schaluppe, die in den Hafen der Insel einlief und den Gesandten der Provinzverwaltung brachte.

Zur Begrüßung gab es auf dem Kai eine kleine Demonstration der Stärke. So versammelten sich ein Zug der neu aufgestellten Bürgerwache, ein weiterer Zug des noch neueren Nationalen Sicherheitsbundes, den der Verband der Schiffseigner ins Leben gerufen hatte, sowie ein Mob aus Halsabschneidern und Dieben aus der Gilde der Handelsmatrosen. Die drei rivalisierenden Einheiten standen still und stumm da und starrten das einlaufende Schiff und einander voller Abscheu und Mißtrauen an, während der Erste Bürger Venart Auzeil (er trug ein bodenlanges rotes Samtgewand und einen breitkrempigen roten Hut; er hatte sich strikt geweigert, die Behelfskrone zu tragen, die man aus Golddraht für ihn hergestellt hatte) nervös an einem von der Manschette herabhängenden Faden zog und sich fragte, was hier eigentlich vor sich ging. Er wurde flankiert von Ranvaut Votz (seines Zeichens Abgesandter der Schiffseigner) und einem gewissen Jeslin Perdut (dem Abgesandten der Gilde), die beide aus Furcht, die anderen zu sehen und ihre Anwesenheit zur Kenntnis nehmen zu müssen, grimmig und stur geradeaus starrten. Und schließlich war noch eine Kapelle da – um präzise zu sein, es handelte sich um zwei Flötisten, einen Fiedler, einen Rebeckspieler und ein Mädchen mit einem Triangel. Venart hatte keine Ahnung, wo die plötzlich hergekommen waren, aber sie schienen so aufgeregt darüber zu sein, daß sie hiersein konnten, daß er es nicht über sich brachte, sie zu verscheuchen.

Das Schiff glitt langsam näher, und ein verblüfft wirkender Mann warf ein Tau an Land, bevor er sich eilig zum Heck zurückzog; etwas an seinem Gesichtsausdruck schien den Eindruck zu vermitteln, daß die Demonstration der Stärke zu gut funktionierte. Venart bemerkte es, und in der Hoffnung, die Besucher zu beruhigen, wandte er sich dem Rebeckspieler zu und flüsterte: »Spielt was.« Die Kapelle stimmte unverzüglich ›Nie wieder werd' ich meine wahre Liebe seh'n‹ (die Wahl der Mehrheit) und ›Der Hund des Würstchenmachers‹ (das bevorzugte Stück des Fiedlers und des Mädchens mit dem Triangel) an. Der daraus resultierende kontrapunktische Klang war spektakulär, aber kaum dazu geeignet, nervöse Menschen zu beruhigen.

»Um Himmels willen«, murmelte Ranvaut Votz laut und bestärkte Venarts Verdacht, daß die Anwesenheit der Kapelle etwas mit der Gilde zu tun hatte. »Sagt Ihnen, sie sollen mit diesem schrecklichen Krach aufhören, bevor das als kriegerischer Akt aufgefaßt wird.«

Obwohl er keinesfalls den Anschein erwecken wollte, für eine Seite Partei zu ergreifen, verwandelte Venart diesen Vorschlag in einen Befehl, dem die volle Majestät seines Amtes und das wilde Herumgefuchtel seiner Hände Gewicht verliehen. Als der Lärm aufgehört hatte, kam ein außergewöhnlich großer Sohn des Himmels aus der kleinen Kajüte der Schaluppe und schritt langsam zum Bug, wo er stehenblieb. Er sah ungeduldig aus.

»Eine Planke, schnell!« zischte Venart. Jemand brachte eine Planke heran, und der Gesandte trat an Land.

»Ich bin Oberst Tejar«, verkündete er mit einem kleinen Nikken in Venarts Richtung. »Ich komme im Auftrag des Präfekten von Ap'Escatoy. Ich möchte gern mit demjenigen sprechen, der hier das Sagen hat.«

Es dauerte einen Augenblick, bis Venart klar wurde, daß er derjenige war, der darauf antworten mußte. »Das bin ich«, quetschte er hervor und bedauerte bitterlich den großen roten Hut, der über sein linkes Auge rutschte. »Venart Auzeil. Erster Bürger.«

Der Sohn des Himmels sah ihn an. »Danke, daß Ihr gekommen seid, um mich zu begrüßen«, sagte er. »Könnten wir sogleich anfangen? Wir haben einiges zu besprechen.«

»Natürlich«, sagte Venart, und einen Augenblick später ertappte er sich dabei, daß er hinter dem Gesandten hertrottete wie (zum Beispiel) der Hund des Würstchenmachers. Glücklicherweise schien der Gesandte zu wissen, wo er hinging. Venart wußte es nämlich nicht.

»Sprecht Ihr für den Verband der Schiffseigner?« fragte der Gesandte über die Schulter hinweg.

»O ja«, versicherte Venart ihm und schritt schneller aus, um nicht den Anschluß zu verlieren. Noch nie zuvor hatte er ein menschliches Wesen mit so langen Beinen gesehen.

»Und für die Gilde der Handelsmatrosen?«

»Äh«, machte Venart. »Ja, natürlich.«

»Gut«, sagte der Gesandte. »Dann brauchen wir während der Gespräche ihre Vertreter ja nicht dabeizuhaben. Ich gehe davon aus, daß sie das wissen?«

»Was? O ja«, keuchte Venart und gab die Botschaft an die relevanten Parteien weiter. Da ihre Beine noch kürzer als die seinen waren, brauchte er glücklicherweise ihre Reaktion nicht zu hören.

Er wußte noch immer nicht, wo sie eigentlich hingingen, aber es schien ihm nicht unbedingt angebracht, danach zu fragen. Der Gedanke, daß der Feind sich besser auf der Insel auskannte als der Erste Bürger, war irgendwie beunruhigend, aber es war nur vernünftig, das unter signifikante Informationen abzulegen und es sich beim nächsten Mal wieder ins Gedächtnis zu rufen, wenn er die leiseste Anwandlung verspürte, diese Leute zu unterschätzen.

Sie blieben stehen. Um genau zu sein, der Gesandte blieb stehen (vor dem Eingang des *Vier Lobpreisungen der Tugendhaftigkeit*, das Venart seit den Tagen seiner Jugend nicht mehr betreten hatte; tatsächlich beschlich ihn das unbehagliche Gefühl, dort lebenslang Hausverbot zu haben – oder war das das *Tugendhafte Unschuld* gewesen, am Schäferweg?) und wartete darauf, daß Venart ihn einholte.

»Ich habe mir die Freiheit genommen, hier einen Raum zu reservieren«, sagte der Gesandte, »natürlich durch einen Mittelsmann. Ich hoffe, Ihr findet das akzeptabel.«

»Prima«, keuchte Venart. »Nach Euch.«

Der Anblick des Sohns des Himmels im Schankraum des *Vier Lobpreisungen* hatte beträchtliche Aufregung und Unruhe zur Folge. Aber Oberst Tejar kannte offensichtlich den Weg, denn er durchquerte ohne zu zögern den Schankraum, erklomm eine kurze Treppe und schritt einen kurzen Korridor entlang. Die Tür stand offen, und auf dem Tisch stand ein Tablett mit Essen und ein Krug Wein. *Beeindruckend,* gestand sich Venart ein. *Aber bestimmt ein taktischer Fehler. Warum stellst du deine Macht zur Schau, es sei denn, du willst mich davon überzeugen, daß sie größer ist, als sie es tatsächlich ist.* »Das sieht doch gut aus«, sagte er und wählte den bequemer aussehenden der beiden Stühle.

Oberst Tejar hockte sich auf den anderen Stuhl und zog eine Schreibtafel aus dem Ärmel. »Also, wollt Ihr mit einer Erklärung oder ein paar Fragen anfangen, oder sollen wir direkt zu unseren Vorschlägen kommen?«

»Nur zu«, erwiderte Venart.

»Ich habe mir die Freiheit genommen, einen Vertragsentwurf zu machen«, fuhr der Oberst fort und zog einen kleinen Messingzylinder aus dem anderen Ärmel. »Wenn Ihr die Freundlichkeit hättet, ihn Euch kurz anzuschauen.«

Diese Leute haben eine wunderbare Schrift, dachte Venart unwillkürlich, und sie hatten sich selbst für ein so völlig alltägliches Dokument die Mühe gemacht, den ersten Buchstaben mit drei Farben hervorzuheben.

- Punkt 1: Die Insel wird ein Protektorat des Imperiums.
- Punkt 2: Ein imperialer Protektor wird permanent seinen Sitz auf der Insel einnehmen.
- Punkt 3: Dem Protektor wird eine permanente Ehrenwache zur Seite stehen; diese Ehrenwache wird dreihundert Bewaffnete nicht überschreiten.
- Punkt 4: Die Kosten für den Protektor und seinen Stab wer-

den zu gleichen Teilen von der Insel und der Provinzverwaltung getragen.

- Punkt 5: ...

»Entschuldigt«, sagte Venart, »aber was ist ein Protektor?«

Der Oberst starrte ihn von oben herab an. »Ein imperialer Beamter, der den Auftrag hat, in einem imperialen Protektorat zu wohnen.«

»Aha. Danke.«

- Punkt 5: Der Protektor ist bei sämtlichen Angelegenheiten zu konsultieren, bei denen es um Entscheidungen der öffentlichen, der Verbands- oder der Gildenpolitik geht, die in irgendeiner Weise die Beziehungen zwischen der Insel und dem Imperium betreffen.
- Punkt 6: Nach einer solchen Konsultation erteilt der Protektor eine offizielle Genehmigung für eine derartige Entscheidung, die besagte Genehmigung wird auf die gleiche Weise veröffentlicht wie die Entscheidung.
- Punkt 7: Für den Fall, daß keine Genehmigung erteilt wird, wird die Angelegenheit an ein Komitee verwiesen, das sich zu gleichen Teilen aus imperialen Beamten und Beamten aller repräsentativen Organe der Insel zusammensetzt.

(Das ist schlau; wenn sie uns an etwas hindern wollen, holen sie die beiden anderen Fraktionen dazu und bringen sie dazu, ihr Veto einzulegen.)

- Punkt 8: Das Imperium und die Insel schließen ein Militärbündnis, sie unterstützen sich gegenseitig sowohl im Verteidigungs- wie im Angriffsfall.

(Sie kriegen die Flotte.)

- Punkt 9: Für kommerzielle Transaktionen werden nur die von einem Beamten der Provinzverwaltung spezifizierten Gewichts- und Maßeinheiten benutzt.

Nun, es gab noch mehr Punkte, und zusammengenommen bedeuteten sie die bedingungslose, aber immerhin ehrenvolle Kapitulation. Was konnte ein Erster Bürger mehr verlangen?

»Entschuldigt.«

»Ja.«

»Nur eine Kleinigkeit«, sagte Venart, »aber Ihr habt hier vergessen festzulegen, daß diese Sache mit der Auslieferung nicht rückwirkend in Kraft tritt. Wollt Ihr das nachtragen, oder soll ich das tun?«

Der Oberst runzelte die Stirn. »Das ist keine Standardklausel bei Auslieferungsabkommen der Provinzverwaltung.«

Also gibt es keinen Preis für die Antwort, wen ihr als ersten ausliefern laßt. »Bei uns ist das allgemein üblich«, sagte Venart.

»Tatsächlich? Ich war mir nicht bewußt, daß ihr überhaupt bestehende Auslieferungsverträge habt.«

Stimmt genau. »Wir haben Arrangements«, log Venart. »Gewohnheitsmäßige Rechte, die sich im Laufe der Jahre etabliert haben. Ihr wißt schon, Präzedenzfälle und so weiter.«

(Und wenn er mich nach dem Namen auch nur einer einzigen Person fragt, die wir in den letzten sechshundert Jahren ausgeliefert haben, werde ich zugeben müssen, daß es sie nicht gibt.)

»Ich verstehe.« Das Gesicht des Gesandten war ausdruckslos. »Vielleicht wäre es sinnvoll, die detaillierte Diskussion einzelner Vertragspunkte auf einen späteren Zeitpunkt zu verschieben. Es wäre eine Schande, den Willen zu einer Übereinkunft zu gefährden, indem man sich zu sehr auf individuelle Punkte konzentriert. Schließlich müssen wir die ganze Angelegenheit ja nicht jetzt und hier zu einem endgültigen Abschluß bringen.«

»Natürlich.« Venart las den Rest des Dokuments, ohne es jedoch genau aufzunehmen. Schließlich hatten sie in dieser Angelegenheit ja doch keine Wahl. »Eine Sache«, sagte er, als er das Papier wieder zusammenrollte. »Ich schätze, darüber hat man sich noch keine Gedanken gemacht, aber ich denke, fragen schadet nichts. Habt Ihr eine Ahnung, wen man für die Stellung als Protektor im Auge hat? Es könnte ja zufällig sein, daß es jemand ist, von dem wir schon einmal gehört haben, es könnte die Bürger beruhigen ...«

»In der Tat gibt es eine Empfehlung«, erwiderte der Gesandte. »Und ja, es ist jemand, den Ihr vermutlich kennt. Hauptmann Bardas Loredan.«

Venart gab sich alle Mühe, keine Reaktion zu zeigen. »Ich kenne Oberst – ich meine *Hauptmann* Loredan«, sagte er. »Ich habe ihn während der Belagerung von Perimadeia kennengelernt.«

Der Gesandte nickte. »Ich weiß«, sagte er. »Das war ein Faktor, den wir in unsere Überlegungen mit einbezogen haben. Außerdem kennt Hauptmann Loredan die Gegend und ihre diversen Probleme, und er hat sich durch seine Leistung im Steppenkrieg und in der Geschichte bei Ap'Escatoy mit Sicherheit eine Beförderung verdient. Er steht bei der Provinzverwaltung in sehr hohem Ansehen. Ihr könnt Euch darauf verlassen, daß man dieser Empfehlung folgen wird, immer vorausgesetzt, daß Ihr bereit seid, diese Vorschläge zu akzeptieren.«

Venart holte tief Luft. »Im Prinzip ja«, sagte er, »ich will damit sagen, als Verhandlungsgrundlage. Offensichtlich gibt es da ein paar Details ...«

»Natürlich.« Der Gesandte erhob sich. »Was den jetzigen Zeitpunkt betrifft, hättet Ihr vielleicht die Güte, die Kopie zu unterzeichnen, die ich Euch gegeben habe?«

»Ich soll sie unterschreiben?« Venart sah überrascht aus. »Aber ich habe gedacht, wir wären uns gerade darüber einig geworden, daß da einige Details ...«

Der Gesandte lächelte. Zumindest beinahe. »Das ist schon richtig. Aber meiner Meinung nach wäre es gut, eine unterschriebene Übereinkunft zu haben, und sei es auch nur als aufschiebende Maßnahme. Ich könnte sonst keine Garantie dafür geben, daß die Provinzverwaltung in dieser Gegend für alle Zeiten alles so beläßt, wie es im Augenblick ist.« Er drehte den Kopf und schaute aus dem Fenster. »Da dieser Vertrag der formellen Ratifizierung durch den regionalen Koordinator unterliegt, können wir mit Bestimmtheit sagen, daß der Wortlaut dieses Entwurfes nicht notwendigerweise in Stein gemeißelt ist, um es einmal so auszudrücken. Heute geht es mir jedoch vor allem darum, unsere Positionen zu schützen.«

Venart zögerte. Er erkannte eine Drohung, wenn er sie hörte; aber dieses Angebot und diese Verhandlungen konnten doch nur bedeuten, daß das Imperium glaubte, eine schwache Position zu haben. Für die Söhne des Himmels kam es einem Akt der Verzweiflung gleich; bloß alles mögliche tun, um die einen Probleme aus der Welt zu schaffen, damit man sich auf die anderen konzentrieren konnte. »Diese Sache mit der Auslieferung ...«

Der Gesandte wandte sich ihm wieder zu und sah ihm in die Augen. Es war, als würde man zu lange in einen tiefen Brunnen sehen. »Ich kann Euch meine persönliche Versicherung geben, daß es ausreichend Gelegenheit für Diskussionen zu allen Punkten geben wird, bevor die Dinge in die Tat umgesetzt werden.«

Bardas Loredan, dachte Venart. Nun, es kommt der Moment, zu dem ein Mann an etwas glauben muß. »Also gut«, sagte er. Seine Hände zitterten etwas, als er den Verschluß des Messingzylinders abnahm; er hatte die Papiere nicht richtig hineingeschoben, und nun klemmten sie. Nachdem er einen Augenblick lang daran herumgefummelt hatte, beugte sich der Gesandte vor, nahm ihm den Zylinder aus der Hand und zog die Seiten mühelos heraus. »Habt Ihr etwas zu schreiben?« fragte er.

»Hm? O ja.« Venart durchsuchte seine Taschen, dann den Beutel an seinem Gürtel. »Ah, ja – ja, hier ist es.« Er fand das kleine Schreibset, das Athli Zeuxis ihm vor Jahren geschenkt hatte; Stift, Tintenstein, kleines Messer, alles in einem hübschen kleinen Holzkästchen. Er befeuchtete den Stein mit etwas Wein, rieb etwas Tinte auf den Stift und unterschrieb den Vertrag.

Als sich Temrai etwas besser fühlte, gab er den Befehl zu einem großangelegten Ausfall.

»Du hast deine Meinung geändert«, sagte man ihm.

»Ja.«

Die Mitglieder des Generalstabes, die fast schon die Hoffnung aufgegeben hatten, irgend etwas tun zu können, unternahmen keinerlei Anstrengungen, die Motivation ihres Anführers zu ergründen. Es wäre ihnen egal gewesen, hätte er ihnen gesagt, er hätte seine Meinung geändert, weil es ihm Stimmen befohlen hatten, die allein er hören konnte; sie konnten zuschlagen, das war alles, was zählte.

Da sowohl Temrai als auch Sildocai nicht einsatzfähig waren, ging der Oberbefehl an Peltecai über, dessen offizieller Titel Kavalleriemarschall lautete; ein guter Mann, aber ein Schwarzseher, der sich über alles Sorgen machte, der sich darüber sorgte, daß er sich sorgte. Da er fürchtete, seine Neigung zur Sorge könnte zu Zögerlichkeiten führen, die dann in einer Katastrophe mündeten, delegierte er das Kommando an eine Reihe anderer Offiziere, behielt sich aber das Recht vor, jeden ihrer Befehle zu überstimmen, wenn er es für richtig hielt. Dann hielt er einen Kriegsrat ab.

Der erwies sich als ergebnislos; Peltecai gewann den Eindruck, daß sich der Generalstab in einer leichtsinnigen Stimmung befand (die zweifellos mit der durch den Dauerbeschuß hervorgerufenen Frustration zu tun hatte), also entschied er sich, hart zu bleiben und niemandem zu erlauben, sich Hals über Kopf in irgend etwas hineinzustürzen. Andererseits hatte er nichts Konkretes vorzuweisen, da er die Planung auf der taktischen Ebene klugerweise an seine Oberstleutnants delegiert hatte. In der Zwischenzeit rückte die Zeit voran; falls sie nicht bald eine Entscheidung trafen, würde es für eine Operation am Tag zu spät sein, und dann würden sie einen Nachtangriff starten müssen. Peltecai sah nur zu deutlich die Risiken, sich ohne vernünftige Planung und Vorbereitungen in eine so riskante Vorgehensweise drängen zu lassen, darum entschied er sich zum sofortigen Angriff mit allen verfügbaren Kräften.

Dann widmete er sich der Frage, welche Streitkräfte einsatzbereit waren, und als er die wahren Implikationen dieser Frage verarbeitet hatte, war der Vormittag fast schon zur Hälfte vorbei, und eine Schlacht in der Mittagshitze zu schlagen war nun wirklich das allerletzte, was er wollte; also kommandierte er ein Drittel aller Einheiten zum Garnisonsdienst ab und befahl dem Rest, sich zum Angriff zu sammeln.

In diesem Augenblick traf eine Botschaft von Temrai ein, der sich nach den ganzen Verzögerungen erkundigte. Peltecai antwortete, sie seien gerade im Aufbruch begriffen, und ritt zur Spitze der Kolonne. Welche Fehler er auch haben mochte, mangelnder Mut gehörte nicht dazu. Er war entschlossen, sie durch sein Beispiel von der Front aus zu führen.

Das erwies sich als unglückliche Entscheidung, denn als der große Kavallerieangriff in Reichweite der schwachen und nicht besonders begeisterten feindlichen Bogenschützen kam, gehörte Peltecai zu der Handvoll Männer, die aus dem Sattel geschossen und von den nachfolgenden Reitern zu einer unkenntlichen Masse zertrampelt wurden. An diesem Punkt hatte natürlich keiner auch nur die geringste Ahnung, wie der Plan aussah oder die Befehlskette funktionieren sollte. Als die Kavallerie der Steppenreiter gegen die Mauer der feindlichen Piken anrannte, arbeitete sie darum nach dem Grundsatz *Töte so viele du kannst, und kehre dann um.*

Was auch prima funktionierte, zumindest am Anfang. Temrai war zu Beginn des Krieges zu dem Schluß gekommen, daß die einzige einigermaßen erfolgversprechende Methode, mit den massiven Formationen gepanzerter Pikeniere umzugehen, mit denen sie es aller Wahrscheinlichkeit nach zu tun haben würden, darin bestand, die berittenen Bogenschützen aus nächster Nähe eine Salve abfeuern zu lassen, um die Reihen aufzubrechen, und dann einen entschlossenen Folgeangriff mit Säbeln und Streitäxten zu führen, um die Lücken zu vergrößern und eine Panik auszulösen. Sobald sie das geschafft hatten, würden die enge Formation und die schiere Masse des Feindes dessen Untergang sein, falls es überhaupt etwas gab, das ihn besiegen konnte.

Als die Bogenschützen die Hundert-Meter-Marke erreichten, setzten sie sich von der schweren Kavallerie ab und teilten sich in zwei Reihen auf, die die Formation der Pikeniere abritten. Die Salve traf aus einer Entfernung von fünfunddreißig Metern, jeder Bogenschütze schoß, wenn er den vorherbestimmten Punkt in der Reihe passierte. Die Hecke aus Lanzenspitzen brach an zwei Stellen auf, als die toten und sterbenden Pikeniere taumelten und gegen ihre Kameraden in den Reihen hinter ihnen fielen und die Männer um sie herum behinderten.

Sobald die Bogenschützen aus dem Weg waren, hieb die schwere Kavallerie in die klaffenden Wunden der Frontreihe; ihre Kolonne teilte sich dabei in der Mitte. Eindringen war der Schlüssel; wenn sie tief genug in die Masse der Pikeniere eindringen konnten, würden sie kämpfen können, ohne große Gegenwehr befürchten zu müssen – auf dem Erdboden würde einfach nicht genug Platz sein, um eine Pike zu senken oder ein Schwert zu ziehen, und die Reiter würden die Reihen zerschneiden können, wie eine Schere Stahlblech zerschneidet – sie würden die Spannung des Materials dazu benutzen, den Einschnitt überhaupt möglich zu machen. In der Zwischenzeit würden die Bogenschützen so nahe herangehen, wie sie nur konnten, und – in dem Versuch, den Feind zu einem Sturmangriff zu verleiten, der seine Formation noch weiter aufreißen würde – wieder zu schießen beginnen. Und sollte ihnen das gelingen, warteten bereits die schwere Reserve und – sollte es absolut nötig sein – die Infanterie.

Es begann wirklich vielversprechend; wie zwei Pfeile, die einen Brustharnisch durchschlugen, rissen die Reiter tiefe Löcher in die vorderste Linie. Doch als sie dann drinnen waren, sahen sie sich plötzlich einem Problem gegenüber; der Feind konnte zwar nicht viel gegen sie unternehmen, aber ihre leichten, scharfen Säbel waren auch nicht dazu imstande, die imperialen, materialgeprüften Rüstungen zu durchschlagen. Sie hämmerten und schlugen auf das Metall ein, bis die feinen Schneiden stumpf waren und ihre Unterarme und Handgelenke bis auf die Knochen schmerzten, aber es war, als würde man mit einem Hammer auf einen Amboß einschlagen, der speziell zu diesem Zweck gemacht worden war. Damit stand es unentschieden.

Jedoch hält ein Unentschieden in einer Schlacht niemals lange an; etwas geschieht immer, auch wenn dem meist keine bewußte Entscheidung zugrunde liegt. Während die schwere Kavallerie erfolglos auf den Amboß einprügelte, jagte die imperiale Kavallerie (die als Reserve zurückgehalten worden war; ein Fehler, wie Bardas Loredan später einräumte) heran und stieß auf die Bogenschützen, die sich zurückzogen, um ihr auszuweichen, das Manöver aber von der Zeit her falsch einschätzten. Verzweifelt versuchten die Nomaden aus dem Stegreif eine Salve zustande zu bringen; in Übereinstimmung mit ihren Befehlen hielten sie auf die Pferde statt auf die Reiter und waren damit viel erfolgreicher, als beide Seiten erwartet hätten. Die Frontreihe der imperialen Kavallerie brach lärmend in einer gewaltigen Staubwolke zusammen, die nächste Reihe konnte nicht rechtzeitig abbremsen; sie galoppierten über und durch die gestürzten Pferde und kamen wie ein außer Kontrolle geratener Karren, der gegen eine Mauer krachte, zum Halt.

Überrascht, aber außerordentlich ermutigt steckten die Bogenschützen die Bögen weg, zogen die Säbel und griffen an, nur um herauszufinden, daß sie, wenn es darum ging, Stahl zu durchschneiden, das gleiche Problem wie ihre Kameraden von der schweren Kavallerie hatten. Sie hatten erwartet, die Soldaten mit der Wucht ihres Ansturms aufzurollen, statt dessen gerieten sie ins Stocken und kamen gänzlich zum Stehen, als sie auf die harte Weise herausfinden mußten, daß ihre Kettenhemden und Lederrüstungen zwar verhinderten, von den vier Pfund schweren imperialen Schwertern in Streifen geschnitten zu werden, aber ohne weiteres gebrochene Knochen und Gehirnerschütterungen zuließen. In diesem Stadium schoben sich drei Abteilungen imperialer Kavallerie (die den Anschluß verloren und erst jetzt aufgeholt hatten) um ihre Flanken, schnitten ihnen den Fluchtweg ab und fingen an, sie wie eine wuchernde Hecke niederzuhauen.

Der Hauptmann der sechsten Reservetruppe, ein Mann namens Iordecai, erkannte, was passierte, und führte einen Sturmangriff. Aus reiner Sorglosigkeit sahen ihn die Gegner nicht kommen, bis es zu spät war, ihm auszuweichen. Iordecais Männer gehörten zu den paar Einheiten Lanzenreiter in Temrais Armee, und sie hatten keine Probleme, schwere Rüstungen zu durchstoßen. Ihr Zusammenstoß veränderte das Gleichgewicht des Kampfes; der imperiale Hauptmann geriet in Panik, da er glaubte, für diesen Angriff in eine Falle gelockt worden zu sein, und versuchte, seine Männer zurückzuziehen. Aber sie waren zu tief in den Kampf verstrickt, um sich zurückziehen zu können; statt dessen versuchten sie, sich einen Weg durch die Bogenschützen zu schneiden, und erzielten einen beeindrukkenden Erfolg damit. Als sie seitlich aus dem Scharmützel ausbrachen, rammte eine weitere Einheit Lanzenreiter, die Iordecais Beispiel gefolgt war, sich in ihre Flanke und ihre Rückseite.

An diesem Punkt kam die Nachhut, die den von den Lanzenreitern errungenen Sieg, aber nicht das Fiasko in der Formation der Pikeniere sehen konnte, zu dem Entschluß, daß ihre Zeit gekommen war; also griff sie die Pikeniere an, die nicht länger von den Bogenschützen bedrängt wurden und Zeit gehabt hatten, etwas von ihrer Ordnung zurückzugewinnen. Als die Nachhut (die nicht aus Lanzenreitern bestand) heranstürmte, mußte sie entdecken, daß die gesenkten Pikenspitzen bereits auf sie warteten, aber da war es bereits zu spät, das Tempo zu drosseln.

Bardas Loredan, der auf einem niedrigen Hügel hinter dem Lager stand, konnte ebenfalls nicht viel von der Pikenformation sehen, aber er hatte einen schönen Blick auf die Kavallerieschlacht und kam zu dem Schluß, daß die einzige Chance, den Tag noch zu retten, darin bestand, seine Hellebardiere gegen die Lanzenreiter einzusetzen und zu hoffen, daß sie noch rechtzeitig eintrafen. Sie taten ihr Bestes, aber es war ein ziemlich hoffnungsloses Unterfangen; als sie die Pikeniere umgangen hatten, war die Infanterie des Feindes querab ihres Vorstoßes ausgeschwärmt und versuchte, ihnen in die Flanke zu fallen. Zu diesem Zeitpunkt schien man durch eine Verringerung des Tempos nichts gewinnen zu können, also führte der Hauptmann der Hellebardiere seine Kolonne auf dem schnellsten Weg in das Zentrum der feindlichen Linie.

Das Ergebnis war spektakulär; sie schnitten die Reihe der Nomaden in zwei Hälften und schlugen einen Flügel auf vernichtende Weise. Nun hatten sie die Möglichkeit, die feindliche Formation anzugehen, und konnten von drei Seiten Druck ausüben. Aber sie begingen den Fehler, die beiden Einheiten schwerer Kavallerie zu übersehen, die es nicht mehr geschafft hatten, sich einen Weg in die Formation der Pikenträger zu bahnen und sich, weil sie nichts zu tun hatten, an die Seite des Schlachtfelds zurückgezogen hatten.

Es waren zu wenig Reiter, um katastrophalen Schaden anzurichten, aber sie hieben eine Menge Männer nieder. Die Rüstung der Hellebardiere hatte eine Schwachstelle, und zwar dort, wo die Schulterstücke das Schultergelenk verbargen; ein Hieb mit einer scharfen Klinge auf die freiliegenden Riemen, und die gelösten, herunterhängenden Panzerplatten behinderten ihre Armbewegungen und entblößten die ganze Schulter und den Nacken. Die Zahl der Toten hielt sich in Grenzen, aber es gab viele Verwundete, als die Säbel von den abgeschrägten Seiten der Topfhelme der Hellebardiere abglitten und sich in Halssehnen und Schlüsselbeine gruben. Wo sich die Hellebardiere umdrehen und die Waffen in Anschlag bringen konnten, hatten sie die besseren Chancen – der Schwung der herankommenden Reiter ließ die Hellebardenspitzen viel besser durch Kettenhemden und Fleisch dringen, als dies allein mit der Kraft menschlicher Arme möglich gewesen wäre –, aber alles in allem genommen lag der Vorteil bei den Nomaden, vor allem, wenn man die Verluste mit in Betracht zog.

Zu diesem Zeitpunkt hatte niemand mehr auch nur die geringste Kontrolle über die Schlacht; selbst wenn beide Seiten im Geiste der Freundschaft und Kooperation gehandelt hätten, wäre es ein hartes Stück Arbeit gewesen, die Heere so weit zu entwirren, daß ein allgemeiner Rückzug möglich geworden wäre. Es blieben nur zwei Möglichkeiten: es auszukämpfen, bis eine Seite vernichtet war, oder sich vom Feind zu lösen und in halbwegs vernünftiger Ordnung zurückzuziehen.

Eine Zeitlang sah es deprimierend nach der ersten Möglichkeit aus. Die Nomadenkavallerie, die zwischen den Pikenieren feststeckte, wurde langsam von beiden Seiten aufgerieben; die Lanzenreiter steckten in der Mitte eines Scharmützels fest, hatten den Vorteil ihres Angriffsschwungs verloren und schlugen hauptsächlich ihre Säbel an den verbeulten, aber unnachgiebigen Rüstungen ihrer Gegner stumpf; von den Hellebardieren waren genug tot oder lagen am Boden, daß sich ihre Kameraden umdrehen und anfangen konnten, den Nomaden ihre Waffen in die Gesichter zu stoßen. Wäre die Schlacht auf diese Weise weitergegangen, hätten Bardas' Leute früher oder später gesiegt, und die Überlebenden – es wären vermutlich kaum mehr als ein paar Hundert gewesen – hätten sich der monumentalen Aufgabe gegenübergesehen, die Toten zu beseitigen.

Aber die Soldaten gerieten in Panik, was unter diesen Umständen vermutlich das Beste war, das sie tun konnten. Auslöser war der wilde Angriff eines jungen Zugführers namens Samzai auf das, was er irrtümlicherweise für Bardas Loredans Ehrenwache hielt (wie sich herausstellte, war es in Wahrheit die Kavallerieeskorte einer Abteilung Trompetenspieler und anderer Musikanten, aber da sie ziemlich prächtig ausstaffiert waren und irgendwie zwischen die Pikeniere geraten waren, war es ein verständlicher Irrtum). Samzai schaffte es nicht; er fiel eine Reihe vor seinem Ziel – als man seine Leiche barg, fand man siebzehn Löcher in seinem Kettenhemd –, aber den Überlebenden seiner Abteilung gelang es, sich einen Weg durch die Pikeniere zu schlagen und genügend Männer der Eskorte zu töten, um bis auf Armeslänge an die Musikanten heranzukommen, und da rief jemand, Bardas Loredan sei tot ...

Ein Kopf (man fand niemals heraus, wem er eigentlich gehörte) wurde auf eine Pike aufgespießt, und die Nomaden – selbst die, die zu Tode geprügelt wurden, weil sie sich nicht verteidigen konnten – fingen an zu jubeln, als wäre eine wichtige Entscheidung errungen worden. Die erste Reaktion darauf war nur ein Zögern, die Sorge, daß etwas geschah, von dem niemand wußte, was es genau war; dann fingen die Pikeniere an zurückzuweichen, ließen zumindest dort, wo es möglich war, ihre Piken fallen und suchten nach einem Ausweg aus dem Gedränge. Als die Hauptformation der Infanterie ins Schwanken geriet und auseinanderbrach, war plötzlich genug freier Raum für die Kavallerie da, und ein kurzer Blick über die Schulter auf die fliehenden Pikeniere reichte aus, um die imperialen Kavalleristen zu überzeugen, daß etwas böse schiefgelaufen war, und sie zu veranlassen, ebenfalls den Rückzug anzutreten. Als die Panik zunahm, galt das auch für die Geschwindigkeit des Rückzugs; Männer, die langsam rückwärts gegangen waren, drehten sich um und fingen an zu laufen, ohne nur noch im entferntesten am Feind interessiert zu sein. Die Schlacht schien auseinanderzufallen wie ein mürber Weidenkorb, der seinen Inhalt überallhin auf den Boden verteilte.

Zwei Schwadronen der schweren Nomadenkavallerie nahmen die Verfolgung der Pikeniere auf; sie wurden von gleichstarken imperialen Kräften abgefangen, in Stücke gehauen und in alle Richtungen verstreut. Danach gab es keinen großen Enthusiasmus mehr, den Vorteil weiter zu nutzen, und die Nomaden zogen sich so schnell in die Festung zurück, wie sie nur konnten. Was nun die Soldaten anging, sie beruhigten sich etwas, als man ihnen sagte, Bardas Loredan sei gar nicht tot (Bardas Loredan, der angeritten kam, um herauszufinden, was zum Teufel dort eigentlich los war, teilte es ihnen persönlich mit), aber sie gingen weiter bis zum Lager. Es ist immer schwer zu wissen, wie man sich verhalten soll, wenn man gerade vom Schlachtfeld vertrieben wurde, besonders wenn das besagte Schlachtfeld nun verlassen daliegt. Bardas verzichtete - vermutlich klugerweise - auf Schuldzuweisungen; er begab sich in sein Zelt und rief nach Verlustlisten und seinem Generalstab. Es gab viel zu tun.

Es nahm einen ganzen Tag in Anspruch, die Verwundeten zu bergen. Bardas schickte einen Herold, um den üblichen Waffenstillstand zu vereinbaren, und die Offiziere beider Seiten trafen eine vernünftige Übereinkunft, der zufolge beide Seiten ihren Teil des Schlachtfeldes aufräumten und die gegnerischen Verwundeten in einem halbwegs akzeptablen Zustand übergaben. Die Vereinbarung über die Entsorgung der erschreckenden Zahl von Toten, um die man sich kümmern mußte, bevor sie für beide Seiten zu einem Gesundheitsrisiko wurden, war da schon schwieriger. Temrais Leute mußten verbrannt werden, während all die Imperialen begraben werden mußten, also kam ein gegenseitiges Arrangement nicht in Frage. Bardas' Unterhändler schlugen vor, sich abzuwechseln – sie würden zuerst ihre Toten einsammeln und sich dann zurückziehen, während die Nomaden die ihren holten –, aber Temrais Leute erhoben dagegen Einspruch aufgrund der Tatsache, daß das bedeuten würde, daß sie mindestens einen Tag warten mußten, was nicht ratsam wäre, falls es aufklarte und die Sonne herauskam. Statt dessen schlugen sie vor, die Aufräumeinheiten Seite an Seite arbeiten zu lassen, aber davon wollten die Offiziere nichts wissen. Sie meinten, das Risiko für einen Zwischenfall sei zu groß; warum nicht statt dessen das Schlachtfeld wie zuvor aufteilen, und jede Seite macht zwei Haufen, die eigenen Leute und die des Feindes? Die Zeit schritt fort, und Temrais Männer stimmten zögernd zu.

Nachdem das Schlachtfeld geräumt war, war es endlich möglich, die Zahlen festzustellen und den Gewinner zu ermitteln. Wie sich herausstellte, war es sehr knapp gewesen. Ging man allein nach der Zahl der Getöteten, hatte Temrai verloren; nahm man die Prozentzahl sämtlicher an der Schlacht beteiligten Streitkräfte, hatte er einen winzigen Vorteil. Trennte man Kavallerie und Infanterie voneinander und ging von der Annahme aus, daß die Kavallerie mehr wert war, führte Bardas leicht, aber die Grundlage dieser Bestandsaufname war doch zweifelhaft, da die schwere Infanterie nützlicher für ihn war als die Kavallerie, und davon hatte er dann doch mehr als Temrai verloren; darüber hinaus bestand mehr als drei Viertel von Temrais Armee zumindest theoretisch aus Kavallerie, was die ganze Rechnung zu etwas Idiotischem machte.

Da es bei der Schlacht nicht um Territorium gegangen war und keine Seite an Land gewonnen oder verloren hatte, konnte auch das nicht als Erfolgskriterium dienen. Die letzte akzeptable Kategorie, die der zu erreichenden Ziele, war genausowenig hilfreich, da keiner genau definieren konnte, welche Ziele beide Seiten eigentlich verfolgt oder ob sie überhaupt welche gehabt hatten; falls es sie gegeben hatte, hatte sie keiner erreicht. Das wiederum bedeutete, daß beide Seiten verloren hatten, was offensichtlich lächerlich war.

18

Du mußt es jemandem sagen, Ven«, sagte Vetriz. »Erklär du es ihm, Athli. Man kann doch nicht einen Friedensvertrag mit dem Feind abschließen und es *niemandem* sagen.«

»Ich habe den Rat unterrichtet«, erwiderte Venart gereizt. »Und die Schiffseigner und die Gilde. Wer fehlt denn da?«

»Du hast es den Funktionären gesagt«, machte ihn Athli aufmerksam, »und ihnen das Versprechen abgerungen, es für sich zu behalten. Das ist wirklich nicht das gleiche.«

»Glaubst du, sie können ein Geheimnis bewahren? Ach, hör doch auf.« Venart gestattete sich ein schmales, müdes Lächeln. »Ranvaut Votz etwas zu sagen und ihn versprechen zu lassen, es für sich zu behalten, ist die effektivste Methode, Informationen zu verbreiten, die die Welt je gesehen hat. Ich erwarte, daß man es mittlerweile in Colleon weiß.«

»Also gut«, sagte Athli. »Aber du hast es *uns* nicht gesagt. Was zur Folge hat, daß jeder voller Panik herumrennt und nicht weiß, was los ist. Weißt du, was Eseutz Mesatges getan hat, als sie die Neuigkeit hörte? Sie ist losgezogen und hat fünfzehn Kisten Schwerter und ein Dutzend Fässer Rüstungsteile gekauft, und das nur, weil die Regierung eine Entschädigung zahlen muß, wenn alle Schwerter und Rüstungen konfisziert werden, und sie der Ansicht ist, daß der Unterschied zwischen dem Marktwert und dem veranschlagten Wert einen ordentlichen Profit ergeben wird. Du kannst die Leute nicht so weitermachen lassen, es wird ein Chaos geben.«

Venart blinzelte. »Ich bin nicht dafür verantwortlich, wie sich Leute wie deine Freundin Eseutz verhalten. Ich will bloß den Deckel draufhalten, bis wir Gelegenheit hatten, diese verdammten Bedingungen und Klauseln in die richtige Form zu bringen, und aus offensichtlichen Gründen will ich damit noch warten.«

»Vielleicht für dich offensichtlich«, sagte Vetriz. »Erleuchte mich.«

»Ganz einfach.« Venart legte das Pergament auf den Tisch, und es rollte sich sofort zusammen. »Wenn ich die Dinge verzögern kann, bis Bardas Loredan mit Temrai fertig ist, dann sprechen wir mit ihm und nicht mit irgendeinem verschlagenen Bastard von Sohn des Himmels. Und? Fällt dir eine bessere Vorgehensweise ein, denn ich würde sie gern hören. Mit diesen Leuten eine Partie Diplomatieschach zu spielen geht weit über meine Fähigkeiten hinaus, aber wenn wir nicht irgendwie Theater spielen können, sitzen wir tief in der Tinte. Oder hast du die Klausel mit den Auslieferungen überlesen?«

Weder Vetriz noch Athli schienen darauf etwas erwidern zu können; irgendwie hatte ihnen der Name Bardas Loredan den Wind aus den Segeln genommen.

»Ich halte das für eine Zustimmung, ja?« sagte Venart. »Auch wenn ich nicht genau weiß, seit wann ich deine Zustimmung für Staatsentscheidungen brauche. Es ist schlimm genug, zu versuchen, Votz und diesen Verrückten von der Gilde aus dem Haus zu halten, da kann ich es wirklich nicht gebrauchen, daß ihr beiden euch zusammentut und mir in den Rücken fallt.«

Athli schien sich aus einem völlig anderen Gedankengang zu reißen. »Also gut«, sagte sie. »Aber Ven, der Versuch, die Provinzverwaltung in einem Geschicklichkeitsspiel zu schlagen, ist nicht ... nun, klug. Du spielst auf beiden Seiten des Spielfeldes.«

Venart nickte. »Ja, aber wenigstens weiß ich das. Erinnerst du dich noch, was Vater uns gesagt hat, Triz? Richtig gehandhabt, kann die Stärke eines anderen Mannes seine größte Schwäche sein? Sie wissen genau, daß sie mich völlig verwirrt haben; ich muß nur eine Möglichkeit finden, lange genug verwirrt zu bleiben, bis Bardas Loredan diesen verdammten Krieg gewonnen hat. Betrachte es aus dieser Perspektive, und ich glaube, du siehst, was ich meine.«

Athli erhob sich. »Ich hoffe, du weißt, was du tust. Vergiß nicht, hier geht es um Politik, nicht um den Handel mit Sardinen.«

Venart stöhnte. »Ich weiß«, sagte er. »Und ich bin mir durchaus bewußt, daß ich hier ganz und gar nicht in meinem Element bin und nicht die geringste Ahnung habe, was ich da tue; und ich weiß auch, daß man mir nicht mal die Leitung eines Fischstandes anvertrauen sollte, geschweige die einer Regierung. Nur weil etwas wahr ist, heißt das noch lange nicht, daß es hilfreich ist.«

Athli legte ihm die Hand auf die Schulter und ging dann über den Hof zu dem kleinen Raum, den sie als Bürostube benutzte. Nicht, daß viel zu tun gewesen wäre; das Geschäft war zum Stillstand gekommen, sie konnte nicht mit dem Hauptbüro in Shastel kommunizieren, und selbst wenn sie es hätte tun können, hätte es nichts zu berichten gegeben. Es war alles ziemlich deprimierend; alles, was sie durch Glück, harte Arbeit und ihre angeborenen Fertigkeiten erreicht hatte, war irgendwie zerschmolzen und ihr durch die Finger geronnen.

Vielleicht ... Viele Leute verließen die Insel, das wußte sie. Zuerst waren sie es verstohlen angegangen; sie hatten ihre Absicht verkündet, in Übersee Lebensmittel zu kaufen, dann hatten sie soviel sie konnten auf ihre Schiffe geladen, waren frühmorgens aus dem Hafen ausgelaufen und nicht mehr zurückgekommen. Mittlerweile machten sie sich nicht mal mehr die Mühe zu lügen. Betrachtete man es von einem rationaleren Standpunkt, war es erstaunlich, daß – relativ gesehen – so wenige das einzig Vernünftige getan hatten. Natürlich war es in Perimadeia genauso gewesen, mit dem Unterschied, daß dort bloß ein paar hoffnungslose Pessimisten wirklich geglaubt hatten, die Stadt könnte jemals fallen. Sie hatte zu ihnen gehört, und jetzt war der Zeitpunkt gekommen, wieder zu gehen, ohne Scham oder Bedauern, und diejenigen ihrer Freunde mitzunehmen, die sich entschließen würden, sie zu begleiten. Und zwar so ruhig und vernünftig, wie (zum Beispiel) Niessa Loredan Scona verlassen hatte ...

Die Behauptung, Athli hätte einst etwas für Bardas Loredan empfunden – eigentlich sogar eine ganze Menge –, entsprach der Wahrheit (zu diesem Schluß kam sie, wenn sie die Tatsachen wie eine Historikerin betrachtete). War es Liebe gewesen? Ein schlampiger, unpräziser Begriff. Sie hatte mit ihm gearbeitet, hatte, als die Schrecken seines Handwerks anfingen, ihren Tribut von ihm zu verlangen, alles in ihrer Macht Stehende getan, damit er nicht daran zerbrach. Sie war jedesmal krank vor Sorge gewesen, wenn er vor die Schranken des Gerichts getreten war, hatte es aber niemals gezeigt; sie war sich so sicher gewesen, daß sie ihn kannte und verstand, und zwar so wie sonst niemand. (Nun, es war die Wahrheit, daß sie ihn nicht geliebt hatte, auch wenn sie das nicht daran gehindert hatte, ständig an ihn zu denken.)

Aber das war damals und dort gewesen, dies war nun hier und jetzt, und sie hatte sein Glück so lange gehütet, bis zu diesem Finale. Irgendwie hatte sie immer gewußt, daß er überleben würde, solange sie etwas für ihn empfand. Es war, als hätte sie sein Leben an einem sicheren Ort aufbewahrt, und zwar in einer stabilen, eisenbeschlagenen, verschlossenen Holzkiste, während sein Körper unterwegs war und der Welt schreckliche, unwiderrufliche Dinge antat. Schließlich war sie im Bankgeschäft; er hatte sein Leben und sein Glück bei ihr deponiert und es zu ihrer Verantwortung gemacht. Sie hatte beides sicher aus Perimadeia herausgeschafft und es für ihn bewacht, während er versucht hatte, auf Scona etwas aus seinem Leben zu machen. Er hatte ihr seinen Lehrling und sein Schwert anvertraut; als er in der Mesoge seine letzten Träume und Hoffnungen verloren und sie fortgeschickt hatte, hatte sie es ihm erneut abgenommen. Nun, und jetzt kam er auf die Insel, wo sie ein eigenes Geschäft aufgebaut hatte und selbst die Inhalte von Konten aufbewahrte und Gelegenheiten schuf. Die Zeit war gekommen, es ihm zurückzugeben, ihre Konten abzuschließen und entlassen zu werden; ihm sein Konto hier zurückzulassen, und zwar in dem Zustand, in dem er es vorzufinden erwartete – ausgeglichen und abgezeichnet –, und dann zu gehen.

Manche Klienten machen mehr Ärger, als sie wert sind.

Womit nur noch eine Frage übrigblieb: Was sollte sie mitnehmen? Die Antwort war einfach. Ihr Schreibzeug und Zählbrett, ein paar Kleider zum Wechseln, eine kleine Kiste mit Büchern und sämtliches Bargeld, das sie in der verfügbaren Zeit zusammenkratzen konnte.

Es wurde Vetriz bald zu langweilig, ihrem Bruder dabei zuzusehen, wie er über seinen Papieren brütete, und sie ging auf ihr Zimmer.

Es war ein schönes Zimmer. Sie hatte ein bequemes Bett, einen ziemlich großen, beeindruckenden Stuhl mit großen geschnitzten Armlehnen und Beinen, einen Ankleidetisch aus Rosenholz mit Perlmutteinlegearbeiten, einen Spiegel aus Elfenbein und Messing, der ihrer Haut einen wundervoll schmeichelnden Schimmer verlieh, drei Truhen voller Kleider, eine silberne Lampe, die so groß war wie sie, ein Regal für ihre sieben Paar Schuhe, eine mit einem Schloß versehene Bücherkiste; zwei echte Wandteppiche aus Shastel, ein Schreibtisch und ein Damebrett, das auch als Schachbrett fungierte – alles hübsche, solide Dinge, die ihr Leben definierten. Sie hatte einen polierten Marmorfußboden (der an Wintermorgen kalt, aber im Sommer wunderbar kühl war; manchmal, wenn es richtig heiß war, schlief sie sogar dort) und einen Blick auf den Innenhof.

Und das war es auch schon.

Sie legte sich auf das Bett. Hinter ihren Augen kündigten sich Kopfschmerzen an, die ein kurzes Nickerchen möglicherweise vertreiben würde. Sie schmiegte den Kopf ins Kissen und ...

... sagte: »Hallo. So bald habe ich nicht mit Euch gerechnet.«

»Ich bin auch noch nicht hier«, erwiderte er.

»Aha.« Sie musterte ihn sorgfältig. Er sah älter aus – nun, das war zu erwarten gewesen, er *war* älter, aber ansonsten hatte er sich nicht verändert. Aus irgendeinem Grund war er wie ein Fechter gekleidet, so wie damals, als sie ihn in Perimadeia das erste Mal im Gerichtssaal gesehen hatte; tatsächlich befand er sich genau da. Er stand in der Mitte des schwarzweiß gefliesten Bodens; er wirkte wie ein Zählstein auf einem Zählbrett. Sie fragte sich, welchen Wert er wohl verkörperte.

»Übrigens, wie geht es Euch?« fragte er.

»Oh, nicht schlecht«, erwiderte sie automatisch. Ihr wurde bewußt, daß auch sie in der Mitte stand, und die nadelförmige Spitze seines alten Spe-Bref-Gerichtsdegens schwebte direkt unter ihrem Kinn. »Was geschieht hier?« fragte sie.

»Ein Prozeß«, antwortete er, und sie standen in einer dunklen, feucht riechenden Werkstatt; zwischen ihnen befand sich eine Werkbank, auf der ein Bogen lag – einer von der Sorte, die man Kompositbogen nannte, wenn sie sich nicht irrte, und die man aus Sehnen und Horn und Knochen und ähnlichem machte und die von aus Haut und Blut gekochtem Leim zusammengehalten wurden. Er lag in einer Art hölzernem Gestell, in deren Mitte sich ein rechtwinklig angebrachter, mit Kerben versehener Balken befand.

»Das nennt man einen Tiller«, erklärte er. »Damit wird Druck und Belastung ausgeübt. Nun, dann wollen wir doch mal sehen, wie weit sich dieser Bettler dehnt, bevor er bricht.«

... und sie standen in einem Keller mit hoher Decke und einem Steinboden, neben einem Berg Rüstungsteile. »Ein Prozeß«, fuhr er fort, »was nur eine andere Art der Materialprüfung ist.« Er nahm sanft, beinahe zärtlich ihre Hand und legte sie behutsam auf den Amboß. »Das tut vielleicht etwas weh«, warnte er sie, als er den großen Hammer hob.

»Moment mal«, unterbrach sie ihn. »Ich bin sicher, das hier ist alles ziemlich wichtig und so weiter, aber warum ich?«

Er lächelte. »Woher soll ich das wissen? Ich arbeite hier bloß, Ihr müßt schon die Söhne des Himmels fragen, die wissen es womöglich.«

Das fand sie seltsam. »Was haben die denn damit zu tun?« fragte sie. »Ich meine, die waren doch am Anfang gar nicht dabei.«

Er runzelte die Stirn. »Das stimmt«, sagte er. »Haltet das für mich, ja? Es ist wichtig, daß Ihr es ruhig haltet.« Er drehte ihre Hand um und legte den Kopf eines jungen Mannes, der etwa in ihrem Alter sein mochte, hinein. »König Temrai«, erklärte er. »Er ist der Kläger.«

»Tatsächlich? Dann seid Ihr vermutlich für den Beklagten da.«

Er runzelte die Stirn. »Da bin ich mir nicht mehr so sicher. Aber glücklicherweise habe ich nichts mehr damit zu tun.« Er schlug mit dem Hammer zu, setzte Rücken und Schulter ein, um die größtmögliche Kraft zu erhalten. Der Kopf gab ein hallendes Geräusch von sich, so laut und klar wie ein Amboß. »Oh, nun gut«, sagte er. »Überspringen wir das. Mal sehen.« Er griff hinter den Amboß und holte einen anderen Kopf hervor. »Natürlich kennt ihr ihn, nicht wahr?«

Sie nickte, als er Gorgas Loredans Kopf auf ihre Hand legte. »Er kommt nach unserem Vater«, sagte er. »Ich nach unserer Mutter. Man sagt, ich hätte ihre Nase.«

Der Kopf platzte unter dem Hammerschlag wie ein verfaulter Holzklotz auseinander, aber der Hieb war nicht sauber gezielt, und der Hammerkopf flog vom Stiel. »Da habe ich das verdammte Ding doch glatt geköpft«, sagte er gereizt. »Aber keine Sorge. Ich habe Ersatz.«

... und er zog das Schwert, das wunderschöne, antike Guelan-Breitschwert, das Athli eine Zeitlang für ihn aufbewahrt hatte. Vetriz spürte, wie sich seine Spitze in ihre Halsgrube bohrte. »Nun, fahrt fort«, sagte er, und sie wurde sich bewußt, daß jeder im Gerichtssaal, daß all die Tausende von Menschen, die sich auf den Zuschauergalerien drängten, sie anstarrten – Nomaden, Perimadeianer, Sconaer, Shasteler, Leute aus Ap'Escatoy, Insulaner, Menschen, die er in den vielen Jahren getötet hatte; sie alle waren gekommen, um ihn kämpfen zu sehen. Sie konnte sich selbst dort oben sehen, zusammen mit Ven, ganz oben in der hintersten Galerie, wo sie vor all den Jahren gesessen hatten. Sie verspürte den Drang, sich zuzuwinken, tat es aber dann doch nicht.

»Was soll ich denn tun?« fragte sie.

»Woher soll ich das wissen?« erwiderte er. »Ihr seid die Klägerin.«

Sie schüttelte den Kopf und spürte, wie die Schwertspitze ihre Haut ritzte. »Ich verstehe es einfach nicht«, sagte sie. »Tatsächlich habe ich nicht die geringste Ahnung, warum ich überhaupt in all das hineingezogen wurde. Liegt es vielleicht bloß daran, weil ich es kann – ich meine, dieses ganze Zeug sehen, das anderen Leuten verborgen bleibt? Ich weiß, daß Alexius glaubte, ich würde diese Dinge irgendwie geschehen lassen, aber ...«

»Ihr wollt nicht an das Prinzip glauben«, sagte er. »Wenn Ihr mich fragt, verkompliziert das die Sache nur unnötigerweise. Fragt Gannadius, wenn Ihr ihn das nächste Mal seht. Nein, es ist eine Frage der Ursache; auf die Anklagen und die Schuld können wir ebenfalls verzichten, das ist bloß das Schmiermittel. Was ich wirklich wissen will, ist folgendes: Habe ich den Anfang gemacht, oder war er es?«

»Er?«

»Gorgas.« Er senkte das Schwert und legte es auf den Amboß, direkt neben den Bogen. »Laßt es uns Schritt für Schritt durchgehen. Hätte Gorgas meinen Vater nicht getötet, hätte ich dann mein Zuhause zu diesem Zeitpunkt gar nicht verlassen und mich Onkel Maxen angeschlossen und den Untergang von Perimadeia verursacht? (Die anderen Städte lassen wir jetzt mal außen vor – Scona, Ap'Escatoy, die Insel, diese hübsche kleine Perimadeia-Nachbildung, die sich Temrai gebaut hat; die kommen alle danach). Hätte Gorgas nicht getan, was er getan hat, würden wir dann noch immer auf dem Hof leben, Tore flicken und den Acker pflügen? Oder wäre ich trotzdem gegangen? Denn sicherlich läuft alles darauf hinaus. Das ist vermutlich die wichtigste Frage in der ganzen Weltgeschichte.«

Sie nickte. »Wenn Gorgas der Verursacher ist, ist es seine Schuld ...«

»Nicht Schuld«, unterbrach er sie. »Ich habe es immer für Schuld gehalten, aber seit ich bei diesen Leuten war« – er deutete mit einem Nicken auf die Söhne des Himmels auf ihren reservierten Sitzen in der ersten Reihe –, »bezeichne ich es in meinen Gedanken nur noch als Ursache. Wenn Gorgas damit angefangen hat, dann ist er die Ursache. Habe ich angefangen, dann bin ich es. Was glaubt Ihr?«

»Ich weiß es nicht«, sagte Vetriz ehrlich. »Es tut mir leid.«

»Ich persönlich glaube, daß er es war«, sagte er. »Es ist nur logisch; er ist in unserer Familie derjenige, der handelt, derjenige mit dem Antrieb und der Energie. Andererseits bin ich derjenige, der dafür sorgt, daß seine Taten auch Konsequenzen haben. Wenn es tatsächlich so etwas wie das Prinzip geben würde, dann würde das einen gewissen Sinn ergeben.«

Sie blickte ihn an. »Was wird geschehen?«

»Ihr braucht mich nicht, um das zu wissen«, sagte er und verschwand in ihrem Kopfkissen.

Sie setzte sich ruckartig auf und öffnete die Augen. Ihr war sehr unbehaglich zumute. Es war wie damals, als sie Gorgas Loredan in dieses Zimmer gelassen hatte; es war das gleiche Gefühl, daß es nicht länger ihres war. Falls darin irgendein Sinn zu erkennen war, dann allenfalls der, daß sie womöglich in dieser Begebenheit danach suchen mußte; aber es entzog sich ihrem Verständnis, wieso ihr *Fehler* mit Gorgas Loredan etwas verursacht haben oder geschehen lassen sollte. Sie dachte an Niessa Loredan, die der Meinung gewesen war, mit Hilfe von ein paar Naturtalenten das Prinzip kontrollieren zu können und die sie deswegen eine Zeitlang auf Scona gefangengehalten hatte. Daraus schien sich nie etwas ergeben zu haben. Vetriz konnte das Gefühl nicht abschütteln, daß er recht gehabt hatte und das Prinzip nie etwas anderes als die Erklärung im Märchen gewesen war – eine wie die in Geschichten vorgebrachten, weit hergeholten Erklärungen, warum die Sonne im Osten aufging oder der Mond abnahm. Sollte tatsächlich etwas Derartiges existieren, dann war es wie eine große Maschine, vergleichbar mit dem gewaltigen Walzwerk, das sie bei ihrem allerersten Besuch in der Stadt gesehen hatte; eine gewaltige, sich langsam drehende Walze, die Eisenträger in sich hineinzog und sie dann auf der anderen Seite zur Platte zerquetscht wieder herausbeförderte, und wenn man sich nicht vorsah und über die Walze beugte, konnte es passieren, daß sich der Ärmel darin verfing und man selbst in sie hineingezogen wurde.

Und auch das konnte so nicht stimmen, weil es viel zu einfach war.

Sie stand auf und bemerkte, daß ihr linker Fuß eingeschlafen war. Sie stolperte zum Ankleidetisch. Ihr Gesicht im Spiegel war weich und golden, wie eine geliebte und unzuverlässige Erinnerung.

Am späten Nachmittag erhielt Bardas Loredan Besuch. Sobald der Fremde Bardas von seiner Identität überzeugt hatte, setzten sie sich in Bardas' Zelt und unterhielten sich über eine Stunde lang.

»Ihr scheint nicht überrascht zu sein«, sagte der Besucher, nachdem sie das Geschäftliche geregelt hatten.

»Das bin ich auch nicht«, erwiderte Bardas. »Was merkwürdig ist, denn eigentlich sollte ich es sein. Aber nein, dies alles erscheint mir wie eine völlig logische Entwicklung.«

»Tatsächlich? Nun, das ist Eure Sache, nicht meine. Ach, übrigens, gefällt Euch der Zeitplan?«

Bardas nickte. »Auf jeden Fall. Wenn ich Euch fragen würde, warum Ihr das tut, würdet Ihr mir eine Antwort geben?«

»Nein.«

Der Besucher ging, und Bardas traf seine Vorbereitungen. Er berief eine Versammlung seines Stabes ein, erklärte die Situation, ignorierte die Proteste und gab seine Befehle. Dann begab er sich zurück in sein Zelt.

Am Bett lehnte das Guelan-Breitschwert, noch immer in seinem geölten Lederfutteral; es war dasselbe Schwert, das Gorgas ihm kurz vor dem Untergang Perimadeias als Geschenk geschickt hatte. Nun war Perimadeia gefallen, weil Gorgas die Tore geöffnet hatte, aber das änderte nichts an der Tatsache, daß das Guelan nun mal ein gutes Schwert war (die Klinge war kürzer als bei den meisten Zweihändern, es hatte einen schweren Knauf und die beste Balance, die ihm jemals untergekommen war). Er knüpfte die Knoten auf und zog es aus dem Futteral.

Es fühlte sich in seinen Händen leichter als je zuvor an, falls das überhaupt möglich war; möglicherweise hatten die drei Jahre des Grabens in den Minen seine Arme und Handgelenke gestärkt, und er hatte sich daran gewöhnt, die kopflastigen imperialen Hellebarden und Breitschwerter für beidhändig zu bewerkstelligende Arbeit zu benutzen. Er überprüfte die Schärfe der Klinge mit dem Daumen und schloß die Augen.

Einige Zeit später legte er die Rüstung an (er nahm das Gewicht nicht länger wahr), schob das Guelan in die Schwertschlinge und sicherte es mit der Schnalle. Dann saß er eine Stunde in der Dunkelheit und erwartete, Stimmen zu hören, doch dieses Mal schwiegen sie; nur der Geruch von Knoblauch und Koriander wehte von irgendwoher aus dem Lager heran – Gewürze, die oft von Köchen dazu benutzt wurden, den Geruch verdorbenen Fleisches zu überdecken.

(Auf der anderen Seite der Palisade streckte Temrai in genau diesem Augenblick den Teller aus, und ein Mann legte einen dünnen, weißen, mit gewürztem Fleisch gefüllten Eierkuchen darauf, lächelte und machte sich wieder daran, Fleisch mit einem Messer mit schmaler Klinge zu schneiden.)

Sie kamen zu ihm, als die Zeit gekommen war. Wie befohlen hatten die Pikeniere und die Hellebardiere Waffen und Rüstungen mit Schlamm beschmiert, um zu verhindern, daß der Stahl im Sternenlicht glitzerte. Er hatte seinem eigenen Befehl nicht gehorchen müssen; die Rüstung, die Anax, der Sohn des Himmels, für ihn gemacht hatte, wies durch den Rost eine hellbraune Färbung auf und fing kein Licht mehr ein. Sobald sie aus dem Kreis ihrer Lagerfeuer herausmarschiert waren, war es zu dunkel, um etwas sehen zu können, aber mittlerweile konnten sie den Weg mit geschlossenen Augen gehen.

(Temrai beendete seine Mahlzeit, stand auf und spazierte zum warmen Schein der Schmiedefeuer, wo seine Rüstungsschmiede beschädigte Kettenhemden flickten. Zuerst erhitzten sie die neuen Eisenringe, bis sie in dumpfem Rot glühten, dann schlugen sie die Enden flach, stießen kleine Löcher in sie hinein, fügten sie an Ort und Stelle ein, schlossen sie mit den Zangen, steckten die Nieten hinein und hämmerten sie rund. Jetzt, wo die Nächte kalt wurden, war es der wärmste Platz in der Festung. Es war keine schwere Arbeit, nicht für jemanden, der einst seinen Lebensunterhalt mit der Herstellung von Schwertklingen im staatlichen Arsenal von Perimadeia verdient hatte; der Stahl verfärbte sich bloß vom stumpfem Grau zu Blutrot. Aber er stand eine Weile da und sah ihnen zu, dachte dabei nur wenig – ein Gedanke, der ihm kam, drehte sich darum, wie praktisch es doch wäre, wenn man Haut und Fleisch so einfach wie eine Rüstung flicken könnte, indem man sie erhitzte, weicher machte und dann mit dem Hammer bearbeitete, aber es war keine Idee, die längeres Nachdenken lohnte.)

Die Zugbrücke war hochgezogen und wurde bewacht, aber Bardas' Männer schwammen in der Dunkelheit durch den Fluß, ohne einen Laut zu verursachen (nach einer Weile fällt es einem immer leichter, seinen Weg in der Dunkelheit zu finden), und schnitten den Wachposten die Kehlen durch, wobei sie sich nur nach dem Geruch und mit dem Tastsinn orientierten. Bardas hoffte, daß sie sich hinterher bedankten. Dann ließen sie vorsichtig und leise die Brücke herunter.

(Temrai ging zu seinem Zelt zurück, wo schon Lempecai, der Bogenmacher, auf ihn wartete; er hatte eine weitere Lage Sehnen auf den Rücken von Temrais Bogen geleimt, um ihn etwas steifer zu machen, und ihn wieder in den Tiller gespannt. Der Leim hatte lange zum Trocknen gebraucht, so wie immer, aber es war die Wartezeit wert gewesen. Temrai spannte den Bogen, bemerkte, daß es nun weniger Mühe zu kosten schien, ihn zu spannen, obwohl er stärker gemacht worden war, und machte Lempecai ein Kompliment zu seiner Arbeit.)

Bardas führte die erste Abteilung persönlich über die Brükke. Es waren weder Hochmut noch Stolz, die ihn den ersten Mann im Innern der Festung sein lassen wollten, sondern eher sein Sinn für Kontinuität, da er und Theudas (der mit einem geborgten Helm und einem Panzerhemd an seiner Seite ging) die letzten Perimadeianer gewesen waren, die die Stadt verlassen hatten. Er hatte sich gegen die Anspannung des Wartens gestählt, aber er hatte kaum den Fuß ans andere Ufer gesetzt, als ein Lichtschlitz so dünn und spitz wie eine Messerklinge an der Seite des Tores erschien. Die gleißende Helligkeit ließ ihn die Augen zusammenkneifen ...

(Bardas Loredan, der Zerstörer von Städten.)

... und als er sie wieder öffnete, stand auch das Tor offen. Er senkte den Kopf, um den Männern hinter ihm ein Zeichen zu geben, und betrat die Festung.

»Wie versprochen«, sagte der Mann, der neben dem Tor stand.

»Vielen Dank.«

»Keine Ursache.«

Es dauerte nicht lange, bis Alarm gegeben wurde, aber da

führte Bardas bereits drei Kompanien Hellebardiere den Pfad hinauf, während der Rest des Heeres ins Innere der Festung flutete und die untere Ebene einnahm. Die Nomaden wurden völlig überrascht – jemand hatte die Torwachen ausgeschaltet – und wußten nicht, was sie tun sollten. Einige von ihnen rannten zu den Waffenstapeln, andere liefen in die entgegengesetzte Richtung; aber der Wald aus verschmierten, schwarzen Speerspitzen trieb sie zusammen wie Schafe, und sie hatten keine Rüstungen.

Als die Schreie und Rufe von unten Aufmerksamkeit erregten, hatten Bardas' Männer den Pfad bereits ohne jede Gegenwehr bis obenhin erklommen. Sie wußten, was sie zu tun hatten; eine Kompanie stieß direkt ins Innere des Hauptlagers vor, die anderen beiden folgten auf der Innenseite dem Verlauf der Palisaden, umrundeten das Lager und drängten den Feind zurück. Als sie in das Feuerlicht traten, stürzte sich der Feind auf sie wie eine Welle, die sich am Felsen brach und zurückschwappte.

Wie es sich gehörte, war Bardas Loredan der erste Mann, der Blut vergoß. Sein Gegner war ein langer, dünner Nomade, der nur einen Helm trug und einen Säbel schwang, als handele es sich um ein Amulett gegen Hexerei. Zuerst schlug Bardas die Hand ab, die den Säbel hielt, dann drehte er die Handgelenke und nahm das Guelan für einen ziemlich angeberischen Hieb gegen den Hals zurück. Der Mann taumelte und fiel rücklings zu Boden, und Bardas dankte ihm. Der nächste Mann, den er tötete, kam mit einem Speer und dem Deckel eines Kessels auf ihn zu. Bardas fintierte hoch und schlug tief, fühlte die Erschütterung, als das Schwert die Schienbeine des Mannes traf, zog die Klinge dann durch und stieß sie in den Leib. Eine leichte Drehung befreite sie, und er war für den nächsten Nomaden bereit, der seinen Säbel von Bardas' linkem Schulterpanzer abprallen ließ, bevor das Guelan durch seinen Nacken und das Schlüsselbein glitt. Der Mann sackte zusammen, und Bardas stieg über ihn hinweg und murmelte flüchtig seinen Dank, während er den nächsten musterte, einen Jungen mit einer erbeuteten imperialen Hellebarde.

Bardas wußte genug, um diese Waffe zu respektieren, ganz egal, wer sie nun führte; er ließ die Hellebarde nicht aus den Augen, während er ein paar kurze Schritte zur Seite auswich und dann durch seine Ellenbeuge hindurch einen Ausfall auf das Herz des Jungen zumachte. Er dankte ihm, während dieser von der Klinge herunter zu Boden sank, dann senkte er den Kopf etwas nach rechts, um dem großen Hammer in den Händen eines kräftigen Mannes zu entgehen, der wie ein Schmied aussah. Er sah zu, wie der Schlag fehlging und die Achsel des Mannes entblößte, aber statt das Schwert dort hineinzustoßen, damit der Tote von selbst von der Klinge rutschen konnte, riß er es scharf nach rechts, so daß es den Mann mit der langstieligen Streitaxt aufhielt, den nächsten aus dem Haufen, der auf die Materialprüfung wartete. Erschrocken schwächte der Axtträger den Schlag ab und warf sich auf diese Weise zur Seite. Bardas lehnte sich zurück und führte einen kurzen Hieb, der dem Angreifer den Bauch aufschlitzte; während der Mann vor Schmerz und Entsetzen wie erstarrt dastand, spaltete Bardas ihm mit einem Schlag den Schädel und dankte ihm.

Sie schossen jetzt mit Pfeilen, und sie waren nahe genug, um die imperiale Rüstung einer Prüfung zu unterziehen. Aber damit hatte Bardas gerechnet; oben auf dem Plateau – eingezäunt von der Palisade, von Zelten und Toten behindert – gab es keinen Raum für kurze Vorstöße mit nachfolgendem Rückzug. Er gab das Signal zum Angriff, und seine Hellebardiere rückten vor.

Dann entdeckte er Temrai, der geduckt inmitten einer kleinen Gruppe zur Hälfte angezogener Männer stand; der König der Nomaden hatte einen Helm übergestülpt und ein paar Kniebuckel angelegt, aber die Riemen waren nicht eng genug angezogen, und sie rutschten ihm die Beine hinunter. Bardas lächelte und ging auf die Gruppe zu, aber bevor er mit der Arbeit anfangen konnte, rannte jemand an ihm vorbei, ein hochgewachsener Mann mit einem Helm und einem Panzerhemd, der eine Hellebarde schwang und aus vollem Hals brüllte.

»Theudas«, rief er, aber der Junge hörte nicht; er rannte schnurstracks auf Temrai zu, und als einer der Leibwächter ihm mit einem Speer entgegensprang, bemerkte er gar nicht, daß er getroffen worden war, bis er stehenbleiben mußte, weil ihn die weit unterhalb der Speerspitze befindliche Querstange aufhielt. Er versuchte sich umzudrehen und nach dem Speerträger zu schlagen, aber der Speerschaft war zu lang, und er kam nicht heran, obwohl er es zweimal versuchte, bevor er zu Boden ging. Einer der anderen Männer durchstieß sein Ohr – der Helm war heruntergefallen, da er zu klein für ihn gewesen war –, und er hörte auf, sich zu bewegen.

Das ist nicht richtig, dachte Bardas und versuchte die Augen zu öffnen, aber sie waren bereits offen.

Temrais Gruppe wich zurück und versuchte, tiefer ins Lager zu kommen, wo es mehr Körper gab, die sich zwischen ihren König und das Guelan stellen konnten. Bardas folgte ihnen ein paar Meter, bis ihm etwas klar wurde, das die ganze Zeit etwas an seinem Unterbewußtsein genagt hatte. Es waren weniger Menschen hier, als er erwartet hatte. Sollte das hier nicht das ganze Nomadenvolk sein, jeder einzelne von ihnen? Sicher, es war dunkel, aber er hatte nicht mehr als ein paar hundert Mann gesehen ...

Er begriff. *Sehr schlau,* dachte er. *Aber ich hätte es kommen sehen müssen.*

Doch dafür war es jetzt viel zu spät. Unten gab jemand ein Signal, und die Nomadenarmee brach aus ihrer Deckung hervor, aus Zelten und Wagen, aus Vorratsgruben und Gräben; sie trugen Speere und Hellebarden (Kopien der imperialen Waffen, die aufrichtigste Form der Schmeichelei), und sie blieben in enger Formation zusammen und drängten die Imperialen vom Pfad und jeder Aussicht auf Flucht weg. Als die letzten Lockvögel aus dem Weg spritzten (ob sie wohl gewußt haben, daß es eine Falle gewesen war und sie den Köder gespielt hatten? Wäre es mein Plan gewesen, ich hätte es ihnen nicht gesagt, dachte Bardas), wandten die Reihen sich um und fächerten auf – imperiale Drill-Sergeanten hätten es nicht besser gekonnt –, um die Einkreisung zu vollenden. In der Zwischenzeit kam Verstärkung den Pfad herauf, angeführt von Iordecai, dem Mann, der so hilfsbereit die Tore geöffnet hatte ...

Das verhieß nichts Gutes; es bedeutete, daß die Pikeniere, die die untere Ebene überflutet hatten, entweder vertrieben oder getötet worden waren. *Ich und mein Sinn für historische Symmetrie*, dachte Bardas wehmütig, *sieht so aus, als bekäme ich das, was ich mir gewünscht habe.* Seine Handgelenke und Unterarme schmerzten von der Belastung, das Schwert zu führen, all die Erschütterungen, die die Klinge entlang von Knochen zu Knochen weitergegeben wurden (in gewisser Weise dient die Rüstung dazu, den Hammer zu prüfen). Der Schweiß, der unter dem Helm seine Stirn hinunterrann, geriet in seine Augen. Er machte sie zu – *Und was tue ich jetzt?* –, aber es war niemand zu Hause. Von einem verlassenen Kochfeuer in der Nähe kam der Geruch von Koriander.

Ich hätte nicht gedacht, daß es so schlimm sein würde, dachte Temrai, als sie ihn fortdrängten. *Ich dachte, der Sieg würde reichen. Aber zu wissen, daß* er *hier ist ...*

Er zwang sich, das Bild zu verdrängen; Bardas Loredan, der bewaffnet auf ihn zukam. Er war sich nicht sicher, wieso er gewußt hatte, wer das war – ein Mann in einer Rüstung; aber er hatte ihn sofort erkannt. Es hatte ihn seine ganze Beherrschung gekostet, sich nicht vollzupinkeln.

»Wo ist Sildocai?« fragte er.

»Bei der Reserve«, antwortete jemand. »Iordecai bringt die

Hauptstreitmacht heran. Sobald wir die Reserve einsetzen, werden wir sie zwischen Hammer und Amboß haben.«

Was auch immer, dachte Temrai. Er schien unfähig, einen Gedanken vernünftig zu Ende bringen zu können. »Das ist gut«, sagte er. »Was ist mit der unteren Ebene? Haben sich Gollocai und seine Leute gemeldet?«

»Soweit ich weiß, ist dort alles unter Kontrolle.« Er konnte nicht sehen, wer da mit ihm sprach, und er konnte die Stimme nicht erkennen. »Der Rest der Armee hat das Lager erreicht, und es besteht nicht die geringste Chance, daß dieser Haufen hier irgendwohin geht. Es ist nur noch eine Frage der Zeit.«

Temrai zitterte. »Macht so schnell ihr könnt«, sagte er. »Und was ihr auch tut, sorgt dafür, daß ihr *ihn* erwischt, verstanden?«

»Klar. Lebend?«

»Bei allen Göttern, nein. So tot wie möglich. Ich will wissen, daß man seinen Kopf abgeschlagen hat, bevor ich auch nur in seine Nähe gehe.«

Jemand lachte, in der Annahme, daß Temrai es als Scherz gemeint hatte.

»Übrigens, der Junge, der uns eben so selbstmörderisch angegriffen hat, wißt ihr, wer das war?« Niemand antwortete, und die Stimme sprach weiter. »Ich habe ihn erkannt, das war Loredans Neffe. Ihr wißt schon, der, der vor einer Weile mit dem Zauberer hier aufgetaucht ist.«

»Das war nicht Loredans Neffe«, sagte ein anderer Mann. »Ich glaube nicht, daß sie tatsächlich miteinander verwandt waren.«

»Theudas Morosin«, sagte Temrai.

»Genau, so hat er geheißen. Auf alle Fälle war er das.«

»Schön«, sagte Temrai. »Und jetzt schafft mich hier weg.«

Die Reihen aus Speerspitzen rückten immer näher, tasteten nach den Verbindungsstellen und Lücken in den Rüstungen der Soldaten – die Innenseite des Ellbogenscharniers, der Spalt zwischen Brustharnisch und Halsberge, Halsberge und Helm, die Innenseite der Diechlinge, die Achselhöhlen. Die Hellebardiere kämpften hart (der Amboß prüfte den Hammer) und zerschlugen Helme und zerschmetterten Knochen und Adern unter der geprüften Kettenhaut. Aber die Schlachtreihe hatte Schwung, und als sie über die Toten und Gestürzten hinweg vorrückte wie das Meer, das die Felsen an der Küste umspült, knackten die Axtkämpfer und Hammerträger Helme und Rüstungen wie ein Mann Austern an einer üppigen Tafel. Wäre Anax noch am Leben gewesen, um ihnen zuzuhören, hätte er die Geschichte der Schlacht allein anhand der Geräusche erzählen können; der helle Glockenklang der Klingen auf intakter Rüstung, das dumpfere Scheppern angeschlagener Rüstungen, das feuchte Knirschen, wenn keine Rüstung mehr da war. Der Kampf fand nun hauptsächlich in der Dunkelheit statt; Bardas' Männer fochten mit den Rücken zu den Lagerfeuern und verstellten das Licht. Man brauchte auch nicht viel zu sehen, wenn der Feind überall um einen herum war, genau eine Speerlänge entfernt.

Als der Feind ihn einschloß wie ein zusammenbrechender Stollen, schlug Bardas zu, um sich auszugraben. Seinen Helm hatte er schon lange verloren, die Nieten seiner Halsberge und der Schulterstücke waren von Axthieben, die von den konvexen Oberflächen abgeglitten waren, durchtrennt worden, so daß die einzelnen Stahlplatten wie überreife Früchte, die die Zweige eines Baumes sich krümmen ließen, von den Riemen baumelten. Sein rechter Panzerhandschuh hatte sich durch die Erschütterung der Schläge, die er austeilte, so verzogen, daß sich die Stahlplatten verbogen und verkeilt hatten, darum war er ihn bei der ersten Gelegenheit losgeworden. Hinter ihm und zu beiden Seiten fielen die Körper und die Teile von Körpern zu Boden; er schnitt und zerlegte so geschickt mit seiner Klinge wie ein Koch, der ein Festmahl zubereitete, und die Hiebe seiner Feinde trafen seine Stahlhaut und glanzhämmerten sie. Es war fast wie in alten Zeiten, ein Kampf in der Finsternis; eine langweilige, harte Arbeit, wie das Herausschneiden von Lehm und Abraum aus dem Erdreich vor ihm. Die Geräusche und Gerüche jedoch waren so reichhaltig und verschieden, daß sie ihn verwirrten, ein Bankett für die Sinne; süßes Blut und pikanter Stahl, berauschender Schweiß, Knoblauch und Koriander im letzten Atemzug eines Mannes, der vor ihm zu Boden stürzte, und die gesamte imperiale Musik des Rüstunghauses.

Da war ein Nomade mit einem altmodischen Helm; nachdem Bardas seinen Speer pariert hatte, wählte er den offensichtlichen Hieb, einen über die Schulter geführten Schlag, der auf seine Schläfe zielte. Aber der Laut, der entstand, als der Mann fiel, hörte sich falsch an, da war ein winziger Mißklang im hellen Klirren des Guelan. Es entging ihm nicht, aber dann mußte er einen Schritt zur Seite treten und eine Hellebarde parieren, wodurch eine Öffnung auf einen erbeuteten imperialen Topfhelm entstand. Er führte den Schlag aus, und das Schwert zerbrach in zwei Teile.

Nicht schon wieder, dachte er, als er den Griff fallen ließ; dann stürzte sich ein Mann mit einem Speer auf ihn, und er hatte nichts, womit er ihn hätte abwehren können. Statt dessen drehte er sich und benutzte seinen Harnisch, um den Stoß abgleiten zu lassen, schlug mit der linken Hand zu und trieb seine gepanzerte Faust in das Gesicht des Mannes. Blut schoß aus den Linien, die die Kanten der kleinen Stahlplatten gegraben hatten, und zwar so gerade wie auf einem gut bestellten Acker (Clefas war beim Pflügen der Beste, aber er war faul; Gorgas war fast genauso gut und stets bereits gewesen, seinen Teil der Arbeit zu erledigen), aber der Nomade ging nicht zu Boden. Er zog den Speer für einen weiteren Stoß zurück, der auch getroffen hätte, wäre es Bardas nicht gelungen, den Speer hinter der Spitze zu packen und wegzuziehen. Er versuchte, ihn festzuhalten, aber sein Gegner riß ihn mit aller Kraft zurück und zog die scharfen Kanten des Speerblattes über seine Handfläche und den Ansatz der Finger ...

(Nun, es gibt keine allumfassende Materialprüfung; nur eine unendliche Vielfalt von Möglichkeiten zu scheitern.)

Er ließ los und hatte gerade noch genug Zeit, um dem Mann einen Tritt gegen die Kniescheibe zu versetzen. Diesmal ging er zu Boden, und es blieb Bardas nichts anderes übrig, als ihm mit dem Absatz ins Gesicht zu treten; es war einfach nicht genug Zeit, den Speer aufzuheben und die Sache auf anständige Weise zu erledigen. Weitere Nomaden drängten sich ihm entgegen, und er war unbewaffnet. Eine echte Schande; er hatte sich den Weg durch drei Viertel der feindlichen Reihe gebahnt. Ohne eine Waffe war er jedoch nur ein Amboß. Er wich zurück, bis er sich umdrehen konnte, und fing an zu laufen ...

Was nicht so einfach war. Beinschienen und Diechlinge waren verbeult und hatten sich verzogen, und die Scharnierniete seines linken Kniebuckels war so verbogen, daß er, falls er hier jemals rauskam, das verdammte Ding vermutlich Stück für Stück würde herunterschneiden müssen. Selbst ohne Rüstung wäre er nicht weit gekommen, bevor er stolperte und stürzte.

Er landete unsanft und schlug sich den Kopf an. Als er die Augen wieder öffnete, sah er, wogegen er gefallen war – gegen einen Nachschubwagen mit einem hohen Wagenkasten und primitiver Radaufhängung. Er wußte, daß er es einige Zeit nicht schaffen würde, sich auf die Beine zu ziehen, also kroch er schmerzerfüllt auf dem Bauch unter den Wagen.

Er war so müde, daß er einen Augenblick lang die Augen schloß ...

... und er war wie gewöhnlich in den Minen, aber er konnte einen zurückgelassenen Abraumkarren sehen (es herrschte rabenschwarze Finsternis), und darunter starrte ihn ein Jungengesicht mit all der Furcht an, die es je gegeben hatte. Kein Zweifel, das war Temrai, der ihn dort anstarrte, aber es war auch Theudas, den er während des Untergangs der Stadt unter einem Wagen hervorgezerrt hatte. *Warum hast du Angst vor mir, Theudas?* fragte er, aber der Junge rührte sich nicht und sagte auch kein Wort ...

... »Da ist er!« Bardas riß die Augen auf, und etwa zwanzig Meter entfernt im Schlachtgetümmel war wieder Temrais Gesicht. »Dort drüben«, brüllte Temrai. »Unter dem Wagen, seht ihr? Tötet ihn, bei allen Göttern. Tötet ihn sofort.«

Sie kamen heran: drei Nomaden mit Piken und Säbeln, Männer aus Temrais persönlicher Leibwache. Als sie den Wagen erreicht hatten und mit ihren Speeren darunter nach ihm stocherten, als wollten sie versuchen, eine Münze zu erwischen, die unter den Tisch gerollt war, zuckte er zurück. Eine Speerspitze glitt über seine Wange und schlitzte die Haut auf, während er rückwärts kroch (wie er das machen mußte, hatte er in den Minen gelernt), und dann hatte er die andere Seite erreicht und den Wagen zwischen sich und die Männer gebracht. Er zog sich am Hinterrad in die Höhe und fing an zu laufen. Als er einen Blick über die Schulter zurückwarf, sah er, wie sie über den Wagen kletterten und ihn mit jener professionellen Hingabe verfolgten, die er seit Maxens Krieg nicht mehr erlebt hatte – damals, als der junge Mann, der in diese zweite Schlangenhaut hineingewachsen war, einer Gruppe flüchtender Nomaden in den schrecklichen und lärmenden Alptraum der Dunkelheit gefolgt war, während überall um ihn herum das Feuerlicht gebraust und schnuppernd an ihm gezüngelt hatte wie die Torwächter des Paradieses.

Zeit, was verdammt Kluges zu tun. Er blieb stehen, wartete, bis ihn der erste Verfolger fast erreicht hatte, und ließ sich dann in die Hocke sacken. Der Nomade krachte in ihn hinein und purzelte über seine Schulter, während er aufstand und dem zweiten Mann mit seiner verbliebenen Panzerhand ins Gesicht schlug. Er spürte, wie die Nase des Mannes brach; der Ausdruck auf dem Gesicht des armen Kerls war unbezahlbar, eine Art völlig verblüfften Entsetzens. Dann nahm Bardas ihm den Säbel ab und führte einen tödlichen Hieb gegen seinen Hals.

Jetzt, wo er wieder bewaffnet war, machte er sich wegen des dritten Mannes keine Sorgen, er parierte den Pikenstoß auf fast gedankenverlorene Weise, bevor er ihm das linke Ohr abtrennte und mit dem Säbel dann einen horizontalen Schlag führte, der ihm die Kehle durchschnitt. Der Säbel zählte nicht zu den Waffen, mit denen er schrecklich vertraut war – die gebogene Klinge war nicht zum Stoß gedacht, der Griff war zu klein für seine Hand, und der große, flache Knauf scheuerte sein Handgelenk wund –, aber er hatte den großen Vorteil, daß er besser als nichts war. Bardas nahm sich eine halbe Sekunde Zeit, um zu entscheiden, was er jetzt tun wollte, dann trabte er in einem gemütlichen Laufschritt zurück in Temrais Richtung.

Ein paar Optimisten stellten sich ihm in den Weg, aber nicht für lange. Temrai sah aus, als hätte er Wurzeln geschlagen; selbst im roten Schein der Lagerfeuer war sein Gesicht totenbleich und seine Augen so weit aufgerissen wie die eines Hasen. Bardas war nur noch wenige Meter von ihm entfernt; ein Leibwächter schlug seinen Säbel auf seiner linken Oberarmröhre stumpf und erntete seinen Dank, was nur noch zwei Männer zwischen ihm und dem feindlichen König übrigließ. Natürlich würde es nichts bringen, Temrai zu töten (es würde zwar vermutlich entscheidend dazu beitragen, den Krieg zu gewinnen, aber das war im Moment die geringste seiner Sorgen), aber zumindest würde es die Symmetrie der Situation wieder etwas ausgleichen. Außerdem hatte er nichts Besseres zu tun. Eine hohe, rechte Parade, das Handgelenk wurde abgekippt, die Klinge zeigte nach unten, gefolgt von einem schnellen Schnitt direkt unter dem Kinn; einer weniger. *Danke*, murmelte er, und dann sah er etwas, das ihn Temrai, den Krieg und wiederkehrende Muster der Geschichte völlig vergessen ließ. Er entdeckte eine Lücke.

Es war nur eine sehr kleine Lücke, zwischen dem Ende einer

Reihe und der Vorderseite einer anderen, und sie schloß sich schnell. Aber wenn er sich sehr beeilte, mochte es ihm gerade eben gelingen, durchzuschlüpfen und den Pfad hinunterzukommen, ohne sich jeden Schritt erkämpfen zu müssen.

»Hinterher!« schrie jemand (vermutlich Temrai). Ein Pfeil prallte von seiner linken Ellbogenkachel ab und schwirrte seitwärts in die vorrückende Reihe. Zweimal hätte er beinahe das Gleichgewicht verloren – einmal, als er auf den Kopf eines Toten trat, den er zuvor nicht bemerkt hatte, und einmal, als er am Rand eines von einem Tribockgeschoß verursachten Kraters stolperte –, aber das Gewicht der Rüstung verlieh ihm so viel Schwung, daß er die Fehler korrigieren konnte und weiterlief, wobei er beinahe vom Boden zurückfederte (wie ein Hammer vom Amboß). Er mußte einen Mann aus dem Weg stoßen und einem anderen ein Stück Schulter abtrennen, aber er schaffte es. Er war auf dem Pfad ...

... der sich nach tagelangem Dauerbeschuß in einem traurigen Zustand befand. Der zerbröckelnde Untergrund gab unter seinem Gewicht nach, und plötzlich rutschte er auf dem Hinterteil den Hang hinunter. Aber bevor er über die Kante hinausgetragen wurde und in die Tiefe stürzte, gelang es ihm, die Fahrt zu verlangsamen, indem er die Fersen in die Erde grub. Er nutzte den Schwung, um wieder auf die Beine und den Pfad zu kommen. Danach schlug er ein langsameres Tempo an; seine Verfolger taten das gleiche, also spielte es keine Rolle. Er krachte mit einem Narren von Nomaden zusammen, der nicht rechtzeitig aus dem Weg ging, und schickte ihn über den Rand in die Tiefe. *Unbeholfen,* dachte er, während er das Gleichgewicht zurückgewann. *Ich bin eine Verkehrsgefährdung, genau, das bin ich.*

Am Fuß des Pfades lagen Tote unkenntlich durcheinander wie Sandsäcke, die aufgeschichtet waren, um das Regenwasser aus dem Haus zu halten; er war gezwungen, stehenzubleiben und die Beine mit Hilfe seiner Hände hochzuheben. Das gab seinen beiden Verfolgern die benötigte Zeit, ihn einzuholen; sie lebten nicht lange genug, um es zu bedauern. Auf der unteren Ebene wurde noch immer gekämpft. Es lagen zu viele Leichen herum, um organisierte Manöver zu erlauben, und die Gegner suchten sich ihren Weg durch die Hindernisse aufeinander zu und tauschten im Stehen Hiebe aus. Das Tor war natürlich geschlossen und verrammelt, aber Bardas konnte einen freien Weg zu der Rampe ausmachen, die hinauf zu dem auf der Palisadeninnenseite verlaufenden Wehrgang führte. Er schlurfte darauf zu, wehrte ein paar halbherzige Angriffe ab, und zog sich müde die Rampe hoch. Er konnte niemanden entdecken, also lehnte er den Säbel gegen die Holzmauer und fing an, die Rüstung abzuschnallen.

Es ist viel leichter, eine Plattenrüstung auszuziehen, als sie anzulegen, und wo eine Schnalle verbogen war oder klemmte, schnitt er einfach den Riemen durch. Er hatte gerade den Brustpanzer zur Seite geworfen und säbelte die Armschienenverschlüsse durch, als er nicht weit entfernt Rufe hörte. Auf der Rampe standen ein Dutzend Nomaden, zeigten auf ihn und riefen einer anderen Gruppe, die sich ihren Weg durch die Schlacht bahnte, etwas zu. Bardas fluchte leise und machte weiter; er brachte sich selbst einen Schnitt bei, als die Klinge von einer Niete abrutschte. Als sie ihn erreichten, hatte er sich von all seinen Lasten befreit.

Sie blieben wie angewurzelt stehen und starrten ihn über die Länge ihrer Speerschäfte hinweg an. Er konnte ihre Furcht beinahe schmecken, und er war fest davon überzeugt, daß mindestens zwei von ihnen die Flucht ergriffen hätten, wenn er in die Hände geklatscht und einen Schrei ausgestoßen hätte. Er machte ihnen das nicht zum Vorwurf; man hatte sie mitten im vermutlich größten Sieg in der Geschichte ihres Volkes dazu abkommandiert, einer Niederlage, Demütigung und dem vermutlich sicheren Tod hinterherzujagen. »Schon gut«, rief er fröhlich. »Ich bleibe nicht stehen.« Dann sprang er aus dem

Stand in die Höhe, klammerte sich mit den Fingern am Palisadenrand fest, zog sich hoch und setzte sich einen Augenblick lang auf die Kante, bevor er die Beine auf die andere Seite schwang und sich abstieß. Er traf mit angezogenen Beinen auf die Wasseroberfläche und tauchte mit einem komischerweise ziemlich lauten Krachen und einer gewaltigen, hochspritzenden Fontäne ins Wasser ein.

Erschöpfung und Schock holten ihn auf halbem Weg zwischen Festung und Heerlager ein, und er fiel keiner Bewegung mehr mächtig zu Boden. Die extreme Hochstimmung, die er beim Entkommen aus der Falle verspürt hatte, verblaßte. Er konnte nur noch an die Schwere seiner Beine und die Schmerzen in seinen Knien denken. Eine halbe Stunde lang lag er reglos mit geschlossenen Augen da (wäre jemand über ihn gestolpert, hätte man ihn für tot gehalten). Hinter seinen Lidern gab es nichts mehr zu sehen, nichts existierte mehr außerhalb seines schmerzenden, überanstrengten Körpers.

Dann fing es an zu regnen, und als er bis auf die Haut durchnäßt war und kaum noch etwas sehen konnte, weil ihm das Wasser über die Stirn in die Augen rann, kam ihm der Gedanke, daß es im Lager Zelte und bequemere Orte zum Ausruhen gab. Aufzustehen erwies sich als ein schwieriges Unterfangen, denn es erforderte das Zusammenspiel einer Reihe komplizierter Bewegungen, zu denen sein Körper nicht mehr fähig schien. Aber da der Regen besonders naß und kalt war, gelang es ihm, sich zusammenzureißen, und er hinkte ins Lager, weil sein linker Fuß plötzlich den Entschluß gefaßt hatte, sich irgendwann verstaucht zu haben.

Das Bett sah wunderbar bequem aus, aber es war zu weit weg, also ließ er sich auf seinen Stuhl fallen und den Kopf auf die Brust sinken. Niemand schien seine Rückkehr bemerkt zu haben, was eine Erleichterung war; ein unerträglicher Haufen Arbeit wartete auf ihn (und es war kein Theudas mehr da, der ihm helfen konnte), und er konnte sich ihr jetzt einfach nicht stellen. Er schloß die Augen, erleichtert über die Dunkelheit im Zeltinneren, aber die Schmerzen in seinen Muskeln und Gelenken waren viel zu stark, um ihn einschlafen zu lassen. Trotzdem glitt er gerade in einen Zustand des Dösens, als er im Nacken etwas Spitzes fühlte. Es hätte ein Dorn oder ein Stück Stahl seiner verbeulten Rüstung sein können, aber das glaubte er nicht. »Hallo?« sagte er.

»Selber hallo.«

Die Stimme kam ihm bekannt vor. »Wer ist da?«

»Ich. Iseutz Hedin, Niessas Tochter. Erinnerst du dich an mich?«

»Natürlich«, erwiderte Bardas, ohne sich zu rühren. »Wie bist du hergekommen?«

»Auf die übliche Weise, mit dem Schiff«, antwortete sie. »Wir hatten den ganzen Weg den Wind im Rücken, so wurde es eine schnelle und aufregende Fahrt. Aber ich sehe schon, das interessiert dich ja doch nicht, also werde ich dich töten und die Sache zu Ende bringen.«

»Warte einen Moment«, sagte Bardas, und die Angst ließ ihn die Worte leicht undeutlich aussprechen, so wie ein Mann, der zwar nicht betrunken, aber auch nicht ganz nüchtern ist. »Ich kann mich nicht daran erinnern, aber haben wir jemals darüber gesprochen? Ich würde gern wissen, warum du mich so sehr haßt.«

»Das ist ganz einfach. Du hast mein Leben ruiniert.«

»Gut«, sagte Bardas, »aber es war ein fairer Kampf; du hättest mich getötet, hätte ich nicht ...«

»Darüber rede ich doch gar nicht«, unterbrach Iseutz ihn. »Sicher, mir die Finger abzuhacken hat bestimmt nicht dazu geführt, daß ich dich in mein Herz geschlossen habe, aber wie du schon gesagt hast, es war ein fairer Kampf. Das ist auch nicht der Grund, wie du ganz genau weißt.«

Bardas' Hände schmerzten, schwach vor Erschöpfung wie vor Entsetzen. »Also bist du noch immer böse auf mich, weil ich deinen Onkel getötet habe ...« Er konnte sich nicht mehr an den Namen des Mannes erinnern. Irgendwas mit Hedin. Es wäre taktlos gewesen, die Tatsache zu verraten, daß er ihn vergessen hatte. »Ist es das? Nach all dieser Zeit?«

»Ja.«

»Oh. Aber auch das war ein fairer Kampf; komm schon, du warst doch selbst eine Zeitlang Gerichtsfechterin. Also ich kann da wirklich keinen Unterschied erkennen.«

Er hörte, wie Iseutz durch die Nase ausatmete (das alles war schrecklich vertraut; ein Messer in der Dunkelheit, den Feind nicht sehen zu können, auf Geräusche und Gerüche zuückgreifen zu müssen – und ja, sie hatte kürzlich etwas gegessen, das mit Koriander gewürzt worden war). »Kannst du nicht«, sagte sie. »Das überrascht mich nicht. Du solltest mal versuchen, den Leuten zuzuhören, wenn sie dir etwas sagen. Ich habe gesagt, ich werde dich töten, weil du mein Leben ruiniert hast. Und das hast du.«

Da war noch etwas, was er im Hinblick auf die Angst vergessen hatte: daß sie sämtliche Gedanken durchtränkte wie verschüttetes Lampenöl einen Papierstapel. »Aber das ergibt doch wirklich keinen Sinn«, sagte er. »Auch wenn ich ihn nicht getötet hätte, die Stadt wäre trotzdem gefallen, und dein Leben wäre trotzdem versaut gewesen. Verdammt, wenn du schon unbedingt ein Logikspielchen spielen willst, dann versuch es doch mal hiermit: hätte ich deinen Onkel nicht getötet, wärst du dann in jener Nacht, in der die Stadt untergegangen ist, in dieser Gasse gewesen? Und die Antwort lautet nämlich nein, du wärst getötet worden. Ich habe dir dein verdammtes Leben *gerettet*, schon vergessen? Zählt das denn gar nichts?«

»Du hast mir damit keinen Gefallen getan.«

Statt abzunehmen, wurde die Angst schlimmer. Es gibt hysterische Frauen mit Messern, die einem drohen, sie würden einen töten, statt dessen aber mit einem reden; sie erwecken keine Furcht in den Herzen von Männern, die sich einen Weg durch eine feindliche Armee bahnen können, während sie an andere Dinge denken. Aber er hatte definitiv Angst vor Iseutz, beinahe bis zum Punkt der Sprachlosigkeit und des Verlustes der Blasenkontrolle. Schließlich war sie seine Nichte; falls es tatsächlich so etwas wie Vererbung gab, steckte er in ernsten Schwierigkeiten.

»Ich komme nicht mehr mit«, sagte er. »Warum erklärst du es mir nicht, statt mich raten zu lassen?«

»Also gut, ich erkläre es dir.« Sie stützte sich etwas fester auf das Messer. »Eigentlich ist es ganz einfach. Du hast mich zu *dem hier* gemacht.« (Welchen Ekel sie in diese beiden kleinen Wörter hineinlegen konnte.) »Du hast mich zu dem gemacht, was ich heute bin, Onkel Bardas. Eines muß man dir lassen, du bist ein großartiger Handwerker. Du hast aus meinem Cousin Luha einen Bogen gebaut, und mich hast du in eine andere Art von Waffe verwandelt. Du hast mich zu einer Loredan gemacht. Vielen herzlichen Dank.«

Bardas hatte plötzlich etwas im Mund, das wie verfault schmeckte. Er schluckte es hinunter. »Sei nicht ungerecht«, sagte er. »Das war deine Mutter und nicht ich.«

»Oh, sie hat damit angefangen, was auch der Grund dafür ist, daß sie kein gutes Versicherungsrisiko ist. Aber ich bin von ihr weggekommen, ich sollte eine Hedin werden, bis du dich eingemischt hast. Darum werde ich dich töten.«

»Ich verstehe«, sagte Bardas. »Aber wenn du mich tötest, wird dich das denn nicht noch mehr in das verwandeln, was du nicht sein willst?«

»Nein«, sagte Iseutz. »Die Loredans töten keine Familienmitglieder. Schau dir Onkel Gorgas an – du hast seinen Sohn ermordet, und er hat dir vergeben. Du hattest die Gelegenheit, mich zu töten, hast es aber nicht getan. Mutter hätte mich jederzeit umbringen lassen können, aber sie hat es nicht getan. Das ist nicht unsere Art.« Sie lachte. »Je mehr ich darüber nachdenke, desto mehr komme ich zu dem Schluß, daß ich dir einen

Gefallen tue. Komm schon, Onkel Bardas. Welchen Grund könntest du schon haben, weiterleben zu wollen? Hätte ich nur die Hälfte der Dinge getan, die du getan hast, würde ich vor Erschöpfung sterben, weil ich niemals schlafen könnte. Dein Leben muß wirklich furchtbar sein. Ich meine, meines ist schon schlimm genug, und ich habe kaum damit angefangen.«

»Wie kann man nur so etwas sagen«, erwiderte Bardas. »Wenn man die Konsequenzen mal außen vor läßt, fällt mir keine einzige Sache ein, bei der ich nicht die besten Absichten verfolgt habe.«

»In Anbetracht der Umstände war das nicht unbedingt das Klügste, das du sagen konntest.«

»Wirklich?« Bardas konnte eben so verhindern, wie ein Hund zu zittern, der gerade aus dem Teich geklettert war, aber es war harte Arbeit. »Das finde ich nicht. Du wirst mich nicht töten. Sonst wäre ich bereits längst tot.«

»Glaubst du?« sagte Iseutz und stieß mit dem Messer zu.

Später kam Bardas zu dem Schluß, daß dieser geschickt geplante Erfolg all die anderen Fehler wiedergutmachte, die er an diesem Tag begangen hatte. Indem er sie so geschickt provozierte, hatte er wenigstens genau gewußt, wann der Stoß erfolgen würde. Das ermöglichte es ihm, den Kopf nach vorn und zur Seite zu reißen – er zog sich trotzdem eine üble Schramme am Nackenansatz zu, aber das reichte nicht aus, um daran zu sterben –, während er gleichzeitig mit beiden Füßen zutrat und sich abstieß, um die Stuhllehne dorthin zu rammen, wo er ihren Solarplexus vermutete. Aus dem gleichen Schwung heraus warf er sich zu Boden, rollte sich herum und griff dorthin, wo Theudas' Taschenmesser sein mußte (vorausgesetzt, niemand hatte es weggeräumt), nämlich auf seinem Schreibtablett, das auf dem Boden stand. Nach drei Jahren in den Minen war ihm das zur zweiten Natur geworden; es fiel ihm leichter, es in der Dunkelheit nur mit dem Tastsinn und nach der Erinnerung zu tun, als hätte er sich im Licht befunden und sehen können. Der

Messergriff glitt in seine Hand, und die Aktion des Werfens kam ebenfalls aus der Erinnerung – es war lebenswichtig gewesen, sich in den Minen ökonomisch zu bewegen. Er hörte den Einschlag und das schmerzerfüllte Aufstöhnen – das war schlecht, denn wenn sie noch einen Ton hervorbringen konnte, hatte er sie verfehlt –, aber da griff er bereits nach dem Säbel, den er auf dem Kartentisch abgelegt hatte.

Sie sagte: »Onkel Bardas, nein ...« Dann hörte er das feuchte Knirschen von Stahl, der Fleisch und Sehnen durchschnitt, die scharfe Kante, die die Muskelfasern zusammenpreßte und durchtrennte. »Danke«, sagte er instinktiv und wartete (immer bis zehn zählen, bevor man sich rührt, eine weitere nützliche Lektion aus den Minen), bis er schließlich den Säbel senkte, aufstand und nach der Zunderbüchse und der Lampe tastete.

Als er endlich Licht gemacht hatte, war sie bereits tot; ein Schnitt in die Halsvene ist eine üble Sauerei, aber es geht schnell. Auch in ihren Augen stand Angst; vermutlich war es die in der letzten Sekunde erfolgte Erkenntnis, daß sie trotz allem leben wollte (das hatte er so oft gesehen). Ihr Mund stand offen, sie hatte das Messer weggeworfen; aber in der Dunkelheit hatte man von ihm natürlich nicht erwarten können, daß er das sah. Theudas' Taschenmesser hatte ihre Wange aufgeschlitzt, eine auffällige, aber unbedeutende Fleischwunde, wie die, die sie ihm zugefügt hatte. Er blieb stehen und betrachtete sie ein Weilchen. Eine Loredan weniger. Nun gut.

Und so geht es weiter, dachte er, *so geht es weiter. Und jetzt habe ich ein totes Mädchen in meinem Zelt.* Überflüssig zu erwähnen, daß sie auf das Bett gefallen war, das nun völlig mit Blut getränkt war. Also schlief er statt dessen auf dem Stuhl.

Fernab vom Kampf in Ruhe und Frieden; er hatte das Gefühl, sich nicht an eine Zeit erinnern zu können, in der es keinen Staub und das ständige Dröhnen der Tribockeinschläge gegeben hatte.

Dieser Ort war ihm eingefallen, weil er vor Jahren schon mal hiergewesen war. Er war etwa zehn Jahre alt gewesen, und die ganze Familie war dorthin aufgebrochen, weil es dieses unbestätigte Gerücht gegeben hatte, auf den überfluteten Ebenen würde es Gänse geben. Natürlich hatte es keine Gänse gegeben, aber sie hatten wilde Erdbeeren und ein paar Pilze gefunden, die der Onkel als eßbar deklariert hatte. Wie gewöhnlich bei solchen Gelegenheiten hatten sie mehr Essen mitgenommen, als sie zurückbrachten, aber darum war es auch gar nicht gegangen. Auch wenn niemand es jemals so deutlich gesagt hätte, es war darum gegangen, eine Zeitlang vom Clan wegzukommen, ein Zeichen der Trennung. Sie waren die einzige Familie gewesen, die so etwas getan hatte; man hatte es als kuriose Exzentrizität betrachtet, und niemand hatte je gefragt, ob er mitkommen könnte.

Er hatte sich an die Höhle erinnert; nun, Höhle war übertrieben, eine Spalte unter einem Felsen, die groß genug für einen Zehnjährigen war, um dort hineinzukriechen und sich vorzustellen, daß er in einem *Haus* lebte, einem jener seltsamen, unbeweglichen Gebilde, in denen der Feind wohnte, wenn er nicht gerade der Feind war.

Er hatte sich wegen des seltsamen Gefühls der Sicherheit, das sie ihm gegeben hatten, daran erinnert; Wände, die aus Felsen und Lehm bestanden und nicht aus Filz. Eines Tages möchte ich in einem *Haus* leben, hatte er gedacht. Und das hatte er dann auch Jahre später getan, bis der Feind (ein anderer Feind und doch der gleiche) nach Ap'Escatoy gekommen war und sein Haus hinunter in seine Höhle gerissen hatte.

Er hatte sich auch daran erinnert, weil der Feind das Lager überfallen hatte, während sie vom Clan getrennt gewesen waren; es war der Tag gewesen, an dem sie Temrais Mutter getötet und den größten Teil der Herde weggetrieben hatten, was zu der Hungersnot geführt hatte, durch die in jenem Winter so viele Menschen gestorben waren. Er hatte sich daran erinnert, wie es gewesen war, ins Lager zu reiten und die Fetzen verbrannten Filzes zu sehen, die von den angekohlten Zeltpfählen hingen, und die Leichen, die man liegengelassen hatte, weil es so viele waren, daß man einen ganzen Tag brauchte, um sie fortzuräumen – er runzelte die Stirn und legte die Bilder der Erinnerung über das, was er gerade gesehen hatte.

(Im Laufe der Jahre hatte er eine Menge gesehen und erinnerte sich an mehr, als ihm lieb war, aber das tut ein Spion nun einmal. Er sieht zu und erinnert sich, und dann tut er, was man ihm befiehlt.)

Die Felsspalte war noch immer da (es gab keinen Grund, warum sie es nicht sein sollte); sie war kleiner als in seiner Erinnerung, aber noch immer groß genug, um ihm für den Rest der Nacht Zuflucht und einen Platz zum Arbeiten zu gewähren. Er band sein Pferd an dem Dornenbaum fest (den gab es auch noch, aber er war so gut wie abgestorben), schnallte die Satteltaschen ab und kroch in den dunklen Tunnel.

Der Zunder fing erst beim dritten Versuch Feuer (draußen hatte es angefangen zu regnen). Er zündete die Lampe an, dann den kleinen Ölofen, der seinem Onkel gehört hatte. Der Ofen flackerte ziemlich beunruhigend, aber er hatte Licht und genug Wärme, damit seine Hände nicht zitterten. Das reichte.

Er holte das, was er mitgebracht hatte, aus dem Sack und betrachtete es; dann suchte er in der Satteltasche nach dem kleinen Holzkästchen, das den wertvollsten und geheimnisvollsten Schatz seines Onkels enthielt, das Filetiermesser mit der dünnen Klinge. *Denk zweimal nach, bevor du einmal schneidest*, dachte er, dann wählte er die Stelle für den ersten Einschnitt.

Es war wichtig, die Arbeit im richtigen Tempo durchzuführen; vorsichtig zog er die Haut mit dem Zeigefinger der linken Hand zurück und schnitt sie mit der rasiermesserscharfen Klinge vom Knochen. Er hatte früher schon ähnliche Arbeiten erledigt und auch schon viele Male dabei zugesehen. Aber das hier war ein besonderer Fall, und es würde sehr viel leichter sein, Fehler zu vermeiden, als sie hinterher beheben zu müssen.

Das Teil war wegen der Biegungen und Winkel schwer zu häuten. Der Onkel hatte im Verlauf der Jahre schwierigere Arbeiten ausgeführt – er war darin so gut gewesen, daß ihm die Leute ihre Jagdtrophäen gebracht hatten, damit man daraus Mäntel und Teppiche und Decken herstellen konnte. Er hatte den Anblick stets faszinierend gefunden, zuzusehen, wie sich die Haut vom Knochen löste, dabei immer noch gleich und trotzdem völlig anders aussah; und mit seinem jungen, noch ungeformten Geist hatte er oft über diese enge Verwandtschaft zwischen der Haut und dem, was sie verdeckte, nachgedacht; wie sie Teil des Ganzen war und doch so leicht davon getrennt werden konnte. Diese Gedanken hatten zu anderen geführt – über die Natur der äußeren und inneren Realität, über die Art, wie die Oberfläche das, was innen liegt, beschützt und umhüllt und tarnt.

Er schälte und schnitt weiter, bis sich das letzte Hautstück unversehrt löste und er zwei verschiedene Objekte hatte, Haut und Knochen. Er schaute auf. Das Wasser im Topf sprudelte, also warf er den Knochen dort hinein, um Fleisch und Gewebe herauszukochen (der letzte Schritt würde darin bestehen, den Knochen zu bleichen und zu polieren), dann breitete er die Haut aus und griff nach der Satteltasche, um die Dinge herauszuholen, die er brauchte: Salz, Kräuter und den Krug mit Honig. Das Salz schmierte er in einer dicken Schicht auf die rohe Seite der Haut; dann streute er die Kräuter darauf und rollte die Haut fest wie einen Brief zusammen. Schließlich schnitt er das Wachs um den Verschluß des Honigkruges auf, nahm den Deckel ab und tauchte die Rolle in den Honig. Der Deckel kam wieder drauf, und er schmolz mit der Lampe einen kleinen Wachsklumpen, um ihn wieder zu versiegeln.

Er ruhte sich einen Moment lang aus; sich derart zu konzentrieren hatte ihn mehr angestrengt als die rein physische Arbeit, obwohl auch die hart genug gewesen war, da sie außergewöhnliche Kraft und Fingerfertigkeit verlangte. Um die Hände zu waschen, kroch er zur Öffnung der Spalte und hielt sie in den Regen hinaus, dann wischte er sie am Gras trocken. Die letzte Arbeit bestand darin, die Klinge zu säubern (der Onkel hatte ihn feierlich versprechen lassen, sie niemals rostig werden zu lassen; sobald das geschieht, hatte er gesagt, kannst du sie genausogut gleich wegwerfen, du wirst sie nie wieder sauber kriegen).

Er dachte noch eine Weile über die Arbeit nach, die er getan hatte. Dann legte er sich hin, streckte die Beine aus und schlief.

Gannadius.

Er setzte sich noch ganz schlaftrunken auf. Der Raum war so dunkel, daß er nicht sagen konnte, ob er die Augen auf hatte oder nicht.

»Alexius?« fragte er.

... und Alexius trat aus der Dunkelheit und setzte sich neben das Bett. »Es tut mir leid, habe ich Euch geweckt?«

»Vermutlich«, erwiderte Gannadius. »Aber das ist schon in Ordnung. Wie geht es Euch?«

Alexius musterte ihn stirnrunzelnd. »Ich bin tot«, sagte er.

»Entschuldigt, das war nur eine automatische Frage, ich weiß, daß Ihr ... Es tut mir leid«, fügte Gannadius lahm hinzu.

»Schon gut«, sagte Alexius. »Ich war immer schon der Meinung, daß der Gewinn der Philosophie der Verlust der Diplomatie war. Stellt Euch nur vor, wie viele interessante Kriege Ihr hättet verursachen können, wenn Ihr Euch statt für den Orden für das diplomatische Korps entschieden hättet.«

Gannadius schnalzte mit der Zunge. »Daran habe ich tatsächlich auch schon mal gedacht«, sagte er. »Ihr seid seit Eurem Tod viel sarkastischer geworden.«

»Tatsächlich?« Alexius sah betroffen aus. »Ja, wenn ich so darüber nachdenke, dann könnte das stimmen, obwohl es mir vor Eurer Bemerkung nicht aufgefallen war. Vermutlich liegt das daran, daß ich jedesmal, wenn ich mit Euch sprechen muß, durch Eure reizende Persönlichkeit und Euer sonniges Gemüt gefiltert werden muß. Zweifellos kommt die erhöhte Leichtfertigkeit daher. Nicht, daß ich mich beschwere; ich fand meine Art der Konversation immer etwas zu trocken und nichtssagend.«

»Ich freue mich, Euch geholfen zu haben«, sagte Gannadius. »Nun, worum ...«

»Die Botschaft, ja.« Alexius dachte einen Augenblick lang nach. »Ich weiß nicht, wie ich es ausdrücken soll, ohne erbärmlich melodramatisch zu klingen. Lebt wohl. Für immer.«

»Oh«, meinte Gannadius. »Was ist geschehen?«

»Die Katastrophe, die wir angerichtet haben, hat sich endlich selbst in Ordnung gebracht«, sagte Alexius. »Obwohl *in Ordnung* vielleicht ein etwas unangebrachter Begriff ist. Iseutz Hedin ist tot. Bardas hat sie vor ein paar Minuten getötet.«

»Oh«, wiederholte Gannadius. »Und wie genau verändert das die Dinge? Es tut mir leid, ich kann Euch nicht ganz folgen.«

Alexius seufzte. »Ich sehe schon, hier inmitten der intellektuellen Elite des Ordens von Shastel dahinzuvegetieren hat Eurer Fähigkeit zu induktiven Schlußfolgerungen nicht gutgetan«, sagte er. »Mal sehen. Ich schätze, man könnte sagen, das Prinzip hat sich selbst behauptet oder ist zu seinem richtigen Verlauf zurückgekehrt – wenn wir die Fluß-Analogie bemühen, die mir nie sonderlich zugesagt hat. Wenn wir die Rad-Analogie nehmen, würde ich sagen, es hat eine Drehung vollendet und ist zur schnurgeraden Richtung zurückgekehrt, obwohl das bequemerweise die Tatsache außer acht läßt, daß es eine Zeitlang den Weg völlig verlassen hatte. Und zwar dank Eurer und meiner tatkräftigen Unterstützung, wie ich leider sagen muß.«

»Der Fluch.«

»Oje, wieder dieses Wort. Diese Umleitung oder auch diese

Abweichung – oder müßte es Exzentrizität heißen? Obwohl ich, wenn man alles berücksichtigt, mich für die Worte ›dieser verfluchte, dämliche Fehler‹ entscheiden würde.« Er schüttelte den Kopf. »Wie dem auch sei, die Sache ist entschieden. Im gewissen Sinn sind wir wieder da, wo wir wären, wenn wir nicht eingegriffen hätten – mal davon abgesehen, daß wir natürlich nicht annähernd dort sind, da es sich bei der Stadt, die nicht untergegangen ist, eben nicht um Perimadeia handelt, sondern um eine Festung in der Steppe, die Bardas nicht erobern konnte; und es ist Iseutz, die getötet wurde, und nicht Bardas. Außerdem hat das Rad natürlich eine zusätzliche Drehung gemacht und eine viel größere Distanz zurückgelegt, und darum sind viel mehr Leute in die Sache verwickelt worden, als nötig gewesen wäre. Aber es ist vorbei, und das ist die Hauptsache. Für Euch bleibt nur noch übrig, das Experiment in einem Aufsatz zu beschreiben.« Er verstummte. »Ich meine das nicht böse, aber ich würde mir jemanden dazuholen, einen Mitarbeiter, nur um diesen objektiven Blickwinkel reinzubekommen, der den entscheidenden Unterschied macht. Was ist mit Eurer verflucht begabten Studentin, dieser ...«

»Machaera?« Gannadius schüttelte den Kopf. »Sie hat letztes Jahr den Kurs gewechselt. Sie lernt jetzt Handelsstrategie und ist darin sehr erfolgreich.«

»Tatsächlich? Schade.« Alexius seufzte. »Nun, ich schätze, Ihr werdet schon jemanden finden. Und Ihr könnt mit der Arbeit sowieso nicht anfangen, bis sich alles beruhigt hat, also ...«

Gannadius unterbrach ihn. »Was genau meint Ihr mit ›sich alles beruhigt hat‹?«

Alexius machte eine vage Geste. »Sich von selbst geregelt hat, seine eigene Ebene gefunden hat. Ihr werdet schon sehen.« Er stand auf. »Nun, alter Freund, das ist einer dieser peinlichen Augenblicke, die wir uns so sehr bemühen zu vermeiden. Es war ein Vergnügen, mit Euch zu arbeiten, und ich habe Eure Freundschaft sehr genossen (selbst wenn die Konsequenzen für

Hunderttausende von Menschen ziemlich katastrophal waren). Es wäre schön, wenn man davon ausgehen könnte, daß wir uns eines Tages wiedersehen, obwohl ich ehrlich sagen muß, daß ich das meiner Interpretation des Prinzips zufolge für ausgesprochen unwahrscheinlich halte.« Er verzog das Gesicht. »Ich weiß, das alles klingt schrecklich formell, aber Ihr und ich, wir gehören nicht zu der Sorte Menschen, die große emotionale Reden halten. Was vermutlich bedauerlich ist.«

Gannadius nickte. »Ich werde Euch vermissen«, sagte er. »Aber ich schätze, ich bin froh, daß es wirklich vorbei ist; natürlich stimmt das so nicht, da die Dinge auf so schreckliche Weise geendet haben, und es *war* unser Fehler ...«

»Nur zum Teil. Wir haben die Menschen nicht zu dem gemacht, was sie sind, oder die Probleme verursacht, die alles erst in Bewegung gesetzt haben. Im gewissen Sinne wäre das alles trotzdem passiert, weil es nun mal geschehen ist ...« Er verstummte, kratzte sich am Kopf und lächelte traurig. »Wißt Ihr, ich hatte gehofft, daß der Tod meine Überlegungen auf diesem Gebiet erhellen würde, aber ich fürchte, das hat er nicht. Ich habe das Prinzip nie verstanden, und ich verstehe es immer noch nicht.«

»Es hat zwei alternative Verläufe gegeben, beide gleichwertig«, sagte Gannadius langsam. »Wir haben eine Wahl getroffen. Aber was geschehen ist, ist geschehen.«

»Wenn Ihr die Fluß-Analogie benutzt, von der ich nie viel gehalten habe«, erwiderte Alexius. »Aber ich weiß einfach nicht, wie man das alles auf die Rad-Analogie ...«

»Es sei denn, man sieht das Prinzip nicht als Rad, sondern als Welle.«

»Wie bitte?«

»Das habe ich irgendwo gehört. Ich halte auch nicht viel davon.« Er holte tief Luft. »Können wir uns die Hände schütteln, uns umarmen oder so was in der Art? Ich bin der Meinung, ein physischer Ausdruck des Abschieds ...«

Alexius dachte darüber nach. »Ich kann Euch mit dem Eindruck zurücklassen, daß es einen physischen Kontakt gegeben hat«, sagte er, »aber das wäre eine unzuverlässige Erinnerung. Allerdings wäre es unmöglich, das Gegenteil zu beweisen.«

»Und genauso unmöglich, es nicht zu beweisen«, erwiderte Gannadius mit einem Lächeln. »Und vergeßt nicht, wir sind Philosophen. Wissenschaftler. Für uns sind Beweise und die Prüfungen, die sie bestehen müssen, nun einmal alles.«

»Also gut, dann. Lebt wohl, Gannadius.«

... der sich bewußt wurde, daß er wach war und geträumt hatte.

Es war wie nach einem großen Fest, einem Geburtstag oder einer Hochzeit; sie fühlten sich heiter und erschöpft, und das letzte, zu dem sie Lust hatten, war mit dem Aufräumen anzufangen. Leider würden sie einen gewissen Teil erledigen müssen, bevor sie zu Bett gingen; eine sorgfältige Suche nach überlebenden Gegnern, ganz zu schweigen von den eigenen Verwundeten.

»Iordecai, du organisierst ein paar Arbeitsgruppen«, sagte Sildocai. »Lissai, Ullacai, überprüft die Verteidigunganlagen, nur für den Fall, daß sie angreifen – ich kann mir das zwar nicht vorstellen, aber es wäre ein brillantes taktisches Manöver. Uns in dem Augenblick zu treffen, in dem wir am entspanntesten sind. Pajai, ich will, daß du zwanzig Mann nimmst und dich vergewisserst, daß Loredans Leiche nicht irgendwo im Fluß schwimmt. Man weiß ja nie, was einem das Glück bringt.«

»Also gut«, sagte jemand. »Und was tust du?«

»Ich erstatte natürlich Temrai Bericht, was sonst«, sagte Sildocai mit einem Grinsen. »Übrigens, hat ihn jemand gesehen? Als ich ihn das letzte Mal gesehen habe, war er auf dem Weg in sein Zelt, aber da haben wir noch immer bei den Stallungen mit dem Feind aufgeräumt.« Keiner hatte etwas dazu zu sagen, also zuckte er mit den Schultern. »Ich schätze, er ist in seinem Zelt und hat die Füße hochgelegt; schließlich hat er sich noch längst nicht davon erholt, lebendig begraben worden zu sein.«

Er ließ den Blick über das Lager schweifen. Überall brannten Feuer; das sauber aufgeschichtete Feuerholz war im Regen naß geworden, also hatte man Hellebardenschäfte und die Armeestiefel der Imperialen als Brennstoff genommen. Alle Überlebenden bewegten sich mit den langsamen, grimmigen Schritten von Leuten, die todmüde waren. Er wußte, wie sie sich fühlten, aber er war noch immer cin bißchen im Siegestaumel. Es war eine Schande, daß man nach einem Sieg noch länger aufräumen mußte als nach einer Niederlage.

Die Frauen und Kinder waren herausgekommen und taten ihr Bestes, um zu helfen; sie zogen toten Hellebardieren die Hemden und Stiefel aus, sammelten Pfeile ein und machten sich fleißig an die Ernte der Toten, kümmerten sich um die unerwartet in ihren Besitz gekommenen Dinge, die nicht verschwendet werden sollten. Er blickte nach unten und begriff, daß er gerade auf eine Hand getreten war.

Na gut, dachte er, morgen geht es vermutlich weiter, wenn die Tribocke wieder schießen, aber heute nacht könnten wir etwas Schlaf bekommen, wir haben ihn uns verdient. Ihm wurde bewußt, daß er rasenden Hunger verspürte – vermutlich war er da nicht der einzige –, aber das würde noch warten müssen. Ob wohl jemand daran gedacht hatte, Temrai was zu essen zu bringen?

Die Zeltöffnung war zurückgeschlagen, und Licht flutete heraus. Er klopfte an dem Pfahl, aber keiner antwortete. *Vermutlich schläft er*, dachte Sildocai. Er duckte sich und trat ein.

Temrai saß auf seinem Stuhl. Das heißt, zumindest sein Körper. Sein Kopf fehlte nämlich.

19

Bitte versucht, das nicht als Rückschritt in Eurer Karriere anzusehen«, sagte der Sohn des Himmels, die Augen auf einen Punkt eine Handbreit über Bardas' Kopf gerichtet. »Es ist nichts dergleichen. Wie ich bereits eben gesagt habe, sind wir mit Eurer Leistung recht zufrieden. Der letzten Analyse zufolge war der Krieg ein Erfolg; Ihr mögt eine Schlacht verloren haben, aber Ihr habt einen Frieden unter den gleichen Bedingungen ausgehandelt, die ich auch im Falle Eures Sieges für akzeptabel befunden hätte. Schließlich hat niemand von Euch erwartet, daß Ihr sie *alle* umbringt.«

Bardas nickte. »Danke.«

»Gern geschehen. Wir erkennen durchaus an, daß Ihr das Kommando unter widrigen Umständen übernommen habt, daß man von Euch nicht erwarten konnte, Truppen mit der gleichen Kompetenz zu führen wie ein erfahrener General, und daß sich diese Steppenreiter als ein unerwartet hartnäckiger, einfallsreicher und schwieriger Gegner erwiesen haben. Ihr wart nicht der einzige Kommandant, den sie besiegt haben. Tatsächlich wart Ihr beträchtlich erfolgreicher, als wir erwartet hätten.«

»Es ist nett von Euch, das zu sagen.«

»Aber nicht doch. Darum zögere ich auch nicht im mindesten, Euch für Eure neue Position zu empfehlen. Schließlich sind Männer mit Eurer weitreichenden Erfahrung in Minenoperationen bei Belagerungen ausgesprochen dünn gesät. Nicht, daß wir erwarten, daß sich die Situation vor Hommyra auch nur annähernd so lange hinzieht wie die Geschichte vor Ap'Escatoy. Sobald die Haupttunnel fertiggestellt sind, erwarten wir, daß die Angelegenheit in wenigen Monaten beendet sein wird.«

Bardas nickte. »Das ist gut.«

»Und danach – nun.« Der Sohn des Himmels lächelte tatsächlich. »Ich bin fest davon überzeugt, daß die Armee immer einen erstklassigen Sappeur gebrauchen kann. Ich sehe große Dinge in Eurer Zukunft, vorausgesetzt, Ihr erfüllt Eure Seite der Abmachung.«

(Es war ein seltsames Treffen gewesen, mit beinahe schon komischen Zügen. Beide Männer hatten einander eine übertriebene Höflichkeit entgegengebracht, als würde die geringste falsche Nuance augenblicklich in einem Pfeilregen enden, der von einem verzweifelten Kavallerieangriff beantwortet werden würde. Hauptmann Loredan hatte König Sildocai mit allem nötigen und angebrachten Respekt begrüßt, der in den Protokollen der Provinzverwaltung ganz genau festgelegt war (ein feindlicher General rangiert über den eigenen unmittelbaren Untergebenen und bekleidet die gleiche Position wie man selbst, gilt jedoch aus diplomatischen Gründen als Gleicher und Untergebener des unmittelbaren Vorgesetzten), und hatte sein formelles Beileid zum Tode von König Temrai bekundet. König Sildocai hatte sich bei Hauptmann Loredan für seine willkommenen Worte bedankt und den Wunsch zum Ausdruck gebracht, das von nun an beide Nationen im Geist der Kooperation zusammenarbeiten würden, um eine für beide Seiten akzeptable Einigung zu erzielen. Der Handel – die Clans würden die Steppe verlassen, nach Norden in die offiziell festgelegte Wildnis ziehen und niemals zurückkehren – wurde so schnell und mühelos abgeschlossen, daß sie beide manchmal den Verdacht hatten, von den gleichen Notizzetteln abzulesen. Als sie auseinandergingen, waren sie fast schon Freunde gewesen.)

»Natürlich hatten wir niemals auch nur die geringste Absicht, Euch auf die Insel zu schicken«, fuhr der Sohn des Himmels fort.

»Ach ja?« sagte Bardas. Er klang, als wäre dieses Thema für ihn von rein akademischem Interesse.

»Absolut. Es wäre einem Zugeständnis gleichgekommen, fast einem Akt der Schwäche. Nein, die Insel – verzeiht, wenn ich das sage – braucht eine starke, kompromißlose Führung, die sie durch den schwierigen Übergangsprozeß bringt. Das Territorium selbst ist natürlich völlig unbedeutend, ich schätze, daß wir es es zur rechten Zeit mit einer der anderen Unterpräfekturen vereinigen, das Bevölkerungsgleichgewicht regulieren und es zu einem entwicklungsfähigen Objekt machen, um die vorgesehene Marinebasis zu errichten. Aber bei der derzeitigen Lage muß es unsere erste Priorität sein, die Flotte zu sichern. Wenn unsere verschiedenen unerfreulichen Erfahrungen in diesem Operationsgebiet uns etwas gelehrt haben, dann die Tatsache, daß wir es uns nicht länger leisten können, die Seestreitkräfte zu vernachlässigen.«

Er spricht zu mir, als wäre ich einer von ihnen, erkannte Bardas – ich bin zwar ein Untergebener, das schon, aber das *uns* schließt uns alle ein, mich eingeschlossen. »Das verstehe ich«, sagte er. »Wie Ihr schon gesagt habt, es ist eine Frage der Priorität.«

Großmütig bot der Sohn des Himmels an, ihm noch etwas Wein nachzuschenken. Bardas war auch aufgefallen, daß sie dies gern taten, entweder weil es etwas über ihre Beziehung als Diener des Imperiums aussagte oder weil sie Ausländern nicht zutrauten, das Sediment in dem Krug zu lassen. Er dankte mit einem höflichen Nicken.

»Während meiner dortigen Gespräche ist mir klargeworden, daß der Anführer der Rebellen viel durchtriebener ist, als ich erwartet hätte«, fuhr der Sohn des Himmels fort. »Ein böser Fehler meines Urteilsvermögens, wie ich zugeben muß.« Er schürzte die schmalen Lippen. »Nein, nicht durchtrieben, das trifft es nicht genau; es handelte sich eher um diese seltsame Mischung aus Schlauheit und Dummheit, die für merkantile

Nationen so charakteristisch ist. Meiner Erfahrung nach verfügen sie oftmals über die ungewöhnliche Fertigkeit, auf der individuellen menschlichen Ebene Beweggründe verstehen zu können, während weitreichendere Dinge, die Euch und mir völlig klar wären, anscheinend völlig an ihnen vorbeigehen.« Er lächelte andeutungsweise. »Darum war die persönliche Annäherung ja auch so angebracht, die Irreführung, daß wir Euch schicken würden, jemand, dem sie sowohl vertrauen könnten wie ihn auch manipulieren. Natürlich war er ein Narr, seine ganze Strategie auf einer durch nichts gestützten Versicherung aufzubauen, einer vagen Andeutung zukünftiger Bestrebungen. Ich habe unter Kaufleuten eine erstaunliche Schwäche entdeckt, und zwar ihr offensichtliches Verlangen, trotz ihrer scheinbar zynischen Fassade jemandem vertrauen zu können. Es war einfach, ihn dazu zu bringen, mir zu vertrauen; solche Leute können nicht anders, als Leuten zu vertrauen, vor denen sie sich fürchten.«

Bardas lächelte, als würde ihm der Witz gefallen. »Was wird mit ihm geschehen?« fragte er. »Dem Rebellenführer?«

Der Sohn des Himmels musterte ihn aus dem Augenwinkel. »Oh, man wird ihn ausliefern, ihm den Prozeß machen und ihn verurteilen; schließlich müssen wir die Bücher ausgleichen. Glücklicherweise erlaubt unser Bilanzsystem einem Mann, die Schuld für die Fehler seines Landes zu tragen; es ist effizient und human, und es vereinfacht die persönlichen Beurteilungsbögen. So hat König Temrai für sein Volk bezahlt, so werden Meister Auzeil und seine Gruppe für das ihre bezahlen; wir können einen Strich unter beide Reihen machen und die Seite abzeichnen. Und«, sagte er, wobei seine Stimme so sanft wurde, daß sie beinahe zu einer Beschwörung degenerierte (nur daß kein Sohn des Himmels jemals so tief sinken würde), »wir können unsere ziemlich sinnlose Verstrickung in der Mesoge mit einer einzigen, einfachen Rechenoperation lösen.«

Bardas rührte keinen Muskel.

Sie hatten natürlich seine Briefe gelesen. Es war die normale Vorgehensweise, wenn ein Offizier nach einer nicht zufriedenstellend verlaufenen oder fragwürdigen Operation überprüft wurde.

Der fragliche Brief hatte ihn in einem unpassenden Augenblick erreicht; er war gerade dabei gewesen, einen von ihm verursachten Fehler im Dienstplan wieder in Ordnung zu bringen. »Nicht jetzt«, hatte er gesagt und dann den Ausdruck auf dem Gesicht des Mannes gesehen, der ihn gebracht hatte. Er sah aus, als wollte er sich gleich übergeben.

»Was habt Ihr da?« fragte er.

»Einen Brief für Euch«, erwiderte der Mann. »Und das da.« Er zeigte auf einen großen Steingutkrug, den ein anderer entsetzt aussehender Soldat festhielt. »Wir halten den Mann, der beides gebracht hat, im Wachhaus fest.«

Bardas nickte. »Na gut«, sagte er und fragte sich, was hier vor sich ging. »Gebt mir den Brief und bringt den Krug in mein Zelt. Ich komme gleich nach.«

Es dauerte fast eine halbe Stunde, bis er den Dienstplan in Ordnung gebracht hatte, und da hatte er den Brief schon wieder vergessen. Erst am Abend, als er es geschafft hatte, sich eine Stunde für eine Pause zu stehlen, fiel sein Blick auf den Krug, und es fiel ihm wieder ein.

Das Siegel war gebrochen – nun, daran war er gewöhnt –, aber vertraut. Die Loredan-Bank. Was bedeutete, daß der Brief entweder von seiner Schwester oder von seinem Bruder kam. Und er konnte sich nicht vorstellen, daß Niessa ihm einen Brief schicken würde, geschweige denn ein Geschenk.

Lieber Bardas,

Du liest dies, was bedeutet, daß Du die Schlacht gewonnen hast. Glückwunsch! Nun, laß uns etwas in der Zeit zurückgehen.

Wenn ich diesen Brief zu Ende geschrieben habe, wird er

an meinen Mann in Temrais Lager geschickt werden. Er arbeitet schon länger für mich; im Grunde besteht seine Aufgabe darin, dafür zu sorgen, daß Temrai nichts geschieht, bis Du ihn eingeholt hast; dann soll er dafür sorgen, daß er, egal was auch passiert, nicht entkommt. Wenn Du ihn erwischst, prima, dann wirst Du diesen Brief nicht lesen. Sollte er es geschafft haben, Dir zu entwischen – nun, das macht nichts.

Es war das mindeste, was ich tun konnte. Ich weiß, wie wichtig es für Dich – Deine Karriere, Deine Zukunft – ist, diesen Krieg zu einem Erfolg zu machen. Es hat auf der Kippe gestanden, nicht wahr? Zuerst wollten sie dieses riesige Heer schicken, was bedeutet hätte, daß Du Deine Chance niemals bekommen hättest. Nun, das konnten wir doch nicht zulassen, oder? Glücklicherweise konnte ich ein kleines Ablenkungsmanöver arrangieren; die Insulaner sind so dumm und gierig, daß ich ihnen bloß vorschlagen mußte, doch mal darüber nachzudenken, ob sie nicht den Vertrag aussetzen und mehr Geld verlangen sollten, das war alles. Dann haben sie es natürlich zu weit getrieben und sich annektieren lassen; ich kann Dir sagen, als ich das gehört habe, bin ich mir etwas blöd vorgekommen. Aber glücklicherweise war genug Zeit, ein paar meiner Leute hinzuschicken, die eine saubere kleine Rebellion anzetteln sollten – etwas weit hergeholt, aber es hat funktioniert. Ich hatte das Gefühl, daß es funktionieren könnte, denn eines mußt Du wissen: mir war klar, daß dieser Krieg allein für Dich bestimmt war, und diesmal wird Dir nichts im Wege stehen.

Ich hoffe, Dir gefällt das Geschenk. Du hast Dinge für mich gemacht, seit wir Kinder waren (Du warst immer geschickt mit den Händen). Nun, Du weißt, daß ich nichts herstellen könnte, und hinge mein Leben davon ab, also habe ich mir diesen klugen Burschen Dassascai besorgt, der es für mich tut. Da er Attentäter und Koch ist, sollte es gut geworden sein. Und wenn nicht – nun, es ist der Gedanke, der zählt.

Dein Dich wie immer liebender Bruder

Gorgas

Bardas rollte den Brief zusammen, dann schnitt er das Wachs um den Krugverschluß auf, nahm ihn ab und zog heraus, was er im Innern des Kruges fand.

Im ersten Augenblick hielt er es für einen Schweinekopf, wie die, die er als Junge immer verabscheut hatte, obwohl sein Vater und Gorgas sie für eine große Delikatesse gehalten hatten. Man schnitt den Knochen heraus und ließ die Schwarte intakt, dann wurde sie mit Salz eingepökelt, guten Sachen – Gewürznelken, schwarzen und roten Pfefferkörnern aus Colleon, Muskat, Zimt und getrockneten Aprikosen – gefüllt und in dünnen, klaren, beinahe schon weißen einheimischen Honig getaucht. Schon damals war Bardas von dem Paradoxon des süßen, köstlichen Inneren und grotesken, toten Äußeren sowohl fasziniert wie auch angeekelt gewesen; er hatte sich gefragt, wer in aller Welt sich eine so bizarre Kombination hatte einfallen lassen. Als pflichtbewußter Sohn hatte er seinen Teil stets in Angriff genommen, Enthusiasmus vorgetäuscht und versucht, sich auf den großartigen Geruch und den vollmundigen, süßen Geschmack zu konzentrieren – schließlich muß man etwas nicht ansehen, um es zu essen.

Es war dasselbe Rezept; er konnte sich gut vorstellen, wie Gorgas es in allen Einzelheiten aufschrieb und es seinem Koch schickte, mit genauen Anweisungen, nicht zu versuchen, es zu verbessern (Gorgas hatte eine Begabung fürs Kochen und konnte Essen unendlich genießen; Details spielten dabei eine wichtige Rolle. Eigentlich hätte Gorgas einen prächtigen Sohn des Himmels abgegeben). Aber es war kein Schweinekopf, der geschrumpft und verzerrt an dem honigdurchtränkten Haarschopf von seinen Fingern baumelte, es war das Gesicht von König Temrai.

Honig tröpfelte die mit Grübchen versehenen, überreifen Pfirsichwangen wie goldene Tränen hinunter; die Lider über den fehlenden Augen waren geschlossen (Bardas wußte, wie viel geschlossene Augen sehen konnten), und der Mund war mit feinem Garn zugenäht. Er fühlte sich weich und nachgiebig an, wie ein Lederbeutel – wie die Fußbälle, die sie als Kinder aus mit Stroh gefüllten Blasen gemacht hatten. Die Haut unter der weiß-goldenen Glasur war bleich und marmoriert wie Perlmutt.

(Seltsam, dachte Bardas, wie seltsam und unpraktisch von den Menschenschöpfern, die harte Rüstung des Schädels unter die Weichheit des Gesichts zu stecken. Eigentlich müßte es doch genau andersherum sein und der harte Knochen die verletzlichen, charakteristischen Züge beherbergen, die ein Individuum vom anderen unterscheiden. Zumindest was das angeht, wissen sie es im Rüstungshaus besser.)

Weich und ungeformt und zugleich verschrumpelt und faltig, sah Temrai sowohl sehr jung als auch sehr alt aus. In diesem Gesicht konnte er den Jungen erkennen, der sich an einem nicht sehr weit von hier entfernten Ort vor ihm unter einem Wagen versteckt hatte; und er konnte den alten Mann sehen, der Temrai geworden wäre (Fluß oder Rad, es sei denn, man zog die Analogie mit der Welle vor) – und er dachte einen Augenblick lang über den Prozeß des Bewahrens nach, was nichts anderes als der Versuch ist, den Fluß mit einem Damm zu versehen oder das Rad anzuhalten, eine Möglichkeit zu finden, um zu scheitern, um die zum Untergang verurteilte Stadt zu plündern oder den mit einem Fluch belegten Mann zu töten. Jemand, der an das Prinzip geglaubt hätte, wäre versucht gewesen, daraus eine Theorie zu entwickeln, als wäre in letzter Zeit nicht bereits genügend Rohmaterial in neue Formen gepreßt worden.

»Es ist etwas zu spät, sich darüber Sorgen zu machen«, bemerkte Anax, der hinter ihm stand. »Davon abgesehen, es ist die Fähigkeit, Dinge in andere Dinge zu verwandeln, die uns menschlich macht. Oder uns zu den Menschen macht, die wir sind«, fügte er mit atemlosen Kichern hinzu. »Wißt Ihr, getrocknet und vernünftig ausgestopft, könntet Ihr das als Helmeinsatz benutzen.«

»Verschwindet«, sagte Bardas.

»Ihr seid bloß gereizt, weil Ihr Euch nie bedanken konntet«, sagte Anax. »Und Ihr wart der Mann, der sich in den Minen dauernd darüber beschwert hat, daß er nie das Gesicht des Feindes zu sehen bekommt.«

Bardas runzelte die Stirn. »So habe ich ihn niemals betrachtet«, sagte er. »Und um ehrlich zu sein, habe ich ihn eigentlich nie als ein menschliches Wesen gesehen.«

»Ich fürchte, die Chance habt Ihr versäumt«, sagte Anax in einem besserwisserischen Tonfall. »Weil das nicht menschlich ist, es ist bloß ein Ding. Natürlich trifft uns das im Laufe der Zeit alle; wir legen uns langsam diese unmenschliche Haut zu – eigentlich ist das in gewisser Weise wie bei Bäumen, nur eben andersherum; bei uns ist das Lebendige auf der Innenseite und das Tote auf der Außenseite. Was mich übrigens an etwas erinnert; habe ich Euch eine erstaunlich gute Rüstung gemacht oder nicht?«

»Ja.«

»Ist das alles, was Ihr dazu zu sagen habt, ein Ja? Soviel zur bestandenen Materialprüfung; Ihr sitzt da ohne eine Schramme, und alles, was Ihr dazu zu sagen habt, ist ›Ja‹.«

Bardas lächelte. »Ah«, sagte er, »aber das war doch bloß der Krieg. Sie mußte niemals Bollo und dem großen Hammer widerstehen.«

Anax lächelte; Bardas konnte das Lächeln nicht sehen, aber er wußte, daß es da war. »Mein Sohn«, sagte er, »es gibt auf der Erde nichts, das so stark ist. Es ist wie bei diesen Boxständen, die es früher auf Jahrmärkten gab; die Hausregel lautet: Bollo gewinnt immer. Das Vergnügen liegt darin herauszufinden, wie viele Runden man durchsteht.«

»Vergnügen.«

»Mit fällt kein besseres Wort ein.«

Etwas später begab sich Bardas zum Wachhaus.

»Der Mann, der den Brief gebracht hat, habt ihr den noch immer hier?«

Man sagte ihm, er sei noch immer da.

»Gut. Habt ihr ihn nach seinem Namen gefragt?«

Aber klar, lautete die Antwort. Er hieß Dassascai. Machte kein Geheimnis daraus. Schien den Eindruck zu haben, daß eine hübsche Belohnung auf ihn wartete.

»Auf jeden Fall«, erwiderte Bardas. »Jetzt nehmt ein paar Männer und eine Waffenstillstandsflagge und bringt diesen Dassascai zusammen mit diesem Krug und dem Brief den Berg rauf zu König Sildocai – ich schlage vor, ihr haltet ihn gut fest, könnte sein, daß er nicht gehen will. Und dann, wenn ich an eurer Stelle wäre, würde ich dort so schnell verschwinden, wie ich nur kann.«

Der Sohn des Himmels lehnte sich in seinen Stuhl zurück. »Nur so aus reiner Neugier«, sagte er. »Was war in dem Krug?«

»Der Sieg«, antwortete Bardas und lächelte dünn. »Das heißt, etwas, daß das gleiche Resultat wie ein Sieg erzielte. Man könnte sagen, es war eine Geheimwaffe.«

»Ich verstehe.« Der Sohn des Himmels hob eine Braue. »Wie dieses flüssige Feuer, das Ihr während der Belagerung von Perimadeia benutzt habt, etwas in der Art?«

»Nicht ganz«, sagte Bardas, »obwohl auch das in einem Tonkrug war. Entschuldigt bitte, ich fange an, das zu sagen, was mir als erstes einfällt.« Er rieb sich das Kinn, als würde er über etwas nachdenken. »Und, wann breche ich auf?«

»Sobald Eure Ablösung eintrifft; heute nachmittag oder

morgen am späten Vormittag. Ihr meldet Euch bei ihm, sobald er eingetroffen ist – Oberst Ilshel, noch ziemlich jung, zeigt aber einiges an Potential, wir halten ihn für sehr vielversprechend. Er wird das Abrücken des Feindes überwachen und sie bis zu den Bergen eskortieren. Es müßte eine einfache, unkomplizierte Aufgabe sein.«

»Sehr gut«, sagte Bardas scheinbar ohne jede Gefühlsregung (und in seinem Gesicht regte sich kein Muskel, als wäre es bereits tot und eingepökelt).

»Ihr seid schon mit der Postkutsche gefahren?« fragte der Kurier.

Bardas nickte. »Ein paarmal.«

Der Kurier schien beeindruckt zu sein. »Dann müßt Ihr jemand Wichtiges sein«, sagte er. »Wie war noch mal Euer Name?«

»Bardas Loredan.«

»Bardas ... Moment mal, da klingelt was. Ap'Escatoy. Ihr seid der Held.«

Bardas nickte. »Das ist richtig.«

»Verflixt«, sagte der Kurier. »Ich befördere nicht jeden Tag einen Helden. Und, wie war es nun *wirklich*?«

»Hauptsächlich langweilig. Mit gelegentlichen Zwischenspielen aus schierem Entsetzen.«

Der Kurier lachte. »Ach, das sagen sie alle, wenn man sie fragt, was sie im Krieg getan haben. Ihr dürft nicht darüber sprechen, ich verstehe schon. Und, wohin geht die Reise? Oder ist das auch geheime Kommandosache?«

»Nach irgendeinem Ort namens Hommyra«, sagte Bardas. »Wo auch immer das ist. Wißt Ihr es?«

»Hommyra?« Der Kurier runzelte die Stirn. »Nun, wenn es das ist, was ich glaube, dann ist es genau auf der anderen Seite des Imperiums, weit im Osten. Ich habe gar nicht gewußt, daß dort Krieg herrscht, obwohl das natürlich nichts besagt.«

»Man hat mir gesagt, die Reise würde sechs Wochen dauern«, sagte Bardas, »mit der Postkutsche. Also wird es das wohl sein.«

»Eine Beförderung?«

»Sie machen mich zum regulären Hauptmann.«

»Was Ihr nicht sagt. Für einen Ausländer ist das eine ganz schöne Leistung.«

»Danke.«

Bardas hatte in Ap'Escatoy die Kutsche gewechselt. Die Entdeckung, daß das Lager und die provisorische Stadt ihm so vorkamen, als wäre dies sein Zuhause, daß er beinahe das Gefühl gehabt hatte, dort hinzugehören, hatte ihm zu schaffen gemacht. Er hatte versucht, nicht weiter darüber nachzudenken, genau wie er es vermieden hatte, unter dem Tor hindurchzugehen, an dem man – wie ihm jemand erzählte – die Köpfe der drei berüchtigten Rebellen aufgehängt hatte, die für die kürzlich erfolgte Unruhe auf der Insel verantwortlich gewesen waren. Sobald er gewußt hatte, um wen es sich handelte, hatte er nicht mehr nach oben geblickt – aus Furcht, sie zu erkennen oder die angebrachten Schilder zu sehen, auf denen die Namen und Untaten der Verbrecher standen.

»Diese Sache mit dem Nomadenvolk«, sagte der Kurier, »natürlich hätte man das etwas geschickter handhaben können, aber am Ende hat sich alles ins Gute gekehrt; wir sind sie losgeworden, ihr König ist tot, und wir haben im Verlauf der Sache eine Flotte bekommen. Was man dauernd zu hören kriegt, von wegen es wäre ein Schlag gegen das Prestige des Imperiums und dergleichen, das ist doch alles nur dummes Gerede. Am Ende zählt doch nur das Ergebnis, findet Ihr nicht auch?«

»Absolut«, sagte Bardas.

»Moment mal.« Der Kurier drehte sich zu ihm um. »Ihr wart dabei, nicht wahr? Ich bin mir sicher, ich habe es irgendwo gehört. Der Kerl aus Ap'Escatoy hat beim Steppenkrieg mitgemacht. Stimmt das?«

»Ich habe das Ende mitgemacht«, sagte Bardas.

»Hah! Habt Ihr kämpfen müssen?«

»Ein bißchen.«

»Würdet Ihr ein Urteil abgeben?« Der Kurier grinste. »Man sagt, die Artillerie hat die Hauptarbeit gemacht, obwohl die Kavallerie einen guten Krieg hatte. Stimmt das?«

»Mehr oder weniger.«

»Die Artillerie, das sind immer die unbesungenen Helden«, sagte der Kurier entschieden. »Wißt Ihr, mein Onkel, der ...«

»Ist das da drüben das Meer?«

»Richtig. Direkt hinter den Hügeln da, etwa zwei Meilen. Wir folgen der Küste bis nach Ap'Molian, wo es dann ein paar Tage landeinwärts nach Rhyzalia geht, und dort ...«

Weiter kam er nicht; er verstummte, bäumte sich plötzlich auf und fiel mit einem Pfeil im Hals vom Kutschbock. *Straßenräuber! Soviel zum Frieden im Innern des Imperiums!* Bardas griff nach den Zügeln, aber die waren noch immer um die Handgelenke des Kuriers geschlungen. Er wurde an ihnen hinterhergeschleift, während die Kutsche langsamer wurde. Irgendwo hinter ihm auf dem Gestell hätte eine Armbrust sein sollen, die normale Ausrüstung für Postwächter, aber sie war nicht da, wo sie sein sollte. Sein Säbel war irgendwo hinten bei seinem Gepäck. Sich auf einen Kampf einzulassen war also sinnlos; damit blieb nur noch eine Möglichkeit: Flucht. Er hangelte sich den Kutschbock entlang und griff nach den Zügeln, dabei verlor er das Gleichgewicht und stürzte. Das letzte, was er wahrnahm, war das Vorderrad, das auf ihn zuraste ...

Bardas?

»Anax«, sagte er.

Alexius. Ich bin nur vorbeigekommen, um Lebewohl zu sagen.

»Oh«, sagte Bardas. »Ihr geht also.«

Endlich. Jetzt, da sie tot ist, rundet es in gewisser Weise alles ab.

»Wer ist tot? Ihr meint Iseutz, meine Nichte?«

Nein. Jemand anderes; ich weiß nicht, vermutlich werdet Ihr Euch nicht an sie erinnern. Vetriz Auzeil. Sie war in die Sache verwickelt, ganz am Rande.

Es war nicht festzustellen, wo sich dieser Ort befand; es war dunkel und es gab weder Geräusche noch Gerüche. »Ich glaube mich erinnern zu können, daß Ihr mir von ihr erzählt habt«, sagte er. »Und ich bin ihr und ihrem Bruder ein paarmal begegnet. Sie waren Freunde von Athli Zeuxis.« Er wollte noch etwas hinzufügen, ließ es aber.

Nun, ich weiß ja, daß Ihr ein Skeptiker seid, also schenke ich mir die Einzelheiten. Ich glaube, sie war eine Art Naturtalent, aber in welchem Ausmaß sie eine wichtige Rolle gespielt hat ... Obwohl sie offensichtlich einen gewissen Einfluß hatte, sonst würde ihr Tod das Kapitel nicht abrunden, um es einmal so auszudrücken. Wie dem auch sei, das scheint es gewesen zu sein.

»Nun denn.« Bardas entschied sich, die Frage doch zu stellen. »Ihr wißt nicht zufällig, was am Ende aus ... Athli geworden ist?«

Ich bin mir nicht sicher, was das Ende betrifft. Sie hatte eine Rolle in den letzten Verteidigungsanstrengungen von Shastel zu spielen, aber ich habe nie herausgefunden, ob sie entkommen ist oder nicht. Sie wird flüchtig in einer der Abhandlungen über den Colleonischen Krieg erwähnt, aber das ist nicht beweiskräftig; es könnte sich entweder um den Ersten Colleonischen Krieg handeln, der vor dem Untergang von Shastel ...

»Also war sie das nicht über dem Tor.«

Nicht am Tor von Ap'Escatoy; das meint Ihr doch sicher. Nein, der dritte Kopf gehörte einer Person namens Eseutz Mesatges, und das war ein Fall von verwechselter Identität – Ihr müßt wissen, daß sie sie mit Eurer Nichte Iseutz verwechselt haben. Und um fair zu sein, es ist ein ungewöhnlicher Name.

»Ich jedenfalls habe ihn noch nie gehört«, erwiderte Bardas.

»Ich danke Euch. Jetzt, wo ich weiß, daß Athli davongekommen ist, fühle ich mich ein bißchen besser.«

Nun ... Wie dem auch sei, ich werde Euch natürlich wiedersehen, aber dies ist das letzte Mal, daß Ihr mich als Alexius sehen werdet. Ich sollte wirklich nicht mehr hier sein, aber ...

Bardas schlug die Augen auf.

»Den Göttern sei Dank«, sagte Gorgas. »Ich war vor Sorge schon ganz krank.«

Gorgas kniete über ihm, eine Schale in der einen, einen nassen Lappen in der anderen Hand. Der Lappen stammte aus seinem Hemd; Bardas konnte sehen, wo er ihn vom Ärmel abgerissen hatte.

»Es ist alles in Ordnung«, fuhr Gorgas fort. »Du hast einen bösen Schlag auf den Kopf bekommen, aber die Schwellung ist zurückgegangen, und ich glaube nicht, daß du innere Blutungen hast. Bardas? Du weißt doch, wer ich bin, oder?«

»Ich glaube schon«, antwortete Bardas. »Du bist mein Bruder Gorgas, richtig?«

»Ja, das stimmt.«

Bardas versuchte zu nicken, aber das erwies sich als schwerer Fehler. »Wir haben zusammen das Baumhaus gebaut. In dem großen Apfelbaum, bevor ihn der Sturm entwurzelt hat. Da war auch ein Eichhörnchen, das direkt unter dem Fenster vorbeigehuscht ist.«

»Das ist es, du bist wieder da«, sagte Gorgas. »Jetzt lieg still, ruh dich aus. Alles ist unter Kontrolle.«

»Wo ist Vater?«

Gorgas blickte ihn an, dann lächelte er. Er hatte ein breites, warmes Lächeln. »Er ist irgendwo in der Nähe«, sagte er. »Keine Sorge, alles wird großartig werden.«

Bardas versuchte zurückzulächeln, aber sein Kopf schmerzte. »Du gehst nicht weg, oder?«

»Natürlich nicht. Ich werde hier sein. Du ruhst dich aus.«

Er schloß wieder die Augen; als er sie das nächste Mal öffnete, erinnerte er sich.

»Gorgas?« Er wollte aufstehen, aber er hatte nicht genug Kraft. Er lag unter einem Haufen Mäntel und Decken auf dem Deck eines kleinen Schiffes, den Kopf auf ein zusammengefaltetes Segel gebettet. Die Sonne war hell, heiß, beinahe unbarmherzig; aber es wehte eine angenehm kühle Brise.

»Bardas?« Die Stimme kam aus der Ferne, vom anderen Ende des Schiffes. »Ich bin sofort da, keine Sorge.« Bardas konnte sich nicht bewegen, aber er konnte Gorgas anhand seiner Schritte auf Deck und der im Holz verursachten Vibrationen genau ausmachen; das war eine Fertigkeit, die er in den Stollen unter Ap'Escatoy erworben hatte.

»Du hast einen Schlag auf den Kopf bekommen, erinnerst du dich?« sagte Gorgas (aber Bardas konnte ihn nicht sehen; er befand sich über und hinter ihm, so daß sein Schatten auf Bardas' Gesicht fiel). »Du bist von der Postkutsche gefallen. Verdammt, ich hätte mir denken sollen, daß so etwas passieren könnte. Es ist mein eigener verdammter blöder Fehler. Du hättest getötet werden können.«

Bardas holte tief Luft, atmete wieder aus. Sein Mund war trocken, er fühlte sich wie hartes Leder an. »Du hast den Kutscher erschossen«, sagte er.

»Auf siebzig Meter. Dieser Bogen, den du für mich gemacht hast, Bardas, der ist großartig. Aber ich hätte vorsichtiger sein müssen.«

Bardas runzelte die Stirn. »Warum?«

»Warum was?«

»Warum hast du den Kutscher getötet?«

»Ich mußte die Kutsche aufhalten, Idiot.« Bardas konnte sich das Lächeln vorstellen, das breite, warme Lächeln. »Für eine Straßensperre war der Weg zu breit, und die Postkutsche hält nicht für Anhalter. Möchtest du jetzt etwas zu trinken?«

»Nein. Ja.« Bardas lenkte ein, weil er in diesem Augenblick

auf der ganzen Welt nichts mehr als etwas zu trinken haben wollte.

»Kommt sofort«, sagte Gorgas. »Du hast ja keine Ahnung, was ich seitdem für einen Spaß hatte; du warst bewußtlos, ich war überzeugt, dich getötet zu haben, und habe mir in die Hosen gemacht. Also bin ich den ganzen Müll aus der Kutsche losgeworden, habe dich wieder raufgeschafft und bin querfeldein zu der Stelle, wo ich das Schiff zurückgelassen hatte; und dann ging eins der verdammten Räder ab ...«

Bardas runzelte die Stirn. Er schien sich an eine Unterhaltung zu erinnern, die er vor ein paar Augenblicken geführt hatte; es kam vor allem auf eines an: es war kein Rad, es war eine Welle. Aber das ergab keinen Sinn.

»Nachdem ich also die Kutsche losgeworden war«, sagte Gorgas, »mußte ich dich die letzten beiden Meilen tragen – Bruder, du hast Gewicht zugelegt, seitdem ich dich über den Hof getragen habe, auch wenn du damals erst drei warst, was ich dir gern zugestehen will. Und natürlich war ich vor Angst ganz starr, dich so durchzuschütteln – Kopfverletzungen sind schrecklich empfindlich, man kann jemand alle möglichen Schäden im Kopf zufügen, wenn man nicht vorsichtig ist. Bei allen Göttern; ich sage dir, erst als wir auf dem Schiff waren, ist mir eingefallen, mir darüber Gedanken zu machen, ob uns jemand verfolgt hat. Aber glücklicherweise scheint das nicht der Fall zu sein. Also sind wir hier«, fügte er fröhlich hinzu. »Auf dem Weg. Weißt du, das ist wie in den alten Zeiten.«

»Warum hast du die Kutsche aufgehalten?« fragte Bardas.

»Oh, Mann ... Natürlich um dich zu retten. Du glaubst doch wohl nicht, daß ich seelenruhig dabei zusehe, wie sie meinen Bruder vor ein Kriegsgericht stellen, oder? Du magst ja an die imperiale Gerechtigkeit glauben, ich tue das nicht.«

(Drei Köpfe über einem Tor; ein durchaus begründeter Einwand.) »Sie wollten mich nicht vors Kriegsgericht stellen«, sagte Bardas. »Sie haben mich auf einen neuen Posten geschickt. Nach Hommyra.«

Gorgas lachte. »So einen Ort gibt es doch gar nicht, du Witzbold. Komm schon, du kennst mittlerweile doch das Imperium; für jeden Fehlschlag einen verantwortlichen Offizier. Ha, nur gut, daß du deinen großen Bruder hast, der auf dich aufpaßt, du kommst allein einfach nicht klar.«

»Aber der Kutscher, er hat es gekannt. Glaube ich.«

»Klar«, sagte Gorgas. »Sieh mal, wem glaubst du eher, dem Imperium oder deinem eigenen Fleisch und Blut? Nein, es geht schon wieder los. Aber diesmal wird es anders sein. Versprochen.«

Bardas' Kopf schmerzte. »Wir kehren nach Hause zurück? In die Mesoge?«

»Du meinst, du hast noch nicht ...?« Gorgas' Stimme wurde sehr leise. »Ich fürchte, ich habe eine wirklich schlimme Nachricht für dich«, sagte er. »Es gibt sie nicht mehr.«

»Es gibt sie nicht mehr? Das ist unmöglich.«

»Tut mir leid, schlechte Wortwahl. Also gut, ich höre auf damit, auf den Busch zu klopfen. Bardas, der Hof wurde zerstört. Es war die Provinzverwaltung.«

»Wovon sprichst du, Gorgas?«

Gorgas schwieg einen Augenblick lang. »Sie haben eine Kompanie Bogenschützen geschickt«, sagte er dann. »Natürlich mitten in der Nacht. Sie haben alles umstellt, von außen die Türen verbarrikadiert und das Dach angezündet. Ich bin aufgewacht, weil ich mir die Lungen aus dem Leib gehustet habe, bin zum Fenster gerannt und beinahe erschossen worden. Es war wie die Hölle, Bardas, überall war Rauch, man konnte nichts sehen, brennendes Stroh kam in dicken Bündeln von der Decke herunter, dann Dachbalken. Ich habe versucht, sie alle rauszuschaffen, ich habe es wirklich versucht, aber Clefas war tot, der Rauch hat ihn im Schlaf erwischt. Zonaras war unter dem halben Dach eingeklemmt, er lag dort schreiend und brannte, und ich konnte nichts tun ... Sieh selbst«, sagte er und drehte sich um, so daß Bardas sein Gesicht sehen konnte. Einen Augenblick lang dachte er, dort würde eine andere Person stehen. »Als er gestorben ist, war ich immer noch dabei, es zu versuchen. Er hat ununterbrochen ›Gorgas, hilf mir‹ gebrüllt, bis zum Ende.«

Bardas sagte kein Wort.

»Iseutz war bereits weg – aber das weißt du ja. Also waren es nur noch ich und Niessa«, fuhr Gorgas schließlich fort. »Nur sie und ich; es ist uns gelungen, aus dem oberen Dachbodenfenster auf das Dach des Entenstalls zu springen – sie hatte die Geistesgegenwart, sich den Bogen und ein paar Pfeile zu schnappen, und bei den Göttern, es war hell genug. Wir haben es geschafft, in den Stall zu kriechen, und ich habe sie aufgehalten, bis mir die Pfeile ausgegangen sind – Junge, als du diesen Bogen gemacht hast, hast du uns das Leben gerettet, das kann ich dir sagen. Aber egal, gerade als ich gedacht habe, nun wäre es soweit, habe ich eine Lücke gesehen, und wir sind darauf zu gerannt. Ich bin erst stehengeblieben, als ich auf Clyras' Anger war – du weißt schon, dieser zugewachsene Karrenpfad; man hat ihn gar nicht mehr sehen können, die Hecke war drumherumgewachsen. Da ist mir aufgefallen, daß Niessa nicht mehr da war, also bin ich zurückgegangen. Sie war tot. Sie haben ihr mit Vaters alter Holzfälleraxt den Kopf abgeschlagen.«

Gorgas schwieg für eine lange Zeit.

»Nun, es wäre völlig sinnlos gewesen, nicht wahr?« sagte er dann. »Ein paar von ihnen zu töten und dann selbst den Tod zu finden, was hätte ich damit erreicht? Man muß praktisch denken. Ich habe mich die alte Straße entlanggeschlichen, mich tagsüber versteckt, habe in dieser Nacht Tornoys betreten und dieses Boot hier gefunden. Es ist Lyras Monedins altes Hummerboot; du erinnerst dich doch an Lyras, nicht wahr, ein ekelhafter alter Kerl, der immer Steine nach uns geworfen hat, als wir noch Kinder waren.«

Bardas öffnete die Augen. »Lebt er noch? Der muß doch schon über hundert sein.«

»Anscheinend steht er noch immer in vollem Saft«, sagte Gorgas, »obwohl heutzutage Buciras und Onnyas mit dem Boot rausfahren. Nun, das heißt, bevor ich es gestohlen habe.« Er verstummte. »Das wäre es. Alles, was wir je hatten, wofür wir, du und ich, gearbeitet haben, ist buchstäblich in Rauch aufgegangen. Jetzt gibt es nur noch dich und mich, Bardas. Wir sind die einzigen, die übriggeblieben sind.«

»Ich verstehe.« Bardas schloß wieder die Augen. »Und wohin geht die Reise?«

»Ah.« Gorgas' Stimme lächelte wieder. »Das habe ich damit gemeint, als ich gesagt habe, alles wird wieder gut. Erinnerst du dich an Fleuras Peredin?«

»Wen?«

»Fleuras Peredin. Der Kabeljaufischer.«

»Ja, an den kann ich mich erinnern. Was hat er damit zu tun?«

Gorgas kicherte. »Nun, mir ist wieder eingefallen, was er mir mal erzählt hat, wie er von einer Bö erwischt und direkt aufs Meer hinausgetrieben wurde, und dort ist er auf einer Insel gelandet. Natürlich habe ich das für eine Erfindung gehalten; er war immer ein Lügner. Aber dann habe ich vor einem Jahr im *Hoffnung und Furcht* die gleiche Geschichte von jemand anderem gehört, und das hat mich nachdenklich werden lassen. Aber wie dem auch sei, um es kurz zu machen, da gibt es wirklich eine Insel. Ich war dort und weiß, wie man sie findet. Zugegeben, sie ist nichts Besonders; eine Menge Felsen und Bäume und nicht viel mehr. Aber dort gibt es frisches Wasser und eine flache Stelle genau in der Mitte, die so gut aussieht wie der beste Boden, der mir je untergekommen ist. Da brauchst du nur einen Apfelkern ausspucken, und ein Jahr später hast du einen Baum. In den Felsen leben Ziegen und viele Vögel; es ist einfach unmöglich, dort Hunger zu haben. Es gibt Bauholz, soviel man braucht, und um es abzuschließen: weißt du, was ich auf einem der Berge gefunden habe? Eisenerz, dicke schmutzige Klumpen, die dort einfach auf dem Boden herumliegen. Bardas, ich verspreche dir, angesichts meiner Kraft und deiner Fähigkeiten gibt es nichts, was wir dort nicht schaffen können, wenn wir es wollen. Nur du und ich, zusammen. Das wäre wie in den alten Zeiten. Was meinst du?«

Bardas dachte einen Augenblick lang nach. »Du bist verrückt«, sagte er dann.

Gorgas runzelte die Stirn. »Wie meinst du das?«

»Du schlägst allen Ernstes vor, daß wir zusammenleben und einen Hof aufbauen könnten, als wäre nichts von dem, was du getan hast, je geschehen. Du willst zurück in die Zeit unserer Kindheit, bevor ...«

Gorgas' Züge schienen zu entgleisen; einerseits war da die aufgeplatzte, rote, verbrannte Haut, andererseits dieser entsetzte Ausdruck. »Bei allen Göttern, Bardas. Was *ich* getan habe? Ich liebe dich, Bardas, mehr als sonst jemand auf der ganzen Welt, aber du kannst nicht einfach dort liegen und von dem sprechen, was *ich* getan habe. Eine schlimme Sache, die ich Niessa, Clefas, Zonaras und dir angetan habe – oh, eine wirklich schlimme Sache, da besteht kein Zweifel, die ich seitdem jeden wachen Augenblick meines Lebens wiedergutzumachen versucht habe. Jede noch so geringe meiner seitdem erfolgten Anstrengungen habe ich für euch drei unternommen. Und ja, ich habe in dieser Zeit ein paar schlimme Dinge getan, schreckliche Dinge, aber wenn es dabei um uns, um die Familie geht, stellt sich die Frage nach Gut und Böse einfach nicht. Aber du, all die Dinge, die *du* getan hast, diese vielen Menschen, die du getötet hast – zusammen mit Onkel Maxen, vor Gericht, während der Belagerung, auf Scona, in Ap'Escatoy, und der Krieg jetzt hier –, für *wen* hast du die getötet, Bardas? Für den, der dich gerade bezahlt hat? Komm schon, antworte mir, ich will es wissen.«

Bardas schüttelte den Kopf. »Wage es nicht, das zu sagen. Versuch ja nicht, es so klingen zu lassen, als wäre ich wie du.«

»Ach, komm schon.« Gorgas lachte beinahe. »Du hast dein Zuhause verlassen, um dein Glück zu suchen, das ist in Ordnung. Das ganze Geld, das du verdient hast, hast du Clefas und Zonaras geschickt; du hast versucht, dich um sie zu kümmern, genau wie ich. Während der Belagerung hast du für deine Stadt gekämpft. Auf Scona – nun, du hattest das Recht dazu, das ist alles, was ich dazu sagen kann; aber danach waren wir quitt, und das weißt du. Aber seitdem – du, ein Soldat des Imperiums? Glaubst du wirklich an die schicksalhafte Vorherbestimmung der Söhne des Himmels?«

»Was ist mit den Insulanern?« brüllte Bardas. »Getötet, versklavt, nur deinetwegen ...«

Gorgas schüttelte den Kopf. »Vom Imperium. Von den Leuten, für die du kämpfst. Davon abgesehen wäre nichts davon geschehen, wenn Ap'Escatoy nicht gefallen wäre – und wer war es, der diesen Bullen aus dem Stall gelassen hat?« Gorgas' Tonfall wurde sanfter. »Aber das ist schon in Ordnung. Du hast bloß deine Arbeit getan, genau wie du es getan hast, als du bei Onkel Maxen warst; ein Soldat ist nicht verantwortlich für die Kriege, in denen er kämpft, so wie ich nicht für das verantwortlich bin, was das Imperium der Insel angetan hat – oder was Temrai der Stadt angetan hat.«

Er verzog das schreckliche Gesicht zu einem Lächeln.

»Außerdem liegt das alles jetzt hinter uns, und zwar hinter uns beiden. Kannst du das nicht verstehen? Wir können dort alles hinter uns lassen – verdammt, wenn ich eine einzige Tugend habe, dann die, ein Realist zu sein. Wir können kein einziges von den schlimmen Dingen, die wir getan haben, ungeschehen machen. Selbst der Versuch, sie wiedergutzumachen, läßt uns noch mehr schlimme Dinge, noch furchtbarere Dinge tun. Es muß der Zeitpunkt kommen, an dem wir sagen, es reicht, es ist Zeit, etwas anderes zu tun, etwas Anständiges und

Nützliches und Gutes. Ich habe das versucht, Bardas; ich habe versucht, nach Hause zurückzukehren und das zu sein, was ich immer hätte sein sollen, ein schwer arbeitender Bauer, der versucht, sich auf ehrliche Weise von seinem Land zu ernähren. Ich habe versucht, das Rad zurückzudrehen, wenn du so willst – und was ist geschehen? Unser Zuhause ist nur noch kalte Asche und Ruinen, alles ist verbrannt und zerstört. Und du – nun, ich muß es nicht aussprechen, oder?«

Bardas zitterte vor Wut. Er sagte: »Alles, alles Schlechte auf der ganzen, weiten Welt, ist *deine Schuld.* All die schlechten Dinge, die bösen Dinge, die ich getan habe, sind *deine Schuld.* Und ich werde dir niemals vergeben. Niemals.«

»Ach, Bardas.« Gorgas sah ihn an, sein ganzes Gesicht drückte Mitleid aus. »Weißt du, das, was du da gerade gesagt hast, in gewisser Weise ist das eine Tat der Liebe. All die Jahre hast du zugelassen, daß ich die Verantwortung für die schlimmen Dinge getragen habe, die du getan hast. Du hast mir erlaubt, das für dich zu tun. Und das ist in Ordnung so, ich bin froh darüber. Laß uns das ganze Böse verbannen, sollen wir?« Er grinste und spannte all die Verbrennungen und Wunden, die sein Gesicht wie ein Visier verbargen. »Befreien wir die Welt von den Loredan-Jungs, für immer. Das wäre was, hm? Schafft die Loredan-Brüder beiseite, wo sie keinen Schaden mehr anrichten können. Mir fällt keine Tat ein, die noch altruistischer wäre. Denk darüber nach; es wäre, als wären wir tot und begraben.«

(Für gewöhnlich muß man vorher sterben, aber in Eurem Fall machen wir eine Ausnahme.)

»Davon abgesehen ist es ja nicht so, als hättest du eine Wahl«, fuhr Gorgas noch immer lächelnd fort. »Du bist zu schwach, um gegen mich zu kämpfen oder über Bord zu springen. Wenn wir dort ankommen, werde ich, nachdem ich dich und die Ausrüstung an Land gebracht habe, die Decks mit Lampenöl besprühen und diesen alten Waschzuber anzünden.

Wenn du die Insel wieder verlassen willst, wirst du dir ein eigenes Boot bauen müssen.«

Bardas hatte Schwierigkeiten, Luft zu bekommen. »Oder ich könnte dich töten«, stieß er hervor. »Ich könnte uns beide töten.«

»Das könntest du«, gab Gorgas ihm recht. »Wenn du es willst; und dann wären wir wirklich gleich, du und ich – nur daß meine vorsätzliche Tat des Bösen am Anfang geschah, und deine am Ende geschehen würde. Ist es das, was du willst?«

»Nein.«

»Das habe ich mir gedacht«, sagte Gorgas fröhlich. »Es sieht also so aus, als würden wir es auf meine Weise tun. Es ist schon in Ordnung; wenn ich dir keine andere Wahl lasse, kannst du mich auch weiterhin für alles verantwortlich machen. Du kannst mir die Schuld geben, wenn es regnet oder eben wenn es das nicht tut; du kannst mir die Schuld geben, wenn die Ziegen das noch grüne Getreide fressen oder der Heuschober Feuer fängt; ich werde die Schuld gern auf mich nehmen, es wird wie in den alten Zeiten sein.«

»Nein«, sagte Bardas leise. »Gorgas, bitte.«

»Sei nicht albern«, erwiderte Gorgas (er entfernte sich; Bardas konnte ihn nicht mehr sehen). »Ich schätze, du mußt mir einfach vertrauen, Bardas. Schließlich bin ich dein großer Bruder, und ich liebe dich. Und habe ich dich nicht schon immer richtig eingeschätzt?«

KRISTINE KATHRYN RUSCH

DIE BÜCHER DER FEY

Band 1: Die Felsenwächter

Band 2: Das Schattenportal

Band 3: Der Thron der Seherin

Band 4: Die Nebelfestung

Band 5: Der Schattenprinz

Band 6: Die Erben der Macht

Weitere Bände in Vorbereitung.

KATHARINE KERR

DIE CHRONIKEN VON DEVERRY

Band 1: Der Wanderer von Deverry
Band 2: Die Ausgestoßenen von Deverry
Band 3: Dämmerung über Deverry
Band 4: Der Magier von Deverry
Band 5: Zeit der Verbannung
Band 6: Zeit der Omen
Band 7: Zeit des Dunkels
Band 8: Zeit des Feuers
Band 9: Der rote Drache

Weitere Bände in Vorbereitung.